TATIANA & ALEXANDER

Paullina Simons

TATIANA & ALEXANDER

Saga *O Cavaleiro de Bronze*

Tradução: Kátia Regina Vighy Hanna

novo século®
São Paulo, 2016

GERENTE EDITORIAL
Lindsay Gois

EDITORIAL
João Paulo Putini
Nair Ferraz
Rebeca Lacerda
Vitor Donofrio

GERENTE DE AQUISIÇÕES
Renata de Mello do Vale

ASSISTENTE DE AQUISIÇÕES
Acácio Alves

AUXILIAR DE PRODUÇÃO
Emilly Reis

TRADUÇÃO
Kátia Regina Vighy Hanna

PREPARAÇÃO
Lílian Moreira Mendes

P. GRÁFICO E DIAGRAMAÇÃO
Vitor Donofrio

REVISÃO
Samuel Vidilli
Fernanda Guerriero Antunes

CAPA
Thiago Lacaz
Dimitry Uziel

Texto de acordo com as normas do Novo Acordo Ortográfico da Língua Portuguesa (1990), em vigor desde 1º de janeiro de 2009.

Dados Internacionais de Catalogação na Publicação (CIP)
(Câmara Brasileira do Livro, SP, Brasil)

Simons, Paullina
Tatiana & Alexander
Paullina Simons; [tradução Kátia Regina Vighy Hanna].
Barueri, SP: Novo Século Editora, 2016.

Título original: Tatiana and Alexander

1. Americanos - União Soviética - Ficção 2. Ficção história 3. Histórias de amor 4. Russos - Nova York (Estado) - Estado 5. União Soviética - História - 1925-1953 - Ficção I. Título. II. Série

15-09364 CDD-813

Índice para catálogo sistemático:
1. Romance: Literatura norte-americana 813

NOVO SÉCULO EDITORA LTDA.
Alameda Araguaia, 2190 — Bloco A — 11º andar — Conjunto 1111
CEP 06455-000 — Alphaville Industrial, Barueri — SP — Brasil
Tel.: (11) 3699-7107 | Fax: (11) 3699-7323
www.novoseculo.com.br | atendimento@novoseculo.com.br

Uma vez mais, para meu avô e minha avó,
95 e 91 anos, que ainda plantam pepinos,
cultivam flores e vivem felizes para sempre
e
para nosso querido amigo Anatoly Studenkov,
ainda na Rússia, que não faz nenhuma dessas coisas.

SUÉCIA
ESTOCOLMO
HELSINQUE
ESTÔNIA
Mar Báltico
LETÔNIA
LITUÂNIA
HAMBURGO
BI
R. Elba
Oranienburg
BERLIM
POLÔNIA
VARSÓVIA
R. Oder
ALEMANHA
Colditz
Katowice
Puławy
Dolne
Lublin
Świętokrzyskie
TCHECOSLOVÁQUIA
PRAGA
R. Danúbio
ÁUSTRIA
VIENA
HUNGRIA
RO

ISTMO DA CARÉLIA
Lago Ladoga
Volkhov
Tikhvin
Novgorod
Lago Ilmen
R. Volga
URSS
MOSCOU
INSQUE
ELORRÚSSIA
KIEV
UCRÂNIA
R. Dniepre
R. Volga
STALINGRADO
R. Don
R. Bug
ODESSA
Mar de Azov
Krasnodar
MÊNIA
Mar Negro

E, pela frouxa lua alumiado,
De mão estendida para o alto
Segue-o o Cavaleiro de Bronze
Em seu cavalo a tilintar

E toda a noite o pobre louco
Era seguido em todo o lado
Pelo Cavaleiro de Bronze
Com o seu estropear pesado.

Aleksandr Púchkin[1]

1 "O Cavaleiro de Bronze", in Aleksandr Púchkin: *O Cavaleiro de Bronze e outros poemas*. Lisboa: Assírio e Alvim, 1999.

PRÓLOGO

Boston, dezembro de 1930

EM FRENTE AO ESPELHO, Alexander ajustava a gravata de escoteiro mirim. Melhor dizendo, *tentava* ajustá-la, pois não conseguia desviar os olhos da imagem de seu rosto inusitadamente sério, com a boca curvada numa expressão de tristeza. Precisamente naquele dia, suas mãos agitadas lutavam com a gravata branca e cinza, incapazes de cumprir bem a tarefa.

Alexander afastou-se alguns passos, contemplou o cômodo pequeno e suspirou. Não era grande coisa: assoalho de madeira, papel de parede apagado com desenhos de ramas, uma cama e um criado-mudo.

Alexander não se importava, porque aquele era apenas um cômodo alugado e toda a mobília pertencia à senhoria que morava no andar de baixo. O verdadeiro quarto de Alexander não estava em Boston, mas em Barrington, e, mesmo tendo ocupado outros quartos, nunca se sentira tão acomodado quanto no primeiro. Havia morado em seis residências diferentes nos últimos dois anos, desde que o pai vendera a casa da família e decidira sair de Barrington, afastando Alexander de sua terra natal e de sua infância.

Agora se mudavam também daquela residência. Mas Alexander não se importava.

Melhor dizendo, não era isso o que importava.

Ele voltou outra vez ao espelho e não gostou da expressão entristecida do garoto que o encarava de volta. Apoiou o rosto contra o espelho e exalou todo o ar do pulmão.

— E agora? — sussurrou.

Teddy, seu melhor amigo, achava que morar no exterior era a coisa mais empolgante do mundo.

Alexander discordava com todas as suas forças.

Ouviu os gritos dos pais discutindo através da porta entreaberta; não deu atenção, pois estava acostumado a ouvi-los discutir quando estavam nervosos.

Após alguns segundos, a porta se abriu por completo e Harold Barrington, o pai de Alexander, entrou no quarto.

— Está pronto, filho? O carro está esperando lá embaixo. E seus amigos vieram se despedir. Teddy me perguntou se eu o levaria em seu lugar. — Harold sorriu. — Eu disse que talvez. O que acha, Alexander? Quer trocar de lugar com Teddy e ir morar com a sua mãe louca e o seu pai pirado?

— Seria uma boa troca, já que vocês são tão sensatos — disse Alexander, lançando um olhar ao pai. Harold era delgado e de estatura mediana. Seu traço distintivo era o queixo, que se destacava com resolução no rosto largo e quadrado. Aos 48 anos, os cabelos abundantes começavam a branquear, e os olhos azuis mantinham a intensidade do olhar. Alexander gostava de quando o pai estava bem-humorado, pois os olhos perdiam um pouco da severidade habitual.

Jane Barrington, a mãe de Alexander, empurrou o pai para o lado e entrou no quarto usando seu melhor vestido de seda e seu casquete branco.

— Harry, deixe o menino em paz. Não vê que quer ficar bonito? O carro pode esperar. Teddy e Belinda também. — Alisou a cabeleira negra recolhida embaixo do chapéu. Em sua voz ainda havia traços do melodioso sotaque italiano que ela não havia perdido desde que chegara à América, aos dezessete anos.

— Nunca gostei daquela Belinda, você sabe — disse, baixando o tom.

— Eu sei, mãe — respondeu Alexander. — Por isso vamos para outro país, não é? — Alexander observava os pais pelo espelho. Fisicamente se parecia mais com a mãe; na personalidade, porém, gostaria de puxar ao pai, mas isso ele ainda não sabia dizer. A mãe o divertia e o pai o confundia, como sempre.

— Pronto, pai — disse.

Harold se aproximou e passou o braço em volta dos ombros de Alexander.

— E você que pensou que ser escoteiro seria uma aventura. Esta, sim, será a maior das aventuras.

— Sim — respondeu, pensando que os escoteiros mirins bastavam. — Pai, se não der certo podemos voltar, não podemos? — perguntou, olhando para a própria imagem no espelho, e não para o pai. — Podemos voltar para... — Ficou em silêncio para que o pai não notasse a sua voz fraquejar, então respirou e terminou a frase:

— Para a América?

O pai não respondeu. Jane veio até Alexander, parando do outro lado do filho. Mesmo sem sapato de salto, era sete centímetros mais alta que o marido, que por sua vez media o dobro de Alexander.

— Conte a verdade ao garoto, Harold — disse. — Vamos. Já tem idade para saber.

— Não, Alexander, não vamos voltar. Vamos viver na União Soviética. Não há lugar para nós na América.

Alexander queria dizer que para *ele* havia. Sentia-se em casa na América. Era amigo de Teddy e de Belinda desde os três anos. Barrington era uma cidade pequena, com casas de fachadas brancas e janelas escuras, três igrejas com campanários e uma rua principal que media quatro quarteirões de uma ponta a outra. Alexander havia desfrutado de uma infância feliz nos bosques dos arredores. Porém calou-se porque sabia que o pai não queria ouvir nada daquilo.

— Alexander, sua mãe e eu estamos convencidos de que esta viagem é o melhor para a nossa família. Pela primeira vez na vida, temos a coragem de viver da maneira que acreditamos, não apenas pregando os ideais comunistas da boca para fora. É muito fácil propor a mudança quando se vive cercado de conforto, não é? Por isso decidimos viver de acordo com o que defendemos. Você e sua mãe me viram lutar a vida inteira pelo comunismo.

Alexander assentiu. Ele *tinha* visto tudo. Havia visto os pais sendo presos por defenderem seus princípios. Havia visitado o pai na cadeia. Havia conhecido a animosidade dos moradores de Barrington. Os colegas de escola haviam caçoado dele. Havia se metido em brigas por conta dos princípios do pai. Havia visto a mãe apoiando o pai, estando ao lado dele em piquetes e protestos. Alexander também havia apoiado o pai. Certa ocasião, os três viajaram a Washington D.C. para participar de uma passeata comunista em frente à Casa Branca, onde também foram presos. Aos sete anos, Alexander havia passado uma noite num reformatório. Contudo, era o único garoto em Barrington que havia visto a Casa Branca.

Pensou que tudo havia sido sacrifício suficiente. Romper os laços e desistir da casa que havia sido a propriedade da família por oito gerações havia sido sacrifício suficiente. Pensou que morar em quartos de aluguel na movimentada e empoeirada Boston enquanto difundiam a palavra "socialista" fora sacrifício suficiente.

Pelo jeito, não.

A decisão de seu pai de mudar-se para a União Soviética fora uma surpresa para Alexander, uma surpresa desagradável. Harold estava convencido de que na União Soviética encontrariam um lugar onde finalmente iriam se sentir em casa, onde nenhum garoto iria rir de seu filho, e seriam bem recebidos e admirados pelos vizinhos, em vez de rejeitados e ridicularizados. Um lugar onde a vida da família faria sentido. O poder na nova Rússia estava com os trabalhadores, e logo o trabalhador governaria o mundo. Alexander se contentava com as crenças do pai.

A mãe beijou a testa do filho com os lábios vermelhos, deixando uma marca de batom que se apressou em limpar.

— Querido, você sabe que seu pai quer uma educação adequada para você, não sabe? — perguntou ela.

— Isso não tem nada a ver comigo, mãe. Sou uma *criança*... — respondeu, com certa petulância.

— Não — disse Harold, a voz inflexível, sem tirar a mão do ombro. — Tem *tudo* a ver com você, Alexander. Você tem apenas onze anos, mas logo se tornará um homem. E já que você tem apenas uma vida, poderá se tornar apenas um homem. Vou para a União Soviética para que você seja o homem que precisa ser. *Você*, filho, é o que vou deixar neste mundo.

— Também existem muitos homens aqui na América, pai — observou Alexander. — Herbert Hoover. Woodrow Wilson. Calvin Coolidge.

— Sim. Mas não são homens bons. A América produz homens gananciosos e egoístas, orgulhosos e vingativos. Não quero que você seja assim.

— Alexander — disse a mãe, abraçando-o. — Queremos que tenha qualidades de caráter que os americanos não possuem.

— Isso mesmo. A América produz homens frouxos — completou o pai.

Alexander se afastou dos pais e voltou a se olhar no espelho. Era o que estava olhando antes de eles entrarem no quarto. Contemplava seu rosto desanimado no espelho e se perguntava: "Quando eu crescer, que tipo de homem serei?".

— Não se preocupe, pai — disse, voltando-se para Harold. — Deixarei você orgulhoso. Serei altruísta e generoso, serei humilde e bem-educado. Serei um homem tão firme quanto se pode ser. Vamos, estou pronto.

— Não quero que seja durão, Alexander. Quero que seja um homem bom. — Harold ficou em silêncio. — Um homem melhor do que eu.

Enquanto saíam do quarto, Alexander virou-se e observou seu reflexo pela última vez. *Não quero me esquecer deste garoto*, pensou, *no caso de alguma vez necessitar voltar para perto dele.*

Estocolmo, maio de 1943

Estou correndo perigo, pensou a jovem Tatiana de dezoito anos, ao acordar numa manhã fria de verão. *Não posso continuar a viver assim.*

Ela levantou-se, lavou-se, escovou os cabelos, colocou os livros e as poucas peças de roupa dentro da mochila e deixou o quarto do hotel tão limpo como se não estivesse estado ali durante os últimos dois meses. A brisa de verão agitava as cortinas brancas.

Tatiana, em seu interior, também se sentia agitada.

Sobre a mesa havia um espelho oval. Antes de prender o cabelo, ela observou por alguns instantes seu rosto. A imagem que a olhava de volta era irreconhecível. O formato arredondado da infância havia desaparecido; uma expressão esquálida sobrepunha-se à maçã do rosto, à testa, às mandíbulas quadradas e aos lábios cerrados. Se as covinhas ainda estavam ali, não estavam à mostra. Fazia muito tempo que seus dentes e suas covinhas não se mostravam num sorriso. A cicatriz na bochecha, causada pelo estilhaço do para-brisa, havia se reduzido a uma fina linha rósea. As sardas também estavam desbotando, mas eram os olhos que Tatiana menos reconhecia. Aqueles olhos verdes outrora cheios de vida estavam agora encravados na palidez do rosto como cristais embaçados, a única barreira de proteção entre os estranhos e a sua própria alma. Tatiana não conseguia erguê-los nem para fitar-se. Enquanto olhava dentro do mar esverdeado de seus olhos, compreendeu perfeitamente o que se agitava por trás da aparência debilitada.

Tatiana penteou o cabelo loiro que caía até os ombros. Não o odiava mais.

Não poderia odiar os cabelos que Alexander tanto amara.

Não pensaria no assunto. Ela queria cortar todo o cabelo, tosquiar-se como uma ovelha antes do abate; cortar o cabelo, arrancar os olhos e os dentes e cortar as artérias do pescoço.

Tatiana prendeu as madeixas e cobriu a cabeça com um lenço, a fim de chamar a menor atenção possível, embora na Suécia, um país de loiras, não fosse difícil perder-se entre a multidão.

Sem dúvida, ela já havia conseguido.

Tatiana sabia que era hora de partir, mas dentro dela nada a impulsionava. Levava o filho no ventre, mas ter um filho era tão fácil na Suécia quanto nos Estados Unidos. Mais fácil ainda. Poderia ficar. Se permanecesse em Estocolmo, não precisaria atravessar um país desconhecido, comprar uma passagem em algum trem rumo à Inglaterra e atravessar o oceano até os Estados Unidos em plena guerra mundial. Todos os dias os alemães bombardeavam as águas do norte, transformando os submarinos e navios aliados em bolas de chamas envoltas em uma fumaça negra, visão que não combinava com os mares serenos do Golfo de Bótnia, do Báltico, do Ártico e do Atlântico. Manter-se em segurança em Estocolmo não exigia dela nada além do que já andava fazendo até então.

O que andava fazendo?

Via Alexander em toda parte.

Por onde caminhava, onde se sentava, virava a cabeça e lá estava ele, olhando e sorrindo para ela, alto, em seu uniforme, o fuzil pendurado num dos ombros. Tatiana esticava o braço para tocar o ar rarefeito, o branco do travesseiro em que havia visto seu rosto. Virava-se para ele e lhe oferecia um pedaço de pão, ou se sentava num banco e o via atravessando a rua com passos decididos em direção a ela. Tatiana caminhava atrás de transeuntes de costas largas e pernas longas, ou encarava descaradamente algum desconhecido por reconhecer a face de Alexander desenhada nele. Então piscava uma vez, e de novo, e ele não estava mais ali. Ela também não. Baixava os olhos e continuava andando.

No entanto, ao levantar o olhar, ele estava novamente ao lado dela, altíssimo, lindo e risonho, tocando seu rosto, inclinando-se em sua direção com o fuzil escorregando do ombro.

Tatiana olhou no espelho e viu Alexander atrás dela, afastando o cabelo da nuca e aproximando o rosto de seu colar. Tatiana não sentia seu cheiro nem o toque dos seus lábios, mas com os olhos era quase capaz de sentir o toque do cabelo negro em seu pescoço.

Tatiana fechou os olhos.

Mais tarde, no Spivak, pediu o de sempre: duas fatias de bacon, duas xícaras de café e três ovos poché. Fingiu ler o jornal inglês que havia comprado em um quiosque no porto, do outro lado da rua; *fingia*, porque as letras eram vapores que não conseguia capturar em sua mente. Lia melhor à tarde, quando estava mais calma. Saiu do café e caminhou até o cais, onde se sentou num banco e ficou observando um estivador que carregava bobinas de papel para enviá-las a Helsinque. Passou alguns instantes apenas olhando para ele. Sabia que em breve ele iria conversar com um amigo que estava a uns cinquenta metros dali, em outra área do cais. Fumaria, beberia uma xícara de café, e depois acenderia outro cigarro. Deixaria a embarcação sem supervisão por cerca de quinze minutos, com a cabine conectada à terra por uma passarela de madeira.

Quinze minutos depois, o homem retornaria e continuaria a transportar o papel que estava no caminhão, empurrando o produto num carrinho de mão pela plataforma. Ao final de 62 minutos o capitão surgiria, e o estivador o saudaria com um aceno e soltaria as amarras. E o capitão levaria sua embarcação através das águas gélidas do mar Báltico até Helsinque.

Era a septuagésima quinta manhã que Tatiana observava o estivador.

Helsinque estava a apenas quatro horas de Vyborg. E Tatiana soube pelo jornal inglês, que comprava diariamente no quiosque do porto, que o Exército Vermelho havia tomado dos finlandeses os territórios russos da Carélia, e Vyborg voltava às mãos da União Soviética pela primeira vez desde 1918. Um barco que atravessasse o mar de Helsinque, um caminhão que atravessasse as florestas de Vyborg, e logo ela também pertenceria novamente aos soviéticos.

—Às vezes gostaria que você fosse menos intransigente — diz Alexander. Ele havia dado um jeito de conseguir três dias de folga. Estavam em Leningrado — a última vez que estariam juntos em Leningrado, uma última Leningrado, um último final de semana de novembro, um último tudo para eles.

— Não é o roto falando do rasgado?

Ele grunhiu.

— Sim, gostaria que o rasgado fosse menos roto. — Bufa em frustração. — Eu sei que existem mulheres que escutam seus homens. Há homens que estão com elas... — diz ele.

— Eles já ficaram com todas elas. — Tatiana faz cócegas nele. Não parece muito animado. — Tudo bem. Me diga o que devo fazer — diz, baixando um pouquinho o tom. — Farei exatamente o que disser.

— Saia imediatamente de Leningrado e volte para Lazarevo — diz Alexander. — Lá estará a salvo.

Revirando os olhos, ela diz:

— Vamos, uma última tentativa. Eu sei que você pode correr o risco.

— Posso, mas não quero — responde Alexander, sentando-se no velho sofá de seus pais. — Você não presta atenção quando digo algo importante...

— Isso não é o que realmente importa — diz Tatiana, ajoelhando-se na frente dele e segurando suas mãos. — Se a NKVD vier atrás de mim, saberei que você escapou e ficarei feliz em ser punida. — Ela apertou as mãos dele. — Irei como sua esposa e não me arrependerei de um único segundo passado ao seu lado. Então me deixe ficar aqui com você. Sentir o seu cheiro, o seu sabor. Beijá-lo mais uma vez — ela diz. — Agora se deite comigo, mesmo com toda a tristeza que é ficarmos juntos neste inverno de Leningrado. Vamos aproveitar o milagre de podermos estar juntos. Me diga o que fazer e eu farei.

Alexander puxou Tatiana pelas mãos.

— Venha aqui. — Abriu os braços. — Sente-se no meu colo.

Ela obedece.

— Agora coloque as mãos sobre meu rosto.

Ela obedece.

— Coloque os lábios sobre meus olhos e beije-os.

Ela obedece.

— Beije minha testa.

Ela obedece. E obedece.

— Tatia...

— Psiu.

— Não vê que estou derretendo?

— Ah. Então ainda está vivo.

Tatiana se sentava e observava o estivador quando fazia sol, e se sentava e o observava quando chovia. Ou sob o nevoeiro, como quase sempre acontecia às oito da manhã.

Naquela manhã o cenário era diferente. A manhã estava fria. O cais cheirava a água e peixe. Ouvia-se o grasnado das gaivotas e a voz de um homem que gritava.

Onde está meu irmão para me ajudar? Minha irmã e minha mãe? Pasha, ajude-me, jogue futebol comigo, esconda-se na floresta, onde sei como encontrá-lo. Dasha, veja o que aconteceu, veja como tudo terminou. Você ao menos vê? Mamãe. Mamãe. Quero meu irmão. Onde está minha família para bisbilhotar minha vida, repreender-me, imiscuir-se e nunca me deixar num canto quieta e sozinha? Onde estão para me ajudar a passar por esta situação? Deda, o que eu faço? Não sei o que fazer.

Naquela manhã, o estivador, em vez de ir fumar e tomar café com o amigo, atravessou a rua e sentou-se no banco ao lado de Tatiana.

Tatiana ficou surpresa, mas não disse nada. Apenas apertou o casaco de enfermeira ao redor do corpo, contraiu os lábios e encarou o porto.

— Meu nome é Sven. Qual é o seu? — apresentou-se em sueco.

— Tatiana. Não falo sueco — ela respondeu, após uma pausa prolongada.

— Quer um cigarro? — perguntou ele em inglês.

— Não — ela respondeu no mesmo idioma.

Estava a ponto de explicar que falava apenas um pouco de inglês, mas sabia que o homem não falava russo.

Ele perguntou se ela gostaria de um café ou de algo mais quente para colocar sobre os ombros. Não e não. Ela não olhou para ele.

Sven ficou em silêncio por alguns segundos.

— Você quer entrar no meu barco, não é? — perguntou. — Venha, levo você para lá. — Pegou no braço dela. Tatiana não se moveu. — Vejo que deixou alguma coisa — disse, puxando-a gentilmente. — Venha resgatá-la. — Tatiana não se moveu.

— Você pode tomar café, fumar um cigarro ou entrar no barco. Não ficarei de costas, não precisa se esconder. Quer ir para Helsinque? Não tem problema. Vejo que não é finlandesa. — Sven fez uma pausa. — Teria sido mais fácil viajar há dois meses, você está grávida. Agora as coisas ficaram mais difíceis. Porém, precisa decidir se deseja voltar ou seguir adiante. Por quanto tempo pensa ficar aqui sentada me observando?

Tatiana fitava as águas do mar Báltico.

— Quanto tempo mais você vai esperar? — repetiu ele.

— Acha que eu estaria aqui se soubesse?

— Chega de ficar sentada aqui. Venha comigo.

Ela balançou a cabeça.

— Está sozinha há tempo demais — disse o estivador. — Onde está o seu marido? Onde está o pai da criança?

— Morto na União Soviética — disse Tatiana, com um suspiro.

— Ah, então você é da União Soviética — disse, assentindo. — Entendo. Você deu um jeito de escapar. Então agora fique na Suécia. Vá ao consulado e peça para ficar como refugiada. Centenas de pessoas estão entrando pela Dinamarca. Vá ao consulado.

Tatiana fez que não com a cabeça.

— Em breve seu bebê vai nascer. Precisa decidir se quer voltar ou seguir em frente.

Tatiana colocou as mãos sobre a barriga e seus olhos marejaram.

O estivador deu-lhe um tapinha afetuoso e se levantou.

— O que vai ser? Quer voltar para a União Soviética? Por quê?

Tatiana não respondeu. Como dizer a ele que sua alma havia ficado lá?

— O que vai acontecer se você voltar?

— O mais provável é que eu morra — respondeu, num sussurro quase imperceptível.

— E se for adiante?

— O mais provável é que eu viva.

— Que tipo de escolha é essa? Precisa seguir em frente — ele disse, batendo as mãos.

— Sim. Mas como vou viver assim? Olhe para mim. Acha que se eu pudesse não escolheria viver?

— Prefere ficar no purgatório de Estocolmo, vendo-me carregar papéis, dia após dia, vendo-me fumar, observando-me? O que vai fazer? Sentar-se com o bebê neste mesmo banco? É isso o que você quer?

Tatiana ficou em silêncio.

A primeira vez que o viu estava tomando sorvete sentada num banco.

— Siga adiante.

— Não tenho coragem.

Ele meneou a cabeça.

— Você tem, mas está escondida sob uma camada de gelo. Para você é inverno. — Ele sorriu. — Não se preocupe. O verão logo vai chegar e o gelo irá derreter.

Tatiana levantou-se com dificuldade e, afastando-se, disse em russo:

— O problema não é o gelo, filósofo do mar. É a pira funerária.

LIVRO I

A segunda América

... Mantenha a cabeça erguida
... Hold your head up all the more
com esta maré
This tide
E todas as outras
And every tide
porque ele era o filho que criaste
Because he was the son you bore
e entregaste ao vento e à maré
And gave to that wind blowing and that tide

Rudyard Kipling

CAPÍTULO UM

Hospital de Morozovo, 13 de março de 1943

TARDE DA NOITE, numa pequena vila pesqueira que fora transformada em quartel-general do Exército Vermelho para a operação Neva do *front* de Leningrado, um homem ferido espera a morte num hospital militar.

O ferido ficou longas horas deitado com os braços cruzados, mudando de posição apenas quando as luzes se apagaram e a enfermaria ficou em silêncio.

Em breve virão buscá-lo.

O ferido era um soldado de 23 anos, castigado pela guerra. Os meses que passou doente na cama conferiram-lhe ao rosto uma palidez que não era de medo nem de desejo, mas de falta de sol. Tinha a barba por fazer, e o cabelo escuro havia sido cortado rente à cabeça. Os olhos cor de caramelo fitavam ao longe e não transmitiam qualquer emoção. Alexander Belov não era frio e cruel, mas naquele momento seu olhar era sombrio e resignado.

Alguns meses antes, durante a Batalha de Leningrado, Alexander havia salvado o amigo Anatoly Marazov, caído sobre o rio Neva com uma bala na garganta. Alexander tinha feito tudo pelo amigo, assim como o imprudente médico Matthew Sayers, da Cruz Vermelha Internacional, que caiu num buraco de gelo e a quem Alexander teve de salvar, colocando em risco a própria vida, e arrastar até o caminhão blindado. Os alemães bombardeavam o veículo, e um dos projéteis acertou Alexander. Lembrou-se dos aviões alemães em Luga no início da guerra, quando os alemães bombardearam os campos cheios de soldados e de mulheres. Agora entendia por que os aviões o haviam afetado: embaixo do ronco das aeronaves da Luftwaffe, Alexander contemplara a própria morte.

Foi Tatiana quem o salvou dos quatro cavaleiros que vieram buscá-lo enumerando nos dedos enfiados em luvas pretas as boas e as más ações de Alexander. Tatiana, a quem Alexander dissera: *Saia imediatamente de Leningrado e volte para Lazarevo.*

Lazarevo, uma vila de pescadores incrustada num bosque de coníferas no sopé dos Montes Urais; Lazarevo, aninhada à beira do caudaloso rio Kama, onde ela poderia momentaneamente estar em segurança, se não fosse imprudente como o médico. *Não*, foi a resposta de Tatiana. E disse não aos quatro homens da cavalaria, o dedo em riste:

— Não vou permitir que o levem, farei tudo o que estiver ao meu alcance.

E ela cumpriu sua palavra. Ela os manteve afastados de Alexander com o próprio sangue, despejou seu sangue dentro dele, secou as próprias artérias, encheu as veias dele e o salvou.

Alexander devia a vida a Tatiana, mas o doutor Sayers devia a vida a Alexander, por isso aceitara levar o casal para Helsinque, de onde partiriam para os Estados Unidos. Tramaram um plano com a ajuda de Tatiana e, durante dois meses, Alexander repousou no hospital enquanto o ferimento das costas cicatrizava. Ele esperou e entalhou na madeira figuras, berços e flechas, e imaginou atravessar a América dirigindo com Tatiana ao lado dele. Fechou os olhos e imaginou que toda a dor havia desaparecido e fazia calor e no carro estavam apenas eles, cantando ao som do rádio.

Durante esse período, viveu nas asas frágeis da esperança. Uma esperança pequena, e sabia disso mesmo quando se afundava nela. A esperança de um homem cercado pelos inimigos, que ao dar as costas e executar a última corrida com destino à segurança, reza para ter a chance de mergulhar na água antes de o inimigo recarregar as armas e o cravar de tiros. Ele ouve os tiros, ouve os gritos atrás de si, e mesmo assim corre, sem perder a esperança. Mergulhar na esperança ou morrer. *Mergulhar nas águas do rio Kama.*

Três dias antes abriu os olhos, e na sua frente estava seu "melhor" amigo, Dimitri Chernenko, segurando a mochila que Alexander acreditava ter perdido na neve quando fora ferido. Dimitri tirou de dentro da bolsa o vestido branco com rosas vermelhas de Tatiana, erguendo-o como um gesto de ameaça. Com ele, a exigência de que Alexander a deixasse e fosse para os Estados Unidos consigo. Desafiava Alexander a enterrar a própria vida.

Alexander deveria tê-lo matado. E o teria feito, se não tivesse sido detido por um atendente estúpido; teria batido em Dimitri até matá-lo. Porém, de todo modo, com Dimitri vivo ou morto, seu destino estava selado. Alexander não sabia quando seu destino havia sido traçado e tampouco queria saber.

Desde que deixara o pequeno quarto de Boston, em dezembro de 1930 — essa era a resposta.

Agora, em 1943, se tivesse matado Dimitri, Alexander teria sido preso e imediatamente jogado num calabouço cercado de guardas, enquanto aguardaria a sentença da corte marcial por assassinato. Incapaz de salvar a própria vida, Tatiana teria ficado ao seu lado na União Soviética, enquanto o doutor Matthew Sayers, da Cruz Vermelha, viajaria sozinho para Helsinque.

Entretanto, Alexander não havia matado Dimitri. E a primeira coisa que este fez ao recobrar a consciência foi correr até o general Mekhlis da NKVD e contar tudo que sabia sobre Alexander Belov. E não era pouca coisa.

Mas Dimitri não contou a Mekhlis sobre Tatiana. A única coisa que queria era arruinar a vida de Alexander. Tatiana, que era capaz de ver a verdadeira natureza das pessoas, alertara Alexander sobre as intenções demoníacas de Dimitri. O casal fora cauteloso, agindo como simples conhecidos, mantendo as aparências. Mas Dimitri encontrou o vestido branco com rosas vermelhas na mochila e deduziu o casamento secreto. Tinha Alexander e Tatiana nas mãos e nada o impediria de arruiná-los. E foi o que fez.

Apesar de tudo, Alexander via um lampejo de esperança. Dimitri estava determinado a fugir da União Soviética, por isso, correu para falar com o general Mekhlis, com a expressão severa e os braços meio abertos, limitando-se apenas a entregar as informações sobre seu melhor amigo, Alexander Belov, sem mencionar que Tatiana Metanova era sua esposa. Queria que ela fugisse da União Soviética com ele e não com Alexander.

Para salvar Tatiana, Alexander Belov precisou ser obstinado e afastar-se dela. Precisou abrir o caminho para que ela marchasse por ele.

Naquela situação, Alexander poderia fazer apenas uma coisa: manter-se firme e saudar o médico que em breve salvaria a vida de sua esposa. E então, enfrentar o inimigo em outra batalha. Naquele momento, teria de esperar.

Alexander decidiu que não deixaria o hospital de pijamas e pediu à enfermeira da noite que trouxesse seu uniforme e quepe de major. Barbeou-se com o canivete e um pouco de água, vestiu-se e sentou-se na cadeira ao lado da cama com as mãos cruzadas. Sabia que viriam buscá-lo e iria acompanhar os lacaios da NKVD com o máximo possível de dignidade. Ouvia a respiração pesada do soldado que ocupava a cama ao lado, oculto por uma cortina de isolamento.

Qual era situação de Alexander naquela noite? O que o levara a tomar aquela decisão? E o mais importante, o que seria dele, dali a algumas horas, ao ser questionado sobre tudo o que fora até então? Quando o general Mekhlis, chefe da polícia secreta, erguesse o olhar embaçado e perguntasse: "Conte-nos quem é, Major", qual seria a resposta de Alexander?

Era o marido de Tatiana?

Sim.

— Não chore, querida.

— Não goze. Por favor, não goze. Ainda não.

— Tania, preciso ir. — Dissera ao coronel Stepanov que não se atrasaria para a revista de domingo.

— Por favor, ainda não.

— Tatia, consigo outra folga no final de semana. — Ele arfa. — Estarei de volta após a batalha de Leningrado. Mas agora...

— Por favor, Shura, não.

— Você está me apertando. Relaxe suas pernas.

— Não, fique parado. Por favor.

— São quase seis, amor. Preciso ir.

— Shura, querido, por favor... não vá.

— Não goze. Não vá. O que eu posso fazer?

— Fique bem aqui. Dentro de mim. Para sempre dentro de mim.

— Shh, Tatia, shh.

Cinco minutos depois, ele sai em disparada pela porta.

— Preciso correr e você não precisa me acompanhar. Não quero que ande sozinha à noite. Ainda tem a arma que lhe dei? Não saia daqui. Não me veja sumindo pelo corredor. Agora... vem cá — diz, beijando-lhe o cabelo e os lábios, envolvendo-a num abraço. — Seja boazinha, Tatia. E não diga adeus.

— Nos veremos, capitão do meu coração — diz Tatia, cujas lágrimas haviam rolado de sexta até domingo.

Era um soldado do Exército Vermelho?

Sim.

Era o homem que havia confiado sua vida a Dimitri Chernenko, aquele canalha miserável que havia se passado por seu amigo?

Sim, de novo.

Entretanto, Alexander fora outrora um cidadão americano, um Barrington. Falara como um americano. Rira como um americano. No verão, jogara e nadara como um americano. E, como eles, acreditara que tudo em sua vida fazia sentido. Tivera amizades que imaginava seriam eternas e amara sua mãe e seu pai. Como um americano.

Uma vez as florestas de Massachusetts foram a casa de Alexander. E houve uma bolsa de criança em que ele havia escondido tesouros: conchas e cacos de vidro das praias de Nantucket Sound, papel de bala, restos de cordas e barbantes, uma fotografia do amigo Teddy.

Uma vez, houve um tempo em que tivera mãe, a imagem do rosto queimado de sol e olhos grandes vívida em sua memória. Uma vez.

Alexander Barrington chegava ao fim. Mas não iria sem fazer barulho.

Prendeu no uniforme três medalhas militares e a medalha da Ordem da Estrela Vermelha, distinção recebida após dirigir um tanque sobre um lago quase congelado, colocou o quepe e sentou-se para esperar na cadeira ao lado da cama.

Alexander sabia como os agentes da NKVD atuavam quando prendiam alguém como ele. Preferiam agir com discrição e ter o menor número possível de testemunhas. Apareciam no meio da noite ou desciam numa estação de trem movimentada enquanto você esperava para viajar a um *resort* na Crimeia. Surgiam no mercado de peixes ou no quarto de um amigo que lhe tinha pedido para entrar na casa dele por um minuto. Pediam para se sentar ao seu lado no restaurante onde você estava comendo *pelmeni*. Abriam caminho em meio às pessoas numa loja e pediam que você os acompanhasse até o setor de pedidos especiais. Sentavam ao seu lado no parque. Eram sempre educados e bem-vestidos. Quando chegavam, não mostravam as armas, e sempre estacionavam o carro que iria levá-lo até a Grande Casa. Certa vez, uma mulher que estava sendo detida no meio da multidão começou a gritar, subindo no poste de iluminação e fazendo tanto barulho que mesmo os transeuntes indiferentes pararam para olhar. A mulher tornou impossível a tarefa dos agentes da NKVD e eles foram embora. No entanto, em vez de fugir para algum lugar no interior do país, ela foi dormir em casa, sendo presa no meio da noite.

No caso de Alexander, haviam chegado à tarde, depois da escola. Ele estava com um amigo, e os homens disseram que Alexander havia esquecido a reunião com o professor de História; será que poderia sair e encontrar-se com ele por um momento? No mesmo instante, Alexander sentiu o cheiro da mentira. Sem sair do lugar, agarrou o braço do amigo e balançou a cabeça. Mesmo assim, o amigo foi embora abruptamente; sabia que sua presença não era desejada. Alexander permaneceu com os dois homens, pensando em suas opções. Quando viu o carro preto encostar, percebeu que as opções diminuíam. Imaginou se, em plena luz do dia, enquanto havia gente ao redor, levaria um tiro pelas costas. Decidiu que isso não aconteceria e saiu correndo. Vieram atrás, mas os homens já tinham passado dos trinta, e Alexander tinha apenas dezessete anos. Alexander entrou numa viela e conseguiu despistá-los; escondeu-se e chegou ao mercado próximo da igreja de St. Nicholas. Comprou pão e teve medo de voltar para casa. Pensou que a próxima coisa que fariam seria procurá-lo em casa. O pai não sentiria sua falta, e a mãe não perceberia sua ausência. Alexander dormiu ao relento.

Na manhã seguinte, achou que estaria em segurança na sala de aula. O próprio diretor entregou-lhe um bilhete informando-o para dirigir-se à secretaria.

Assim que saiu da sala, agarraram-no e conduziram-no em silêncio até o carro preto que os aguardava estacionado no meio-fio.

Na Casa Grande, ele apanhou e depois foi transferido para a prisão de Kresty, onde aguardou a decisão sobre seu destino. Não tinha ilusões. Embora não houvesse acusações contra ele, sabia que a sua inocência não ajudaria. Mas talvez não fosse tão inocente assim. Afinal, era um americano de nome Alexander Barrington. Esse era o seu crime, o resto era mero detalhe.

Alexander sabia que os agentes que estavam a caminho para prendê-lo não criariam um tumulto na ala dos doentes críticos do hospital militar. Sabia muito bem que a desculpa que haviam inventado – fingindo levá-lo a Volkhov para ser promovido a tenente-coronel – serviria até que ficassem a sós com ele. Alexander estava decidido a não chegar a Volkhov, onde seria "julgado" e executado. No hospital de Morozovo, entre os novatos, tinha mais possibilidades de sobreviver.

De acordo com o artigo 58 do código criminal soviético de 1928, Alexander sequer era um prisioneiro político. Se a acusação que recaía sobre ele era a de crimes contra o Estado, então ele era um criminoso comum, e deveria ser sentenciado como tal. O código, em catorze seções, definia suas infrações em termos gerais. Não era preciso ser um americano, um foragido da justiça soviética, um agitador estrangeiro. Nem espião nem patriota. Ele não precisava nem cometer um crime. Ter intenção de cometer um crime era tão criminoso e condenável quanto todo o resto. A intenção de trair era encarada de modo tão severo quanto a própria traição. O governo soviético orgulhava-se dessa evidente superioridade em relação às constituições ocidentais, que por insensatez aguardavam o criminoso agir antes de puni-lo.

Qualquer ação realizada ou pretendida que tivesse por objetivo enfraquecer o poder do Estado e do exército soviético era punida com a morte. Não apenas a ação, mas também a não ação era considerada contrarrevolucionária.

No caso de Tatiana, não viveria muito tempo se ficasse na União Soviética. Se Alexander fugisse com Dimitri para os Estados Unidos, deixando-a sozinha, ela passaria como a esposa de um desertor do Exército Vermelho. Se ele morresse na frente de batalha, ela ficaria viúva, órfã e sem mais ninguém no mundo. E se Dimitri o denunciasse à NKVD, a polícia secreta de Stalin, como de fato aconteceu, Tatiana se tornaria a única parente viva de Alexander Barrington, a esposa russa do "espião" americano e inimiga da classe trabalhadora. Essas eram as únicas opções que haviam restado a Alexander e a sua desafortunada esposa.

Quando Mekhlis perguntar quem sou, irei saudá-lo com um movimento de cabeça e dizer "Sou Alexander Barrington", e não vou olhar para trás?

Faria isso? Não olharia para trás?

Alexander não se achava capaz.

A chegada a Moscou, 1930

O garoto de onze anos sentiu-se nauseado.

— Que cheiro é esse, mãe? — perguntou Alexander, ao entrar com os pais no quarto frio e pequeno. Estava escuro e difícil de enxergar, então ficou muito melhor quando o pai acendeu a luz fraca e amarelada. Alexander respirou pela boca e repetiu a pergunta. A mãe não respondeu. Tirou o chapéu recatado e o casaco, mas ao perceber que o quarto estava gelado, vestiu-o novamente e acendeu um cigarro.

O pai andou pelo quarto de maneira viril, tocando a cômoda antiga, a mesa de madeira, as cortinas empoeiradas.

— Nada mal. O lugar é ótimo. Você vai ter um quarto, Alexander. Sua a mãe e eu ficaremos aqui. Venha, vou mostrá-lo a você.

Alexander pegou a mão do pai e o seguiu.

— Mas o cheiro, pai...

— Não se preocupe, filho. — Harold sorriu. — Sua mãe vai fazer uma faxina. Não é nada. São várias pessoas morando muito próximas umas das outras. — Apertou a mão de Alexander. — É o cheiro do comunismo, filho.

Era noite alta quando foram levados ao hotel no qual morariam. Alexander imaginou que estivessem perto do centro, mas não tinha certeza. Desembarcaram em Moscou durante a madrugada, depois de uma viagem de dezesseis horas de trem, partindo de Praga. De Paris à capital da Tchecoslováquia tinham sido outras vinte quatro horas. Passaram dois dias em Paris esperando a emissão de documentos, a permissão de viagem ou o próprio trem. Alexander não tinha certeza, mas gostou de Paris. Os pais estavam irritados e Alexander os ignorava o máximo possível, entretendo-se com a leitura de *As aventuras de Tom Sawyer*, seu livro favorito. Sentia-se melhor quando abria o livro e se desligava da vida dos adultos. Depois das brigas, a mãe tentaria explicar a Alexander o que acabara de se passar, mas o garoto tinha vontade de dizer para ela seguir as ordens do pai e não discutir.

Alexander não queria ouvir as explicações da mãe.

Mas desta vez sim, ele precisava de uma explicação.

— Pai, o cheiro do comunismo? Que diabos é isso?

— Alexander!— exclamou o pai. — Sua mãe não o ensinou a falar desse jeito! De onde tirou isso? Sua mãe e eu não usamos esse linguajar.

Alexander não gostava de discordar do pai, porém gostaria de lembrá-lo de que todas as vezes que ele e a mãe brigavam, usavam palavras piores. O pai acreditava que, só porque as brigas não eram da conta de Alexander, o menino não as escutava. Como se os pais não estivessem no quarto ao lado ou mesmo na frente dele. Em Barrington, Alexander nunca ouvira nada. Entre o quarto dele e o dos pais não havia portas ou cômodos, pois cada um ficava num extremo do corredor do primeiro andar. Ele nunca ouviu nada, e era assim que deveria ser.

— Pai, que cheiro é esse? — insistiu.

— Os banheiros, Alexander — respondeu o pai, desconfortável.

— Onde ficam? — perguntou Alexander, olhando ao redor do quarto.

— Lá fora, no corredor. — Harold sorriu. — Pense pelo lado positivo: não vai precisar ir muito longe se acordar no meio da noite.

Alexander soltou a mochila e tirou o casaco. O frio não o incomodava, e não pensava em dormir usando o casaco.

— Pai — disse, respirando pela boca, com vontade de vomitar. — Você não sabe que eu nunca levanto no meio da noite? Tenho o sono pesado.

No quarto havia uma cama pequena coberta com uma manta de lã. Harold saiu do quarto, e Alexander foi até a janela ver o que tinha do lado de fora. Fazia muito frio em Moscou. Estavam em dezembro, e a temperatura estava muito abaixo de zero. Da janela do segundo andar, Alexander viu cinco pessoas deitadas no chão da entrada de um dos prédios. Apesar do frio, preferiu deixar a janela aberta para ventilar o quarto.

Saiu do quarto para usar o banheiro, mas não teve coragem, preferindo ir do lado de fora do edifício. Voltou e despiu-se, dormindo logo em seguida. Tinha sido um longo dia, mas antes de pegar no sono, ficou imaginando se o capitalismo também tinha cheiro.

CAPÍTULO DOIS

A chegada à Ilha Ellis, 1943

TATIANA LEVANTOU-SE DA CAMA COM DIFICULDADE e caminhou até a janela. Já havia amanhecido e a enfermeira logo traria o bebê para ela amamentar. Puxou a cortina e o trinco, mas não conseguiu abri-la porque havia secado um pouco da tinta branca entre o batente e a parede. Tatiana empurrou com mais força e só então conseguiu abrir a janela, colocando a cabeça para fora. A manhã estava quente e o ar tinha cheiro de mar.

Água salgada. Respirou fundo e sorriu. Gostava daquele cheiro. Era diferente dos outros cheiros que lhe eram familiares.

O grasnado das gaivotas cortando o ar lhe era familiar.

A paisagem não.

Sob o nevoeiro matinal, as águas do porto de Nova York eram como um cristal esverdeado. Ao fundo viam-se os arranha-céus, e à direita, apesar da bruma espessa, a estátua saudava o dia com uma chama na mão.

Tatiana sentou-se perto da janela e admirou os edifícios do outro lado da baía. Tão altos e bonitos! Eram tantos que congestionavam a linha do horizonte; os pináculos eram como porta-aviões decolando, elevando o homem mortal aos céus imortais. O que Tatiana via eram os pássaros circulando, a calmaria da água, a vastidão dos edifícios do outro lado do porto, e o próprio porto envidraçado fundindo-se com o Atlântico. Então o sol atingiu seus olhos e ela desviou o olhar. O porto ganhou vida, com balsas, rebocadores, vários tipos de barcos leves e pesados, e mesmo alguns iates, atravessando a baía, apitando e buzinando numa deliciosa cacofonia. Tatiana pensou em fechar a janela, mas decidiu deixá-la aberta.

Ela ansiava ver o oceano. Havia visto o Mar Negro e o Báltico, e vários lagos — muitas vezes o lago Ladoga —, mas nunca um oceano. Alexander velejara no Atlântico e assistira à queima de fogos nas comemorações de 4 de Julho. O feriado da Independência não estava próximo? Talvez pudesse ver a queima de fogos. Iria perguntar à enfermeira Brenda, mas a mulher era bastante antipática, e sempre respondia asperamente, mantendo a parte inferior do rosto — e todo o coração — coberto por uma máscara de proteção contra Tatiana.

— Sim — Brenda informou Tatiana. — Haverá queima de fogos. Daqui a dois dias será 4 de Julho. Não vai ser tão bonito como antes da guerra. Mas você não deveria estar pensando nisso. Chegou há menos de uma semana e já quer saber dos fogos de artifício? Você tem uma criança para manter longe das infecções e você mesma precisa se recuperar. Já saiu para caminhar hoje? O médico mandou você tomar ar fresco e manter a boca coberta caso tussa em cima do bebê. Também não deve carregá-lo, pode se cansar. Você já saiu hoje? Tomou café da manhã? — Tatiana tinha a impressão de que Brenda falava rápido para que ela não entendesse.

Mas mesmo Brenda não conseguia estragar seu café da manhã: ovos, presunto, tomates e café com leite. Tatiana comeu sentada na cama e concluiu que uma cama macia com lençol, travesseiro e um cobertor de lã eram imprescindíveis como o pão.

— Posso segurar meu filho? Preciso alimentá-lo. — Seus seios estavam cheios.

Brenda fechou bruscamente a janela.

— Nunca mais deixe a janela aberta. Seu filho vai ficar resfriado.

Tatiana sorriu.

— O ar do verão vai deixá-lo resfriado?

— Sim, a *umidade*. O ar quente e úmido faz mal.

— Mas você disse que preciso caminhar...

— O ar de fora é uma coisa, o ar de dentro é outra — explicou Brenda.

— Ele não pegou minha tuberculose — disse Tatiana, tossindo exageradamente para impressionar. — Traga meu bebê, por favor.

Após amamentá-lo, Tatiana abriu a janela e sentou-se no parapeito, aninhando o filho nos braços.

— Veja, Anthony — sussurrou Tatiana em sua língua natal. — Você vê? A água? É bonita, não é? E do outro lado existe uma cidade com pessoas, ruas e parques. Assim que eu estiver melhor, Anthony, vamos pegar uma dessas balsas barulhentas e passear pelas ruas de Nova York. Você gostaria? — Tatiana olhou fixamente para a cidade, enquanto acariciava o rosto do filho.

— Seu pai gostaria — sussurrou.

CAPÍTULO TRÊS

Morozovo, 1943

POR VOLTA DE UMA DA MADRUGADA, Matthew Sayers apareceu na cama de Alexander e constatou o óbvio:

— Ainda está aqui. — Fez uma pausa. — Talvez não venham buscá-lo.

O doutor Sayers era americano e um eterno otimista.

Alexander balançou a cabeça.

— Você colocou minha medalha de *Herói da União Soviética* na mochila dela? — foi tudo o que disse.

O médico assentiu com a cabeça.

— Escondeu-a como eu pedi?

— O melhor que pude.

Agora era a vez de Alexander assentir.

Sayers tirou do bolso uma seringa, um frasco e uma pequena ampola de remédio.

— Vai precisar disso.

— Preciso mais é de tabaco. Tem algum?

Sayers mostrou um maço cheio de cigarros.

— Já estão enrolados.

— Perfeito. Tenho isqueiro.

Sayer mostrou um pequeno frasco cheio de líquido incolor.

— Estou lhe dando 650 miligramas de solução de morfina. Não tome tudo de uma única vez.

— Por que faria isso? Não tomo morfina há semanas.

— Pode precisar. A gente nunca sabe. Use 15 miligramas, 30, no máximo. 650 são o bastante para matar dois homens adultos. Já viu como se administra morfina?

— Já — respondeu Alexander, lembrando-se de Tatia com a seringa na mão.

— Ótimo. O melhor lugar para aplicar é no estômago. Aqui estão alguns remédios à base de sulfato para o caso de a infecção retornar. Um pouco de ácido carbólico. Use para limpar a ferida se não tiver outro medicamento. E um rolo de gaze. Deve trocar o curativo todos os dias.

— Obrigado, doutor.

Ficaram em silêncio.

— Está com as granadas?

Alexander assentiu.

— Uma na bolsa, outra na bota.

— Arma?

Alexander tocou no coldre.

— Vão tomá-la de você.

— Só arrancando de mim. Não vou entregá-la.

O médico apertou a mão de Alexander.

— Você se lembra do que eu disse? — perguntou Alexander. — Seja lá o que acontecer comigo, você vai ficar com isso — tirou o quepe e entregou-o ao médico. — Vai escrever meu atestado de óbito e dizer a ela que me viu morto no lago e que depois me jogou dentro de um buraco no gelo. Está claro?

Sayers fez que sim com a cabeça.

— Farei o meu melhor. Embora preferisse não ter de fazê-lo.

— Eu sei.

Estavam sombrios.

— Major, o que devo fazer se encontrá-lo morto no gelo?

Alexander esteve pensando nisso.

— Escreva meu atestado de óbito e jogue meu corpo no lago Ladoga. Faça o sinal da cruz em mim antes de me lançar dentro da água. — Alexander tremeu levemente. — Não se esqueça de dar a ela o meu quepe.

— Chernenko está sempre rondando meu jipe — disse Sayers.

— Eu sei. Não vai deixar que parta sem ele, tenho certeza. Vai ter de levá-lo com você.

— Não quero levá-lo comigo.

— Quer salvá-la ou não? Se Dimitri ficar aqui, ela não terá chance de fugir. Então, pare de se preocupar com o que não pode mudar. Fique atento e nunca confie nele.

— E o que eu faço com ele em Helsinque?

Naquele momento, Alexander se permitiu um sorriso.

— Não sou a pessoa mais indicada para responder. Só peço que não se arrisquem demais.

— Claro que não.

— Precisa tomar cuidado, agindo com cautela e naturalidade. Partam assim que puderem. Já avisou Stepanov?

O coronel Mikhail Stepanov era o comandante de Alexander.

— Disse a ele que estou indo para a Finlândia, e ele me pediu que acompanhasse sua esposa até Leningrado. Disse que não era oportuno que ficasse em Morozovo.

— Já falei com ele e pedi que a deixasse partir com você. Portanto, você tem a autorização dele para levá-la. Melhor assim, será mais fácil sair da base.

— Stepanov me disse que é comum o soldado ser levado para Volkhov quando vai receber uma promoção. É verdade? Não sei mais em que devo acreditar.

— Bem-vindo ao time — ironizou Alexander.

— Ele sabe o que vai acontecer?

— Foi Stepanov quem me contou o que está para acontecer comigo. Vão me levar para o outro lado do lago porque não temos uma prisão militar deste lado — Alexander explicou. — Mas quando minha esposa perguntar por mim, ele vai confirmar a versão de que estou sendo promovido, o que vai corroborar a versão da NKVD quando o caminhão explodir, uma vez que eles não gostam de explicar a prisão dos próprios comandantes. É muito mais fácil dizer que morri.

— Existe uma prisão em Morozovo — Sayers baixou a voz. — Descobri quando fui examinar dois soldados que morriam de diarreia. Eles estavam no porão de uma escola abandonada, num antigo abrigo contra bombas que tinha sido dividido em minúsculas celas. Pensei que estivessem de quarentena. — Sayers olhou de esguelha para Alexander. — Não pude fazer nada por eles. Nem sei por que me pediram para ir até lá, quando cheguei já era tarde demais.

— Pediram na hora certa, para que morressem sob os cuidados médicos de um médico da Cruz Vermelha. Uma boa maneira de legitimar o que fizeram.

— Está com medo? — perguntou Sayers, com a respiração pesada.

— Por ela — respondeu Alexander, olhando rapidamente para o médico. — E você?

— Ridiculamente apavorado.

Alexander assentiu e se reclinou na cadeira.

— Só mais uma coisa, doutor. Posso lutar com o ferimento nas costas?

— Não.

— Vai abrir de novo?

— Não, mas pode infeccionar. Não se esqueça de tomar as sulfamidas.

— Não vou me esquecer.

Antes de deixá-lo, Sayer sussurrou:

— Não se preocupe com Tatia, ela vai ficar bem. Vai estar comigo, e não vou perdê-la de vista até que chegue a Nova York. Lá ela estará em segurança.

Alexander concordou com um movimento de cabeça quase imperceptível.

— Ela irá colaborar o máximo possível. Dê a ela um pouco de chocolate.

— Acha que ela vai se contentar com tão pouco?

— Ofereça — repetiu Alexander. — Ela vai recusar nos primeiros cinco minutos, mas vai aceitar no minuto seguinte.

Antes de sair da sala, o médico se virou e fitou Alexander. Os dois homens se olharam nos olhos por alguns instantes, e então Alexander se despediu do médico com uma continência.

A vida em Moscou, 1930

Depois de serem recebidos na estação de trem e antes de seguirem para o hotel, foram levados a um restaurante onde comeram e beberam à vontade. Alexander estava admirado com o fato de o pai estar certo, de como as coisas estavam indo bem. A comida era razoável e abundante. Apesar disso, o pão não era fresco, tampouco o frango. A manteiga e a água estavam frias como o tempo, mas o chá preto estava doce e quente, e quando todos levantaram os copos de cristal e gritaram, "*Na zdorovye!*", ou "saúde!", o pai de Alexander deixou que ele bebesse um gole de vodca.

— Harold! Não dê bebida ao menino. Está louco? — ralhou a mãe. Ela mesma não era boa de copo, por isso mal tocou na bebida. Alexander bebeu por curiosidade e no mesmo instante detestou o sabor, sentindo a garganta queimar por um tempo que lhe pareceu interminável. A mãe riu da careta que o filho fez. Quando o ardor passou, ele dormiu com a cabeça apoiada sobre a mesa.

Logo veio o hotel.

Logo vieram os banheiros.

O hotel transformado em residência era fétido e escuro. O papel de parede era escuro e o chão era escuro. O chão, em alguns cômodos, incluindo o quarto de Alexander, não era de todo perpendicular à parede. Alexander imaginava que aquilo não estava certo, mas o que ele sabia das coisas? Talvez as proezas da engenharia e da construção desenvolvidas na revolucionária União Soviética ainda não tivessem chegado à América. O pai depositava tanta esperança na vida soviética que Alexander não ficaria surpreso de saber que a roda só tinha sido inventada depois da Gloriosa Revolução de Outubro de 1917.

As colchas sobre as camas e o estofamento dos sofás eram escuros, as cortinas eram marrom-escuras. Na cozinha o fogão era preto, e os três armários eram de madeira escura. Nos cômodos do fundo do corredor mal-iluminado moravam três irmãos nascidos na Geórgia, território próximo ao Mar Negro. Todos os três tinham cabelos castanhos cacheados, pele e olhos escuros. Alexander logo foi aceito entre eles como um irmão, apesar da pele clara e do cabelo liso. Chamavam-no de Sasha, o pequeno garoto da Geórgia, e o faziam comer um sorvete líquido chamado *kefir*, que Alexander abominava.

E, para o seu infortúnio, Alexander descobriu que abominava muitos pratos da culinária russa. Tudo o que viesse mergulhado em cebola e vinagre era motivo para que ele não quisesse se sentar à mesa. E a maioria dos pratos servidos pelos amáveis estrangeiros vinha mergulhada em cebola e vinagre.

Com exceção dos irmãos da Geórgia, os outros moradores do seu andar quase não falavam russo. No segundo andar do Hotel Derzhava – *fortaleza*, em russo –, moravam outras trinta pessoas que haviam se mudado para a União Soviética por motivos parecidos aos dos Barringtons. Uma das famílias era da Itália e fora expulsa de Roma em fins da década de 1920, tendo sido recebidos de braços abertos na União Soviética, o que Harold e Alexander consideravam uma atitude louvável.

Havia uma família da Bélgica e duas da Inglaterra. As famílias britânicas eram as preferidas de Alexander, pois falavam um idioma parecido com o seu. Harold, porém, não gostava que o filho falasse inglês, e não lhe agradavam muito as famílias inglesas ou a italiana; a verdade era que o pai de Alexander não gostava de ninguém daquele andar. Não perdia a oportunidade de desencorajar a amizade de Alexander com as irmãs Tarantella ou com Simon Lowell, o camarada inglês de Liverpool. Harold Barrington queria que o filho fizesse amizade com jovens russos. Queria que Alexander se banhasse na cultura de Moscou e aprendesse a língua russa. E, para agradar o pai, foi o que ele fez.

Harold não teve problemas para encontrar emprego em Moscou. Nos Estados Unidos, havia se metido a fazer de tudo um pouco, apesar de não precisar trabalhar, e, embora não dominasse com perfeição nenhum ofício, aprendia rapidamente. As autoridades de Moscou o alocaram na gráfica do jornal soviético *Pravda*, onde passava dez horas por dia operando o mimeógrafo. Todas as noites voltava para a casa com os dedos manchados de um azul tão escuro, que pareciam negros. A tinta não saía nem quando as mãos eram lavadas.

Também poderia ter se ocupado na construção de telhados, mas não havia muitas construções em Moscou.

Ainda não – costumava dizer –, *mas muito, muito em breve haverá.* – Poderia ter trabalhado nas estradas, mas não havia muitas delas para serem construídas ou reparadas em Moscou. – *Ainda não, mas muito, muito em breve haverá.*

A mãe de Alexander seguia os ideais do pai e por eles suportava qualquer coisa, menos a pobreza das acomodações. Alexander a provocava ("Pai, você aprova a mãe limpar a sujeira da classe trabalhadora? Mãe, o pai não aprova, pare de limpar"). Jane, todavia, passava uma hora esfregando a banheira coletiva antes de entrar nela. Limpava o banheiro todos os dias depois do trabalho e antes de preparar o jantar, enquanto Alexander e o pai esperavam pela comida.

— Alexander, lave as mãos quando usar o banheiro.

— Mãe, não sou mais criança — reclamava Alexander. — Sei que preciso lavar as mãos. — Inalava o ar demoradamente. — Ah, *l'eau* de comunismo. Tão pungente, tão forte, tão...

— Pare já com isso! Lave as mãos na escola e onde você for.

— Sim, mãe.

— Aqui o cheiro é mais fraco do que nos outros quartos. Já sentiu no quarto da Marta? — perguntou a mãe.

— Claro. A nova ordem soviética se impôs com mais força ali.

— Sabe por que fede tanto? Porque os dois filhos moram com ela. É uma sujeira e um fedor insuportável!

— Não sabia que ela tinha dois filhos.

— Tem, sim. Moravam em Leningrado, mas vieram visitar a mãe e não foram mais embora.

Alexander riu.

— Quer dizer que o lugar é fedido por causa deles?

— Não deles — respondeu Jane, fazendo um gesto de repugnância. — Mas das putas que eles trazem da estação de Leningrado. Quase toda noite eles trazem uma nova meretriz que empesteia o lugar.

— Mãe, não seja tão crítica. Nem todo mundo consegue comprar um perfume Chanel quando passa por Paris. Por que não oferece um pouco de perfume às putas? Para uma *limpeza* francesa. — Alexander divertiu-se com a própria brincadeira.

— Vou reclamar de você para o seu pai.

O pai estava logo ali.

— Ajudaria se você parasse de falar sobre putas com nosso filho de onze anos.

— Alexander, meu querido, Feliz Natal! — disse Jane, mudando de assunto e sorrindo melancolicamente. — Eu sei que seu pai não gosta que a gente comemore essas datas...

— Não é que não gosto — interrompeu Harold. — Só quero colocá-los na perspectiva correta. Elas pertencem ao passado, não existem mais para nós, por isso acho que são desnecessárias.

— E eu concordo com você — acrescentou Jane, calmamente —, mas nesses dias a gente sente um nó na garganta...

— Sobretudo hoje — disse Alexander.

— Vamos esquecer o assunto. Tivemos um jantar agradável e você vai ganhar um presente no Ano Novo, como todos os garotos soviéticos. — Jane fez uma pausa. — Não do papai Noel, claro, mas de nós. — Outra pausa. — Você não acredita mais em Papai Noel, não é, filho?

— Não, mãe — respondeu vagarosamente Alexander, sem olhar para ela.

— Desde quando?

— Desde agora — respondeu, levantando-se e recolhendo os pratos da mesa.

Jane Barrington conseguiu trabalho na biblioteca da universidade, onde era responsável pelo empréstimo dos livros. No entanto, alguns meses depois, foi transferida para o setor de referência; em seguida, para o de mapas, e agora, por fim, servia lanches na cafeteria. Toda noite, após limpar os banheiros, preparava um jantar russo para a família, ocasionalmente reclamando da falta de muçarela, azeite de oliva para um molho de tomate decente, ou de manjericão fresco. Harold e Alexander não viam problema nisso. Comiam o repolho, a linguiça, as batatas, os cogumelos e o pão preto com sal. Harold pediu que Jane aprendesse a preparar um suculento *borscht*[1] à moda das dedicadas esposas russas.

Alexander acordou com os gritos da mãe, levantou-se e foi até o corredor. A mãe, metida numa camisola branca e com uma panela na mão, gritava obscenidades para um dos filhos de Marta, que se evadia pelo corredor sem olhar para trás.

— O que está acontecendo? — perguntou Alexander. Harold não havia se levantado.

— Levantei para ir ao banheiro e tive vontade de beber água. Até aí tudo bem. Mas sabe o que encontrei na cozinha? Aquele patife, aquele animal imundo, com suas mãos nojentas no meu *borscht*! Comendo toda a carne! A minha carne! O meu *borscht*! Direto da panela! Que nojo! — gritou no corredor. — Cão sarnento, moleque vagabundo! Não respeita a propriedade dos outros!

Alexander permanecia imóvel, ouvindo a mãe gritar. Em seguida, ela jogou todo o conteúdo da panela no lixo, e com gosto.

— Imagine se eu iria comer alguma coisa depois de aquele animal ter colocado suas patas sujas na minha sopa — justificou-se.

— Boa noite, mãe — disse Alexander, voltando para cama.

Na manhã seguinte, a mãe ainda falava no assunto. E à tarde também, quando Alexander chegou da escola, e no jantar em que não foi servido o delicioso *borscht*, mas um ensopado sem carne do qual Alexander não gostou e que o fez descobrir sua preferência por refeições com carne, que o sustentavam mais do que qualquer outro alimento. Seu corpo crescia de forma desconcertante, mas ele

1 Sopa tradicional do Leste Europeu à base de beterraba.

precisava alimentá-lo com frango, carne vermelha, porco e peixe, quando conseguiam encontrar. Não gostava de jantar apenas vegetais.

Harold disse a Jane:

— Calma, Jane. Está fazendo uma tempestade num copo d'água.

— E como não fazer? Acha que o vagabundo lavou as mãos depois de ter tocado na puta da estação de trem que esteve com outros cinquenta vagabundos como ele?

— Você já jogou a sopa fora. Por que esse escândalo todo? — perguntou Harold.

Alexander estava se segurando para não rir. Ele e o pai trocaram olhares, e quando percebeu que o pai não falaria mais nada, limpou a garganta e disse:

— Mãe, se me permite fazer uma observação, você não está agindo como uma socialista. O filho de Marta tem o direito de dividir conosco a sua sopa tanto quanto você tem o direito de dividir com ele sua puta. É claro que você não quer nada com ela. Mas se você quisesse e ela fosse dele, o que na verdade não é, pois ela não tem dono, você também teria direito a ela. Entendeu? Assim como tem direito a dividir a manteiga dele. Gostaria de um pouco da manteiga? Vou buscar pra você.

Harold e Jane lançaram um olhar de reprovação ao filho.

— Você enlouqueceu, Alexander? Por que eu iria querer qualquer coisa daquele homem?

— É o que estou dizendo. Nada pertence a ele. Tudo é seu também. E nada pertence a você. É dele também. Ele tem todo o direito de se servir do seu *borscht*. É o que vocês me ensinaram e o que me ensinam na escola em Moscou. Assim é melhor para todos. Mudamos para cá para prosperar coletivamente, para desfrutarmos das conquistas de todo mundo. Pessoalmente, não entendo por que você prepara pouco *borscht*. Sabia que a nossa vizinha, Nastia, come *borscht* sem carne desde o ano passado?

Alexander olhou para os pais com entusiasmo.

— Em nome do Senhor, o que deu em você? — disse a mãe.

Alexander terminou sua refeição à base de repolho e cebola.

— Quando será a próxima reunião do Partido? — perguntou ao pai. — Mal posso esperar.

— Sabe de uma coisa, filho? Acho que você não precisa mais dessas reuniões — concluiu Jane.

— Pelo contrário — discordou o pai, desalinhando o cabelo do filho com a mão. — Acredito que precise de muitas mais.

Alexander sorriu.

A família havia chegado a Moscou durante o inverno. Três meses depois, eles descobriram que, para comprar o que necessitavam, como lâmpadas, farinha de trigo ou de centeio, precisavam dos vendedores clandestinos que circulavam nas redondezas das estações vendendo frutas e presunto que retiravam dos bolsos dos casacos de pele.

Não havia muitos deles e os preços eram exorbitantes. Harold recusava-se expressamente a negociar com eles, contentando-se em comer o pão preto do racionamento, o *borscht* sem carne e batatas sem manteiga, porém regadas abundantemente com óleo de linhaça, que até então acreditavam servir somente para diluir tintas, fabricar linóleo e lustrar móveis.

— Não temos dinheiro para gastar com especuladores — o pai dizia. — Podemos sobreviver sem comer fruta durante o inverno. Além disso, não temos dinheiro sobrando. De onde vem o dinheiro para gastar com esses vendedores? — Jane não respondia e Alexander dava de ombros, pois não sabia a resposta. Contudo, depois de Harold dormir, Jane ia até o quarto do filho e sussurrava em seu ouvido para que de manhã ele comprasse algumas laranjas contra escorbuto, presunto contra distrofia, ou um pouco de leite fresco, produto raro e de origem duvidosa.

— Está me ouvindo, Alexander? Estou colocando dólares americanos no bolso interno da sua mochila.

— Tudo bem, mãe. De onde você tira os dólares?

— Não se preocupe com isso, filho. Trouxe um pouquinho dos Estados Unidos, para o caso de alguma necessidade. — Jane dava um beijo na testa do filho. — As coisas não melhoram da noite para o dia. Você sabe o que está acontecendo nos Estados Unidos? Depressão, pobreza, desemprego, a vida está difícil em todo lugar. Mas escolhemos viver de acordo com os nossos princípios e estamos construindo um mundo sem exploração, onde a camaradagem e o benefício de todos é o mais importante.

— Com a ajuda de alguns dólares americanos?

— Com a ajuda de alguns dólares americanos — reconhecia Jane, abraçando o filho. — Mas não comente com seu pai, ele ficaria furioso. Consideraria uma traição. Por isso, nem um pio.

— Não vou contar.

No inverno seguinte, Alexander estava com doze anos, e ainda não havia leite fresco em Moscou. O frio continuava severo. A única diferença entre o inverno de 1931 e o de 1930 era que os vendedores clandestinos que rodeavam as estações haviam desaparecido. Estavam na Sibéria cumprindo pena de dez anos por atividades contrarrevolucionárias e antiproletárias.

CAPÍTULO QUATRO

A vida na Ilha Ellis, 1943

ENQUANTO SE RECUPERAVA, tendo pouca coisa para fazer além de ficar na cama, Tatiana decidiu ler para melhorar seu domínio do inglês. Na pequena - mas bem sortida - biblioteca de Ellis, encontrou muitos livros nesse idioma, doações de enfermeiras, médicos e outros benfeitores. Havia também livros em russo: Maiakóviski, Górki, Tolstói.

Tatiana levava os livros para o quarto, porém era difícil manter a concentração por muito tempo quando lia em inglês. Sua mente era tomada por imagens de rios, de gelo e sangue, misturadas a imagens de bombas, aviões, morteiros e buracos no gelo; de tricô e de costura, de mães imóveis em sofás com sacos mortuários nas mãos, irmãs famintas e congeladas na pilha de cadáveres, irmãos desaparecidos em explosões de trem, pais queimados até virarem cinzas, avôs com infecção pulmonar e avós morrendo de tristeza. Camuflagens brancas, piscinas de sangue, cabelo negro molhado e emaranhado, o quepe de um oficial amassado, jogado no chão, imagens viscerais que era obrigada a empurrar pelo corredor afora e jogar no banheiro comum para depois se forçar a aprender cada vez melhor o inglês, a fim de não perder a concentração e não ter a mente arrastada para aquele ponto no meio do peito, local em que seu coração se agitava e sentia algo parecido com o medo que a inundava.

Tatiana tirava Anthony do berço e o aninhava sobre o peito. No entanto, nem o odor suave de Anthony ou o toque suave de seus cabelos escuros nos lábios de Tatiana impediam sua mente de divagar. Se ao menos...

Apesar de tudo, gostava de sentir seu cheiro. Nos dias quentes, despia o filho para sentir o corpo róseo e rechonchudo. Adorava cheirar seu cabelo, seu pescoço e o aroma de leite de seu hálito. Deitava-o de bruços para acariciar suas costas, suas pernas e seus pezinhos, cheirando atrás do pescoço. Ele dormia sossegadamente, sem notar os carinhos maternos.

— Esse bebê não acorda nunca? — perguntou o doutor Edward Ludlow ao vê-lo.

Num inglês mal-ajambrado, Tatiana respondeu:

— É leão. Dorme vinte horas por dia e de noite acorda para caçar.

— Vejo que se sente melhor — disse Edward, sorrindo. — Está caçoando.

Tatiana esboçou um sorriso.

O doutor Ludlow era um homem esbelto e elegante, que nunca levantava a voz ou agitava as mãos. O seu jeito de olhar, de falar e se movimentar transmitiam serenidade. Possuía uma qualidade indispensável a um bom médico: sabia conversar com seus pacientes. Tatiana dava a ele uns 35 anos. A postura ereta indicava que talvez um dia tivesse sido militar. O seu olhar responsável inspirava confiança.

Há um mês, quando Tatiana chegou ao porto de Nova York, o doutor Ludlow a assistira durante o parto. Desde então, o médico a visitava todos os dias, embora Brenda tivesse comentado que ele trabalhava apenas dois dias por semana em Ellis.

– É quase hora do almoço – disse Edward, olhando rapidamente para o relógio. – Por que não vem comigo até a cafeteria? Vamos, vista o roupão.

– Não, não. – Tatiana não gostava de sair do quarto.

– Deixa disso, vamos.

– E a tuberculose?

Ele a repreendeu com um gesto.

– Coloque a máscara para sair do quarto.

Tatiana aceitou, sem vontade. Almoçaram numa das longas mesas retangulares que se alinhavam no grande salão de janelas altas.

– Isso não está bom – disse, olhando para o prato. – Veio um bife pequeno. Pegue um pedaço para você. Tome. – Ele cortou ao meio o bife magro, coberto com molho, e colocou em seu prato.

– Obrigada, mas olhe quanta comida tenho no prato. Pão branco, margarina. Batatas, arroz, milho. Comida demais!

No quarto escuro ela olha para o prato com um pedaço de pão preto do tamanho de um baralho. O pão tem serragem e papelão. Ela pega uma faca e um garfo e demoradamente corta-o em quatro. Come o primeiro pedaço, mastigando com vontade, engole-o com dificuldade pela garganta seca. Come um pedaço de cada vez, até comer todos. Sabe que essa será sua única refeição até a manhã seguinte. Gostaria de ser forte o bastante para guardar metade do pão para o jantar, mas ela não é, ela não consegue. Quando levanta o olhar do prato, Dasha a encara. Seu prato estava agora vazio.

– Eu gostaria que Alexander voltasse – disse. – Traria comida para nós.

Eu gostaria que Alexander voltasse, *pensou Tatiana.*

Ela estremeceu, derrubando a batata no chão. Pegou-a, tirou a sujeira e comeu-a sem dizer uma palavra. Edward a fitava intensamente, o garfo parado entre mesa e boca.

— Tem açúcar, chá, café, leite condensado — prosseguiu Tatiana, trêmula. — Maçãs e laranjas.

— Mas pouquíssimo frango, quase nenhuma carne bovina, pouco leite e nada de manteiga — disse Edward. — Os feridos precisam de toda manteiga possível, mas não temos nem um pouco. A recuperação seria mais rápida se tivéssemos alguma.

— Talvez não queiram se recuperar tão rápido. Talvez gostem de ficar aqui — disse Tatiana, notando que Edward a examinava de novo. Ela teve uma ideia. — Está dizendo que tem leite?

— Um pouco. Leite comum, não condensado.

— Traga um pouco de leite, uma cuba e uma colher de pau. Dez litros, vinte. Quanto mais, melhor. Amanhã vai ter manteiga.

— O que leite tem a ver com manteiga? — perguntou Edward.

Desta vez era Tatiana quem observava Edward, que abriu um sorriso e disse:

— Sou médico, não fazendeiro. Coma, vamos. Está precisando. E você está certa, a comida é abundante.

CAPÍTULO CINCO

Morozovo, 1943

ERA MADRUGADA e Alexander dormia na cadeira quando chegaram para buscá-lo. Foi acordado bruscamente e, ao abrir os olhos, viu quatro homens uniformizados gesticulando para que ficasse em pé.

Levantou-se vagarosamente.

— Vamos levá-lo para Volkhov para receber sua promoção. Rápido, não temos tempo a perder. Precisamos atravessar o lago antes do amanhecer. Os alemães estão bombardeando o Ladoga.

Era óbvio que o homem de tez pálida e voz rude estava no comando. Os outros três nunca abriram a boca.

Alexander pegou a mochila.

— Deixe isso aí — ordenou o homem.

— Quer dizer então que vou voltar?

O homem piscou.

— Sim, amanhã.

— Que alívio. Um soldado sempre leva a sua mochila. Tenho livros e cigarros nela e, se não se importar, vou levá-la comigo.

— Está armado?

— Claro.

— Podemos ficar com ela?

Alexander deu um passo em direção a eles. Era uma cabeça mais alto que o mais alto dos quatro. Pareciam assassinos dentro dos sobretudos cinza. As franjas azuis eram o símbolo da NKVD, o Comissariado Popular para Assuntos Internos, assim como a Cruz Vermelha simbolizava a compaixão internacional.

— Deixe ver se entendo o que estão pedindo — disse com tranquilidade. — Querem que eu entregue a minha arma?

— É para o seu próprio bem — sugeriu o primeiro homem. — Está ferido, não está? Deve ser difícil carregar todo o seu equipamento.

— Não é todo o equipamento, apenas alguns itens pessoais — contestou Alexander, elevando o tom de voz. Afastou-se da cama e abriu caminho entre eles. — Estamos perdendo tempo com essa conversa. — Não era uma briga justa. Ele era um oficial, um major. Não conseguia ver os distintivos nos ombros dos homens.

Não tinham autoridade sobre ele até que estivessem fora do prédio e o tivessem destituído da sua própria autoridade. A polícia preferia executar o serviço em particular e no escuro. Não gostavam de ser ouvidos por enfermeiras e soldados meio adormecidos. Esse tipo de polícia gostava que tudo parecesse natural. Um homem ferido seria levado para o outro lado do lago para ser promovido, o que isso tinha de tão extraordinário? Entretanto, seria melhor deixar a arma com ele para manter a encenação. Da mesma maneira como poderia ser melhor tê-la tomado.

Ao saírem, Alexander notou que as duas camas ao lado dele estavam vazias. O soldado com dificuldade para respirar e um outro tinham ido embora. Ele balançou a cabeça.

— Eles também serão promovidos? — perguntou secamente.

— Sem perguntas. Continue andando. Rápido.

Alexander caminhava com dificuldade.

Ao atravessar o corredor, imaginou onde Tatiana estaria dormindo. Atrás de alguma daquelas portas? Estaria ali, agora? Ainda tão perto dele. Respirou tão profundamente, que parecia tentar sentir o seu cheiro.

O caminhão blindado os esperava atrás do edifício. Estava encostado do lado do jipe da Cruz Vermelha que o doutor Sayer dirigia. Alexander reconheceu o emblema branco e vermelho no escuro. Ao se aproximarem, uma silhueta surgiu das sombras. Era Dimitri. O braço engessado o obrigava a andar curvado, e seu rosto era uma massa disforme escura com uma protuberância inchada no lugar do nariz.

Dimitri ficou parado por alguns instantes, sem dizer nada.

— Vai para algum lugar, Major Belov? — Sua voz sibilante colocou ênfase especial em Belov, que soou Beloffff.

— Não se aproxime, Dimitri — advertiu Alexander.

Dimitri recuou alguns passos, mas logo abriu a boca e soltou uma risada silenciosa.

— Não pode mais me machucar, Alexander.

— Nem você a mim.

— Ah, acredite, eu ainda posso — disse Dimitri, numa voz pastosa e agridoce. Quando Alexander foi empurrado para dentro do caminhão da NKVD, Dimitri jogou a cabeça para trás e o ameaçou com um dedo trêmulo, numa espécie de delírio ensaiado. Ao abrir a boca, deixou à mostra os dentes amarelados abaixo do nariz intumescido e os olhos tornaram-se quase duas pequenas linhas no rosto.

Alexander virou a cabeça, endireitou os ombros e começou a subir no caminhão sem se dar ao trabalho de olhar para ele.

— Ah, vá à merda! — gritou Alexander em alto e bom som.

— Entre aí e cale a boca — grunhiu um dos homens da NKVD. — E você, volte para a enfermaria — ordenou a Dimitri. — O que ainda faz aqui? Já passou do horário do toque de recolher.

Alexander encontrou os dois companheiros de enfermaria tremendo na traseira do caminhão. Não imaginava que iria encontrar dois soldados do Exército Vermelho. Pensou que estaria sozinho com os agentes da NKVD, que mais ninguém correria perigo de morrer. E agora?

Um dos agentes tentou pegar à força a mochila. Alexander segurou-a com um puxão, mas o homem não cedeu.

— Acho que não está em condições de carregá-la — disse o agente, enquanto disputavam a mochila. — Eu seguro pra você durante a viagem e devolvo quando chegarmos do outro lado.

— Não, fico com ela — disse Alexander, fazendo que não com a cabeça. E a arrancou com força da mão do agente.

— Belov...

— Você está falando com um oficial, sargento! Para você sou o Major Belov — gritou Alexander. — Deixe minhas coisas em paz e vamos embora de uma vez. O caminho é longo.

Satisfeito consigo mesmo, virou-se e dispensou o homem. As costas não doíam tanto quanto imaginara: podia andar, pular, falar, abaixar-se e sentar-se no chão da traseira do caminhão. No entanto, sentir-se debilitado deixava Alexander irritado.

O motor preguiçoso do veículo pegou velocidade e partiram, deixando o hospital de Morozovo e Tatiana. Alexander suspirou e olhou para os homens sentados à sua frente.

— Quem são vocês, afinal? — perguntou. Apesar do jeito grosseiro, o tom era de resignação. Observou-os por alguns instantes, mas estava tão escuro, que mal podia reconhecer as feições. Estavam encostados na lateral do caminhão. O de menor estatura usava óculos e tinha apenas um braço; o mais alto estava enrolado no casaco e com a cabeça enfaixada, o que só deixava à mostra seus olhos e suas mãos. Seus olhos possuíam um brilho mesmo na escuridão da noite, ou talvez "brilho" não fosse a palavra certa. Eram, na verdade, de uma tonalidade distinta, emitiam certa malícia. Diferentemente dos olhos apagados do homem mais baixo.

— Quem são vocês? — repetiu Alexander.

— Tenente Nikolai Ouspensky. Aquele é o soldado Boris Maikov. Fomos feridos na Operação Spark, no dia 15 de janeiro, em Volkhov. Ficamos alojados em barracas no campo até...

— Pare de falar! — ordenou Alexander, levantando a mão. Antes de continuar a conversa, queria apertar a mão dos dois homens para descobrir do que eram feitos. O aperto de mão de Ouspensky era firme, amigável e sem reservas. Era um homem bom, de mãos fortes. Maikov, não. Ele estendeu a frágil mão esquerda a Alexander.

Alexander recostou-se contra a lateral do caminhão e sentiu a granada dentro da bota. Reconheceu a respiração entrecortada de Ouspensky e se deu conta de que ele era o homem que Tatia havia colocado ao seu lado e isolado com uma cortina. Era o homem com apenas um pulmão, impossibilitado de falar ou ouvir. Contudo, ali estava ele, respirando, ouvindo e falando.

— Não parece que estão seguindo o procedimento normal...

— Não é uma situação normal — interrompeu Alexander. — Agora, vocês dois me escutem. Preciso que estejam preparados.

— Para receber a medalha? — perguntou Maikov, desconfiado.

— Você vai receber sua medalha depois de morto se não parar de tremer — ameaçou Alexander.

— Como sabe que estou tremendo?

— Posso ouvir suas botas batendo. Acalme-se, soldado.

Maikov virou-se para Ouspensky.

— Eu disse que tinha alguma coisa errada, tenente. Ninguém é acordado assim no meio da noite...

— Mandei ficar quieto — insistiu Alexander.

Uma luz azulada entrava pela janela estreita que unia a cabine do motorista ao resto do caminhão.

— Consegue ficar em pé, tenente? — Alexander perguntou a Ouspensky. — Preciso que se levante e bloqueie a visão da janela.

— Da última vez que ouvi isso, meu companheiro de quarto ia ganhar uma chupada — disse Ouspensky com um sorriso.

— Não é o nosso caso. Levante-se.

Ouspensky obedeceu.

— Diga a verdade. Vamos *mesmo* ser promovidos?

— Como vou saber?

Assim que Nikolai bloqueou a janela, Alexander tirou a bota e pegou uma das granadas, mas os outros não conseguiam ver o que ele fazia.

— Você deveria saber — disse Nikolai. — Tenho a sensação de que estamos aqui por sua causa.

Alexander tinha certeza daquilo, mas não disse nada. Engatinhou até o fundo do caminhão e sentou-se encostado nas portas. Na cabine do motorista havia apenas dois jovens inexperientes e sem vontade de atravessar o lago, onde a ameaça da artilharia alemã estava sempre presente. A inexperiência do motorista revelava-se na sua incapacidade de dirigir a uma velocidade superior a vinte quilômetros por hora. Alexander sabia que, se os alemães estivessem monitorando as atividades militares soviéticas a partir de suas posições em Sinyavino, um veículo tão lento não passaria despercebido. Alexander iria mais rápido se atravessasse o gelo a pé.

— Vai ser promovido, Major? — perguntou Ouspensky.

— Foi o que disseram. E me deixaram ficar armado, por isso, até que me provem o contrário, estou otimista.

— Não deixaram você ficar com a arma que eu vi. Só não conseguiram arrancá-la de você.

— Sou um doente em estado grave — disse Alexander, pegando um cigarro. — Se quisessem mesmo a arma, a teriam tomado de mim. — Acendeu o cigarro.

— Tem outro? — perguntou Ouspensky. — Faz três meses que não fumo... — Olhou para Alexander. — ... e que não vejo outra pessoa além da enfermeira. — Ficou em silêncio. — Eu podia ouvir você falando.

— Você não pode fumar. Ouvi que não tem pulmões.

— Ainda tenho um. Era a enfermeira que me mantinha doente de mentira, só para eu não voltar ao *front*. Ela fazia isso por mim.

— É mesmo? — perguntou Alexander, tentando não fechar os olhos e pensar na enfermeira de Nikolai: a menina miúda e doce, loira e de olhar radiante como o céu de uma manhã de verão em Lazarevo.

— Trazia sorvete para eu respirar a fumaça gelada e fazer meu pulmão continuar funcionando. Adoraria que tivesse feito algo mais por mim.

Alexander passou um cigarro a Nikolai para que ele se calasse. Não ficaria feliz de saber que Tatiana o salvara apenas para que fosse enviado direto para as garras de Mekhlis.

— O que eu faço com vocês, camaradas? — perguntou Alexander.

— Fazer com a gente? — perguntou Maikov, mostrando-se impaciente e desconfiado.

Alexander não respondeu. Sacou a Tokarev, levantou-se e disparou contra a porta, estourando o cadeado. Maikov gritou. Os homens na cabine procuraram a fonte do barulho, e o motorista reduziu ainda mais a velocidade. Ouspensky caiu no chão e deixou a janela descoberta. E, antes que o caminhão parasse, Alexander escancarou as portas e tirou o pino da granada. Subindo sobre o capô, arremessou a granada, que caiu alguns metros adiante do caminhão e explodiu.

— O que foi isso? — Alexander ouviu o grito de Maikov, antes de ser arremessado ao chão.

Alexander sentiu uma dor tão excruciante ao bater no gelo, que achou que sua cicatriz estava se abrindo aos poucos.

O caminhão fez um movimento brusco e começou a deslizar, derrapando de um lado a outro, rangendo os pneus até parar no buraco aberto pela granada. Com o peso do veículo o gelo rachou, aumentando o diâmetro do buraco.

Alexander foi mancando até a traseira do caminhão e gesticulou para que se aproximassem.

— O que foi aquilo? — gritou Maikov, com o nariz sangrando.

— Saltem do caminhão! — gritou Alexander.

Assim que Ouspensky e Maikov saltaram, a parte da frente do veículo começou a afundar lentamente nas águas frias do Ladoga. Com o impacto do veículo contra o gelo, os motoristas bateram a cabeça no para-brisa e desmaiaram. Não havia nenhum indício de que estivessem tentando se salvar.

— Major, que diabos foi...

— Não é hora de perguntas. Em poucos segundos, os alemães vão começar a atirar. — Alexander não tinha a intenção de morrer no gelo. Havia planejado explodir o caminhão com os homens da NKVD dentro, voltar a Morozovo e se esconder na floresta. Mas agora havia Ouspensky e Maikov. Ultimamente, as suas esperanças terminavam sempre num "salve-se quem puder".

— Preferem vir comigo ou testemunhar a eficiência da artilharia alemã?

— E os motoristas? — indagou Ouspensky.

— O que têm eles? São da NKVD. Para onde acha que estavam nos levando em plena madrugada?

Maikov tentou ficar em pé. Antes que pudesse reclamar, Alexander empurrou-o de volta para o gelo.

A margem do lago estava a uns dois quilômetros dali. Era alta madrugada e havia nevoeiro. A cabine do caminhão estava enfiada num buraco que aos poucos se tornava tão amplo, que poderia engolir o veículo.

— Perdão, Major — interrompeu Ouspensky —, mas o que você disse não faz sentido. O problema é com você. Eu nunca fiz nada de errado em toda a minha vida no exército. Não estavam atrás de mim.

— Não. Eles vieram por mim.

— E quem você *é*?

O caminhão desaparecia na água.

Ouspensky olhou para Maikov, caído e sangrando no gelo, e em seguida para Alexander, então riu.

— Major, será que pode dizer o que nós três faremos sozinhos neste lago congelado quando o caminhão afundar?

— Não se preocupe — respondeu Alexander com um suspiro. — Não vamos estar sozinhos por muito tempo.

Apontou na direção de Morozovo e pegou as duas pistolas. Os faróis de um veículo se aproximavam. O jipe parou a cinquenta metros, e desceram cinco homens armados com metralhadoras.

— Em pé no gelo! Todos vocês!

Ouspensky e Maikov se levantaram com as mãos para o alto, mas Alexander não gostava de receber ordens de militares de patente inferior e não tinha a menor intenção de ficar em pé. Ouviu o silvo de um projétil e cobriu a cabeça com as mãos.

Ao abrir os olhos, viu dois agentes da NKVD caídos de bruços no gelo, e outros três vinham na sua direção com os fuzis apontados para ele.

— No chão, no chão! — gritaram.

Se eu tiver sorte, os alemães vão matá-los antes de mim, pensou Alexander. Olhou para os lados, procurando a margem do lago. *Onde estava Sayers?* Ainda não estava no lago, mas o jipe da NKVD era um alvo fácil para os alemães. Quando dois agentes se aproximaram, Alexander sugeriu que voltassem o mais rápido possível para Morozovo.

— Não! Temos de levá-lo a Volkhov! — gritou um deles.

Outro projétil passou zunindo e caiu a uns vinte metros do jipe, o único veículo disponível para levá-los até Volkhov ou de volta para Morozovo. E, quando acertassem o jipe, os alemães não precisariam de mais que alguns segundos para aniquilar o grupo exposto sobre o gelo.

Deitado de bruços, Alexander observava os agentes da NKVD também deitados no gelo.

— O que pretendem fazer, camaradas? Vocês mandam. Preferem dirigir até Volkhov embaixo das balas da artilharia alemã? Então, vamos.

Os homens da NKVD olharam para o caminhão blindado, que estava quase submerso. Era divertido ver como se debatiam entre o instinto de sobrevivência e o desejo de obedecer às ordens.

— Melhor voltar para Morozovo e aguardar por novas instruções — disse um deles. — Podemos levá-lo amanhã para Morozovo.

— Sábia decisão — disse Alexander, sob o olhar de assombro de Ouspensky. — Vamos. Corram, antes que bombardeiem o jipe.

Além de livrar-se da morte, Alexander não queria se molhar. Se suas roupas ficassem molhadas, não adiantaria nada ter sobrevivido. Tanto em Volkhov como em Morozovo levaria muito tempo até receber roupas secas, pegaria uma pneumonia e seria enterrado com o uniforme ensopado.

Rastejaram até o jipe. Os prisioneiros foram colocados no banco traseiro. Ouspensky e Maikov olharam temerosos para Alexander.

— Acha que é uma boa ideia, senhor? — perguntou Ouspensky.

— Subam.

Dois soldados da NKVD sentaram-se com eles na traseira do jipe. Ouspensky e Maikov sentiram-se aliviados.

Alexander tirou o maço de cigarros do bolso e ofereceu um a Nikolai e outro a Maikov, que o recusou com uma cara muito pálida.

— Por que fez isso? — sussurrou Ouspensky a Alexander.

— O quê?

— Quem dera eu pudesse dizer que um dia ficaria feliz de saber a resposta, mas espero nunca mais vê-lo.

— Mesmo assim vou explicar — disse Alexander. — Eu não estava bem para receber a promoção.

Quando haviam atravessado o lago, cruzaram com um veículo médico seguindo na direção do rio. Alexander viu o doutor Sayers ao lado do motorista. Sorriu sem deixar de fumar, embora os dedos tremessem. O plano estava funcionando. Haviam deixado no lago um cenário que parecia um ataque alemão, com homens mortos no gelo e um caminhão tombado. Sayers emitiria as certidões de óbito e seria como se Alexander nunca tivesse existido. A NKVD ficaria agradecida: preferiam mesmo que os homens sob sua custódia fossem invisíveis. Quando Stepanov descobrisse que Alexander estava vivo, Sayers e Tatiana estariam longe, e ele não precisaria mentir para Tatiana, que acreditaria na versão da sua morte no lago, na companhia de Ouspensky e Maikov.

Passou a mão na cabeça e fechou os olhos, mas logo os reabriu. Preferia contemplar a desolada paisagem russa às imagens que o atormentavam atrás das pálpebras cerradas.

Todos saíram ganhando. A NKVD não teria de responder às perguntas da Cruz Vermelha Internacional, o Exército Vermelho fingiria estar de luto pelos homens mortos e Alexander cairia nas garras de Mekhlis. Se tivessem ordens para matá-lo, teriam atirado nele assim que o viram. Ele sabia por que o queriam vivo: o gato queria brincar com o rato antes de destroçá-lo.

Eram oito horas da manhã quando chegaram à base de Morozovo. Como a base começava a despertar, Alexander, Ouspensky e Maikov foram escondidos nos porões da antiga escola enquanto aguardavam ser transportados em segurança a um lugar muito mais inseguro. Foram colocados numa cela com cerca de um metro de largura e dois de profundidade. Maikov imaginou que seria levado de volta ao leito da enfermaria, mas os soldados riram e ordenaram que os prisioneiros se deitassem no chão. A cela era pequena para Alexander, e, assim que os guardas saíram, eles ficaram de cócoras. As costas de Alexander latejavam. O chão gelado piorava a dor do ferimento, mas o desconforto se manifestava gradualmente, como se dissesse: *acostume-se porque em breve isto vai parecer brincadeira de criança.*

Ouspensky continuava a questioná-lo.

— O que você quer saber? — ralhou Alexander. — Pare de fazer tantas perguntas. Quanto menos souber, melhor. Você não vai precisar mentir durante o interrogatório.

— E por que seríamos interrogados? — perguntou Ouspensky.

— Porque estão presos. Ou ainda não perceberam?

— Ah, não! Eu tenho mãe, mulher e dois filhos pequenos. O que vai acontecer comigo? — disse Maikov, olhando para as mãos.

— Com você? — perguntou Nikolai. — E comigo? Eu também tenho mulher e dois filhos pequenos. E eu acho que minha mãe ainda está viva.

Maikov não respondeu, mas ele e Ouspensky olharam para Alexander. Maikov baixou o olhar; Ouspensky continuou encarando Alexander.

— Vamos lá. O que você fez? — perguntou Ouspensky.

— Não quero mais ouvir você, tenente! — Alexander recorria à hierarquia quando considerava necessário.

Ouspensky não se intimidou.

— Você não tem pinta de fanático religioso — insistiu.

Alexander estava em silêncio.

— Nem de judeu, ou de pervertido. — Ouspensky olhou-o. — É um *kulak?* Um membro político da Cruz Vermelha? Um filósofo, socialista, historiador, atravessador, industrial falido, agitador antissoviético? O quê?!

— Sou um carroceiro tártaro.[1]

— Isso dá dez anos de prisão. Onde está a carroça? Minha esposa acharia muito útil para transportar as cebolas que cultiva perto daqui. Está querendo dizer que fomos presos porque tivemos o azar de dormir do seu lado na enfermaria?

— Mas nós não sabemos de nada! Não fizemos nada! — contestou Maikov, com um tom de voz que parecia mais um gemido.

— Ah, não? — disse Alexander. — Diga isso ao grupo de músicos e ao pequeno público que no início da década de 1930 costumava se reunir para tocar piano

1 Minoria étnica de origem turca.

sem pedir licença ao conselho. Para comprar vinho recolhiam alguns copeques de cada pessoa. Quando *todos* foram presos e acusados de serem agitadores antissoviéticos, o dinheiro foi considerado como fundo de apoio à quase extinta classe burguesa. Os músicos e o público pegaram de três a dez anos de prisão. — Alexander ficou em silêncio. — Bem, nem todos. Apenas aqueles que confessaram seus crimes, os que se recusaram foram executados.

Ouspensky e Maikov não tiravam os olhos dele.

— E como você sabe disso?

— Porque eu tinha catorze anos e consegui escapar pela janela.

Perceberam que alguém se aproximava e ficaram quietos. Alexander se levantou quando abriram a porta da cela.

— Cabo — disse, dirigindo-se a Maikov —, imagine que a vida que você levou até agora acabou. Imagine que tiraram tudo de você e não sobrou nada...

— Vamos, Belov, andando! — gritou um homem encorpado, segurando um Nagant.

— Só assim você vai sobreviver — disse Alexander, saindo da cela e ouvindo a porta batendo atrás dele.

Alexander foi levado a uma sala de aula pequena, onde se sentou em uma carteira infantil, na frente de uma mesa e de uma lousa. Imaginou que o professor chegaria a qualquer momento para lhe dar uma aula sobre os perigos do imperialismo.

Em vez disso, entraram dois homens. Agora estavam em quatro na sala: Alexander sentado na carteira, um guarda nos fundos e dois agentes da NKVD atrás da mesa do professor. Um deles era careca, muito magro e com um nariz comprido que impunha respeito. Apresentou-se educadamente como Riduard Morozov.

— Mas não é o que dá nome a esta cidade, é? — perguntou Alexander.

— Não — respondeu Morozov com um pequeno sorriso.

O outro era muito gordo, totalmente careca e com um nariz em forma de bulbo coberto com varizes. A aparência era a de um beberrão. Apresentou-se de maneira menos amável como Mitterand. Alexander achou engraçado que tivesse o mesmo nome do líder da resistência francesa contra os nazistas.

Morozov foi o primeiro a falar.

— Você sabe por que está aqui, Major Belov? — perguntou com um sorriso cortês e num tom amigável. Estavam conversando. Alexander teve a impressão de que, em algum momento, Mitterand iria oferecer um pouco de chá ou uma dose de vodca para lhe acalmar. Pensou de brincadeira, mas uma garrafa de vodca realmente se materializou atrás da mesa, com três pequenos copos. Morozov serviu a bebida.

— Eu sei — disse Alexander animadamente. — Fui informado ontem da minha promoção a tenente-coronel. E, não, obrigado, não quero beber.

— Recusa a nossa hospitalidade, camarada Belov?

— Major Belov! — disse Alexander, ficando em pé e falando mais alto. — Qual a sua patente? — Não houve resposta. — Foi o que pensei. Você não está uniformizado porque não tem uniforme. Eu não vou aceitar da sua bebida e não vou me sentar até você dizer o quer de mim. Estou disposto a colaborar da melhor maneira possível, camaradas, mas não me insultem com essa conversa como se fôssemos grandes amigos. O que está acontecendo?

— Você está preso.

— Ah. Então não estou sendo promovido? Precisaram de dez horas para contar o que queriam de mim, desde as quatro da madrugada. E ainda não me disseram o que querem. Acho que nem vocês sabem. Por que não vão buscar alguém que realmente possa me dizer? Enquanto isso, por que não me levam de volta para a cela e param de gastar meu tempo?

— Major!

Desta vez era Morozov quem falava, com uma voz menos gentil. Os dois agentes já tinham começado a se servir da vodca. Alexander sorriu. Se continuassem bebendo, acabariam conversando em inglês e ele seria levado até a fronteira entre a União Soviética e a Finlândia. Já o haviam chamado de major. Ele sabia muito bem como a hierarquia funcionava na mente humana. No exército, onde era estabelecida com precisão, havia apenas uma regra: nunca desrespeitar um superior.

— Não saia daqui, Major — repetiu Morozov.

Alexander voltou a se sentar.

Mitterand dirigiu-se ao guarda na porta. Alexander não conseguiu ouvir, mas captou a mensagem. O assunto estava além da competência de todos que estavam ali, incluindo Morozov. Era preciso um peixe muito maior para conversar com Alexander. Em breve o peixe grande estaria ali. Antes, porém, os dois agentes tentariam quebrar a resistência do prisioneiro.

— Coloque as mãos atrás das costas, Major — disse Morozov.

Alexander jogou o cigarro no chão, apagou-o com o pé e se levantou.

Tomaram a arma, o canivete e revistaram a mochila. Encontraram apenas gaze, canetas e o vestido branco, nada que valesse a pena ser confiscado, então decidiram arrancar as medalhas e os barretes, e disseram que ele não tinha mais o direito de usar o título de major. Os dois agentes ainda não lhe haviam contado do que era acusado e nem feito nenhuma pergunta.

Ficaram com a mochila e riram quando Alexander pediu que a devolvessem. Sem muita esperança de reavê-la, ele olhou para a bolsa, pensando no vestido de Tatiana. Outra coisa que ficava para trás.

Os agentes levaram Alexander para uma solitária de concreto e sem janelas, onde não estavam nem Ouspensky nem Maikov. Não havia nenhum banco, nenhuma cama, nenhuma manta. Alexander estava sozinho, e suas únicas fontes de oxigênio eram a porta quando os carcereiros a abriam, a janela pequena e metálica por onde introduziam a bandeja, o furo por onde o espiavam e o pequeno buraco no teto que provavelmente servia para soltar gás venenoso.

Ele não havia sido revistado e ainda estava com o relógio e os remédios que estavam dentro da bota. Alexander achava que não estavam em segurança. Mas onde escondê-los? Descalçou as botas e pegou a seringa, a morfina e as pílulas de sulfonamida e colocou tudo no bolso da cueca. Para encontrá-los, seria preciso uma revista completa.

Ao dobrar o corpo para tirar as botas, Alexander lembrou-se da dor nas costas, que havia aumentado durante o dia. Pensou em tomar uma dose de morfina, mas decidiu esperar. Queria estar alerta para o que ainda estava por vir. Mastigou uma pílula de sulfonamida, amarga e ácida, sem esmagá-la ou dissolvê-la na água. Simplesmente levou-a à boca e a engoliu com um calafrio. Sentou-se no chão da cela e fechou os olhos quando percebeu que os carcereiros não podiam vê-lo no escuro. Ou talvez os tenha deixado abertos, era difícil saber e não fazia diferença. Sentou-se e esperou. Era noite? Havia se passado um dia? Estava com vontade de fumar. Permanecia imóvel. Sayers e Tatiana teriam fugido? O médico teria conseguido convencê-la, consolá-la? Tatiana pegara suas coisas e entrado no jipe de Sayers? Fugido de Morozovo? Alexander daria qualquer coisa para receber uma notícia. Temia que o doutor Sayers tivesse falhado em convencê-la e ela ainda estivesse na base. Imaginou que a tocava, mas sentiu apenas o ar gelado. Sabia que quando o verdadeiro interrogatório começasse e descobrissem sobre Tatiana, seria o seu fim. Apenas de pensar que ela pudesse estar ali, sua respiração ficava mais difícil. Precisava ganhar tempo com os agentes da NKVD até ter certeza de que ela tinha partido. Quanto mais cedo ela deixasse o país, mais cedo ele poderia se entregar às autoridades.

Tinha a sensação de que ela estava muito próxima. Quase podia tocar a mochila e ver Tatiana com seu vestido branco de rosas vermelhas, com seu cabelo esvoaçante e seu sorriso radiante. Ela *estava* muito perto. Não precisava tocar o vestido, nem precisava ser consolado. Era *ela* quem necessitava de consolo. Precisava tanto dele. Como faria para suportar tudo sozinha?

Como suportaria a perda de Alexander sem estar com Alexander?

Precisava pensar em outra coisa.

Em breve, não seria mais necessário procurar outra coisa em que pensar.

— Idiota! — ouviu vindo do lado de fora. — Como pretende vigiar o prisioneiro no escuro? Poderia ter se matado lá dentro! Você é um estúpido!

A porta se abriu e um homem que Alexander não conseguia ver entrou segurando um lampião de querosene.

— A cela tem de estar sempre iluminada! — disse o homem. Ele se virou e Alexander viu que era Mitterand.

— Quando alguém vai me dizer o que está acontecendo?

— Não é você quem faz as perguntas por aqui! — gritou Mitterand. — Você não é mais um major, não é mais nada. Sente-se e espere até estarmos prontos para você.

Gritar com Alexander parecia ter sido a única razão da visita de Mitterand. Depois que ele saiu, os guardas trouxeram água e um pedaço de pão. Alexander comeu e bebeu, em seguida procurou um ralo. Não queria a cela iluminada, muito menos dividir o oxigênio com uma lamparina de querosene. Abriu a lamparina e despejou o querosene no buraco do chão, deixando apenas o suficiente para queimar por mais dez minutos. O guarda abriu a porta e perguntou:

— Por que a lamparina apagou?

— O querosene acabou — Alexander respondeu satisfeito. — Tem mais aí com você?

O guarda não tinha.

— Que pena — disse Alexander.

Dormiu sentado, no escuro, no canto da cela, a cabeça encostada na parede. Quando acordou, ainda estava um breu. Não podia dizer ao certo se havia acordado. Sonhou que abria os olhos e estava escuro. Sonhou com Tatiana e pensou nela ao acordar. Sonho e realidade se misturavam. Alexander não sabia onde terminava o pesadelo e começava a vida real. Sonhou que fechava os olhos e dormia.

Sentia-se desconectado de si mesmo, de Morozovo, do hospital e de sua própria vida. Estranhamente, isso o reconfortava. A sensação de frio o trazia de volta ao corpo dolorido e confinado. Ele preferia não sentir. O ferimento nas costas era impiedoso. Travou o maxilar e fechou os olhos para fugir da escuridão.

Harold e Jane Barrington, 1933

Hitler havia se tornado o novo Chanceler da Alemanha. O presidente Von Hindenburg havia "renunciado". Alexander sentia algo assustador pairando no ar, embora não conseguisse defini-lo. Havia parado de querer mais comida, sapatos novos ou um casaco mais reforçado. No verão, ele não precisava de casaco. Por sorte a família Barrington ia passar o mês de julho na *dacha* em Krasnaya Polyana. Alugaram dois quartos na casa de uma viúva lituana, cujo filho batia nela até que lhe entregasse todo o dinheiro do aluguel.

Certa tarde, fizeram um piquenique próximo a uma lagoa e comeram ovos cozidos, tomates, uma pequena porção de macarrão à bolonhesa. A mãe bebeu um pouco de vodca ("Mãe, desde quando você bebe?") e Alexander quedou-se lendo na rede. De repente, ouviu vozes vindas do bosque e virou preguiçosamente a cabeça para trás. Os pais sentados na beira da lagoa, atirando seixos na água e conversando baixinho. Alexander não estava acostumado a ver os pais conversando tranquilamente. A relação do casal andava conturbada porque o choque entre as diferentes necessidades e expectativas de cada um provocava brigas. Normalmente, Alexander teria retornado ao livro. Mas surpreendeu-se com a visão daquela intimidade carinhosa. Harold pegou os seixos da mão de Jane e a ajudou a se levantar. Com um braço a enlaçava pela cintura, enquanto suas mãos estavam unidas no ar. Em seguida, deu-lhe um beijo e começaram a dançar. Valsaram lentamente pela clareira e Alexander ouviu o pai cantando, *cantando*!

Com os lábios unidos, rodopiaram numa união conjugal. Alexander, que nunca havia presenciado uma cena como aquela nem voltaria a presenciar, foi tomado de uma felicidade e nostalgia que não sabia como definir.

Os pais pararam de dançar e sorriram para Alexander, que retribuiu com um sorriso vacilante, mas sem conseguir desviar o olhar.

Aproximaram-se da rede. Harold ainda com o braço ao redor da mãe.

— Hoje é o aniversário do nosso casamento, Alexander.

— Seu pai estava cantando a música que dançamos do mesmo jeito há 31 anos. Eu tinha dezenove anos. — Jane sorriu para Harold.

— Vai ficar mais um pouco lendo na rede, filho?

— Não vou sair daqui.

— Ótimo — disse o pai, levando Jane pela mão em direção a casa.

Alexander voltou a ler, mas depois de uma hora virando as páginas, não se lembrava de uma única palavra do que acabara de ler.

O inverno chegou cedo demais. Nas noites de quinta-feira, após o jantar, Harold caminhava de mãos dadas com Alexander até Arbat, a rua de Moscou que reunia músicos, escritores, poetas, menestréis e senhoras vendendo *chachkas* da época do Czar. Perto dali, um grupo de homens, todos comunistas devotados, se reunia por duas horas para beber, fumar e discutir como o comunismo poderia funcionar melhor na União Soviética e avançar mais depressa em direção a uma sociedade sem classes. No apartamento esfumaçado de dois cômodos, o grupo discutia uma sociedade na qual não haveria necessidade de um Estado, de uma polícia, nem de exército, pois todas as fontes de conflito seriam eliminadas.

— Marx disse que o único conflito é o conflito econômico entre as classes. Assim que ele for eliminado, não haverá necessidade de polícia. Cidadãos, o que estamos esperando? A mudança está demorando mais do que imaginávamos? — A palavra estava com Harold.

Até mesmo Alexander participou, lembrando-se de algo que havia lido:

— "Enquanto houver o estado, não haverá liberdade. Quando houver liberdade, não haverá Estado."

Harold aprovou a citação de Lênin e sorriu para o filho.

Alexander ficou amigo de Slavan, um senhor de 67 anos, cabelos grisalhos e aspecto decadente, cujas rugas pareciam predominar até no couro cabeludo, embora os olhos azuis fossem como duas estrelas brilhantes e a boca esboçasse um sorriso sarcástico. Era de poucas palavras, mas Alexander gostava de sua expressão de deboche e da forma amigável com que sempre olhava para ele.

Quando os encontros completaram dois anos, Harold e outros quinze homens foram convocados a comparecer na sede regional do Partido, ou *Obkom*, onde foram questionados se o foco dos futuros encontros seria diferente da discussão de como fazer o comunismo funcionar melhor na Rússia, uma vez que ao discutirem aquele assunto subentendia-se que ele não estava funcionando bem. Depois que o pai lhe contou, Alexander perguntou como o Partido havia ficado sabendo, numa cidade com cinco milhões de pessoas, o que um grupo de quinze homens bêbados conversava toda quinta-feira.

— "É verdade que a liberdade é preciosa. Tão preciosa que precisa ser racionada." — Agora era a vez de Harold citar Lênin. — É óbvio que possuem meios de descobrir o que conversamos. Talvez seja Slavan. Quero que fique longe dele.

— Não é ele, pai.

O grupo manteve as reuniões de quinta-feira, mas passaram a ler em voz alta diretamente do livro *Que fazer?*, de Lênin, dos panfletos de Rosa Luxemburgo, ou de *O Manifesto Comunista*, de Karl Marx.

Harold quase sempre citava o apoio dos americanos comunistas para mostrar que era apenas uma questão de tempo para o comunismo soviético se espalhar pelo mundo.

— Veja o que Isadora Duncan disse sobre Lenin: "Alguns amam a si mesmos, dinheiro, teorias, poder. Lenin amava seus companheiros... Lenin era Deus, como Cristo era Deus, porque Deus é amor, e Cristo e Lenin eram só amor".

Alexander sorria, aprovando as palavras do pai.

Durante várias horas, numa única noite, quinze homens, à exceção do calado e sorridente Slavan, tentaram explicar ao jovem Alexander de quatorze anos o significado de "valor subtraído". Queriam que ele entendesse como um produto — sapatos, por exemplo — poderia ser vendido por um valor inferior à soma dos gastos com a mão-de-obra e a matéria-prima.

— Qual parte você não entendeu? — gritou frustrado um comunista que durante o dia era engenheiro.

— A parte de como você ganha dinheiro vendendo sapatos.

— E quem falou alguma coisa sobre ganhar dinheiro? Você não leu o *Manifesto Comunista*?

— Li.

— E não lembra o que Marx disse? A diferença entre o que a fábrica paga ao trabalhador para fabricar o sapato e o valor pelo qual o sapato é vendido é o roubo do capitalista e a exploração do proletariado. É isso que o comunismo está tentando erradicar. Você não anda prestando atenção nas nossas conversas?

— Ando, mas valor subtraído não é eliminar o lucro — discordou Alexander. — Na verdade, valor subtraído significa que fabricar um sapato custa mais do que o valor pelo qual ele é vendido. Quem vai pagar a diferença?

— O Estado.

— E onde o Estado vai arranjar dinheiro?

— Temporariamente o Estado vai pagar menos o trabalhador.

Alexander ficou quieto.

— Então num período de inflação mundial alta, a União Soviética vai pagar *menos* seus trabalhadores? Menos quanto?

— Menos, só isso.

— E como vamos comprar sapatos?

— Temporariamente, não vamos. Teremos todos de usar o mesmo sapato do ano passado. Até o Estado ficar de pé novamente. — O engenheiro sorriu.

— Boa explicação — disse calmamente Alexander. — Para cobrir os custos do Rolls Royce de Lenin o Estado nunca está no chão, não é?

— O que o Rolls Royce de Lenin tem a ver com o que estamos discutindo? — berrou o engenheiro. Slavan riu. — A União Soviética vai triunfar — asseverou o engenheiro. — Está apenas começando. Emprestará dinheiro do exterior se for preciso.

— Com todo respeito, cidadãos. Nenhum país voltará a emprestar dinheiro à União Soviética — disse Alexander. — Em 1917, depois da Revolução Bolchevique, ela deu um calote em todos os credores externos. Não veremos a cor do dinheiro estrangeiro por um bom tempo. Os bancos do mundo estão fechados à União Soviética.

— É preciso ter paciência. As mudanças não acontecem da noite para o dia. E você precisa ter uma atitude mais positiva. Harold, o que anda ensinando ao garoto?

Harold não respondeu, mas no caminho de casa, falou:

— O que deu em você, Alexander?

— Nada. — Alexander quis segurar a mão do pai, como sempre fazia, mas pensou que estava crescido demais. Caminhou ao lado dele e então a segurou mesmo assim. — Por algum motivo, a economia não está funcionando. Este Estado revolucionário está fundamentado principalmente na economia, e o governo já pensou em tudo, menos em como pagar os trabalhadores. Cada vez mais eles sentem que valem menos do que as fábricas estatais e as máquinas. Estamos aqui há três anos. Acabamos de completar o primeiro dos planos quinquenais. A comida é pouca e as lojas estão vazias. E... — Alexander gostaria de dizer "*as pessoas continuam desaparecendo*", mas manteve a boca fechada.

— E o que você acha que está acontecendo na América? — perguntou Harold. — Trinta por cento de desemprego, Alexander. O mundo todo está sofrendo. Pense na Alemanha, a inflação é extraordinária. Agora Adolf Hitler está prometendo aos alemães o fim de todos os problemas. Talvez seja bem-sucedido. Os alemães estão contando com isso. Os camaradas Lenin e Stalin prometeram a mesma coisa à União Soviética. Do que Stalin chamou a Rússia? De a segunda América, não foi? Precisamos acreditar e avançar e logo tudo irá melhorar. Você vai ver.

— Eu sei, pai. Talvez tenha razão. Ainda assim, sei que o Estado precisa encontrar alguma forma de pagar as pessoas. Qual é o mínimo que podem pagar para você? Já não conseguimos comprar carne e leite, não que estejam à venda. E você ainda vai receber cada vez menos? Onde isso vai parar? O Estado vai perceber que precisa de mais dinheiro para administrar o governo, não o contrário, e o salário dos trabalhadores é a maior despesa que eles têm. O que farão? Continuarão reduzindo os salários?

— Do que você tem medo, Alexander? — perguntou Harold, apertando a mão indecisa de Alexander. — Quando você crescer terá um bom emprego. Ainda quer ser arquiteto? Você será. Terá uma carreira.

— Meu medo é de que cedo ou tarde *todos* nós não sejamos nada além de capital fixo — respondeu Alexander, desvencilhando-se do pai.

CAPÍTULO SEIS

Edward e Vikki, 1943

TATIANA ESTAVA SENTADA PERTO DA JANELA com o bebê de duas semanas no braço e um livro na mão. Estava de olhos fechados, mas ao ouvir alguém respirando atrás dela, abriu-os imediatamente.

Edward Ludlow olhava para ela com uma expressão de curiosidade e preocupação. Ela entendia. Desde que seu filho nascera, andava calada. No entanto, não havia nada de estranho nisso. Muitas das pessoas que passaram por ali, deixando suas vidas para trás, devem ter sido quietas, como se o horror do passado e a incerteza do que estava por vir brotassem de dentro delas enquanto fitavam a veste da Senhora Liberdade.

— Tive medo de que derrubasse o bebê — ele disse. — Não quis assustá-la.

Ela mostrou como Anthony estava bem encaixado em seu braço.

— Não se preocupe.

— O que está lendo?

Ela olhou para livro.

— Não estou lendo, apenas... estou sentada.

Era *O Cavaleiro de Bronze e outros poemas*, de Aleksandr Púchkin.

— Está tudo bem? Já é de tarde, mas não quis acordá-la.

Ela coçou os olhos. O bebê continuava dormindo.

— Esta criança não dorme à noite, só de dia — ela disse.

— Assim como a mãe.

— A mãe segue a rotina do filho. — Tatiana sorriu. — Tudo bem com você?

— Sim, sim — disse dr. Ludlow apressadamente. — Vim avisar que um funcionário da imigração está aqui para falar com você.

— O que ele quer?

— O que ele quer? Oferecer a oportunidade de você ficar nos Estados Unidos.

— Pensei que meu filho... porque ele nasceu em chão americano...

— Solo americano — corrigiu-a gentilmente o doutor Ludlow. — O procurador-geral precisa analisar pessoalmente o seu caso. — Ficou em silêncio. — Durante a guerra não entram muitos imigrantes clandestinos nos Estados Unidos. Especialmente da União Soviética. Não é comum.

— Ele acha seguro ele vir aqui? Sabe da minha tuberculose?

— Contei a ele. Vai usar uma máscara. Por falar nisso, como você está? Tossindo sangue?

— Não. E a febre sumiu. Estou sentindo melhor.

— Saiu para caminhar?

— Saí. Ar salgado é bom.

— Sim. — Ele olhou solenemente para ela, que retribuiu com o mesmo jeito de olhar. — O ar salgado faz bem. — Ele limpou a garganta e continuou. — As enfermeiras estão surpresas de que seu filho não tenha contraído TB.

— Explique para elas que se dez mil pessoas me visitar todos os dias durante um ano inteiro, apenas entre dez e dezesseis vão pegar doença minha. — Ela fez uma pausa. — Não é doença tão contagiosa como pessoas pensam. O homem da imigração deve entrar se ele achar que é saudável. Mas alerte das probabilidades e que não falo bem inglês.

Edward sorriu e disse que o inglês dela era bom o suficiente e perguntou se gostaria que ele ficasse no quarto.

— Não, não. Obrigada.

O homem da imigração conversou com ela por quinze minutos para averiguar seu nível de proficiência. Tatiana falava um inglês básico. Tom perguntou sobre suas qualificações, e ela contou que era enfermeira e também sabia cozinhar e costurar.

— Durante a guerra temos poucas enfermeiras.

— Sim, faltavam aqui em Ellis — disse Tatiana, pensando que Brenda talvez estivesse na profissão errada.

— Não temos muitos casos parecidos com o seu. — Tatiana ficou em silêncio. — Você quer ficar nos Estados Unidos?

— Claro.

— Acha que conseguiria um trabalho para colaborar com o esforço de guerra?

— Claro.

— Não vai se tornar um fardo para os cofres públicos? Isso é muito importante para nós em tempos de guerra. Você entende? O procurador-geral fica em maus lençóis quando deixa uma pessoa como você escorregar por entre seus dedos. O país está agitado. Temos que nos assegurar de que continuará produtiva e de que é leal a este país e não ao seu país de origem.

— Não se preocupe com isso — ela respondeu. — Assim que eu me curar da tuberculose e me deixarem trabalhar, arrumo emprego de enfermeira, costureira ou cozinheira. Trabalho nas três coisas, se precisar. Faço o que for preciso quando ficar boa de novo.

Tom levantou-se da cadeira, caminhou até a porta e apertou a máscara ao redor da boca, como se de repente tivesse se lembrado da doença de Tatiana.

— Onde vai morar? — perguntou com voz abafada.

— Quero ficar aqui.

— Vai precisar de um apartamento quando receber alta.

— Eu sei. Não se preocupe.

Ele assentiu, escrevendo algo num livro.

— E o nome que vai usar a partir de agora? Vi nos documentos que você saiu da União Soviética como uma enfermeira da Cruz Vermelha chamada Jane Barrington.

— Sim.

— Qual a veracidade desses documentos?

— Não entendo o que quer dizer.

Tom ficou em silêncio.

— Quem é Jane Barrington?

Agora foi Tatiana quem ficou em silêncio. Por fim, disse:

— A mãe do meu marido.

Tom suspirou.

— Barrington não é muito russo.

— Meu marido era americano. — Ela baixou o olhar.

— Esse é o nome que quer usar quando conseguir seu cartão de residência permanente?

— Sim.

— Não quer um nome russo?

Pensou a respeito.

Tom aproximou-se.

— Alguns refugiados querem manter uma ligação com o passado. Conservam o primeiro nome, mudam o sobrenome. Pense nisso.

— Eu não — ela respondeu. — Mude tudo. Não quero... como você disse? Manter ligação com nada.

Ele escreveu novamente no livro.

— Então será Jane Barrington.

Quando ele saiu, Tatiana abriu *O Cavaleiro de Bronze* e sentou-se próximo à janela outra vez, fitando Nova York e a Estátua da Liberdade. Ela tocou a fotografia de Alexander que mantinha dentro do livro; sem olhar para ela, tocou o rosto e o corpo no uniforme. Desta vez, sussurrou palavras curtas em russo para consolar a *si mesma*, não a Alexander, nem ao filho. *Shura*, *Shura*, *Shura*, sussurrou Jane Barrington, uma vez conhecida como Tatiana Metanova.

Os dias de Tatiana consistiam em amamentar Anthony, trocá-lo, lavar suas fraldas e roupas novas na pia do banheiro, fazer caminhadas curtas nos arredores aromáticos do hospital e sentar em bancos com o filho enrolado numa manta e aninhado em seus braços. Brenda trazia o café da manhã no quarto e, a menos que Anthony estivesse dormindo, ela também não saía para fazer as outras refeições. Com o filho nos braços, Tatiana olhava apenas para duas coisas: o porto de Nova York e ele. Mas estar sozinha todos os dias roubava-lhe um pouco do consolo que recebia de ter o filho nos braços. Brenda e o doutor Ludlow chamavam o isolamento de convalescência, mas para Tatiana era um confinamento solitário.

Numa manhã de final de julho, farta de ficar sentada no quarto quando já se sentia recuperada, Tatiana decidiu caminhar pelo corredor enquanto Anthony dormia.

Ouviu gemidos e os seguiu até chegar a uma sala lotada de homens feridos. Brenda estava de plantão, a única trabalhando naquele dia, e não escondia sua insatisfação. Reclamando e com desagradável mau humor, ela lavava a perna de um soldado, apesar dos apelos do ferido para que ela o tratasse com mais gentileza ou atirasse nele de uma vez.

Tatiana aproximou-se e perguntou se precisava de ajuda, mas Brenda respondeu que o que ela menos precisava era de alguém que pudesse deixar os doentes ainda mais doentes e que Tatiana voltasse imediatamente para o quarto. Tatiana não saiu do lugar e encarou Brenda. Em seguida, olhou para a ferida aberta na coxa do soldado e fitou-o nos olhos.

— Posso fazer o curativo na perna dele. Meu nariz e minha boca estão tapados com a máscara. Há quatro feridos gritando do outro lado do hospital. Um perdeu o dente enquanto tomava o café da manhã, outro está com uma febre altíssima, o outro está com a orelha sangrando...

Brenda soltou o balde e a perna do soldado e se afastou, embora Tatiana tivesse notado que, por alguns instantes, a enfermeira custou a decidir se o que lhe desagradava mais era cuidar dos soldados ou fazer o que Tatiana queria.

Tatiana terminou de lavar a ferida e o soldado sequer olhou para ela. Dormia ou estava morto, pois ao terminar, ele ainda estava imóvel.

Ela desinfetou a ferida de um braço e de uma cabeça machucada, iniciou uma intravenosa e aplicou morfina, desejando conseguir um pouco da droga para aliviar a sua própria dor interior. Então pensou em como os soldados do submarino alemão tinham tido sorte de serem trazidos para convalescer numa prisão da América.

Brenda reapareceu inesperadamente e agiu como se estivesse surpresa ao ver que Tatiana continuava na enfermaria. Ordenou que ela voltasse para o quarto antes que infectasse todos os pacientes com tuberculose. Do jeito que falou, parecia até que se importava com eles.

Tatiana voltava para o quarto quando viu uma enfermeira alta e esbelta, de cabelos longos e pernas compridas, chorando no corredor, próxima ao bebedouro. Era bonita mesmo com a maquiagem borrada e o rosto inchado. Tatiana estava com sede e, mesmo sentindo-se desconfortável com a presença da moça que soluçava copiosamente, parou para beber água. Ela colocou a mão no braço da enfermeira e perguntou se estava tudo bem.

— Estou bem — soluçou.

— Ah.

A moça continuou chorando, segurando um cigarro umedecido.

— Se ao menos você soubesse o quanto me sinto miserável.

— Alguma coisa que eu posso ajudar?

A garota olhou para Tatiana entre as mãos molhadas.

— Quem é você?

— Pode me chamar de Tatia.

— Não é a refugiada com tuberculose?

— Estou melhor — respondeu baixinho Tatiana.

— Não pode ser Tatia. Eu mesma lidei com seus documentos que Tom entregou na recepção. Você é Jane Barrington. Ah, que diferença isso faz? Minha vida está em cacos e estamos discutindo seu nome. Quem me dera eu tivesse os seus problemas.

Tatiana procurava palavras em inglês para dizer algo animador.

— Poderia ser pior — disse.

— Está enganada, senhorita. Impossível piorar. Nada pode ser pior. Nada.

Tatiana notou a aliança no dedo da garota e sua empatia veio à tona.

— Sinto muito. Está triste por causa de seu marido?

Sem tirar os olhos das mãos, a garota assentiu.

— É coisa terrível — disse Tatiana. — Eu sei. A guerra...

A garota assentiu.

— Um inferno.

— Seu marido... não vai voltar?

— Não vai voltar?! O problema é justamente esse! Ele está voltando na semana que vem!

Tatiana recuou um pouco, intrigada.

— Aonde vai? Parece que está desmaiando. Não é culpa sua que ele esteja voltando. Não fique tão perturbada. Acho que numa guerra coisas piores podem acontecer a uma garota. Só não sei o quê. Vamos tomar um café? Quer um cigarro?

— Tomo café com você.

Sentaram-se numa das mesas retangulares do refeitório. A garota se apresentou como Viktoria Sabatella ("Mas me chame de Vikki") e apertou firmemente a mão de Tatiana.

— Está aqui com seus pais? Há meses não vejo um imigrante. Os barcos não estão trazendo quase ninguém. Está tudo bem?

— Estou bem — disse Tatiana. — Estou sozinha. — Silenciou. — Com meu filho.

— Ah, deixa disso! — Viktoria bateu a xícara de café na mesa. — Você não tem um filho!

— Tem quase um mês.

— Qual a sua idade?

— Dezenove.

— Nossa. Começam cedo. Você é de onde?

— União Soviética.

— Uau! É casada? Como conseguiu o bebê?

Tatiana abriu a boca, surpresa, mas Vikki continuou como se aquela pergunta não tivesse sido feita. Sem tomar fôlego, contou que nunca conheceu o pai ("Morreu ou fugiu, dá na mesma") e mal conheceu a mãe ("Me teve muito nova"), que morava em São Francisco com dois homens ("Não no mesmo apartamento") e fingia estar doente ("Sim, mentalmente") ou morrendo ("De toda aquela *paixão*"). Vikki foi criada pelos avós maternos ("Amavam mamãe, mas não aprovavam seu comportamento") e ainda morava com eles ("Menos divertido do que ela imaginava"). Tinha pensado em ser jornalista, depois manicure ("Nas duas profissões você trabalha com as mãos. Achei que era uma progressão natural"), mas finalmente decidiu ("Fui forçada") estudar enfermagem quando percebeu que os Estados Unidos seriam arrastados para a guerra na Europa. Tatiana ouvia com atenção quando subitamente Vikki olhou para ela e perguntou:

— Com quem mesmo você disse que está aqui?

— Meu filho.

— Tem marido?

— Já tive.

— É? — suspirou Vikki. — Certa vez. Quisera eu poder dizer isso...

Naquele momento a conversa foi interrompida por uma mulher altíssima, de estrutura angulosa, impecavelmente vestida e chapéu branco. Ela atravessou o refeitório, balançando a bolsa branca.

— Vikki! Estou falando com você! Vikki! Você o viu? — gritou a mulher.

Vikki suspirou e virou os olhos.

— Não, senhora Ludlow. Não o vi hoje. Acho que ainda está do outro lado da cidade, no hospital da Universidade de Nova York. Ele vem aqui apenas terça e quinta à tarde.

— À tarde? Ele não está no hospital da Universidade! E como você conhece tão bem o horário dele?

— Há dois anos que trabalhamos juntos.

— Sou casada com ele há oito anos e ainda não sei onde ele está. — Ela se aproximou da mesa e parou do lado delas, como uma torre. Olhou para Tatiana com desconfiança. — Quem é *você*?

Tatiana puxou a máscara do pescoço e colocou-a sobre a boca. Vikki intrometeu-se:

— Ela é da União Soviética. Mal fala inglês.

— Então precisa aprender, não acha? Se quiser ganhar o próprio dinheiro neste país. Estamos em guerra e não temos como bancar enfermarias. — Balançou a bolsa branca quase acertando a cabeça de Tatiana e saiu do refeitório.

Vikki abanou a mão.

— Não ligue. Quanto menos souber sobre ela, melhor. É a louca da mulher do doutor Ludlow. Ela vem feito um furacão atrás do marido.

— Por que ela perde o marido?

Vikki riu.

— Acho que a pergunta certa é por que o dr. Ludlow se perde tanto.

— Tudo bem. Por quê?

Vikki fez sinal para Tatiana deixar aquele assunto de lado. Tatiana entendeu que Vikki não queria falar sobre o doutor Ludlow. Agora que ela havia parado de chorar, Tatia viu como era de tirar o fôlego, uma moça realmente bonita, ciente de suas qualidades, e que fazia questão de que todos a valorizassem. O cabelo sedoso e comprido caía sobre o rosto e os ombros, os olhos pintados com delineador preto e rímel, e os lábios carnudos ainda guardavam traços do batom carmim. O uniforme branco ajustava-se bem ao corpo alongado e descia até alguns centímetros acima dos joelhos. Tatiana imaginou o que os homens sentiam diante de uma mulher tão exuberante como Vikki.

— Por que chora, Vikki? Não ama seu marido?

— Ah, amo, sim, amo. — Suspirou. — Eu só queria poder amá-lo a uma distância de oito mil quilômetros. — Baixando a voz, continuou. — Agora não é hora de ele voltar.

— Quando não é hora certa para um marido voltar?

— Não estava esperando. — Começou a chorar novamente, as lágrimas pingando no café. Tatiana empurrou a xícara para que Vikki pudesse beber o café mais tarde.

— Quando você estava... Qual é mesmo a palavra? Esperando?

— No Natal!

— E por que vem tão cedo?

— Acredite se puder. Levou um tiro lutando no Pacífico.

Tatiana ficou perplexa.

— Ele está bem — Viktoria disse com indiferença. — Passou de raspão. Um ferimento superficial no ombro. Ele ainda voou mais 155 quilômetros depois do tiro. Não pode ter sido grave.

— Vou alimentar meu filho.

— Agora Chris vai ficar arrasado.

— Quem é Chris?

— O doutor Pandolfi. Conhece? Ele trabalha com o doutor Ludlow.

Chris Pandolfi. Ela o conhecia.

— Ah, conheci ele.

O doutor Pandolfi estava no mesmo navio que Tatiana e havia se recusado a fazer o parto em solo americano. Queria mandá-la de volta à União Soviética, mesmo ela estando com a bolsa rompida e com tuberculose. Foi Edward Ludlow quem exigiu que Pandolfi ajudasse Tatiana a chegar ao hospital da ilha Ellis. Tatiana tocou o ombro de Vikki. Não estava certa de que o dr. Pandolfi fosse um bom partido.

— Você vai ficar bem, Viktoria. Fique longe do doutor Pandolfi. Seu marido está voltando para casa. Você tem tanta sorte.

Viktoria seguiu Tatiana pelo corredor.

— Me chame de Vikki. Posso te chamar de Jane?

— Quem?

— O seu nome não é Jane?

— Me chame de Tatia.

— Por que chamá-la de Tatia quando o seu nome é Jane?

— Tatia é o meu nome. Jane só nos documentos. — Vikki ficou confusa e perdeu o interesse no assunto. — Me chame como quiser — completou Tatiana.

— Quando vai sair?

— Sair?

— De Ellis.

Tatiana pensou antes de responder.

— Acho que não vou sair. Não tenho aonde ir.

Vikki entrou no quarto e olhou o bebê dormindo no berço.

— Ele é pequeno — disse distraída, tocando no cabelo loiro de Tatiana. — O pai tinha cabelo castanho?

— Tinha.

— Como é ser mãe?

— É...

— Bem, quando estiver curada, quero que venha em casa conhecer meus avós. Eles adoram crianças. Estão sempre querendo que eu tenha um filho. — Vikki balançou a cabeça. — Deus me livre! — Olhou para Anthony. — Ele é bonitinho. Uma pena que o pai não conheceu.

— É — Tatiana não encontrava palavras para dizer mais alguma coisa.

O bebê era tão dependente, ainda sem conseguir se movimentar nem manter a cabeça erguida. Era tão difícil vesti-lo, já que os braços e a cabeça não eram firmes e desafiavam as desajeitadas habilidades maternas de Tatiana, que certos dias ela o deixava apenas de fralda, enrolado numa manta. As únicas roupas do bebê eram as camisolas que Edward havia dado. Graças a Deus era verão e estava quente, pois a cabeça de Anthony não passava pela abertura da gola e os braços se recusavam a entrar nas longas mangas. Banhá-lo era ainda mais complicado. O umbigo não havia cicatrizado completamente, então ela lavava o corpo com uma toalha. O cabelo, porém, estava além da sua competência. Ele não podia ajudar em nada, não podia levantar os braços, ficar parado ou sentar-se. A cabeça pendia para trás, o corpo escapava das suas mãos, as pernas pendiam frágeis sobre a pia. Vivia com medo de derrubá-lo, imaginava que escorregaria dos seus braços e cairia no piso de azulejos brancos e pretos. Sua absoluta dependência causava-lhe um sentimento que pairava entre a forte ansiedade em relação ao futuro do filho e uma ternura quase asfixiante. A dependência de Anthony fortalecia Tatiana, e talvez essa fosse a intenção da natureza.

Tatiana precisava ser cada vez mais forte. Muitas vezes, quando o bebê dormia profundamente, ela sentia a sua própria cabeça pender para trás, os braços e as pernas balançarem, e seu corpo frágil escorregar pela soleira e infiltrar-se no chão.

Para nutrir-se da presença do filho, ela tirava a manta de cima dele e o tocava, colocando-o contra o peito, onde ele dormia, a cabeça sobre seu coração. Era um bebê grande, e ao acariciá-lo imaginava estar olhando para outro menino através do olhar de outra mãe, um bebê comprido como Anthony, moreno como ele, macio como ele, sendo tocado pela mãe, banhado, nutrido por sua mãe inexperiente, que havia esperado a vida inteira para ter aquele único menino.

CAPÍTULO SETE

O Interrogatório, 1943

OUVIU VOZES do lado de fora, e a porta se abriu.

— Alexander Belov?

Alexander estava prestes a dizer sim quando se lembrou da família Romanov sendo assassinada no porão da própria casa no meio da noite. Estavam no meio da noite? Da mesma noite? Da noite seguinte?

— Devo acompanhá-lo? — Alexander limitou-se a dizer.

— Sim, imediatamente.

Seguiu o guarda até uma sala no andar de cima. Desta vez não era uma sala de aula, mas talvez uma antiga enfermaria.

Ordenaram que se sentasse. Então, ordenaram que se levantasse. Em seguida, que se sentasse de novo. Do lado de fora estava escuro. Quando perguntou as horas, ouviu um "Cale a boca!". Após alguns minutos, entraram dois homens: um deles era o gordo do Mitterand e o outro ele não conhecia.

O homem lançou um foco de luz brilhante no rosto de Alexander, que fechou os olhos.

— Abra os olhos, Major!

— Podemos fazer isso de outro jeito, Vladimir — murmurou Mitterand.

Alexander ficou satisfeito quando ouviu chamarem-no de major, pois demonstrava que não haviam encontrado um tenente para interrogá-lo, confirmando a suspeita de que não havia ninguém em Morozovo para lidar com ele. Teriam de levá-lo a Volkhov, mas depois do fracasso da primeira tentativa, não queriam colocar em risco a vida de mais homens. Só poderiam levá-lo de barco quando o lago descongelasse, então passaria mais um mês naquela cela. Será que suportaria mais um minuto?

— Major Belov — Mitterand disse — vim informá-lo que está preso por alta traição. Temos provas irrefutáveis de que é um espião e um traidor da União Soviética. O que você tem a dizer?

— Que são acusações infundadas — respondeu Alexander. — Mais alguma pergunta?

— É acusado de ser um espião estrangeiro!

— Mentira.

— Sabemos que vive com uma identidade falsa.

— Não é verdade. É minha identidade verdadeira — disse Alexander.

— Assine esta declaração de que foi informado dos seus direitos, segundo o Código Criminal de 1929, artigo 58.

— Não vou assinar.

— O soldado que dormia no leito ao lado do seu afirmou ter ouvido você conversar em inglês com o médico da Cruz Vermelha que o visitava diariamente. É verdade?

— Não.

— Por que o médico o visitava?

— Talvez não saiba por que alguns soldados vão parar na enfermaria, mas fui ferido em combate. Por que não pergunta ao meu superior, o Major Orlov...

— Orlov está morto! — disparou Mitterand.

— É uma pena — disse Alexander, recuando momentaneamente. Orlov não era nenhum Mikhail Stepanov, mas quem era?

— Major, está sendo acusado de se alistar no exército com um nome falso, de ser o americano Alexander Barrington e de ter fugido quando estava a caminho do reformatório de Vladivostok, após ter sido condenado por protestar contra o regime soviético.

— Mentiras deslavadas — disse Alexander. — Onde está quem me acusa? Gostaria de conhecê-lo. — Em qual noite estavam? Seria, pelo menos, a noite seguinte? Sayers e Tatiana teriam conseguido fugir? Se tivessem fugido, Dimitri estaria com eles, e nesse caso seria muito difícil para a NKVD continuar a dizer que alguém o acusava, quando esse alguém havia desaparecido tal qual um dos ministros do Politburo de Stalin. — Quero chegar à raiz de tudo isto tanto quanto você — afirmou Alexander com um sorriso prestativo. — Provavelmente, mais do que você. Onde ele está?

— Não está aqui para fazer perguntas! — gritou Mitterand. — *Nós* fazemos as perguntas. — O problema é que não tinham mais perguntas. Ou melhor, repetiam sempre a mesma pergunta: "Você é o americano Alexander Barrington?".

— Não — respondia o americano Alexander Barrington. — Não sei do que estão falando. — Alexander não saberia dizer quanto tempo aquilo durou. Jogaram a luz da lanterna em seu rosto e ele fechou os olhos. Mandaram que ficasse em pé e ele aproveitou a oportunidade para esticar as pernas. Ficou em pé de bom grado por cerca de uma hora e lamentou quando o mandaram sentar. Não tinha certeza de que tudo acontecera em uma hora, mas para se manter ocupado durante a monotonia do interrogatório, começou a contar quando durava cada ciclo, desde "Você é o americano chamado Alexander Barrington?" até "Não,

não sei do que está falando". Sete segundos. Doze, caso Alexander demorasse para responder, agitasse os pés, virasse os olhos, ou suspirasse profundamente. Em certo momento, bocejou por trinta segundos. Tinha a impressão de que o tempo passava mais rápido.

Repetiram a mesma pergunta 147 vezes. Ao todo, Mitterand tomou seis goles de vodca. Finalmente, passou as rédeas a Vladimir, que precisou menos da bebida e foi mais simpático, chegando até a oferecer um gole a Alexander. Ele recusou educadamente, mas a mudança de assunto foi agradável. Sabia que jamais deveria aceitar o que lhe ofereciam. Queriam apenas congraçar com ele.

A breve mudança de assunto não durou muito.

— Vamos fazer você confessar, Major. As acusações que temos contra você são legítimas — disse Vladimir, depois de 147 tentativas, a frustração estampada no rosto. — Não vamos medir esforços para arrancar a sua confissão. — O agente ordenou que o levassem de volta para a cela.

Normalmente, quando os agentes do Partido interrogavam o prisioneiro com o propósito de condená-lo e enviá-lo o quanto antes a um campo de trabalho, todos sabiam que se tratava de uma farsa. Os que interrogavam sabiam que as acusações eram falsas, assim como os confusos prisioneiros; mas, no final, as alternativas eram tão absurdas, que não valia a pena continuar a negá-las. Você-que-é-vizinho-de-um-agitador-antiproletário, confesse que está de conluio com ele ou vai pegar 25 anos em Magadan. Se confessar, serão apenas dez. E os prisioneiros confessavam, fosse para salvar a si mesmos, suas famílias, ou porque não aguentavam mais as surras e as humilhações. Outras vezes, confessavam porque com a mente soterrada por uma avalanche de mentiras não conseguiam pensar com clareza. Alexander, contudo, refletia se não seria a primeira vez desde que aqueles interrogatórios fajutos haviam começado que as acusações contra o prisioneiro eram mesmo verdadeiras, afinal ele era Alexander Barrington. Naquele momento, os interrogadores estavam armados da verdade e, se Alexander não quisesse morrer, precisaria esconder a verdade embaixo de uma avalanche de mentiras. Alexander teve o ímpeto de compartilhar seus pensamentos com Mitterand e Vladimir, mas decidiu que a dupla não apreciaria a ironia da situação.

Na cela, dois guardas armados ordenaram que Alexander se despisse.

— Vamos lavar seu uniforme — disseram, apontando as armas contra ele.

Alexander tirou o uniforme, mas recebeu ordens para entregar o relógio, as meias e as botas. O chão da cela estava tão frio, que amortecia os pés.

— Preciso mesmo tirar as botas?

— Vamos engraxá-las.

Alexander agradeceu à intuição que o fizera guardar os medicamentos na cueca.

Ele relutou em entregar as botas e os soldados acabaram arrancando o sapato com violência das mãos de Alexander, saindo em seguida sem dizer nada. Trancaram a porta e ele ficou sozinho. Acendeu a lamparina de querosene e a segurou perto do corpo para se aquecer. Naquele momento, ficar sem oxigênio era o de menos. O guarda viu o lampião aceso e ordenou que o apagasse. Alexander não obedeceu. Então o guarda entrou e pegou o lampião, deixando Alexander no frio e no escuro.

Apesar do cuidado com o qual Tatiana havia feito o curativo, as costas de Alexander latejavam. A faixa cobria o estômago e as costas, mas ele daria qualquer coisa para ter o corpo todo enrolado no tecido branco. Naquela situação, o melhor a fazer era não encostar o corpo na superfície gelada. Alexander foi para o centro da cela, tocando o piso congelado apenas com os pés. Permaneceu parado, imaginando calor.

Colocou as mãos atrás da cabeça, depois nas costas e na frente do peito.

Ele imaginava...

A cabeça de Tatia encostada no seu peito nu, ouvindo as batidas do seu coração. Ela levanta o olhar e sorri para ele. Ela está na ponta dos pés, equilibrando-se com o apoio de seus braços. Tatia levanta a cabeça e se aproxima de seu rosto.

Calor.

Não havia manhã ou noite. Não havia luminosidade nem luz. Impossível medir a passagem do tempo. As imagens de Tatiana sempre voltavam à cabeça de Alexander, mas ele não saberia quanto tempo passava pensando nela. Tentou contar, mas percebeu que estava exausto e precisava dormir.

Dormir ou passar frio? Dormir ou passar frio?

Dormir.

Encolhido no canto da cela, Alexander tremia descontroladamente enquanto tentava escapar da própria miséria. Seria o dia seguinte, a noite seguinte? O dia seguinte a quê? A noite seguinte a quê?

Vão me deixar passar fome e sede. Depois vão bater em mim até eu morrer. Mas primeiro minhas pernas e meus pés irão congelar, e minhas entranhas virarão gelo. Meu sangue e meu coração também, então chegará o esquecimento.

Tamara e suas histórias, 1935

Há vinte anos uma *babuchka* de nome Tamara morava naquele andar. A porta da sua casa estava sempre aberta, e em algumas ocasiões, quando chegava da escola, Alexander entrava para conversar com ela. Sabia que os idosos apreciavam a companhia dos jovens, pois era uma oportunidade de transmitir suas experiências. Certa tarde, Tamara estava sentada na sua desconfortável cadeira de madeira perto da janela e contou-lhe que seu marido havia sido preso em 1928 por motivos religiosos e condenado a dez anos de prisão.

— Como assim, Tamara Mikhailova?! Onde? — perguntou surpreso.

— Nos campos de trabalhos forçados da Sibéria, claro. Onde mais?

— Foi condenado e enviado para a Sibéria?

— Para a prisão...

— Para trabalhar de *graça*?

— Ah, Alexander, você está me interrompendo! Me deixe terminar.

Ele ficou quieto.

— As prostitutas das redondezas de Arbat foram presas em 1930. Mas além de estarem de volta no mês seguinte, tiveram permissão para visitar as famílias no interior. O meu marido e dois outros religiosos nunca terão permissão de voltar, especialmente para Moscou.

— Só mais três anos — disse vagarosamente Alexander. — Mais três anos de trabalhos forçados.

Tamara balançou a cabeça e baixou a voz.

— Em 1932, recebi um telegrama das autoridades de Kolyna. Estava escrito, "sem direito a correspondência". Você sabe o que isso significa, não sabe?

Alexander não quis nem arriscar um palpite.

— Significa que ele não está mais vivo para escrever — explicou a velha, a voz trêmula e a cabeça baixa.

Alexander gostava de se sentar do lado de Tamara, assim como fazia com Slavan. Ela contou como três padres da igreja do quarteirão de baixo tinham sido presos e condenados a sete anos por não renunciarem às práticas capitalistas; no caso deles, sua crença irredutível em Jesus Cristo, tanto a pessoal quanto a eclesiástica.

— Também para o campo de trabalhos forçados?

— Ah, Alexander!

Ele parou e ela prosseguiu.

— Mas veja que engraçado. Você prestou atenção no hotel do outro quarteirão com umas meretrizes paradas bem na porta?

— Hum-hum — assentiu Alexander.

— Você notou como todas desapareceram?

— Hum-hum — Alexander havia percebido aquilo também.

— Elas foram presas por perturbar a ordem, destruir o bem público...

— E não renunciarem às práticas capitalistas — completou Alexander ironicamente. Tamara riu e colocou a mão na sua cabeça.

— Isso mesmo, meu menino. E você sabe quantos anos elas vão ficar naquele campo de trabalhos forçados que tanto te incomoda? Três anos. Então, não se esqueça: Jesus Cristo, sete anos, prostituição, três anos.

— Já chega — disse Jane entrando no quarto e puxando o menino pela mão.

Antes de sair, virou-se e disse em tom de acusação a Tamara, embora falasse com o filho:

— Será que é possível não aprender sobre prostitutas com uma velha desdentada?

— E quem você gostaria que me ensinasse, mãe?

— Filho, sua mãe pediu para eu conversar com você. — Harold limpou a garganta. Alexander crispou os lábios e sentou em silêncio. O pai parecia tão desconfortável, que Alexander precisou sentar em cima das mãos para não rir. Harold olhou de esguelha para Jane, que fingia limpar alguma coisa em outra parte do cômodo.

— Pai — disse Alexander, na voz mais grossa que conseguiu. Sua voz havia mudado nos últimos meses, deixando-o muito feliz. Realmente gostava da forma como o seu novo eu soava. Crescido. Por conta do estirão, havia crescido mais de vinte centímetros nos últimos seis meses. Mas não parecia ter engordado nada. Havia tão pouco de... tudo.

— Vamos dar uma volta, pai?

— Não! — exclamou a mãe. — Podem conversar aqui mesmo. Não estou ouvindo.

Assentindo com a cabeça, Alexander disse:

— Tudo bem, pai, podemos conversar aqui mesmo. — Alexander tentou colocar no rosto uma expressão de seriedade. Não faria diferença se estivesse cruzando os olhos ou com a língua para fora, Harold olhava em outra direção.

— Filho — começou o pai. — Você está se aproximando da idade em que será, quero dizer, já é, tenho certeza, um rapaz bonito e de boa índole. Quero orientar você porque talvez em breve, ou talvez já tenha acontecido, você vai...

No fundo do quarto, Jane bufou em reprovação e Harold ficou quieto. Alexander ficou sentado por mais alguns instantes, então se levantou e deu um tapinha nas costas do pai.

— Obrigado, pai, você ajudou muito.

Alexander retirou-se para o seu quarto e Harold não o seguiu. Ouviu os pais brigando e logo em seguida alguém bateu na porta. Era a mãe.

— Posso falar com você?

— Mãe, de verdade. O pai já disse tudo. Acho que não há mais nada a acrescentar... — disse Alexander, tentando manter-se calmo.

A mãe sentou-se na cama e ele na cadeira ao lado da janela. Em maio, Alexander completaria dezesseis anos. Se tivesse sorte, talvez a família alugasse um quarto na *dacha* em Krasnaya Polyana, como no verão anterior.

— Alexander, o que seu pai não mencionou...

— Ele deixou de mencionar algo?

— Filho...

— Por favor, vá em frente.

— Não vou dar uma aula sobre garotas...

— Graças a Deus.

— Filho, preste atenção. A única coisa que precisa lembrar é... — Jane fez uma pausa.

Ele esperou.

— Martha me contou que um dos seus filhos delinquentes teve o pau removido! — sussurrou. — Removido, e sabe por quê?

— Não tenho certeza se quero saber.

— Porque ele pegou a doença francesa. Sabe o que é isso?

— Acho que sim.

— E o outro filho está com feridas pelo corpo todo. É a visão mais revoltante do mundo!

— Sim, é...

— A praga francesa! A coroa francesa! Sífilis! A sífilis devorou o cérebro de Lenin e ele morreu — sussurrou. — Ninguém fala isso, mas é a grande verdade. É isso que quer para você?

— Hum... acho que não.

— Está por toda a parte. Seu pai e eu conhecemos um homem que perdeu o nariz.

— Pessoalmente, preferia perder o nariz a perder o...

— Alexander!

— Desculpa.

— Isso é muito sério, filho. Fiz o melhor que pude para você ser um menino bom e limpo, mas veja só onde estamos vivendo. Logo vai morar sozinho.

— Acha mesmo que vai ser logo?

— O que vai acontecer quando não souber por onde andou a meretriz que está com você? — perguntou resolutamente Jane. — Filho, não quero que seja um santo ou um eunuco. Só quero que tenha cuidado. Quero que sempre proteja o que é seu. Você deve ser limpo, deve ser vigilante e não deve nunca esquecer que sem proteção você vai embuchar uma garota. E daí? Vai casar com alguém que não ama só por que não tomou cuidado?

Alexander olhou para a mãe.

— Embuchar?

— Ela vai dizer que o filho é seu, mas você nunca vai ter certeza. A única certeza que vai ter é de ser um homem casado e de que seu pau vai cair!

— Mãe. Por favor, pare.

— Entende o que quero dizer?

— Impossível não entender.

— Seu pai ia explicar.

— Ele explicou. E muito bem.

Jane se levantou.

— Consegue falar sério ao menos uma vez?

— Sim, mãe. Obrigado pela visita. Ainda bem que tivemos essa conversa.

— Alguma pergunta?

— Absolutamente nenhuma.

A mudança do nome do Hotel, 1935

O frio era cortante naquele final de janeiro. Alexander e o pai estavam a caminho da reunião de quinta-feira do Partido.

— Pai, por que o nome do nosso hotel vai mudar de novo? É a terceira vez em seis meses.

— Certamente, não é a terceira vez.

— É sim, pai. Quando chegamos o nome do hotel era Derzhava. Depois mudou para Hotel Kamenev. Então para Hotel Zinoviev. Agora é Hotel Kirov. Por quê? E quem é esse tal de Kirov? — Caminhavam sem dar as mãos.

— Era o chefe do Partido em Leningrado.

Na reunião, o velho Slavan riu copiosamente ao ouvir Alexander repetir a pergunta, chamando-o para conversar.

— Não se preocupe, garoto. Agora é Kirov. E não vai mudar mais — disse, passando a mão na cabeça de Alexander.

— Pronto, já chega — disse Harold, tentando afastar o filho. Mas Alexander queria ouvir a história toda e se afastou do pai.

— Por que, Slavan Ivanovich?

— Porque Kirov está morto — respondeu, balançando com a cabeça. — Foi assassinado em Leningrado no mês passado. Agora estão promovendo uma caçada humana.

— Ainda não pegaram o assassino?

— Pegaram quem atirou — disse o velho, com um sorriso pretensioso. — Mas e os outros?

— Que outros? — perguntou Alexander, baixando a voz.

— Todos os conspiradores — disse o velho. — Eles também devem morrer.

— Foi uma conspiração?

— Claro. De que outra forma poderiam justificar a caçada humana?

Harold arrancou Alexander de perto de Slavan.

— Filho, por que você é tão amigável com Slavan? Que tipo de coisas aquele homem fala para você? — perguntou quando voltavam para casa.

— Ele é fascinante. Sabia que esteve em Akatui por cinco anos? — Akatui era o campo de trabalhos forçados na Sibéria durante o período czarista. — Lá recebeu uma camiseta branca e trabalhava só oito horas no verão e seis no inverno. Disse que nunca sujou a camiseta. Recebia um quilo de pão branco todo dia, mais carne. Disse que foram os melhores anos da sua vida.

— É inegável — resmungou Harold. — Escute, não quero você falando tanto com ele. Sente-se perto de nós.

— Vocês fumam demais. Meus olhos ardem.

— Solto a fumaça para o outro lado. Slavan é encrenca. Fique longe dele, está me ouvindo? — Fez uma pausa. — Ele não vai durar muito.

— Durar muito?

Duas semanas depois, Slavan desapareceu das reuniões. Alexander sentiu falta do velho simpático e de suas histórias.

— Pai, as pessoas do nosso andar estão desaparecendo. A senhora Tamara sumiu.

— Nunca gostei dela — falou Jane, bebericando da vodca. — Estava doente e foi para o hospital. Era uma velha, Alexander.

— Mãe, dois homens de terno estão morando no quarto dela. Vão dividir o quarto com Tamara quando voltar do hospital?

— Não sei nada sobre isso — respondeu firmemente Jane, e com a mesma determinação serviu-se de outra dose.

— Os italianos foram embora, mãe. Sabia disso?

— Quem? — gritou Harold. — Quem está desaparecendo? Os Frascas estão em férias.

— É inverno, pai. Onde estariam de férias?

— Na Crimeia. Em algum *resort* próximo a Krasnodar. Dzhugba, eu acho. Voltarão em dois meses.

— E a família van Doren? Para onde foram? Também para a Crimeia? Tem gente nova morando no quarto deles. Uma família russa. Pensei que este andar fosse só para estrangeiros.

— Mudaram-se para outro prédio de Moscou — disse Harold, beliscando da comida. — O *Obkom* quer integrar os estrangeiros na sociedade soviética.

Alexander repousou o garfo sobre a mesa.

— Você disse que eles se mudaram? Para onde? Porque Nikita está dormindo no banheiro.

— Quem é Nikita?

— Pai, não notou que tem um homem na banheira?

— Que homem?

— Nikita.

— Ah. Faz tempo que está lá?

Alexander olhou para a mãe sem entender nada.

— Três meses.

— Ele está há três meses na banheira? Por quê?

— Porque não existe um único quarto vago em toda Moscou. Ele veio de Novosibirsk.

— Nunca o vi — Harold falou num tom de voz que dava a entender que, se ele nunca tinha visto Nikita, devia ser porque Nikita não existia. — O que ele faz quando quero tomar banho?

— Sai por meia hora. Dou-lhe uma dose de vodca e ele vai caminhar — explicou Jane.

— Mãe, a mulher dele chega em março — disse Alexander, comendo animadamente. — Ele implorou para que eu perguntasse a todos do nosso andar se o banheiro poderia ficar livre um pouco mais cedo durante a noite, para poderem...

— Tudo bem, estão de gozação comigo — disse Harold.

Alexander e a mãe trocaram olhares.

— Pai, veja com os próprios olhos. E então me explique para onde os van Dorens podem ter se mudado.

Quando Harold voltou, deu de ombros e disse:

— Aquele homem é um vagabundo. Não é boa pessoa.

— Aquele homem — disse Alexander, olhando para o copo de vodca da mãe — é o engenheiro chefe da esquadra do Báltico.

Um mês depois, em fevereiro de 1935, Alexander voltou da escola e ouviu os pais brigando, de novo. Gritaram seu nome uma vez, duas vezes.

A mãe estava furiosa *por* Alexander. Qual o problema com ele? Estava bem. Falava russo fluentemente. Cantava, bebia cerveja e jogava hóquei no parque Górki com os amigos. Estava bem. Por que ela estava contrariada? Gostaria de entrar e dizer que estava bem, mas não se intrometia nas brigas dos pais.

De repente, Alexander ouviu algo ser arremessado e alguém apanhando. Correu para o quarto dos pais e encontrou a mãe no chão com o pescoço vermelho e o pai inclinado sobre ela. Alexander correu até ele e o empurrou com força para trás.

— O que está fazendo, pai?! — gritou. — O que está fazendo?

Ajoelhou ao lado da mãe. Jane ergueu o corpo e cravou o olhar em Harold.

— Que belo exemplo está dando ao seu filho. Você o trouxe para a União Soviética para mostrar como se trata uma mulher? Como ele deve tratar a esposa dele?

— Cale a boca! Cale a boca! — gritava Harold, os pulsos cerrados.

— Pai! — Alexander levantou num pulo. — Pare. O que está fazendo?

— Seu pai nos abandonou, Alexander!

— Não abandonei ninguém!

— O que está fazendo, pai? — repetiu Alexander, empurrando o pai.

Harold deu um tapa na cara de Alexander e Jane perdeu o fôlego de susto. Alexander se desequilibrou, mas não caiu. Harold avançou novamente, mas desta vez Alexander desviou da mão do pai. Jane agarrou Harold pelas pernas e ele caiu, batendo a cabeça contra o sofá.

— Não ouse encostar a mão nele! — gritou Jane.

Harold e Jane estavam no chão, enquanto Alexander permanecia em pé. Não se olhavam, mas era possível ouvir a respiração pesada dos três. Alexander limpou o sangue da boca.

— Harold — disse Jane, ainda de joelhos. — Olhe para nós! Este país miserável está destruindo nossa família. — Ela chorava. — Vamos voltar para casa e começar de novo.

— Está louca? — protestou Harold. — Você faz ideia do que está dizendo?

— É claro.

— Você se esqueceu de que não somos mais cidadãos americanos? Que no momento não somos cidadãos de país nenhum? Ainda estamos esperando para receber cidadania soviética. Acha que vão nos querer de volta nos Estados Unidos? Saímos praticamente expulsos de lá. E como acha que as autoridades soviéticas irão reagir quando descobrirem que estamos virando as costas para este país?

— Estou pouco me lixando para o que pensam as autoridades soviéticas.

— Santa ingenuidade!

— Eu sou a ingênua? E você então? Você que conhecia a situação deste país e mesmo assim nos trouxe para morar aqui? Trouxe o próprio filho!

— Não viemos em busca de uma vida fácil. Esse tipo de vida nós tínhamos nos Estados Unidos — disse Harold, olhando com decepção para a esposa.

— Tem razão. Nossa vida era boa — concordou Jane. — Nós ainda podemos viver com o que o temos, mas Alexander não nasceu para este tipo de vida. Mande o menino de volta, Harold!

— O quê?! — sussurrou Harold, sem forças para levantar o tom.

— Isso mesmo — disse, sendo amparada por Alexander para ficar em pé e parando na frente de Harold. — Ele tem quinze anos. Mande-o de volta para casa.

— Mãe! — exclamou Alexander.

— Não permita que ele morra neste país. Será que você não enxerga, Harold? Alexander e eu enxergamos. Por que só você não consegue?

— Alexander não pensa assim. Não é, filho?

Alexander estava em silêncio porque não queria ficar contra o pai.

— Viu? — exclamou Jane, triunfante. — Por favor, Harold. Antes que seja tarde.

— Está falando bobagens. Tarde para o quê?

— Para Alexander — Jane disse com a voz embargada e o rosto pálido de desespero. — Esqueça seu orgulho pelo menos por um segundo. Por ele. Em maio Alexander faz dezesseis anos e vai se alistar no Exército Vermelho. Mande o garoto de volta antes que aconteça uma tragédia com a nossa família e enquanto ele ainda é um cidadão americano. Ele não abdicou de seus direitos nos Estados Unidos. Eu ficarei sempre ao teu lado, mas...

— Não! — exclamou Harold. — As coisas não saíram como eu esperava. Olhe, eu sinto muito...

— Não sinta nada por mim, seu canalha. Não por mim. Eu dormi nesta cama com você e sabia o que estava fazendo. Sinta pelo seu filho. O que você acha que vai acontecer com ele?

Jane deu as costas a Harold.

Alexander foi até a janela. Era uma noite de fevereiro.

Ele ouvia atrás dele as vozes dos pais.

— Janie, pare com isso, tudo vai ficar bem. Você vai ver. No fim, Alexander vai se sair melhor aqui. O comunismo é o futuro do mundo, você sabe disso tanto quanto eu. Quanto maior o abismo entre ricos e pobres, mais indispensável se tornará a implantação do comunismo. A América é uma causa perdida. Quem irá se preocupar com o homem comum e proteger os seus direitos senão o comunismo? A pior parte já passou. Tenho certeza de que o futuro será do comunismo. E você também sabe.

— Minha nossa! — exclamou Jane. — Quando vai parar com isso?

— Agora é tarde. Vamos até o fim.

— Tem razão — disse Jane. — Marx escreveu que o capitalismo produz seus próprios coveiros. Acha possível que não estivesse se referindo ao capitalismo?

— Certamente — concordou Harold, enquanto Alexander desviava o olhar. — Os comunistas odeiam mascarar seus pontos de vista e seus objetivos. Declaram abertamente que para atingirem seus objetivos será preciso derrubar pela força todas as condições existentes. A queda do capitalismo é inevitável. A queda do egoísmo, da ganância, da individualidade e das realizações individuais.

— A queda da prosperidade, do conforto, das mínimas condições humanas de sobrevivência, da privacidade e da liberdade — gritou Jane, enquanto Alexander olhava obstinadamente pela janela. — A segunda América, Harold... A maldita segunda América, Harold...

Alexander não precisou se virar para ver a raiva estampada no rosto do pai e o desespero no rosto da mãe. Viu o quarto cinza com o reboco caído e a fechadura remendada com fita adesiva. Sentiu o cheiro do banheiro, a dez metros de distância, e não disse nada.

Antes de chegar à União Soviética, o único mundo que fazia sentido para Alexander era a América, onde o pai subia no púlpito e pregava a destituição do governo americano, e a polícia que protegia aquele governo vinha, o tirava do púlpito e levava o entusiasmado insurgente para dormir na cadeia de Boston, de onde seria liberado um ou dois dias depois apenas para que pudesse recomeçar com redobrado fervor a pregar sobre as lamentáveis deficiências dos Estados Unidos dos anos de 1920. E, de acordo com Harold, como certa vez confessara ao filho, embora não faltassem problemas, os portos de Nova York e de Boston não paravam de receber imigrantes que viveriam em condições deploráveis e trabalhariam por centavos, enchendo de vergonha gerações de americanos. E a alegria com a qual os imigrantes viviam em condições deploráveis e trabalhavam por centavos apenas não era maior pela impossibilidade de trazer mais parentes para os Estados Unidos, onde viveriam em condições deploráveis e trabalhariam por centavos. Harold não conseguia entender aquilo.

Alexander achava natural Harold Barrington pregar a revolução nos Estados Unidos. Ele havia lido em *Sobre a Liberdade*, de John Stuart Mill, que liberdade não significava fazer tudo que desse na cabeça, mas dizer tudo que viesse à cabeça. O pai estava preservando o pensamento de Mill na melhor tradição da democracia americana. O que havia de errado nisso?

Quando chegou a Moscou, o que não fez sentido foi Moscou. Com o passar dos anos, a cidade ficou ainda mais incoerente; a privação, a insensatez, o desconforto impregnando seu espírito jovem. Alexander não dava mais as mãos com o pai quando estavam a caminho das reuniões de quinta-feira; no entanto, do que ele realmente sentia falta durante o inverno era de segurar uma laranja.

Saudando a Rússia como a "segunda América", o camarada Stalin proclamou que em poucos anos a União Soviética teria o mesmo número de ferrovias, de estradas pavimentadas e de habitações que os Estados Unidos. Afirmava que a América não se industrializara tão rapidamente como a URSS porque o progresso era caótico no sistema capitalista, ao passo que o socialismo levava o desenvolvimento a todos os setores da sociedade. Os EUA amargavam um desemprego de 35 por cento, ao contrário da União Soviética, que estava com toda a sua mão de obra empregada. Todos os soviéticos tinham emprego, prova da superioridade do comunismo, enquanto os americanos sucumbiam à assistência social do governo porque estavam desempregados. Aquilo era fácil de entender. Então por que a sensação de mal-estar era tão presente?

No entanto, a confusão e o mal-estar sentidos por Alexander eram secundários. O importante era a juventude. E ele era jovem, mesmo estando em Moscou.

Deu um guardanapo para a mãe limpar o rosto, enquanto ele limpava a boca na manga da camisa. Antes de sair e deixar os pais sozinhos com sua infelicidade, disse ao pai:

— Não dê ouvidos a ela. Não volto sozinho para a América. Meu futuro é aqui, para o bem ou para o mal. — E se aproximou de Harold. — Mas não bata na minha mãe de novo. — Alexander já era vários centímetros mais alto que Harold. — Se bater nela outra vez, vai se ver comigo.

Uma semana depois, Harold foi demitido do trabalho na gráfica porque as novas leis proibiam estrangeiros de operar as impressoras, independentemente da sua habilidade no ofício e de sua lealdade ao Estado soviético. Aparentemente, o ofício apresentava mais oportunidades para sabotagem, impressão de papéis falsos, testemunhos falsos, documentos falsos, notícias falsas, e para disseminar mentiras que subvertessem a causa soviética. Muitos estrangeiros tinham sido flagrados fazendo justamente isso, distribuindo sua propaganda mal-intencionada aos árduos trabalhadores soviéticos. Nesse caso, nada de impressão para Harold.

Ele foi realocado para uma fábrica de ferragens, onde derretia metal em formas de chave de fenda e chave catraca. O novo emprego durou algumas semanas.

Aparentemente, também não era seguro. Os estrangeiros haviam sido pegos fabricando facas e armas para uso próprio em vez de ferramentas para o Estado soviético.

Em seguida, foi empregado como sapateiro, para a surpresa de Alexander ("Pai, o que sabe sobre fazer sapatos?").

O emprego durou apenas alguns dias.

— Como assim? Fazer sapatos também não é seguro? — perguntou Alexander.

Aparentemente não era seguro. Ficou-se sabendo que os estrangeiros haviam fabricado galochas e botas de escalada para que os decentes cidadãos soviéticos escapassem pelos pântanos e montanhas.

Numa noite de abril de 1935, Harold chegou a casa desolado. Não foi cozinhar (era ele quem agora preparava o jantar), mas deixou-se cair pesadamente na cadeira. Contou que um membro do Partido Obkom o havia procurado na escola, onde agora varria o chão, e comunicado que teriam de encontrar um novo lugar para morar.

— Querem que a gente encontre nossa própria casa. Que sejamos um pouco mais independentes — disse, dando de ombros. — Estão certos. Eles facilitaram para nós nesses quatro anos. Agora temos de retribuir a ajuda do Estado. — Ficou em silêncio e acendeu um cigarro.

Alexander notou o pai espiando para o lado dele. Harold tossiu e disse:

— Bem, Nikita desapareceu. Podemos ficar com a banheira.

Não havia lugar para os Barringtons em toda Moscou. Após um mês procurando, Harold chegou do trabalho e disse:

— O homem do Partido foi me ver. Não podemos mais ficar aqui. Temos de nos mudar.

— Quando? — exclamou Jane.

— No máximo em dois dias. Nos querem fora daqui.

— Não temos para aonde ir!

Harold suspirou.

— Me ofereceram uma transferência para Leningrado. A oferta de trabalho é maior. Posso escolher entre uma fábrica, uma oficina de carpintaria ou uma central elétrica.

— E não tem central elétrica em Moscou, pai?

Harold ignorou a pergunta de Alexander.

— Vamos para lá. Há mais lugares para morar. Vocês vão ver. Janie, você vai arrumar emprego na biblioteca de Leningrado.

— Leningrado! — exclamou Alexander. — Pai, não vou embora de Moscou. Eu tenho amigos, escola. Por favor.

— Alexander, não temos escolha. Você vai começar numa escola nova e fazer novos amigos.

— Ah, que ótimo...

— Não temos escolha — repetiu o pai.

— Um dia tivemos, não foi? — gritou Alexander.

— Alexander! Não erga a voz para mim! Ouviu?

— Perfeitamente! — gritou. — Eu não vou para Leningrado. Ouviu?

Harold se levantou num salto. Jane se levantou num salto. Alexander se levantou num salto.

— Quietos, os dois! — exclamou Jane.

— Alexander, não fale assim comigo! — gritou o pai. — Vamos nos mudar e assunto encerrado. — Harold virou-se para a esposa e, de vergonha, tossiu. — Ah, outra coisa. Querem um nome mais russo para nossa família.

— Agora?! Depois de todos esses anos? — zombou Alexander.

— Querem uma prova de lealdade! — gritou descontrolado Harold. — No próximo mês você vai fazer dezesseis anos. Vai se alistar no Exército Vermelho. Precisa de um nome russo. Quanto menos perguntas, melhor. No momento, precisamos ser russos. Será mais fácil para nós. — Harold baixou o olhar.

— Minha nossa, pai — bradou Alexander. — Algum dia isso vai ter fim? Não podemos sequer manter o nosso nome? Não basta sermos expulsos de casa e mudar de cidade? Também vão tirar nosso nome? Restou o quê?

— Não estamos aqui nos escondendo! Estamos fazendo a coisa certa. Nosso nome é americano. Deveríamos ter mudado há muito tempo.

— Tem razão. Os Frascas não mudaram. Os van Dorens também não. E veja o que aconteceu com eles. Tiraram férias. Férias prolongadas, não é, pai?

Harold correu até Alexander e ergueu a mão, mas Alexander empurrou o pai.

— Não encoste em mim — disse friamente. — A época disso já passou.

Harold novamente tentou acertá-lo. Alexander deu outro empurrão, mas não soltou o pai. Não queria a mãe presenciando seu descontrole. Pobre mãe, tremendo e chorando, apertando as mãos e implorando:

— Queridos, eu imploro. Harold! Alexander! Parem, parem!

— Mande ele parar! — disse Harold. — Foi você quem criou o menino assim. Sem respeito.

A mãe agarrou Alexander pelos braços.

— Por favor, filho, acalme-se. Tudo vai ficar bem.

— Acha mesmo, mãe? Vamos mudar de cidade. Vamos mudar de nome, como um hotel. Acha que está tudo bem?

— Acho. Ainda temos uns aos outros — respondeu a mãe. — Ainda estamos vivos.

— Estar tudo bem é realmente relativo — disse, desvencilhando-se da mãe e pegando o casaco.

— Alexander, eu te proíbo de sair por aquela porta — disse o pai.

Alexander olhou o pai nos olhos e disse:

— Me impeça se puder.

Ele saiu e ficou fora de casa durante dois dias. Quando voltou, arrumaram as coisas e se mudaram do Hotel Kirov.

A mãe estava bêbada e não conseguia carregar as malas para o trem.

Quando foi a primeira vez que Alexander sentiu que havia algo terrivelmente errado com a mãe? Quando soube? Ali estava o problema: as coisas não ficaram terrivelmente erradas de uma hora para outra. Primeiro, ela ficou levemente diferente, mas não cabia a Alexander dizer o que havia de errado na vida dos adultos. O pai poderia ter visto, mas ele era cego. Alexander sabia que o pai era o tipo de homem que simplesmente não conseguia lidar com o pessoal e o global ao mesmo tempo. No entanto, já não fazia diferença se o pai sabia e fora omisso, ou se era mesmo distraído. Nada mudaria o simples fato de que Jane Barrington, gradualmente, sem banda de música, sem estardalhaço, prólogo ou aviso, deixara de ser a pessoa que tinha sido para se tornar, definitivamente, alguém que ela não era.

CAPÍTULO OITO

Ilha Ellis, 1943

FAZIA SETE SEMANAS que Tatiana estava nos Estados Unidos quando Edward a visitou. Como de costume, estava sentada próximo à janela, com Anthony no colo usando apenas fraldas. Tatiana fazia cócegas entre os dedinhos do pé do bebê. Sentia-se bem melhor. Sua respiração era profunda e, além de não estar tossindo muito, há um mês não tossia sangue. O ar de Nova York estava lhe fazendo bem.

— Edward — disse, enquanto respirava para que ele a examinasse. — Sua mulher esteve hoje aqui atrás de você.

Edward olhou para ela e sorriu:

— Sim... minha mulher às vezes vem me procurar — disse, desviando o olhar.

Tatiana observou o médico tirar o estetoscópio de seu peito.

— Está se recuperando muito bem. Vou te dar alta.

Tatiana não disse nada.

— Tem para onde ir? — perguntou. — Vai precisar de um emprego.

— Eu gosto daqui, Edward.

— Eu sei. Mas está curada.

— Pensei, posso talvez trabalhar aqui. Precisa de mais enfermeiras.

— Quer trabalhar em Ellis?

— Muito.

Edward conversou com o cirurgião-chefe no Departamento de Saúde Pública (DSP), que, por sua vez, foi conversar com Tatiana e informou-lhe que ela passaria por um período de três meses em caráter probatório, para saber se daria conta do trabalho. Disse-lhe que não seria contratada pelo hospital em Ellis, mas pelo DSP e, eventualmente, caso precisassem de enfermeira, ela trabalharia no hospital da Universidade de Nova York, no centro da cidade. Tatiana concordou, mas perguntou se poderia morar em Ellis, e quem sabe trabalhar no turno da noite. O cirurgião não se empolgou com a ideia.

— Por que morar aqui? Pode conseguir um apartamento do outro lado da baía. Nossos funcionários não moram aqui.

Tatiana explicou no seu melhor inglês que não tinha com quem deixar o filho, e sua esperança era que algum refugiado detido em Ellis pudesse tomar conta dele enquanto ela estivesse trabalhando. Disse que ficaria no mesmo quarto onde se recuperava, para não complicar as coisas.

— Mas é tão pequeno!

— Um quarto é perfeito para eu.

Tatiana não tinha condições de se aventurar em Manhattan, então pediu a Vikki que comprasse uniforme e sapatos para ela.

— Você sabe que só pode comprar dois pares de sapato? — perguntou Vikki. — Racionamento de guerra. Quer os dois sapatos de enfermeira?

— Quero um único par. Para que preciso de mais?

— E se quiser sair para dançar?

— Sair onde?

— Dançar! Requebrar um pouco? E se quiser ficar bonita? O seu marido não vai voltar, vai?

— Não, meu marido não vai voltar.

— Nesse caso, você definitivamente precisa de sapatos bonitos para ser uma viúva.

Tatiana balançou a cabeça em desaprovação.

— Preciso de sapatos de enfermeira e uniforme branco, e preciso ficar em Ellis; não preciso de algo mais.

Vikki meneou a cabeça, o olhar expressando certa surpresa.

— É *nada* mais. Quando vem jantar conosco? Que tal no domingo? O doutor Ludlow disse que você vai receber alta.

Vikki comprou um uniforme um pouco grande, mas os sapatos vieram no tamanho certo. Tatiana recebeu alta e continuou fazendo o mesmo que fazia quando usava a camisola e o roupão cinza do hospital: cuidar dos soldados estrangeiros que chegavam de navio a Nova York e, após receberem tratamento, eram enviados para algum campo de prisioneiros de guerra no interior do continente. Os soldados alemães eram maioria, mas havia italianos, etíopes e um ou dois franceses. Nenhum era soviético.

— Ah, Tania, o que eu faço? — Vikki estava sentada na cama de Tatiana enquanto ela amamentava Anthony. — Está de folga?

— Hora do almoço — Tatiana sorriu de leve, mas a ironia passou despercebida pelos ouvidos desatentos de Vikki.

— Quem toma conta do seu filho quando está trabalhando?

— Ele vai comigo. Coloco em algum leito vazio enquanto cuido dos soldados. — Brenda reclamava, mas Tatiana não gostava de deixar o filho sozinho no quarto, então não dava ouvidos para suas queixas. Se houvesse imigrantes no hospital, poderiam tomar conta dele. Mas poucos estavam passando por Ellis. Doze no mês de julho, oito em agosto. E todos tinham seus próprios filhos e seus próprios problemas.

— O que vai fazer, Vikki?

— Tatia, sabe da minha situação. Meu marido está em casa comigo.

— Eu sei. Quem sabe a guerra leve ele de novo.

— O problema é esse! Não o querem mais. Ele não pode operar armamentos pesados. Foi dispensado honradamente. Quer um filho. Pode imaginar?

Tatiana estava em silencio.

— Por que você se casou?

— Por causa da guerra! Por que *você* se casou? Ele estava de partida para a guerra e me pediu em casamento. Eu aceitei. Achei que não havia mal nenhum nisso. Estamos em guerra. O que de pior poderia acontecer?

— Isso.

— Não imaginei que ele fosse voltar para casa tão cedo. Achei que fosse só no Natal. Que talvez morresse. E eu iria contar que tinha sido casada com um herói de guerra.

— Ele não é herói agora?

— Ele está vivo! Não vale.

— Ah.

— Antes de ele voltar, eu saía para dançar todo final de semana. Agora fico trancada em casa. Meu Deus! — exclamou. — Ser casada é um verdadeiro tédio.

— Você o ama?

— Claro — respondeu Vikki desinteressadamente. — Mas também amo o Chris. E duas semanas atrás, conheci um médico lindo. Mas está tudo acabado para mim!

— Tem razão. Casamento muito inconveniente. Por que você não pede... como se diz?

— Divórcio?

— Sim.

— Está maluca? De que país você veio? Quais os costumes que tem por lá?

— Em meu país, somos fiéis.

— Ele não estava aqui! Não podem esperar que eu seja fiel a alguém que está a milhares de quilômetros de distância e se comportando mal. Quanto ao divórcio, sou muito nova para isso.

— Mas não nova demais para ser viúva? — Tatiana hesitou ao dizer aquilo.

— Não! Há certo respeito em ser viúva. Não posso ser divorciada. Quem você acha que sou, Wallis Simpson?

— Quem?

— Brenda me contou que você está se saindo muito bem, Tatia. Embora tenha relutado em admitir. — Edward sorriu. — Disse que você é muito atenciosa com os pacientes. — Edward e Tatiana andavam entre os leitos. Anthony estava acordado e muito alerta nos braços da mãe.

— Obrigada, Edward.

— Não tem medo de que seu menino adoeça convivendo com os doentes?

— Não são doentes — respondeu Tatiana. — Não é, Anthony? Estão feridos. Eu trago meu menino, eles ficam felizes. Alguns têm mulher e filhos. Tocam o bebê e são felizes.

Edward sorriu.

— É um menino muito saudável. — Edward fez um carinho na cabeça de Anthony, que retribuiu abrindo um sorriso banguela. — Você o leva para passear?

— Todo tempo.

— Muito bom. Bebês precisam de ar fresco. E você também.

— Saímos todos os dias.

Edward limpou a garganta.

— Aos domingos os médicos da Universidade de Nova York e do Departamento de Saúde Pública jogam beisebol no Central Park e as enfermeiras vão torcer pelos times. Gostaria de ir com Anthony este domingo?

Tatiana ficou sem jeito e não respondeu.

— Você tem filhos, Edward?

Edward negou com a cabeça.

— Minha esposa não está preparada para ter um filho. Ela...

Subiam a escada quando ouviram o estalido de sapatos de salto alto.

— Edward? — uma voz aguda soou vinda do térreo. — É você?

— Sim, querida, sou eu. — A voz de Edward era monótona.

— Ah, graças a Deus encontrei você. Procurei em todos os lugares.

— Estou bem aqui, querida.

A senhora Ludlow subiu os degraus, arfando, e os três pararam na escada. Tatiana apertou o bebê.

— Enfermeira nova, Edward? — ela perguntou, fuzilando Tatiana com o olhar.

— Conhece a enfermeira Barrington? Esta é Marion.

— Sim — respondeu Tatiana.

— Não, nunca nos conhecemos — disse Marion. — Nunca esqueço um rosto.

— Nos encontramos toda terça-feira no refeitório. A senhora pergunta onde está Edward e eu respondo que não sei.

— Nunca nos conhecemos — repetiu, ainda mais determinada, a senhora Ludlow.

Tatiana não disse nada. Edward também não.

— Edward, podemos conversar em particular? Não acha que é muito nova para carregar um bebê? — perguntou, olhando com desprezo para Tatiana. — Nem sabe como carregá-lo. Onde está a mãe?

— Marion, ela é a mãe — disse Edward.

Por um momento, o silêncio da senhora Ludlow foi assustador, então emitiu um ruído de desaprovação, e antes que alguém pudesse fazer algum comentário, repetiu o ruído com ainda mais ênfase. Em seguida, balbuciou a palavra "imigrantes" e tirou Edward dali.

Vikki entrou feito um furacão na enfermaria, agarrou Tatiana pelo braço e a levou até o corredor.

— Ele pediu o divórcio! — silvou Vikki, entre a indignação e a ofensa. — Você acredita?!

— Não.

— Eu disse que não vou dar e que aquilo não estava certo. Ele avisou que vai entrar na justiça e conseguir o divórcio porque eu quebrei alguma convenção. Ah, eu disse, e você não estava com suas putas lá no outro lado do mundo? E sabe o que ele disse?

— Ele disse não?

— Ele disse *sim*! Mas com os soldados é diferente, ele disse. Você acredita?! — Vikki tremeu, Vikki deu de ombros e Vikki espantou as insultantes lágrimas que brilhavam nos olhos. — Tudo bem, eu disse, você vai se arrepender, e ele disse que já estava arrependido. Ai! — Ela deu de ombros e logo se animou. — Apareça para jantar no domingo. Vovó vai fazer sua lasanha especial.

Tatiana não foi.

Venha para o jantar, Tatia. Venha para Nova York, Tatia. Venha jogar conosco no Central Park, Tatia. Venha andar de balsa, Tatia. Venha passear de carro na Bear Mountain, Tatia. Venha, Tatia, volte para nós, os vivos.

CAPÍTULO NOVE

Com Stepanov, 1943

QUANDO ALEXANDER ABRIU OS OLHOS (abriu-os?), ainda estava escuro e frio. Com os braços apertando o corpo, ele não conseguia parar de tremer. Não havia vergonha em morrer na guerra, jovem e numa cela fria, em salvar o corpo da humilhação.

Certa vez, enquanto convalescia, Tatiana perguntou se ele tinha visto a luz. Ela não olhava para ele ao fazer o curativo. Ele respondeu não, não tinha visto.

Era uma meia verdade.

Porque ele tinha visto...

O galope do cavalo vermelho.

Mas aqui todas as cores tinham secado.

Como se estivesse num estupor, Alexander ouviu o vago ruído do trinco de metal deslizando e a chave virando. Seu comandante, o coronel Mikhail Stepanov, entrou segurando uma lanterna e iluminou Alexander no canto da cela.

– Ah, então é verdade – disse. – Você *está* vivo.

Alexander gostaria de sorrir, de apertar a mão de Stepanov, mas sentia-se congelado e suas costas doíam. Não se moveu, nem falou.

Stepanov abaixou-se ao lado dele.

– Que diabos aconteceu com o caminhão? Vi seu atestado de óbito emitido pelo médico da Cruz Vermelha com meus próprios olhos. Eu contei para sua esposa que você estava morto. Sua esposa grávida pensa que você está *morto*! O que você fez?

– Tudo está como deveria ser – respondeu Alexander. – É bom vê-lo, senhor. Tente não respirar. Não há oxigênio para nós dois.

– Alexander – disse o comandante, ajoelhando-se. – Você preferiu esconder o que estava acontecendo?

Alexander fez que sim com a cabeça.

– E a explosão do caminhão e o atestado de óbito?

– Não queria que ela tivesse nenhuma esperança.

– Por quê?

Alexander não respondeu.

— Vou com você aonde for — disse Tatiana. — Mas se for ficar, fico com você. Não vou deixar o pai do meu filho na União Soviética. — Ela se inclina sobre um Alexander inquieto. — O que me disse em Leningrado? Que tipo de vida posso construir, disse, sabendo que deixei você para morrer ou apodrecer na União Soviética? Essas foram as suas palavras. — Ela sorriu. — E nesse caso, concordo com você. — Ela baixou a voz. — Se o deixar, não importa qual estrada eu trilhar, com seu pesado galope, o Cavaleiro de Bronze irá me procurar noite adentro, envolta em minha própria nuvem de poeira.

Alexander não podia contar ao comandante, pois não sabia se Tatiana já estava fora da União Soviética.

— Quer fumar?

— Quero, mas aqui não dá. Não tem oxigênio para um cigarro.

Stepanov ajudou Alexander a se levantar.

— Estique um pouco as pernas — disse, notando que Alexander mantinha a cabeça inclinada para a frente. — A cela é muito pequena para você. Acho que não imaginavam que você fosse tão alto.

— Eles sabiam, por isso me trouxeram aqui.

Stepanov ficou de costas para a porta, enquanto Alexander estava do outro lado, de frente para ele.

— Que dia é hoje, senhor? — perguntou Alexander. — Há quanto tempo estou aqui? Quatro, cinco dias?

— Estamos na manhã do dia 16 de março — disse Stepanov. — Sua terceira manhã na prisão.

Terceiro dia!, pensou Alexander, chocado.

Terceiro dia!, pensou Alexander, animado.

Então era quase certo que Tatia...

Alexander interrompeu o fluxo dos seus pensamentos. Stepanov inclinou-se na sua direção e murmurou:

— Continue falando alto, para que possam ouvir, mas preste atenção em mim para que eu possa dar risada quando você voltar para o campo de cravos e eu te ensinar como comê-los.

Stepanov parecia mais cansado do que nunca, o olhar acinzentado e a boca curvada para baixo, numa expressão de simpatia e ansiedade.

— Senhor?

— Eu não disse nada, Major.

Afastando as alucinações que o faziam ver prados, sóis e cravos, Alexander repetiu baixinho:

— Senhor?

— Tudo acabou em merda, Major — sussurrou Stepanov. — A sua esposa está desaparecida. Estão tentando encontrá-la. Fiz o que você pediu e a convenci a voltar para Leningrado com o doutor Sayers. Facilitei a partida deles.

Alexander não disse nada, apenas enterrou as unhas nas palmas das mãos.

— Mas agora ela sumiu. Sabe quem mais desapareceu? O doutor Sayers. Tinha me avisado que voltaria para Leningrado com sua esposa.

Alexander enterrou mais fundo as unhas para evitar o olhar de Stepanov e contar a verdade.

— Sayers estava a caminho de Helsinque, mas antes deveria ter passado em Leningrado! — exclamou o comandante. — Ia deixar sua esposa e buscar outra enfermeira da Cruz Vermelha, que ele havia deixado no hospital de Grechesky. Está me ouvindo? Nunca chegaram a Leningrado. Dois dias atrás encontraram o jipe da Cruz Vermelha em Lisiy Nos, na fronteira entre a Finlândia e a União Soviética. Estava queimado e pilhado. Houve um incidente com as tropas finlandesas, e quatro dos nossos homens foram mortos. Não há sinal do doutor Sayers, nem da enfermeira Metanova.

Alexander ficou calado. Ele queria apanhar o coração do chão. Mas não conseguiu achá-lo, estava escuro. Ouviu-o rolando para longe, batendo, sangrando, pulsando no canto da cela.

Stepanov baixou a voz.

— Houve troca de tiros com a tropa finlandesa.

Alexander continuava em silêncio.

— Isso não é tudo.

— Não — Alexander pensou ter dito. Apenas sopro. *Não?*

— Nenhum sinal do doutor Sayers. Mas... — Stepanov ficou em silêncio. — Seu amigo Dimitri Chernenko foi encontrado morto.

A notícia não era um grande consolo para Alexander.

Mas era melhor do que nada.

— Major, por que Chernenko estava na fronteira?

Alexander não respondeu. Onde estava Tatiana? Aquela era a pergunta que ele mais desejava fazer. Como escapar sem o jipe? Estariam fugindo a pé pelos pântanos da Carélia?

— Major, sua esposa está desaparecida, Sayers fugiu e Chernenko está morto... — Stepanov hesitou. — Não apenas morto. Estava usando um *uniforme finlandês* quando foi baleado. O uniforme de um piloto, e carregava documento de identidade finlandesa em vez do passaporte!

Alexander não disse nada. Não tinha nada a esconder exceto a informação que custaria a vida de Stepanov.

— Alexander! — silvou baixo Stepanov — Não me deixe falando sozinho. Estou tentando ajudar.

— Senhor — disse Alexander, tentando silenciar o medo. — Estou pedindo, por favor, para não me ajudar mais. — Desejou ter uma foto dela. Gostaria de tocar o vestido branco com rosas vermelhas mais uma vez. Queria vê-la jovem ao lado dele, recém-casados nos degraus da igreja de Molotov.

Sentia tanto medo que chegava a doer. O pânico era uma punhalada que o impedia de pensar em Tatiana ao lado dele, o corpo colado ao seu. Naquele momento, mesmo apenas na lembrança, era insuportável imaginar seu corpo, seus olhos, os lábios. Era isso que teria de aprender: a não se permitir vê-la em sua memória. Ele não conseguia respirar, nem falar.

Com a mão trêmula fez o sinal da cruz.

— Eu estava bem até você entrar aqui e contar sobre o desaparecimento da minha mulher — disse finalmente Alexander. — Não sabe o que está fazendo comigo? — Ele começou a tremer descontroladamente.

Stepanov aproximou-se de Alexander e lhe entregou seu casaco.

— Coloque sobre os ombros.

Naquele momento, ouviram um grito vindo do lado de fora:

— Acabou o tempo!

Stepanov murmurou:

— Diga a verdade. Mandou sua esposa fugir com Sayers para Helsinque? Qual era o plano?

Alexander não respondeu. Não queria que Stepanov soubesse a verdade, a morte de três pessoas era o suficiente. Um indivíduo era o resultado de um milhão de pessoas dividido por um milhão. Stepanov não merecia morrer por Alexander.

— Pare de teimosia! Não conseguiram tirar uma resposta de você, então decidiram trazer outra pessoa para interrogá-lo. Um homem inflexível que nunca deixou de conseguir a confissão de um prisioneiro. Estão matando você de frio nesta cela gelada. Logo vai ficar pior. Você vai apanhar, vai ser forçado a colocar os pés na água gelada e vão apontar uma lanterna para o seu rosto até você enlouquecer. O interrogador vai dizer coisas que farão você ter vontade de matá-lo. Precisa ser forte ou não terá nenhuma chance.

Alexander disse quase imperceptivelmente:

— Acha que ela está em segurança?

— Não. Não acho que esteja em segurança! Quem está seguro por aqui? — sussurrou Stepanov. — Você? Eu? Não ela, com certeza. Estão atrás dela em todos os lugares. Em Leningrado, Moscou, Lazarevo. Se estiver em Helsinque, sabe que irão encontrá-la e trazê-la de volta. Estavam ligando para o hospital da Cruz Vermelha em Helsinque esta manhã.

— Acabou o tempo!

— Quantas vezes vou ter de ouvir essas palavras? — reclamou Alexander. — Minha mãe dizia isso, meu pai dizia isso, minha esposa, e agora eu digo isso a mim mesmo. Não aguento mais.

Stepanov pegou o casaco.

— Estão acusando você de...

— Não me pergunte isso, senhor.

— Negue tudo, Alexander.

Quando Stepanov virou para sair, Alexander perguntou:

— Senhor, no dia em que me levaram... Tatiana o procurou? — Estava tão debilitado, que mal conseguia pronunciar as palavras. Alexander não podia mais ficar em pé e, sem se importar com o frio, encostou as costas na parede congelada e escorregou o corpo até o chão. — Você a viu?

Ele ergueu o olhar até Stepanov, que assentiu com a cabeça.

— Como ela estava?

— Não me pergunte isso, Alexander.

— Estava...

— Não me pergunte.

— Diga.

— Você se lembra de quando trouxe meu filho de volta? — perguntou Stepanov disfarçando a voz embargada. Alexander desviou o olhar. — Você me deu algum alento. Pude ver meu filho antes de ele morrer. Pude enterrá-lo.

— Tudo bem, não vou mais perguntar — disse Alexander.

— Quem poderia fazer isso por sua esposa?

Alexander enterrou o rosto entre as mãos.

Stepanov partiu.

Alexander permaneceu imóvel no chão pelo que pareceu tanto um minuto quanto um dia ou um ano. Não precisava de morfina, de drogas, de fenobarbital. Precisava de uma bala bem no meio do peito.

Abriram a porta da cela. Alexander não havia recebido nem pão nem água. Nem havia recebido roupas e não sabia há quanto tempo estava nu na cela fria.

Entrou um homem alto, careca e mal-encarado lá dentro. Logo atrás, veio um guarda carregando uma cadeira, onde o homem alto imediatamente se sentou.

— Sabe o que tenho nas mãos, Major? — disse numa voz anasalada.

Alexander fez que não com a cabeça. Havia um lampião de querosene entre eles. O homem ficou em pé e se afastou da parede.

— Suas roupas, Major. Toda sua roupa e um cobertor. E um pedaço de costelinha de porco. Tudo quentinho. Batatas, creme azedo e manteiga. Uma dose de vodca. E um delicioso cigarro. Você pode sair deste lugar frio, comer e se vestir. Gostaria de fazer isso?

— Gostaria — respondeu Alexander, impassível. Não iria falar com voz trêmula a um estranho.

O homem sorriu.

— Foi o que pensei. Vim de Leningrado conversar com você. Podemos conversar um pouquinho?

— Não vejo por que não — respondeu Alexander. — Não estou ocupado.

O homem riu.

— É verdade. Não está nem um pouco ocupado — concordou, observando Alexander.

— Sobre o que quer conversar?

— Basicamente sobre você, Major Belov. E algumas outras coisas.

— Tudo bem.

— Quer as roupas?

— Tenho certeza de que para um homem tão inteligente como você a resposta é óbvia.

— Tenho outra cela para você. Maior, mais aquecida e com uma janela. No momento, deve estar com uma temperatura de 25 graus, diferente desta, onde a temperatura não passa de uns 5 graus. — O homem sorriu novamente. — Gostaria que eu fizesse a conversão para Fahrenheit, Major?

Fahrenheit? Alexander apertou os olhos.

— Não é necessário.

— Mencionei o tabaco?

— Mencionou.

— Todas essas coisas, Major, dão prazer. Gostaria de alguma delas?

— Já não respondi a essa pergunta?

— Você já respondeu a essa pergunta. Tenho outra.

— Sim?

— Você é Alexander Barrington, filho de Harold Barrington, um homem que se mudou para a União Soviética em dezembro de 1930, na companhia de uma linda esposa e de um bonito rapaz de onze anos?

Alexander ficou em pé na frente do policial sem piscar.

— Como se chama? — perguntou. — Normalmente pessoas como você se apresentam.

— Pessoas como nós? — O homem sorriu. — Vamos fazer um trato. Você me responde, eu te respondo.

— Qual é a sua pergunta?

— Você é Alexander Barrington?

— Não. Qual é o seu nome?

O homem balançou a cabeça.

— Como? Pediu para eu responder sua pergunta. Respondi. Agora, responda a minha.

— Leonid Slonko — respondeu o homem. — Faz alguma diferença?

Alexander o examinava.

— Disse que veio de Leningrado para falar comigo?

— Vim.

— Trabalha em Leningrado?

— Trabalho.

— Há muito tempo, camarada Slonko? Ouvi dizer que é ótimo no que faz. Há muito tempo nesse ramo? Eu arriscaria uns dez anos.

— Vinte e três.

Alexander assobiou em apreciação.

— Em Leningrado?

— O que em Leningrado?

— Onde trabalha. Em Kresty? Ou na Casa de Detenção de Millionnaya?

— O que sabe sobre a Casa de Detenção, Major?

— Sei que foi construída durante o reinado de Alexander II, em 1864. É lá que trabalha?

— Sim, eventualmente interrogo prisioneiros.

Assentindo, Alexander continuou.

— Cidade agradável, Leningrado. Porém, ainda não me acostumei a ela.

— Não? E por que deveria?

— Tem razão. Por que deveria? Prefiro Krasnodar. É mais quente. Conhece? — Alexander sorriu. — Qual a sua patente, camarada?

— Chefe de operações — respondeu Slonko.

— Não é militar. Foi o que pensei.

Slonko se levantou segurando as roupas de Alexander.

— Acabo de me dar conta, Major, de que nossa conversa está encerrada — disse vagarosamente.

— Concordo — disse Alexander. — Obrigado pela visita.

Slonko saiu tão rapidamente e de tal forma contrariado, que esqueceu o lampião e a cadeira. Levou algum tempo até o guarda vir buscá-los.

Escuridão outra vez.

Tão debilitante. Mas nada mais opressor do que o medo.

Dessa vez o intervalo foi breve.

A porta se abriu e dois guardas ordenaram que Alexander os acompanhasse.

— Não estou vestido — respondeu.

— Aonde vai não precisa de roupa.

Resposta animadora, pensou Alexander. Os guardas eram jovens e ambiciosos, o pior tipo. Caminhou entre eles, depois um pouco na frente. Subiu descalço os degraus de pedra e atravessou o corredor da escola, saindo pelos fundos na direção do bosque e pisou na neve derretida de março. Pediriam para que cavasse um buraco? Sentia os fuzis nas costas. Os pés e todo o corpo estavam amortecidos, mas o peito e o coração, não. Já seria um alívio se apenas o coração parasse de doer.

Lembrou-se do escoteiro de dez anos, do garoto americano, do garoto soviético. As árvores desfolhadas tinham uma aparência fantasmagórica, mas estava feliz por respirar ar puro e ver o céu cinza. Tudo vai ficar bem, pensou. Se Tatia estivesse em Helsinque e não tivesse esquecido suas recomendações, então ela teria convencido Sayers a fugir o mais rápido possível. Talvez os dois já tivessem fugido. Talvez estivessem a caminho de Nova York. E, nesse caso, nada mais importava.

— Vire-se — ordenou um dos guardas.

— Primeiro paro de andar? — perguntou Alexander, batendo os dentes.

— Pare de andar e vire-se — disse o guarda, surpreso.

Ele parou de andar. E se virou.

— Alexander Belov — disse o guarda menor, na voz mais pomposa que conseguiu —, você foi declarado culpado de traição contra a Pátria Mãe durante a guerra ao nosso país. A punição para traição militar é o fuzilamento.

Alexander uniu os pés e colocou os braços na lateral do corpo. Ele não piscava, mas os guardas, sim.

— Bem, e agora? — perguntou vagarosamente.

— A traição é punida com a morte — repetiu o guarda. Ele veio até Alexander e entregou-lhe uma venda preta.

— Pegue.

Alexander notou que as mãos do soldado tremiam.

— Quantos anos você tem, soldado? — perguntou em voz baixa.

— Vinte e três.

— Que engraçado, eu também — disse Alexander. — Acabei de pensar que há apenas três dias eu era *major* no Exército Vermelho. Há três dias eu tinha uma medalha de *Herói da União Soviética* pendurada no peito. Incrível, não é?

Alexander deu um passo para trás e balançou a cabeça.

— Não quero a venda, nem vou ficar de costas. Ande logo e volte para o lado do seu amigo.

— Estou apenas seguindo ordens, Major — disse o jovem. De súbito, Alexander reconheceu-o como um dos soldados que participaram do ataque a Neva, com o objetivo de furar o cerco a Leningrado, três meses atrás. Era o oficial que ele havia deixado na arma antiaérea enquanto correra para socorrer Anatoly Marazov.

— Soldado... Ivanov? — disse Alexander. — Ora, ora, espero que você atire melhor agora do que quando atirou nos malditos aviões alemães que quase nos mataram.

O soldado não tinha sequer coragem de olhar para Alexander.

— Terá de olhar para mim quando mirar, soldado — disse Alexander, mantendo a postura ereta. — Do contrário, vai errar o alvo.

Ivanov juntou-se ao outro soldado.

— Por favor, fique de costas, Major.

— Não — respondeu Alexander, encarando-os, os braços colados na lateral do corpo. — Estou aqui. O que temem? Como podem ver, estou desarmado e praticamente nu.

Endireitou ainda mais o corpo. Os dois guardas estavam paralisados.

— Camaradas, não esperem a minha ordem para levantar as armas. Terão de fazer isso por conta própria.

O outro soldado disse:

— Tudo bem, levante o fuzil, Ivanov.

Levantaram as armas. Alexander olhou dentro do cano de uma delas. Piscou. *Ah, Deus, cuide de Tatiana, sozinha no mundo.*

— Quando eu disser três — anunciou o soldado, mirando em Alexander.

— Um.

— Dois.

Alexander olhou para os dois soldados e viu que sentiam medo, mas seu próprio coração mantinha-se destemido. Ele tinha frio e a certeza de que os assuntos que ainda faltavam resolver nesta vida não podiam esperar uma eternidade. Ao mesmo tempo, olhar para os soldados trêmulos era como olhar para o rosto do garoto de onze anos no espelho do quarto em Boston, no dia em que partia dos Estados Unidos. *Que tipo de homem me tornei?*, pensou. *Tornei-me o homem que meu pai idealizava?* Comprimiu os lábios. Não sabia a resposta. No entanto, sabia que se tornara o homem que ele desejava ser. *Não me decepcionei*, pensou, alinhando os ombros e erguendo o queixo. E que viesse o "três".

Mas o "três" não veio.

— Esperem!

Alexander ouviu um grito vindo da lateral. Os guardas abaixaram as armas. Era Slonko. Usando um sobretudo reforçado, chapéu de feltro e luvas de couro, aproximou-se de Alexander com passos enérgicos.

— Descansar, soldados.

Slonko jogou o casaco que carregava nos ombros de Alexander.

— Major Belov, você é um homem de sorte. O general Mekhlis escreveu de próprio punho o seu perdão.

Ele colocou a mão em Alexander. Por que aquela notícia o fazia tremer?

— Venha. Vamos voltar. Precisa vestir-se. Vai congelar neste clima.

Alexander analisava friamente Slonko. Certa vez lera sobre a experiência similar que Fiódor Dostoiévski passara quando os guardas de Alexander II estavam prontos para executá-lo. Dostoiévski foi salvo, de última hora, pela misericórdia do imperador e enviado ao exílio. A experiência de olhar a morte de frente mudou o escritor para sempre.

Alexander, por sua vez, não tivera tempo de esquadrinhar sua alma a ponto de notar alguma transformação. Aquilo havia sido uma manobra. Estivera calmo antes e mantinha-se calmo agora, a não ser por um tremor ocasional que atravessava da pele aos ossos. Além do mais, encarara a morte vezes demais nos últimos seis anos para temê-la.

Escoltados pelos guardas, Alexander voltou para a escola na companhia de Slonko, onde foi levado para uma sala pequena e aquecida e encontrou sua roupa, as botas e um pouco de comida. Vestiu-se, tremendo. Para sua surpresa, as meias estavam limpas e, após vesti-las, roçou os pés para o sangue voltar a circular. Viu alguns pontos escuros nos dedos dos pés e, por alguns instantes, pensou em queimaduras de frio, infecção e amputação. As costas em brasa, porém, desviaram sua atenção. O soldado Ivanov ofereceu-lhe uma dose de vodca para esquentar o corpo. Alexander aceitou e pediu chá quente.

A sala era aconchegante e, após comer e beber, Alexander sentiu-se satisfeito e sonolento; mais do que isso, quase inconsciente. Estivera acordado por quanto tempo, dois dias? Três? Fechou os olhos por alguns segundos, mas ao abri-los, Slonko estava sentado na sua frente.

— O general Mekhlis salvou a sua vida para mostrar que não agimos baseados na insensatez, mas na misericórdia.

Alexander não se mexeu. Empregava toda a energia para manter-se acordado.

— Como se sente, Major Belov? — perguntou Slonko, pegando uma garrafa de vodca e dois copos. — Somos dois homens sensatos. Vamos beber e esquecer nossas diferenças.

Alexander assentiu com a cabeça.

— Comi e bebi chá. Estou me sentindo ótimo — disse, mal conseguindo parar em pé.

— Precisamos conversar. É coisa rápida.

— Você espera que eu minta, mas não vou fazer isso, mesmo que me matem de frio — Alexander fingia piscar, embora estivesse com dificuldade para manter os olhos abertos.

— Poupamos sua vida, Major.

Esforçando-se ao máximo, abriu os olhos novamente.

— Por que acreditam na minha inocência?

Slonko deu de ombros.

— Veja só, é simples. — Slonko colocou um papel na frente de Alexander. — Tudo que precisa fazer é assinar este documento declarando que tem consciência de que a sua vida foi poupada. Será enviado para a Sibéria, onde passará o resto dos seus dias em paz e longe da guerra. O que acha?

— Não sei. Mas não vou assinar nada.

— Precisa assinar, Major. Você é nosso prisioneiro e os prisioneiros obedecem.

— Eu já disse tudo que sabia.

— Não precisa dizer mais nada, apenas assinar.

— Não vou escrever meu nome em nenhum lugar.

— E qual é exatamente o seu nome? — disse subitamente Slonko. — Será que sabe?

— Parabéns — disse Alexander.

Slonko serviu-lhe uma dose, e embora Alexander tivesse recuperado um pouco do seu vigor ao vestir o uniforme e as botas, sua cabeça continuava pendendo para a frente.

— Não acredito que vai me deixar beber sozinho, Major. Considero quase um insulto.

— Não deveria beber, camarada Slonko. Pode ser um caminho sem volta.

Slonko ergueu o olhar da vodca e encarou Alexander pelo que pareceram alguns minutos. Finalmente, disse:

— Você sabe, conheci uma linda mulher que tinha o hábito de beber. — Alexander ouvia em silêncio. — Uma mulher corajosa, que sofreu terrivelmente por não poder beber na prisão. Ela estava completamente embriagada quando a detivemos para interrogatório. Foram vários dias até ficar sóbria. Então tivemos uma longa conversa. Ofereci-lhe um gole de bebida e ela aceitou. Entreguei um documento para assinar e ela assinou de boa vontade. Desejava apenas uma coisa de mim. Você sabe o quê?

Alexander deu um jeito de balançar a cabeça.

— Salvar o filho. A única coisa que pediu. Salvar seu único filho, Alexander Barrington.

— Fico feliz por ela — disse Alexander, apertando uma mão na outra para mantê-las paradas. Obrigou seu corpo a ficar imóvel. Queria ser uma cadeira, uma mesa, uma lousa. Não a janela balançando ao vento de março. A qualquer momento, soltaria do batente. *Como o vitral na igreja de Lazarevo.*

— Me diga uma coisa, Major — disse amigavelmente Slonko, sorvendo a bebida e batendo o copo vazio sobre a mesa de madeira. — Se perguntassem ao senhor qual é seu último desejo antes de morrer, qual seria a sua resposta?

— Fumar um cigarro — respondeu Alexander.

— Não pediria por misericórdia?

— Não.

— Você sabia que o seu pai também *implorou* pela sua vida?

Alexander empalideceu.

Slonko disse em inglês:

— *Your mother begged me to fuck her but I refused*[1]. — Calou-se por um instante, então sorriu. — A princípio.

O único movimento de Alexander foi cerrar os dentes. Então, disse em russo:

— Está falando comigo, camarada? Só compreendo russo. Tentaram me ensinar francês na escola, mas eu não era muito bom em aprender línguas. — Calou-se. Sua boca estava seca.

— Vou perguntar de novo — disse Slonko. — Vou perguntar devagar e educadamente. Você é Alexander Barrington? Filho de Jane e Harold Barrington?

— Mesmo já tendo ouvido a mesma pergunta 150 vezes, vou responder devagar e educadamente — disse Alexander, cumprindo com o prometido. — Não sou Alexander Barrington.

— Me diga, Major, por que a pessoa que nos informou teria mentido? De onde tiraria essa ideia? Não pode ter inventado. Sabia de detalhes íntimos da sua vida.

1 "Sua mãe me implorou que eu a fodesse, mas eu recusei." (N.T.)

— E onde está essa pessoa? — indagou Alexander. — Gostaria de vê-la e de perguntar se tem certeza do que diz sobre mim. Porque eu tenho certeza de que está equivocada.

— Não, ela tem certeza de que você é Alexander Barrington.

Alexander ergueu a voz:

— Se tem tanta certeza assim, deixe que ela mesma me reconheça. É algum camarada importante? Um cidadão soviético de verdade? Não um traidor? Que cuspiu na própria pátria? Ele serviu ao país com tanto orgulho quanto eu? Foi condecorado? Nunca fugiu de uma batalha, por mais perdida que fosse? Esse homem de quem fala é um exemplo para todos nós? Eu quero conhecer esse novo paradigma da consciência soviética. Deixe que aponte o dedo para mim e diga, “Ele é Alexander Barrington”. — Alexander sorriu. — E então teremos certeza.

Agora foi Slonko quem empalideceu.

— Vim de Leningrado para um conversa sensata — proferiu, perdendo um pouco da falsa humildade, raspando os dentes e estreitando os olhos.

— Pode ter certeza de que tem sido um prazer conversar com você — disse Alexander, sentindo a força do próprio olhar. — É sempre uma alegria conversar com um digno representante do regime soviético que jamais descansa em sua busca pela verdade. E quero ajudá-lo. Traga a pessoa que me acusa. Vamos esclarecer tudo isso de uma vez por todas. — Alexander se levantou e deu um passo na direção da mesa. — Mas quando tudo estiver esclarecido, quero restituir a honra do meu nome.

— E que nome seria esse, Major?

— Meu nome por direito, Alexander Belov.

— Sabia que é parecido com sua mãe? — disse Slonko, de repente.

— Minha mãe morreu há muito tempo. Morreu de tifo, em Krasnodar. Tenho certeza de que foi informado disso.

— Estou falando da sua mãe verdadeira. Da mulher que chuparia qualquer guarda em troca de uma dose de vodca.

Alexander não se abateu.

— Interessante, mas acredito que minha mãe, que era casada com um agricultor, jamais viu um guarda.

Slonko cuspiu e saiu.

Outro soldado que não Ivanov veio vigiar Alexander, ficando em pé ao lado dele. A única vontade do prisioneiro era fechar os olhos e dormir, mas sempre que começava a cochilar, a sentinela batia no seu queixo com a ponta do fuzil. Alexander teria de aprender a dormir de olhos abertos.

O sol gelado se pôs e a sala escureceu. O soldado acendeu a lanterna e direcionou o foco de luz para o rosto de Alexander. Tornou-se mais violento com o fuzil. Da terceira vez que tentou acertá-lo, Alexander agarrou a arma, virou-a ao contrário e apontou-a contra o soldado.

— Só pedir que eu não durmo. Não há necessidade de violência. Pode pedir?

— Devolva a arma.

— Responda.

— Sim, posso.

Ele devolveu a arma e o guarda deu uma coronhada na testa de Alexander. Por alguns instantes, ele viu tudo escuro, mas não emitiu nenhum som. O guarda saiu da sala e voltou logo em seguida com o soldado Ivanov.

— Vá em frente, Major. Feche os olhos. Eu grito quando vierem. Vai acordar imediatamente, não vai?

— Imediatamente — disse Alexander, agradecido. Sentado na cadeira mais desconfortável do mundo, de espaldar baixo e sem braços, ele fechou os olhos, torcendo para não cair.

— Agem assim — ouviu Ivanov dizendo. — Não deixam você dormir, não dão comida, você fica sem roupa, molhado e com frio. Durante o dia, você fica no escuro e à noite acendem a luz, até não aguentar mais e dizer que branco é preto e preto é branco e assinar as malditas declarações.

— Eu sei — concordou Alexander sem abrir os olhos.

— O soldado Bóris Maikova assinou o maldito papel. Foi morto ontem.

Sem abrir os olhos, Alexander perguntou:

— E o soldado Ouspensky?

— Voltou para a enfermaria. Perceberam que ele só tem um pulmão. Estão esperando ele morrer. Por que desperdiçar uma bala com ele?

Alexander estava exausto para conversar. Ivanov baixou a voz e disse:

— Major, ouvi Slonko e Mitterand discutindo. Slonko estava dizendo, "Não se preocupe. Dobro ele ou está morto".

Alexander não respondeu.

— Não deixe te dobrarem, Major — ouviu Ivanov sussurrando.

Alexander não respondeu. Já estava dormindo.

Leningrado, 1935

Em Leningrado, a família Barrington arrumou dois quartos pequenos e contíguos no apartamento comunal de um prédio decrépito do século dezenove. Alexander arrumou uma nova escola, tirou da mala os livros e as roupas e continuou a ter quinze anos. Harold arrumou emprego de marceneiro numa fábrica de mesas. Jane ficou em casa bebendo. Alexander se mantinha longe dos dois quartos que os pais chamavam de lar. Passava a maior parte do tempo caminhando por Leningrado, que o agradava mais do que Moscou, com seus prédios de estuque em tom pastel, as noites claras e o rio Neva. Leningrado era histórica e romântica, com seus jardins, palácios, amplas alamedas e pequenos rios. E ainda havia os canais cruzando a cidade que nunca dormia.

Aos dezesseis anos, Alexander foi obrigado a se alistar no Exército Vermelho e, cumprindo seu dever, alistou-se como Alexander Barrington. Esse era seu ato de rebeldia, e ele não mudaria seu nome.

No apartamento comunal, a família levava uma vida discreta: com tão pouco para eles mesmos, nada tinham a oferecer aos outros, mantendo uma relação amigável apenas com um casal do segundo andar. Svetlana e Vladimir Visselsky dividiam um único quarto com a mãe dele. No início, ficaram realmente atraídos pelos Barringtons e levemente invejosos dos dois quartos que tinham para eles. Vladimir era engenheiro de estradas e Svetlana trabalhava na biblioteca, onde, segundo ela, havia uma vaga para Jane. A mãe de Alexander começou a trabalhar na biblioteca, mas não conseguiu manter o ritmo de sair cedo da cama.

Alexander gostava de Svetlana. Com quase quarenta anos, vestia-se bem, era atraente e inteligente. Sentia-se atraído pelo jeito de ela o tratar como adulto quando conversavam. Alexander andava inquieto naquele verão de 1935. Seus pais estavam em frangalhos, tanto emocional quanto financeiramente, e não alugaram uma *dacha*. Para Alexander, um verão na cidade sem a possibilidade de fazer novos amigos não era nada animador, e ele não fazia outra coisa a não ser vaguear pela cidade durante o dia e ler à noite. Tinha tirado a carteirinha da biblioteca com Svetlana e quase sempre estava por lá conversando com a vizinha. E, às vezes, lendo. Quase sempre voltavam juntos para casa.

A mãe de Alexander ficou um pouco animada com a atenção que Svetlana dispensava a ele, mas logo voltou para sua bebedeira noturna.

Alexander frequentava cada vez mais a biblioteca. No caminho de volta para casa, Svetlana oferecia-lhe um cigarro, que aos poucos ele parou de recusar, e vodca, que ele nunca parou de recusar. Ele não ligava para bebida e pensou que sua inclinação para o cigarro fosse a mesma. No entanto, começou a sentir falta do sabor do tabaco. As alterações produzidas pela vodca não o agradavam, mas o cigarro era um calmante para o frenesi da adolescência.

Certa tarde, chegaram antes do costume na casa de Alexander e encontraram Jane quase inconsciente na cama e, antes de Svetlana subir, entraram no quarto dele. Svetlana ofereceu outro cigarro e se aconchegou perto dele no sofá. Ele a observava e imaginava se estaria interpretando errado suas intenções, quando ela tirou o cigarro dos lábios e colocou-o na boca de Alexander, beijando-o de leve na bochecha.

— Não se preocupe, não mordo — ela disse.

Pelo jeito, ele não estava enganado.

Alexander tinha dezesseis anos e estava pronto.

Os lábios dela foram para a boca dele.

— Está com medo? — perguntou ela.

— Não — respondeu, jogando o cigarro e o isqueiro no chão.

— Mas deveria.

Passaram duas horas no sofá. Svetlana saiu do quarto e atravessou o corredor com o andar trêmulo de quem voltava de uma batalha que imaginara fácil de vencer; no entanto, agora fugia aos tropeços, tendo perdido todas as armas.

Afastava-se de Harold, que chegava do trabalho e, ao cruzar com ela, cumprimentou-a com um aceno de cabeça, dizendo:

— Não quer ficar para jantar?

— Não tem jantar — respondeu com voz fraca. — Sua mulher continua dormindo.

Alexander fechou a porta do quarto e sorriu.

Harold preparou o jantar para ele e o filho, que passou o resto da noite enfiado no quarto, fingindo ler, mas na verdade apenas esperando o dia seguinte.

E o amanhã custava a chegar.

Outra tarde com Svetlana, e outra e mais outra.

Por todo um mês durante o verão os dois se encontraram no final da tarde.

Ele gostava de Svetlana. Ela nunca deixava de demonstrar o que Alexander precisava fazer para lhe dar prazer e ele nunca deixava de fazer exatamente o que ela pedia. Tudo o que aprendeu sobre paciência e perseverança foi Svetlana quem o ensinou. Alexander costumava ficar até que ela terminasse o trabalho, então Svetlana começou a sair cada vez mais cedo da biblioteca. Alexander sentia-se lisonjeado. O verão passou voando.

Nos finais de semana, quando Svetlana e o marido visitavam os Barringtons e a intimidade dos amantes passava despercebida até mesmo deles, Alexander tinha a impressão de que a atração sexual entre eles era a única coisa que os unia.

Então Svetlana começou a questionar as noites que ele ficava fora.

Agora que Alexander sabia o que havia do outro lado da cerca, tudo que ele queria era estar do lado de lá, e não apenas com Svetlana.

Ele não se importaria de continuar a ficar com Svetlana enquanto se divertia com as garotas da sua idade, caso num jantar de domingo, quando os cinco estavam reunidos para comer batatas e um pouco de arenque, o marido de Svetlana não tivesse feito o seguinte comentário, sem dirigir a palavra a ninguém em especial:

— Minha Svetochka precisa de um segundo emprego. A biblioteca reduziu seu horário para meio período.

— E quando vai ter tempo de visitar minha esposa? — perguntou Harold, servindo-se de um pouco mais de batatas. Apertavam-se ao redor da pequena mesa do quarto dos pais de Alexander.

— Você vem me visitar? — Jane perguntou.

Ninguém na mesa respondeu. Então Jane balançou a cabeça:

— É claro que vem! Nos vemos todas as tardes...

— As duas devem se divertir muito — comentou Vladimir. — Ela sempre volta para casa com um humor excelente. Se eu não a conhecesse, diria que estava tendo um ruidoso *affair*. — Ele gargalhou como se a simples ideia de a esposa ter um caso fosse tão absurda, que chegava a deliciá-lo.

A própria Svetlana jogou a cabeça para trás e riu. Até Harold achou graça. Apenas Jane e Alexander não se divertiram. Pelo resto do jantar, Jane não conversou com mais ninguém, apenas embriagou-se cada vez mais. Logo estava dormindo no sofá enquanto os outros lavavam a louça. No dia seguinte, quando Alexander chegou a casa, a mãe o esperava em seu quarto. Jane estava sóbria e sombria.

— Mandei-a embora — disse enquanto Alexander jogava no chão os livros da biblioteca e a jaqueta e parava de braços cruzados na frente da mãe.

— Tudo bem.

— O que pensa que está fazendo, Alexander? — perguntou-lhe, baixinho. Ele sabia que estivera chorando.

— Não sei, mãe. O que *você* anda fazendo?

— Alexander...

— Qual é a sua preocupação?

— Que não ando cuidando do meu filho — respondeu.

— Está preocupada com isso?

— Não quero que seja tarde demais — disse numa voz apagada e carregada de remorso. — A culpa é minha, eu sei. Ultimamente não tenho sido muito... — Chorou. — Muito de nada. Mas não importa o que esteja acontecendo com a nossa família, ela não pode mais vir aqui, não se mantiver escondido do marido.

— Da mesma forma que você mantém escondido do seu o que faz todas as tardes?

— Como se ele se importasse — replicou Jane.

— Como se Vladimir se importasse — replicou Alexander.

— Pare! — gritou ela. — Por que faz isso? Para me atingir?

— Mãe, eu sei que você vai achar difícil de acreditar, mas isso não tem nada a ver com você.

— Acho mesmo difícil de acreditar — disse com amargura. — Não me diga que o garoto mais bonito da Rússia não conseguiu encontrar uma garota da sua idade para se divertir e precisou ficar com uma mulher quase da minha idade e que é minha amiga?

— Quem disse que não consegui? E uma garota da minha idade teria feito você parar de beber?

— Ah, estou entendendo. Então nada disso tem a ver comigo! — Ela continuava no sofá e Alexander, de braços cruzados, parado na sua frente.

— É isso que quer para a sua vida? Ser o brinquedo de uma mulher mais velha e entediada?

Alexander começava a se irritar. Cerrou os dentes. A mãe estava indo longe demais.

— Responda! — ela gritou. — É o que você quer?

— O quê? — Alexander respondeu na mesma altura de voz. — Realmente acha que tenho tantas outras opções mais atraentes? Qual parte você considera tão repugnante?

Jane se levantou num pulo.

— Olhe o respeito, Alexander. Continuo sendo sua mãe!

— Então se comporte como uma! — ele gritou de volta.

— Cuidei de você minha vida inteira.

— E veja onde isso nos levou. Vivemos sozinhos em Leningrado e você gasta metade do salário do pai em vodca. Mesmo isso não é o suficiente. Você vendeu suas joias, seus livros, suas roupas de seda e nossos lençóis de linho. Tudo para comprar vodca. Sobrou o quê, mãe? O que você ainda tem para vender?

Pela primeira vez na vida, Jane levantou a mão e bateu em Alexander. Ele sabia que levaria aquele tapa, mesmo assim não conseguiu se controlar e ficar quieto.

— Mãe, se você quer me oferecer uma solução, faça isso. Mas, se depois de meses sem falar comigo, você de repente quer me dizer o que fazer, esqueça. Não vou ouvir. Vai ter que fazer mais do que isso. — Ele parou de falar. — Parar de beber.

— Estou sóbria.

— Então vamos conversar amanhã.

Mas no dia seguinte ela estava outra vez bêbada. E no próximo também.

As aulas começaram e Alexander se manteve ocupado com uma garota chamada Nadia. Certa tarde, Svetlana foi procurá-lo na escola e o encontrou rindo na companhia de Nadia. Alexander pediu licença à garota, e se afastou com Svetlana.

— Preciso falar com você, Alexander.

Caminharam até um pequeno parque e sentaram-se ao abrigo das folhas de outono.

Ele limpou a garganta e disse:

— Escute... precisamos parar de nos ver.

— Parar? — ela disse, como se aquela palavra não fizesse parte do seu vocabulário.

Alexander ficou surpreso.

— Parar, não! — ela exclamou. — Por qual motivo?

— Como assim?

— Alexander, não vê? — ela disse, tremendo e segurando sua mão. — Isto é um teste para nós.

Ele puxou o braço.

— É um teste para o qual estou destinado a falhar, Svetlana. Não sei o que anda passando pela sua cabeça. Estou na escola. Tenho dezesseis anos. Você é uma mulher casada de 39 anos. Quanto tempo você acha que duraria?

— Quando a gente começou, não imaginei nada — disse secamente.

— É isso.

— Mas agora...

Ele baixou o olhar.

— Ah, Svetlana...

Ela se levantou, e o choro sentido que soltou cortou os pulmões de Alexander como se tivesse inalado toda a dependência infeliz que ela sentia por ele.

— Sou ridícula. — Ela lutava com as palavras e então acenou para ele. — Tem razão, claro. — Tentou sorrir, mas não conseguiu. — Talvez uma última vez, pelos velhos tempos. Para uma despedida adequada.

Alexander recusou com um gesto de cabeça.

Ela parou na frente dele, se recompôs um pouco e disse:

— Alexander, nunca se esqueça disso: você é um menino de muitos talentos. Não os desperdice. Não use suas qualidades em vão, não abuse delas, não pense que elas caíram do céu. Você é o que carrega dentro de si até o dia da sua morte.

Nunca mais se viram. Alexander se registrou em outra biblioteca. Vladimir e Svetlana pararam com as visitas. A princípio, Harold ficou curioso, depois esqueceu o casal. Alexander sabia que a vida interior do pai era intensa demais para ele se preocupar em descobrir por que não se encontrava mais com pessoas de quem sequer gostava muito.

O outono virou inverno. 1935 virou 1936. O pai e ele celebraram o Ano Novo sozinhos. Foram até um bar próximo, onde Harold comprou uma garrafa de vodca e tentou engatar uma conversa. No entanto, ela foi breve e tensa. Harold Barrington, com seu tipo sóbrio e desafiador, havia negligenciado a família. Alexander não queria mais entender o mundo no qual vivia o pai. Sabia que Harold gostaria de tê-lo ao seu lado, de compreendê-lo, de acreditar nele como acreditara quando era criança. Mas Alexander já não sabia mais como fazer aquilo. Aquela época tinha acabado. Os tempos de idealismo tinham ficado para trás. A realidade tinha sido a única coisa que restara.

Desistindo de um quarto, 1936

Poderia essa realidade se tornar ainda menos tolerável?

Um pouco menos.

Em janeiro, um homem de estatura pequena surgiu à soleira da porta dos Barringtons numa manhã escura de sábado, acompanhado de duas pessoas com bagagem. Era do comitê da habitação, o *Upravdom*, e balançando um papel no ar, comunicou aos Barringtons que teriam de abrir mão de um dos quartos para outra família. Harold não teve forças para discutir. Jane estava embriagada demais para contestar. Apenas Alexander levantou a voz, mas muito rapidamente. Não havia por quê. Não havia ninguém a quem recorrer que pudesse corrigir a situação.

— Não pode dizer que é injusto — disse cinicamente o membro do comitê a Alexander. — Vocês têm dois quartos confortáveis que dividem em três pessoas. E há duas pessoas que não têm nenhum. Ela está grávida. Cadê o espírito socialista, camarada, e futuro *consomol?* Assim eram chamados os jovens do Partido Comunista da União Soviética.

Harold e Alexander carregaram a cama, o pequeno guarda-roupa, a estante de livros e os poucos objetos pessoais de Alexander para o outro quarto. Alexander posicionou a cama próxima à janela e, com o guarda-roupa e a estante de livros, construiu uma barreira entre ele e os pais. Quando o pai perguntou se ele estava bravo, Alexander respondeu com um latido:

— Sempre sonhei em dividir o quarto com vocês quando tivesse dezesseis anos. Eu sei que também não querem privacidade.

Conversar em inglês era mais natural e coloquial, e uma oportunidade de usar a palavra *privacidade*, que não fazia parte do vocabulário russo.

Quando acordou na manhã seguinte, Jane perguntou o que Alexander estava fazendo no quarto deles. Era domingo.

— Agora eu moro aqui. — Alexander saiu e passou o dia inteiro fora. Pegou o trem para Peterhof e vagou sozinho, sentindo-se confuso e de péssimo humor. O sentimento que carregara por toda a infância, de que havia nascido com um propósito especial, não o havia abandonado por completo, mas havia se dissipado dentro dele e agora corria translúcido por suas veias. Já não pulsava mais. Alexander não atravessava a adolescência impulsionado pela sensação de propósito. Era movido pelo desespero.

Minha infância foi boa, ponderou. *E também poderia ter tido uma adolescência boa se ainda acreditasse que quando me tornasse adulto haveria algo mais na vida que eu pudesse chamar de meu, algo que pudesse construir com as próprias mãos e ao final poder dizer, foi o que fiz da minha vida. Essa foi a vida que construí para mim.*

A esperança.

Para sempre perdida naquela tarde ensolarada de domingo. O sentimento de propósito desaparecido, drenado de suas veias.

O fim, 1936

Harold parou de trazer vodca para casa.

— Pai, não acha que a mãe vai conseguir a bebida de outra forma?

— Como? Ela não tem dinheiro.

Alexander não queria mencionar os milhares de dólares americanos que a mãe juntara antes de saírem dos Estados Unidos.

— Parem de falar de mim como se eu não estivesse aqui! — ela gritou.

Olharam surpresos para ela. Depois Jane começou a roubar dinheiro dos bolsos de Harold e sair sozinha para comprar vodca. Harold passou a deixar o dinheiro fora de casa. Pegaram Jane mexendo nas coisas de outro apartamento, embriagada de perfume francês.

Alexander começou a se preocupar com o próximo passo da mãe, que seria beber todo o dinheiro que trouxera da América. Primeiro os rublos soviéticos que economizara do seu salário em Moscou, depois os dólares americanos. A mãe levaria um ano para gastar todos os dólares no mercado negro, mas era o que iria fazer e como iria gastar o dinheiro. E depois?

Nada.

Alexander estaria perdido sem aquele dinheiro.

Ele precisava manter a mãe sóbria tempo suficiente para que ela o deixasse esconder os dólares fora de casa. Sabia que, se Jane descobrisse que ele pegara o dinheiro sem seu conhecimento ou sua permissão, ficaria histérica e não encerraria o assunto até Harold descobrir sua traição. E uma vez que Harold descobrisse que a esposa o havia traído desde o momento em que partiram dos Estados Unidos, que a mulher o havia traído no amor e no respeito que sentia por ele, e que nunca compartilhara de seus sonhos e ideais, ele nunca se recuperaria. Alexander não queria ser responsável pelo futuro do pai, queria apenas o dinheiro para ajudá-lo a ser responsável por si mesmo. Era o mesmo que sua mãe queria quando estava sóbria. Alexander sabia. Se não estivesse bêbada, ela permitiria que ele escondesse o dinheiro. O problema era como deixá-la sóbria.

No decorrer de um final de semana difícil e desprezível, Alexander tentou manter a mãe sóbria. Em seu acesso de raiva, Jane destilou tanta acidez e obscenidades que por fim mesmo Harold disse:

— Pelo amor de Deus, dê alguma coisa para ela beber e faça com que cale a boca.

Mas Alexander não deu bebida à mãe. Sentou-se ao seu lado e leu, em voz alta, Dickens em inglês e Púchkin em russo, e as anedotas mais engraçadas de Zoshchenko; alimentou-a com sopa e pão, serviu-lhe café e fez compressas de água fria em sua cabeça, mesmo assim a mãe continuava enlouquecida. Num momento de tranquilidade, Harold perguntou a Alexander:

— O que ela quis dizer sobre você e Svetlana? Do que ela estava falando?

— Pai, você ainda não aprendeu que é preciso ignorá-la? Não pode dar ouvido a uma palavra do que diz.

— Claro que não — balbuciou Harold, afastando-se de Alexander, mas apenas um pouco, afinal não havia espaço no quarto estreito.

Na segunda-feira, Alexander faltou da escola e passou o dia tentando convencer a mãe de que precisavam colocar o dinheiro em algum lugar seguro. Ela estava triste, miserável e sóbria. Primeiro, Alexander falou de forma gentil e com paciência, depois ficou impaciente e começou a gritar que, se alguma coisa acontecesse com eles, Deus o livre!, e fossem presos...

— Que bobagem, Alexander! Por que iriam nos prender? Fazemos parte do povo russo. Não estamos vivendo bem, mas não deveríamos mesmo viver melhor que o resto dos russos. Viemos para compartilhar do destino deles.

— Estamos fazendo isso de forma heroica — disse Alexander. — Acorde, mãe! O que acha que aconteceu com outros estrangeiros que moravam conosco em Moscou? — A mãe estava pensativa. — Mesmo que eu esteja errado, não vai machucar ninguém ser um pouco prudente e esconder o dinheiro. Quanto sobrou?

Após pensar por alguns instantes, Jane respondeu que não sabia e deu o dinheiro para Alexander contar. Havia dez mil dólares e quatro mil rublos.

— Quantos dólares você trouxe dos Estados Unidos?

— Não sei. Dezessete ou vinte mil.

— Ah, mãe!

— O quê? Usei um pouco para comprar laranjas e leite para você em Moscou. Ou já se esqueceu disso?

— Não esqueci — ele respondeu secamente. Alexander gostaria de saber quanto ela havia gastado com as laranjas e o leite. Cinquenta dólares? Cem?

Jane fumava enquanto observava o filho.

— Se eu deixar você esconder o dinheiro, vai me agradecer comprando bebida?

— Sim, só uma dose.

— Claro. Eu só quero uma pequena dose. Sinto-me muito melhor quando estou sóbria. Mas um golinho ajuda a acalmar os nervos e a ficar sóbria. Você sabe disso, não sabe?

Alexander piscou e não disse nada. Tinha vontade de perguntar o quanto a mãe achava que ele era tolo.

— Tudo bem, vamos acabar logo com isso. Onde vai esconder?

Alexander sugeriu colar o dinheiro dentro da capa de um livro e, pegando um dos livros volumosos da mãe, de capa dura e bem encadernado, mostrou exatamente do que estava falando.

— Se o seu pai descobrir, nunca irá perdoá-lo.

— Poderá acrescentar à lista de motivos pelos quais ele nunca irá me perdoar. Vai ficar abaixo do fato de eu não concordar com sua visão política. Vamos, mãe. Preciso me apressar para a escola. Depois vou levar o livro para a biblioteca.

Jane olhou fixamente para o livro que Alexander havia escolhido. Era sua edição ancestral de *O Cavaleiro de Bronze e outros poemas*, de Púchkin.

— Por que não colamos dentro da Bíblia?

— Por que encontrar um livro de Púchkin na seção de Púchkin da biblioteca de Leningrado não vai chamar a atenção de ninguém. Mas encontrar uma Bíblia em inglês em qualquer prateleira da biblioteca vai. — Ele sorriu. — Não concorda?

Jane quase sorriu de volta.

— Alexander, me desculpe por não ter estado bem.

Ele baixou a cabeça.

— Não quero mais conversar com seu pai sobre isso porque ele não tem mais paciência comigo. Mas tenho dificuldade com a vida que levamos.

— Nós sabemos. Já deu para perceber.

Ela o abraçou. Alexander fez um carinho nas costas da mãe:

— Está tudo bem — ele a confortou.

— Você acha que o dinheiro pode te ajudar, Alexander?

— Não sei. Mas é melhor tê-lo do que não tê-lo.

Alexander levou o livro com ele e, depois da aula, foi até a biblioteca de Leningrado. A seção de livros de Púchkin ficava no fundo do salão, numa área de três corredores, e Alexander colocou o livro numa prateleira próxima ao chão. Colocou-o entre dois tomos que pareciam conter algum tratado acadêmico e que não eram retirados desde 1927. Achou que a chance de ninguém retirar o livro também era grande. Mesmo assim, sentia que o dinheiro não estava completamente seguro. Gostaria que houvesse um esconderijo melhor.

Quando voltou para casa, a mãe estava bêbada de novo, sem nenhum sinal do remorso que demonstrara durante a tarde. Jantou em silêncio na companhia do pai, ouvindo rádio.

— Tudo bem na escola?

— Tudo bem, pai.

— Claro.

— Alguma amiga? — O pai tentava puxar assunto.

— Algumas amigas, sim.

O pai limpou a garganta.

— Garotas russas bonitas?

Alexander sorriu.

— Comparadas a quem?

Harold riu.

— As garotas russas bonitas gostam do meu filho? — perguntou com cuidado.

Alexander deu de ombros.

— Gostam.

— Me lembro daquela garota que saía com você e Teddy. Como era mesmo o nome dela?

— Belinda.

— Isso! Belinda. Ela era muito bonita.

— Pai! — Alexander riu. — Tínhamos *oito* anos. Sim, era bonita para uma menina de oito anos.

— Ah, mas ela era doida por você!

— E como Teddy era doido por ela.

— Isso resume todas as relações na terra do Senhor.

Saíram para beber.

— Sinto um pouco de saudades da nossa casa em Barrington — Harold admitiu a Alexander. — Mas só porque ainda não vivi uma vida diferente tempo suficiente para mudar minha consciência e me tornar a pessoa que eu deveria ser.

— Já viveu aqui tempo demais. Por isso sente saudades da nossa casa em Barrington.

— Sabe o que eu acho, filho? Que o comunismo não está funcionando porque estamos na Rússia. Nos Estados Unidos funcionaria muito melhor. — Sorriu entusiasticamente a Alexander. — Você não acha?

— Ah, pelo amor de Deus, pai.

Harold perdeu a vontade de continuar conversando.

— Deixa pra lá. Vou até o Leo. Quer vir junto?

As opções de Alexander se resumiam a ir para casa, onde encontraria a mãe inconsciente, ou sentar-se numa sala coberta de fumaça de cigarro com os amigos comunistas do pai regurgitando partes obscuras de *O Capital* e tramando como levar a guerra para os EUA.

Alexander queria ficar sozinho com o pai. Ele voltou para casa. Queria estar sozinho com alguém.

Na manhã seguinte, quando Harold e Alexander se preparavam para o dia, Jane, ainda sob os efeitos da bebedeira da noite anterior, segurou a mão do filho e disse:

— Preciso falar com você. Fique mais um pouco.

Depois que Harold saiu, Jane falou apressadamente:

— Estive pensando no que você disse. Pegue suas coisas. Onde está o livro? Precisa ir buscar correndo.

— Por quê?

— Nós dois vamos para Moscou.

— Moscou?

— Sim. Vou levar você para a embaixada dos EUA.

— Mãe...

— Chegaremos a Moscou no começo da noite e na manhã seguinte vamos à embaixada. Você vai ficar com eles até conversarem com o Departamento de Estado em Washington. Depois, você será mandado de volta para os Estados Unidos.

— Não, mãe.

— Sim, Alexander. Eu tomo conta do seu pai.

— Você não toma conta nem de si mesma.

— Não se preocupe comigo. Meu destino está selado. Mas o seu ainda não. Pense apenas em você. Seu pai vai às reuniões. Ele acredita que não será punido porque brinca com os mais velhos. Mas eles têm o número dele. Têm o meu. Mas você, Alexander, você não tem número. Precisa ir embora.

— Não saio daqui sem você ou o pai.

— Sai, sim. Nunca nos deixarão ir embora. Mas você vai se dar bem. Eu sei que a situação está difícil na América, que não há muitos empregos, mas você será livre, terá sua própria vida. Então pare de discutir comigo e vamos embora. Sou sua mãe e sei o que estou dizendo.

— Mãe, você está me levando para Moscou para me entregar aos americanos?

— Estou. Sua tia Esther vai tomar conta de você até terminar o ensino médio. O Departamento de Estado vai arranjar para que ela vá recebê-lo no porto de Boston. Você só tem dezesseis anos, Alexander. O consulado não vai entregar você às autoridades soviéticas.

Alexander já fora muito próximo da irmã de seu pai. Ela o adorava, mas os irmãos tinham tido uma briga feia sobre o futuro de Alexander na União Soviética e nunca mais tinham se falado.

— Mãe, duas coisas. Vou fazer dezessete no próximo mês e, quando eu completei dezesseis, me alistei no Exército Vermelho, você se lembra? Alistamento obrigatório. Me tornei um cidadão soviético ao me alistar. Tenho um passaporte que prova isso.

— O consulado não precisa saber disso.

— Tenho certeza de que sabem. Esse é a função deles. A segunda coisa é... — Alexander hesitou. — Não posso partir sem me despedir do meu pai.

— Escreva uma carta.

Com o coração pesado, Alexander fez o que a mãe pediu. Foi até a biblioteca, pegou o livro de Púchkin e escreveu uma carta ao pai. A viagem de trem seria longa, tinha doze horas para refletir. Ele não entendeu como a mãe suportou todo aquele tempo sem beber. Suas mãos tremiam quando desembarcaram na estação de Leningrado em Moscou. Era noite e estavam cansados e com fome. Não tinham onde passar a noite. Não tinham comida. A temperatura agradável do fim de abril permitiu que dormissem num banco da Praça Górki. Alexander carregava fortes recordações dele e de seus amigos jogando hóquei naquele parque, do tipo de lembrança que dá um nó na garganta.

— Preciso beber algo — sussurrou Jane. — Preciso beber para suportar minha vida. Não saia daqui, eu já volto.

— Mãe — disse Alexander, colocando a mão pesada sobre ela para impedir que se levantasse. — Se você for, vou direto para a estação e pego o próximo trem de volta para Leningrado.

Jane deu um suspiro profundo e se aproximou de Alexander, gesticulando para ele se deitar em seu colo. — Deite-se aqui e durma um pouco. Amanhã o dia será longo.

Alexander encostou a cabeça no ombro da mãe e dormiu.

Na manhã seguinte, estavam na frente da embaixada às oito horas. Tiveram de esperar uma hora até alguém se dirigir ao portão apenas para informar que não poderiam entrar. Jane deu seu nome e uma carta para o cônsul, explicando a situação do filho. Esperaram nervosamente por mais duas horas, até a sentinela chamá-los e avisá-los de que o cônsul não poderia ajudá-los. Jane implorou para que a deixassem falar cinco minutos com ele. A sentinela fez que não com a cabeça e disse que não podia fazer nada. Jane balançou os braços. Alexander precisou segurá-la. Por fim, deixou-a de lado e foi sozinho conversar com o guarda. O homem se desculpou:

— Sinto muito — disse em inglês. — Eles analisaram o caso, mas a ficha dos seus pais foi enviada de volta ao Departamento de Estado em Washington. — O guarda ficou em silêncio. — A sua também. Agora que vocês são cidadãos soviéticos, não estão mais sob a nossa jurisdição. Não há nada que eles possam fazer.

— E asilo político?

— Baseado em quê? Além disso, você tem ideia de quantos soviéticos vêm aqui pedir asilo? Dúzias. Às segundas-feiras, quase cem. Estamos aqui a convite do governo soviético e queremos manter os laços com a comunidade local. Se começarmos a dar asilo ao povo russo, quanto tempo mais você acha que vão nos deixar ficar no país? Você seria o último. Na semana passada, demos asilo a um viúvo com dois filhos pequenos. O pai tinha parentes nos Estados Unidos e disse que conseguiria emprego. Tinha uma profissão útil, era eletricista. Mas aconteceu um escândalo diplomático e tivemos de recusá-lo. Não podemos ajudar. — O guarda ficou em silêncio por alguns instantes. — Você não é eletricista, é?

— Não, não sou eletricista, mas sou cidadão americano.

O guarda balançou a cabeça.

— Não pode ser. Você sabe que no exército não se pode servir a dois chefes.

Alexander sabia, mas tentou novamente.

— Tenho parentes nos Estados Unidos. Vou morar com eles. E também posso trabalhar. Vou ser motorista de táxi. Vendedor ambulante. Agricultor. Vou cortar árvores. O que eu puder fazer, eu faço.

O guarda baixou a voz.

— Não é nada com você. São seus pais. São visados demais para o consulado comprar essa briga. Fizeram muito barulho quando vieram para cá. Queriam que todos ficassem sabendo. Seus pais deveriam ter pensado duas vezes antes de abdicar da cidadania americana. Para que tanta pressa? Deveriam ter certeza de que era isso mesmo que queriam.

— Meu pai tinha certeza — disse Alexander.

A viagem de volta para Leningrado era tão longa quanto a de ida para Moscou; por que então parecia que não tinha fim? A mãe passou horas calada. A paisagem era desoladora e não havia comida.

— Eu quis desesperadamente ter um filho — disse, quebrando o silêncio. — Levei cinco anos e passei por quatro abortos naturais para ter você. No ano em que você nasceu, Boston foi devastada por uma epidemia de gripe, milhares de pessoas morreram, incluindo minha irmã, seus avós e tios paternos e muitos amigos próximos. Todos que conhecíamos perderam alguém. Fui ao médico fazer uns exames porque andava me sentindo mal e temia que fosse a gripe. O médico disse que eu estava grávida. Eu disse que não podia ser, que ficaríamos doentes, que tínhamos aberto mão da nossa parte na herança familiar e estávamos quebrados. Onde iríamos viver e ter um bebê saudável? O médico tranquilamente olhou para mim e disse, "O bebê traz a própria comida".

Ela segurou a mão de Alexander.

— Você, meu filho, trouxe sua própria comida. Harold e eu sentimos assim. Nasceu tão de repente, que não tive tempo de ir para o hospital. Era tarde da noite. O médico foi em casa e você nasceu na nossa cama. Disse que você tinha muita pressa de viver. Era o maior bebê que ele já tinha visto. Eu ainda me lembro de que, quando contamos a ele que seu nome seria Anthony Alexander, em homenagem ao seu bisavô, ele ergueu você, rosado e de cabelo escuro, e proclamou, "Alexander, o grande!". Era mesmo muito grande. Era um bebê tão lindo — sussurrou.

Alexander afastou a mão e olhou pela janela.

— Tínhamos tantos planos para você. Se você pudesse imaginar as coisas que sonhávamos enquanto passeávamos com você no seu carrinho pelo porto de Boston, e todas as senhoras paravam para admirar aquele bebê de cabelos tão negros e olhos tão brilhantes.

Alexander continuava em silêncio.

— Pergunte para o seu pai da próxima vez que o encontrar. Pergunte se alguma vez *isto* esteve no futuro que ele imaginou para o filho.

— O problema é que eu não trouxe comida suficiente, não é, mãe? — perguntou Alexander, os cabelos tão negros e os olhos tão brilhantes.

CAPÍTULO DEZ

Os Fantasmas da Ilha Ellis, 1943

HAVIA ALGO RECONFORTANTE no fato de morar e trabalhar em Ellis. O mundo de Tatiana era tão pequeno, tão insular e tão específico, que deixava pouco espaço para ela imaginar uma vida diferente, para imaginar a vida em Nova York, nos Estados Unidos reais, ou para reviver na memória Leningrado, do Alexander real. Desde que ficasse em Ellis com seu filho pequeno, vivesse com ele naquele pequeno quarto de paredes de pedra com uma ampla janela branca, dormisse na cama de solteiro com seu lençol de linho, usasse seu único conjunto de roupas e sapatos discretos, desde que vivesse naquele quarto com Anthony e sua mochila preta, não precisaria imaginar uma vida impossível nos Estados Unidos sem Alexander.

A mochila preta fazia Tatiana sentir saudades do alvoroço de sua família, do caos e das discussões, dos tomadores de vodca cantando alto, do constante cheiro de tabaco; por tudo isso, ela tentava desesperadamente se livrar da mochila. Ela sonhava com o irmão travesso, a irmã protetora, a mãe asseada, o pai mal-humorado, e os amados e reverenciados avós. Ansiava por eles tanto quanto ansiara por pão durante o cerco a Leningrado. Desejava que caminhassem ruidosamente ao lado dela pelos corredores de Ellis como faziam agora os fantasmas silenciosos que diariamente a acompanhavam, mas que eram impotentes perante o grito do próprio fantasma de Tatiana.

Durante o dia ela carregava o filho, cuidando e alimentando os feridos, deixando suas próprias feridas supurarem até a chegada da noite, quando ela as banhava, as lambia e cuidava delas, *e lembrava-se dos pinheiros e do peixe e do rio e do machado e da floresta e da fogueira e das amoras e do aroma do cigarro e riso alto saindo da garganta de um homem.*

Era impossível caminhar pelos corredores vazios do terceiro pavilhão da Ilha Ellis sem sentir os milhares de passos que haviam pisado aquele chão quadriculado. A sensação aumentou quando ela se aventurou a cruzar a pequena ponte até o pórtico do pavilhão principal, que, ao contrário do terceiro, estava abandonado. As escadas, o pórtico e os corredores conservavam o estilo gótico. Os quartos cinza empoeirados carregavam o espírito do passado, dos imigrantes que haviam chegado aos milhares a partir de 1894 e aportavam em Castle Garden, do outro lado da baía, ou haviam desembarcado dos navios na Ilha Ellis e subiam para a sala de registros, após passarem pelos oficiais da imigração, carregando suas malas e suas crianças, ajustando a boina na cabeça, tendo deixado tudo no Velho Mundo: mães e pais, maridos, irmãos e irmãs, tendo prometido ir buscá-los ou não tendo prometido nada. Cinco mil por dia, trinta mil, cinquenta ou oitenta mil por mês, oito milhões por ano, vinte milhões de 1882 a 1924, sem vistos, documentos, dinheiro, apenas com a roupa do corpo e qualquer que fosse o ofício que desempenhavam: carpinteiros, costureiras, cozinheiras, metalúrgicos, pedreiros, vendedores.

Mamãe teria se dado bem aqui, costurando. E papai teria consertado todo o encanamento. Pasha não teria saído do meu lado, como quando éramos crianças. E *Dasha teria cuidado do filho de Alexander enquanto trabalho. Apesar da ironia da situação, ela teria feito isso.*

Tinham vindo com os filhos, pois ninguém deixava os filhos para trás: tinham vindo por causa deles, desejando dar a eles os salões dos Estados Unidos, suas ruas, estações, a Nova York da América. E Nova York estava bem do outro lado da baía, tão perto embora ainda fora do alcance daqueles que precisavam passar pela imigração e pelos exames médicos antes de poder colocar os pés na ilha. Muitos chegavam doentes, como Tatiana, ou ainda pior do que ela. A combinação de fatores como doença contagiosa, falta do domínio do inglês e nenhuma habilidade profissional podia levar o médico ou o oficial da imigração a recusar o imigrante; não era o caso da maioria, mas acontecia diariamente para um punhado deles. Podiam também separar casais e pais idosos de filhos crescidos.

Como eu fui separada. Como eu estou separada.

A ameaça do fracasso, o medo do retorno, a ânsia de ser aceito e de receber o visto eram tão intensos, que grudavam nas paredes e no chão, envolvendo a pedra da parede onde se encaixava a janela fechada de vidro quebrado. Toda a esperança sentida, desejada, almejada ecoava pelas paredes de Ellis e penetrava em Tatiana enquanto caminhava pelo corredor com Anthony nos braços.

Depois da imposição de leis mais severas em 1924, a Ilha Ellis deixou de ser o local de chegada da maioria dos imigrantes. No entanto, os navios continuaram chegando. Os pedidos de imigração diminuíram de milhões ao ano para milhares ou centenas. Grande parte passou a desembarcar direto no porto de Nova York com o visto em mãos. Se o imigrante desembarcasse sem visto, poderia ser legalmente devolvido ao país de origem, e em geral era o que acontecia. Então, cada vez menos pessoas se arriscavam a fazer a viagem que mudaria para sempre suas vidas, além de colocá-las em risco, apenas para serem mandadas de volta ao porto da partida. Ainda assim, 784 pessoas vieram contrabandeadas entre as caixas de tomates no ano anterior à guerra, sem documentos ou dinheiro.

Elas não foram mandadas de volta.

No momento em que aumentavam os rumores sobre o fechamento da obsoleta Ilha Ellis, estourou a Segunda Guerra Mundial e, de repente, em 1939, 1940 e 1941 o local ganhou vida nova como hospital para refugiados e imigrantes clandestinos. Quando os EUA entraram na guerra, começaram a trazer os alemães e italianos feridos ou capturados no Atlântico e prendê-los na ilha.

Foi quando Tatiana chegou.

E ela sentiu que poderia ajudar. Ninguém queria trabalhar em Ellis, nem mesmo Vikki, que instintivamente percebeu que sua habilidade natural e prodigiosa para a paquera seria um desperdício entre os estrangeiros feridos que seriam mandados de volta para sua terra natal ou para trabalhar nas fazendas dos Estados Unidos. Vikki relutou em aceitar uma posição em Ellis, pois preferia o hospital de Nova York, onde os feridos que sobrevivessem conservavam a esperança de, no médio prazo, agradá-la, ela que era uma garota para planos de médio prazo.

Discretamente os alemães feridos continuavam a ser levados para a Ilha Ellis, onde convalesciam. Os italianos, que falavam mesmo ao morrer, numa língua incompreensível a Tatiana, também eram levados para lá. Embora não entendesse sua língua, falavam com uma cadência, com um fervor e com uma fúria que ela compreendia. Riam de forma calorosa e choravam um choro gutural; seus dedos eram como garras, com os quais se prendiam a ela quando eram transportados dos barcos, olhando-a fixamente e sussurrando palavras de esperança e de agradecimento. Às vezes, segurar a mão de Tatiana não era o suficiente no momento da morte, então, se não estivessem com alguma doença contagiosa, ela trazia o filho e deitava-o sobre o peito do moribundo para que as mãos maltratadas pela guerra envolvessem o pequeno corpo adormecido. Os homens sentiam-se consolados e morriam em paz.

Seu desejo era ter levado para Alexander o filho adormecido.

Os enfermos eram divididos entre Brenda, Tatiana e Vikki. Os italianos e alemães queriam olhar para Vikki, mas preferiam os cuidados de Tatiana. E ninguém solicitava Brenda, que não era nem atraente nem reconfortante. À noite, depois que Vikki e Brenda partiam, Tatiana caminhava entre os leitos com Anthony nos braços e acalmava os enfermos.

Algo do aspecto contido e confinador da Ilha Ellis trazia bem-estar a Tatiana. Ela podia ficar em seu quarto imaculadamente branco com Anthony, fazer três refeições no refeitório, guardar a carne e a manteiga. Podia cuidar do filho e se encantar com sua beleza e vitalidade.

Num fim de tarde de verão, Edward e Vikki convidaram Tatiana para um café. Sentados na cafeteria, tentaram convencê-la a mudar-se para Nova York.

Contaram que a cidade estava animadíssima durante a guerra, havia boates, festas, roupas e sapatos à venda, e que talvez ela pudesse alugar um pequeno apartamento com cozinha, e ter um quarto para ela e outro para Anthony, e muitos outros "talvez".

A guerra estava a milhares de quilômetros dali. A milhares de quilômetros havia o Rio Kama, os Montes Urais, que haviam presenciado tudo e sabiam de tudo. E as constelações. Elas sabiam. À meia-noite, enviavam seus raios para brilhar através da janela do quarto de Tatiana na Ilha Ellis, e sussurravam, vá em frente. *Nós* choramos por você. Você, viva.

Os ecos falavam com Tatiana, os corredores lhe eram familiares, os lençóis brancos, o cheiro do mar, as costas da túnica da Estátua da Liberdade, o ar noturno, as luzes piscando na cidade dos sonhos, do outro lado da baía. Tatiana vivia numa ilha de sonhos, e Nova York não podia oferecer o que ela precisava.

A fogueira apagou. A clareira está escura, mas eles continuam sobre a manta gelada. Alexander está sentado de pernas abertas e Tatiana está no meio, de costas para ele. Seus braços a envolvem. Os dois olham para o céu, em silêncio.

— Tatia, vê as estrelas? — sussurra Alexander, beijando sua cabeça.

— É claro.

— Quer fazer amor aqui mesmo? Tiramos o cobertor e fazemos amor para que elas nos vejam. Assim nunca esquecerão.

— Shura... — sua voz é macia e triste. — Já nos viram. Elas sabem. Vê aquela constelação à direita? Vê como na parte inferior elas formam um sorriso? Estão sorrindo para nós. Eu as vi várias vezes, olhando por trás da sua cabeça.

— Sim — diz Alexander, apertando ainda mais o cobertor ao redor dela. — Acho que é a constelação de Perseu, o herói grego.

— Sei quem é Perseu. Quando era criança, vivia mergulhada nos mitos gregos. — Pressionou o corpo contra o dele. — Gosto que Perseu sorria para nós enquanto você faz amor comigo.

— Você sabia que as estrelas amarelas da constelação estão perto de implodir, enquanto as azuis, as maiores e mais brilhantes...

— São chamadas de novas.

— Elas brilham, explodem e apagam. Veja quantas estrelas azuis existem ao redor do sorriso.

— Estou vendo.

— Ouve o vento estelar?

— Ouço o sussurro.

— Ouve o vento estelar carregando do céu um sussurro, direto da antiguidade... para a eternidade...

– O que estão sussurrando?

– Tatiana... Tatiana... Ta... tiana...

– Pare, por favor.

– Vai se lembrar disso. Onde estiver e puder encontrar a constelação de Perseu, olhe para o sorriso e ouça o vento estelar sussurrando seu nome. E você saberá que sou eu dizendo seu nome... chamando você de volta a Lazarevo.

Tatiana enxuga o rosto no braço de Alexander e diz:

– Não precisa me chamar de volta, soldado. Nunca partirei.

CAPÍTULO ONZE

Beisebol no Central Park, 1943

JULHO HAVIA FICADO PARA TRÁS, assim como agosto e setembro. Há sete meses Tatiana havia fugido da União Soviética e morava na Ilha Ellis, mas ainda não havia atravessado a baía. Então, finalmente, num domingo à tarde, Edward e Vikki perderem a paciência e a levaram, quase à força, para conhecer Nova York. Apesar das objeções de Tatiana ("Vikki, eu não tenho um carrinho para levar Anthony"), Vikki comprou um carrinho por quatro dólares numa loja de segunda mão.

– Não é por você. É pelo bebê. Não pode recusar o presente.

Tatiana aceitou. Gostaria que o filho tivesse mais roupas e brinquedos, e um carrinho para as caminhadas ao redor de Ellis. Na mesma loja, comprou dois chocalhos e um urso de pelúcia, apesar de ele preferir os sacos de papel no qual vieram embalados.

– Edward, o que a sua mulher vai dizer quando souber que você estava passeando por Nova York não com uma enfermeira, mas duas? – perguntou Vikki com um sorriso.

– Vai arrancar os olhos de quem contar.

– Minha boca está fechada. E a sua, Tatia?

– Eu não falar inglês – respondeu Tatiana, e todos riram.

– Não acredito que essa garota nunca esteve em Nova York. Não precisa se apresentar ao Departamento de Imigração de vez em quando para saberem o que anda fazendo?

Lançando um olhar de agradecimento na direção de Edward, Tatiana respondeu:

– O Departamento de Justiça vem até mim.

– Mas nesses três meses não teve vontade de vir para Nova York e ver com os próprios olhos tudo o que acontece por aqui?

– Estou ocupada trabalhando.

– Ocupada cuidando – brincou Vikki, rindo de si mesma. – É um bebê bonito. Acho que não vai caber no carrinho por muito tempo. Ele é grande demais para a sua idade. Todo aquele leite. – Ela olhou para o seio de Tatiana e tossiu alto.

– Eu não sei – disse Tatiana, cheia de orgulho. – Não conheço bebês da idade dele.

– Confie em mim, ele é gigante. Quando vai aparecer para jantar? Que tal amanhã? Não aguento mais a minha avó reclamando do divórcio. Agora é oficial. Sou uma mulher divorciada. E todo jantar de domingo minha vó diz que nenhum homem vai querer uma mulher manchada pelo divórcio. – Vikki virou os olhos.

– E você quer provar que ela está errada? – disse Edward. Tatiana segurou-se para não rir.

– Eu tenho olhos apenas para um homem, Chris Pandolfi.

Tatiana bufou. Edward sorriu.

– Tatiana não é muito fã do Chris, não é?

– Por quê? – indagou Vikki.

– Porque ele me chama de Enfermeira Ranúnculo. Acho que está gozando de mim. O que é ranúnculo?

Edward gargalhou e, segurando Tatiana pela cintura, disse:

– Flores coloridas e vistosas.

Vikki, porém, já tagarelava sobre Chris levá-la a Cape Cop no feriado de Ação de Graças e de como havia encontrado o vestido de *chiffon* mais maravilhoso para sair para dançar no próximo sábado.

A feira em frente ao Parque Battery estava lotada.

Tatiana, Vikki e Edward atravessaram a feira com Anthony dormindo no carrinho. Passaram pela Church Street, viraram na Wall Street e cruzaram o centro da cidade pelo mercado de peixes de Fulton, subindo em seguida para China Town e Little Italy. Edward e Vikki estavam exaustos, mas Tatiana mantinha o ritmo, impressionada com a altura dos prédios e a multidão, que mais se parecia com um agitado enxame de insetos. As pessoas gritavam animadamente próximo aos vendedores de velas, candelabros, livros antigos. Nas esquinas, músicos tocavam gaita e acordeom. Seus pés pareciam ter vida própria e não pisar sobre o asfalto duro. Estava encantada com a quantidade de batatas, ervilhas e repolhos à venda nas calçadas; maçãs e uvas, e as charretes puxadas por cavalos vendendo algodão e linho, os táxis e os carros, centenas deles, milhares; com os ônibus de dois andares, o constante estalido da ferrovia suspensa na Terceira e na Segunda Avenida. Tatiana estava boquiaberta.

Pararam em um Café da rua Mulberry, onde Vikki e Edward desabaram nas cadeiras. Tatiana permaneceu em pé, segurando o carrinho e assistindo, do outro lado da rua, aos noivos que desciam as escadas da igreja em direção ao pátio. Havia muitas pessoas em volta do casal e todos pareciam felizes.

– Veja só, Edward. Tatiana é uma garota miúda e parece que a qualquer momento vai desmaiar. Mas é só aparência. Ela nem está sem fôlego.

– Eu, pelo contrário, perdi alguns quilos. Não ando tanto desde os tempos do exército – disse Edward.

Ah, então ele fora um militar.

– Edward, você anda a mesma distância no hospital todos os dias – observou Tatiana sem tirar os olhos do casal na igreja. – Mas a sua Nova York é especial.

– Como ela se compara à União Soviética? – indagou Vikki.

–É muito melhor – respondeu Tatiana.

– Um dia quero que me conte como é lá – disse Vikki. – Vejam, pêssegos! Vamos comprar alguns.

– Nova York é sempre assim? – perguntou Tatiana, tentando não soar tão impressionada.

– Ah, não. Está assim só por causa da guerra. Normalmente é muito mais animada.

Dois domingos depois, Tatiana e Anthony foram ao Central Park com Vikki, assistir Edward jogar contra os médicos do DSP, incluindo Chris Pandolfi. A esposa de Edward não apareceu. Estava descansando, explicou.

Tatiana sorria para os transeuntes e para os vendedores de frutas.

Os pássaros faziam festa no céu e a vida era um jorro de água fresca. Ela baixou a cabeça, olhando para dentro de si, e com o filho em um dos braços e pêssegos na outra mão, reconheceu que estavam deliciosos. Pensava na possibilidade de ir algum domingo com Vikki e Edward a Bear Mountain, quando o médico tivesse alguns litros da gasolina racionada, sua esposa estivesse em casa descansando e as folhas estivessem mudando de cor. Mas naquele domingo, Tatiana estava no Central Park, em Nova York, nos Estados Unidos da América, com Anthony nos braços, enquanto o sol brilhava e Edward jogava beisebol e Vikki pulava para cima e para baixo a cada arremesso e a cada defesa, e Tatiana não estava sonhando.

Mas onde *está* a mãe de Anthony? O que aconteceu com ela? Tatiana queria aquela garota de volta, a garota que ela tinha sido antes de 22 de junho de 1941, a garota que estava sentada num banco, usando seu vestido branco com rosas vermelhas, fabricado na França, mas comprado na Polônia, tomando sorvete. O dia em que a guerra começou para a Rússia. O que aconteceu a ela? A garota que nadava com o irmão Pasha, que passava todo o verão lendo, a garota com uma vida inteira pela frente. Com o primeiro tenente da Cruz Vermelha vestido em seu uniforme mais elegante parado do outro lado da rua iluminada pelo sol, bem na sua frente. Ela poderia não ter comprado o sorvete, poderia ter tomado o ônibus mais cedo e andado apressadamente pelas ruas da cidade em outra direção, rumo a outra vida. Ela era aquela. E por causa daquele sorvete ela agora estava ali.

Naquele momento, era Nova York com seu alvoroço de guerra, Vikki com seu sorriso iluminado, Anthony com seu choro cortante e Edward com seu amável senso de humor que tentavam trazer aquela garota de volta. Toda a vida que ela tinha pela frente tinha ficado para trás. O melhor e o pior, também. Tatiana se levantou e foi comprar Coca-Cola para os amigos. Usava um vestido leve, azul, comprido e largo demais, e seus cabelos loiros, como sempre, estavam presos numa trança.

Edward aproximou-se e perguntou se poderia carregar Anthony um pouco. Tatiana assentiu. Ela baixou a cabeça para não vê-lo carregando o filho de Alexander, assim as ancestrais ruínas ficariam em Roma, onde pertenciam, distantes daquela tarde em Sheep Meadow com Vikki e Edward.

Ele comprou refrigerantes, água e morangos, e os três voltaram para a manta estendida na grama. Tatiana estava em silêncio.

– Tatia, veja como ele sorri! – exclamou Edward, rindo. – Não há nada como o sorriso de uma criança, não é?

–É – balbuciou Tatiana, sem olhar para eles. Sabia que o sorriso largo e sem dentes de Anthony criava, de imediato, laços entre ele e quem o segurava. Havia visto aquele sorriso em ação na enfermaria de Ellis. Os soldados alemães e italianos reverenciavam a criança.

– Comprei algo especial para vocês. Acha que é muito cedo para ele comer morangos?

– Acho que sim.

– Mas veja como estão bonitos. Exagerei na quantidade. Leve um pouco para você. Pode cozinhá-los?

– Eu posso – respondeu baixinho Tatiana, sorvendo um longo gole de água. – Posso fazer compota, geleia ou caramelizá-los. Posso fazer vários tipos de tortas, cozinhá-los e congelar para o inverno. Sou a rainha da fruta em conserva.

– Tania, de quantas maneiras se pode preparar mirtilo?

– Você ficaria surpreso.

– Já estou surpreso. Estou em choque. O que está preparando agora?

– Geleia de mirtilo.

– Gosto de comê-los quando estão sendo preparados.

– Venha e sirva-se de um pouco.

Ela leva uma colher a sua boca e deixa que experimente. Alexander lambe os lábios.

– Adorei.

Ela vê como ele olha para ela.

– Hum. Shura, não. Ainda não terminei, não posso parar de mexer. É para as senhoras comerem no inverno.

– Tatia...

– Shura...

Seus braços a envolvem.

– Não contei que não aguento mais comer mirtilo?

– Você não tem jeito.

CAPÍTULO DOZE

Conversas com Slonko, 1943

— MAJOR!

Alexander abriu os olhos de imediato. Continuava na sala de aula onde havia sido interrogado, sentado na cadeira de madeira e sob a vigilância de Ivanov. Slonko entrou pisando duro. O tempo das amenidades havia ficado para trás.

— Bem, Major, parece que terá de parar com seus joguinhos.

— Tudo bem — disse Alexander. — Não estou mesmo no clima para brincadeiras.

— Major!

— Por que todos gritam? — perguntou Alexander, coçando a cabeça. Seu crânio parecia que iria trincar.

— Major, conhece uma mulher chamada Tatiana Metanova?

Dessa vez, manter a compostura foi mais difícil que quando haviam mencionado sua mãe. Alexander necessitou de toda sua força de vontade para não reagir. *Se eu conseguir superar este momento*, pensou, *serei capaz de superar qualquer coisa. Se eu superar isto*, irei *superar qualquer coisa.* Estava em dúvida entre mentir ou dizer a verdade. Obviamente, Slonko tinha algo em mente.

— Sim.

— E quem seria ela?

— Era uma das enfermeiras do hospital de Morozovo.

— *Era*?

— Bem, não estou mais lá, não é? — disse Alexander num tom moderado.

— Acontece que ela também não.

Aquilo não era uma pergunta e Alexander não fez nenhum comentário.

— Ela é mais do que uma enfermeira, não é, Major? — disse Slonko tirando do bolso o passaporte de Alexander. — Porque aqui está escrito que ela é sua esposa.

— Sim — concordou Alexander. Sua vida estava por um fio. Ajeitou-se na cadeira. Sabia que Slonko ainda não tinha terminado. Precisava estar preparado.

— Ah, então ela é a sua esposa.

— Sim.

— E você sabe onde ela está neste momento?

— Teria de ser onipresente para saber. E eu não sou.

— Está conosco — disse Slonko, inclinando-se à frente. — Está sob nossa custódia. — Ele riu com prazer. — O que acha disso, Major?

— O que eu acho disso? — repetiu Alexander, sem desviar o olhar de Slonko. Ele cruzou os braços e esperou. — Posso fumar? — Acendeu o cigarro com mãos firmes. Antes que alguém falasse novamente, Alexander concluiu que Slonko blefava. Ontem mesmo Stepanov lhe contara que ninguém conseguia encontrar Tatiana. Dissera-lhe também que os homens de Mekhlis estavam em pânico. No entanto, Slonko não dissera nada sobre isso nas duas conversas anteriores. Nenhuma palavra, como se desconhecesse totalmente o assunto. Agora, inesperadamente, ostentando o ar convencido de um pavão, havia tirado Tatiana da cartola. Estava blefando. Se a tivessem capturado, ele já teria sido informado. Slonko certamente teria dito que estavam atrás dela, mas não conseguiam encontrá-la. No entanto, ele jamais mencionou Dimitri, Sayers ou Tatiana.

Alexander estava sozinho e Slonko, com três guardas; uma luz forte brilhava diretamente no rosto de Alexander e todo seu corpo estava fraco pela falta de sono, a exaustão mental, a ferida dolorida nas costas e o coração pesado. Ele não disse nada, mas o esforço para manter-se calado custou-lhe uma considerável quantidade de energia. Quanta energia ainda lhe restava? Quando fora preso em 1936, estava cheio de energia e sem nenhum ferimento. Por que não tinha encontrado Slonko daquela vez? Alexander travou os maxilares e esperou pelo que viria a seguir. Sabia que viria.

— Sua esposa está sendo interrogada neste exato momento...

— Não por você? — interrompeu Alexander. — Estou surpreso, camarada, que confie a outra pessoa uma tarefa tão importante. Deve ter muitos homens qualificados trabalhando para você.

— Major, você se recorda do que aconteceu há três anos, em 1940?

— Sim, lutei na guerra contra a Finlândia. Fui ferido e recebi uma medalha de honra ao mérito, sendo promovido a segundo-tenente.

— Não é disso que estou falando.

— Ah.

— Em 1940 o governo soviético criou leis para punir as mulheres que se recusavam a entregar os maridos que haviam cometido crimes enquadrados no artigo 58 do Código Penal. O crime passou a ser punido com dez anos de trabalhos forçados. Sabia disso, Major?

— Ainda bem que não, camarada. Eu não era casado em 1940.

— Não vou me rebaixar ao seu nível, Major, porque cansei das suas brincadeiras. Sua esposa, o doutor Sayers e um homem chamado Dimitri Chernenko tentaram fugir...

— Espere. Tem certeza de que o doutor Sayers fugia? Um médico da Cruz Vermelha tem permissão para cruzar fronteiras internacionais.

— Sim, mas sua esposa e o acompanhante não têm permissão — disparou Slonko. — O soldado Chernenko acabou morrendo num incidente na fronteira.

— Era ele a sua testemunha contra mim? — Alexander sorriu. — Espero que não seja a única.

— Sua esposa e o doutor Sayers foram para Helsinque.

Alexander continuava sorrindo.

— O médico foi gravemente ferido. E sabe como descobrimos? Ligamos para o hospital em Helsinque. Fomos informados de que ele morreu há dois dias.

O sorriso de Alexander estava congelado no rosto.

— Também fomos informados pelo prestativo médico de que Sayers chegou acompanhado de uma enfermeira da Cruz Vermelha, igualmente ferida. Ela se encaixa na descrição de Tatiana Metanova. Baixa, loira, aparentemente grávida. Uma cicatriz no rosto. Seria ela?

Alexander não se mexeu.

— Foi o que pensei. Pedi que ficassem com ela até que nossos homens chegassem. Pegamos Tatiana no hospital de Helsinque e desde hoje cedo ela está aqui conosco. Alguma pergunta?

— Sim — disse. Alexander gostaria de se levantar, mas não conseguiu. Enrijeceu o rosto, os braços e todo o corpo. Mas não adiantou, as pernas tremiam. Ainda assim, disse numa voz fria como aço:

— O que você quer de mim?

— A verdade.

O tempo, como era engraçado. Em Lazarevo, durante o mês enluarado que passaram na campina, o tempo não passou de um piscar: piscaram e acabou. Por que o tempo se mantinha imóvel naquele momento, enquanto ele, tentando manter a calma, respirava através dos segundos? Ao fitar, alguns instantes, o chão sujo, pensou em contar a verdade. *Vou assinar a maldita confissão. Da minha parte, ela é mesmo verdadeira.* Sou *quem ele diz que sou.* Então, lembrou-se do soldado Maikov. *Sua verdade tinha sido a de que nada sabia; com certeza, nada sobre mim. Qual verdade ofereceram a ele antes de executá-lo? Para Slonko, a mentira era verdade e a verdade era mentira. Mesmo medindo suas conquistas pelo número de mentiras que conseguia arrancar de nós, Slonko sabia que tanto as respostas que damos como as que omitimos são uma farsa. Para ele, sou Alexander Barrington tanto quanto Sayer é e Maikov foi. O que ele espera de mim é uma mentira para assegurar o sucesso da sua missão. Seu desejo é colocar as mãos no garoto de dezessete anos que ele nunca chegou a interrogar. O nervo — e a audácia! — de um agitador condenado e que conseguiu escapar da morte. É por isso que estou aqui. Sete anos depois Slonko quer minha assinatura no documento que autoriza minha morte, sendo eu Alexander Barrington ou não. Quer ser absolvido antes de me matar, portanto, assinar a confissão seria assinar a absolvição de Slonko.*

Slonko invertia a verdade, tentando enfraquecer Alexander. Tatiana estava desaparecida, isso era verdade. Estavam atrás dela, outra verdade. Talvez tivessem ligado para o hospital da Cruz Vermelha em Helsinque. Talvez tivessem descoberto que Sayers tinha morrido. Coitado do Sayers. Talvez tivessem descoberto que havia uma enfermeira com ele e, sem saber o nome dela, deduziram ser a mulher de Alexander pela descrição que receberam. Desde a fuga haviam se passado apenas alguns dias. Teriam sido tão rápidos em enviar alguns agentes para Helsinque se mal conseguiam receber os caminhões de suprimentos de Leningrado, localizado a somente setenta quilômetros dali? Além de interceptá-la, a teriam trazido de volta?

Tatia estava em Helsinque? Alexander havia alertado para que não se demorassem na capital finlandesa, mas ela poderia ter esquecido, pois se sentia abandonada e nervosa. Ele voltou a olhar para Slonko e viu o homem esfregando as mãos, encarando-o com a expressão de quem está prestes a devorar um banquete, de um homem que está prestes a testemunhar o touro chifrar o toureiro.

Alexander disse friamente:

— Existe alguma verdade que você ainda não arrancou de mim, camarada?

— Talvez, Major Belov. Você não dá valor à própria vida, mas acredito quc irá colaborar conosco quando a vida da sua esposa grávida estiver em risco.

— Vou repetir a pergunta, caso não tenha ouvido da primeira vez — disse Alexander. — O que espera de mim?

— A verdade! — exclamou Slonko, dando um tapa no rosto de Alexander.

— Não! — disse Alexander entre os dentes cerrados. — O que espera de mim é a satisfação de saber que tem razão. Finalmente acredita que pegou o homem que caçava. Mas estou dizendo: você está errado. Não vou deixar que desconte a sua impotência em mim. Tenho direito a um tribunal militar. Não sou um dos peixes pequenos do Partido que está acostumado a humilhar até conseguir que façam o que você quer. Sou um oficial condecorado do Exército Vermelho. Por acaso, serviu pelo seu país numa guerra, camarada? — Alexander ficou em pé. Era uma cabeça mais alto que Slonko. — Foi o que pensei. Exijo ser imediatamente levado até o general Mekhlis. Quer chegar à verdade, Slonko? Então, façamos isso. A guerra ainda precisa de *mim*. Quanto a você — prosseguiu Alexander —, vai voltar correndo para a prisão de Leningrado.

Slonko praguejou e ordenou que os guardas segurassem Alexander e o colocassem de volta na cadeira, o que fizeram com dificuldade.

— Você não tem nenhuma autoridade sobre mim! — gritou Alexander. — Não tem nada contra mim. Quem me acusa está morto ou estaria aqui neste exato momento. As autoridades estão mentindo ao meu comandante, o coronel Stepanov, e ao general Mekhlis, que ordenou a minha prisão. Meus superiores irão contar que eu recebi a *Ordem da Estrela Vermelha* na presença de cinco generais do Exército Vermelho antes da Operação Spark. Fui ferido no bombardeio ao rio, e por meu desempenho na guerra, recebi a medalha de *Herói da União Soviética.*

Slonko tinha dificuldade em articular as palavras.

— E onde está a medalha, Major?

— Está com a minha esposa. Se ela estiver sob a sua custódia, você poderá dar uma olhada. — Alexander sorriu. — Será a sua única oportunidade de colocar os olhos em uma medalha.

— Eu sou o responsável por interrogá-lo! — gritou Slonko, o rosto e a cabeça careca vermelhos, e deu outro tapa em Alexander.

— Ah, merda! — Alexander gritou de volta. — Você não é um oficial! Eu sou um oficial. Você pode molestar mulheres, mas não tem poder sobre mim!

— É aí que você se engana, Major. Eu tenho poder sobre você, e sabe por quê?

Quando não houve resposta da parte de Alexander, Slonko inclinou-se sobre ele e disse maldosamente:

— Porque muito em breve a vida da sua esposa vai depender de mim.

— Verdade? — disse Alexander, soltando os braços com força, levantando num pulo e chutando a cadeira. — Ficaria muito surpreso. Você não tem poder nem sobre a sua própria vida! Duvido que tenha algum sobre a minha.

Slonko não recuou.

— Pode apostar nisso. E faço questão de mantê-lo informado.

— Por favor, faça isso — disse Alexander, afastando-se da cadeira tombada. — Na mesma hora saberei que está mentindo.

Slonko resfolegou no rosto de Alexander.

— Camarada, não sou quem procura.

— Você é o homem, Major. Tudo que você diz e faz só me convence ainda mais disso.

Alexander agradeceu a Deus por estar vestido ao voltar para a cela fria e pequena. A lamparina de querosene ainda estava lá, e o guarda estava sempre olhando pela abertura na porta.

Alexander não conseguia *acreditar* que toda aquela situação se resumia ao orgulho de um zé-ninguém; não era uma questão ideológica, de conflito entre comunismo e imperialismo, de traição ou espionagem.

Dimitri e Slonko eram da mesma estirpe, pensou Alexander. O limitado e egoísta Dimitri era primo de primeiro grau de Slonko, que, por sua vez, tinha a proteção de alguém importante. Dimitri não tinha costas quentes, e sua impotência o deixava ainda mais furioso. Agora estava morto, mas era tarde demais.

Alexander estava sentado no canto da cela quando ouviu o ruído da fechadura. Suspirou. Não o deixariam em paz, não é?

Slonko entrou e deixou a porta aberta. Os guardas permaneceram do lado de fora. O homem era apenas uns vinte centímetros mais baixo que o teto da cela e mandou Alexander se levantar. Ele obedeceu relutantemente e dobrou os joelhos, pois ficava a apenas cinco ou seis centímetros abaixo do teto; na posição que era obrigado a ficar, tinha-se a impressão de que estava pronto para sair correndo, entretanto, a cabeça levemente abaixada poderia levar Slonko a pensar que estivesse sendo subserviente.

— Minha nossa, como a sua esposa Tatiana é interessante — disse Slonko.

— É mesmo?

— Sim. Acabei de lidar com ela. — Slonko esfregou as mãos. — Na verdade, uma mulher e tanto.

Alexander olhou de esguelha para a porta aberta. Onde estava o guarda? Ele colocou a mão dentro da cueca e Slonko gritou:

— O que é isso?

Alexander não estava armado.

— Estou pegando minha dose de penicilina. O coronel Stepanov permitiu que eu ficasse com ela. Estou ferido e sinto dores nas costas. — Ele riu. — Preciso do remédio. Não sou o homem que costumava ser em janeiro, camarada.

— Bom saber — comentou Slonko. — E você é o mesmo homem que costumava ser em 1936?

— Sim, continuo sendo aquele homem.

— Enquanto toma o seu remédio, vou lhe contar a conversa que tive com a sua esposa.

— Antes que continue — Alexander o interrompeu, abrindo o frasco de morfina —, li que em alguns países é ilegal obrigar as esposas a fornecer informações sobre seus maridos. Incrível, não acha? — Ele espetou a agulha no frasco e lentamente sugou a solução de morfina para dentro da seringa.

— Ah, mas nem foi preciso forçá-la — disse Slonko com um sorriso. — Ela abriu o jogo rapidinho. — Sorriu novamente. — E não foi só isso...

— Camarada! — gritou Alexander, dando um passo à frente. — Estou avisando. *Não* continue! — ele estava a meio metro de distância de Slonko. Poderia colocar as mãos nos ombros de Slonko num gesto fraternal se fosse o caso. Mas não era.

— Não?

— Não. Desta vez, confie em mim. Está provocando o homem errado.

— Ah, como assim? — perguntou afetuosamente Slonko. — Não é do tipo que se deixa levar por provocações?

— Muito pelo contrário.

Slonko ficou quieto.

Alexander ficou quieto.

— Não vai aplicar a injeção de penicilina, Major?

— Quando você for embora.

— Não vou embora.

Alexander balançou a cabeça em desaprovação, sem sair do lugar.

— Continue, então. Já conseguiu um tribunal militar? Tenho certeza de que você será convidado a comparecer e terá a oportunidade de ouvir um homem inocente ser absolvido num país comunista.

— No seu país, Major — corrigiu-o Slonko.

— Em meu país comunista — concordou Alexander. A cela não tinha nem dois metros de comprimento por um de largura. Ele esperava imóvel. Sabia que Slonko não tinha um tribunal montado. Não tinha autoridade para agir, nem para montar um tribunal, nem para executá-lo, nem para uma investigação completa. Ele queria uma confissão de Alexander enquanto ninguém mais se importava com o caso. Alexander sabia que a principal testemunha estava estirada na neve, morta com um tiro, e o próprio Mekhlis poderia já ter dito a Slonko para soltar Alexander. Não podemos nos dar ao luxo de perder um bom soldado, não temos nada que comprove seus atos de espionagem, e Stalin, o único a quem obedeço, não deu ordens para matá-lo, teria dito o general. Mesmo assim, Slonko não desistia. Por quê?

Slonko não podia atingi-lo. Era o tipo de homem que Alexander não notaria se cruzasse com ele na rua. Era aonde o proletariado havia chegado. Um homem como Slonko, que nunca passara de um insignificante membro do Partido, não tinha poder sobre um homem como Alexander, a quem havia perseguido durante sete anos.

Aquele raciocínio fazia sentido no mundo de Alexander, no entanto, obviamente, não fazia nenhum sentido no mundo de Slonko. Alexander aguardou alguns segundos, então disse:

— Camarada, por que não vai embora, e volta quando tiver algo para me oferecer? Quero ver um general, ou traga uma ordem de soltura.

— Major, a minha recomendação foi a de que você nunca deixe a prisão.

— Serei livre quando morrer.

— Não vou permitir que morra. Seus pais morreram. Agora quero que você leve a vida que eles tinham planejado quando o trouxeram para cá. Tinham tantos planos para você, Alexander Barrington! Eles me contaram. Acredita ter correspondido aos sonhos deles?

— Não sei quem são eles, mas realizei os sonhos dos meus pais verdadeiros, que eram simples camponeses. Alcancei um posto elevado no Exército Vermelho, e isso os teria deixado orgulhosos.

— E quanto aos sonhos da sua esposa? Acha que realizou os dela?

— Camarada, vou repetir, não fale da minha esposa.

— Não? Ela estava tão disposta a falar de você. Claro, quando não estava...

— Camarada! — Alexander avançou na direção de Slonko. — Estou avisando pela última vez!

— Não vou embora, Major. Quanto mais você deseja que eu saia, mais vontade tenho de ficar.

— Não duvido — disse Alexander. — Mas você *vai* sair daqui. — Alexander estava parado como uma estátua. Mal respirava.

— Major! Não sou eu quem está preso, nem minha esposa. O americano aqui é você.

— Pela última vez, não sou!

— É! — exclamou Slonko. — Sua própria esposa confessou enquanto chupava meu pau.

Slonko não teve tempo sequer de respirar antes de levar um soco na garganta. Sua cabeça pendeu para trás e bateu contra a parede de pedra, os olhos saltaram das órbitas e a boca abriu. Alexander cravou a seringa com dez gramas de morfina no esterno, justo na câmara direita do coração. Apertou o peito amortecido com a palma da mão e fechou as mandíbulas do investigador. Mesmo que tentasse, ele não conseguiria soltar um pio.

Em inglês, Alexander disse:

— Você me surpreende, camarada. Esqueceu com quem estava lidando? Não é engraçado que quando pensamos que sabemos de tudo, na verdade não sabemos de nada?

Alexander cerrou os dentes e apertou o pescoço de Slonko, cujos olhos primeiro se enevoaram e então se avermelharam.

— Isto é pela minha mãe... pelo meu pai... e por Tatiana — sussurrou.

Slonko convulsionava, e seu corpo escorregou para o chão. Os músculos do pescoço se contraíram e as pupilas se dilataram. Quando Slonko parou de piscar,

Alexander largou do pescoço. O investigador-chefe tombou de olhos abertos, como um saco de cimento. Alexander tirou a seringa vazia do peito de Slonko, jogou-a no ralo e gritou da porta:

— Guarda! Guarda! Tem alguma coisa errada com o Camarada Slonko!

O guarda entrou correndo e viu o corpo de Slonko no chão.

— O que aconteceu?! — perguntou, confuso.

— Não sei — respondeu tranquilamente Alexander. — Não sou médico. Mas é melhor ir buscar um. O camarada pode ter sofrido um ataque cardíaco.

O guarda não se decidia entre correr, ficar, deixar Alexander sozinho ou levá-lo com ele. Não sabia se trancava a porta ou a deixava aberta. Alexander sorriu ao notar a indecisão estampada no rosto pálido e assustado do soldado.

— Deixe-o aqui e me leve com você — sugeriu cordialmente. — E não se preocupe em trancar a cela, ele não vai fugir.

O guarda agarrou Alexander e saíram correndo em direção ao edifício onde ficava o comandante.

— Nem sei quem eu devo procurar — disse o guarda, ainda mais atrapalhado.

— Vamos falar com o coronel Stepanov. Ele saberá o que fazer.

Dizer que Stepanov ficou surpreso ao ver Alexander seria um eufemismo. Àquela altura, o guarda encontrava-se em tamanho pânico que era incapaz de falar. Balbuciou algo sobre Slonko não ter feito barulho e sobre estar apenas cumprindo seu trabalho, parado na porta, bem na entrada, mas não ter ouvido nada. Stepanov pediu várias vezes que se acalmasse, mas o soldado era incapaz de obedecer a uma ordem simples. Por fim, Stepanov ofereceu uma dose de vodca ao rapaz e voltou-se perplexo para Alexander.

— Senhor, o Camarada Slonko desmaiou dentro da minha cela. Não há dúvidas de que o guarda se afastou por alguns instantes — Alexander fez uma pausa —, talvez resolvendo alguma necessidade particular. Está com medo de que seja acusado de negligenciar sua tarefa. No entanto, eu dou minha palavra de que ele é um guarda diligente e dedicado, e acredito que não havia nada que ele pudesse ter feito pelo camarada, cuja hora parece ter chegado.

— Meu Deus, Alexander — disse Stepanov, colocando-se imediatamente em pé e vestindo-se. — Está dizendo que Slonko morreu?

— Não sei, senhor. Não sou médico. Eu recomendaria que chamassem um. Talvez ainda haja tempo de ajudá-lo.

O médico foi até a cela e, sem ao menos tomar o pulso de Slonko, declarou o homem morto. O local exalava um cheiro fétido e todos prenderam a respiração.

— Alexander... — disse Stepanov.

— Senhor, parece que eu dou azar.

Ninguém sabia o que fazer com Slonko. Ele tinha ido à cela de Alexander às duas da madrugada. Todos dormiam profundamente e ninguém queria lidar com o problema. Não havia onde colocar o prisioneiro, e Alexander sugeriu pernoitar na antessala do escritório de Stepanov em companhia do guarda. Stepanov e o guarda concordaram. Acomodou-se no chão e recebeu um cobertor do comandante.

— Obrigado, senhor — disse Alexander, inclinando a cabeça.

Stepanov olhou de relance para o guarda tremendo no canto da sala.

— Que diabos está se passando por aqui, Major? — sussurrou.

— Eu é que pergunto. O que está acontecendo? O que Slonko queria comigo? Não parava de repetir que Tatiana estava presa. Que a trouxeram de Helsinque e que ela havia confessado.

— Estão todos muito agitados. Tentaram encontrá-la, mas não conseguiram. Na União Soviética as pessoas não desaparecem assim.

— Na verdade, elas desaparecem o tempo todo.

— Não sem deixar vestígio.

— Sim, sem deixar vestígio.

— Alexander, pare de ser impertinente.

— Senhor.

— Depois que o hospital de Grechesky informou a NKGB...

— Informou quem?

— Não te contaram? A NKVD acabou. Agora é NKGB. Comitê de Segurança do Estado. Mesma agência, nome diferente. A primeira mudança de nome ocorreu em 1934 — explicou Stepanov, encolhendo os ombros. — De qualquer forma, assim que a NKGB recebeu a informação de que Sayers e Metanova não tinham aparecido no hospital de Leningrado, ficaram desconfiados. Encontraram o jipe tombado e quatro soldados da tropa soviética e mais meia dúzia de finlandeses mortos. Não havia nenhum kit de primeiro socorros no jipe, e mesmo o símbolo da Cruz Vermelha tinha sido arrancado da cabine. Ninguém sabe como explicar o que aconteceu. Não há nenhum sinal do médico nem da enfermeira. O curioso é que seis postos de fronteira ao longo do caminho confirmaram que deram passagem para um médico e uma enfermeira que seguiam para Helsinque, onde trocariam o piloto finlandês que os acompanhava por um prisioneiro. Não conseguem lembrar o nome da enfermeira, porém garantem ser americana. Bem, temos o piloto finlandês ferido. Ele não é finlandês nem piloto, e dizer que está ferido é um eufemismo. Trata-se de seu amigo Dimitri e está todo furado de balas. A situação é essa. Dimitri está morto, e o médico e a enfermeira sumiram. Mitterand ligou para o hospital da Cruz Vermelha em Helsinque e localizou um médico que não falava uma palavra de russo. Os idiotas levaram – àquela altura, Stepanov mal sussurrava – um dia inteiro para encontrar alguém para conversar em inglês com o médico. – Sorriu. – Pensei sugerir que chamassem você.

Alexander ouvia impassível.

– De qualquer forma, pegaram alguém de Volkhov para falar com o médico. Pelo que entendi, Matthew Sayers está morto.

– Isso, então, é verdade – suspirou Alexander. – Eles sabem como misturar mentiras absurdas com o mínimo de verdade e deixar qualquer um que tente descobrir o que é real e o que não é maluco.

– Sayers morreu em Helsinque. Septicemia causada pelos ferimentos. Quanto à enfermeira, o médico contou que tinha ido embora e fazia dois dias que ele não a via. Acreditava que não estivesse mais na Finlândia.

Alexander sentia tristeza e decepção ao encarar Stepanov, mas também um pouco de alívio. As emoções eram tantas que não sabia qual sentir primeiro ou o que dizer primeiro. Num momento de egoísmo, sentiu-se decepcionado com o fato de eles não terem conseguido trazer Tatiana de volta; teria sido uma oportunidade de colocar os olhos nela mais uma vez. Após alguns instantes, porém, conseguiu expressar algo:

– Obrigado, senhor – murmurou Alexander.

Stepanov gentilmente bateu nas costas de Alexander.

– Agora durma. Precisa se recuperar. Está com fome? Tenho um pouco de pão e linguiça defumada.

– Guarde-os para mim. Esta noite eu vou dormir.

Stepanov desapareceu em seus aposentos. O peso que Alexander sentia no peito se desfez como a bruma da manhã, pois agora ele sabia que Tatiana tinha prestado atenção em cada palavra que dissera e não estava em Helsinque. Quem sabe em Estocolmo. Sim, talvez em Estocolmo. E antes de adormecer, Alexander concluiu que Sayers fizera tudo que ele havia pedido, pois se tivesse contado a verdade sobre a sua "morte", então Tatiana já teria retornado à União Soviética e caído direto nas garras do homem que...

– Ah, Tatiana, minha...

Mas isso era tudo que ele sabia.

Ao menos o canalha do Dimitri estava morto.

Alexander dormiu um sono intermitente.

A Ponte sobre o Volga, 1936

Aos dezessete anos, Alexander foi preso e conduzido para a prisão de Kresty, onde perguntaram sua identidade. Eles sabiam, e qualquer resposta que desse não faria diferença. Durante vários dias, perguntavam a mesma coisa e o deixavam sozinho na cela.

— Você é Alexander Barrington?

— Sou — respondia Alexander. Ele não tinha outra resposta e achava que a verdade o protegeria.

Então leram a sentença. Naquele tempo, não havia um tribunal para Alexander, nem uma junta de generais para julgá-lo. Havia uma cela de paredes de concreto e sem janelas, com grades em vez de porta, um balde para ser usado como banheiro e nenhuma privacidade, além de uma lâmpada no teto. Alexander foi obrigado a ficar em pé enquanto um dos homens leu a sentença com grandiloquência, mas como o prisioneiro não a entendeu, o segundo homem pegou o papel e leu-a novamente.

Desta vez Alexander compreendeu cada palavra proferida em alto e bom som:

— Alexander Barrington, condenado a dez anos de trabalhos forçados no campo de Vladivostok por participação numa manifestação antissoviética em Moscou no ano de 1935 e por incitar o enfraquecimento da autoridade e do Estado soviéticos ao questionar de forma desrespeitosa e ilegítima os ensinamentos econômicos do pai e do Professor.

Alexander pensou ter ouvido *errado* quando o soldado pronunciou dez anos. Foi bom terem repetido a leitura. Ele quase perguntou pelo pai para que ele resolvesse aquilo, para dizer o que Alexander deveria fazer.

Entretanto, permaneceu calado. Sabia que o seu destino seria o mesmo dos pais, assim como fora o das 78 pessoas que haviam morado com eles no hotel em Moscou, ou o do grupo que se reunia para ouvir piano, e do qual Alexander participou algumas vezes, e do grupo de comunistas ao qual ele e o pai pertenciam, e do velho Slavan, que uma vez havia sido exilado durante o governo de Nicolau II e apreciado a experiência.

Alexander imaginou se Nikita estaria em alguma outra banheira de Moscou. Achava que não.

Perguntaram se ele entendia as acusações que pesavam contra ele, se entendia a sentença que lhe seria aplicada.

Alexander não entendia as acusações. Ele não entendia a punição. De qualquer forma, assentiu com a cabeça.

Pensava na vida que o pai acreditava que ele deveria estar vivendo. Gostaria de perguntar a ele se passar a juventude trabalhando em dois Planos Quinquenais de Stalin para a industrialização da Rússia — como parte do capital fixo que Alexander entendia bem, porque sabia exatamente o que não funcionava no Estado soviético — era o que Harold havia desejado. Mas o pai não estava por perto para responder.

O destino de Alexander seria garimpar ouro nas tundras da Sibéria apenas porque o Estado utópico não tinha condições financeiras para lhe pagar?

— Alguma pergunta?

— Onde está a minha mãe? Quero me despedir dela.

Os guardas caíram na risada.

— Sua mãe? Como vamos saber onde ela está? Você parte amanhã cedo. Veja se consegue encontrá-la até lá.

Rindo, os guardas partiram. Alexander ficou parado.

E, na manhã seguinte, ele foi colocado no trem para Vladivostok.

— Temos sorte de estarem nos levando para Vladivostok — disse o prisioneiro coberto de cicatrizes sentado ao seu lado. — Acabo de voltar da Perm-35. Aquilo é o inferno na terra.

— Onde fica?

— Perto de Molotov. Conhece? Próximo aos Montes Urais, no lago Kama. É mais perto que Vladivostok, mas muito pior. Ninguém volta vivo de lá.

— Você voltou.

— Isso porque eu fiquei dois anos. Superei minha cota de produção por cinco trimestres seguidos. Ficaram satisfeitos com minha produtividade capitalista e consideraram que o proletário que existe em mim tinha trabalhado além do homem comum.

Após localizar Vladivostok no mapa da União Soviética, Alexander soube que, se quisesse sobreviver, embora não tivesse dinheiro ou uma casa para voltar, teria de planejar uma fuga. A cidade ficava numa das regiões mais subterrâneas do mundo; se existia um Hades sobre a terra, era em Vladivostok. Alexander faria a viagem pelos Montes Urais num trem de carga, atravessaria as planícies do oeste siberiano e o platô central da Sibéria, cruzaria toda a Mongólia, contornaria a China e apodreceria na cidade industrial, toda de concreto, localizada numa estreita faixa de terra na costa do Mar do Japão. Ele sabia que não existiria retorno da eternidade que era Vladivostok.

Durante mil quilômetros, Alexander observava a paisagem pela pequena abertura na lateral do vagão e quando os guardas deixavam as portas abertas para entrar ar no vagão. Reconheceu a oportunidade de fugir quando o trem se aproximou da ponte sobre o rio Volga, decidindo saltar do trem. A ponte férrea tremia sobre o precipício, com o Volga correndo a cerca de trinta metros lá embaixo, o que pelas medidas americanas seriam cem pés. Alexander sabia pouco sobre o rio. Era pedregoso? Fundo? De águas velozes? No entanto, viu que a distância de uma margem a outra era considerável e ele sabia que suas águas desaguavam no Mar Cáspio, a cem quilômetros dali. Não tinha certeza se teria outra chance ou uma chance melhor. Alexander sabia que, se sobrevivesse ao Volga, conseguiria chegar às repúblicas do sul, talvez Geórgia ou Armênia, então cruzar a fronteira da Turquia. Gostaria de estar com os dólares americanos da mãe. Após retornar da fracassada viagem a Moscou, ele levou o livro de volta à biblioteca, mas foi preso logo em seguida e não teve a chance de ir buscá-lo. Entretanto, mesmo sem o dinheiro, escapar ou morrer eram suas únicas escolhas.

Olhou para o estômago embrulhado. Conseguiria sobreviver? Foi tomado pelo pensamento de que nunca desejara morrer. Lembrou-se de William Miller. Loiro e bonito, Miller fora popular. Fazia aulas de natação desde os cinco anos. Podia saltar, dar cambalhotas e prender a respiração embaixo da água; podia nadar e saltar melhor do que qualquer garoto em Barrington, incluindo Alexander, que nunca se acovardou em tentar. Então, numa tarde de verão, quando estavam com oito anos e brincavam de Tarzan e de mergulho bola-de-canhão na parte mais funda da piscina, que consideravam ter três metros e meio de profundidade. O que William não considerou foi a presença do grandalhão do Ben, que naquele exato momento brincava próximo ao trampolim. Quando William completava a cambalhota, viu apenas alguns centésimos de segundos tarde demais e impulsionou o corpo para a direita, evitando colidir no corpanzil de Ben. William bateu a cabeça na lateral de concreto da piscina com um estalo e, a partir de então, foi parar numa cadeira de rodas, empurrado vinte quatro horas por enfermeiras e alimentado por meio de um tubo no estômago. Estranho? Seria mais estranho do que um garoto de dezessete anos, de um metro e noventa de altura e oitenta quilos, saltar de uma altura de trinta metros em um rio de superfície rochosa e com dois metros e meio de profundidade? Alexander não saberia citar as imutáveis leis da física, mas algo dentro dele dizia que elas não estavam a seu favor. Ele não tinha tempo para entrar em pânico nem para pensar. Sabia que poderia estar mergulhando para a morte. Ele sabia. Seu estômago sabia. Seu coração acelerado sabia. Mas seria uma morte rápida. Em Vladivostok morreria pelo resto da vida.

Murmurou "Deus me ajude" e saltou do trem em movimento, vestindo a roupa de prisioneiro.

Embora trinta metros fossem uma queda longa, ele levou apenas alguns segundos para atingir a água, o trem estava quase chegando à outra margem do rio. Havia pulado de pé e torcia para que o Volga fosse fundo o bastante para sua altura. Era. Além de frio e rápido. A correnteza o carregou por quinhentos metros, nos quais lutou por um pouco de ar, e ao virar a cabeça e olhar para cima, o trem era apenas um ponto negro na distância. Não parecia que havia parado. Não tinha certeza se a sua ausência tinha sido notada, com exceção do prisioneiro ao seu lado, que desde que haviam partido de Leningrado havia debochado dele.

— Espere para ver o que acontece com um garotão forte que nem você em Vladivostok — havia dito com um sorriso malicioso.

Alexander não quis arriscar sair antes de a ponte desaparecer de visão. Deixou-se levar pela correnteza por cerca de cinco quilômetros, até sentir-se cansado demais. Era verão e logo estava seco. Desenterrou algumas batatas do solo e comeu-as cruas, tirou a roupa e preparou uma cama com folhas, improvisando uma tenda com os galhos das árvores (agradecendo aos escoteiros mirins) e acomodou-se para dormir. Quando acordou, suas pernas doíam e as roupas estavam molhadas. Como não havia meios de conseguir roupas novas, acendeu uma fogueira para secá-las, virando-as do avesso para esconder a cor cinza do uniforme penitenciário. Esfregou algumas folhas, um pouco de barro e de polpa de morango no uniforme e, quando não se via que era um uniforme de prisioneiro da NKVD, ele voltou a caminhar, procurando seguir próximo do rio.

Alexander desceu o Volga trabalhando em barcaças e barcos pesqueiros até um dos pescadores solicitar sua carteira de identidade. Então, mudou de direção, indo cada vez mais para o interior, na esperança de encontrar o caminho das montanhas entre a Geórgia e a Turquia. Manteve distância dos pescadores e agricultores: sabia que cedo ou tarde alguém pediria seus documentos, e sua carteira de identidade havia sido confiscada, tendo sido expedido um registro penitenciário, que obviamente não poderia mostrar. Havia queimado o papel.

Viajar sem uma carona tinha o grande inconveniente da lentidão. Andando percorria no máximo trinta quilômetros por dia. Às vezes arriscava pegar uma carona para chegar mais rápido ao sul do país.

Uma tarde, quando atravessava uma plantação, foi parado por uma garota de cerca de quinze anos. Ele pediu algo para beber, um pouco de pão e algum trabalho para ganhar uns trocados. A garota o levou pela mão até a casa de seus bondosos pais. Tinha as mãos fortes e calejadas de uma camponesa; o cabelo castanho era volumoso, bochechas arredondadas e o corpo carnudo. Ela transpirava ao redor do pescoço e dos braços. Com um decote reluzente no qual repousava uma cruz de ouro que de tanta saúde e juventude se mantinha quase na horizontal.

Alexander não chegou até a Geórgia. Parou em Belyi Gor, um vilarejo de Krasnodar, próximo ao Mar Negro, ainda em território russo, onde ofereceu seus serviços para ajudar a família, os Belovs, por dois motivos: porque Larissa havia chamado sua atenção e porque agosto era a época da colheita. Yefim e Maritza tinham quatro filhos, Grisha, Valery, Sasha, Anton, e uma filha.

Os Belovs não tinham espaço para ele na pequena casa do sítio, mas Alexander aceitou de boa vontade ficar no celeiro, dormir sobre o feno, trabalhar de sol a sol e à noite pensar em Larissa. Ela abria um sorriso largo para Alexander, fingindo estar constantemente sem fôlego. Ele sabia que era uma artimanha, mas funcionava, pois ele estava faminto e precisando ser alimentado. Ultimamente, Alexander estivera muito tenso, fosse correndo ou estando em alerta, e Larissa era a promessa de alívio.

Mas Alexander mantinha distância por medo dos irmãos. O trabalho no campo, onde arrancavam batatas, cenouras e cebolas do solo e debulhavam trigo para as fazendas coletivas, ou *kolkhoz*, sem a ajuda de animais, os havia transformado em touros; e o convívio com a irmã adolescente, viçosa e cheia de desejos os fazia receosos dos migrantes que tiravam a camiseta para trabalhar e tornavam-se mais robustos e bronzeados a cada dia que transpiravam sob o sol. Alexander estava com dezessete anos, mas sua aparência era a de um homem, e ele comia e trabalhava tal qual um homem. Em todos os sentidos, Alexander possuía os apetites e o coração de um homem. Larissa sabia disso, e seus irmãos também. Logo, ele mantinha distância. Ofereceu-se para fazer rolos de feno. Ofereceu-se para cortar lenha para o inverno da família. Ofereceu-se para construir uma mesa nova e maior, torcendo para se lembrar dos dias da infância com o pai de como era usar um serrote, uma plaina, pregos e martelo. Ofereceu tudo na esperança de que esse tipo de trabalho o manteria dentro do celeiro e longe da garota.

Claro que, quanto mais Alexander se fazia de desentendido, mais Larissa avançava, e se mostrava tão atrevida como podia ser uma camponesa de quinze anos que vivia com os pais e os quatro irmãos num sítio.

Era final de agosto na escaldante Krasnodar à beira do Mar Negro. E numa tarde em que Alexander apertava o feno em caprichados rolos, ele viu um raio de luz no chão e, ao se virar, deixou de vê-la porque Larissa a tapava com o corpo, parada na frente dele.

Alexander tinha nas mãos uma forquilha, um rolo de barbante e uma faca. Larissa perguntou em voz baixa o que ele estava fazendo. *Rolos de feno*, ia responder, mas percebeu que ela não esperava uma resposta. Em outras circunstâncias, Alexander não teria resistido. Era difícil conter-se, mas sabia que a garota era problema.

— Larissa, isto vai terminar mal.

— Não sei do que está falando — disse, aproximando-se dele. Estava descalça e usava um vestido muito curto. — Lá fora o calor está insuportável, e eu vim me esconder do sol do meio do dia. Você não se importa, não é?

Alexander virou-se de costas e inclinou-se sobre o feno.

— Seus irmãos vão me matar.

— Por que fariam isso? Você trabalha tanto que vão te aplaudir. — Ela chegou mais perto. Ele podia sentir o cheiro do suor de verão em seu corpo. Larissa respirou fundo. Também podia cheirar o suor que cobria o corpo dele.

— Melhor parar.

Ela deu outro passo e parou. Embora Alexander estivesse de costas, podia ver pelo canto dos olhos que ela havia se sentado na madeira que fechava um curral.

— Vou ficar aqui vendo você trabalhar — ela disse.

Alexander lançou um olhar para ela e voltou a trabalhar. Seu corpo estava a ponto de se entregar. Pensou que poderia desfrutar daquele alívio tão doce por um minuto e não faria mal a ninguém. Larissa estava tão próxima, que podia sentir o frescor de seu corpo campesino, o cabelo lavado, seu hálito. Fechou os olhos por um momento.

— Alexander, olhe aqui — ela o chamou com uma voz profunda. — Quero mostrar uma coisa.

Dolorosa, relutante e desesperadamente, Alexander olhou-a. Larissa levantou lentamente a saia e abriu as pernas. Seu quadril estava um pouco abaixo dos olhos de Alexander. Ele levantou o olhar e o deteve nas coxas nuas da garota. Um gemido escapou de sua boca.

— Venha aqui, Alexander.

Ele foi. Afastando as mãos de Larissa, ele se colocou entre suas pernas, e subiu o vestido para ver o seu corpo todo. Alexander arfava e perspirava, beijando a boca e os seios com voracidade, enquanto as mãos acariciavam o corpo dela, sentindo sua pele macia e quente... Gemendo, ela apertava o portão, quando ouviram uma risada do lado de fora do celeiro, e Larissa tentou desesperadamente empurrar Alexander, que não queria soltá-la.

Larissa empurrou-o com toda força e saiu do feixe de luz, que voltou a iluminar a grama. Era Grisha, o irmão mais velho.

— Então você está aqui, Larisska. Procurei por toda parte. Saia já daí e pare de incomodar Alexander. Não vê que ele está ocupado? Mamãe quer saber por que o gado ainda está no pasto. Logo o *kolkhoznik* virá buscar o leite.

— Estou indo — respondeu a irmã, passando por Alexander.

Grisha saiu do celeiro. E antes de sair, Larissa virou-se para trás e, com um sorriso maroto, sussurrou:

— Da próxima vez não seremos interrompidos, e minha boca vai passear pelo teu corpo inteiro. Eu prometo. Depois, vou chamá-lo de Shura, não de Sasha como o nome do meu irmão. Você não perde por esperar.

Alexander não pensou em outra coisa pelo resto do dia e nem da noite, principalmente quando se encontrou sozinho no celeiro. Mas na manhã seguinte, um fato novo pôs fim a sua autoimolação. Pela manhã, viu Larissa com o rosto muito pálido.

— Não estou me sentindo bem — ela disse, levantando as mãos para evitar que ele se aproximasse.

— Não me importo — respondeu Alexander. — Eu faço você se sentir melhor.

— Fique longe de mim, Alexander — ela insistiu, empurrando-o de leve e sem olhá-lo nos olhos. — Faça isso por você. Fique longe de mim!

Alexander foi trabalhar confuso e só voltou a vê-la no jantar. Ela estava ainda mais pálida e febril. Na noite seguinte, a febre aumentou e no outro dia ela estava com uma mancha avermelhada horrível no rosto.

Ah, não! — exclamavam os adultos em pânico. — Ela pegou a doença.

E então foi a vez de Alexander ficar com febre e ter o corpo tomado de manchas avermelhadas, mas ninguém entrou em pânico porque já sabiam que o cavaleiro do apocalipse tinha vindo montado em seu cavalo descorado e trazido o tifo, a peste incurável, contagiosa e mortal. A dor de cabeça que precedia o início da doença era tão intensa e latejante, que parecia que os olhos iam saltar das órbitas, e quando a febre atingiu os quarenta graus e as manchas cutâneas estavam inflamadas e ardendo, Alexander agradeceu o estado de estupor que acompanha aquele estágio da doença. Os irmãos estavam febris e as manchas na pele de Larissa sangravam; em seguida, os pais estavam delirando, e Larissa, morta. Em um momento ela apertava seu corpo contra o de Alexander, e no seguinte estava morta, e sem ninguém para poder enterrá-la, pois todos estavam muito fracos para preparar a cova. O corpo de Larissa repousava numa *izba* enquanto os outros respiravam com dificuldade, aguardando o cavaleiro vir buscá-los. E ele veio.

Sobreviveram apenas Yefim, o pai de Larissa, e Alexander. Não sabiam há quanto tempo estavam dentro da casa. Um cuidava do outro e bebiam água e rezavam; Alexander começou a rezar, misturando o inglês e o russo, implorando por paz, pela mãe e pelo pai, implorando por suas vidas, pelos Estados Unidos, por sua saúde, por sua vida, por sua mãe, por Teddy, Belinda, por Boston, por Barrington, pelos bosques e finalmente para que ele morresse, pois não aguentava mais, e de súbito viu o olhar atormentado de Yefim e sentiu o contato de sua mão.

– Filho, não morra, não morra aqui desse jeito – sussurrou pela boca sanguinolenta Yefim. – Volte para os seus pais. Encontre o caminho de volta. Onde está a sua casa, filho?

Yefim morreu. Mas Alexander não. Após seis semanas de quarentena, sentiu-se melhor. Para prevenir o surto da epidemia no calor do outono da região do Cáucaso, as autoridades soviéticas queimaram os vilarejos de Belyi Gor, com todos os seus corpos, suas cabanas, celeiros e campos. Alexander assumiu uma nova identidade, Alexander Belov, o terceiro filho de Yefim. Quando chegaram os funcionários municipais, usando máscaras sobre a boca e pranchetas em volta do pescoço, e perguntaram numa voz abafada, "Qual o seu nome?", Alexander respondeu sem hesitar, "Alexander Belov". Verificaram junto aos registros de nascimento de Belyi Gor, junto aos documentos remanescentes da família Belov e emitiram uma nova carteira de identidade, deixando-o livre para viajar dentro do território soviético, sem que fosse detido e preso por falta de documentação. Alexander foi colocado num trem e, com a permissão por escrito da *Soviet* regional, despachado de volta para Leningrado, onde foi morar com Mira Belov, irmã de Yefim. Mira ficou surpresa ao vê-lo, mas para a sorte de Alexander, há doze anos ela não via os parentes nem o "verdadeiro" Alexander Belov. Embora não se lembrasse suficientemente bem para suspeitar de algo, ficou admirada com a cor negra dos olhos e dos cabelos do sobrinho, com o físico alto e esbelto ("Sasha, não me conformo. Aos cinco anos você era tão loiro, baixinho e rechonchudo!"). Alexander mudou-se para a casa, dormindo numa pequena cama dobrável no corredor, onde mal cabia o seu corpo. Jantava com o casal e os parentes do marido de Mirna, e ficava fora de casa o máximo de tempo possível. Alexander tinha um plano em mente: terminar a escola e depois alistar-se no exército.

Alexander não tinha tempo para recordar, pensar, sofrer. Tinha uma única missão, rever os pais, e um único objetivo, um único sonho e único imperativo: de uma forma ou de outra, ir embora da União Soviética.

Um novo amigo, 1937

No último semestre do ensino médio, Alexander conheceu Dimitri Chernenko. Dimitri era baixo e sem atrativos, e abordava Alexander com uma curiosidade intrusiva, insistente e às vezes irritante. Era como o animal de estimação que Alexander nunca tivera. Parecia inofensivo, solitário e carente de amigos. Um garoto esquálido, cabelos desgrenhados, rosto redondo e um olhar nervoso, que ora fitava um rosto ora fitava outro, nunca olhando mais que alguns segundos para algo ou alguém. Não tinha um olhar sereno. Mas Alexander se divertia com o jeito como Dimitri literalmente levantava o olhar para falar com ele e com o seu jeito de abrir a boca em admiração quando ele falava. Além disso, tinha a capacidade de rir de si mesmo porque sempre chegava por último nas corridas, nunca marcava um gol e sempre caía das árvores.

Por duas vezes Alexander pegou Dimitri importunando garotos mais novos no pátio da escola. Da segunda vez, quando Dimitri o chamou para que o ajudasse a provocar um garoto morto de medo, Alexander perguntou que diabos ele estava fazendo. Dimitri pediu desculpas e nunca mais repetiu aquele comportamento. Alexander desculpava Dimitri porque acreditava que ele agia daquela maneira porque não conseguia ser popular, da mesma forma como desculpava os próprios comentários vulgares que fazia sobre as garotas ("Aquela ali não tem uma bunda gostosa? E aí, gostosa!"). Alexander pacientemente apontava os erros que Dimitri cometia ao se expressar e os equívocos do seu julgamento, mas nada que Alexander ensinasse o ajudaria a marcar um gol, ganhar uma corrida, ou não fazer uma careta de tédio quando uma garota falava sobre o cabelo. Mas o comportamento de Dimitri melhorou bastante em outros aspectos. Além do mais, ele ria de todas as brincadeiras que Alexander fazia, o que ajudou a reforçar a amizade entre eles.

Dimitri demonstrou curiosidade sobre o sotaque de Alexander, mas ele sempre contornava as perguntas. Não confiava em Dimitri, o que parecia mais indicativo de sua desconfiança nas pessoas em geral do que do caráter do amigo. Eles conversavam sobre tudo, menos sobre a vida pregressa de Alexander nos Estados Unidos: da política comunista (sussurrando palavras de deboche), de garotas (Dimitri era menos experiente que Alexander, ou melhor, era totalmente inexperiente) e de suas famílias.

Numa tarde, quando voltavam da escola, Dimitri comentou que seu pai trabalhava em uma das penitenciárias da cidade, e não era em qualquer uma, mas (disse num pomposo sussurro), na *Casa de Detenção*, a prisão mais temida e odiada de Leningrado. Dimitri contou aquilo porque sabia que a posição de autoridade do pai iria impressionar Alexander, que a partir daquele momento passou a vê-lo com outros olhos.

Alexander passou a enxergar uma luz no final do túnel, uma oportunidade de descobrir o que havia acontecido com sua família, e isso bastou para ele deixar de lado sua desconfiança nas pessoas e admitir sua vida nos Estados Unidos. Alexander contou toda a verdade a Dimitri e pediu sua ajuda para localizar o paradeiro de Jane e Harold Barrington. Dimitri, com os olhos brilhando, declarou que seria um prazer ajudá-lo, e Alexander agradeceu com um abraço.

— Dima, se você me ajudar — disse ele —, eu juro que serei seu amigo para sempre e farei qualquer coisa por você.

Dimitri deu um tapinha nas suas costas e disse que não era nada, que o ajudaria com prazer; afinal, não eram melhores amigos?

— Sim, somos — respondeu Alexander.

Alguns dias depois, Dimitri trouxe notícias da mãe de Alexander: estava presa "sem direito a correspondência".

Alexander lembrou-se de Tamara, a velha *babuchka,* e seu marido. E embora soubesse o que aquilo significava, manteve a compostura na frente do amigo. À noite, chorou pela mãe.

Com a ajuda do pai de Dimitri, conseguiram entrar na Casa de Detenção, com a desculpa de que iriam vê-lo e fazer um trabalho escolar sobre o progresso do Estado na luta contra os agitadores e traidores estrangeiros.

Naquela tarde quente e ensolarada de junho, Alexander viu o pai por alguns minutos. Só por alguns minutos, apesar de ter imaginado que poderia ficar a sós com ele um pouco mais. Mas foram apenas dois minutos, e na presença de Dimitri, do pai de Dimitri e de outro guarda. Naquela cela, não havia privacidade para Harold e Alexander Barrington.

Repetiu tantas vezes em pensamento o que desejava falar ao pai até que as poucas palavras ficassem gravadas na memória e nem a ansiedade ou o medo pudessem apagá-las.

— Pai, você se lembra de que quando completei sete anos você me levou para Revere? Brinquei tanto no mar que saí batendo os dentes e depois fizemos um buraco e o cercamos com uma barreira de areia e esperamos a maré subir e a água derrubar tudo. Ficamos queimados do sol. Depois andamos três vezes no Ciclone e comemos algodão doce, balas, sorvete, até eu ficar com dor de estômago. E você tinha cheiro de mar e areia e sol, e segurando minha mão disse que eu também tinha cheiro de mar. Foi o dia mais feliz da minha vida, e foi você quem me deu. Quando eu fechar os olhos para sempre, é disso que vou me lembrar. Não se preocupe comigo, vou ficar bem, seja lá onde eu estiver. Não se preocupe com nada.

Mas Alexander não teve a oportunidade de ficar a sós com o pai para dizer-lhe aquelas palavras nem em russo, nem em inglês, e seria difícil que Harold, com os olhos turvados pelas lágrimas, conseguisse ler sua mente. Alexander temia que a emoção do pai levantasse alguma suspeita de que aquele encontro tivesse algo de pessoal. Felizmente, o carcereiro não suspeitou de nada.

O pai foi o único que falou, em inglês, graças a uma sugestão de Alexander.

— O prisioneiro pode falar em inglês conosco? — perguntou ao guarda.

— Tudo bem, mas não demore — grunhiu o carcereiro. — Não tenho muito tempo.

— Vou dizer algumas palavras em inglês, inspiradas num poema de Kipling — anunciou Harold, reunindo forças para pronunciar aquelas palavras. Agarrou as mãos de Alexander e disse:

— *Se puder suportar ouvir a verdade que pronunciaste transformada em mentira na boca dos pulhas ou ver desfeitas as coisas pelas quais lutaste a vida inteira, então, meu filho, volte a fazê-las com os instrumentos desgastados!*

Alexander compreendeu perfeitamente.

Com os olhos transbordando, o pai o apertou contra si e sussurrou:

— "Quem me dera eu morresse em teu lugar, Absalão, meu filho, meu filho!"

Sem pronunciar uma palavra, Alexander recuou alguns passos e segurou as lágrimas que gostaria de derrubar por seus pais e pelos Estados Unidos. Ele manteve a compostura, mas aqueles breves instantes lhe arrancaram um pedaço de sua alma imortal. Olhou para o pai e pronunciou em silêncio "Eu te amo", saiu e os carcereiros fecharam a porta.

— Aquele era o seu pai? — disse Dimitri, correndo a passos miúdos para acompanhar o andar apressado de Alexander. — Você não se parece muito com ele. Ainda bem.

— Eu me pareço com a minha mãe — explicou.

— Então, o que ele falou? Valeu a pena?

— Não falou muita coisa.

— Mas o que ele falou em inglês?

— Um trecho do poema "*If*", de Rudyard Kipling. Você conhece?

Dimitri deu de ombros.

— Li na escola, mas faz tempo. Não me chamou a atenção. Quer dizer que em vez de dizer algo pessoal teu pai preferiu citar um imperialista morto?

— "*If*" é um grande poema.

A partir daquele dia, Dimitri estava sempre ao lado de Alexander, que não reclamou, pois necessitava de um amigo.

Não demorou muito para Dimitri começar a planejar a fuga da União Soviética. Alexander não o desencorajou porque muitas das ideias do amigo coincidiam com as que ele mesmo andava considerando. Além disso, não via motivo para não acompanhá-lo na fuga. Estando em dois, um poderia proteger o outro; Alexander pensava em Dimitri como um companheiro de batalha que o protegeria.

A diferença era que Alexander era paciente, e Dimitri, não. Alexander sabia que a hora certa haveria de chegar. Conversaram sobre viajar de trem até a Turquia ou de ir para a Sibéria no inverno e atravessar a pé o gelo do Estreito de Bering. Por fim decidiram pela Finlândia, o país mais próximo e acessível.

Alexander passava toda semana na biblioteca para certificar-se de que *O Cavaleiro de Bronze* continuava ali. E se alguém o pegasse emprestado? Não podia evitar pensar que o dinheiro não estava num lugar seguro.

Ao concluir o ensino médio, Alexander e Dimitri decidiram se matricular num curso de três meses para ingressar na Escola de Oficiais do Exército Vermelho. Foi Dimitri quem teve a ideia, convencido de que o uniforme atrairia garotas. Alexander considerou uma boa maneira de fugir para a Finlândia, uma vez que era bem possível que a União Soviética e a Finlândia entrassem em guerra: não agradava à Rússia fazer fronteira com seu inimigo histórico, distante apenas vinte quilômetros de Leningrado, a maior cidade russa.

A Escola de Oficiais não era como Alexander havia imaginado. A brutalidade dos instrutores, a extenuante rotina de treinamentos e a constante humilhação imposta pelos sargentos tinham por objetivo acabar com a resistência do soldado antes que a guerra o fizesse. Ser humilhado era mais difícil de suportar do que as corridas embaixo do sol e da chuva. O pior de tudo era ser acordado logo após terem se recolhido e permanecer em pé enquanto algum cadete que havia se esquecido de engraxar as botas era punido.

Na Escola de Oficiais, Alexander aprendeu tudo sobre a imperfeição, a autoridade e o respeito. Aprendeu a fechar a boca e a manter o armário impecável, a ser pontual e a dizer *sim, senhor* quando preferia ter dito *vá à merda*. Aprendeu também que era mais forte e mais rápido que os outros alunos, que era mais organizado, mais capaz de manter a calma quando pressionado e mais corajoso.

Por outro lado, descobriu que se deixava provocar pelos insultos que o dirigiam.

Depois de conhecer a paradoxal dualidade da Escola de Oficiais, cujo objetivo era acabar com a resistência dos soldados para transformá-los em homens, Alexander consolou-se com o fato de não ser um soldado raso, pois para eles deveria ser muito pior.

Então Dimitri foi reprovado no exame.

— Dá para acreditar? Os idiotas me fizeram atravessar o inferno e agora não vou me formar! Que absurdo é esse? Escrevi uma carta para o comandante. Você o conhece, Alexander? Viu a carta que recebi? Disseram que sou demasiado lento preparando o fuzil, que rastejo sobre a barriga como uma cobra preguiçosa, que sou muito barulhento nas provas de combate e não possuo as qualidades de liderança necessárias a um oficial de carreira. Sugerem que eu me aliste como soldado raso. Se não carrego o fuzil rápido o suficiente para ser um oficial, que utilidade eu vou ter sendo a droga de um soldado?

— Talvez os padrões sejam diferentes para os oficiais e para os soldados.

— Claro que são! Mas deveriam justamente exigir mais dos que vão ficar na linha de frente. Estão me negando ser um oficial na retaguarda, onde eu não atrapalharia ninguém, e me enviando direto para a zona de combate? Não, obrigado. — Dimitri olhou para Alexander. — Já recebeu a sua carta?

Alexander havia recebido e sido informado de que se formaria como segundo-tenente, mas Dimitri não estava com o humor apropriado para receber aquela notícia. Entretanto, como não podia mentir, Alexander contou a verdade.

— Que droga, Alexander! Nossos planos estão arruinados. De que serve você ser um oficial e eu um soldado raso? — Ele bateu na própria cabeça para dar ênfase a suas palavras. — Já sei, tive uma ideia! Só há uma coisa a fazer. Você sabe o quê?

— Não, não sei.

— Precisa recusar a posição de segundo-tenente. Diga que se sente muito honrado e agradecido, mas que você mudou de ideia. Logo será convocado como soldado. Ficaremos na mesma unidade e fugiremos quando surgir a oportunidade. — Ele sorria com júbilo. — Por um momento cheguei a pensar que o nosso plano estava morto e enterrado.

— Como assim?! — perguntou Alexander, olhando de relance para Dimitri. — O que está me pedindo para fazer, Dima?

— Para recusar o seu posto de oficial.

— E por que eu faria isso?

— Para que possamos levar a cabo o nosso plano.

— Nossos planos continuam em pé. Como segundo-tenente, ficarei numa unidade em que haverá um sargento responsável pelo seu pelotão. Você vai ver que de um jeito ou de outro vamos juntos para a Finlândia.

— Sim, mas e se não ficarmos na mesma unidade? Esse não era o planejado.

— O planejado era que os dois seriam oficiais. Não combinamos ser soldados rasos.

— Tá, tudo bem, mas os planos mudaram... Precisamos ser flexíveis.

— Sim, mas se os dois forem soldados, não teremos poder nenhum.

— E quem está falando em poder? Quem quer ter poder? — Dimitri estreitou os olhos. — Você?

— Não, Dimitri, eu não quero. Quero apenas estar numa posição que seja útil para nós dois. Você tem de admitir que ser um oficial vai nos dar mais oportunidades de chegar onde queremos. Se tivesse acontecido o contrário, se eu tivesse sido reprovado e você tivesse sido aprovado, eu acharia ótimo que você fosse um oficial porque poderia fazer muito mais por nós dois.

— Sim, mas eu não me formei um oficial, não foi? — disse vagarosamente Dimitri.

— Foi pura falta de sorte, Dima. Não pense mais nisso.

— Vai ser difícil não pensar, já que estou a ponto de me transformar na escória do exército.

Alexander ficou calado. Dimitri recomeçou:

— Acho melhor ficarmos no mesmo pelotão.

— Não há garantias de que ficaremos juntos — alertou Alexander. — Você deve ser enviado para a Carélia, enquanto eu vou para a Crimeia...

Alexander perdeu a paciência e acabou dizendo a Dimitri que aquela conversa era absurda e que não havia a menor chance de ele recusar a patente. No entanto, pelo jeito como Dimitri olhava para ele, a postura de humilhação de Dimitri e o sorriso de sarcasmo desenhado em seus lábios indicavam o primeiro rasgo no tecido da sua amizade. Tecido soviético não podia ser de qualidade, pensou Alexander, e tentou com mais afinco convencer Dimitri de que seu plano funcionaria.

— Dima, veja como a sua vida no exército será melhor se eu for um oficial. Posso ajudar você a subir cada degrau. A comida, o cigarro, a vodca, os cargos e as tarefas serão melhores.

Dimitri não parecia convencido.

— Sou teu amigo e teu aliado. Vou estar em posição de ajudá-lo — insistiu Alexander.

Dimitri continuava cético.

E ele tinha razão, pois apesar do apoio de Alexander, a vida de soldado raso seria dura. Por outro lado, para Alexander as coisas seriam inegavelmente mais fáceis: ficaria mais bem alojado, seria mais bem alimentado, teria mais privilégios e liberdades, receberia um salário mais alto, usaria melhores armas, teria acesso a informações sigilosas e mulheres muito mais interessantes se arrastando atrás dele no clube dos oficiais. Para Dimitri, restaria o benefício de Alexander ser seu comandante na guarnição de Leningrado, com dois sargentos e um cabo entre eles. Na primeira vez que Alexander gritou com ele durante uma marcha, Dimitri duvidou se teria sido uma vantagem. De qualquer fora, restavam apenas duas opções para Alexander: continuar gritando com todos os soldados, coisa que Dimitri achava inaceitável, ou não gritar com nenhum soldado, coisa que o Exército Vermelho obviamente achava inaceitável.

Alexander transferiu Dimitri para outra unidade, colocando-o sob o comando de um de seus companheiros de alojamento, o tenente Sergei Komkov, o que estragou para sempre sua relação com ele.

— Alexander, você merece ser feito em pedacinhos — disse Komkov, um homem desproporcionalmente corpulento para sua estatura e quase careca, numa noite em que jogavam baralho. — O que deu em você quando me pediu que ficasse com Chernenko? Ele é o maior cagão que já vi! É o pior exemplo para um soldado. Até minha irmã é mais corajosa. Não faz nada direito, mas odeia que lhe digam o que fazer. Podemos enviá-lo para a corte marcial por covardia?

Alexander riu.

— Ele é um bom rapaz — disse Alexander. — Vai te surpreender quando estiver em combate.

— Não diga bobagem, Belov. Se Chernenko participar da guerra, estaremos todos mortos.

Lá vêm as garotas, 1939

Quando começaram a frequentar os bailes, Alexander fez amizade com uma garota chamada Luba. Aos poucos, ela começou a aparecer mais vezes e a deixar Alexander menos interessado em conhecer outras garotas. Uma noite ele viu Dimitri conversando a sós com Luba, e o amigo contou que estava interessado nela. Alexander se afastou da moça, deixando-a livre. Luba ficou magoada, e Dimitri se divertiu algumas vezes com ela e logo a deixou.

A mesma situação se repetiu três vezes. Alexander não se importava porque ele sempre poderia encontrar outra garota. Sugeriu que Dimitri fosse sozinho ao Sadko enquanto ele iria ao clube dos oficiais, mas Dimitri não concordou, pois ele não podia entrar. Alexander continuou a frequentar o Sadko com o amigo e a fingir que não se interessava por nenhuma garota em especial. E era verdade. Alexander gostava de todas as mulheres.

Sveta gostava de ficar por cima e não gostava que a tocassem.

Olga gostava apenas de ser tocada.

Milla falava demais sobre comunismo e economia.

Lena simplesmente falava demais.

Isabel veio vê-lo uma vez, voltou uma segunda e na terceira perguntou se Alexander pensava em casamento.

Dina disse que gostava dele mais do que de qualquer outro homem com quem havia saído, e então ele a flagrou com Anatoly Marazov na semana seguinte.

Maya queria de todas as maneiras, e Alexander deu a ela de todas as maneiras, e de novo, e de novo, e depois ela o acusou de ser egoísta.

Nina não parava de falar mesmo quando passeava com a boca pelo corpo dele.

Nadia queria jogar baralho, não antes nem depois, mas no lugar de.

Kyra avisou que só faria aquilo se a sua melhor amiga Ella pudesse participar.

Zoe era puro fogo e se consumia em quinze minutos.

Masha era puro fogo e levava duas horas para queimar.

Marisa era a garota que gostava de papear, e Marta era a garota que não gostava.

Sofia gostava de tudo, contanto que não precisasse fazer nada.

Sonia era a garota mais divertida, até que, após vários encontros, num sábado à noite, ela se tornou a garota de coração partido e de repente não era mais divertida, nem de coração partido. Era uma fera.

Lara quis saber se Alexander já havia matado outro ser humano.

Zhenya quis saber se Alexander desejava ter um filho.

E então ele começou a esquecer de seus nomes.

Isso aconteceu quando começou a se deixar levar com menos frequência. Ele voltava a encontrá-las, fitando seus olhos e suas bocas, tentando despi-las por completo, desejando uma conexão, desejando algo mais, porém, era sempre um desejar, um esquecer, um continuar. Estava com elas nas noites de sexta, de sábado e de domingo, e nas noites de sentinela e nas tardes de sábado; poucas vezes durante o dia, para a insatisfação de Alexander, que gostava de assistir às mulheres em seu torpor.

Embora gostasse delas, precisando delas e desejando-as, começou a se distanciar, a olhá-las com expressão severa e a tratá-las com displicência, indiferente ao prazer delas, e logo, inexplicavelmente, elas se mostraram mais interessadas nele!

Cada vez mais as garotas gostavam da sua companhia, gostavam de caminhar ao longo da Avenida Niévski de braços dados com ele e, na despedida, apertar-lhe o corpo e agradecer, sussurrando "obrigada", e de voltar no próximo final de semana quando ele já estaria com outra garota ou com outras três. Cada vez mais elas esperavam algo que ele não sabia o que era, embora soubesse que não tinha nada a oferecer.

— Quero mais, Alexander — ela disse. — Quero mais.

Ele sorriu e respondeu:

— Acredite, estou lhe dando tudo.

— Não, eu quero mais — ela insistia.

Enquanto voltavam do passeio, Alexander disse numa voz fria e resignada:

— Sinto muito, mas o que me pede é impossível. Estou no meu limite.

A cada garota que ele olhava, tocava e beijava, e com quem fazia amizade, Alexander pensava, "*Será ela?*". Já tive quase todas, terá *ela* vindo e partido? *Vindo* e partido, sem que eu a notasse?

Ocasionalmente, antes dos sonhos, antes que a escuridão caísse sobre ele, em algum trem ou barco, ou sob as estrelas, Alexander voltava a ver o celeiro, a sentir o cheiro de Larissa e ouvir seus gemidos de prazer, e lamentava algo perdido para sempre.

CAPÍTULO TREZE

O jantar na casa dos Sabatellas, 1943

FINALMENTE, num domingo de outubro, Tatiana aceitou o convite para jantar na casa de Vikki. Os Sabatellas viviam na esquina das ruas Mulberry e Grand, em Little Italy.

Ao passarem pela porta, Tatiana ouviu uma voz estridente e um grito, "*Gelso-Mi-na!*". Uma mulher rechonchuda e de baixa estatura, de pele morena e cabelos castanhos, veio da cozinha.

– Disse que estaria aqui três horas atrás.

– Desculpa, vovó. Tatiana ainda estava trabalhando. Não sei o que ela tanto faz naquele hospital. Tatia, esta é minha avó, Isabella. E este é o filho dela, vovó, o Anthony.

A mulher abraçou Tatiana com os braços sujos de farinha e em seguida pegou no colo o corpinho de três meses e meio e o levou até a cozinha, onde o colocou sobre o balcão, causando a impressão em Tatiana de que, se ela não fosse imediatamente resgatá-lo, Isabella prepararia *zeppoles* dele.

– Gelsomina? – sussurrou Tatiana, enquanto tomava uma taça de vinho com a amiga na cozinha.

– Não me pergunte. Significa jasmim. Tem alguma coisa a ver com minha falecida mãe.

– Sua mãe não está morta! – gritou Isabella contrariada, fazendo um carinho no bebê. – Ela está na Califórnia.

– Ela está na Califórnia – explicou Vikki. – Califórnia em italiano significa purgatório.

– Não diga isso. Você sabe o quanto ela está doente.

– Sua mãe está doente? – sussurrou Tatiana.

– Está. Doente da *cabeça* – respondeu Vikki.

– Pare com isso, malvada! – exclamou Isabella, sorrindo radiante para Anthony.

– Proibi que perguntassem do pai da criança – disse Vikki num tom de voz que todos podiam ouvir. – Tudo bem?

– Tudo, Vikki – murmurou Tatiana.

Tatiana gostou do apartamento, amplo e acolhedor, com janelas enormes, estantes de livros altas e móveis espaçosos, porém, ficou um pouco incomodada com a escolha das cores: do carpete às paredes, dos rodapés às cortinas de veludo, tudo no apartamento era da cor do vinho tinto que ela bebia.

Tatiana foi apresentada ao marido de Isabella, um homem miúdo e bem mais discreto que a esposa, na sala de estar vermelho borgonha e móveis em madeira escura.

— Quando conheci o meu Travis, o avô de Vikki... — disse Isabella durante o jantar, com Anthony em um dos braços e servindo lasanha a Tatiana com a outra mão. — Vikki, passe o pão e a salada para Tatiana e não fique aí parada, sirva mais vinho, pelo amor de Nossa Senhora. Onde eu parei? Ah, quando conheci Travis...

— Já disse isso, mulher — observou calmamente Travis, olhando de relance para Tatiana e coçando a careca como se pedisse desculpas.

— *Prego*, não me interrompa. Quando o conheci, você estava para se casar com minha tia Sophia.

— Não diga isso para *mim*! Eu sei. Diga a *ela*!

— Ah — exclamou Tatiana, decidindo que um pouco mais de pão e salada manteria sua boca ocupada. Ela comeria, eles falariam e todos teriam um agradável jantar.

— A irmã caçula de minha mãe — detalhou Isabella. — Travis e eu nos conhecemos numa cidadezinha da Itália. Perto de Florença. Sabe onde fica Florença?

— Sim — respondeu Tatiana. — A mãe do meu marido era da Itália.

— Minha mãe me mandou buscar Travis na estação ferroviária porque ele nunca encontraria o caminho. Morávamos no interior do vale, entre as montanhas. Minha tia Sophia ficou esperando enquanto fui buscá-lo.

Vikki disse:

— Sem a sua ajuda, vovó, ele *jamais* teria encontrado o caminho.

— Fique quieta, menina. O caminho de volta até minha casa tinha dez quilômetros. Depois de dois quilômetros, eu já sabia que não poderia viver um dia sem ele. Paramos numa taverna para beber vinho. Eu não bebia porque tinha só dezesseis anos, mas Travis me ofereceu um pouco da sua bebida. Bebemos da mesma taça... — ela parou de servir e se virou para Travis, que comia a lasanha e fingia não estar prestando atenção. — Não sabíamos o que fazer — prosseguiu Isabella. — Minha tia tinha 27 e Travis tinha a mesma idade. Eles iam se casar e não tinha como fugir. Estávamos sentados na taverna nos montes próximo à Florença e não sabíamos o que fazer. Adivinhe o que fizemos? — Isabella cutucou Travis, que derrubou o garfo e reclamou. — Não voltamos para casa. Combinamos de ir para Roma e escrever de lá para minha família. Em vez de Roma, pegamos o trem para Nápoles, e então o barco de Nápoles para a Ilha Ellis. Viemos para cá só com a roupa do corpo em 1902.

Tatiana havia parado de comer e observava o casal.

– Sua tia a perdoou?

– Ninguém me perdoou.

– A mãe dela não escreve para ela até hoje – disse Travis de boca cheia.

– Bem, ela está morta, Travis, dificilmente conseguiria escrever.

– Alexander, há quanto tempo ama minha irmã? – perguntou Dasha, faminta e moribunda.

– Nunca, eu nunca a amei – ele responde. – Amo você. Você sabe o que há entre nós.

– Você disse que quando conseguisse licença no verão, viria para Lazarevo e nos casaríamos – disse Dasha, tossindo.

– Sim. Virei a Lazarevo na minha licença e vamos nos casar – disse Alexander a Dasha, irmã de Tatiana.

Tatiana baixou a cabeça e apertou os dedos.

– Tivemos duas filhas nos Estados Unidos – continuou Isabella. – Travis queria um menino, mas Deus decidiu o contrário. – Suspirou. – Tentamos um filho, mas tive três abortos. – Isabella olhou para Anthony com desejo, e Tatiana sentiu novamente vontade de segurar o filho, como para de alguma forma demonstrar quem o possuía.

– Em 1923, nossa filha mais velha, Annabella, teve a Gelsomina...

– E me chamou de *Viktoria* – salientou Vikki.

– E o que ela entende da vida? – disse altiva, Isabella. – Viktoria? Que tipo de nome italiano é esse? Nenhum. Francesca, a caçula, mora em Darien, no Connecticut. Ela vem nos visitar todos os meses. É casada com um homem bom, mas ainda não tem filhos.

– Vovó, a tia Francesca tem 37 anos. Ninguém tem filhos nessa idade.

– Estávamos destinados a ter um filho – disse Isabella, chorosa.

– Não é verdade – contestou Travis. – Se um filho estivesse no nosso destino, teríamos tido um filho. Agora devolva o bebê para a mãe e coma alguma coisa, mulher.

– Tatia, quem toma conta dele enquanto você trabalha? – perguntou Isabella, arrependida de ter devolvido Anthony para a mãe, que o apertou contra o peito e voltou a comer.

– Levo comigo ou fica dormindo. Às vezes algum soldado ferido ou um refugiado toma conta dele.

– Isso não é nada bom – sentenciou Isabella. – Se quiser, tomo conta dele para você.

— Obrigada, mas eu não poderia...

— Eu vou buscar e depois o levo de volta para Ellis.

— Isabella! — exclamou Travis. — Por mais que você queira, ele não é seu filho. Coma sua janta, pelo amor de Deus!

Tatiana sorriu para Isabella.

— Penso na sua ideia, pode deixar — disse. — E vocês têm muita sorte de estar juntos. É uma história maravilhosa.

— E você tem tanta sorte de ter seu filho — disse Isabella.

— Sim.

— Onde está a sua família?

Tatiana não respondeu.

— Você tem mãe, criança?

— Eu tive.

— E seu pai?

— Morto, também.

— Irmãos?

— Sim. Mortos.

— Avós.

Tatiana balançou a cabeça.

— Todos mortos.

Isabella e Travis pararam de comer. Vikki ainda mastigava, mas não piscava ao encarar Tatiana.

— O cerco alemão a Leningrado há dois anos. Não tinha comida — disse, e se calou.

23 de junho de 1940 — Aniversário de Tatiana e Pasha. Estão completando dezesseis anos, e os Metanova celebram em sua dacha *em Luga. A varanda é pequena demais para acomodar dezessete pessoas, então colocaram a mesa emprestada no quintal de amoreiras. Estão presentes os sete membros da família Metanova, a irmã de papai, seu esposo e filha, a* babuchka *Maya, e seis membros da família Iglenko. Papai trouxe caviar negro de Leningrado e esturjão defumado. Trouxe arenque com batatas e cebolas, e mamãe preparou* borscht *e cinco tipos diferentes de salada russa. A prima Marina fez torta de cogumelos, Dasha, torta de maçã, a avó paterna fez profiteroles e a* babuchka *Maya pintou um quadro para ela. Seu pai também trouxe chocolates da cidade, pois sabe o quanto Tatiana os ama. Tatiana usa seu vestido branco com rosas vermelhas. É o seu único vestido bonito. Papai comprou-o na Polônia, há dois anos. É o seu vestido favorito.*

Todos bebem vodca, todos menos Tatiana; bebem até não conseguirem segurar os copos. Contam inúmeras anedotas sobre a política russa e comem até não aguentarem mais. Papai toca violão e canta músicas folclóricas russas e todos o acompanham, embora mal se lembrem da letra, embora sejam tão desafinados.

"Se soubesses
O quanto amo
As noites de Moscou"

– Quando fizer dezoito anos, Tatia – diz papai –, vou alugar um salão de festas no Hotel Astoria e faremos uma festa de verdade.

– Não fez uma festa para mim, papai – disse Dasha, que cinco anos atrás havia completado dezoito.

– Os tempos estavam difíceis em 1935 – explicou Papa. – Tínhamos tão pouco, mas agora estamos numa situação melhor e daqui a dois anos também estaremos. Faremos um brinde a você no Astoria, Dasha!

Tatia gostaria que seu aniversário de dezoito anos fosse na manhã seguinte para viver outro dia como aquele. A noite está quente, o aroma dos lilases adormecidos e das cerejeiras em flor impregna o ar, os grilos cantam alto e até os mosquitos estão acordados. Seus irmãos pulam sobre ela na grama, fazendo-lhe cócegas até Tatiana gritar, gemer e implorar "parem, *parem, meu vestido, meu vestido", e os adultos levantam outro brinde de vodca com mãos trêmulas, e papai pega o violão outra vez e Tatiana ouve sua voz profunda e inebriante repercutir nas amoreiras, nos ninhos, nas cerejeiras, arranhando no violão o lamento a Leningrado, do exilado Alexander Vertinsky:*

"Palavras incertas ouvidas ao longe
doces e infrutíferas palavras
Jardim de Verão, Fontaka e Neva
Por que voaram até aqui, palavras queridas?
Aqui o burburinho é o de uma cidade estrangeira
e são forasteiras as ondas que lambem a praia."

CAPÍTULO CATORZE

Na Prisão de Volkhov, 1943

SLONKO ESTAVA MORTO, mas o destino de Alexander ainda não estava definido. Havia sido enviado a Volkhov, onde teve de lidar com outra classe de idiotas, ainda mais mal-intencionados. Quando soube que Tatiana havia conseguido escapar das garras da União Soviética, seu estado de espírito mudou. O alívio que sentia misturava-se a uma melancolia que não o deixava em paz. Agora que a sua partida parecia irremediável, Alexander não sabia com quem zangar-se primeiro, se com a pessoa que o interrogou ou com o guarda que apontou o fuzil para ele; porém, a pessoa a quem mais odiava era a si mesmo enquanto andava de um lado a outro da cela mais espaçosa de Volkhov.

Tatiana havia partido e havia ido por causa de Alexander. Havia partido com o filho dele no ventre. Em qual mês da gravidez estaria? Daria à luz em breve?

Em Volkhov, como em Leningrado, mas diferentemente de Morozovo, havia duas cadeias: uma para crimes comuns e outra para crimes políticos. A diferença não era precisa, e Alexander acabou na prisão de criminosos comuns. As celas daquele presídio eram melhores. Lembrou-se da cela menor e malcheirosa de Kresty, onde havia permanecido alguns dias antes de ser colocado no trem para Vladivostok, após a prisão em 1936, antes. Na prisão de Vladivostok, as celas eram maiores, com dois beliches, pia e banheiro; eram fechadas por uma porta de aço com uma pequena abertura por onde introduziam a comida.

Recebia pão e aveia, e por vezes um pedaço de carne de origem desconhecida. Para beber havia água e ocasionalmente chá. Alexander recebia dois ou três vales diariamente que podiam ser trocados por tabaco ou vodca, mas ele os guardava. Alexander não gostava de vodca, mas com o tabaco a história era outra. Ficava fissurado por um cigarro; a boca e a garganta ansiavam pelo calor do fumo, e os pulmões, pela nicotina. No entanto, decidiu não fumar. O desejo pelo cigarro diminuía o vazio deixado pela falta de Tatiana. Há cinco meses havia sido ferido nas costas durante a Batalha de Leningrado, e agora restavam os terminais nervosos doloridos em volta da cicatriz enrugada e proeminente que finalmente havia se fechado.

Alexander economizava os vales e andava de um lado a outro da cela. Tinha o uniforme e as botas, mas o medicamento de sulfonamida havia acabado há muito tempo. A morfina tinha sido usada em Slonko. Sua mochila havia sumido.

Alexander não voltara a ver Stepanov desde a noite da morte de Slonko, então não podia perguntar o que havia acontecido com a mochila, que apesar das várias coisas inúteis e descartáveis, continha algo que não era nem uma coisa nem outra: o vestido de noiva de Tatia. De qualquer forma, não seria capaz de olhar para ele. Afinal, sequer era capaz de pensar nele.

Mas não era isso que o atormentava enquanto andava pela cela. Seis passos de uma parede à outra, dez passos da porta até a janela no fundo da cela. O dia inteiro, enquanto o sol brilhasse, Alexander percorria a extensão da cela, e quando não suportava mais seus pensamentos, contava os passos. Numa tarde foram 4.572 passos. Noutra, 6.207. Desde o café da manhã até o jantar, Alexander contava os passos que separavam as paredes do cárcere, para esquecer Tatiana e suportar a escuridão. Não pensava no futuro nem no passado. Não podia prever o que o aguardava em curto prazo. Alexander não sabia o que o aguardava nos próximos anos e talvez, se fosse capaz de saber, teria preferido a morte enquanto andava pela cela naqueles dias de chumbo. Mas, como o ignorava, escolheu a vida.

Por fim, Alexander foi recebido por um tribunal militar. Após um mês caminhando dentro da cela, tendo juntado noventa vales de tabaco, compareceu na frente de três generais, dois coronéis e Stepanov. Alexander se apresentou uniformizado, usando um quepe inferior ao seu elegante quepe de oficial, que havia sido entregue a sua esposa.

— Alexander Belov, estamos aqui reunidos para decidir o que fazer com você — disse o general Mekhlis, um homem delgado e nervoso, que se parecia com uma cruz de madeira envelhecida.

— Estou preparado — respondeu Alexander. Havia passado um mês encarcerado. Por que o tempo parecia ter passado mais lentamente do que o mês com Tatiana em Lazarevo?

— É acusado de vários delitos.

— Estou ciente das acusações, senhor.

— É acusado de ser um cidadão americano, um estrangeiro infiltrado no Exército Vermelho com o propósito de nos sabotar durante a pior crise que nosso grande país já enfrentou. Corremos o risco de sermos extintos pelos alemães. Entende por que não podemos permitir espiões estrangeiros em nossas tropas?

— Eu entendo. E posso me explicar.

— Prossiga.

— Tudo que mencionou são mentiras sem fundamento que têm o objetivo de denegrir minha imagem. Minha ficha no Exército Vermelho desde 1937 é a minha melhor defesa. Sou um soldado leal, obediente aos meus superiores, e nunca fugi de uma batalha. Servi honradamente ao meu país contra a Finlândia e a Alemanha. Na Grande Guerra Patriótica, participei em quatro tentativas de romper o cerco a Leningrado. Fui ferido duas vezes, da segunda vez quase perdi a vida. O homem que me acusa de ser estrangeiro está morto, abatido por nossas tropas enquanto tentava fugir da União Soviética. Devo lembrá-los de que aquele homem era um *soldado raso* no Exército Vermelho. Era responsável pelo abastecimento dos destacamentos de fronteira. A sua tentativa de fuga é que configura um ato de deserção e traição. Estão levando em consideração as palavras de um reconhecido desertor do Exército Vermelho contra as palavras de um oficial condecorado?

— Não me diga o que devo pensar, Major Belov — disse o general Mekhlis.

— Não teria a presunção, senhor. Apenas apresentei um fato — Alexander esperou. Os homens sentados à mesa confabularam brevemente enquanto Alexander mantinha o olhar fixo no lado de fora da janela. Ele respirava profundamente. Fazia muito tempo que não ficava ao ar livre.

— Major Belov, você é Alexander Barrington, filho de Jane e Harold Barrington, condenado por traição em 1936 e 1937?

A única reação de Alexander foi piscar.

— Não, senhor.

— Você é Alexander Barrington, que saltou do trem a caminho do reformatório em 1936 e foi dado como morto?

— Não, senhor.

— Alguma vez já ouviu falar em Alexander Barrington?

— Apenas por meio destas acusações.

— Tem conhecimento de que sua mulher, Tatiana Metanova, desapareceu, e acredita-se que ela tenha fugido com o soldado Chernenko e o doutor Sayers?

— Não. Estou ciente de que o doutor Sayers não estava fugindo e de que o soldado Chernenko foi morto a tiros. Estou ciente de que minha esposa está desaparecida. O camarada Slonko contou-me antes de morrer — Alexander tossiu alto para dar ênfase — que ela estava sob a custódia da NKGB. Contou-me também que ela havia assinado uma confissão que me identificava como o homem que Slonko procura desde 1936.

Os generais se olharam com surpresa.

— Sua esposa não está sob nossa custódia — disse vagarosamente Mekhlis. — O camarada Slonko não está mais aqui para se defender, nem Chernenko.

— Sim, claro. Mas eu estou aqui para me defender.

— Major Belov, como o senhor explica os atos de sua esposa? Não acha peculiar deixá-lo aqui enquanto foge...

— General, se me permite — interrompeu Alexander. — Minha esposa não estava fugindo. Esteve em Morozovo a pedido do doutor Sayers e com a permissão da administração do hospital Grechesky. Estava sob a sua supervisão.

— Acredito que, mesmo sob a supervisão do doutor Sayers, sua esposa não tinha permissão para deixar a União Soviética — disse Mekhlis.

— Não estou convencido de que ela tenha deixado o país. As informações que tenho são desencontradas.

— Ela entrou em contato com você?

— Não, senhor.

— Isso não o preocupa?

Alexander pisca.

— Não, senhor.

— Sua esposa grávida desaparece e não entra em contato com o senhor. E isso não o preocupa?

— Não, senhor.

— As unidades que verificaram os documentos da enfermeira que acompanhava o doutor Sayers negaram veementemente que ela portasse documentos soviéticos. Mesmo não se lembrando do nome, garantem que os documentos eram da Cruz Vermelha americana. Isso não é uma boa notícia para você nem para a sua esposa.

Alexander gostaria de observar que era uma boa notícia para a esposa, mas manteve-se calado.

— É a minha esposa quem está sendo julgada por este tribunal? — perguntou.

— Estaria se não estivesse desaparecida.

— Mas ela não está sendo julgada aqui. — repetiu Alexander. — O senhor me perguntou se sou o americano Alexander Barrington e eu neguei. Não sei o que o paradeiro de minha esposa tem a ver com as acusações contra mim.

— Onde está a sua esposa?

— Não sei.

— Há quanto tempo estão casados?

— Em junho completará um ano.

— Espero que o senhor não perca de vista os tantos homens sob o seu comando como fez com sua esposa.

Alexander piscou.

Os generais observavam Alexander. Stepanov não tirava os olhos dele.

Mekhlis disse:

— Major, gostaria de entender uma coisa. Por que alguém o acusaria de ser americano se não fosse verdade? O soldado Chernenko apresentou-nos tantos detalhes que seria impossível que tivesse inventado.

— Não estou dizendo que sejam inventados, mas que me confundiu com outra pessoa.

— Quem?

— Não sei.

— E por que acusaria você?

— Eu não sei, senhor. Dimitri Chernenko e eu tínhamos nossas desavenças. Às vezes achava que ele tinha inveja de mim, que sentia raiva porque eu havia me destacado no Exército Vermelho. Talvez quisesse me prejudicar, sabotar meu progresso. Ele também nutria um sentimento indesejado pela minha esposa. Estou certo disso. Nossa amizade não era mais a mesma.

— Major, você está exasperando o alto comando da 67ª divisão do Exército.

— Sinto muito. O que tenho a meu favor é minha ficha e meu nome. Não quero ambos desonrados por um covarde morto.

— Major, o que pensa que faremos com você caso nos conte a verdade? Se for Alexander Barrington, vamos averiguar a informação com as autoridades dos Estados Unidos. Podemos entrar num acordo e extraditá-lo.

Alexander sorriu discretamente.

— Senhor, com todo respeito, estou aqui sendo acusado de traição e sabotagem. O único acordo de transferência que vou obter será para o além.

— Está enganado. Somos pessoas razoáveis.

— Certamente, se tudo que preciso é dizer que sou americano, ou inglês, ou francês para ser enviado a qualquer país da minha escolha, por que qualquer um não faria isso?

— Mãe Rússia, esse é o motivo! — exclamou Mekhlis. — A lealdade ao seu país.

— É a lealdade, senhor, que me impede de dizer que sou um americano.

Mekhlis tirou o *pince-nez* e encarou Alexander.

— Aproxime-se, Major Belov. Quero olhar bem para o senhor.

Alexander se aproximou até quase tocar na lateral da mesa alta. Ele não precisou endireitar-se, pois já mantinha a postura ereta. Olhou resoluto para Mekhlis, que o fitava em silêncio. Por fim, o general disse:

— Major, vou lhe perguntar mais uma vez, e antes que você se precipite em responder, terá meia hora para pensar na sua resposta. Vai sair desta sala e, quando retornar, será questionado, pela última vez. Estas são as perguntas que lhe apresento: você é Alexander Barrington, filho de Jane e Harold Barrington, nascidos nos Estados Unidos? Você foi preso em 1936 por crimes contra a pátria-mãe e fugiu enquanto era transportado para Vladivostok? Você se infiltrou nas tropas do Exército Vermelho sob o falso nome de Alexander Belov após terminar o ensino médio? Você tinha a intenção de deserdar do Exército Vermelho e escapar pela Carélia durante a guerra da Finlândia em 1940, mas foi detido por Dimitri Chernenko? Você tem sido um agente duplo durante os sete anos que esteve no Exército Vermelho? Não, não responda. Você tem trinta minutos.

Alexander foi conduzido para fora do prédio. Como era bom estar ao ar livre! Ficou sentado num banco, vigiado por dois guardas, parados um de cada lado dele, enquanto sentia a brisa quente de maio. Lembrou-se de que em breve completaria 24 anos. Alexander estava sentado, o sol brilhava, o céu estava azul e o ar tinha o aroma de lilases distantes, de jasmim em flor e de água doce.

Chega a guerra, 1939

Como parte da guarnição de Leningrado, aquartelada nas instalações militares de Pavlov, antigamente pertencentes aos guardas do Czar, Alexander era responsável por patrulhar as ruas, por vigiar o Neva e as fortificações da fronteira entre Finlândia e Rússia. Vladimir Lenin havia vendido metade da Rússia em março de 1918, Carélia, Ucrânia, Polônia, Bessarábia, Letônia, Lituânia, Estônia, para garantir a sobrevivência do inexperiente Estado comunista. O istmo da Carélia havia sido entregue à Finlândia.

Depois de Hitler e Stalin dividirem a Polônia em setembro de 1939, Stalin recebeu garantias de Hitler de que a "campanha" contra a Finlândia com o objetivo de reclamar a terra em disputa não seria vista como um sinal de agressão contra a Alemanha. Em novembro de 1939, Stalin atacou a Finlândia para retomar o istmo de Carélia. Não importava o quanto o comando insistisse nisso, Alexander recusava-se a chamar a guerra contra a Finlândia de campanha contra a Finlândia. Uma campanha eram dois homens cruzando o interior de carro e cumprimentando o eleitorado e em seguida esperando o resultado da pesquisa de intenção de votos. Sempre que um território era tomado com tanques, fuzis e morteiros, e com a vida humana, deixava de ser campanha para tornar-se guerra.

Alexander lutou a primeira batalha nos pântanos da imensa floresta da Carélia. Infelizmente, Komkov estava totalmente certo quanto a Dimitri. Na batalha, Dimitri se mostrou um frouxo, miseravelmente medroso e covarde, palavras que o oficial gritava direto no rosto amedrontado de Chernenko antes de amarrá-lo a uma árvore para impedir que ele desertasse. Se Alexander não tivesse se oposto, Komkov teria atirado em Dimitri, decisão de que se arrependia a cada minuto desde então.

Mesmo sem a ajuda de Dimitri, os soviéticos acabaram conseguindo dominar a inconquistável Finlândia. Quando a guerra terminou, Alexander contou os corpos. Os vinte finlandeses que haviam atacado o bosque estavam mortos; os números poderiam ser considerados um sucesso, não fosse o fato de Alexander ter tido de sacrificar 155 soldados do Exército Vermelho para isso. Somente 24 soldados regressaram a Lisiy Nos com Alexander; 24 mais Dimitri. Komkov não retornou.

Em 1940, os finlandeses enviaram mais tropas ao sul da Carélia e se apoderaram dos trinta metros que haviam perdido para os soviéticos, e mais outros vinte quilômetros, além da vida de mais de milhares de homens soviéticos. Alexander viu-se responsável por três pelotões de soldados que nunca haviam lutado numa guerra e recebeu ordens para empurrar o exército finlandês do istmo de Carélia de volta a Vyborg. De acordo com o Exército Vermelho, Vyborg precisava estar sob seu poder. Para Alexander, uma vez que penetrassem na fronteira, estariam a poucas centenas de quilômetros de Helsinque. Levaria Dimitri com ele porque honraria sua promessa feita ao antigo amigo. Alexander pressentiu que a oportunidade para a fuga havia chegado.

Em março de 1940, durante os últimos dias do que se convencionou chamar de *campanha*, Alexander serviu sob o comando do Major Mikhail Stepanov, um comandante austero e de olhar impenetrável. Alexander recebeu um morteiro e trinta homens, incluindo o jovem filho do comandante, Yuri. O grupo deveria conquistar a área do pântano próximo a Vyborg. Trinta fuzis e três morteiros não foram suficientes para derrotar o reforçado exército finlandês. O pelotão de Alexander foi incapaz de penetrar nas linhas inimigas, nem outros cincos pelotões que atacavam por terra a partir do Golfo da Finlândia.

Quando Alexander finalmente recuou para Lisiy Nos com apenas quatro dos trinta soldados, o Major Stepanov perguntou do filho, e Alexander disse que não sabia o que havia acontecido com Yuri. Sabia apenas que seu companheiro de armas havia morrido em combate. Alexander se ofereceu a voltar ao pântano em busca de Yuri. O major concordou de imediato e ordenou que Alexander levasse mais um homem com ele.

Alexander levou Dimitri e também os dez mil dólares. Os dois partiram carregando apenas o dinheiro, alguns fuzis e granadas e entraram nas terras encharcadas dos arredores do golfo sem a menor intenção de retornar à União Soviética.

Encontraram Yuri Stepanov.

— Ele está vivo, Dima! — exclamou Alexander, virando o corpo do garoto. O soldado apenas respirava. Alexander enfiou os dedos na boca de Yuri e abaixou a língua para facilitar a respiração. — Está vivo — repetiu, olhando para Dimitri.

— Está, um pouco. — Dimitri olhou ao redor. — Vamos embora. Não temos tempo para ficar aqui parados.

Alexander rasgou o uniforme de Yuri e viu o torso coberto com sangue marrom e viscoso. Não sabia dizer quanto de sangue havia perdido, mas a julgar pela palidez do garoto, deveria ter sido muito.

Yuri Stepanov abriu os olhos e levantou a mão para tocar Alexander. Tentou dizer algo, mas não conseguiu.

— Vamos sair daqui, Alexander! — exclamou Dimitri.

— Fique quieto, Dimitri! — exclamou Alexander, sem fitá-lo. — Me deixe pensar por um minuto. Um minuto apenas, pode ser?

Ajoelhado ao lado de Stepanov, Alexander ouvia a respiração difícil do garoto e observava seu rosto sem cor. A trinta metros havia um trecho da fronteira com a Finlândia sem vigia. A trinta metros estava a mata da costa do golfo. A trinta metros estava outro país que não a União Soviética. E naquele país estava o mar que levaria Alexander a Estocolmo, e em Estocolmo estava o edifício onde Alexander pediria sua liberdade. E então... Alexander veria Barrington, com seus telhados cinza e casas brancas de madeira entre as folhas da cor de cinábrio das árvores do bordo. Quase sentia o aroma do local. Respirou tão fundo, que lhe doeram os pulmões. Era a oportunidade de salvar a própria vida e a de Dimitri, que o havia ajudado a rever o pai. Voltaria a respirar o ar de sua terra natal.

Havia imaginado que a luta seria dura, que passaria frio e outras provações, que morreria se fosse preciso ou mataria quem avançasse contra ele. Mas não havia imaginado aquilo: um filho ferido e um pai esperando para revê-lo.

Suspirou outra vez. Não sentia mais o aroma de Barrington, mas o odor orgânico e um pouco acre de sangue seco, o odor metálico das armas e sulfuroso da pólvora. E tudo o que ouvia era o esforço dos pulmões de Yuri Stepanov a cada respiração.

Se fugisse, Alexander estaria deixando um jovem sozinho para morrer. Estaria deixando um pai sozinho para morrer. Estaria comprando sua liberdade com a morte do menino. Alexander fez o sinal da cruz. É um teste de Deus, pensou, para mostrar de que matéria sou feito.

Alexander levantou o ferido e o colocou sobre os ombros.

— Dima, preciso levá-lo de volta.

Dimitri empalideceu.

— O quê?!

— Você ouviu.

— Está louco? Não pode voltar. Não vamos voltar.

— Eu vou.

Na floresta tranquila, Dimitri soltou um grito silencioso. Já não se ouvia o estalo das árvores, o canto dos grilos e dos pássaros, apenas a fúria muda de Dimitri.

— O que está dizendo? — silvou ele. — Não viemos aqui por ele. Foi uma desculpa. Viemos para fugir.

— Eu sei, mas não consigo fazer isso. E você?

— É claro! — exclamou Dimitri. — Isso é a guerra, Alexander. Não diga que agora vai se importar com a vida dos milhares de homens que morreram sob o seu comando?

— Não os deixei morrer — contestou Alexander.

— Vamos seguir — disse Dimitri com firmeza.

— Tudo bem. Se você prefere fugir, dou metade do meu dinheiro. Vai levar você até Estocolmo e de lá você saberá o que fazer para chegar aos Estados Unidos.

— Do que está falando? O que quer dizer com *eu*? Você quis dizer *nós*, não é?

— Não, Dimitri, eu vou levar Yuri de volta, mas você está aqui e não há motivo para me acompanhar.

— Não vou sem você! — gritou Dimitri, a voz estridente atravessou a floresta.

— Tudo bem — concluiu Alexander. — Então vamos embora enquanto ele está vivo.

Dimitri não saiu do lugar.

— Se voltar para Lisiy Nos — disse entre os dentes —, levar Stepanov será sua última ação como militar do Exército Vermelho.

Com Stepanov nos ombros, Alexander aproximou-se de Dimitri.

— Está me ameaçando, Dimitri? — perguntou também entre os dentes.

— Estou.

Alexander recuou um passo e olhou com frieza para Dimitri.

— Tudo bem. Agora escute aqui você: faça o que quiser. Se me denunciar, terá sido ainda mais importante salvar a vida deste garoto.

— Ah, vá pro inferno!

— Teremos outra oportunidade de fugir! Conhecemos o caminho e vamos poder voltar. Esta foi a nossa primeira chance, não foi a última. Vamos voltar e escapar. Se você me entregar para a NKVD, nunca vai conseguir fugir da União Soviética. Vai apodrecer neste país até o fim da vida. — Alexander fez uma pausa. — Escreva o que estou dizendo: a Europa vai entrar em guerra contra Hitler. E se eu estiver vivo, teremos outra chance. O que acha? Se você não tem coragem de fugir sozinho, vai ter de ficar calado até eu conseguir tirar nós dois daqui. — Alexander fez outra pausa. — Deixe de bobagem e vamos levar o garoto para o pai.

— Não.

— Então, faça a bobagem que quiser.

O assunto estava encerrado para Alexander. De repente, Dimitri virou-se e começou a andar. Alexander podia ouvir os passos raivosos de Dimitri atrás dele. Dimitri era um covarde e, como tal, poderia atirar em alguém pelas costas, mas não se essa pessoa tivesse algum dia prometido ser seu guarda-costas.

Depois de caminhar em silêncio pelo pântano lúgubre durante várias horas, chegaram à base. Embora já estivesse anoitecendo, Mikhail Stepanov aguardava na entrada da mata junto a um agente de fronteira da NKVD. O comandante caminhou trêmulo na direção de Alexander.

— Está vivo? — balbuciou, esforçando-se para articular aquelas palavras.

— Sim — respondeu Alexander. — Mas precisa de um médico.

Stepanov pegou o filho nos braços e o carregou até o hospital de campanha. Deitou-o num dos leitos e permaneceu em silêncio enquanto Yuri recebia transfusão de sangue, morfina e remédios à base de sulfonamida. Alexander e Stepanov lavaram o corpo do garoto, e o médico deu pontos em três buracos de bala. Yuri havia ficado muito tempo com as balas no corpo e as feridas estavam infeccionadas.

Alexander saiu para comer e fumar e logo voltou para o lado de Stepanov. Yuri recobrara um pouco a consciência e balbuciava algumas palavras para o pai.

— *Papochka*, vou melhorar?

— Vai, filho — afirmou Stepanov, segurando a mão do filho.

— Tive sorte. Poderia ter sido pior — disse, olhando de relance para Alexander. — Não é, tenente?

— Isso mesmo, soldado — respondeu Alexander.

— Mamãe ficará orgulhosa de mim. Vou lutar outra vez? Ou o tenente vai me dar folga para poder visitá-la?

— Você pode ficar com ela o tempo que quiser — disse Alexander.

Nesse momento, Alexander percebeu a expressão desolada de Stepanov.

— Onde está a mãe dele?

— Morta desde 1930.

— Papai?

— Sim?

— *Você* está orgulhoso de mim?

— Muito, filho.

Durante várias horas, ficaram ao lado de Yuri, perdidos em pensamentos, escutando a respiração difícil do menino e contemplando o lento piscar de seus olhos.

Por fim a respiração deixou de ser trabalhosa e os olhos pararam de piscar. O Major Stepanov baixou a cabeça, e Alexander, sem conter a emoção, saiu da tenda. Stepanov, ao sair, encontrou Alexander fumando encostado em um caminhão de abastecimento.

— Eu sinto muito, senhor.

Stepanov estendeu a mão a Alexander.

— Você é um bom soldado, tenente Belov — disse com a voz embargada. — Estou no Exército Vermelho desde 1921 e posso garantir que você é o melhor soldado que já conheci. Você foi corajoso ao enfrentar o perigo. Onde aprendeu a agir assim? Não diga que sente muito, mas que fez o seu melhor. Graças a você, tive a chance de me despedir do meu único filho. E graças a você, ele será enterrado. Ele vai poder descansar e eu também — agradeceu Stepanov sem soltar da mão de Alexander.

— Não foi nada, senhor — disse Alexander, abaixando a cabeça.

A Guerra de Inverno terminou alguns dias depois, em 13 de março de 1940. Os soviéticos não recuperaram Vyborg.

Perante Mekhlis, 1943

Haviam perguntado quem ele era, e o prazo para responder havia acabado. Alexander se colocou de pé e lembrou-se de outra estrofe do poema de Kipling, como se ouvisse o pai declamando:

Se colocas todos os teus ganhos num monte,
e os arriscas num jogo de azar,
e perdendo-os logo recomeças de novo a juntar
sem nunca reclamar.

Quando ficou diante do tribunal, Alexander estava quase contente.

— Então, Major, pensou bem?

— Sim, senhor.

— E qual é a sua resposta?

— Minha resposta é que sou o major do Exército Vermelho Alexander Belov, natural de Krasnodar.

— Então não é o expatriado americano Alexander Barrington?

— Não, senhor.

Os membros do tribunal ficaram em silêncio. Alexander gostaria de ainda estar lá fora e desfrutar daquele dia fresco de maio. Os militares estavam sombrios e haviam parado de conversar, e Alexander também ficou sombrio e pensativo. Um dos generais batia com um lápis na mesa de madeira. Stepanov olhou discretamente na direção de Alexander e, quando seus olhares se encontraram, Stepanov assentiu levemente com a cabeça.

— Temia que sua resposta fosse essa, Major — disse finalmente o general Mekhlis. — Se houvesse dito que sim, iríamos conversar com o Departamento de Estado dos Estados Unidos. A questão agora é o que fazer com você. Tenho total autoridade para decidir o seu destino. Meus colegas e eu debatemos seu caso enquanto esteve lá fora e temos nas mãos uma decisão difícil. Mesmo que esteja falando a verdade, as acusações que pesam sobre suas insígnias irão acompanhá-lo em toda a sua carreira militar. A onda de boatos, as suspeitas e as insinuações não vão ter fim, o que vai dificultar em muito o seu trabalho de oficial e o nosso de defendê-lo contra as falsas acusações que vão surgir dos soldados que se rebelarem contra as suas ordens.

— Estou acostumado a desafios, senhor.

— Nós não precisamos de desafios! — protestou Mekhlis, levantando a mão. — E não me interrompa, Major. Se você estiver mentindo, enfrentará os mesmos problemas, enquanto nós, que temos como função proteger o povo soviético, teremos cometido um terrível engano que nos custará a humilhação quando a verdade vier à tona. E você sabe que a verdade tarda, mas não falha. Então, percebe que falando a verdade ou mentindo você está nos colocando numa situação delicada?

— Se me permite, general — interrompeu-o Stepanov. — Estamos no meio de uma guerra sangrenta, em que perdemos mais homens do que podemos recrutar, e os oficiais de carreira também estão morrendo mais rápido do que nossa capacidade de substituí-los. O major Belov é um soldado exemplar. Não acredita que o exército possa recomendá-lo para algum trabalho? — Stepanov não foi interrompido e prosseguiu. — Poderia ser enviado a Sverdlovsk para fabricar tanques e canhões. Talvez às minas de ferro de Vladivostok, a Kolyma ou a Perm-35. Em todos esses lugares, ele poderá se manter um membro produtivo da sociedade soviética.

— O que não falta são homens para as minas de ferro — debochou Mekhlis. — E por que desperdiçar um oficial do exército numa fábrica de canhão?

Alexander estava se divertindo e balançou imperceptivelmente a cabeça. *Muito bem, Coronel Stepanov*, pensou. *Eles, que alguns segundos atrás queriam me fuzilar, em breve estarão implorando para que eu permaneça no exército.*

Stepanov continuou na defesa de Alexander.

— Ele não é mais major. Perdeu a patente no dia da sua prisão, então não vejo nenhum problema em mandá-lo a Kolyma.

— E por que ainda o chama de major? — disse Mekhlis numa baforada.

— Porque ele continua a ser o que é mesmo tendo perdido as insígnias. Ele foi um oficial por sete anos. Comandou homens durante a Guerra de Inverno, lutou para manter os alemães do outro lado do Neva, enviou soldados para a Estrada da Vida e lutou ao lado dos seus soldados em quatro campanhas contra o cerco a Neva no verão passado.

— Fomos informados inúmeras vezes de sua ficha, Coronel Stepanov — disse Mekhlis, esfregando a testa aflitivamente. — Agora precisamos decidir como nos livrar dele.

— Minha sugestão é enviá-lo a Sverdlovsk — disse Stepanov.

— Não podemos fazer isso — objetou Mekhlis.

— Deixem que volte a ser major.

— Isso também é impossível — reafirmou o general.

Mekhlis refletiu em silêncio por alguns instantes.

— Major Belov — disse com um longo suspiro. — Os alemães estão bombardeando uma estrada de ferro próximo a Volkhov, no vale entre o lago Ladoga e Sinyavino, a partir de suas posições nas montanhas. Conhece a estrada de ferro?

— Sim, senhor. Minha esposa ajudou a construí-la quando rompemos o cerco.

— Por favor, deixe a sua esposa fora desta conversa, Major. Ela é um assunto delicado. De qualquer forma, aquela estrada de ferro é vital para o transporte de alimentos e de combustível para Leningrado. Decidi alocá-lo na unidade penal responsável pela reconstrução da ferrovia numa faixa ao longo de dez quilômetros entre Sinyavino e Lago Ladoga. Tem ciência do que é um batalhão penal?

Alexander ficou calado. Ele sabia. No exército havia milhares de homens que eram enviados sem nenhuma proteção a pontes que estavam sendo bombardeadas e construíam ferrovias embaixo de balas; homens que eram enviados à linha de frente numa batalha sem o apoio da artilharia, sem tanques ou fuzis. Nos batalhões penais, os homens recebiam fuzis rotativos: aquele que morresse primeiro deixava o fuzil para o sobrevivente. Os batalhões penais eram uma muralha de homens soviéticos colocados frente a frente com os pelotões de artilharia de Hitler.

Mekhlis estava calado.

— Algo mais, Major? Ah, você está oficialmente destituído de sua patente.

— Tudo bem. Estou recebendo o pedido para integrar o batalhão penal e não para comandá-los, correto?

— Incorreto. Está recebendo ordens para comandar os homens.

— Nesse caso, preciso de minha patente.

— Não pode mantê-la.

— Senhor, com todo respeito. Sem minha autoridade não sou capaz de comandar nem um animal, quanto mais homens embrutecidos e violentos de um batalhão penal. Se o senhor deseja que eu tenha controle sobre aqueles homens, preciso de meios para impor respeito. Do contrário, não serei de nenhuma valia ao Exército Vermelho, aos esforços de guerra, nem ao senhor. Os homens não irão obedecer a uma única ordem minha, a ferrovia não será reconstruída, os responsáveis pelo abastecimento e os solados irão morrer. Não pode me pedir para continuar no exército...

— Não é um pedido, é uma ordem.

— Senhor, sem a minha patente, não sou um oficial, e ser um oficial é a única coisa que eu sei ser. Coloque-me num batalhão penal, mas não me peça para estar no comando. Serei um suboficial, um sargento ou um cabo, sem problema. Mas se realmente deseja me usar a favor do exército, eu devo manter minha insígnia. — Alexander foi ousado ao dizer: — Certamente o senhor, como um general, sabe disso melhor do que ninguém. Esqueceu o que aconteceu ao general Meretskov? Sentou-se num calabouço aguardando sua execução. Em vez disso, as autoridades decidiram que ele deveria comandar o *front* Volkhov. Então, foi promovido a general e recebeu um exército em vez de apenas uma divisão. Como o senhor acha que ele teria tido sucesso no comando do seu exército se ainda fosse o camponês que realmente ele era? Quantos homens teria sido capaz de enviar para a morte se tivesse sido um suboficial em vez de um general? Você quer expulsar os alemães das montanhas de Sinyavino? Eu farei isso. Mas preciso da minha patente.

Mekhlis encarava Alexander com um olhar de resignação.

— Você conseguiu me cansar, Major Belov. Muito bem. Será enviado a Sinyavino em uma hora. O guarda irá escoltá-lo até a sua cela para você pegar as suas coisas. Vou rebaixá-lo e permitir que mantenha a patente de capitão, nada além disso. Onde estão suas medalhas?

Alexander gostaria de soltar uma risada de alívio, mas conteve-se.

— Foram tiradas de mim antes do interrogatório. Sinto falta da medalha de *Herói da União Soviética*.

— É uma pena — respondeu Mekhlis.

— Sim, senhor, uma pena. Também preciso de cuecas e armas novas, além de suprimentos. Um canivete e uma tenda; preciso de equipamentos novos, senhor. O meu equipamento antigo desapareceu.

— Precisa ter maior controle do seu equipamento, Major Belov.

— Não me esquecerei disso — disse Alexander com uma continência. — Capitão Belov, senhor.

CAPÍTULO QUINZE

Encontrando Ouspensky, 1943

ALEXANDER FOI ESCOLTADO até os fundos do acampamento, onde recebeu equipamentos e um uniforme adequado, sendo em seguida levado num caminhão até as barracas onde estavam centenas de soldados do batalhão penal, homens que não eram criminosos nem sobreviventes políticos. Descansavam no chão molhado, fumando e jogando baralho. Três brigavam e Alexander os separou. Um deles era Nikolai Ouspensky.

— Ah, você não! — exclamou Ouspensky.

— Que diabos faz aqui, soldado? — perguntou Alexander, apertando sua mão. — Você só tem um pulmão.

— O que *você* está fazendo aqui? Tinha certeza de que estava morto — disse animadamente Ouspensky. — Pensei que tivessem atirado em você. Com certeza, depois do interrogatório pelo qual eu passei por culpa sua, pensei que não tivesse sobrado nada de *você*.

Alexander ofereceu um cigarro a Nikolai e os dois se afastaram dos outros homens.

— Qual é a sua patente? Cabo?

— Continuo tenente — respondeu Ouspensky com indignação, em seguida, baixou o tom de voz —, mas rebaixado de primeiro para segundo-tenente.

— Ótimo. Sou seu comandante. Reúna vinte homens e faça que coloquem os trilhos para o trem passar. E me faça um favor, não conteste as acusações contra você. Diminui sua autoridade.

— Obrigado pela dica.

— Vá escolher os homens. Quem era o seu superior?

— Está brincando? Ninguém. Três capitães morreram nas últimas duas semanas. Então começaram a enviar os majores para a estrada de ferro. Dois morreram. Não sobrou ninguém. Os idiotas ainda não perceberam que, se os alemães têm uma visão privilegiada da ferrovia que constantemente bombardeiam, eles também têm uma boa visão dos homens na posição horizontal que estão consertando os trilhos. Só nesta manhã, perdemos cinco homens antes de colocarmos um único milímetro de trilho.

— Vamos ver como nos saímos durante a noite.

A escuridão da noite não ajudou muito. Dos vinte homens que foram com Ouspensky, voltaram treze, incluindo ele próprio. Desses, três estavam em estado crítico, dois superficialmente feridos, e um estava cego.

O homem cego fugiu durante a noite, foi detido às margens do lago Ladoga e morto no local pela NKGB.

A base militar entre as montanhas Sinyavino e o lago Ladoga estava montada numa faixa de terra plana e pantanosa com barracas de lona e algumas estruturas de madeira erguidas para os coronéis e os generais de brigada. Dois batalhões estavam aquartelados ali, englobando seis companhias, dezoito pelotões, 54 esquadrões, num total de 432 homens. Por causa da falta de oficiais para os cargos de comando, Alexander recebeu um batalhão inteiro, com 216 homens para serem enviados à morte.

Stepanov não estava naquela base, e Alexander não o viu depois da audiência com o tribunal. Devia ter regressado à guarnição de Leningrado, sua única casa durante tantos anos. Era o que Alexander esperava.

A chegada de Dasha Metanova, 1941

Era sábado e, como de costume, Alexander estava no Sadko, parado próximo ao balcão. Preferia ir ao clube dos oficiais; achava estranho socializar com os soldados de patente inferior. A distância entre eles era agora muito grande.

Alexander conversava com Dimitri quando percebeu com o canto dos olhos duas garotas que haviam parado do lado deles. Quando olhou novamente, notou que uma delas o fitava com interesse e sorriu educadamente. Dimitri virou a cabeça, analisou-as, levantou o olhar para Alexander e virou-se para elas.

— As garotas aceitam uma cerveja? — perguntou Dimitri.

— Claro — respondeu a mais alta e de pele mais escura, a mesma que não tirava os olhos de Alexander. Dimitri entabulava uma conversa amigável com a menor e menos atraente. Era difícil conversar no bar, e Alexander convidou a garota morena para dar uma volta.

— Claro — respondeu ela com um sorriso.

Era junho e a noite estava quente. Passava pouco da meia-noite e as luzes continuavam acesas. A garota cantarolou, tomou a mão de Alexander e riu no rosto dele.

— Vai me dizer seu nome ou vou ter de adivinhar?

— Alexander — ele respondeu, sem perguntar o dela, pois tinha dificuldade em guardar nomes.

— Não vai perguntar o meu?

Ele sorriu.

— Quer mesmo que eu saiba?

Ela olhou surpresa.

— Se eu quero que você saiba meu nome? Os soldados regrediram tanto assim? Nem perguntam mais o nome da garota?

— Hei, escute — disse Alexander, acariciando a garota. — Eu não sei a que nível os soldados regrediram. Eu só tenho a tendência para esquecer nomes.

— Quem sabe depois desta noite você nunca mais esqueça meu nome — ela disse com um sorriso sugestivo.

Alexander quis dizer que isso só não aconteceria se ela fizesse algo extraordinário.

— Ok. Qual é o seu nome? — limitou-se a dizer.

— Daria, mas todos me chamam de Dasha.

— Entendi, Daria-Dasha. Você vai me levar para algum lugar? Está sozinha em casa?

— Sozinha em casa? Que ideia! Nunca estou sozinha, nem por um segundo. Estão todos em casa. Mamãe, papai, Babuchka, Deduchka, meu irmão. E minha irmã dorme comigo na mesma cama. — Ela levantou a sobrancelha e riu. — Mesmo um oficial teria dificuldade em ficar com duas irmãs ao mesmo tempo?

— Depende — disse Alexander, enlaçando-a pela cintura. — Como é a sua irmã?

— Ela tem doze anos — respondeu Dasha. — Existe um lugar onde *você* possa me levar?

Alexander levou-a para sua barraca, que naquele dia estava à disposição dele.

Dasha perguntou se deveria despir-se.

— Não quero que ninguém apareça de surpresa — ela disse.

— Bem, estamos num acampamento militar, não no Hotel Europeu. Você pode se despir, mas o risco é seu.

— E você?

— Todos eles já me viram sem roupa — observou Alexander.

Ambos ficaram nus.

Alexander apreciou-a tanto quanto a outras garotas. O corpo voluptuoso era típico das russas: quadris largos, seios fartos, do tipo que levava homens como Grinkov, seu companheiro de quarto, à loucura. Entretanto, o que agradou Alexander em Dasha foi o seu jeito amigável e descontraído, que o fez sentir como se já a conhecesse. Dasha, por sua vez, respondeu a suas carícias como nenhuma outra garota, chegando mesmo a sussurrar:

— Ah, meu... Alexander, de onde você saiu?

— De onde eu venho? — perguntou, apoiando-se nos braços para erguer o tronco.

— Sim. Gosto do jeito como se move.

— Hum... Obrigado.

Tinham uma hora para ficar juntos, até que Grinkov chegasse com uma garota e não aceitasse o argumento de "não-hoje-não-é-o-seu-dia" como resposta.

Alexander acompanhou Dasha até a guarita.

— Vai lembrar meu nome quando eu voltar na semana que vem?

— Claro... Dasha, acertei? — brincou, sorrindo.

Na semana seguinte, ela voltou com a mesma amiga, mas, infelizmente, Dimitri já havia saído com outra garota e Dasha se recusou a abandonar a amiga. Os três acabaram passeando pela Avenida Niévski. Por fim, a amiga de Dasha pegou o ônibus de volta para casa e Alexander levou Dasha para as barracas, onde não era sua vez de ter privacidade e todas estavam lotadas.

— Você tem duas opções — ele disse. — Pode ir para casa ou entrar e ignorá-los.

A forma pela qual Dasha olhou para Alexander não permitia saber o que estava pensando.

— Bem, por que não? Minha mãe e meu pai nos ignoravam quando éramos crianças enquanto a gente fingia dormir. Estão dormindo?

— Nem perto disso.

— Ah. Então é um pouco demais para mim.

Alexander assentiu.

— Levo você para casa?

— Não precisa. — Ela veio na direção dele. — Gostei muito da semana passada.

Alexander ficou calado.

— Eu também. Vamos aos Jardins do Almirantado — ele acabou por sugerir.

No terceiro sábado em que se encontraram, foram ao Canal Moika. Ficaram na parte inferior do aterro, onde os barcos ancoravam. O local era tranquilo e reservado. Dasha não gemeu alto, nem Alexander, que tinha prática no assunto.

— Posso chamá-lo de Alex?

— Pode.

— Alex, fale um pouco de você. — Dasha sorriu. — É um homem tão interessante.

Haviam terminado e ele desejava voltar à base onde poderia cair na cama e dormir. Seu domingo começava impreterivelmente às sete horas, independentemente do horário até o qual as garotas o haviam mantido acordado.

— Por que não conta algo de *você*?

— O que quer saber?

— Muitos soldados antes de mim?

— Não muitos. — Dasha riu. — Alexander, você não quer conversar sobre *isso*. Porque nesse caso eu também tenho perguntas para você.

— Tudo bem.

— Muitas mulheres antes de mim?

Ele riu.

— Não muitas.

Ela sorriu.

Ele sorriu.

— Vou te contar um segredo, Alex. Desde que nos conhecemos há três semanas, não consigo parar de pensar em você.

— Verdade?

— Verdade. E não estive com nenhum outro homem desde então. — Ela ficou quieta. — Pode dizer o mesmo?

— Sem dúvida! Não estive com nenhum outro homem desde então.

Dasha deu um tapa fraco nele.

— Pare. Tem tempo para mais uma?

— Não. — Alexander não queria contar que não tinha outro preservativo. — Venha me ver na próxima semana. Vou ter tempo.

— Deixa disso — disse para provocá-lo. — Prometo que vai ser rápido.

— Não, Dasha. Semana que vem.

Quando voltou para as barracas, Alexander encontrou nos corredores entre os beliches uma garota bonita e simpática com quem havia ficado em maio. Estava bêbada e garantiu a Alexander que não iria embora até que ele desabotoasse as calças. E foi o que ele fez.

Durante a longa semana que se sucedeu, Alexander ficou de sentinela, o que incluía uma dupla de garotas que Dimitri havia arranjado para eles. Quando o sábado chegou, ele foi ao Sadko e, como já era quase natural, precisava de uma garota. Encontrou uma que não via há algum tempo, e depois de algumas doses, foram para um beco nos fundos do bar, onde ele a possuiu contra a parede.

— Você não vai jogar o cigarro?! — ela perguntou.

Alexander ficou surpreso ao ver que ainda estava com o cigarro na boca. Ele mandou a garota para casa e voltou ao Sadko.

Sentiu dois braços ao redor da sua cabeça e uma voz dizendo:

— Adivinhe quem é?

Ele se virou e viu Dasha. Cumprimentou-a com um sorriso. Desta vez ela tinha ido sozinha.

Alexander imaginou que a sua noite de sábado estivesse encerrada, mas a de Dasha estava apenas começando, então se sentiu na obrigação de lhe pagar uma bebida e conversar com ela. Fumaram alguns cigarros, fizeram algumas brincadeiras e ela o arrastou para fora do bar.

– Dasha, está tarde. Amanhã levanto às sete.

– Eu sei – ela disse, acariciando o braço de Alexander. – Você está sempre com pressa. Sempre correndo para algum lugar. Qual a pressa, Alex?

Alexander suspirou.

– O que sugere?

– Não sei. – Ela sorriu. – O mesmo da semana passada?

Ele tentou se lembrar, mas por algum motivo a semana havia se apagado de sua mente. Sabia que, se não lembrasse, Dasha ficaria contrariada. Mas entre a última semana e esta semana havia tido... ele tentava manter o foco. Havia tido tanta conversa sobre a iminência da guerra.

– Não se lembra? O parapeito em Moika?

Agora se lembrava: estiveram no canal.

– Quer ir lá de novo?

– Mais do que qualquer coisa.

– Então, vamos.

Quando terminaram já era quase uma hora.

– Alexander – disse ela, arfando, sentada em cima ele –, você é um amante extenuante... e eu não digo isso facilmente.

– Obrigado.

– Você está se divertindo?

– Claro.

– Você não fala muito, não é?

– Sobre o que quer falar?

Ela riu.

– Você acha que já dissemos tudo?

– Já dissemos tudo que *eu* precisava.

– Quer me ver na próxima semana?

– Claro.

– Tem algum dia livre? Talvez queira vir jantar na minha casa. Não moro muito longe. Na Fifth Soviet. Vai conhecer minha família.

– Não tenho muitos dias de folga.

– Que tal segunda ou terça?

– Desta semana?

– Sim.

— Vamos ver. Não, espere. Eu tenho que... Quem sabe na outra semana.

— Não podemos continuar a nos encontrar assim.

— Não?

— Bem, podemos — ela disse, com um sorriso sem graça. — Mas não pode ser em outro lugar?

— Onde você gostaria de ir?

— Não sei. Um lugar melhor. Talvez o Tsarskoye Selo ou o Peterhof?

— Talvez — disse sem comprometer-se, tirando-a de cima dele e se levantando para esticar o corpo. — Está ficando tarde, Dash. Preciso voltar.

Alexander retornou à base e parou alguns minutos com o sargento Ivan Petrenko, que estava de guarda, bebendo vodca e fumando antes de se recolher.

— Acha que os rumores são verdadeiros, tenente? Acha que vamos lutar contra Hitler?

— Acho inevitável, sargento.

— Não consigo entender. É o mesmo que a Inglaterra lutar contra a França. A Alemanha e a União Soviética são aliadas há dois anos. Assinamos um pacto.

— E vamos dividir a Polônia como dois bons e velhos amigos? — Alexander sorriu. — Petrenko, você confia em Hitler?

— Não sei. Mas não acredito que ele vá ser assim tão estúpido de invadir nosso território.

— Vamos torcer para que tenha razão — disse Alexander, apagando o cigarro. — Boa noite.

Tudo que desejava era dormir; seria pedir demais? Entretanto, tanto na cama de Marazov como na de Grinkov havia uma mulher coberta até a cabeça com o lençol. Alexander desviou o olhar ao subir no beliche, colocou o travesseiro sobre a cabeça e fechou os olhos.

— Alexander! — exclamou uma voz feminina estridente. — Seu *canalha*!

Soltando um longo suspiro, levantou o travesseiro e abriu os olhos. A garota que acabara de ficar com Grinkov estava parada na frente do beliche. Atrás dele, Alexander ouviu Grinkov rir para si mesmo.

— O que foi que eu fiz? — perguntou, morto de sono. Ele reconheceu o rosto levemente inchado e completamente embriagado.

— Não se lembra de mim? Você marcou um encontro comigo para hoje. Esperei você por três horas no maldito portão! Finalmente desisti e fui para o Sadko e o que eu vejo? Você com *outra* garota.

Alexander não estava com vontade de se levantar, mas sabia que a qualquer momento iria levar um tapa.

— Eu sinto muito — disse, sentando-se no beliche, as pernas balançando no ar. Lembrava-se vagamente dela. — Não tive a intenção de deixá-la assim.

— Não?! — ela gritou. Grinkov ria com a cabeça apoiada no travesseiro. Marazov e suas garotas continuavam ocupados e não davam a mínima para o que estava acontecendo. E nem Alexander.

Ele queria mandá-la embora, mas não lembrava seu nome e não queria constrangê-la na frente de tantos ouvidos atentos. Assim que Alexander pulou do beliche, a garota fechou a mão para acertá-lo no rosto. Ele impediu o golpe com a mão e a empurrou.

— Não estou no clima para isso.

— Vocês são todos iguais, não é? — disse a garota. — Misóginos que só sabem sair com prostitutas. Vocês não ligam a mínima para as mulheres.

— Não somos misóginos — disse, surpreso, Alexander. — *Eu* não. Mas... — Meu Deus, qual era mesmo o nome dela?! — Mas se somos todos clientes de prostitutas, então o que você é?

Ela engasgou.

— Escute, estou cansado... O que quer de mim?

— Um pouco de respeito, Alexander. Só isso. Um pouco de consideração.

Alexander esfregou os olhos. Aquilo era ridículo.

— Olhe, desculpa...

Ela o interrompeu:

— Você não lembra meu nome, lembra?

Ela ergueu de novo a mão e Alexander quase não teve tempo de detê-la. Ele odiava apanhar, e aquela sensação o deixava arrepiado.

— Tenho pena da mulher que se apaixonar por você, seu canalha. Você vai fazê-la em pedacinhos, seu animal insensível! — ela gritou.

Ela atravessou o corredor na direção da escada. Alexander suspirou e a chamou:

— Lembrei — disse com um suspiro. — Seu nome é Elena.

— Vá à merda! — respondeu, desaparecendo no final do corredor.

Bem, aquilo sim era uma despedida digna de um soldado, pensou Alexander, voltando para o quarto. Estava com vontade de fumar um cigarro atrás do outro e desejava um cômodo sossegado apenas para si, onde, por um momento, pudesse ficar sozinho e em paz consigo mesmo, onde pudesse lamber o seu orgulho ferido e pensar o quão longe ele havia chegado, longe de Krasnodar e da jovem Larissa, que lhe oferecera sua doçura pouco antes de morrer, e da camarada Svetlana Visselskaya, a amiga de sua mãe, que lhe havia dito, "Alexander, você possui tantos talentos, não os desperdice". Bem, pensou, a qualquer momento, uma das garotas que dispensara tão rudemente entraria naquela barraca e estouraria seu cérebro com um tiro, e em seu túmulo, estaria escrito: "Aqui repousa Alexander, que não se lembrava do nome de nenhuma garota com quem dormiu".

Sentindo raiva de si mesmo, tentou pegar no sono. Eram três da manhã, do dia 22 de junho de 1941.

CAPÍTULO DEZESSEIS

A estrada de ferro nas montanhas de Sinyavino, 1943

ALEXANDER chamou Ouspensky em sua barraca.

— Tenente, o que há de errado com o sargento Verenkov?

— Por que pergunta isso, senhor?

— Bem, esta manhã ele me trouxe não apenas a sua porção de café, mas também mingau de aveia. Ainda bem que não tudo.

— Entendi, capitão.

— Tenente, por que Verenkov me deu seu mingau? Por que o sargento Telikov está me oferecendo seus preservativos? Por que eu solicitaria preservativos do meu sargento? O que está acontecendo?

— Você é nosso comandante, senhor.

— Eu não ordenei mingau. Nem preservativos.

— Querem ser gentis.

— Por quê?

— Não sei, senhor.

— Vou arrancar a verdade deles, tenente.

Todas as manhãs Alexander se lavava no lago Ladoga, que ficava a um quilômetro dos fundos da base militar. O calor do início do verão fazia o lago exalar o odor daquilo em que se transformara. O cemitério de milhares de soldados soviéticos.

Certa manhã, ao voltar do lago, Alexander passou pelo refeitório e atravessou as barracas de lona, quando ouviu a voz de Ouspensky. Normalmente, não teria dado importância, mas ao ouvir seu nome mencionado num tom conspiratório, diminuiu o passo.

Ouspensky conversava com o sargento Verenkov, um jovem prisioneiro político que nunca estivera no exército, e com o sargento Telikov, um oficial de carreira, com dez anos de vida militar. Ouspensky dizia:

— Sargentos, mantenham distância do comandante. Não falem diretamente com ele. Não olhem nos olhos dele. Se quiserem pedir algo, peçam para mim. Deixem que eu converse com ele. Serei o intermediário.

Alexander sorriu.

— Precisamos de intermediário? — Aquele era Telikov. Era um homem precavido.

— Ah, vão por mim. Precisam de um intermediário. O capitão Belov age como um homem sensato, como um homem racional, que tem paciência. Mas se não tomarem cuidado, é capaz de matar vocês com as próprias mãos.

Verenkov não parecia convencido.

— Dê o fora, está falando bobagem.

Ouspensky continuou inabalável, mas baixou o tom de voz:

— Sabiam que ele arrancou o braço de um soldado que transportava suprimentos? Dimitri Chernenko. Arrancou o braço direto da junta! O homem ficou só com o toco. E essa não é a pior parte. Ele não morreu por causa do braço, então levou um soco no rosto. Um soco, Verenkov, pense só!

Alexander ria em silêncio. Se ao menos fosse verdade.

— E como o Chernenko não morria, nosso comandante, ainda se recuperando no hospital de Morozovo, ordenou que o soldado fosse executado na fronteira com a Finlândia.

— Você está de sacanagem com a gente.

— Estou avisando, ele não tem medo de nada. Nem de fugitivos, nem de alemães, nem de morrer e nem da NKGB. Prestem atenção no que vou dizer e nunca contem a ninguém... — A voz de Ouspensky era agora um sussurro. — Quando ele estava preso em Morozovo, um agente veio interrogá-lo...

— Por que estava preso?

— Era agente duplo.

— Vá à merda!

— Verdade.

— Agente duplo pra quem?

— Acho que para os japoneses. Não importa. O negócio é que o agente veio vê-lo. Nosso comandante não estava armado. Não tinha arma com ele, e adivinhem o que aconteceu?

— Ele matou o investigador?

— Certo como dois e dois são quatro. Ele matou o homem.

— E como?

— Ninguém sabe.

— Bateu nele?

— Não tinha marca.

— Estrangulou?

— Nenhum sinal. Estou falando.

— Como, então? Envenenado?

— Que nada! — Ouspensky respondeu entusiasmado. — Esse é o ponto! Ninguém sabe. Por isso, não se esqueçam: nosso comandante tem o poder de matar uma pessoa numa cela minúscula sem usar nada. Apenas sua força de vontade. Então, fiquem longe dele. Porque peixe pequeno como vocês ele come no almoço.

— Tenente! — Alexander entrou na barraca.

Ouspensky, Verenkov e Telikov ficaram em pé num pulo.

— Sim, senhor!

— Tenente, pare de aterrorizar nossos sargentos. Não gosto que conte mentiras sobre minha pessoa. Fiquem sabendo que não sou um agente duplo a serviço dos japoneses. Está claro?

Silêncio. Em seguida, com vozes trêmulas:

— Sim, senhor.

Os três saíram da barraca velozmente e sem olhar para ele. Alexander mal conseguiu conter o riso.

Algumas semanas depois, Alexander começou a notar algo que se repetia: ele destacava dois ou três esquadrões, um pelotão, dois pelotões, cinquenta homens para a estrada de ferro, e os homens não retornavam. Para aqueles que voltavam, não havia gaze, antibióticos, sangue ou morfina. Os alemães escondiam-se nas montanhas ao redor de Sinyavino e tinham uma visão completa da ferrovia danificada. Apesar disso, os suprimentos precisavam chegar a Leningrado e a estrada precisava ser consertada, então Alexander não tinha outra opção a não ser mandar os homens consertá-la.

Embora o trecho continuamente atacado fossem sempre os mesmos cinco quilômetros, Alexander não podia colocar seus homens no local em nenhum momento do dia e em nenhum ponto dos cem metros de trilhos destruídos sem a imediata resposta da barragem de artilharia escondida nas montanhas. Era julho e as temperaturas estavam amenas. Todas as tardes, Alexander carregava os mortos para o campo de álamo atrás da estrada de ferro, onde eram colocados numa vala comum que sequer recebia uma cobertura de terra. As sepulturas haviam sido cavadas algumas semanas antes pelos mineiros e ainda não estavam com a capacidade esgotada. A área inteira cheirava a terra escavada, a água doce... e a morte fresca. Guerra.

O dia 22 de junho de 1943 chegou e passou. Dois anos desde o começo da guerra. Dois anos desde o começo de tudo.

Orbeli e sua arte, 1941

Alexander foi despertado às quatro da manhã, após menos de uma hora de sono. Seu pequeno consolo foi saber que os outros também estavam acordados e reunidos no pátio.

Era uma manhã de domingo, 22 de junho de 1941, dia do solstício de verão, o mais longo do ano. Do lado de fora, estava claro, o céu tingido com o rosa da alvorada. O coronel Mikhail Stepanov dirigiu-se às tropas de sua guarnição:

— Há cerca de uma hora, Hitler apagou do mapa nossa esquadra naval da Crimeia, estacionada no Mar Negro. Nossos aviões, nossos navios e nossos homens foram destruídos. Neste momento, seus soldados estão em solo soviético. Hitler também invadiu nossa fronteira pelo norte da Ucrânia, cruzando a Prússia. Nosso ministro da defesa, o camarada Molotov, fará um pronunciamento ao meio-dia. É a guerra.

Houve um burburinho entre as tropas ainda sonolentas. Alexander permaneceu calado. Não estava surpreso; não era de hoje que os oficiais do Exército Vermelho falavam sobre a guerra, e desde o inverno havia rumores de que Hitler havia reforçado suas tropas nas fronteiras, entretanto, seu primeiro pensamento ao receber a notícia foi: *Guerra! Outra chance de fugir.*

Alexander manteve-se acordado à base de café e cigarros durante as quatro horas em que ouviu os planos de defesa. Em seguida, foi designado para patrulhar Leningrado até as dezoito horas, horário em que deveria retornar e cumprir seu turno de sentinela. Estava contente quando deixou a base às onze horas.

Caminhou animadamente pela praça Sennaya e pela Avenida Niévski, onde apartou uma briga entre uma mulher e um homem muito maior do que ela. A mulher gritava e batia nele com a bolsa. Alexander levou alguns minutos para entender que a mulher estava furiosa porque o homem tentava furar a fila.

— Ele não sabe que a guerra começou? O que o camarada acha que fazemos aqui? Ele não vai passar na minha frente nem se o Exército Vermelho vier aqui!

Levantando a sobrancelha para o homem, Alexander disse:

— Você ouviu o que ela disse. Não vai passar na frente dela.

Na frente do supermercado Grand Elisey, entrou numa confusão envolvendo oito mulheres engalfinhadas na disputa por uma linguiça que pertencia a uma delas, mas havia caído da bolsa e fora rapidamente resgatada por outra. Enquanto isso, uma terceira mulher saía da loja carregando a farinha de outra pessoa. Alexander fez o papel do Rei Salomão por alguns instantes, mas concluiu que discutir com oito mulheres por causa de uma linguiça não era o seu forte. Assim que saiu de lá, caiu direto em outra briga sobre quem entraria primeiro no ônibus.

Achou melhor sair da Avenida Niévski. Era pior do que estar numa guerra. Na guerra, pelo menos, podia sacar uma arma e atirar no inimigo. Passou pela catedral de Santo Isaac e chegou à estátua do Cavaleiro de Bronze, onde a situação estava mais calma. Acendeu um cigarro e ficou olhando para o monumento. Há algumas semanas, havia deixado o livro na biblioteca de Leningrado. Com o início da guerra, achou que seria mais prudente guardar o livro consigo, onde estaria mais seguro. As bibliotecas e os museus certamente despachariam os volumes mais preciosos para fora da cidade. Enquanto fumava, Alexander tentava lembrar seus trechos preferidos do poema "Cavaleiro de Bronze": "E pela lua pálida iluminado, com o braço levantado, o cavaleiro de bronze o persegue". Acendeu outro cigarro e riu de si mesmo, admirado por ainda se lembrar de palavras que havia lido há tanto tempo. Continuou a caminhar pelo aterro, passando pelos Jardins do Almirantado, a ponte do Palácio e o Museu, onde cruzou com um homem alto e de terno, contemplando o rio debruçado sobre o parapeito. O homem pegou um cigarro e fez um aceno com a cabeça para Alexander, que retribuiu também com um movimento de cabeça.

— Tem fogo?

Alexander parou e pegou o isqueiro.

— Deixei meu fósforo lá dentro — disse rapidamente o homem. — Obrigado.

— De nada.

O homem estendeu a mão.

— Josif Abgarovitch Orbeli — disse, espanando da barba grisalha e desleixada a cinza do cigarro.

— Tenente Alexander Belov — apresentou-se Alexander, apertando-lhe a mão.

— Ah, tenente, então é verdade? — disse Orbeli, olhando para o rio. — Começou a guerra?

— É verdade, cidadão. Como ficou sabendo?

Sem olhar para trás, Orbeli apontou para o museu Hermitage.

— No trabalho. Sou curador. Seja honesto, os alemães chegarão a Leningrado?

— E por que não chegariam? — respondeu Alexander. — Chegaram à Tchecoslováquia, Áustria, França, Bélgica, Holanda, Dinamarca, Noruega e Polônia. A Europa está nas mãos de Hitler. Para aonde mais ele vai? Não para a Inglaterra, pois tem medo de água. Tinha de vir para cá. O seu plano sempre foi esse. E virá para Leningrado. — *Com a ajuda dos finlandeses*, Alexander teve vontade de acrescentar, mas calou-se. A expressão do curador estava bastante alterada.

— Oh, *Bozhe moi* — disse Orbeli. — Oh, *koshmar*. O que vai acontecer? O que vai ser do meu Hermitage? Vão bombardeá-lo como fizeram com Londres. Não vai sobrar nada da nossa cidade, dos nossos edifícios, igrejas e monumentos nacionais. Não vai sobrar nada da nossa arte – lamentou com a voz embargada.

– A catedral de São Pedro continua em pé – disse Alexander com a intenção de confortá-lo. – A abadia de Westminster. O Big Ben. A ponte de Londres. Os alemães não destruíram os monumentos nacionais britânicos. Porém, quarenta mil londrinos estão mortos.

– Eu sei, eu sei. – Orbeli acenou para ele com impaciência. – Pessoas sempre morrem nas guerras. Mas e a minha arte?

Alexander deu um pequeno passo para trás.

– Bem, não podemos evacuar a Catedral de Santo Isaac ou o monumento do Cavaleiro de Bronze. Mas vamos deslocar as pessoas. E podemos levar a sua arte.

– Para aonde poderíamos despachá-la? – Orbeli exclamou em voz alta. – Quem irá tomar conta dela? Onde estará em segurança?

– As obras de arte terão de se cuidar sozinhas – disse Alexander. – Tanto faz para aonde forem levadas. Qualquer lugar é mais seguro do que Leningrado.

– Meu Tamerlane? Meu Renoir? Meu Rembrandt? Meu Fabergé? Não existe dinheiro que possa pagar o meu tesouro. E agora tudo longe de mim!

Alexander inclinou levemente o quepe.

– Estarão mais seguros em outro lugar. E a guerra não vai durar para sempre. Tenha um bom dia, cidadão.

– Não pode haver nada de bom num dia como o de hoje – murmurou Orbeli, virando-se para atravessar a rua e voltar ao seu museu.

Alexander continuou a caminhar na beira do Neva, passando pelo Palácio de Inverno e o canal Moika. Era domingo e, àquela hora da tarde, o aterro estava tranquilo, bem diferente da irritante multidão na Avenida Niévski, onde as filas saíam das lojas e as pessoas se acotovelavam e gritavam obscenidades umas às outras. Alexander gostava de estar sozinho. Passou pelo Jardim de Verão e caminhou pelo monastério Smolny com o fuzil pendurado no ombro.

Alexander parou um momento na esquina da Ulitsa Saltykov-Schedrin. O parque Tauride estava localizado na margem direita do rio, estendendo-se agradavelmente pelo quarteirão, e Alexander gostava de percorrê-lo no verão. Sentia-se em paz ali. Mas nos jardins do Smolny, que ficava logo à frente, ele poderia encontrar algum problema, alguma multidão fora de controle. Qual caminho tomar? Direto até Smolny e depois contornar o Parque Tauride, ou atravessar pelo parque e então contornar o monastério?

Acendeu um cigarro e parou por alguns segundos, olhando para o relógio.

Ainda tinha um pouco de tempo. Qual a pressa, afinal? Qualquer confusão continuaria lá em meia hora ou em quinze minutos. Era um homem só, não poderia estar em todos os lugares ao mesmo tempo. Alexander dobrou para a direita na Ulitsa Saltykov-Schedrin.

A rua estava deserta e as folhas farfalhavam com a brisa de verão. Ele pensava em Barrington; lembrava-se da mata de Barrington. Ele e Teddy costumavam deitar-se na floresta e ficar ouvindo as árvores balançando acima deles. Gostava daquele som.

Ele ouviu outro som. Um som suave, de alguém cantando.

Era muito fraco. Alexander olhou para o lado e não viu ninguém.

Olhou do outro lado da rua e viu uma garota sentada num banco.

A primeira coisa que ele notou foi a massa de cabelo muito loiro e muito comprido cobrindo o rosto da moça, e a segunda foi o vestido branco com rosas vermelhas. Protegida pela copa de uma árvore frondosa, ela se assemelhava a uma lufada de flocos de neve, os cabelos loiros, o vestido branco com suas rosas vermelhas. A menina tomava sorvete e, entre uma lambida e outra, cantava suavemente. Alexander reconheceu a melodia, "Nos encontraremos de novo em Lvov, meu amor e eu": uma música popular do momento. Tinha a habilidade de cantar, lamber o sorvete, balançar a perna desnuda e os pés elegantemente calçados numa sandália vermelha e tirar o cabelo do rosto. Tudo ao mesmo tempo. Estava completamente alheia à figura de Alexander, parado atônito do outro lado da rua, mas também à guerra e ao mundo, a tudo que guiava os moradores de Leningrado naquele domingo. Naquele seu momento particular, existia apenas ela, seu cabelo brilhante e vestido magnífico, seu sorvete e sua voz suave. Ela estava num mundo em que Alexander nunca estivera, nadando na lua, num mar de serenidade. Ele não conseguia sair do lugar.

E ainda não conseguiu sair do lugar, sair do momento em que a viu pela primeira vez. Era onde tinha estado desde então, sabendo que, se tivesse andado para a frente em vez de virar para a direita, estaria vivendo uma vida diferente. Tivesse ele apenas passado por ela, no momento em que a viu. Poderia ter sido previdente, não precisava ter atravessado a rua. Poderia ter olhado para ela e seguido em frente, não poderia?

Mas naquele domingo ensolarado, Alexander não sabia de nada, não pensava em nada, nem imaginava nada. Esqueceu-se de Dimitri, da guerra, da União Soviética, dos planos de fuga, até da América, e atravessou a rua por Tatiana Metanova.

Mais tarde, ele assistiu suas mãos gesticularem enquanto ela falava. Os dedos eram alongados e bem definidos. As unhas meticulosamente aparadas. Alexander perguntou por que as mantinha tão limpas, e ela contou que certa vez conheceu uma menina cujas unhas eram sujas. A menina era um problema. Ela nunca esqueceu aquilo.

— Acha que era problemática por causa das unhas sujas?

— Estou quase certa.

Alexander queria aquelas mãos imaculadas sobre ele.

— Onde você mora, Tatia?

— Numa rua chamada Fifth Soviet. Sabe onde fica?

Ele patrulhava aquela área.

— Perto de Grechesky Prospect. Existe uma igreja por ali.

— Isso. É logo do outro lado da rua.

— Embora eu ache que igreja é uma palavra muito forte para aquele edifício. É mais um depósito de documentos.

Ela riu.

— Verdade — disse, esfuziante. — É uma igreja *soviética.*

O tempo tranquilo que passou ao lado dela naquele domingo foi notadamente breve.

Todo seu tempo com ela era notadamente breve, cercado por vagões de guerra, sua mãe e seu pai, pelo seu nome falso, pelo poder que Dimitri sabia ter e que se sobrepunha à compaixão, por Dasha, ah, aquela Dasha! Cercado por Slonko e Nikolai Ouspensky, e sob o ataque da União Soviética por todos os lados. Precisou aprender a viver, a não lembrar, a não ouvir os ecos sem fim daqueles cem minutos ao lado dela, sozinhos, que retumbavam dentro dele. Um passeio de ônibus com ela, quando ele a tinha só para si, sentado ao seu lado, uma caminhada pelo Campo de Marte junto a ela, um mínimo vislumbre do que poderia ter sido, uma labareda num coração em chamas. E as consequências? A eternidade na Rússia.

Onde poderiam ter se escondido? Onde poderiam ter desaparecido?

O domingo passou.

O Campo de Marte, junho, morte, vida, noites claras, Dasha, Dimitri, vieram todos...

E se foram.

Mas Alexander permanecia ali, parado naquela esquina, naquela sarjeta, ao sol, olhando para ela sob os elmos, olhando para a origem do outro lado da rua, a origem num vestido branco com rosas vermelhas, lambendo o sorvete com lábios vermelhos, cantando. Sua e apenas sua por cem minutos, que passaram num piscar de olhos. Tudo era, foi, e agora não existia, a nevasca encobriu o passado, deixando o vazio e a luz. Para sempre passado, e ele estava ali para sempre, parado na rua, formando e reformando seu coração dilacerado.

A perda de Pasha, 1941

Pasha, o irmão gêmeo dela, havia desaparecido. No início, tratava-se apenas de um inocente acampamento de verão, mas então a força aérea alemã sobrevoou o acampamento e o Exército Vermelho despachou os meninos para a frente dos tanques Panzer, e Pasha desapareceu. Ela se recusava a acreditar e foi procurá-lo em Luga, com Hitler do outro lado do rio, porque era louca, e ele foi buscá-la porque era louco por ela.

Outro momento maculado, em que ela *quase* foi só dele. Quando se deitaram na barraca dele, não desejavam estar em nenhum outro lugar, e os dois sabiam disso. Apesar de as tropas de Hitler estarem a cem metros dali, apesar da costela quebrada de Tatia, da perna quebrada e do espírito quebrado, apesar da perda de Pasha.

Ele ouvia seus soluços curtos.

— Shura, precisamos encontrá-lo.

— Ah, Tatia.

— Precisamos. Não posso voltar para casa sem ele. Não posso falhar. Por favor. Você não conhece a minha família. Você não me conhece.

— Eu sei, Tatia. Terão de aprender a viver com aquilo que ainda têm. E você também.

— Não diga isso. Não posso viver sem ele.

Alexander mal conseguia pronunciar as palavras.

— Sinto muito, Tatia.

— Não posso, você não sabe. Ele é meu irmão, entende isso? E se ele estiver me esperando em algum lugar e eu não aparecer? Quem mais deveria resgatá-lo do inimigo, senão a sua família? Quem mais? Ah, Alexander, e se ele estiver se perguntando por que estou demorando tanto para encontrá-lo, e eu não for? Por que não fui?

— Por que estaria esperando?

— Porque ele me conhece. Não o deixaria. Não posso deixá-lo.

Alexander ficou em silêncio. Pasha tinha sorte de ter alguém como Tatia.

— Tatia, não há sinal dele. Vocês estão separados por dois milhões de alemães. Você não pode caminhar, nem se inclinar. Está com fraturas, e ele está perdido. Deixe que vá. Deixe que Deus o leve.

E na manhã seguinte, sozinho com ela na floresta, sob o bombardeio, protegendo-a com seu corpo, ele não suportou mais, não se conteve. Alexander beijou Tatiana. Poderiam ter morrido ali mesmo, e ele quase desejou isso quando se lembrou vagamente do que os aguardava: desespero, mentira, Dasha, Dimitri, Hitler, Stalin, guerra para onde quer que olhassem. Desejou ser jovem para sempre sob a copa das árvores em chamas.

Mas ele não morreu. Carregou Tatiana de volta para sua família enlutada.

Pasha nunca foi encontrado. Semanas mais tarde, receberam a notícia de que o menino morrera num trem incendiado. O pai se entregou à bebida, queimando toda sua dor, até dele também não restar nada. Pasha fora seu único filho homem. Alexander, que também era o único filho de seus pais, se alegrou de ter podido se despedir do pai na prisão. Será que ainda se lembrava de como era ter um pai e uma mãe debruçados sobre ele à noite, beijando-o e chorando por ele?

Não se lembrava.

Cada vez mais ele via em Tatiana a oportunidade que deixara escapar, um momento há muito tempo perdido. Não controlava seus sentimentos por ela, embora tivesse a impressão de que ela estava destinada a ter outra vida, em outro tempo, para outro homem.

Mas ela queria mais de Alexander.

O problema era que Alexander não tinha mais nada a oferecer. Não tinha nada.

CAPÍTULO DEZESSETE

Natal em Nova York, 1943

TATIANA E ANTHONY foram convidados para passar a noite de Natal na casa dos avós de Vikki.

Ao chegar, encontrou Edward.

— Por que o convidou? — sussurrou para Vikki na cozinha.

— Ele também celebra o Natal, Tatia.

Tatiana sentou-se ao lado de Edward no sofá, bebericando um coquetel e com Anthony no colo. Ele estava com seis meses e tentava beber do copo da mãe. Edward contou que havia sido expulso de casa quatro dias antes. A esposa alegou estar cansada do seu horário maluco de trabalho e de ele passar pouco tempo com ela.

— Espere — disse Tatiana. — Ela mandou você embora porque não passava tempo com ela?

— Isso mesmo.

Tatiana perguntou devagar:

— E agora não vai passar ainda menos tempo?

Edward riu.

— Acho que ela não gosta muito de mim, Tatia.

— Isso não é bom numa esposa.

Vikki ofereceu biscoitos cobertos com mel e parecia estar muito orgulhosa da própria aparência, um visual que mais tarde Tatiana comentaria com ela em voz baixa estar talhado para causar problemas.

Havia no ar uma música aconchegante de Natal, o aroma de gengibre, torta de maçã, molho de tomate temperado com alho; o clima tornava a cor borgonha do apartamento apropriada. Tatiana usava um vestido de veludo marrom que combinava com seu cabelo e olhos castanhos. Isabella e Travis alimentaram a todos como se a guerra não existisse, e a conversa era tão suave quanto o vinho.

Mais tarde, Tatiana retirou-se para amamentar o filho em um dos quartos, enquanto as vozes alegres do convívio natalino preenchiam o apartamento. O quarto estava quieto e aconchegante, e ela fechou os olhos e embalou Anthony.

Naquele Natal, nada confortava a jovem de nome Tatiana: nem a celebração da missa à luz de vela, nem a ceia, nem as orações, nem o sono, nem Vikki ou

Ellis. As lágrimas salgadas de Tatiana pingaram no rosto do filho enquanto ela o acalentava, lágrimas que ela não se deu ao trabalho de secar; nas lágrimas, no leite e em seu coração uma única palavra pulsava, a cada minuto, no relógio da sua alma: *Alexander*.

Ellis durante o Natal era um local desolador. Por que então era tão reconfortante para Tatiana? Porque os feridos precisavam dela. Porque alguém além do filho precisava dela. Alimentou os soldados nas camas brancas e sussurrou-lhes que voltassem seus pensamentos aos companheiros de armas, que não tinham cama nem abrigo.

— Bem, enfermeira Tatia, é porque você não está cuidando deles — disse, num inglês carregado, Paul Schmidt, um piloto alemão cuja função na guerra, antes de se ferir, era a de sobrevoar o Canal do Norte e bombardear os tanques que transportavam alimentos e armamentos para o Mar do Norte. Seu avião havia sido atingido e ele fora resgatado na água. A caminho dos Estados Unidos, o piloto teve as duas pernas amputadas e agora já havia convalescido tempo o suficiente para retornar à Europa, embora ele tivesse dito a Tatiana que não desejava voltar para casa.

— Se ainda tivesse minhas pernas, os americanos me mandariam para os campos de trabalho do esforço de guerra, como fazem com os outros prisioneiros, não é?

— Talvez mandem você assim mesmo. Pode ordenhar vacas.

— Gostaria de me casar com uma americana e ficar por aqui — disse sorrindo.

Tatiana também achou graça.

— Pode pedir a uma das enfermeiras. Eu não sou americana.

— Não me importo — disse o piloto, com o mesmo interesse no olhar.

— Acha que sua esposa iria gostar disso?

— Não precisa ficar sabendo — respondeu com um sorriso malicioso.

Tatiana falou um pouco sobre a vida dela. Ela achava incrível o quanto era fácil conversar sobre sua vida antes da guerra com os soldados alemães e italianos se comparado a quanto achava difícil conversar com Vikki ou Edward, a quem não podia contar que vivera cada dia da sua vida entre as neves de Leningrado e as águas de Lazarevo. No entanto, aqueles homens, sem casa e moribundos, a compreendiam bem.

— Fico feliz de não estar mais na Frente Oriental — disse Paul Schmidt.

Eu não, Tatiana teve vontade de dizer. *Porque quando eu estava na Frente Oriental minha vida tinha algum sentido.*

— Você não foi ferido na Frente Oriental — disse finalmente.

Inclinando a cabeça, Tatiana olhou para a colher de metal tocando o prato branco esmaltado. Concentrava-se no aroma da canja, no toque do linho branco e engomado embaixo dos braços, no cobertor de lã que o cobria, na friagem da enfermaria. Tentava desprender-se das visões da Frente Oriental. *Alimentando seu marido... levando a colher aos seus lábios... dormindo na cadeira ao seu lado... afastando-se do seu leito, e virando-se.*

Não. NÃO.

— Não faz ideia do que os soviéticos estão fazendo conosco — repetiu o piloto.

— Faço alguma ideia, Paul. Fui enfermeira em Leningrado no ano passado. Um pouco antes, vi o que os garotos alemães fizeram aos nossos homens soviéticos.

Ele balançou a cabeça com tanta veemência que um pouco da sopa escorreu pelo queixo. Tatiana secou-o e levou outra colherada à sua boca.

— Os soviéticos vão ganhar a guerra — disse, baixando a voz. — E você sabe por quê?

— Por quê?

— Porque não valorizam a vida dos seus homens.

Os dois ficaram calados.

— Hitler dá valor à sua vida? — perguntou Tatiana.

— Mais que Stalin. Hitler prefere curar os soldados para que voltem à frente de batalha, mas Stalin não dá a mínima. Deixa que os homens morram e depois envia garotos de treze ou catorze anos para o *front*. E então eles morrem.

— Logo não haverá mais ninguém para ser enviado — observou Tatiana.

— Antes que isso aconteça, Stalin já terá vencido a guerra.

Tatiana foi cuidar de outros doentes, mas retornou ao leito de Paul com alguns biscoitos natalinos e lhe ofereceu chá com leite.

— De qualquer forma, está errada sobre o que pensa de mim. Fui ferido num ataque aéreo na Ucrânia. Quando caí, quase perdi o estômago. — Ficou em silêncio, rememorando. — Literalmente.

— Eu entendo — disse Tatiana.

— Depois de curado, fui transferido para o Canal do Norte, considerado menos perigoso. Que ironia, não acha? Meu capitão achava que eu tinha enlouquecido. Mas quando caí na Ucrânia, fiquei nas mãos dos partidários soviéticos, e eles não me mataram. Tiveram pena de mim, talvez porque fosse noite de Natal.

— Não tiveram pena de você porque era Natal, eles não comemoram o Natal — disse Tatiana.

O piloto olhou de relance para ela.

— É por isso que está trabalhando? Por que não celebra o feriado?

Ela balançou a cabeça, desejando fazer o sinal da cruz sobre si mesma para lhe dar força, mas não fez. Desejou chorar, mas não chorou. Desejava ser forte, ser impenetrável, ser uma pedra, ser como Alexander. Mas ela não conseguia.

— Estou aqui porque deixo os feridos alegres por não ficarem sozinhos longe de casa. — Sua voz falhou. — Estou aqui porque espero que, se eu fizer algo de bom para você, se eu o confortar um pouco, então talvez alguém, em algum lugar, talvez possa confortar... — Ela derrubou uma lágrima pequena.

Paul a fitava com surpresa.

— Acha que é assim que funciona?

— Não sei como funciona — ela respondeu.

— Ele está na Frente Oriental?

— Eu não sei onde ele está — disse. Não conseguia contar sobre a certidão de óbito dentro da mochila preta no seu quarto.

— Bem, é melhor rezar para que ele não esteja na Frente Oriental, pois não duraria uma semana por lá.

— Não?

Seu rosto deve ter expressado a palidez de seu espírito empalidecido, porque Paul tocou sua mão e disse:

— Ah, inferno, não se preocupe com isso, enfermeira Tatia. Esteja onde estiver, aqui ou do outro lado, você sabe o que ele espera?

— O quê? — ela sussurrou.

— Que *você* esteja em segurança.

Natal em Nova York, 1946

Natal em Nova York em tempo de guerra. No ano anterior, Tatiana passara a véspera do Natal no hospital de Grechesky na companhia do doutor Matthew Sayers e de enfermeiras soviéticas. Beberam vodca e passaram os copos aos poucos pacientes que estavam acordados e tinham força suficiente para conseguir levantá-los. O único pensamento de Tatiana era o de ir ao *front* encontrar Alexander, pois estariam partindo em cinco dias. Ele ainda não sabia, mas de uma forma ou de outra ela daria um jeito de escapar com o marido da União Soviética. Leningrado estava às escuras. Leningrado estava embaixo de ruínas. No primeiro dia do ano, os alemães lançaram bombas a partir de Pulkovo, e no mesmo dia aviões alemães bombardearam a cidade. Quatro dias depois, Tatiana partiu de

Leningrado com o doutor Sayers no caminhão da Cruz Vermelha, perguntando-se: *verei Leningrado outra vez?*

E naquele momento parecia que jamais.

Em vez disso, ela via o Natal de Nova York. Via o bairro de Little Italy, com suas luzes verdes e vermelhas, e a rua 57 enfeitada com luzes brancas, e o Empire State Building, com seu pináculo verde e vermelho, e a árvore de Natal no Rockefeller Center. As luzes nos arranha-céus ficaram acesas por uma hora porque era Natal e em seguida foram apagadas por causa da guerra.

Tatiana empurrava o carrinho de Anthony na neve, e à sua volta as pessoas carregavam num alvoroço sacolas de compra. Tatiana não carregava sacolas, ela não fazia compras. Caminhava por uma Nova York movimentada e coberta de neve durante a guerra e pensava que Alexander havia vivido dez dezembros como aquele em Boston. Dez dezembros de músicas natalinas, embrulhos embaixo do braço, sinos badalando, árvores cobertas de luzes, e um grande letreiro em cima de um café: JESUS É A RAZÃO DO NATAL.

Ele tinha vivido aquilo tudo, recebido presentes do pai e da mãe, e o Papai Noel tinha visitado sua casa no Natal. Por isso, Tatiana entrou numa loja e comprou um trem de brinquedo para Anthony, que ainda era pequeno para brincar, mas com certeza iria crescer e gostar do presente.

No cruzamento entre a rua 58 e a Quinta Avenida, Tatiana viu na vitrine da Bergdoff's lindas colchas de Natal, e como ela sentia frio e pensava em Alexander, entrou para perguntar o preço. As mantas eram cem por cento de caxemira e também caras: cem dólares cada uma. A vendedora passou-lhe o preço e deu-lhe as costas, como se a conversa estivesse encerrada. Em seguida, lembrando-se dela, virou-se de frente e tirou a manta da mão de Tatiana, dando-lhe novamente as costas.

— Vou levar — disse Tatiana, pegando o dinheiro. — Vou levar três. Que cores você tem?

Naquela noite, mãe e filho dormiram juntos na mesma cama de solteiro embaixo de duas mantas de caxemira. A terceira ela guardou para o pai de Anthony.

Nova York no Natal. Havia queijo e presunto, havia leite e chocolates, algumas gramas de filé bovino para cada um e aquele espírito animado das mulheres tentando comprar o último dos brinquedos para o filho. E havia os homens que voltavam da guerra para o Natal.

Não o homem de Vikki, porque ela se divorciara dele.

Nem o homem de Tatiana, porque ela o havia perdido.

Mas havia outros homens.

As árvores brilhavam com luzes brancas, e mesmo na Ilha Ellis as enfermeiras haviam decorado uma árvore para os soldados alemães e italianos, porém, ninguém estava disposto a trabalhar no dia de Natal, nem pelo dobro do salário, nem pelo triplo, ou em troca de uma semana de folga. Tatiana trabalhou pelo triplo do salário e por uma semana de folga.

Nova York no Natal.

Enquanto descia a rua Mulberry a caminho do apartamento de Vikki, Tatiana empurrava o carrinho de Anthony e cantarolava "Um longo caminho", uma música que ouvira no rádio do hospital.

Há um longo caminho
Na terra dos meus sonhos,
Onde canta o rouxinol
E brilha a lua branca
A noite é uma longa espera
Até que meus sonhos se realizem,
Até o dia em que eu percorra
O longo caminho com você

CAPÍTULO DEZOITO

Alexander e os alemães, 1943

OS SOVIÉTICOS CONTINUAVAM MORRENDO em Sinyavino e os alemães continuavam nas montanhas.

Alexander enviava mais homens e eles morriam. O tenente-coronel Muraviev estava no comando dos batalhões penais e não penais, e não tinha o menor interesse em ouvir Alexander.

— É um batalhão penal — dizia. — Sabe o que isso significa?

— Sei. Eu não assisto a uma aula de matemática desde o ensino médio, então quero lhe perguntar uma coisa: num ritmo de trinta homens por dia, quanto tempo vai durar o meu batalhão de duzentos homens?

— Eu sei a resposta — exclamou Muraviev. — Seis!

— Isso, menos de uma semana. Os alemães continuarão a ter três mil soldados nas montanhas ao passo que nós não teremos nenhum.

— Não se preocupe. Vamos arranjar mais dez homens para enviar à estrada de ferro. Sempre arranjamos.

— Esse é o objetivo? Deixar os alemães praticar tiro ao alvo com os nossos homens?

Muraviev apertou os olhos.

— Fui alertado sobre você. Gosta de criar problemas. Está se esquecendo de que é responsável por um batalhão *penal*. A segurança dos seus homens não é preocupação minha. Conserte os trilhos da ferrovia e fique de boca calada.

Alexander retirou-se sem bater continência a Muraviev. Evidentemente, precisava resolver o problema com as próprias mãos. Não que desejasse outro homem como Stepanov para guiá-lo, mas três homens que fossem um décimo de Stepanov e permitissem que ele fizesse o que sabia fazer de melhor. Por que seus homens não valiam nada a Muraviev? Eram todos criminosos sentenciados. Seus crimes eram ter mães em grupos musicais que trocavam correspondência com pessoas na França, mesmo os grupos estando extintos há muito tempo e as mães estando há muito tempo mortas. Alguns foram encontrados em igrejas, antes do final do ano anterior, quando Stalin declarou, segundo o Pravda, acreditar em "um tipo de Deus". Alguns haviam relutantemente apertado as mãos de pessoas que seriam presas; outros, sido vizinhos de pessoas que estavam presas.

— É o meu caso — disse Ouspensky. — Tive o azar de ser colocado na cama ao lado da sua, capitão.

Alexander sorriu. Ouspensky o acompanhava até as barracas de armamentos, onde Alexander iria requisitar um morteiro de 160 milímetros. No amanhecer do dia anterior, ele havia subido nas encostas que levavam à estrada de ferro e assistira a seus homens servirem de pasto para as bombas alemãs. Usando binóculos de campo, Alexander observou que as três bombas do inimigo tinham sido lançadas de cerca de dois quilômetros dali, portanto, para aquela distância, precisava de um morteiro de 160 milímetros, já que nenhum outro alcançaria aquela distância.

É claro que o comissário responsável não quis entregar o canhão a Alexander. O sargento que administrava aquela guarnição alegou que o batalhão penal não tinha direito a um, e que a ordem de requisição deveria partir do comandante de Alexander, no caso Muraviev, que já havia tirado o corpo fora.

— Perdi 192 homens em sete dias. Será que temos tantos condenados assim para consertar a estrada?

— Ordens são ordens, Belov! O morteiro será usado no bombardeio às montanhas de Sinyavino na próxima semana.

— Seus homens pretendem carregar um canhão de três toneladas para cima da montanha, Coronel?

Muraviev expulsou Alexander da barraca.

Alexander havia chegado ao seu limite. Ele chamou um dos seus sargentos, Melkov, o maior bebedor de vodca do batalhão, e este embriagou de tal forma o guarda da barraca dos armamentos que, de fato, o guarda, depois de dormir na cadeira, não ouviu o ranger da porta da instalação onde ficavam as armas de madeira, nem Alexander e Ouspensky empurrando o canhão para fora. Tiveram de empurrá-lo um quilômetro no escuro. Enquanto isso, Melkov, que levava sua tarefa a sério, a cada quinze minutos despejava mais vodca na boca do guarda.

Um pouco antes das cinco da madrugada, sete homens do batalhão de Alexander serviram de isca na estrada de ferro.

Usando os binóculos, Alexander viu o ponto de partida da primeira bomba lançada da montanha que, zumbindo, riscou um arco no céu até atingir a ferrovia. Os prisioneiros correram e escaparam ilesos. Foi preciso Alexander e Ouspensky para carregar o projétil na boca do canhão.

— Agora, lembre-se, Nikolai — disse Alexander ao apontar o canhão para a montanha. — Temos apenas duas bombas. Duas chances de mandar os *Fritzes* para os ares. Precisamos devolver esta coisa antes da troca da guarda às seis horas, ou seja, daqui a vinte minutos.

— Não acha que vão sentir falta das duas maiores bombas?

Alexander observou a montanha refletindo o azul da manhã pelos binóculos.

— Depois de explodirmos os malditos alemães, eu não vou me importar nem um pouco se irão sentir falta das bombas ou não. Aposto que não. Quem você acha que mantém um inventário do armamento? O guarda bêbado? Melkov está tomando conta dele. Ele também vai roubar trinta metralhadoras para o nosso regimento.

Ouspensky riu.

— Não ria. Vai interferir no delicado equilíbrio do explosivo. Pronto? — Alexander acendeu o pavio.

O pavio queimou por dois segundos, o canhão recuou no chão com um estrondo como se fosse o movimento de falhas geológicas num terremoto, e a primeira bomba silvou para fora do cano, desenhando um arco no ar. Alexander viu o projétil voar um quilômetro e meio, cair na floresta e explodir. Quando atingiu o alvo, a segunda bomba já estava a caminho. Alexander sequer viu onde ela aterrissou, pois havia começado a desmontar o morteiro e, deixando Ouspensky no comando dos homens, empurrou a artilharia pesada de volta ao local de guarda de armas e munição, trancou o cadeado e devolveu as chaves ao guarda inconsciente quando faltavam apenas dois minutos para as seis.

— Bom trabalho — disse a Melkov enquanto voltavam apressadamente ao dormitório para a inspeção matutina.

— Obrigado, senhor. O prazer foi todo meu.

— Dá para ver — brincou Alexander, sorrindo. — Se eu pegar você bebendo desse jeito outra vez, mando você direto para a prisão militar.

A sentinela continuou inconsciente por outras quatro horas e foi sumariamente destituída da função por conduta indecorosa.

— Ainda bem que não sumiu nada, soldado! — gritou Muraviev.

Sua punição foi trabalhar no conserto da estrada de ferro com o pelotão de Alexander.

— Você tem sorte de os alemães andarem tranquilos pelos últimos dois dias, do contrário estaria a caminho da morte, soldado.

Enquanto os alemães se realinhavam, os homens de Alexander tiveram tempo de reparar os trilhos sem nenhuma baixa, e cinco trens carregados com alimentos e medicamentos atravessaram o local rumo a Leningrado.

Depois do incidente, os alemães recomeçaram a bombardear os soldados soviéticos, embora não por muito tempo, pois finalmente Muraviev *deu* o morteiro a Alexander. Depois da revelação da posição dos alemães e de mais alguns ataques de morteiros na região de Sinyavino, um batalhão do 67º regimento do exército soviético tomou de assalto as montanhas, deixando os homens de Alexander apenas no suporte à artilharia.

O batalhão não retornou, mas os alemães pararam em definitivo de atirar contra a estrada de ferro.

No outono de 1943, o 67º regimento do exército enviou o batalhão penal de Alexander, reduzido a apenas duas pequenas companhias, com um total de 144 homens, ao outro lado do rio Neva, ao sul de Pulkovo, no último ponto de bloqueio alemão no cerco ao redor de Leningrado. Desta vez, Alexander recebeu algum armamento: metralhadoras pesadas, morteiros, bombas antitanques e um lote de granadas. Cada um dos seus homens estava armado com uma pistola e carregava munição à vontade. Em setembro de 1943, o 7º batalhão de Alexander, com outros dois batalhões e mais uma companhia motorizada, bombardeou durante doze dias os alemães em Pulkovo. E, apesar da ajuda de dois aviões Shtukareviches, tudo foi em vão.

As folhas caíram das árvores, o sargento Melkov morreu, o frio chegou com outro inverno, o décimo quarto desde a chegada dos Barringtons à União Soviética, o segundo inverno desde a morte da família de Tatia. Alexander continuava a abrir caminho nas montanhas dia após dia, sendo cada um mais sangrento e miserável que o outro. Recebeu mais duzentos homens. O lado leste da montanha foi tomado dos alemães em dezembro de 1943.

No topo de uma colina em Pulkovo, olhando para o norte, Alexander via a distância as poucas luzes que ainda brilhavam em Leningrado. E nos dias claros de inverno, via as chaminés da fábrica de Kirov, cuja produção de armas para a cidade continuava ininterrupta. Se olhasse pelos binóculos, era capaz de ver os muros de Kirov, na frente dos quais ele via a si mesmo parado dia após dia, semana após semana, segurando o quepe nas mãos e esperando Tatiana sair pelas portas da fábrica.

Para ver aquela cena, não era preciso estar no cume de Pulkovo.

Alexander passou a véspera do Ano Novo de 1943 sentado em frente a uma fogueira próximo à barraca de seus oficiais, na companhia de seus três primeiros-tenentes, três segundos-tenentes e três sargentos. Bebeu vodca com Ouspensky ao seu lado. Todos pareciam otimistas em relação a 1944. Os alemães estavam saindo da União Soviética. Depois do verão de 1943, de Sinyavino, da Batalha de Kursk e da liberação de Kiev em novembro e da Crimeia há poucas semanas, Alexander sabia que 1944 seria o último ano da presença dos alemães em solo soviético. Sua missão era seguir com seu batalhão penal em direção ao oeste, empurrando os alemães de volta à Alemanha, a qualquer custo.

Aquela foi a resolução de Ano novo de Alexander: seguir para o oeste. Sua única esperança repousava naquela direção.

Permitiu-se outro gole. Algum soldado, já embriagado, contou uma piada sem graça sobre Stalin. Outro chorou pela esposa, e Alexander podia afirmar com quase toda certeza de que não fora ele. Por fora, tentava manter a aparência de um homem feito de concreto. Ouspensky brindou-o com um copo de vodca e terminou a garrafa.

— Por que não recebemos licença como os outros soldados? — reclamou Ouspensky, embriagado, sentimental, desgrenhado. — Por que não podemos ir um dia para casa no Ano novo?

— Não sei se notou, tenente, mas estamos numa guerra. Amanhã passaremos o dia de ressaca, mas na terça-feira estaremos novamente no campo de batalha. Este mês vamos derrubar completamente o cerco de Leningrado. Os nazistas sairão da nossa cidade e será graças ao nosso esforço.

— Não ligo a mínima para os idiotas dos nazistas. Quero ver minha esposa. Você não tem para onde ir, por isso quer empurrar os alemães para fora da Rússia.

— Eu tenho para onde ir — respondeu vagarosamente Alexander.

Analisando a expressão de Alexander, Ouspensky perguntou:

— Você tem família?

— Não por aqui.

Por alguma razão, aquela constatação deixou Ouspensky mais deprimido.

— Olhe pelo lado positivo, Nikolai — disse Alexander, chamando-o pelo nome pela primeira vez —, não estamos entre os inimigos, certo?

Ouspensky não respondeu.

Alexander continuou.

— Bebemos uma garrafa inteira de vodca em poucas horas. Comemos presunto, arenque defumado, picles e até pão preto fresco. Contamos piada, rimos e fumamos. Pense o quanto poderia ser pior — Alexander não iria permitir que sua mente atravessasse os corredores das suas próprias câmaras de tortura.

— Não sei quanto a você, capitão, mas eu tenho esposa e dois filhos que eu não vejo há dez meses. Da última vez que os vi, eu tinha acabado de levar um tiro. Minha esposa pensa que estou morto. Sei que não está recebendo minhas cartas porque ela não está respondendo. – Ouspensky parou de falar e oscilou como uma muda ao vento.

Alexander ficou calado. Eu tenho uma esposa e um filho que ainda não conheço. O que havia acontecido a ela, ao bebê? Teriam alcançado algum lugar? Estavam em segurança? Como posso viver sem saber se ela está bem?

Não posso.

Não posso viver sem saber se ela está bem.

Não temas o terror noturno... nem a flecha que voa durante o dia...

Ouspensky bebeu direto da nova garrafa.

– Ah – suspirou, balançando as mãos. – Ao inferno com tudo isso! A vida é osso duro de roer.

Alexander pegou a garrafa da mão de Ouspensky e bebeu no gargalo.

– Comparada a quê? – perguntou, dando uma tragada, inalando os gases corrosivos pela garganta apertada.

– Tatia, vamos nos embebedar?

– Por quê?

– Vamos fumar, beber, comemorar seu aniversário, nosso casamento e fazer as maiores loucuras. – Ele arqueia as sobrancelhas.

– Você é um bobo. Meu aniversário foi na semana passada. – Ela ri. – Já comemoramos. Você preparou sorvete para mim. Lembra?

Ele a agarra e a levanta do chão espinhoso de pinhos.

Ela joga os braços ao redor dele.

– Tudo bem, eu bebo um pouco de vodca com você.

– Um pouco não. Uma quantidade absurda. Vamos erguer nossos copos...

Ele serve os dois próximo da fogueira, no centro da clareira. Ela está ajoelhada sobre a manta, aguardando. Ele se ajoelha na frente dela.

– E brindar à nossa vida maravilhosa.

Tatiana levanta o copo.

– Tudo bem, Alexander. Brindemos à nossa vida maravilhosa.

CAPÍTULO DEZENOVE

Nova York, junho de 1944

O QUARTO É COMPLETAMENTE BRANCO. As cortinas, brancas, estão imóveis. A janela está fechada. Não há vento. Não há corrente de ar. O ar não é róseo nem límpido.

Sento no chão do meu quarto completamente branco. A porta bege está fechada. A fechadura prateada, trancada. Há ferrugem nas dobradiças que rangem quando dobram.

Aberto e fechado.

Seguro na minha frente a mochila preta, e nesta mochila, ele vive. O quepe bege, a foto em preto e branco com seus dentes alvos e olhos caramelo.

Sento-me no chão revestido de azulejos cinza, mas do lado de fora, a uma hora de distância, repousa a Bear Mountain. E as árvores na montanha são da cor sépia e escarlate, coloridas pelo pôr do sol cobre. Como seus olhos da cor do cobre e seus lábios da cor do sol quando se põe. Em Sheep Meadow eu posso jogar beisebol com meu taco de madeira da cor creme. Como ele jogava quando era criança...

Escoteiro.

Posso fazer um nó corredio como ele me ensinou.

Posso subir numa árvore verde.

Posso balançar sob o luar prateado.

Na água da chuva sob o céu de chumbo.

Do outro lado da janela, além do azul, branco e vermelho da bandeira americana, além do Portão Dourado e do Gótico Coral de Ellis, cintila a baía da cor da lazulita, seguindo para o mar vivo e salgado, para o oceano cujas ondas são de pranto e lamento.

Minha aquarela vai da lua ao sol, da ferrugem ao céu. Os oceanos nos separam enquanto malogramos, enquanto mergulhamos na invisibilidade de minha vida de outrora e futura. O branco total do céu e neblina, névoa e gelo. O gelo está partido e sangra. Você está embaixo dele, assim como eu estou. Sento no chão de ladrilhos cinza, tocando o tecido preto, o cano metálico do revólver, as páginas amareladas do livro do Senhor, as cédulas verdes dos muitos dólares que sobraram.

Eu toco a fotografia em que você e eu aparecemos recém-casados, explodindo em asas vermelhas, voando na direção um do outro nas asas de cíclame do fogo de Prometeu.

Do lado de fora, as sirenes gritam, a bola estala no taco, o bebê chora e o gelo cinza sangra. Eu permaneço no chão de ladrilhos com a mochila de tecido preto onde carrego a nossa esperança. Para sempre no chão, enegrecida com as cores do meu luto.

— Qual o problema, Tatia? — Era Vikki, parada à porta do quarto de Tatiana. Anthony brincava no chão. Tatiana estava no chão com a cabeça deitada no ladrilho.

— Nada.

— Vai trabalhar hoje?

— Já me levantei.

Numa voz que expressava surpresa, Vikki perguntou:

— O que há de errado com você?! — exclamou Vikki.

— Não é nada — respondeu Tatiana. Ela sabia que vê-la daquele jeito devia ter sido estranho. Sentia os olhos pesados e mal conseguia enxergar.

— São oito horas! Esteve chorando? O dia ainda nem começou.

— Vou me vestir. Preciso começar minha rotina.

— Quer conversar?

— Nem um pouco. Estou bem. É meu aniversário hoje. Faço vinte anos.

— Parabéns! Por que não contou antes! Vamos comemorar? O que há de tão terrível com o seu aniversário?

— Não acredito que vamos nos casar no dia do meu aniversário! — ela diz.

— Assim você nunca vai me esquecer.

— Quem conseguiria esquecer você, Alexander? — ela pergunta, tateando gentilmente na direção dele.

Tatiana não comemorou. Trabalhou o dia inteiro e no começo da noite brincou com o filho de quase um ano. Mais tarde, abriu as cortinas e as janelas e, com o ar salgado soprando pelo quarto, ajoelhou-se ao lado da cama, apertando a aliança de casamento pendurada no pescoço. Estava há quase um ano nos Estados Unidos. Na noite do seu vigésimo aniversário, Tatiana sentou-se no chão do seu quarto em Ellis após embalar Anthony e esvaziou a mochila preta, pela primeira vez desde que partira da União Soviética. Tirou um item de cada vez: o revólver alemão carregado, o livro *Cavaleiro de Bronze*, o livro de frases em russo e em inglês, a foto dele, a foto de casamento, o quepe, e tudo que havia nos bolsos.

Foi quando encontrou a medalha de Herói da União Soviética de Alexander.

Fitou a medalha sem compreendê-la pelo que pareceu ser metade da noite, e então foi até o corredor e olhou-a sob a luz, para ter certeza de que não cometera um erro.

O sol subiu e baixou. Estava quente. A água tremeluzia. E ela mantinha os olhos fixos na medalha. Estava atônita. Aquilo deveria estar ali?

Tão claramente quanto via os veleiros na baía, Tatiana viu a medalha pendurada no espaldar da cadeira de Alexander na última noite em que o viu na companhia do doutor Sayers. Alexander dissera:

— Voltarei amanhã à tarde na posição de tenente-coronel condecorado — e Tatiana havia sorrido, cheia de alegria, e olhado rapidamente para a medalha pendurada na cadeira ao lado do leito de hospital.

Como a medalha tinha ido parar dentro da mochila? Ela não teria pegado, pois não era dela.

O que aquilo queria dizer?, murmurou a si mesma, mas estava longe de saber a resposta. Quanto mais tentava clarear os pensamentos, mais se deparava com a parede de concreto que havia construído na sua cabeça.

Entretanto, havia sido o doutor Sayers quem trouxera sua mochila quando ela estava no chão do seu escritório após receber a notícia de que o caminhão de Alexander havia explodido e afundado no lago Ladoga. Sayers levou a mochila antes de entrarem no jipe da Cruz Vermelha e irem para a Finlândia.

E ela permanece naquele chão, de manhã e à noite, entre os pacientes e as compras, entre o almoço e a janta, entre Vikki e Edward, entre Ellis e Anthony. Ela embarcou na balsa e continuou no chão, e era ali que estava sua mochila, e nela a medalha de *Herói da União Soviética* de Alexander.

Havia esquecido que Alexander dera a medalha a ela?

Quando o doutor Sayers contou sobre Alexander, entregou-lhe o quepe de oficial. Teria dado o quepe *e* a medalha?

Não acreditava naquilo.

Teria sido o coronel Stepanov?

Ele também não.

Levantou-se e pendurou a medalha no cordão que prendia as alianças.

Um dia se passou e outro e outro mais.

Um soldado alemão viu a medalha e perguntou num inglês mal-ajambrado:

— Onde conseguir isso? Medalha muito poderosa. Só para soldados mais honrados. Onde conseguir isso?

Todas as vezes que Tatiana embalava o filho ou o deitava no colo e ficava olhando para ele, pensava, *se Alexander estivesse usando a medalha quando morreu, ela ainda estaria em seu pescoço.* Tatiana sabia que, quando um soldado era promovido, ele ia coberto com as honrarias recebidas: por seu valor, pela sua coragem, por sua proeza militar. O soldado carregava sua própria bandeira.

Talvez o médico tivesse tirado o seu quepe, mas não tiraria a medalha do pescoço de Alexander. E mesmo se tivesse feito isso, ele teria *entregado* a medalha para mim. Não teria? *Aqui, Tatia, o quepe e a medalha do seu marido. Fique com tudo.*

Não, aquela medalha havia sido escondida dela; fora colocada no menor compartimento da mochila, dentro de um bolso secreto, que não continha mais nada além do objeto. Ela não teria encontrado a medalha se não tivesse tirado tudo de dentro da mochila e tocado todo o tecido.

Por que o doutor Sayers escondeu a medalha?

Por que não a entregou com o quepe?

Porque tinha medo de levantar perguntas demais.

Ela teria ficado desconfiada? Mas desconfiada do quê?

Tateava no escuro por respostas. Não conseguia descobrir. Dormiu, trabalhou, cuidou do filho e, no meio de uma noite no final de junho, acordou num sobressalto.

Havia descoberto.

Talvez fosse ficar muito emocionada se tivesse recebido a medalha, fosse pensar demais a respeito ou preocupar-se com isso. Passaria a desconfiar de uma coisa ou outra.

Mas o doutor Sayers não podia prever sua reação.

Apenas uma pessoa poderia ter pensado nisso. O homem de cabelos pretos e braços envolventes. Ele teria previsto.

Alexander queria que ela ficasse com sua medalha de maior distinção, mas não de imediato, porque poderia levantar muitas suspeitas. Então, pediu a Sayers que esperasse. No gelo, no hospital, em algum lugar, fez o pedido a Sayers.

Isso quer dizer que mentiram, e o doutor Sayers participou da farsa.

A morte de Alexander era parte do plano?

A de Dimitri?

– Tatiasha, deve se lembrar de Orbeli.

Aquelas foram suas últimas palavras. Deve se lembrar de Orbeli. Ele estaria perguntando se ela se lembrava, como em "Deve se lembrar de Orbeli?".

Ou estaria afirmando para ela não se esquecer? "Deve se lembrar de Orbeli."

Tatiana passou o resto da noite acordada.

CAPÍTULO VINTE

Bielorrússia, junho de 1944

ALEXANDER CHAMOU OUSPENSKY à sua barraca. Estavam acampados na Lituânia para dois dias de descanso e aguardavam novas instruções.

– Tenente, o que há de errado com o sargento Verenkov?

– Não sei que quer dizer, Capitão.

– Bem, esta manhã ele me informou todo animado que havia consertado o tanque.

Ouspensky ficou radiante.

– Verdade, capitão!

– Isso me surpreende, tenente.

– Por que, senhor?

– Em primeiro lugar – disse pacientemente Alexander –, eu não sabia que o tanque precisava de reparos.

– Urgentemente, senhor. Os pistões a diesel estavam falhando. Precisavam de alinhamento.

Assentindo, Alexander disse:

– Nesse caso, muito bem, tenente, mas chegamos à segunda surpresa.

– E qual seria, senhor?

– Não *temos* porcaria de tanque nenhum!

Ouspensky sorriu.

– Ah, temos sim, senhor. Nós temos. Venha comigo.

Próximo da floresta, Alexander viu um tanque de guerra verde com a Estrela Vermelha e o emblema "Por Stalin!" ornamentando a lateral do veículo, como os que Tatia costumava fabricar em Kirov, mas este era menor. Apesar de desgastado pela guerra, continuava em boas condições. Alexander gostou do número no tanque, 623. A torre de tiro era larga. O canhão era largo.

– Uns 100 milímetros! – exclamou Ouspensky.

Alexander olhou de relance para o tenente.

– Por que você está tão orgulhoso? Foi você quem construiu o tanque?

– Não. Eu o roubei sozinho.

Alexander não conseguiu conter o riso.

– Roubou de onde?

— Pesquei na lagoa ali na frente.

— Estava completamente embaixo d'água? A munição está toda encharcada?

— Não, apenas as rodas e o piso estavam na água. O motor morreu e não conseguiram ligar novamente.

— Como *você* conseguiu ligar?

— Não consegui. Peguei trinta homens para ajudar a empurrar para fora d'água. Foi quando Verenkov o consertou. Agora funciona como uma caixinha de música.

— De onde isso veio?

— Quem quer saber? Do batalhão que veio antes de nós?

— Não houve um batalhão antes de nós. Você ainda não percebeu que somos o primeiro na linha de fogo?

— Bem, talvez estivessem recuando para a floresta. Eu não sei. Vi um corpo boiando na lagoa. Talvez fosse o atirador.

— E não era dos bons — comentou Alexander.

— Não é fantástico?

— Sim, é ótimo. Vão tomá-lo de nós. Tem muita munição?

— Está carregado. Acho que por isso afundou. Deveria guardar apenas três mil projéteis de 7,62 milímetros, mas está carregando seis mil.

— Algum de 100 milímetros?

— Sim — respondeu Ouspensky, sorrindo. — Trinta. Quinhentos de 11,63 milímetros, para os morteiros. Tem quinze mísseis e uma metralhadora fixa. Estamos equipados, capitão.

— Vão tirar tudo de nós.

— Só se você deixar — disse Ouspensky. — Você vai ser o nosso comandante do tanque — completou, batendo continência.

— É sempre um prazer o tenente determinar as tarefas do capitão — disse Alexander.

Com Ouspensky na direção, Telikov na metralhadora e Verenkov no abastecimento, Alexander foi capaz de proteger seus homens nas escaramuças durante a primavera de 1944 por trezentos quilômetros entre a Bielorrússia e o leste da Polônia. O embate na Bielorrússia foi o pior. Os alemães não queriam recuar, e Alexander não os condenava. Usando seu capacete, ele sulcou os campos sem se deixar deter pelas águas, florestas, mortes, aldeias, mulheres ou pelo sono. Mesmo com o piso do tanque desgastado, ele seguiu em frente com apenas um pensamento à sua frente: Alemanha.

Campo após campo, floresta após floresta, pântano, lama, minas, chuvas. Armavam as barracas e pescavam nos rios, cozinhavam os peixes em tigelas de ferro sobre a fogueira e comiam de dois em cada prato (Ouspensky sempre comia com Alexander) e então tinham um sono agitado e seguiam em frente, em direção às balas alemãs e aos exércitos alemães. Três exércitos soviéticos empurravam os alemães para fora da Rússia: o Grupo Armado da Ucrânia, localizado na posição mais ao sul, o Grupo Armado Central e o Grupo Armado do Norte, do qual Alexander fazia parte, sob o comando do general Rokossovsky. Os soviéticos não ficariam satisfeitos em apenas expulsar os alemães, desejavam retribuir em solo alemão todo o mal impingido na Rússia nos últimos dois anos e meio, e, para isso, milhões de homens precisavam abrir caminho através da Lituânia, Letônia, Bielorrússia e Polônia. Stalin queria estar na Alemanha no outono. Alexander não achava que aquilo seria possível, embora não pela falta de empenho dele. Adiante, os campos estavam minados e os homens caíam mortos no solo em que um dia cresceram batatas. Os que sobreviveram pegaram seus fuzis e seguiram em frente. No batalhão de Alexander, cinco engenheiros localizavam e desarmavam as minas. Quando morriam, Alexander conseguia novos engenheiros. Por fim, ele treinou todos os homens do batalhão para localizar uma mina e desativá-la. Após cruzar os campos de minas desarmadas, chegavam a uma floresta e lá eram recebidos por mais alemães. Cinco batalhões penais abriam caminho pela floresta, pelos rios, pelos pântanos, preparando o terreno para as divisões regulares. E então mais florestas e mais campos.

Ainda bem que não era inverno, mas a noite ainda era fria e úmida. Os rios não estavam congelados, e os homens podiam se banhar, embora tomando todo o cuidado com o tifo, ao menos algum cuidado. Alexander sabia: tifo significava a morte por fuzilamento: o exército não podia arcar com uma epidemia entre seus homens. O batalhão penal era o primeiro a ser sacrificado, mas igualmente o primeiro a ser substituído: parecia não haver escassez de prisioneiros políticos enviados para morrer pela Mãe Rússia. Para levantar o moral das tropas, Stalin decidiu restituir a honra e a dignidade do Exército Vermelho introduzindo novos uniformes; novos, de certa forma. Seguindo as diretrizes de Stalin, mesmo os soldados dos batalhões penais passaram a usar os uniformes do antigo *Exército Imperial* do Czar, com tecido de feltro cinza e ombreiras ornadas. Os novos uniformes deixavam a morte no lamaçal mais digna e conferiam grande honra a quem pisava numa mina. Até mesmo Ouspensky respirava com mais facilidade enquanto usava o uniforme com o qual poderia morrer defendendo o imperador Stalin.

Os homens não tinham pelos ou cabelo. Obedecendo às ordens de Alexander, raspavam diariamente a cabeça para prevenir a infestação de piolhos. Não havia cabelo nas cabeças, não havia pelos embaixo dos braços nem em nenhuma outra parte do corpo. Após passarem vários dias numa batalha sangrenta, eles passavam um dia no rio removendo os pelos.

Alexander era incapaz de identificar cada um dos homens do seu pelotão. Alguns eram um pouco mais altos do que a média, outros eram um pouco mais baixos, outros ainda tinham marcas de nascença, ou eram limpos, ou de pele escura, mas a maioria era branca e queimada de sol. Apenas alguns tinham sardas. Alguns tinham olhos verdes, outros castanhos, e o soldado Yermenko tinha um verde e outro marrom.

Na vida civil, pelos e cabelos distinguiam os homem, mas agora era a guerra, e suas cicatrizes é que os definiam. Essas eram as suas marcas mais distintivas. Cicatrizes produzidas por cortes de baioneta, pelo impacto das balas, das fraturas expostas, de estilhaços de bombas, da queimadura de pólvora. Nos braços, nos ombros, talvez nas partes inferiores das pernas. Não havia muitos sobreviventes com cicatrizes no peito, abdômen ou couro cabeludo.

Alexander reconhecia o tenente Ouspensky pelo chiado da respiração pesada, e pela cicatriz sobre o pulmão direito; o sargento Telikov, pelo corpo alvo e atlético; e o sargento Verenkov pela estrutura atarracada que outrora deveria ter sido coberta por pelos escuros que agora eram apenas cerdas negras.

Alexander preferia reconhecer os traços de poucos homens, pois isso tornava a perda dos seus companheiros de armas mais fácil. Uma baixa, uma substituição por outro homem careca, de pele lisa e com cicatrizes.

O batalhão partiu do norte da Rússia e se deslocou até a Lituânia e Letônia. Quando alcançaram a Bielorrússia, recebeu ordens para inverter as frentes e, em vez de ir em direção ao Grupo Armado do Norte, de Rokossovsky, deveria auxiliar o Grupo Armado Central, de Zhukov. Nas planícies majoritariamente sem vegetação da Bielorrússia, Alexander enfrentou o exército alemão mais motivado; para derrotá-los, o Exército Vermelho perdeu mais de 125 mil homens e 25 divisões, com o batalhão de Alexander combatendo à frente e ao sul, à frente e ao sul, até finalmente encontrar com o grupo da Ucrânia, sob o comando de Konev.

Após junho de 1944, quando chegaram notícias do desembarque das tropas americanas e inglesas na Normandia, o batalhão de Alexander cobriu cem quilômetros em dez dias, abatendo as quatro companhias alemãs, cada qual com 500 homens. Os caminhões soviéticos acudiram logo em seguida com alimentos e munição, e mais homens para repor as baixas. Alexander estava invencível. Tal qual o camarada Stalin, ele precisava chegar à Alemanha. Stalin talvez desejasse alguma retribuição, mas para Alexander a Alemanha era a salvação.

O Cavaleiro Negro do Apocalipse, 1941

Enraivecido e frustrado, Alexander ofereceu-se de voluntário na luta contra os finlandeses na Carélia, para ficar o mais longe possível dos Metanova.

Convidou Dimitri para acompanhá-lo, e, embora, tenha usado o argumento de que receberiam medalhas e promoções, o que realmente passava na sua cabeça eram os tiros, as lanças, as mortes.

Como era de se esperar, Dimitri se recusou a lutar na Carélia, e logo em seguida foi enviado a Tikhvin, onde foi derrotado pelos alemães. Alexander foi enviado com outros mil soldados com a missão de fazer os finlandeses recuarem das linhas de abastecimento de Leningrado. Foram semanas de uma luta encarniçada, em que cada metro de território foi conquistado a custa de muito sangue. Por fim, após um dia inteiro de troca de tiros que deixou um saldo de trezentos homens do Exército Vermelho mortos, Alexander, sobrevivendo à devastação, encontrou-se sozinho, num fim de tarde escuro e gelado de final de setembro, num campo onde se encontrava rodeado pelos cadáveres dos soviéticos, e mais adiante pelos dos finlandeses. Estava tudo quieto no *front* da Carélia, e a NKVD estava a 500 metros dali, atrás das árvores, longe da frente de batalha. As bombas continuavam queimando, os galhos das árvores estalavam, a neve tingida pelo sangue dos soldados, o cheiro acre de carne humana queimada, alguns gemidos isolados, e Alexander sozinho.

O silêncio era quebrado apenas pelo chiado do peito de Alexander. Olhou para trás e não percebeu nenhum movimento; não havia nada que se movesse atrás dele. A arma ainda estava em suas mãos. Deu um passo, outro e mais outro. Tinha sua Shpagin, o fuzil, a pistola, o uniforme. Pisava entre os corpos dos finlandeses caídos próximo à entrada da mata. Se desejasse, precisaria de poucos minutos para estar vestido num uniforme finlandês e com uma de suas armas na mão, arrancados de algum soldado.

Escuro. Silêncio. Lançou outro olhar para trás. A NKVD não se aproximava.

Uns poucos meses com ela. Meses. No vasto panorama de sua vida, as semanas, os momentos roubados, a noite em Luga, os minutos no hospital, a doçura dos instantes no ônibus, o vestido branco, os olhos verdes, o sorriso, tudo uma explosão periférica de cores, uma pincelada de vermelho no centro da tela da sua vida. Deu outro passo. Não podia ajudá-la. Nem a ela, nem a Dasha, nem a Dimitri. Seriam todos engolidos por Leningrado, e Alexander seria amaldiçoado se ficasse e assistisse a tudo. Outro passo. Morto em alguma rua fria e em ruínas da faminta Leningrado.

Nada se movia na planície, nenhum caminhão, nem estradas, nenhum homem, apenas trincheiras e corpos apodrecendo, e Alexander dando um passo após o outro na direção certa. E outro. Estava agora apenas entre os cadáveres finlandeses. Abaixar e encontrar um corpo alto, vestir seu uniforme e carregar sua arma, jogar fora a sua, e com ela a vida que ele odiava, um passo a mais e ir. *Vá, Alexander. Não pode salvá-la. Vá.*

Permaneceu vários minutos em solo finlandês entre os inimigos caídos.

Dentro da vida que odiava, existia a única coisa que ele não deixaria para trás.

Se ao menos...

Virou-se e caminhou lentamente na direção contrária, guiado apenas pelo lampejo das lanternas e do fogo que se extinguia. Olhou mais uma vez para a floresta onde era a Finlândia.

Se ao menos ele tivesse encontrado sua forma de sair da Rússia naquela noite fria e escura de setembro, enquanto estava em solo finlandês, não estaria com o coração tão pesado naquele momento. Sim, seu coração estaria vazio, mas não receoso e apertado como agora.

Stalin entregou Leningrado a Hitler e lutou por sua vida em Moscou. Hitler, por sua vez, respondeu dizendo que não gastaria uma bala com a cidade; em vez disso, deixaria que sua população morresse de fome, e em questão de meses, fileiras de cadáveres se acumularam. Os corpos deitados nas ruas, cobertos com lençóis brancos, eram imaculados. Os que ainda mal sobreviviam os chamavam de "bonecos".

De quanto menos alimentos a família de Tatiana dispunha (seus estoques de farinha e aveia evaporavam), mais seus rostos povoavam a imaginação de Alexander, sempre se perguntando se poderia conseguir mais para eles, mais comida, mais porções, mais, mais. Quanto mais Tatiana se retirava e se aproximava da porta, afastando-se dele, mais peso ela perdia, mais sentimentos cresciam nele por ela. Em meio à guerra, em meio ao embate violento, aos corpos sem túmulo, ao frio e à umidade, à fome, o sentimento de Alexander por Tatiana crescia como se fosse uma planta bem regada e bem cuidada.

O que Leningrado dava aos seus habitantes não era o suficiente: 250 gramas de pão, que Alexander roubava para eles, grãos de soja e óleo de linhaça. Mas o bolo de serragem e sementes de algodão que ele comia era o suficiente para o seu coração.

Ela precisava ser retirada dali. De alguma forma, ela simplesmente precisava sair dali.

Novembro terminou em dezembro. Leningrado, com suas ruas brancas e bombardeadas, continuava repleta de cadáveres que ninguém podia transportar ou enterrar. Todos aqueles que transportavam e enterravam os mortos estavam mortos. Não havia eletricidade. Nem água. Não havia querosene para acender os fornos e assar pão, o que no fundo não fazia diferença, pois não havia farinha.

– Alexander, conte-me, há quanto tempo ama minha irmã?

– Conte-me, há quanto tempo ama minha irmã?

– Há-quanto-tempo-ama minha irmã?

Alexander poderia ter respondido, Dasha, se você tivesse me visto, atônito, ouvindo o dia voar, maio voar na efemeridade de uma voz cantando num domingo, "Algum dia nos encontraremos em Lvov, meu amor e eu", você teria a sua resposta.

Lazarevo, 1942

Lazarevo: o próprio nome era a reminiscência de um mito, uma lenda, uma revelação. Lázaro, o irmão de Maria e Marta, ressuscitado por Jesus quatro dias após sua morte. Um milagre oferecido por Deus para que os homens reafirmassem a fé e que irritou tanto Seus inimigos que eles começaram a conspirar a favor da morte do divino e do mortal.

Lazarevo: uma vila de pescadores na margem espinhenta do caudaloso Kama, que há dez milhões de anos corre mil e seiscentos quilômetros na direção sul, desaguando no maior mar do mundo. Todos os rios correm para um mar que nunca transborda.

Alexander foi a Lazarevo movido pela fé.

Há seis meses não recebia notícias de Tatiana. Alexander tinha apenas uma coisa a dizer: ela não poderia ter sobrevivido, pois ele tinha visto com os próprios olhos milhares de homens mais fortes e saudáveis do que ela morrerem. Eles adoeciam, e ela estava doente. Não tinham comida, estavam famintos, e ela também. Não tinham defesas, e ela não tinha nenhuma. Estavam sozinhos, e ela estava na mesma situação. Ela era pequena, fraca e não tinha conseguido.

Não havia nada que Alexander pudesse fazer. Poderia dizer, é assim que deve ser. Tudo que tinha a fazer era fazer nada. Tão fácil!

Mas Alexander já sabia: em sua vida nada era fácil, nenhum dia era fácil, nenhuma escolha, não havia caminho fácil.

Ele não tinha uma vida. E foi com isso nas mãos que ele foi a Lazarevo em junho de 1942.

Alexander a encontrou no rio Kama, luminosa e recuperada, não apenas com o fulgor de antigamente, mas ainda mais radiante. Tatiana refletia luz onde quer que estivesse.

Eles correram em direção ao rio onipotente. Ela nunca sequer olhou para trás.

Ela nunca saberia o que sua inocência significaria para aquele constante pecador, depois de tudo que havia visto e feito. Mesmo assim, ele sabia, ele podia ver através dela, que Tatiana se entregava a ele em sua barraca ao lado do Kama porque Alexander era o único que ela havia desejado. Alexander era o único que ela jamais amara.

Ele sonhara tanto com o momento de vê-la linda e nua, pronta para ele.

Ele a abraçou, com medo de machucá-la. Nunca estivera com uma mulher intocada e nem sabia se deveria fazer algo antes. O corpo de Tatiana o batizou. Alexander deixava de existir. O homem que ele conhecia morrera e renascera dentro de uma alma perfeita, doada a ele diretamente das mãos de Deus. Para ele e por ele.

Pensou que ela não tinha ninguém no mundo.

Ninguém, com exceção dele.

Como ele.

Antes do exército, ele tinha os pais. Agora não mais.

E antes da União Soviética, ele tinha avós e uma tia. Agora não mais.

Passara os últimos cinco anos da sua vida com mulheres de cujo nome não conseguia se lembrar, cujos rostos não lhe vinham à cabeça, mulheres para as quais ele não passara de uma boa noite de sábado. As conexões que fizera com elas eram ligações passageiras, acabadas assim que o momento ficava para trás. Nada durava no Exército Vermelho. Nada durava dentro de Alexander.

Vivera os últimos cinco anos entre jovens que podiam morrer na sua frente a qualquer instante, enquanto lhes dava cobertura, enquanto os salvava, carregando-os de volta à base. A conexão com eles era real, mas efêmera. Sabia melhor do que ninguém da fragilidade da vida durante a guerra soviética.

Entretanto, Tatiana havia sobrevivido à fome, encontrado às escuras seu caminho entre a neve no Volga, e entrado na sua barraca para mostrar a Alexander que na sua vida algo permanecia. Na sua vida havia um fio que nada iria romper, nem a morte, nem o coração partido, ou a distância, o tempo, a guerra, ou o comunismo. Nada irá rompê-lo, sussurrou Tatiana. Enquanto estiver viva, disse com seu hálito, seu corpo e lábios, enquanto eu respirar, você será duradouro, soldado.

E ele acreditou.

E estavam casados perante Deus.

Alexander estava sentado na manta, recostado numa bétula, e Tatiana estava com as pernas abertas sobre ele, quase o sufocando com seus beijos.

— Tatia... espere... — sussurrou.

Era a terceira manhã do casal. Haviam se banhado, bebido e agora se abrigavam à sombra da bétula.

— Shura, querido, não consigo acreditar que você é meu marido. Meu marido. Para quem eu posso contar?

— Para mim.

— Shura, meu marido por toda a *vida*.

— Hum... — ele acariciava suas coxas.

— Você sabe o que isso significa? Que jurou fazer amor apenas comigo por toda a sua vida.

— Vou *assumir* a tarefa.

— Eu li que em algumas culturas africanas as esposas recebem o fígado do marido como prova de amor — disse, com um riso maroto.

— Pode ficar com o meu fígado, Tatiana, mas não vou servir pra muita coisa depois disso. É melhor fazer amor comigo antes.

— Espere, Shura.

— Não. Tire o vestido. Tire tudo.

Ela obedeceu.

— Agora se sente em cima de mim.

— Mas você está vestido.

— Eu sei. Sente-se. — Ele a olhou com desejo. O corpo de Tatiana era lindo. E Alexander tinha visto muitos corpos. Tatia era moldada para o desejo de Alexander: pequena, firme, ágil, macia, um manjar da cabeça aos pés. Sua esposa virgem era generosa em tudo que ele apreciava no corpo de uma mulher. Cintura fina e quadris pequenos e arredondados, coxas macias e seios luxuriantes, com os bicos sempre eretos. Dos cabelos dourados à ponta dos pés, Tatiana tinha a dádiva da seda e do veludo. Com a respiração curta, Alexander abriu os braços e disse:

— Venha para mim.

Ela abriu as pernas.

— Assim?

— Assim está ótimo — ele respondeu, tocando seu corpo trêmulo. Ele gemeu ao toque. Tatiana se ergueu um pouco para que ele beijasse seus seios cálidos. Alexander agarrou seus quadris e fechou os olhos.

— Você sabia que na Etiópia as mulheres recém-casadas, para se tornarem mais atraentes, fazem uma série de cortes no dorso e esfregam cinzas para que virem cicatrizes?

Sentando-se sobre ele, Tatiana o encarou:

— Você acharia atraente?

— Particularmente, não. — Alexander sorriu. — É o *sacrifício* que me atrai.

— Você quer sacrifício, vou lhe mostrar sacrifício. Acho que também é na Etiópia que as mulheres se raspam do pescoço para baixo.

— Hum.

— Isso não te atrai?

Ele apertava o corpo de Tatiana e lambia seus lábios.

— Vamos dizer que isso *não* me seduz.

— Shura!

— O quê?! Você sabia que em algumas culturas africanas as mulheres não têm permissão para falar com seus maridos a menos que eles falem primeiro com elas?

— É? E você sabia que em outras culturas as mulheres podem flertar com os maridos e com os primos dos maridos e ambos podem dividir o leito matrimonial se esse for o desejo da mulher? Isso te seduz? — Ela não o deixou responder. — Em outras, eu fico totalmente dentro de uma... como é mesmo o nome?

— Caixa preta? — disse Alexander, rindo.

— Não, o nome verdadeiro.

— Burca.

— Isso! Uma burca. Eu passo a vida toda coberta com a burca, da cabeça aos pés, mas no começo do casamento você precisa tirá-la do meu rosto e eu devo ajudá-lo, então aquele que estiver com a mão em cima da do outro será o chefe do casamento. — Ela soltou um riso contagiante. — Qual dos dois costumes mais lhe agrada, marido?

Alexander acariciou suas nádegas. Tatiana continuava a beijá-lo para apaziguar qualquer desavença, e Alexander precisou de alguns segundos para responder:

— Bem, antes de tudo — disse com voz rouca —, a irmã do meu pai não teve filhos, então o primo está fora de questão. E, sim, eu bem que gostaria que você usasse uma caixa preta, assim ninguém mais colocaria os olhos em você. E para responder a sua terceira pergunta, acho difícil um anão de jardim como você ser o chefe em qualquer situação.

— Vai imaginando — respondeu Tatiana, destemida, os lábios ocupados com ele.

Era a vez de ele tirar a roupa, mas estava imobilizado. Os joelhos de Tatiana prendiam seu quadril, os braços dela seguravam sua cabeça, e a boca violentava a dele.

Alexander gemeu baixinho.

— Você sabe o que fazíamos em Barrington? Cortávamos a palma da mão e apertávamos o sangue de uma mão contra a outra. Era prova de amizade eterna.

— Se quiser podemos fazer isso, mas na Rússia, quando queremos reafirmar o casamento, temos um filho — ela mordicou seu pescoço.

— Então vamos fazer o seguinte — disse Alexander. — Me deixe levantar e vejo o que posso fazer para reafirmar nosso casamento. — Ela não só permaneceu sobre ele como o apertou ainda mais. — Tatia... — Ela o beijou ainda mais, tirando-lhe a força gradualmente.

— Há um minuto eu era um anão de jardim — sussurrou. — E agora você não consegue se soltar de mim.

Alexander segurou-a com uma mão e num salto colocou-se de pé sem soltá-la.

— Você, minha querida, é mais leve do que meu equipamento, minhas armas e o morteiro que carrego. — Com a mão livre, desabotoou as calças.

— Onde está o morteiro que você carrega? — Tatiana disse com veemência, seus lábios no pescoço dele.

Tempo, tempo, tempo.
Pare, pare, pare.
Pare tempo, pare tempo, pare tempo.

CAPÍTULO VINTE E UM

Sam Gulotta, Washington, julho de 1944

TATIANA NÃO PARAVA DE PENSAR NA MEDALHA, nem em Orbeli. Solicitou um dia de folga, pegou Anthony, foi até a estação Pensilvânia e comprou uma passagem para Washington, onde localizou o Departamento de Justiça dos Estados Unidos na avenida Pensilvânia. Após quatro horas zanzando entre o setor de revisão de casos do Departamento de Imigração, o de Imigração e Naturalização, a Agência Central e o escritório da Interpol, ela finalmente foi informada por um atendente de que estava no prédio errado e, principalmente, no departamento errado, devendo dirigir-se ao Departamento de Estado na rua C. Foram a um café onde compraram sopa e trocaram os cartões de racionamento por um sanduíche quente de bacon. A possibilidade de comer carne tão prontamente num país em guerra ainda maravilhava Tatiana.

No Departamento de Estado, mãe e filho mourejaram entre a Agência para Assuntos Europeus e a Agência de População, Refugiados e Migração, até encontrar o escritório para Assuntos Consulares, onde, com as pernas cansadas e um bebê fatigado, Tatiana recusou-se a se afastar da mesa da recepção até que conseguisse falar com alguém entendido na imigração de expatriados *fora* dos Estados Unidos.

Foi assim que ela conheceu Sam Gulotta.

Sam era um homem atlético, de cerca de trinta anos e cabelos negros cacheados. Tatiana o achou mais parecido com um professor de Educação Física do que com um assessor para assuntos consulares, opinião que não se mostrou errada: ele contou que, à tarde e nos acampamentos de verão, era treinador do time de beisebol júnior do filho. Tamborilando os dedos sobre o tampo arranhado da mesa de madeira com papéis esparramados, ele disse:

— Então, por que está aqui?

Tatiana respirou fundo, apertou o mal-humorado Anthony contra si e disse:

— Aqui?

— Em oposição a quê? Ao jantar? Sim, aqui. — Ele sorriu ao dizer aquelas palavras. Não estava sendo grosseiro, mas eram cinco horas da tarde de uma quinta-feira num escritório governamental.

— Sr. Gulotta, quando eu estava na União Soviética, conheci e me casei com um homem que havia se mudado para Moscou quando era garoto. Acho que ainda era um cidadão americano.

— Verdade? O que faz nos Estados Unidos? E qual é o seu nome agora?

— Meu nome é Jane Barrington — respondeu, mostrando-lhe sua carteira de residência permanente. — Tenho residência nos Estados Unidos. Logo serei cidadã. Mas meu marido... como vou explicar? — Ela inalou o ar e lhe contou, começando por Alexander e terminando com o atestado de óbito da Cruz Vermelha e o doutor Sayers a ajudando a fugir da União Soviética.

Gulotta ouviu em silêncio e então disse:

— Está me contando coisas demais, Jane Barrington.

— Eu sei, preciso da sua ajuda. Quero descobrir o que aconteceu com meu marido — ela respondeu numa voz abafada.

— Sabe o que aconteceu. Está com o atestado de óbito.

Como explicar sobre a medalha de *Herói da União Soviética*? Gulotta não entenderia. Quem a entenderia? Como explicar sobre Orbeli?

— Será que não está morto?

— Sra. Barrington, tem mais informações a respeito do que eu.

Como explicar a um americano sobre os batalhões penais? Ela tentou.

— Sra. Barrington, desculpe interrompê-la — disse, interrompendo-a. — Que batalhões penais? Que oficiais de carreira? A Sra. está com a certidão de óbito. Seu marido, fosse quem fosse, não foi preso. Ele se afogou. Ele está fora da *minha* jurisdição.

— Sr. Gulotta, penso meu marido talvez não tenha afogado. Penso o certificado talvez seja falso e ele tenha sido preso e esteja agora num batalhão penal.

— Por que acharia isso?

A resposta para aquela pergunta ela não conseguiria dar adequadamente, mesmo se tentasse.

— Devido a circunstâncias *impreouvidas*...

— *Impreouvidas*? — Gulotta não conteve um pequeno riso.

— Eu...

— Quer dizer "imprevistas"?

— Sim — assentiu Tatiana, ruborizando. — Meu inglês... ainda estou aprendendo.

— Está se saindo muito bem. Por favor, continue.

No canto da sala, embaixo das luzes fluorescentes, uma mulher obesa de meia-idade lançou-lhe um olhar reprovador por sobre o largo balcão.

— Sr. Gulotta, o senhor é a pessoa certa com quem devo conversar? Talvez seja com outra pessoa.

— Não sei se sou a pessoa certa. — Agora foi ele quem apertou os olhos para Tatiana do outro lado do balcão. — Já que não sei o motivo pelo qual você está aqui, posso ser a pessoa errada. Mas meu chefe já foi embora. Diga-me do que precisa.

— Quero descobrir o que aconteceu com meu marido.

— Só isso? — perguntou com ironia.

— Sim. Só isso — ela respondeu sem ironia.

— Vamos ver o que posso fazer. Semana que vem seria rápido o bastante?

Ela entendeu a ironia.

— Sr. Gulotta...

Ele entrelaçou os dedos.

— Ouça-me. Agora sei que não sou a pessoa certa. Não acredito que exista uma pessoa certa neste departamento todo, ou melhor, em todo o governo, que possa ajudá-la. Qual é mesmo o nome do seu marido?

— Alexander Barrington.

— Nunca ouvi falar dele.

— Você trabalhava no Departamento de Estado em 1930? Foi quando ele e a família emigraram.

— Ainda estava na universidade, mas esse não é o ponto.

— Eu disse...

— Ah, sim, as circunstâncias *impreouvidas.*

Tatiana se virou para sair, mas foi detida pela mão do homem em seu braço. Ele tinha saído de detrás do balcão e agora estava ao lado dela.

— Não vá ainda. Está na hora de encerrar o expediente. Por que não veio mais cedo?

— Sr. Gulotta, eu pegar o trem das cinco da manhã de Nova York. Tenho apenas dois dias livres, quinta e sexta. Até agora gastei tempo andando do prédio do Departamento do Estado até o da Justiça. Você é o primeiro que fala comigo. Iria para a Casa Branca em seguida.

— Acredito que nosso presidente esteja ocupado com algo como a invasão da Normandia. Ouvi dizer que estamos em guerra.

— Sim, fui enfermeira nessa guerra e continuo sendo. Os soviéticos podem ajudar vocês? São nossos aliados agora. Tudo que eu quero é uma pequena informação. — Tatiana apertou as mãos com força no carrinho do bebê.

Sam Gulotta a encarava.

Tatiana poderia ter desistido, mas Gulotta tinha um olhar receptivo.

— Olhe a ficha dele. Devem ter a ficha de quem muda para a União Soviética. Quantas pessoas fizeram isso? Olhe a ficha dele. Talvez ter alguma coisa lá. Você vai ver que ele era apenas garoto quando saiu da América.

Sam emitiu um som de descrença, algo entre um gemido e uma risadinha de desdém.

— Tudo bem. Vamos supor que olhe sua ficha e descubra que ele realmente era uma criança quando saiu do país. E daí? Você já sabe disso.

— Talvez descubra mais. Estados Unidos e União Soviética comunicam, não é? Talvez descubra o que acontecer com ele. Com certeza.

— Que certeza maior posso obter do que um atestado de óbito? — Gulotta balbuciou, e então elevou a voz. — Tudo bem. E se por algum milagre eu descobrir que seu marido continua vivo. O que vai fazer?

— Deixe que eu me preocupo com isso — disse Tatiana.

Sam soltou o ar dos pulmões.

— Volte amanhã às dez horas. Vou tentar localizar a ficha. Em que ano mesmo você disse que a família partiu?

— Dezembro de 1930 — respondeu Tatiana, e finalmente sorriu.

Hospedou-se com Anthony num hotel modesto na rua C, próximo ao Departamento de Estado. Gostava de ficar em hotéis. Não havia apreensão, nenhuma recusa, nem pedido de documentos. Ela pediu um quarto, entregou três dólares e recebeu um quarto confortável com banheiro. Simples assim. Ninguém olhou duas vezes para ela, mesmo depois de ouvirem o sotaque russo.

Na manhã seguinte, voltou ao escritório consular antes das nove e, sentando-se em um dos bancos com o filho no colo, brincou com seus dedinhos e olhou figuras em um livro por uma hora. Gulotta apareceu às quinze para dez e acenou para que ela o acompanhasse até o escritório.

— Sente-se, senhora Barrington. — Na frente dele, havia um dossiê de cerca de 25 centímetros de espessura. O funcionário permaneceu em silêncio por quase um minuto. Suas mãos e seus olhos estavam parados sobre a papelada. Então, suspirou fundo.

— Qual é mesmo a sua relação com Alexander Barrington?

— Sou esposa dele — respondeu baixinho.

— Jane Barrington?

— Sim.

— Jane Barrington era o nome da mãe de Alexander.

— Eu sei. Por isso peguei para mim. Não sou a mãe de Alexander — explicou Tatiana, olhando desconfiada para ele, ao mesmo tempo em que era analisada com desconfiança por ele. — Usei o nome para sair da União Soviética. — Tentava descobrir o que o preocupava. — Está preocupado que eu seja comunista?

— Qual o seu nome verdadeiro?

— Tatiana.

— Tatiana o quê? Qual o sobrenome russo?

— Tatiana Metanova.

Sam Gulotta a encarou por tempo que pareceu solenes horas, as mãos agarradas no dossiê, sem soltá-las mesmo quando disse:

— Posso chamá-la de Tatiana?

— Claro.

— Disse que saiu da União Soviética como enfermeira da Cruz Vermelha?

— Sim.

— Bem, você tem muita sorte.

— Sim — respondeu, olhando para as mãos.

— Não há mais Cruz Vermelha na União Soviética. *Verboten*. Proibido. Alguns meses atrás, o Departamento de Estado dos EUA pediu à Cruz Vermelha ajuda nos hospitais soviéticos e nos campos de trabalhos forçados, mas Molotov, o ministro para Assuntos Internacionais, recusou. Incrível que você tenha partido. — Ele olhou para ela com renovada surpresa, e Tatiana teve vontade de novamente baixar o olhar.

— Tatiana, gostaria de falar sobre Alexander Barrington e seus pais. Ele saiu dos Estados Unidos com os pais em 1930. Harold e Jane eram comunistas ardentes. Pediram exílio voluntário na União Soviética apesar dos repetidos pedidos por parte do nosso governo para que não fizessem isso. Não podíamos garantir a segurança da família. Apesar de suas atividades de agitador em nosso solo, Harold Barrington continuava sendo um cidadão americano, e nós tínhamos obrigações para com ele e sua família. Você sabe quantas vezes Harold Barrington foi preso? Trinta e duas. Seu filho, de acordo com nosso relatório, esteve três vezes preso com o pai. Em duas ocasiões, ele passou as férias de verão num centro de detenção, seja porque os pais estivessem presos, ou porque preferiram manter o garoto na cadeia a deixá-lo com parentes...

— Parentes? — ela o interrompeu.

— Harold tinha uma irmã, Esther Barrington.

Alexander mencionara a tia apenas uma vez e muito por cima. A voz baixa de Gulotta incomodava Tatiana, como se medisse as palavras, evitando contar todas as notícias terríveis que se escondiam atrás delas.

— Pode me dizer o que tudo isso significa? — disse Tatiana. — O que está dizendo?

— Me deixe terminar. É verdade que o filho não revogou sua cidadania americana, mas os pais sim, e entregaram seus passaportes em 1933, ainda que o cônsul americano em Moscou tenha tentado fazê-los mudar de ideia. Então, em 1936, a mãe de Alexander esteve em nossa embaixada pedindo asilo ao filho.

— Eu sei. Aquela viagem à embaixada dos EUA custou a vida dela e a vida do marido e teria custado a de Alexander se ele não tivesse fugido a caminho da cadeia.

— Está certa — disse Gulotta. — Mas é aí que termina a nossa jurisdição sobre Alexander. Quando ele escapou da prisão, ele já era um cidadão soviético.

— Ele não queria ser. Teve de se alistar no exército.

— Ele se voluntariou para o exército?

— Ele se voluntariou para ser um oficial. Mas todos os garotos soviéticos têm de se alistar quando completam dezesseis anos. Então ele foi obrigado.

Sam estava pensativo.

— Bem, ele se tornou um cidadão soviético quando entrou para o exército.

— Sim.

— Em 1936, as autoridades soviéticas pediram nossa ajuda para localizar Alexander Barrington. Acusaram-no de ser um criminoso e um fugitivo. Não tínhamos mais nenhum direito de lhe oferecer asilo caso nos procurasse e, na verdade, estávamos presos aos tratados internacionais que nos obrigam a entregá-lo à União Soviética. — Gulotta ficou em silêncio. — Pediram que notificássemos imediatamente as autoridades soviéticas se Alexander Barrington pedisse asilo, já que ele é um criminoso que escapou da justiça.

Tatiana ficou em pé.

— Ele pertence aos soviéticos, não a nós — sentenciou Gulotta. — Não podemos ajudá-la.

— Obrigada pelo seu tempo — disse Tatiana com a voz trêmula e segurando o carrinho. — Eu desculpo por incomodar.

Gulotta se levantou.

— Nossa relação com a União Soviética está estável porque estamos lutando do mesmo lado. Mas a desconfiança é mútua. O que irá acontecer quando a guerra terminar?

— Não sei. O que vai acontecer quando a guerra terminar? — perguntou.

— Espere — disse Gulotta, saindo de trás da mesa e parando na frente da porta do escritório antes de abri-la para Tatiana. — Há mais uma coisa... — Sentou-se na cadeira ao lado dela. Anthony agarrou a perna do homem. Ele sorriu.

— Casou-se novamente?

—É claro que não — respondeu sem ânimo.

Gulotta olhou para o menino.

—É o filho dele.

Gulotta permaneceu calado por algum tempo.

— Não fale disso a ninguém. De Alexander Barrington. Não vá ao Departamento de Justiça, não vá aos escritórios da Imigração em Nova York ou em Boston. Não procure os parentes dele.

— Por quê?

— Nem hoje, nem amanhã, nem ano que vem. Não confie neles. De boas intenções o inferno está cheio. Não quer vê-los investigando o assunto em nome de Alexander nem por conta do interesse ferido do Estado. Se eu entrar em contato com os soviéticos para obter informações sobre Alexander Barrington, eles farão corpo mole. Se eu perguntar sobre o paradeiro de Alexander Belov, que na verdade é Alexander Barrington, o único resultado será levar as autoridades soviéticas até ele.

— Entendo isso mais do que você imagina — disse Tatiana, olhando para o filho e depois para longe de Gulotta.

— Você disse que tem residência aqui?

Ela fez que sim com a cabeça.

— Pegue sua cidadania o mais rápido possível. Seu filho é americano ou...

— Ele é americano.

— Isso é bom, muito bom. — Ele limpou a garganta. — Tem mais uma coisa...

Ela não disse nada.

— De acordo com este relatório, no ano passado, em março de 1943, as autoridades soviéticas entraram em contato com o Departamento de Estado sobre uma cidadã soviética, Tatiana Metanova, procurada por espionagem, deserção e traição, que suspeitavam de que havia fugido para o oeste. Enviaram um telegrama questionando se ela havia pedido asilo nos Estados Unidos ou se havia procurado as autoridades em busca de informações sobre o marido Alexander Belov, suspeito de ser Alexander Barrington. Tatiana Metanova, pelo que se sabe, não abriu mão de sua cidadania soviética. Ano passado respondemos que ela não havia nos procurado. Pediram que entrássemos em contato caso nos procurasse e que negássemos o status de refugiada.

Desta vez, o silêncio que se seguiu foi o mais prolongado. Foi Sam quem o quebrou:

— Tatiana Metanova buscou informações sobre Alexander Barrington?

Por fim, ela respondeu:

— Não — disse no que não passou de um sopro.

Sam assentiu com a cabeça.

— Não pensei que tivesse. Não há nada que eu deva acrescentar ao relatório.

— Não.

Ela sentiu a mão dele nas costas, tentando confortá-la com tapinhas.

— Se você me der seu endereço, posso escrever se souber de algo. Mas você entende que...

— Entendi tudo — sussurrou ela.

— Quem sabe esta guerra amaldiçoada termine, assim como o que está acontecendo na União Soviética. Se a situação abrandar, podemos fazer mais perguntas. Depois da guerra pode ser melhor.

— Depois de qual guerra? — perguntou Tatiana, sem levantar o olhar. — Talvez eu escreva para você. Assim você não precisa guardar meu endereço. Você pode me encontrar sempre no hospital da Ilha Ellis. Eu ainda não tenho endereço. Eu não moro — ela desabou. Com os dentes cerrados e o maxilar travado, Tatiana mal conseguiu estender a mão para Sam Gulotta. Ela gostaria, mas não conseguiu.

— Ajudaria você se pudesse. Não sou o inimigo — ele disse baixinho.

— Não — disse ela, passando por ele e saindo do escritório. — Mas acontece que eu sou.

Tatiana se afastou duas semanas do trabalho, alegando que eram "férias precisadas". Tentou convencer Vikki a acompanhá-la, mas a amiga fazia malabarismos entre dois médicos residentes e um músico cego.

— Não vou numa viagem de trem surpresa. Aonde você acha que está indo?

— Anthony quer ver o Grand Canyon.

— Anthony uma ova! O que ele quer é ver a mãe procurando um apartamento e um novo marido, não necessariamente nessa ordem.

— Não. Apenas Grand Canyon.

— Você disse que iríamos procurar apartamento.

— Venha com a gente e, se der, na volta eu procuro apartamento.

— Você é uma grande mentirosa.

Tatiana riu.

— Vikki, estou bem em Ellis.

— O problema é esse. Você *não está* bem. Está sozinha, vivendo num único quarto com o filho, usa o banheiro coletivo. Está na América, pelo amor de Deus! Alugue um apartamento só para você. É isso que os americanos fazem.

— *Você* não tem um apartamento.

— Ai, pelo amor de Jesus e Maria! Eu tenho um lar.

— Eu também tenho.

— Você não deseja ter uma casa de propósito. Porque isso a impede de se envolver com alguém.

— Não preciso me manter afastada de me envolver com alguém.

— Quando vai começar a ser jovem? Você acha que se ele estivesse vivo estaria sendo fiel? Não estaria esperando você, escute o que estou dizendo. Neste exato momento, estaria aproveitando a vida.

— Vikki, por que você acha que sabe tudo quando não sabe nada?

— Porque entendo de homem. São todos iguais. E não me venha dizer que o seu é diferente. Ele é um soldado. São piores que os músicos.

— Músicos?

— Deixa pra lá.

— Não vou discutir com você, tenho pacientes para cuidar. Tenho de ir à Cruz Vermelha. Eu contei que vou ser contratada para trabalhar meio período na Cruz Vermelha americana? Precisam muito de ajuda. Quem sabe você se candidate.

— Escreva o que estou dizendo. Aproveitando a vida. Que é o que você deveria estar fazendo.

— Tatia? — ela ouve o sussurro atrás dela. Está tão escuro, que ela não enxerga um palmo à frente, parecendo até que está dormindo. — Tatia? Está dormindo?

— Não mais — ela responde, virando-se para ele. Ela sente o cheiro de seu hálito, uma mistura de vodca, cigarro, chá, bicarbonato de sódio e peróxido, além do cheiro de sabonete masculino e do próprio Alexander. Ela levanta a mão e toca os lábios dele.

— Shura, querido, qual o problema? Não consegue dormir? Nunca teve dificuldade para dormir.

— Ouviu o tempo lá fora? É uma tempestade. Se amanhã cedo o tempo estiver tranquilo, vamos pescar?

— Claro. É só me acordar, homem do exército. Me acorde, que eu vou.

Ele localiza a testa de Tatiana e a beija. Os braços dela se aninham no peito dele. Ela fecha os olhos, ou já estão fechados?

— Tivemos um dia gostoso, não foi?

— Claro que tivemos, querido. Todos os dias são perfeitos. Dia de lua-de-mel. — Ela sorri no escuro.

Ele a abraça.

— Tatia, vai me perdoar por eu morrer?

— Vou.

— Vai me perdoar por ir preso?

— Vou.

— Vai me perdoar...

— Vou perdoar tudo em você.

Abraçavam-se no escuro.

— Um dia perfeito — ele sussurrou —, mas à noite chega a dor.

— Não — ela diz, enlaçando o corpo dele. — Não é dor. É amor, Shura.

CAPÍTULO VINTE E DOIS

Majdanek, julho de 1944

O BATALHÃO DE ALEXANDER havia acampado perto de um bosque no leste da Polônia para repor as energias e preparar as armas.

— Por que continuamos falando de Deus, dos alemães, dos americanos, da guerra e do camarada Stalin? — perguntou Ouspensky.

— Nós não falamos, quem fala é você — respondeu Telikov. — Você é o único que toca nesses assuntos. Você sabe do que o comandante Belov e eu conversávamos antes de você chegar?

— Do quê?

— Estamos falando de qual peixe é melhor para um ensopado e qual é o mais fácil de limpar. Eu prefiro a pescada.

— Porque você nunca comeu ensopado de mero. Preste atenção, você está derrubando sua munição enquanto se levanta — alertou Alexander. — Que tipo de soldado você é?

— Do tipo que precisa se deitar com uma mulher, senhor. Ou se levantar com uma mulher. Basicamente, qualquer coisa com uma mulher — respondeu Telikov, pegando suas revistas.

— Entendemos, Telikov. O exército não fornece mulheres no *front.*

— Percebemos isso. Mas também ouvimos que o batalhão 84 possui três enfermeiras mulheres que os acompanham na retaguarda. Por que a gente só tem médicos?

— Porque são um bando de prisioneiros. Quem vai dar para vocês uma enfermeira? Vocês são duzentos homens. A mulher não sobreviveria nem uma hora.

— Para homens como nós, senhor, isso não importa.

—É por isso que não temos uma enfermeira — concluiu Alexander.

Telikov olhou surpreso para ele.

—É por causa de *você* que não temos uma enfermeira?

Ouspensky disse:

— Não acho justo da sua parte, Capitão, a gente sofrer só porque as suas bolas foram derretidas e congeladas em rocha ígnea. O resto de nós é de carne e osso.

— E estamos prestes a perder um pouco dessa carne, Tenente.

— Parem de falar das minhas bolas e mandem os homens para a linha de tiro.

Alexander avançou com 200 homens, e ao chegarem em Majdanek, restavam apenas oito.

No final de julho de 1944, Alexander e sua tropa entraram no campo de concentração de Majdanek, libertado apenas três dias atrás pelos soviéticos. O campo estava no meio de uma campina, e os galpões estavam pintados de verde, como se quisessem camuflá-los. Alexander sentia o odor agridoce de carne humana queimada pairando no ar E, embora não tivesse feito nenhum comentário, o silêncio que se instalou no tanque e nas formações do lado de fora indicava que os homens também o haviam notado.

— Por que mandaram a gente para cá? — perguntou Telikov, aproximando-se de Alexander e fitando com ele a cidade de Lublin do outro lado do arame farpado. Lublin estava logo depois da planície, descendo o morro.

— O alto-comando quer que a gente saiba com quem estamos lidando, para não termos pena dos alemães.

Ouspensky perguntou se os moradores da cidade sentiam o mesmo cheiro que eles sentiam, e Alexander respondeu que deviam estar cheirando aquilo há vários meses.

O campo de concentração não era muito grande e parecia tranquilo — como se a humanidade tivesse partido e deixado para trás apenas fantasmas...

E cinzas...

E ossos...

E vestígios azuis de gás Zyclon B nas paredes de concreto.

Fêmures e clavículas...

E olhos mágicos em portas de aço.

Um "banheiro" em uma das laterais do pequeno acampamento.

E fornos com longas chaminés do outro lado.

Um caminho ligando as duas extremidades.

Galpões que se estendiam de um lado a outro.

Uma casa para o comandante.

Barracas da SS.

E nada mais.

Os soldados atravessaram o campo com a cabeça abaixada e, quando chegaram ao fundo, tiraram os quepes.

— Não podemos fingir que estamos num campo de trabalhos, não é? — disse Ouspensky a Alexander.

— Não, não podemos.

Mas não era tudo. Atrás dos fornos com cinzas brancas e pedaços brancos de esqueleto humano, havia vários montinhos de cinzas. Não eram como formigueiros, mas como dunas de areia, pirâmides, pilhas de cinzas com dois andares de altura, e entre elas havia cinzas espalhadas pelo solo, onde haviam brotado abóboras gigantescas. Alexander, o tenente, os sargentos e todos os cabos e soldados rasos olharam com incredulidade as cinzas e as abóboras, tão grandes, que um dos soldados sugeriu que poderiam fazer um jantar para oitenta pessoas com apenas uma delas. Alexander não deixou os homens tocarem nas abóboras. Em um galpão de madeira, tendo em mente o quanto era difícil receber sapatos do Exército Vermelho, em especial para os batalhões penais, permitiu que cada soldado pegasse um par de botas, que, junto de outros sapatos, botas de couro forradas e sandálias de todos os tamanhos, preenchiam o espaço. Os sapatos formavam pilhas que subiam até o teto, protegidas atrás de um alambrado de três metros de altura.

— Quantos sapatos você acha que tem ali dentro? — perguntou Ouspensky.

— Tenho cara de matemático? — disparou Alexander. — Centenas de milhares, eu diria.

Saíram calados do campo, sem olhar para os campanários das igrejas católicas de Lublin do outro lado do alambrado.

— Quem acha que eram as vítimas, capitão? Poloneses?

— Sim, podem ser poloneses, em especial os judeus. Embora não seja isso que o comando vai dizer. Não quer que os soldados soviéticos sintam-se menos indignados.

— Por quanto tempo você acha que isto funcionou? — perguntou o tenente.

— Majdanek entrou em operação há oito meses. Duzentos e quarenta dias. Um pouco menos do que uma mulher precisa para gerar uma vida, e eles deram um jeito de assassinar um milhão e meio de vidas.

Caminharam em silêncio até estarem a um quilômetro do local.

Mais tarde, Ouspensky disse:

— Lugares como aquele mostram que os comunistas estão certos. Não existe Deus.

— Aquilo não parece obra de Deus, Ouspensky — respondeu Alexander.

— Como Deus permitiria algo assim? — exclamou Ouspensky.

— Da mesma forma que ele permite vulcões em erupção e gangues estupradoras. A violência é terrível.

— Deus não existe — repetiu teimosamente Ouspensky. — Majdanek, os comunistas e a ciência provaram que Deus não existe.

— Não posso falar pelos comunistas. Majdanek é uma demonstração da maldade humana contra os próprios homens; é assim que às vezes os homens usam o livre-arbítrio que Deus lhes dá. Se Deus tivesse criado todos os homens bons, não se chamaria livre-arbítrio, chamaria? E por último, não é papel da ciência mostrar se há Deus por trás do universo.

— Certamente é. Para que mais serve?

— Para fazer experiências.

— E?

— A ciência realiza experiências do tipo: tal e tal dia eu dormi determinado número de horas e me senti desse jeito no dia seguinte, ou eu comi um x de comida e fui capaz de trabalhar x horas. Quando alguém completa quarenta anos, as rugas começam a aparecer, ou seja, a ciência nos ensinou que a velhice começa nessa idade. Como pode então a ciência dizer o que existe por trás dos nossos sonhos se o que ela faz é medir, combinar, misturar e observar? — Alexander riu. — Ouspensky, a ciência pode medir quanto dormimos, mas é capaz de dizer com o que sonhamos? Pode observar nossas reações, pode observar se sofremos um espasmo ou rimos, mas pode nos mostrar o que se passa dentro da nossa cabeça?

— E por que faria isso?

— Pode apenas relatar o visível, o aparente, o tangível. A ciência não tem lugar dentro da minha mente, nem da tua. Como poderia dizer se Deus existe? A ciência não consegue sequer me dizer o que você está pensando, e você é tão transparente quanto o vidro.

— Sou mesmo? Posso te surpreender, Capitão. Vou contar o que estou pensando...

— Onde fica o bordel mais próximo?

— Como descobriu?

— Transparente como vidro, Tenente.

Seguiram dirigindo o tanque.

Mais tarde:

— Capitão, no que está pensando?

— Tento não pensar.

— E quando não consegue?

— Penso no Boston Red Sox — respondeu Alexander. — Se estão fazendo uma boa temporada este ano.

— Em quê?

— Esquece.

— Ah, meu Deus!

— Veja só, aí está você chamando Ele de novo. Pensei que Ele não existisse.

— Pensei que você tentasse não pensar.

Alexander riu.

— Vou provar a você a total incapacidade da ciência de desmentir a existência de Deus, Ouspensky. — Virou-se para trás e olhou a coluna de homens se arrastando atrás do tanque. — Veja bem. Ali temos o cabo Valery Yermenko. Eis o que o exército sabe a seu respeito: tem dezenove anos, nunca viveu longe da mãe. Ele foi direto da fazenda da família, próximo a Stalingrado, para a cidade de Stalingrado. Lutou na cidade, entregando-se aos alemães em dezembro de 1942. Quando os alemães se renderam um mês depois, ele foi "libertado" e enviado ao campo de trabalhos forçados no Volga. Minha pergunta é: como ele veio parar *aqui*? Como esse jovem está agora caminhando no leste da Polônia em um batalhão penal, com a escória descartada pelos campos da Sibéria? Essa é a minha pergunta: como ele chegou aqui?

Ouspensky fitou Yermenko, depois Alexander.

— Está insinuando que Deus existe porque algum bastardo de nome Yermenko deu um jeito de chegar até o seu batalhão penal?

— Estou.

— E como devo entender isso?

— Não deve. Mas, se você conversar vinte minutos com ele, vai entender por que Deus criou o universo e o universo não se criou sozinho.

— Temos tempo para isso?

— Tem algum lugar para ir?

Atravessaram vagarosamente um campo com minas dispostas em fileiras alternadas, quase na entrada de Lublin. O engenheiro-chefe desarmou quase todas, com exceção da última. Ele foi enterrado no buraco aberto pela explosão.

— Vamos lá — disse Alexander. — Quem quer ser o novo engenheiro-chefe?

Ninguém respondeu.

— Alguém vai se voluntariar ou vou voluntariar alguém?

Um soldado raso de estatura baixa ergueu a mão no fundo da formação. Era tão miúdo, que poderia ter sido uma mulher, pensou Alexander. Uma mulher miúda. O soldado raso Estevich tremia ao dar um passo à frente:

— Vai demorar para encontrarmos outro campo minado, senhor?

— Vamos entrar numa cidade que esteve ocupada pelos alemães por quatro anos, e antes de evacuarem plantaram algumas minas para nos dar as boas-vindas. Se quiser dormir esta noite, vai ter de se preparar para desmontar nossas barracas, soldado.

Estevich continuou tremendo.

Dentro do tanque em movimento, Ouspensky insistiu:

— Vai me contar o final da sua fascinante teoria? Estou que não me aguento para saber como termina.

— Aguente-se mais um pouco, Tenente. Termino hoje à noite, se chegarmos vivos a Lublin.

Estevich saiu-se bem. Encontrou cinco minas numa casa pequena e praticamente intocada. Os alemães deixaram um lugar na cidade para os soldados soviéticos descansarem e então colocaram as minas para matá-los. Oitenta homens armaram suas camas numa casa destruída e, quando estavam sentados em volta da fogueira no pátio, Alexander disse:

— Ouspensky, já pensou em quantas coisas você não sabe?

— Já gostei de como começou — respondeu Ouspensky, rindo.

— Pense em quantas coisas existem que fazem você pensar: como vou saber?

— Nunca disse isso, senhor. Eu digo: como diabos vou saber?!

— Você não sabe nem como um insignificante soldado raso da primeira brigada acabou sob meu comando quando por direito ele deveria estar em qualquer outro lugar, e mesmo assim fica aí sentado e assume com toda a confiança que tem certeza de que não há um Deus.

Ouspensky pensou antes de responder:

— Estou começando a odiar esse Yermenko. Acho que vou miná-lo.

— Vamos chamá-lo aqui.

— Ah, não.

— Antes de chamá-lo, quero lembrá-lo de que pelas últimas quatro horas você vem realizando um experimento científico com ele. Vem observando-o, analisando-o. A forma como ele marcha, como carrega o fuzil, a posição da sua cabeça. Ele marcha fora do ritmo? Demonstra sinais de cansaço? Está com fome? Sente saudades da mãe? Alguma vez ele já se deitou com uma mulher? — Alexander sorriu. — Quantas dessas perguntas você foi capaz de responder?

— Várias, senhor — respondeu contrariado Ouspensky. — Sim, está com fome. Sim, está cansado. Sim, deseja estar em outro lugar. Sim, sente falta da mãe. Sim, já se deitou com uma mulher. Tudo de que precisava era da metade de um mês de salário em Minsk.

— E como sabe tudo isso?

— Porque isso me descreve — replicou o tenente.

— Ok. Então sabe as respostas destas perguntas simples porque você se conhece.

— O quê?

— Você sabe as respostas porque olhou dentro de si e descobriu que, embora esteja marchando, embora esteja segurando o fuzil e marchando com os outros, você está cansado, com fome e quer fazer sexo.

— Sim.

— Então, está dizendo que há algo além da aparência, e a razão pela qual está dizendo que existe algo a mais é porque você sabe que há algo por trás de *você*. Algo dentro de você faz com que diga uma coisa e faça outra, que o faz marchar mesmo sentindo-se melancólico, que o faz procurar prostitutas embora ame sua esposa, que o faz atirar num alemão inocente embora não queira machucar o rato que corre entre as minas.

— Não existe alemão inocente.

Alexander continuou.

— O que o faz mentir e sentir remorso, que o faz trair sua esposa e sentir--se culpado, que o faz roubar dos moradores dos povoados mesmo sabendo que está fazendo algo errado, essa coisa também está dentro de Yermenko e é isso que a ciência não consegue calcular. Vamos conversar com ele e eu vou mostrar o quanto as suas respostas estão longe da verdade.

Alexander mandou Ouspensky buscar Yermenko e, quando eles chegaram, ofereceu cigarro, vodca e colocou mais lenha na fogueira. No início, Yermenko estava apreensivo, mas depois de beber relaxou. Era jovem e extremamente tímido; não olhava Ouspensky nos olhos e trocava o tempo todo de lugar, e a cada pergunta respondia com sim, senhor, não, senhor. Contou um pouco sobre a mãe em Kharkov, a irmã que morrera de febre escarlate assim que a guerra começou, a vida na fazenda. Quando lhe perguntaram sobre os alemães, deu de ombros e disse que não lia os jornais e nem ouvia o noticiário. Não acompanhava o que estava acontecendo, apenas cumpria as ordens que recebera. Fez uma pequena piada sobre os alemães, bebeu outro copo de vodca e pediu, sem graça, outro cigarro antes de ir para a cama. Alexander deu-lhe licença e ele partiu.

Ouspensky arqueou a sobrancelha.

— Tudo bem, ele é um zero à esquerda. É um homem comum, como Telikov, o engenheiro que acabou de morrer... e eu.

— Ele não está interessado nos alemães, apenas atira neles quando recebe ordens. É um bom soldado, do tipo que você quer ter no batalhão. Tem alguma experiência de guerra, obedece a ordens e não reclama. O quê?

— Quer dizer que você o observou de perto, analisou-o e depois o chamou para conversar. Deixou-o à vontade, conversamos, descobrimos um pouco sobre a vida dele, e a ciência tirou suas conclusões, certo?

— Certo.

— Da mesma forma como a ciência observou a terra, o movimento da lua, do sol e das estrelas na galáxia. Da mesma forma que o telescópio ajudou na descoberta da Via Láctea e dos nove planetas, tal qual o microscópio auxiliou Fleming na descoberta da penicilina e Lister na descoberta do ácido carbólico. Certo? Olhamos Yermenko pelo telescópio quando ele marcha e pelo microscópio quando se senta conosco. Observamos o rapaz como a ciência observa o universo; da única forma pela qual a ciência pode observar o universo. Talvez por um período curto de tempo, mas empregamos os princípios científicos que os cientistas usam para explicar o universo, como ele surgiu, os átomos, os elétrons, as células. Talvez possamos descobrir o tipo sanguíneo de Yermenko? Sua altura? Quantas flexões ele é capaz de fazer? Tudo isso nos ajudaria a descobrir o que está por trás do homem que marcha conosco nos campos?

— Sim, acho que ajudaria — respondeu Ouspensky.

Alexander acendeu um cigarro e ofereceu outro a Nikolai.

— Tenente Ouspensky, Valery Yermenko tem apenas dezesseis anos. Ele matou o próprio pai quando tinha doze anos. Fez justiça com as próprias mãos, já que o pai batia diariamente na mãe. Yermenko simplesmente cansou de ver aquilo. Bateu no pai com um pedaço de pau até a morte. Você faz ideia do quanto é difícil bater num adulto até a morte, principalmente para um garoto? Ele escapou de ser punido alistando-se no exército. Mentiu sobre a idade, disse que tinha catorze e foi aceito. Durante o treinamento, ele constantemente se desentendia com o sargento responsável, até que finalmente ele abordou o superior na floresta quando voltava da refeição e quebrou seu pescoço por tê-lo humilhado durante a prática de tiro ao alvo. Em Stalingrado, ele se sobressaiu por matar trezentos alemães com as mãos e sua lança, e o exército ficou temeroso de lhe entregar um fuzil. O edifício que ele conquistou ficou sob o controle soviético do início ao fim do cerco. Os soviéticos entregaram Yermenko aos alemães porque não queriam lidar com ele. Quando os alemães se entregaram, a Cruz Vermelha o resgatou e ele foi enviado ao campo de trabalhos forçados, onde rasgou um guarda em serviço, vestiu seu uniforme, pegou seu fuzil e saiu do campo sem ser incomodado, cruzando mil quilômetros da planície soviética até chegar ao lago Ladoga. Sabe para onde estava indo? Murmansk. Queria embarcar em um dos navios americanos e havia lido bastante a respeito: o que transportavam e quantos navios estavam chegando ao porto. Ele foi detido em Volkhov, e o nosso general Meretskov, que não sabia o que fazer com ele, decidiu entregá-lo para mim para que eu me livrasse dele.

Ouspensky não tinha dado nenhuma tragada no cigarro.

— Tenente, não desperdice meu precioso cigarro. Fume ou me dê volta.

Sem desgrudar os olhos de Alexander, Nikolai jogou o cigarro no chão e disse:

— Você está gozando com a minha cara.

— Porque esse sou eu?

— Está mentindo.

— Eu de novo — Alexander riu.

— Deixa eu entender...

— Atrás de Yermenko existe um ele mesmo que só ele conhece. Só Yermenko conhece os desígnios de sua alma. Apenas você sabe por que caminha sempre um pouco à minha frente, mesmo eu sendo o comandante, e apenas eu sei por que deixo você fazer isso. Esse é o meu argumento. Atrás da insignificância do nosso exterior, existe uma alma de Yermenko, e sua, e minha e de cada um. E se a ciência olhasse dentro de nós, ela não descobriria. Imagine quanto mais não existe por trás do vasto e desconhecido universo.

Ouspensky ficou pensativo.

— Por que o canalha do Yermenko demonstra tanta lealdade a você, Capitão?

— Porque Meretskov mandou que o matasse e eu não o matei. Agora ele é meu até sua morte.

À luz do fogo, Ouspensky perguntou:

— Então por causa desse Yermenko você tem certeza de que Deus existe?

— Não. É porque vi Deus com meus próprios olhos — replicou Alexander.

LIVRO II

A ponte da Cruz Sagrada

Venham, meus amigos
Ainda não é tarde para buscar um mundo novo
Partamos, ocupemos nossos postos e singremos
[os mares revoltos,
estou disposto a navegar mais além do ocaso e do mar,
onde os astros do Ocidente desabam, até eu morrer.

Lorde Alfred Tennyson

CAPÍTULO VINTE E TRÊS

A ponte da Cruz Sagrada, julho de 1944

ALEXANDER E SUA TROPA gostaram tanto de Lublin, que decidiram descansar ali. Ao contrário das vilas destruídas e pilhadas que haviam encontrado na Bielorrússia, Lublin estava quase intocada. Apenas algumas casas tinham sido bombardeadas e queimadas. O resto do vilarejo era claro, limpo e quente, com vielas e pequenas praças amarelas, onde aos sábados as feiras vendiam frutas, presunto, queijo e creme azedo. Além de repolho (mas os homens de Alexander mantinham distância de repolho). Na Bielorrússia, encontraram animais de criação; ali, suculentos porcos já estavam marinados e assados, vendidos em zlotis. Leite fresco, queijo e manteiga eram sinal de que havia vacas o bastante para a ordenha, não para o abate. Ovos e galinhas estavam à venda.

— Se é isso que o acontece quando se está sob a ocupação alemã, eu troco Stalin por Hitler num piscar de olhos — sussurrou Ouspensky. — No meu vilarejo, minha mulher não pode arrancar uma cebola do chão sem que alguém da *kolkhoz* venha confiscá-la. E cebola é tudo o que ela planta.

— Deveria ter dito a ela para plantar batatas — disse Alexander. — Dê só uma olhada nessas batatas.

Os vendedores negociavam relógios, vestidos e facas. Alexander tentou comprar três facas, mas ninguém aceitava rublos russos. Os poloneses odiavam os alemães e gostavam dos russos apenas um pouco mais. Deitariam-se com qualquer um para tirar os alemães do país, mas preferiam que não fosse com os russos. Afinal, em 1939, soviéticos e alemães haviam dividido a Polônia, e nada indicava que os russos tivessem a intenção de devolver a metade que lhes haviam tomado. Então o povo era desconfiado e cauteloso. As tropas só podiam comprar à base de barganha. Não importava o quanto tentassem, nenhum vendedor aceitava a desvalorizada moeda russa. O tesouro moscovita precisava parar de emitir papel inútil. Por fim, Alexander conseguiu convencer uma velha senhora, e comprou três facas e um par de óculos para o já quase cego sargento Verenkov por duzentos rublos.

Após um jantar com presunto, ovos, batatas, cebolas e muita vodca, Ouspensky aproximou-se de Alexander e sussurrou animadamente que haviam encontrado a "tenda das putas", e todos estavam indo para lá. Será que Alexander gostaria de ir?

Alexander recusou.

— Ah, deixe disso, senhor. Depois do que vimos em Majdanek, precisamos de algo para reafirmar a vida. Venha, vamos nos divertir com as garotas.

— Não.

— O que vai fazer?

— Dormir. Daqui a alguns dias, vamos forçar uma cabeça de ponte no Vístula. Precisamos de energia para isso.

— Nunca ouvi falar em Vístula.

— Cai fora!

— Estou tentando entender. Por causa de um rio, em algum futuro distante, você não vai dar uma hoje?

— Não. Preciso dormir.

— Com todo o respeito, Capitão, mas, sendo seu criado, estou 24 horas por dia ao seu lado e sei que precisa de uma mulher tão urgentemente quanto o resto de nós. Venha comigo. Aquelas garotas *querem* o nosso dinheiro.

Alexander respondeu com um sorriso:

— Ah, claro, você se deu tão bem gastando seus rublos esta tarde! Ouspensky, você não conseguiu comprar a droga de um relógio. O que o faz imaginar que vai comprar uma mulher inteira? Ela vai cuspir nos seus rublos. — Alexander estava polindo as facas na entrada da barraca.

— Venha com a gente.

— Não. Vá em frente. Quem sabe, quando voltar, você me conte tudo que aconteceu.

— Capitão, você é igualzinho a meu irmão, mas não posso permitir que viva através de mim. Pare com isso. Ouvi dizer que há cinco adoráveis garotas polonesas, e por trinta zlotis vão ficar com cada um de nós.

Alexander riu.

— Você não tem trinta zlotis!

— Mas você tem. Tem sessenta. Vamos lá!

— Não. Quem sabe amanhã. Hoje estou exausto.

Quando estava sozinho, nada dentro de Alexander o confortava. Quando estava no meio de uma batalha, comandando um tanque, esperando para atacar ou matando outro ser humano, ele desejava que seu coração pudesse esquecer.

Molhou a toalha no balde com água e deitou-se na cama improvisada, cobrindo o rosto e a cabeça com o algodão ensopado. Lá, lá. A água gelada escorria por pescoço, bochechas e couro cabeludo. Os olhos estavam fechados. Lá, lá.

— Shura, deite-se aqui na coberta.

Alexander obedece de bom grado. É uma tarde ensolarada e tranquila. Ele corta madeira e ela lê. Ele quer nadar. Os dias são melhores do que as noites. Dias ainda são o presente. Noites apenas trazem o dia seguinte. Um dia a menos.

– Cortar toda aquela lenha acabou com você?

– Não, estou bem.

– Nem um pouco cansado?

Ele não sabe qual resposta ela espera.

– Ah, sim, um pouquinho.

Sorrindo, Tatiana pula sobre ele e prende seus braços.

– Melhor assim – ela diz.

O cheiro dela serpenteia nas entranhas de Alexander. Ele luta contra o desejo de beijar seu pescoço.

– Ok, e agora? – pergunta ele.

– Agora tente fugir.

– Quanto preciso correr? – pergunta Alexander, virando-a sobre a coberta e se levantando.

Ela balança a cabeça.

– Eu não estava pronta. Volte aqui. – Ela tenta não sorrir. Não resiste.

Ele obedece, satisfeito.

Novamente, ela prende os braços dele em cima da cabeça; seus dedos incapazes de circundar os pulsos que ela tão obstinadamente tenta segurar. Seu perfume atordoa os sentidos de Alexander. Ele se excita com aquele embate ousado e cheio de energia. O jeito como ela pula sobre suas costas, empurrando-o para o chão; como ela tenta lutar com ele e se diverte livremente na água: a timidez erótica da mulher-criança é um afrodisíaco inesgotável.

– Pronto? – pergunta a ele, olhando de soslaio para seu semblante determinado, enquanto escolhe a melhor maneira de mantê-lo imóvel. Ela une seus pulsos ainda mais sobre a cabeça.

– Muito bom – diz ele. – E agora?

– Estou pensando.

Ele fecha os olhos.

As pernas de Tatiana apertam seu quadril.

– Pronto?

Ela respira fundo.

– Pronto.

Antes que pudesse terminar de falar, Alexander consegue se soltar, mas desta vez não fica em pé.

Sentando-se, ela pergunta sem rodeios:

— O que estou fazendo de errado? Por que não consigo prendê-lo?

Ele a deita na coberta.

— Será que é porque você mede um metro e meio e pesa 45 quilos e eu tenho um metro e noventa e 90 quilos?

Alexander coloca sua mão grande, pesada e desajeitada em seu pescoço de alabastro.

Afastando-se, ela diz, determinada:

— Não. Para começar, tenho um metro e cinquenta e sete. E depois, eu deveria ser capaz de imobilizar você colocando o peso no lugar certo.

Alexander se esforçava para não rir.

— Tudo bem. Deixe-me tentar.

Alexander aperta o corpo de Tatiana entre as pernas e segura seus pulsos unidos em cima da sua cabeça. Sorrindo, diz:

— Tenho permissão para beijá-la durante a brincadeira?

— De jeito nenhum! — exclama Tatiana.

— Hum... — responde Alexander, olhando fixamente para ela. Ele realmente queria beijá-la. Inclinando a cabeça...

— Shura, isso não faz parte do jogo!

— Não ligo a mínima — diz ele, beijando-a. — Um beijo de língua é perfeito nessa posição. Vou criando as regras no decorrer do jogo.

— Como faz no pôquer, não é?

— Não comece com a história do pôquer.

Ela tenta não rir.

— Pronto?

Ele inclina a cabeça para baixo, fitando-a.

— Estou pronto.

Ela tenta escapar, mas não consegue se mover. Seu quadril está preso entre as pernas dele. Ela agita as pernas alto o bastante para conseguir acertar as costas de Alexander. A cabeça vira de um lado a outro enquanto ela tenta levantar o dorso e desembaraçar os pulsos.

— Espere — arfa. — Acho que entendi.

— Vamos fazer o seguinte: vou segurar seus pulsos com apenas uma mão. Assim fica mais fácil? — Ele segura firme os pulsos acima da cabeça com a mão direita.

— Pronto?

Ele ri.

— Sim, querida.

Ele tenta capturar seu olhar, mas ela o evita. Alexander sabe que, se os olhares se encontrarem, será o fim daquela parte da brincadeira. Tatiana conhece tão bem o olhar dele que, assim que ela o reconhece, solta um leve gemido, mesmo — e principalmente

—enquanto luta com ele. Ela não consegue se soltar. Com a mão livre, Alexander acaricia sua coxa por debaixo do vestido.

— Isso é proibido — Tatiana diz, arfando, lutando contra ele.

— Proibido? — Sua mão torna-se mais insistente.

— Sim, eu não permito.

— Vamos lá, Tatia, deixa disso — diz Alexander, beijando seus lábios, sardas e olhos. — Me mostre do que é capaz.

Tatiana vira o rosto de lado.

— Acho que já sei o que estou fazendo de errado. Vamos tentar outra vez.

Ele segura seu pulso ainda mais firmemente.

— É com você.

Ela solta um gemido quase inaudível. Mas Alexander ouve.

— Bem, você precisa me soltar — sussurra Tatiana.

— Pensei que soubesse o que estava fazendo de errado.

— Eu sei. Mas você precisa me soltar e se deitar.

Desta vez ele obedece, relutante.

Tatiana ajoelha-se entre as pernas dele. Ela não segura suas mãos, mas tira-lhe as calças, ficando novamente em pé com as pernas abertas e erguendo o vestido.

— Agora — murmura, prendendo as mãos dele acima da cabeça e levando os lábios perto do rosto dele. — Vá em frente, soldado.

Alexander não se move. Tatiana, sim. Para cima e para baixo.

— Vá em frente — murmura novamente. — O que você estava dizendo mesmo? Me mostre do que é capaz! Tente escapar.

Alexander grunhe baixinho. Tatiana o beija.

— Oh, marido... — diz melodiosamente, seguindo o ritmo de seu coração, o ritmo dos seus movimentos. — Você estava dizendo...

— Nada.

— Vamos, diga, quem está no comando?

Ele fecha os olhos. Tatiana se rende para lembrá-lo de que a submissão dela — a fonte de toda a força de Alexander — é um privilégio, e não um direito dele. Envolto nela, ele retira para si a energia que é o elixir de que precisa para continuar a viver.

Momentos depois, ela ainda prende suas mãos e ele ainda está imóvel, com exceção do coração, que espalha em 160 batidas por minuto Tatiana pelo seu corpo.

— Sabia que não estava fazendo a coisa certa — diz Tatiana, sorrindo e lambendo sua bochecha. — Sabia que existia um jeito de derrotar você.

— Era só me perguntar. Eu teria contado como era.

— Por que perguntaria? Tinha que descobrir sozinha.

— Bom trabalho, Tatiasha — murmura Alexander. — E você simplesmente adivinhou?

Com a toalha molhada ainda sobre o rosto, Alexander foi acordado no meio da noite pelo sussurro embriagado e festivo de Ouspensky, que, ao mesmo tempo em que o chacoalhava, colocava sua mão em algo quente e macio. Alexander levou algum tempo para reconhecer a maciez e o calor de um grande seio humano, um seio ainda preso ao corpo de uma fêmea humana, embora uma fêmea humana não inteiramente sóbria, cujo hálito parecia fogo, e, ajoelhando-se próximo da cama, disse em polonês:

— Acorde, *cowboy*, o paraíso é aqui.

— Coronel, amanhã você vai estar encrencado — disse Alexander em russo.

— Amanhã você vai me adorar como se eu fosse um deus. Ela já está paga. Dê uma bem dada. — Ouspensky abaixou as abas da barraca e desapareceu.

Alexander sentou-se, acendeu a lamparina de querosene e se deparou com um rosto polonês jovem, embriagado e pouco atraente. Por alguns segundos, enquanto ele se sentava, observaram-se em silêncio, ele cansado, ela amigável por causa da embriaguez.

— Falo russo — disse em russo. — Vou me encrencar por estar aqui?

— Vai. Melhor ir embora — respondeu Alexander.

— Ah, mas seu amigo...

— Ele não é meu amigo. É meu inimigo declarado. Trouxe você aqui para envenená-la. Precisa voltar o mais rápido possível.

Ele ajudou a mulher a se sentar. Os seios ondulantes estavam expostos através do vestido aberto. Alexander estava apenas de cueca. Ele a observava elogiá-lo:

— Capitão, está dizendo que você é veneno? Não parece veneno. — Ela o tocou. — Sua pele também não. — Ficou em silêncio, então sussurrou: — Relaxe, soldado.

Alexander se afastou um pouco — só um pouco — e começou a colocar as calças. Ela o impediu ao acariciá-lo. Ele suspirou, afastando gentilmente a mão da moça. Ou teria sido relutantemente?

— Como você se chama?

— Como você quiser. Você deixou um amor pra trás? Dá pra ver. Sente saudades dela. Vejo muitos homens como você.

— Aposto que sim.

— Sempre se sentem mais aliviados depois que ficam comigo. Vamos lá. O que de pior pode acontecer? Você se divertir?

— Sim. É o pior que pode acontecer.

Ela mostrou um preservativo.

— Vamos lá. Não tenha medo.

— Não estou com medo — respondeu Alexander.

— Ah, vem cá.

Ele abotoou o cinto.

— Venha. Levo você de volta.

— Você tem chocolate? Chupo você em troca de um pouco de chocolate.

Alexander hesitou, olhando demoradamente para os seios expostos.

— Por acaso eu tenho — ele respondeu, o corpo todo pulsando, inclusive o coração. — Pode ficar com tudo — disse. — Nem precisa me chupar.

Os olhos da polonesa brilharam.

— Jura?

— Juro. — Ele retirou de dentro da bolsa alguns pedaços de chocolate embrulhados em papel laminado.

A garota colocou avidamente todos dentro da boca e os engoliu de uma só vez. Alexander ergueu as sobrancelhas.

— O chocolate é mais gostoso do que eu — disse mansamente.

A garota riu.

— Vai mesmo me levar embora? As ruas não são seguras para uma garota como eu.

Alexander pegou a arma.

— Claro que sim. Vamos.

Caminharam pelas ruas de Lublin na escuridão noturna. De longe chegava o som de homens rindo na multidão, copos se quebrando e bebedeira. A garota segurou o braço de Alexander. Era uma garota alta, e a sensação da pele macia de uma mulher contra a sua produzia uma avalanche de sensações contraditórias em Alexander.

Sentiu um aperto no estômago, o coração pulsando, tudo nele pulsando. Segurou o braço dela e, enquanto caminhavam, fechou os olhos por alguns segundos e imaginou o alívio e o conforto. Abriu os olhos, sentiu um leve arrepio e suspirou.

— Você está a caminho de Vístula, não é? De Pulawy? — perguntou ela.

Ele não respondeu.

— Eu sei que está. Quer saber como eu sei? Duas das suas divisões soviéticas, uma armada e a outra de infantaria, num total de mil homens, foram naquela direção. Nenhuma retornou.

— Ninguém espera que voltem.

— Você não está me ouvindo. Também não estão avançando. Estão todos no rio. Cada um dos seus soldados soviéticos.

Alexander olhou para ela, pensativo.

— Não ligo a mínima para eles, assim como não ligo para os alemães. Mas é bom você me tratar com um pouco mais de respeito. Vou ensinar um caminho melhor.

Alexander prestava atenção.

— Você está indo muito para o norte. Vai dar direto na defesa alemã. São centenas de milhares deles esperando por vocês do outro lado do Vístula. Vão matar todos os soldados e vão matar *você*. Não se esqueça de que na Bielorrússia foi uma barbada porque eles não estavam nem aí para a Bielorrússia.

Alexander daria tudo para discordar, mas se manteve calado.

— O Vístula é o último grande rio antes do Oder, na fronteira entre a Polônia e a Alemanha, e praticamente atravessa Berlim. Do outro lado do rio e ao norte de Warshaw, você nunca vai conseguir passar, não importa quantos tanques e aviões tenha.

— Não tenho nenhum avião — disse Alexander. — E só estou com um tanque.

— O melhor é seguir cinquenta quilômetros para o sul e atravessar o rio no trecho mais estreito. Existe uma ponte ali, mas tenho certeza de que tem minas...

— Como sabe disso?

Ela sorriu.

— Primeiro, morei em Tarnow, que não fica muito longe dali. Segundo, quando os idiotas dos Fritzes partiram, há um mês, eles falavam em alemão como se eu não pudesse entender. Pensam que somos estúpidos. Tenho certeza de que há minas na pequena ponte branca e azul. Não passe por ela. Mas o rio é raso. Construa alguns pontões para o trecho mais fundo... mas ainda acho que vocês conseguem nadar. Dá até para atravessar com o tanque. A floresta não é bem guardada. É muito densa e montanhosa, só não garanto que esteja sem defesa. É apenas mal-defendida. Na maioria são grupos de partidários, tanto alemães como soviéticos. Se você conseguir atravessar, vai sair na floresta, e logo à frente estará a Alemanha! Ao menos vai ter alguma chance. Mas, se atravessar o Vístula por Pulawy ou Dolny, estarão todos mortos. — Ela parou de caminhar. — Chegamos — disse, apontando para uma pequena casa. As luzes estavam todas acesas. Ela sorriu. — É assim que você reconhece a casa das pecadoras. Não importa a hora da noite, as luzes estão sempre acesas.

Alexander retribuiu o sorriso.

— Obrigada — ela disse. — Estou aliviada por não ter tido de fazer de novo. Estou exausta. — Ela tocou o tórax dele. — Apesar de que com você eu não me importaria.

Alexander ajustou seu vestido.

— *Eu* é que agradeço. Qual é mesmo o seu nome?

Ela sorriu.

— Vera. Significa “fé” em russo, certo? E o seu?

— Sou Alexander — ele disse. A ponte branca e azul próxima a Tarnow tem algum nome?

Vera o beijou de leve nos lábios.

— *Most do Swietokryzst*. A ponte da Cruz Sagrada.

Na manhã seguinte, Alexander enviou cinco homens a Pulawy numa missão de reconhecimento para a travessia do Vístula. Os homens não retornaram. Ele enviou outros cinco direto a Dolny, mas estes também não retornaram.

Era início de agosto, e os relatos que chegavam de Varsóvia eram esparsos e sombrios. Embora se falasse muito sobre a retirada dos alemães de Varsóvia em direção ao oeste do Vístula, que corta a cidade, eles se mantinham exatamente onde estavam; as notícias sobre as baixas soviéticas eram monumentais, e os poloneses, incitados pelas falsas promessas de ajuda dos soviéticos, haviam se levantado contra os alemães e estavam sendo massacrados.

Alexander esperou mais alguns dias, mas, na falta de boas notícias, pegou Ouspensky e atravessou a floresta que leva ao Vístula. Lá se esconderam no leito do rio e observaram os juncos imóveis na outra margem. Se olhassem direto à frente, estavam quase sozinhos. Atrás deles, havia duas tropas da NKGB, armadas de rifles. Nenhum oficial do batalhão penal tinha permissão para vagar pela Polônia desacompanhado, mesmo numa missão de reconhecimento. A NKGB era a polícia onipresente. Não lutava contra os alemães, apenas guardava os prisioneiros nos campos de trabalhos forçados, os *gulags*. Não ficaram fora do campo de visão de Alexander por nem um dia sequer durante o ano anterior.

— Odeio aqueles canalhas — disse Ouspensky.

— Não penso neles — comentou Alexander, cerrando os dentes.

— Deveria. Eles desejam o seu mal.

— Não levo para o lado pessoal.

— Deveria.

Fumavam. A manhã estava ensolarada. O rio lembrava Alexander... Ele tragava com força e acendia um cigarro após o outro, para envenenar as lembranças com nicotina.

— Ouspensky, preciso da sua opinião.

— Me sinto honrado, senhor.

— Recebi ordens para forçar uma cabeça de ponte em Dolny, ao nascer do sol de amanhã.

— Parece tranquilo — Ouspensky observou.

— É o que parece, não é? Mas e se eu dissesse — Alexander respirou — que você vai morrer amanhã?

— Capitão, você vem descrevendo minha vida ao longo dos últimos três anos.

Alexander prosseguiu.

— E se eu falasse que vamos mais para o sul, onde a defesa alemã não é tão pesada, e assim viver? Não sei por quanto tempo, e não sei se no final fará alguma diferença, mas com certeza a sensação que tenho é a de que os ventos do destino estão soprando para nós nesta manhã de verão: "viver ou morrer", eles sussurram.

— Comandante, posso perguntar de que diabos você está falando?

— Estou falando do caminho da sua vida, Ouspensky. Numa direção encontra-se o fim dela. Na outra também, mas o caminho é mais curto.

— O que leva a crer que será melhor irmos para o sul?

Alexander deu de ombros. Não queria contar sobre a garota de pele macia chamada Fé.

— Sei que em Dolny as coisas estão quietas demais para ser verdade.

— Comandante, você também tem um comandante, não é? Eu o ouvi no rádio esta manhã. General Konev foi bastante claro ao ordenar que tomasse Dolny.

Alexander assentiu.

— Ele está nos enviando para a morte. O rio é largo e profundo demais, a ponte fica exposta. Aposto que os alemães sequer colocaram minas na ponte. Eles atiram através do Vístula, de Dolny.

Ouspensky recuou para dentro da mata e disse:

— Não acho que temos escolha, Capitão. Você não é o general Konev. Você tem que ir para onde ele ordenar. E mesmo ele tem que ir aonde Stalin mandar.

Alexander estava pensativo. Mantinha-se parado na margem do rio.

— Preste atenção na ponte. No rio. Carrega os corpos de milhares de soldados soviéticos. — Alexander silenciou. — Amanhã estará carregando você e eu.

— Não estou vendo nada — Ouspensky respondeu espontaneamente, apertando os olhos. — E alguém precisa atravessar — completou, agora com menos naturalidade.

Alexander fez que não com a cabeça.

— Não. Ninguém. Todos mortos. Como nós. Amanhã. — Sorriu. — Olhe bem para Vístula, Tenente. Quando o sol nascer amanhã, será sua sepultura. Aproveite seu último dia na Terra. Deus o fez particularmente bonito.

Ouspensky engasgou.

— Ainda bem que você se aliviou com aquela garota, não é?

Alexander se levantou e, enquanto caminhavam os dez quilômetros de volta a Lublin, disse:

— Vou entrar em contato com o general Konev para mudar nossa missão. Mas preciso do seu apoio incondicional, Tenente.

— Estou com você até o dia da sua morte, senhor, para o meu azar.

Alexander conseguiu convencer Konev a deixá-los viajar cinquenta quilômetros mais ao sul de Vístula. Foi mais fácil do que imaginara. Konev sabia muito bem o que estava acontecendo aos soviéticos em Dolny, e as principais divisões da Frente Ucraniana ainda não estavam em Vístula. Ele não era contrário a tentar uma nova posição.

Enquanto o batalhão de Alexander partia para a floresta, Ouspensky reclamava. Ele reclamava e se lamuriava o tempo todo enquanto desmontava a tenda de Alexander e recolhia os equipamentos. Reclamou até o momento em que subiu no tanque e disse a Telikov para que acelerasse. E reclamou ao ver Alexander caminhando atrás do tanque.

Alexander seguia pela trilha batida que cortava os campos de verão e levava até a mata fechada dos cinquenta quilômetros de terreno montanhoso ao longo do Vístula. Ele se virou. Um esquadrão da NKGB, armado até os dentes, marchava obstinadamente atrás dele.

Levantaram acampamento três vezes, pescaram no rio, carregaram com eles cenouras e batatas de Lublin, e histórias de batatas aquecidas e garotas polonesas ainda mais quentes; cantaram e rasparam-se até não sobrar um pelo sequer em seus corpos, e se comportavam como escoteiros, não como condenados a caminho de uma estrada sem esperança. Alexander era o mais animado e cantava mais alto do que a maioria. Seus passos eram os mais rápidos, com o vento às costas.

Ouspensky, porém, não parou de reclamar um minuto sequer. Em determinado momento, no fim da tarde, pulou do tanque e foi caminhar ao lado de Alexander.

— Não quero ouvir um pio de reclamação.

— Uso minha prerrogativa de soldado — disse Ouspensky, mal-humorado.

— Tudo bem, mas precisa usar tanto? — Alexander pensava no rio e prestava atenção nas palavras de Ouspensky com apenas um ouvido. — Ande mais rápido, molenga.

— Senhor, a garota de Lublin... Por que não avaliou o quanto era bondosa?

Alexander não respondeu.

— Veja bem, senhor — prosseguiu Ouspensky —, eu tive que pagar por ela de qualquer jeito. Por isso, o mínimo que você poderia ter feito era ter ficado com ela. Para me agradecer, droga.

— Da próxima vez vou ter mais consideração.

— Espero que sim. — Ouspensky se aproximou um pouco mais. — O que você tem, Capitão? Não viu como era gostosa? E aquelas tetas?

— Eu vi.

— Não achou ela...

— Não era meu tipo.

— Qual é o seu tipo, senhor, se não se importa de eu perguntar? Na taberna havia de todos os tipos...

— Gosto das que nunca estiveram numa taberna.

— Ah, por favor, estamos numa guerra! — exclamou Ouspensky.

— Tenho outras coisas para manter minha mente ocupada, Tenente.

— Quer que eu conte sobre a garota polonesa? — Ouspensky pigarreou.

— Conte-me, Tenente — pediu Alexander, sorrindo e olhando para a frente. — E não deixe de fora nenhum detalhe. É uma ordem.

Ouspensky falou por cinco minutos. Quando terminou, Alexander não falou nada, assimilando o que acabara de ouvir.

— É o melhor que sabe fazer? — perguntou por fim.

— Levei mais tempo contando do que fazendo! — exclamou Ouspensky. — Pensa que sou Cícero?

— Você não é bom nem contando um caso. O sexo não pode ser tão entediante, ou será que já esqueci?

— Esqueceu?

— Acredito que não.

— Então conte algo você.

Alexander negou com a cabeça.

— As histórias que poderia contar, já não as recordo. Das que recordo, não posso contar — explicou. Sentiu os olhos de Nikolai cravados nele. — O quê? — exclamou, apertando o passo. — Vamos lá, soldados! — gritou para a tropa. — Não quero que morram na minha frente. Rápido. Um, dois! Ainda faltam vinte quilômetros até a próxima parada. Não enrolem. — Olhou de relance para Ouspensky, que ainda o encarava. — Que foi?

— Quem você deixou para trás, Capitão?

— Não é quem eu deixei para trás — respondeu Alexander, marchando mais rápido e apertando com força a metralhadora —, mas quem me deixou para trás.

Alcançaram a ponte três dias depois. O responsável pela comunicação partiu em busca de uma divisão do Grupo Armado da Ucrânia para instalar uma linha telefônica entre o alto comando e Alexander.

No alvorecer, Alexander já estava acordado. Sentou-se na beira do rio, que não media mais de sessenta metros de largura, e observou um pequeno ponto escuro, a antiga ponte de madeira que outrora fora branca.

— *Most do Swietokryzst* — sussurrou.

Era domingo e, àquela hora da manhã, não havia ninguém desperto, mas ao longe, do outro lado do rio, viam-se os campanários de Swietokryzst e, mais atrás, a densa cobertura de carvalhos dos montes da Cruz Sagrada.

Alexander deveria esperar a divisão da Ucrânia, mas mudou de ideia e decidiu adiantar o momento de cruzar o rio.

O local estava tranquilo. Era difícil de acreditar que, ao cabo de um dia, na manhã seguinte, o céu, a terra e a água estariam manchados com o sangue de seus homens. *Talvez não haja nenhum alemão do outro lado e possamos nos esconder na floresta*, pensou. *Os Estados Unidos estavam na Europa havia dois meses, e logo chegariam à Alemanha. Tudo o que preciso fazer é me manter vivo tempo suficiente para cair em suas mãos...*

Em outros tempos, um artista se sentaria em uma dessas pontes e pintaria as famílias passeando de bote, as mulheres com chapéus brancos, os homens segurando os remos e as crianças com suas roupas brancas. Na sua pintura, a mulher talvez use um chapéu azul. A criança talvez tenha quase um ano. A mãe a segura nos braços e sorri, o pai sorri e rema mais rápido, e o rastro do bote aumenta, os reflexos dourados brilham, e o pintor captura toda a riqueza de detalhes.

Naquela manhã, Alexander gostaria de poder voltar à infância. Sentia-se como se tivesse oito anos. Quando havia corrido pela última vez com um sorriso no rosto em direção a alguém? Quando havia corrido pela última vez empunhando uma arma contra alguém? Quando havia cruzado a rua pela última vez a passos largos?

Não queria saber as respostas, não antes de cruzar a ponte de Swietokryzst.

ABRAM FOGO! ABRAM FOGO!

No dia seguinte, no rio, estavam morrendo sob o opressivo estrondo do fogo inimigo, e a morte não era lenta. A infantaria correu na frente, mas precisou de ajuda imediata.

O tanque de Alexander havia encalhado no leito rochoso, e a água batia nas canelas dos soldados. Verenkov colocou um projétil de 100 milímetros no canhão e disparou. Pela explosão e pelos gritos, Alexander supôs que Verenkov não errara o alvo. Ele colocou outro projétil pequeno, mas não tiveram tempo de atirar.

O tanque era um alvo muito visível, e Alexander sabia que os alemães não tardariam a fazê-lo em pedaços. Não queria perder o veículo nem as armas, mas seus homens eram mais necessários.

— Saltem! — gritou para a tripulação. — Lá vem bomba!

Saíram todos num salto, ou melhor, foram lançados para fora quando o projétil acertou o topo do tanque e explodiu. Furioso com a perda de sua única peça motorizada de artilharia, Alexander começou a vagar pelo rio segurando a metralhadora em cima da cabeça e disparando curtas rajadas em direção a uma pequena praia que se formava na sua frente. Ouspensky dava cobertura por trás e pelos lados, gritando para Alexander "atrás", "recue", "cubra-se", enquanto fazia gestos, o puxava e falava palavrões, mas tudo o que Alexander fazia era empurrá-lo para longe e seguir avançando, sem dar atenção a ele. Telikov e Verenkov se aferravam um ao outro para nadar. Alexander era o único com estatura suficiente para ficar com a cabeça fora d'água. Estava em melhor condição para atirar do que os outros, já que nadar e atirar ao mesmo tempo era bastante ineficiente.

Ao seu redor tudo eram rajadas de metralhadora. Ele não sabia de onde vinham. A cada rodada era como se as balas estivessem acertando seu capacete.

Muitos de seus homens boiavam na água, perfurados pelas balas.

O rio Vístula começou a tingir-se de vermelho. Alexander precisava chegar à outra margem. Em terra firme, tudo era possível. *E este trajeto é melhor que o de Dolny, melhor que o de Pulawy?*, pensou. *Aqui é onde há menos alemães?*

Na água, nada parecia possível.

Ouspensky continuava gritando, como sempre. Desta vez, não diretamente para Alexander.

— Escute como gritam feito maricas! Estamos lutando contra homens ou contra mulheres?

Alexander viu um de seus homens abraçado a um cadáver. Era Yermenko.

— Cabo! — gritou Alexander. — Onde está o seu companheiro de batalha?

— Aqui, senhor! — respondeu Yermenko, levantando o cadáver.

Alexander viu que Yermenko agitava as pernas embaixo d'água. Nadou até ele e gritou, mas Yermenko continuava a se debater, usando o corpo do soldado morto como boia.

— Que diabos pensa que está fazendo? — gritou Alexander novamente. — Largue o soldado e nade!

— Não sei nadar, senhor!

— Ah, mas que droga!

Alexander mandou Ouspensky, Telikov e Verenkov ajudarem Yermenko a atravessar. Quando estavam a dez metros da margem, três alemães saltaram dos arbustos. Alexander não teve dúvidas: atirou, mandando os alemães pelos ares.

Em seguida, vieram mais três, e logo outros três. Alexander disparava ininterruptamente. Quatro alemães pularam na água e miraram em Alexander. Yermenko se colocou na frente de Alexander, apontando sua arma contra os inimigos, e os derrubou. Ouspensky, Telikov e Verenkov formaram uma muralha em torno de Alexander.

— Para trás, Capitão! Para trás! — gritou Ouspensky, e disparou segurando a metralhadora por sobre o ombro, mas falhou.

Alexander levantou sua Shpagin acima da cabeça de Ouspensky e acertou o alvo.

— Se errar o tiro, atire de novo, Tenente! — gritou para Ouspensky.

Desta vez eram cinco alemães que vinham na direção deles, com a água batendo na cintura. Alexander continuava disparando e tentando se aproximar da margem do rio. Seus homens golpeavam os inimigos com a coronha dos fuzis e com as baionetas e também tentavam chegar à margem, mas não tinham sorte. Dentro do rio estavam muito expostos, e os alemães não paravam de chegar.

Quando em batalha, três dos cinco sentidos de Alexander ficavam mais aguçados. Via o perigo como uma coruja na escuridão, sentia o odor do sangue como uma hiena e captava o som como um lobo. Jamais se distraía, jamais ficava confuso e jamais ficava em dúvida; ele tudo via, tudo ouvia e sentia o cheiro de tudo. O que não podia era sentir o cheiro do próprio sangue ou sentir a própria dor.

Viu um raio de luz ao seu lado e teve tempo apenas de desviar, escapando da bala por meio metro. O soldado alemão ficou furioso por não ter acertado o tiro e avançou contra Alexander com a baioneta, mirando seu pescoço, mas Alexander era alto demais para o alemão. A ponta da baioneta cravou no ombro esquerdo. Alexander golpeou o alemão com o fuzil e quase o decapitou. O homem caiu, mas logo cinco alemães o cercaram, e, mesmo com o braço ensanguentado, atacou-os com a faca e a baioneta até derrubá-los e Ouspensky recolher suas armas. Agora que cada um empunhava uma arma em cada mão, Alexander e seus homens se tornaram uma muralha de balas, e ninguém conseguiu evitar que chegassem à margem do rio.

Nenhum outro alemão saiu da vegetação; não houve mais disparos. Tudo estava em silêncio, exceto pela respiração ofegante dos que ainda estavam vivos, dos gemidos dos que agonizavam, do borbulhar do rio levando os mortos.

Os sobreviventes saíram rastejando da água e se deixaram cair na terra.

Alexander queria fumar, mas os cigarros estavam molhados. Viu as tropas da NKGB atravessando o rio com cautela, segurando os fuzis e os morteiros acima da água.

— Que bando de covardes — murmurou Ouspensky a Alexander, que estava sentado entre ele e Yermenko.

Alexander não respondeu ao comentário de Ouspensky, mas, quando os homens da NKGB chegaram do outro lado, ficou em pé e disse:

— Deveriam ter atravessado pela ponte, como civis que são!

— Veja como fala comigo — disse um dos milicianos, sem um único arranhão no corpo.

— Deveriam ter atravessado pela merda da ponte, camarada — corrigiu-se Alexander, coberto de sangue da cabeça aos pés e empunhando a metralhadora.

— Sou um tenente do Exército Vermelho! — gritou o homem. — Tenente Sennev. Abaixe a arma, soldado!

— E eu sou capitão! — replicou num grito Alexander, empunhando a arma com a mão boa. — Capitão Belov. — Mais uma palavra, e Alexander ficaria sabendo quantas balas ainda restavam na sua Shpagin.

O homem parou de discutir e, praguejando entre os dentes, acenou para que seus homens saíssem do rio e entrassem na mata.

O que restou da tropa de Alexander esperou próximo à margem do rio. Alexander queria contar o número de baixas do batalhão, que agora se parecia mais com uma tropa, mas o enfermeiro, um ucraniano chamado Kremler, aproximou-se dele, limpando a ferida do braço com ácido carbólico e sulfa.

— O corte é profundo — foram as únicas palavras de Kremler.

— Pode dar ponto?

— Tenho pouca linha para muitos feridos.

— Dê apenas três pontos. Para fechar o corte.

Kremler deu os pontos, limpou os ferimentos na cabeça, deu-lhe um gole de vodca e uma injeção de morfina no estômago.

Algum tempo depois, Ouspensky parou na sua frente.

— Capitão, podemos conversar?

Alexander estava sentado na areia, fumando um cigarro. A morfina o deixara sonolento. Ele levantou o olhar.

— Eu falo primeiro. Perdemos quantos homens?

— Todos. Sobraram 33 soldados rasos, três cabos, dois sargentos, um tenente (que sou eu) e um capitão (que é você) — disse, num tom sombrio.

— Yermenko?

— Vivo.

— Verenkov?

— Ferimento no pescoço, uma bala de raspão no estômago; perdeu os óculos que você deu, mas está vivo.

— Telikov?

— Pé quebrado, mas vivo.

— Como conseguiu quebrar o pé?

— Tropeçou.

Ouspensky não estava rindo.

— Qual o problema? Está tudo bem?

— Agora sim. Mas minha cabeça está sangrando há duas horas, pensei que fosse ficar sem cérebro.

— E desde quando tem cérebro, Tenente?

Ouspensky se agachou na frente de Alexander.

— Senhor, nunca critiquei a decisão dos meus superiores, mas me arrisco a dizer que o que você permitiu que acontecesse hoje foi uma loucura.

— Está me criticando, Tenente?

— Senhor...

— Tenente! — Alexander ficou em pé. O sangue havia empapado o curativo. — Não tínhamos outro lugar para ir. — Fez uma pausa. — Atravessamos o rio, não foi?

— Senhor, não é essa a questão. A 29ª divisão armada de Konev deveria nos alcançar amanhã. Poderíamos ter esperado. Em vez disso, fomos direto para o rio, direto para o fogo inimigo, não esperamos, não fizemos o reconhecimento, nem tentamos acertar os alemães em suas posições. Não fizemos nada antes, fomos direto. E o mais importante: você foi. Você! Você é a única coisa que pode nos separar da morte, e foi quem nos obrigou a cair direto na rede do inimigo e matou quase todos os seus homens, e agora está aqui sentado, meio morto, fingindo não saber por que estou furioso.

— Reclame o quanto quiser, Tenente, mas não na minha presença — avisou Alexander, pressionando a ferida com a mão. — Não iria ficar sentado esperando os homens de Konev. Ele poderia levar dias para chegar aqui, perderíamos o elemento surpresa, os alemães pediriam reforço, e no final o general nos mandaria na frente, de qualquer jeito. A diferença é que os alemães teriam mais tempo de colocar-se na defensiva. Agora precisamos nos reorganizar, mas chegamos à mata, além de termos aberto caminho para as tropas soviéticas. Irão nos agradecer com aquele jeito grosseiro deles. — Alexander sorriu. — Garanto a você que somos os primeiros soviéticos a cruzar o Vístula.

Ouspensky olhou para ele com incredulidade.

— Não nos saímos tão mal. Nem nos saímos tão bem. Já perdemos outros soldados antes, Tenente. Você se lembra do que aconteceu em Minsk em abril? Perdemos trinta homens apenas para retirar as minas de um único campo, e não atravessando um rio crucial em território polonês.

— Senhor, nos enviou para o tiroteio sem armas!

— Disse para levantar as armas acima da cabeça enquanto estavam na água.

— Sobraram apenas quarenta homens.

— Contando com os vinte da NKGB?

— Quarenta homens e vinte maricas!

— Sim, mas expulsamos os alemães da beira do rio. Tiveram de voltar para o bosque. Quando entrarmos na mata, teremos reforço.

— Não podemos lutar na mata — disse Ouspensky, negando com a cabeça. — Eu não vou lutar na mata. É uma batalha completamente diferente, não se vê um palmo à frente.

— Não, não se vê. Sinto muito, mas não posso tornar a guerra mais agradável.

— Perdemos o tanque. A única coisa que o protegia.

— A mim?

— Ah, minha Nossa Senhora! — explodiu Ouspensky. — Age como se fosse imortal, mas fique sabendo que não é...

— Não se atreva a erguer a voz para mim — protestou Alexander. — Você tem várias liberdades comigo, mas garanto que essa não. Fui claro?

— Sim, senhor — respondeu num tom mais baixo. — Mas você continua não sendo imortal. E seus homens também não. Não me importo com eles, mas você é insubstituível. E eu estou aqui para protegê-lo. Como se engaja numa luta corpo a corpo na água quando deveria estar na retaguarda? Pensa que é invencível, Capitão? Eu estava em dúvida até ver você sangrar vermelho como o resto de nós.

— Não é meu sangue — disse Alexander.

— O quê?

Alexander apenas balançou a cabeça.

— O que vai ser de nós na mata?

— Vamos entrar nos montes da Cruz Sagrada. Poderemos ficar sem munição, pois os alemães estão mais bem-preparados. Vamos receber ordens de Kenov para lutar até morrer. É para isso que servem um batalhão penal e um soldado soviético.

Ouspensky estava com o olhar vazio.

— Era para cá que o arrastava o maldito vento do destino?

— Sim. Porque o Exército Vermelho deixou escapar apenas uma coisa.

— E o que é, senhor?

— Que eu não tenho intenção de morrer — respondeu Alexander.

CAPÍTULO VINTE E QUATRO

Barrington, agosto de 1944

— AONDE VAMOS? E POR QUÊ? — quis saber Vikki. — Não quero pegar o trem para Massachusetts, é muito longe. O que tem com trens? Acabou de chegar do Arizona, não está satisfeita? O tempo está horrível, está chovendo e eu trabalhei turno dobrado ontem e na segunda-feira. Não podemos ficar em casa? Vovó está preparando lasanha. Eu preciso fazer as unhas, o cabelo, passar roupa. Você ouviu que as mulheres estão raspando as pernas e as axilas? Está na moda. Eu quero experimentar no salão Lady be Beautiful, e, por sinal, você ficou de me acompanhar. Por que temos de viajar? Não podemos ficar em casa e tomar um banho de banheira?

— Não. Temos de ir — respondeu Tatiana, empurrando na sua frente o carrinho de Anthony e puxando Vikki por trás.

— E por que eu tenho de ir com você?

— Porque não quero ir sozinha. Porque meu inglês não é bom. Porque você é minha amiga.

Vikki suspirou.

Ela suspirou durante cinco horas a caminho de Boston.

— Eu fiz as contas, Vikki. Você suspirou duas vezes por quilômetro e percorremos quatrocentos quilômetros. São oitocentos suspiros.

— Não eram suspiros — observou com petulância Vikki. — Estava apenas respirando.

— Respiração impaciente, sim. — Tatiana lembrou-se do irmão. Pasha teria ficado ao seu lado estoicamente, sem nunca reclamar. A irmã, porém, teria reclamado tanto quanto Vikki. — Deveria ter pedido para Edward — murmurou, protegendo Anthony da chuva. Em Boston também chovia.

— Por que não pediu?

— Você precisa demonstrar a todo o momento o que sente? Não quero saber o quanto a aborrece me fazer um favor. Me ajude e pare de reclamar.

Vikki parou de suspirar.

Pegaram um táxi de Boston para Barrington, pois não havia trem para o trajeto.

— A viagem fica em vinte dólares — avisou o taxista.

— Vinte dólares! Está louco?! — exclamou Vikki, soltando um gritinho ao levar um beliscão de Tatiana.

— Tudo bem. Não é problema — disse Tatiana.

As garotas sentaram-se no banco de trás com Anthony no colo, e o táxi partiu.

— É metade do que ganho em uma semana. Quanto você recebe?

— Menos. Como chegar lá sem táxi?

— Não sei. De ônibus.

— Muito longe para pegar o ônibus.

— Vão ser mais vinte dólares para voltar.

— Sim.

— Já pode contar o que vamos fazer?

— Vamos visitar um dos parentes de Anthony.

Pelos conselhos de Sam, Tatiana não deveria fazer aquilo, sabia que não deveria, mas não se segurou. Por algum motivo, pressentia que não haveria problema. Além disso, suspeitava de que cedo ou tarde precisaria do favor de um dos parentes de Anthony.

— Você tem parentes nos Estados Unidos?

— Eu não. Anthony tem. Preciso do seu apoio. Se eu precisar de ajuda, vou beliscar bem forte, assim.

— Ai!

— Enquanto eu não beliscar, você apenas sorri e fica quieta.

Uma hora depois estavam em Barrington.

— Aonde vão agora? — perguntou o taxista.

— Vamos ficar aqui — disse Tatiana, apontando para uma mansão elegante na rua principal. Ela pagou e saltaram do veículo.

Barrington era uma cidade pequena e aconchegante, com casas brancas e janelas escuras; as ruas eram alinhadas com carvalhos e campanários brancos espichando-se sobre as árvores. Na rua principal havia algumas lojas abertas, entre elas uma loja de ferragens, uma galeria de antiguidades e um café, por onde perambulavam algumas mulheres. Apenas Tatiana empurrava um carrinho de bebê.

— Você acabou de gastar duas semanas de salário nesta viagem? — perguntou Vikki, tirando uma escova da bolsa a fim de ajeitar os cabelos emaranhados.

— Sabe quanto eu gastei para vir de Londres até os Estados Unidos? Quinhentos dólares. Valeu a pena.

— Certamente. Mas para vir a esta cidadezinha?

— Ajude com o carrinho.

— Ei, estou ocupada penteando o cabelo.

Tatiana olhou para Vikki.

— Ah, tudo bem.

— Vamos perguntar onde fica a Maple Street.

Numa banca de revistas, foram informadas de que a Maple Street ficava a apenas alguns quarteirões dali, e elas seguiram debaixo de chuva.

— Acabo de me dar conta de que a cidade se chama Barrington e de que o seu sobrenome é Barrington — disse Vikki. — É coincidência?

— Só agora você percebeu. Pare. É aqui.

Pararam na frente de uma mansão branca em estilo colonial rodeada de um jardim com árvores de bordo. Andaram pelo caminho de tijolos, subiram três degraus e pararam na frente da campainha. Olharam para ela, mas não a tocaram.

— Por que está aí parada?

Tatiana não tinha coragem de apertar a campainha.

— Está brincando? Viemos até aqui para ir embora?

Vikki tocou a campainha. Tatiana deixou o carrinho de Anthony no pé da escada e carregou o filho nos braços.

A porta foi aberta por uma senhora de expressão austera, elegantemente vestida e impecavelmente penteada.

— Sim? — perguntou de maneira rude. — Vieram pedir dinheiro? Um momento, vou pegar a bolsa.

— Não viemos pedir dinheiro — disse rapidamente Tatiana. — Viemos... quero dizer, eu vim falar com Esther Barrington.

— Eu sou Esther Barrington. Quem é você?

— Eu... — Tatiana hesitou. Ela mostrou o filho. — Este é Anthony Alexander Barrington. Filho de Alexander.

Esther deixou a chave que segurava na mão cair.

— Quem é você?

— Sou a esposa de Alexander — disse Tatiana.

— Onde ele está?

— Eu não sei.

Esther ficou vermelha.

— Não me surpreende. Imaginar que você teve a audácia de vir a minha casa! Quem pensa que é?

— A esposa de Alexander...

— Não importa quem é. Não esfregue seu filho na minha cara como se agora fosse minha responsabilidade criá-lo. Sinto muito por você. — Sua voz era tão severa quanto sua expressão. — Sinto muito, mas não tenho nada a ver com a sua vida.

Tatiana deu um passo para trás.

— Desculpe — ela disse. — Tem razão. Eu só gostaria que você...

— Sei do que gostaria! De me dar o seu filho bastardo. Acha que isso melhoraria a situação?

— Que situação? — perguntou Vikki.

Esther não respondeu a Vikki, enquanto continuava a subir o tom de voz.

— Sabe o que o seu sogro me disse quando falou comigo pela última vez, há catorze anos? Ele disse: "Meu filho não é da sua conta, sua vaca!". Meu próprio sobrinho, sangue do meu sangue, não era da minha conta. Foi o que ele disse! E eu só queria ajudar. Ofereci ficar com Alexander enquanto ele e a esposa estivessem estragando a vida deles na União Soviética, mas ele recusou minha oferta. Virou as costas para mim e para toda a família. Nunca escreveu, nunca enviou um telegrama. — Ela fez uma pausa, arfando. — O que o canalha está fazendo agora?

— Está morto — respondeu Tatiana com uma voz fraca.

Esther sequer conseguiu emitir um "ah". Deu um passo para o interior da casa, segurando firme na maçaneta.

— Escute. Não me venha você agora, uma absoluta estranha, trazer seu filho e dizer que eu tenho alguma coisa a ver com ele. — Com as mãos tremendo, Esther bateu a porta na cara de Tatiana e Vikki.

— Vixe! — exclamou Vikki. — Como imaginou que seria?

Segurando o choro, Tatiana virou-se e desceu a escada.

— Melhor que isso.

O que esperava? Tatiana desconhecia como era o relacionamento entre o pai de Alexander e sua tia antes de a família deixar os Estados Unidos, mas estava certa de que Esther nunca havia recebido notícias do irmão, da cunhada e nem do sobrinho. E aquele era de fato o motivo pelo qual Tatiana fora a Barrington: saber se Esther tinha alguma informação que pudesse ajudá-la. Ela não tinha. O assunto de Tatiana naquela cidade estava encerrado. A esperança de um remoto vínculo familiar era mais uma abstração intelectual, quando o que ela queria era apenas uma coisa: descobrir a verdade sobre Alexander.

Colocou Anthony de volta no carrinho e atravessou o jardim com Vikki.

— Catorze anos — disse Vikki. — Ela já deveria ter perdoado. Certas pessoas possuem uma memória boa demais.

— Para o rancor, sim — disse Tatiana.

Voltavam pela calçada, lentamente.

— O que quer dizer aquela palavra? — perguntou Tatiana. — Do que o pai de Alexander a chamou quando partiu?

— Esqueça, as senhoras não usam esse tipo de linguagem. Essa Esther se parece com um soldado. Algum dia vou te ensinar alguns palavrões em inglês.

— Eu sei palavrões em inglês. Menos aquele.

— Como poderia saber? Não existem palavrões em dicionários nem nos guias de conversação. Não que eu tenha visto.

— Certa vez, tive um professor muito bom — disse Tatiana.

Quando estavam na rua principal, um carro se aproximou e estacionou. Esther saiu do carro com a maquiagem borrada, os olhos vermelhos e os cabelos despenteados.

— Me desculpe — disse, parada na frente de Tatiana. — Foi desconcertante vê-la. Meu irmão nunca mais falou comigo desde que foi embora. Não sabia o que havia acontecido com eles, mesmo tendo perguntado ao Departamento de Estado.

De volta a casa, Esther lhes ofereceu pão e presunto, sopa e café, e Anthony foi levado ao andar superior, onde o colocaram na cama, cercado por almofadas, para que tirasse um cochilo.

Para uma mulher que havia guardado rancor por mais de uma década, Esther chorou como a viúva de um enforcado quando Tatiana contou sobre seu irmão e sua família.

Esther insistiu para que ficassem até domingo, e elas aceitaram o convite. Tatiana concluiu que a tia de Alexander era uma boa mulher. Aos 61 anos, sendo um ano mais nova do que Harold, não tinha filhos, e era a única sobrevivente da família Barrington, cujo marido falecera havia seis anos. Esther vivia apenas com Rosa, que cuidara da casa pelas últimas quatro décadas.

— Alexander morou aqui? — perguntou Tatiana, com medo de desviar o olhar de Esther e encontrar algum vestígio de Alexander ao redor.

Esther negou com a cabeça.

— A casa dele fica a quase dois quilômetros daqui. Não converso com a família que agora mora lá; são muito prepotentes. Mas, se desejar, podemos passar na frente da casa, de carro.

— Existia um bosque atrás da casa?

— Agora não mais — respondeu Esther. — Foi derrubado para construir casas. O bosque era muito bonito. Alexander tinha um amigo...

— Teddy ou Berlinda?

— Existe algo da vida dele que você não conheça?

— Sim — respondeu Tatiana. — O presente.

— Bem, Teddy faleceu em 1942, na batalha de Midway. Belinda tornou-se enfermeira e agora está no norte da África. Ou na Itália. Ou onde estão as tropas neste momento. Pobre Alexander. Pobre Teddy. Pobre Harold. — Esther meneou a cabeça. — Harold foi um tolo. A família inteira destruída e aquele garoto... um garoto de ouro... Você tem uma foto dele?

Tatiana fez que não com a cabeça.

— Ele continua sendo o mesmo garoto, Esther. Você nunca recebeu notícias de Alexander?

— Claro que não.

— Nada sobre Alexander?

— Nem uma palavra sequer. Por quê? Não me contariam se ele tivesse morrido. Na verdade, não me contariam nada.

Tatiana se levantou.

— Precisamos ir.

— Tenho algo para você — disse, também se levantando.

Entregou-lhe uma bolsa pequena de pano presa com um cordão. Dentro da bolsinha, encontrou uma pulseira de couro trançada, três pregos enferrujados, um pequeno pilão, duas conchas quebradas e uma foto de Alexander com cerca de oito anos, de pé junto ao mar, ao lado de um menino gorducho (Teddy?). O sorriso estampado no rosto de Alexander era tão grande, que ocupava metade do rosto.

— E esta foto é de quando Alexander era um bebê.

Na foto, Alexander deveria ter dois anos e aparecia com um rostinho moreno e redondo, rindo, como a imagem refletida de Anthony. Tatiana não conseguiu segurá-la, pois suas mãos tremiam. Vikki se emocionou e desviou o olhar. Esther guardou a foto novamente na bolsinha e consolou Tatiana com um toque em seu ombro.

— Precisamos mesmo ir embora — murmurou Tatiana.

No trem de volta para Nova York, Vikki olhava pela janela.

— O que você tem, Vik?

— Nada, estou apenas pensando que, quando conheci você, pareceu-me a pessoa com menos problemas na face da Terra. Tirando a cicatriz do rosto, claro.

Tatiana olhou para o filho.

— Não sou complicada — afirmou, dando um tapinha na perna de Vikki. — Preciso apenas saber o que aconteceu com meu marido.

— Você disse a Edward e a mim que ele está morto.

— E se fui precipitada? — disse, contemplando pela janela a paisagem verdejante de Massachusetts, através da qual o trem atravessava a toda velocidade.

— *Estava me procurando?* — havia perguntado Tatiana uma vez, e ele respondera: “Toda a vida”.

Tatiana não disse mais nada, reclinou-se contra o encosto, acariciou a cabeça de Anthony e fechou os olhos até que o trem chegasse à Central Station.

CAPÍTULO VINTE E CINCO

Nos montes da Cruz Sagrada, outubro de 1944

NUMA TARDE FRIA DE OUTONO, seis semanas depois de terem cruzado a ponte da Cruz Sagrada e adentrado cem quilômetros nos densos bosques das montanhas, Alexander e seus homens ficaram três horas sob fogo inimigo.

Viviam entre as árvores. Quando anoitecia, armavam as tendas de campanha quando cessava o combate; se não cessava, enrolavam-se nos casacos de trincheira e deitavam-se no chão. Acendiam fogueiras apesar de a caça nos bosques deixar a desejar. Os coelhos fugiam quando ouviam o barulho das tropas; a pesca não era abundante nos poucos riachos que encontravam. No entanto, quando encontravam um riacho, podiam se lavar. A época de mirtilo já havia terminado, e ninguém suportava mais comer os cogumelos malcozidos que haviam provocado terríveis dores de estômago nos soldados, até que Alexander foi obrigado a proibir o consumo. O fio telefônico quase sempre se rompia nos terrenos acidentados, e os suprimentos enviados pelo exército não duravam até o próximo abastecimento. Alexander fabricava seu próprio sabão com banha e cinzas, mas os soldados não se preocupavam muito com a higiene, apesar de saberem da relação simbiótica entre o piolho e o tifo. Preferiam comer a banha antes que virasse sabão, passando semanas inteiras com o rosto e o corpo cobertos de pólvora, lama e sangue. As botas estavam sempre molhadas e todos terminaram com pés de trincheira.

Era um batalhão abandonado à própria sorte atravessando o bosque, mas os alemães haviam se colocado no topo das colinas, como fizeram em Sinyavino e Pulkovo, e precisavam de poucos homens para detê-los.

A tropa de Alexander não havia penetrado muito na mata quando se deparou com os alemães. Apesar de terem recebido um reforço de homens e de munição, não foram capazes de romper a defesa nazista. Havia oito dias não recebiam reforço. Os gritos dos alemães chegavam do outro lado da floresta, entre rajadas de balas que se sucediam desde a manhã até a noite. Os disparos não vinham apenas de cima, mas das laterais. Alexander supôs que a defesa alemã não possuía uma linha de frente, mas um "círculo de frente". Suas tropas não haviam avançado um centímetro sequer, e em uma hora já seria noite.

Alexander precisava romper o bloqueio se não quisesse morrer na floresta. O local já havia enterrado Verenkov. O pobre coitado não conseguia ver o inimigo e atirava às cegas, mas também não conseguiu se esconder das balas. O destino o havia carregado vivo até aquelas árvores e estacionara ali. Ouspensky e Alexander o enterraram no buraco aberto pela granada que o matou e penduraram seu capacete num graveto fincado no chão.

— Quem está aí? — perguntou Alexander quando cessaram os disparos. — Juro que ouvi alguém falando em russo, Ouspensky. Será que estou alucinando? Ouça.

— Eu estou ouvindo uma Maschinengewehr 43 pipocar— disse, referindo-se à metralhadora usada pelos alemães.

— Sim, mas há outra. Estão colocando outro cinto de bala; você vai ouvir gritos de comando em russo. Posso jurar que é russo.

— Sente saudades da Rússia, Capitão? — perguntou Ouspensky, olhando-o com simpatia.

— Vá à merda! — exclamou Alexander. — Só estou dizendo que ouvi alguém falar em russo.

— Acha que estamos atirando contra soldados russos?

— Eu não sei. Seria ridículo. Como teriam chegado ali?

— Já ouviu falar dos Vlasovites, senhor?

— Vlasovites?

— Os russos que mudaram de lado.

— Sim, já ouvir falar deles — respondeu secamente Alexander. Não queria discutir com Ouspensky enquanto tentava salvar seus homens.

Ouspensky não tinha o menor senso de urgência. Sentado atrás de uma árvore, recarregava a Shpagin, distribuindo os projéteis em fileiras para que Alexander os colocasse no morteiro, tranquilo, como se nada estivesse acontecendo.

Alexander certamente ouvira falar dos Vlasovites. Na areia movediça que a luta dos partidários contra os alemães havia se tornado, os Vlasovites eram os seguidores do general russo Andrei Vlasov, que trocaram de lado ao serem capturados pelos alemães e agora lutavam contra seus irmãos soviéticos para libertar a Rússia. Vlasov estava sob prisão domiciliar depois de ter organizado o Movimento de Libertação da Rússia, mas muitos soldados continuavam lutando em seu nome em brigadas comandadas pelos alemães.

— Não podem ser os Vlasovites — disse Ouspensky.

— O general Vlasov está preso, mas seus homens continuam lutando ao lado dos alemães. São mais de cem mil e também atuam nesta região.

Os disparos cessaram por um momento, e eles ouviram nitidamente em russo:

— Recarregar! Recarregar!

— Odeio quando tenho razão — disse Alexander, olhando para Ouspensky com as sobrancelhas erguidas.

— E agora? Estamos sem munição.

— Não é verdade — respondeu animadamente Alexander. — Tenho quatro pentes e meio tambor. E logo chegará reforço.

Era mentira. Alexander suspeitava que a linha telefônica fora cortada, e havia ainda outro problema: o técnico em comunicação estava morto.

— Há pelo menos trinta deles entre as árvores.

— Então é melhor não errarmos o tiro.

— É mentira que vai chegar reforço. O reforço chegou há duas semanas, quando Konev trouxe trezentos homens e munição. Estão todos mortos.

— Pare de reclamar, Tenente, e mande seus homens se prepararem para abrir fogo.

Dez minutos depois, o tambor da arma de Alexander estava vazio. Os disparos dos seus soldados também haviam silenciado.

— A que distância está a fronteira alemã? — perguntou Ouspensky.

— A cerca de cem mil soldados das tropas alemãs, Tenente.

— E agora? — suspirou Ouspensky.

— Pegue a faca. Logo vamos enfrentar os alemães cara a cara.

— Só pode estar louco — disse Ouspensky em voz baixa, para que ninguém o ouvisse.

— Tem alguma outra sugestão?

— Se tivesse, não seria tenente. Seria capitão e você estaria obedecendo às minhas ordens. — Ouspensky fez uma pausa. — Alguma vez teve de obedecer a ordens de alguém, senhor?

Alexander riu.

— Se ainda não notou, Tenente, tenho meus superiores.

— E onde estão que não ordenam nossa retirada?

— Você sabe que não podemos voltar. Existem dezenas de milicianos da NKGB dispostos a atirar em nós se decidirmos voltar.

Alexander estava pensativo. Estavam sentados lado a lado no chão, encostados numa árvore.

— Está dizendo que a NKGB vai nos matar se recuarmos?

— Na mesma hora — respondeu Alexander, sem olhar para Ouspensky.

— Você disse atirar em nós?

— O que está sugerindo, Tenente? — perguntou Alexander, desta vez olhando para ele.

— Nada, senhor. Mas o que disse sugere que eles têm com o que atirar em nós.

Alexander pensou por alguns instantes.

— Mande o cabo Yermenko vir aqui.

Alguns minutos depois, Ouspensky voltou com Yermenko, que estava limpando o sangue do braço.

— O que ainda temos de munição, soldado?

— Três caixas de cartuchos, três granadas e alguns projéteis de morteiro.

— Perfeito. Nossa situação é a seguinte: temos pouca munição, e existe pelo menos uma dúzia de alemães escondidos entre as árvores.

— Acredito que mais de uma dúzia, senhor. E muito bem-armados.

— Cabo, como anda a sua pontaria? Poderia matar doze homens com duas dezenas de cartuchos?

— Não, senhor. Não tenho um fuzil com mira telescópica.

— Tem alguma ideia?

— Está me perguntando, senhor?

— Sim, Cabo, estou lhe perguntando.

Yermenko ficou pensativo e moveu os lábios como se fosse dizer algo, enquanto ajustava o capacete. Estava em pé, em posição de sentido, o braço ainda sangrando. Alexander ordenou com um gesto que Ouspensky pegasse o kit de primeiros socorros. Yermenko continuava refletindo quando Alexander ordenou que se abaixasse, e examinou o ferimento. Era um corte superficial na altura do tríceps, mas não parava de sangrar. Alexander cobriu a ferida com uma gaze e sentou-se ao lado de Yermenko.

— Então, o que acha, Cabo?

— Acho que talvez a gente deva... — disse timidamente — recuar e buscar mais munição, senhor. — Apontou para a mata atrás dele.

— Acho que tem razão. E se recusarem nosso pedido?

— Acho que devemos pedir de uma maneira que seja impossível que digam não.

Alexander deu um tapinha nas costas de Yermenko.

— Eles têm dúzias de fuzis semiautomáticos — disse, baixando ainda mais o tom. — Pelo menos três ou quatro submetralhadoras, e não gastaram munição. Possuem granadas, projéteis de morteiro, água e comida.

Alexander e Ouspensky trocaram olhares.

— Tem toda razão, Cabo — disse Alexander, enfaixando o braço de Yermenko e finalizando com um nó nas pontas. — Mas não sei se vão dividir a munição conosco. Está disposto a nos ajudar?

— Sim, senhor. Mas preciso de um homem para distraí-los.

— Esse serei eu — disse Alexander, ficando em pé.

— Senhor! — protestou Ouspensky. — Eu vou fazer isso.

— Pode nos acompanhar. Mas em hipótese alguma deve contar que tem apenas um pulmão, Tenente.

Alexander terminou o bastão que havia fabricado com um pedaço de madeira e entregou a Yermenko. Na ponta cravara fragmentos de projéteis, e a base estava presa a um cordão de cortiça para poder balançá-lo. Yermenko pegou o bastão e entregou a munição para a Tokarev de Ouspensky. Alexander carregou sua Shpagin com um cartucho de 35 tiros, e os três caminharam em silêncio entre as árvores até o acampamento da NKGB. Ao chegar, viram doze homens conversando e rindo ao redor de uma acolhedora fogueira.

— Ouspensky, fique aqui — disse Alexander. — Primeiro vou até lá pedir ajuda, e vocês dois esperam aqui. Se quando me virar para voltar eu jogar a arma no ombro, quer dizer que está tudo em paz. Mas se voltar com a arma em meus braços, quer dizer que não. Entenderam?

— Perfeitamente — respondeu Yermenko, enquanto Ouspensky suspirava e assumia uma expressão sombria. Ouspensky levava a sério sua tarefa de proteger Alexander.

— Entendeu, Tenente?

— Sim, senhor.

Alexander deixou Ouspensky e Yermenko esperando na floresta e avançou alguns passos na clareira. Os milicianos apenas olharam para ele.

— Precisamos da ajuda de vocês, camaradas — disse Alexander. — Não temos munição. O reforço ainda não chegou e não conseguimos nos comunicar por telefone. De dois batalhões, restaram apenas vinte homens. Precisamos de seus cartuchos e dos projéteis, e de medicamentos para os feridos. E de água. E de telefone para chamar o comando.

Os homens ficaram olhando e depois caíram na risada.

— Você está de brincadeira, não é?

— Recebi ordens para avançar pela floresta.

— E obviamente não cumpriu a ordem, Capitão — disse o tenente Sennev, sentado no chão e encarando Alexander.

— Segui as ordens, Tenente. E o sangue dos meus homens é prova da minha obediência. Mas agora preciso de suas armas.

— Dê o fora daqui!

Alexander suspirou e deu lentamente as costas ao grupo de milicianos, segurando a arma nas mãos. Antes de completar a volta, viu o bastão rodopiar no ar com um lamento de sirene e encravar na cabeça de Sennev. Yermenko deve ter ouvido a conversa, porque havia arremessado antes do combinado. Alexander se virou e começou a disparar um tiro de cada vez com sua Shpagin. Não foi preciso desperdiçar balas com Sennev. Alexander disparou cinco vezes, Yermenko disparou seis, e o assunto estava encerrado, antes mesmo que os homens da NKGB pudessem levantar suas armas.

Ouspensky e Yermenko recolheram as armas e as provisões enquanto Alexander empilhava os corpos. Quando estava a cerca de vinte passos do local, Alexander arremessou uma granada sobre a pilha de corpos e protegeu os olhos. A granada explodiu, e os três homens permaneceram alguns instantes assistindo às chamas se elevando.

— Acho que merecem uma despedida decente — disse Ouspensky, batendo continência. — Adeus, e vão para o inferno!

Yermenko caiu na risada.

Quando voltavam a suas posições, Alexander deu-lhe um tapinha nas costas.

— Muito bem — disse, oferecendo-lhe um cigarro.

— Obrigado, senhor — respondeu Yermenko. Pigarreou. — Peço permissão para encontrar o comando do inimigo. Acredito que, se eliminarmos seu comandante, toda a defesa vai desmoronar.

— Acredita nisso?

— Sim. Estão dispersos. Há soldados na linha de frente, na lateral, atirando às cegas, sem alvo. Não estão lutando como um exército treinado. Estão lutando como um bando de partidários.

— Estamos no meio da floresta, Cabo — disse Alexander. — Não espera que cavem trincheiras, não é?

— Espero que tenham alguma lógica, mas não é o que vejo. Estão armados até os dentes, mas atiram sem se importar com o tempo que lhes resta para resistir. Estão defendendo a área como se nunca fosse faltar munição.

— O que mudaria se você me trouxesse o comandante?

— Sem comando, recuariam.

— Mas ainda estariam na floresta.

— Se avançarmos pela lateral, em direção ao sul, acabaremos encontrando a Frente Ucraniana.

— A Frente Ucraniana vai ficar nas nuvens quando nos vir. Cabo, recebi ordens para avançar pela floresta.

— É o que faremos, mas pelo flanco. Faz duas semanas que estamos aqui e já perdemos quase tudo. Não conseguimos repor as baixas nem afastar os alemães. Senhor, deixe-me trazer a cabeça do comandante. Verá como irão recuar. Os alemães não sabem lutar sem um comandante. Poderemos nos deslocar pelo flanco.

— Por que não conta que são russos? — sussurrou Ouspensky, à parte.

— Acredita que Yermenko mudaria de ideia? — sussurrou de volta Alexander.

Alexander se deslocou até o recém-adquirido telefone de campanha para contatar o capitão Gronin do 28º Batalhão Penal, que estava a quatro quilômetros. Não disse nada sobre os milicianos mortos, mas pediu reforço urgente. No entanto, para Gronin chegar até Alexander, teria de passar por tropas alemãs. Apesar do cansaço evidente, o capitão do outro batalhão conseguiu levantar a voz o suficiente para gritar:

— Está de gozação?! Quem pensa que é para solicitar reforço? Isso não vai acontecer nem que chova canivete aberto!

E bateu o telefone na cara de Alexander.

Alexander colocou o fone no gancho sem se alterar e olhou para ver se Ouspensky e Yermenko haviam ouvido alguma coisa.

— O que ele disse, Capitão? — perguntou Ouspensky.

— Disse que o reforço chegará em poucos dias. Vamos esperar aqui. — Tomou um gole de água do cantil e pensou que até a água da NKGB era melhor. — Ok, Yermenko. Vá em busca do comandante alemão, mas leve outro homem com você.

— Mas, senhor...

— Não. Vai levar um soldado com você. Alguém discreto e eficaz. Alguém leal, em quem possa confiar.

— Gostaria de levá-lo — disse, apontando para Ouspensky.

— Que porra de ideia é essa? Sou um tenente...

— Tenente! — exclamou Alexander. Acendeu um cigarro, olhou de Ouspensky para Yermenko, sorriu e prosseguiu. — Cabo, não pode levar um tenente. Ele é meu. Escolha outro soldado. — Fez uma pausa. — Escolha alguém melhor. Leve Smirnoff.

— Obrigado pela confiança, senhor — agradeceu Ouspensky.

— De nada, Tenente.

Uma hora depois, apenas Smirnoff retornou.

— Onde está o cabo Yermenko?

— Não conseguiu voltar.

Alexander ficou em silêncio por um momento.

— Não foi o que perguntei, Cabo. Perguntei onde ele está.

— Eu disse. Está morto, senhor.

— Perguntei onde ele está. E vou continuar perguntando até você me dizer. Onde ele está?

Smirnoff olhou para Alexander com a expressão confusa e cansada.

— Não entendo, senhor...

— Onde está o cabo morto, Cabo?

— Está onde morreu, senhor. Pisou numa mina.

Alexander endireitou as costas e se apoiou no tronco de uma árvore.

— Abandonou seu companheiro de batalha em território inimigo? Um homem que um dia protegeu você?

— Sim, senhor — balbuciou Smirnoff. — Tinha que voltar.

— Você não merece o uniforme que está vestindo, Cabo. Não merece a arma que lhe entregaram para defender a pátria. Abandonar um soldado morto em território inimigo...

— Ele estava morto — insistiu nervosamente Smirnoff.

— E logo você também! — gritou Alexander. — Quem irá carregar o seu corpo até o lado soviético? Não será o seu companheiro, ele está morto. Quero você longe da minha vista — disse, agitando a mão na frente de Smirnoff. — Mas, antes de ir, me conte se descobriu algo importante. Ou esteve em território inimigo apenas para deixar um soldado morrer?

— Não, senhor — respondeu o soldado, sem olhar para Alexander.

— "Não, senhor" o quê?

— Descobri que o comandante é russo. Mas acredito que existam oficiais alemães, conversavam em alemão. O comandante é mesmo russo. Ele grita com a tropa em alemão, mas fala em russo com os tenentes. Está no comando de cinquenta tropas.

— Cinquenta!

— Sim, senhor. E, antes de fazer qualquer coisa, olham para ele. — Smirnoff fez uma pausa. — Eu sei, porque cheguei bem perto dele. Foi quando descobrimos que a área ao redor da tenda dele está minada. Mas agora sei por onde ir. Vou encontrar o corpo de Yermenko e lançar uma granada na tenda do comandante. Ele vai ficar em pedacinhos e seus homens irão se render.

— Tem certeza de que é russo? — perguntou Alexander, após alguma reflexão.

— Positivo.

Smirnoff partiu rumo ao acampamento alemão. Não voltou em meia hora, tampouco ao fim de uma hora. Uma hora e meia depois, quando havia anoitecido e a floresta estava um breu, Alexander desistiu de esperar por Smirnoff. Era óbvio que o idiota também estava morto, e sua morte havia alertado os alemães. *Agora estava deitado no terreno inimigo, esperando que eu fosse buscá-lo.*

— Vou até lá, Tenente — disse Alexander. — Se algo acontecer comigo, ficará no comando da unidade.

— Não pode ir, senhor.

— Vou, e não penso em voltar até que o chefe deles ou eu estejamos mortos. Maldito Smirnoff! Abandonou o coitado do Yermenko na mata. — Alexander praguejou outra vez. — Pelo menos agora tenho dois soldados para encontrar. Saberei onde pisar. Daria tudo pelo nosso tanque. Se aquela porra ainda estivesse conosco, eu não estaria nesta posição.

— Você tinha um tanque. Se não tivesse sido tão impetuoso ao atravessar o rio, ainda estaria com ele.

— Cale a boca! — ordenou Alexander, pegando a metralhadora, colocando a pistola na cintura e cinco granadas na blusa, e por fim arrumando o capacete.

— Vou junto, senhor — ofereceu Ouspensky, ficando em pé.

— Claro que vai — disse Alexander. — Para que ouçam o chiado da sua respiração desde Cracóvia. Enquanto eu estiver fora, fique aqui e espere que cresça um pulmão novo. Volto em uma hora.

— Espero que sim, Capitão.

Com a discrição de um tigre siberiano, Alexander avançou entre as árvores até se aproximar da clareira onde piscavam as luzes do acampamento alemão. Sustentava uma pequena lanterna entre os dentes e direcionava o foco para o chão, procurando algum indício de um corpo ou de terra removida... qualquer coisa. Estava com o dedo no gatilho da pistola, e com a outra mão empunhava a faca de combate.

Encontrou Smirnoff, que encontrara a mina. A um metro de distância viu Yermenko. Fez o sinal da cruz com a ponta da pistola sobre o cadáver dos dois soldados.

Tirou a lanterna da boca e viu que a tenda do comandante estava a menos de cinco metros de distância dentro da clareira. Viu as minas plantadas no solo, rodeando a tenda. Na pressa, não tinham se dado o trabalho de enterrá-las. Uma pena que na pressa seus homens tivessem tropeçado nelas.

Viu o reflexo de uma lanterna e uma sombra na frente da tenda. Um homem pigarreou e disse:

— Capitão? Está acordado, senhor?

Alexander ouviu um homem responder em alemão e depois em russo. Em russo, o capitão pediu por algo para beber e alertou o soldado que não se afastasse mais de um metro da tenda.

— As minas já mataram dois dos inimigos. E outros virão, Borov. Estou bem escondido, mas não podemos nos arriscar.

Alexander considerou aquela informação interessante, colocou a faca entre os dentes e tirou as granadas da blusa. Sabia que teria de ser muito preciso na pontaria para não errar a tenda.

O soldado saiu e cumprimentou o superior antes de baixar as abas da tenda. Alexander estava pronto para puxar o pino da granada, quando ouviu o soldado dizer:

— Voltarei em seguida, Capitão Metanov...

Alexander sentou-se no chão sem fazer barulho. Soltou a granada enquanto o ajudante saía.

Foi isso mesmo o que ouvi... Metanov?

Era óbvio que sua mente torturada pregava uma peça nele. Pegou a granada com mãos trêmulas, mas não conseguiu lançá-la.

Estava tão perto, que poderia matar o capitão e seu assistente facilmente. E agora?

Se tivesse imaginado o nome, pior para ele e seu cansaço e sua impaciência. Um pouco mais de esquecimento, um pouco menos de lamento, e ele não estaria a três passos da tenda do comandante, imaginando ter ouvido o nome Metanov.

Alexander deu três passos em direção à tenda. Suspeitava que o comandante não colocaria minas tão próximas de onde dormia, e estava certo. Esticou o braço e tocou a lona. Viu uma lamparina brilhar dentro da tenda e ouviu o roçar de papéis. Não podia ouvir o som da própria respiração. Não porque respirava em silêncio, mas porque não respirava.

Silenciosamente, desamarrou um dos cordões que prendia a tenda a uma das estacas. Engatinhou até a outra estaca e fez o mesmo. Depois até a outra. E finalmente a quarta estaca. Respirou fundo, pegou a arma da cintura, embora não pudesse engatilhá-la por causa do ruído, agarrou a faca, contou até três e pulou em cima da tenda, imobilizando o comandante embaixo da lona. O homem não podia se mover. Alexander estava sobre ele com a arma apontada para sua cabeça.

— Não se mova — disse, em russo. — Não se mova.

Procurou as mãos do comandante e as imobilizou com os joelhos e, enfiando uma das mãos dentro da tenda, tateou em busca da arma do comandante. Encontrou a arma e a faca ao lado do que havia sido a cama e a manta. Sentindo que o homem tentava se mover, repetiu:

— Não se mova, entendeu? Ou devo falar em alemão? Psiu.

Alexander não confiava que o homem fosse obedecer. Golpeou-o com força, e o comandante desmaiou. Então retirou a lona de cima do corpo e lançou o foco da lanterna no rosto do homem. Era jovem e seguramente deveria ter tido cabelos escuros, embora agora estivesse careca. Apresentava uma cicatriz profunda que se estendia do olho até a boca. Os ferimentos não estavam totalmente cicatrizados e havia sangue na cabeça e no ombro. Era magro e sua pele ficava ainda mais pálida sob a luz da lanterna. Podia ser tanto russo como alemão. Alexander não conseguia definir aquele rosto.

Alexander arrastou o corpo para fora da tenda, jogou-o sobre os ombros e, antes de o ajudante voltar com a água, entrou na mata e desceu com ele o morro que levava até o seu acampamento.

Ouspensky perdeu o fôlego de seu único pulmão, quase desmaiando ao ver Alexander carregando o comandante inimigo. Aguardara ansiosamente seu retorno ao lado da barraca, e sua expressão não escondia a preocupação e o temor. Ele deu um pulo e, antes que pudesse falar, Alexander o interrompeu com um gesto.

— Pare de falar e traga uma corda.

Os dois amarraram o homem a uma árvore atrás da barraca.

Alexander passou uma noite interminável e torturante sentado à frente do prisioneiro. Por fim, ele acordou e começou a fazer perguntas e reclamações. Alexander se aproximou e retirou a mordaça.

— Seu maldito! — foram suas primeiras palavras em russo. — Por que não me matou? Preferiu me fazer abandonar meus homens no meio da batalha.

Alexander continuava calado.

— Que tanto olha pra mim, cacete! — gritou o comandante. — Está tentando descobrir como eu gostaria de morrer? Devagar, certo? E de maneira bem dolorosa. Eu não ligo a mínima.

Alexander abriu a boca do prisioneiro e, antes que ele pudesse falar, ofereceu-lhe café de um cantil.

— Como se chama?

— Kolonchak.

— Qual seu nome verdadeiro?

— Esse é o meu nome verdadeiro.

— Sobrenome?

— Andrei Kolonchak.

Alexander empunhou o fuzil.

— Entendo — disse. — Se esse é seu nome verdadeiro, terei de matá-lo, para que seus homens não façam de você nem líder nem mártir.

— Acha que tenho medo da morte? — disse o prisioneiro, com um sorriso. — Pode atirar. Estou pronto.

— Os homens que ficaram no acampamento também estão prontos para morrer?

— Certamente. Estamos todos prontos.

O homem endireitou-se contra o tronco do carvalho e olhou desafiadoramente para Alexander.

— Quem é você? Diga-me.

— E você? Quem é você? Meu irmão em armas? É melhor que me mate já, ou vou começar a gritar. Meus homens irão atacar o que sobrou da sua tropa patética. Não vai arrancar uma palavra de mim.

— Está nos fundos do meu acampamento, a um quilômetro e meio de distância das suas tropas. Grite à vontade. Grite que nem mulher. Ninguém irá ouvi-lo. Como se chama?

— Já disse: Andrei Kolonchak.

— Seu sobrenome é a combinação do nome de Alexander Kolchak, líder do Exército Branco durante a Guerra Civil Russa, e o da partidária Kolontai?

— Isso mesmo.

— Por que seu auxiliar o chamou de capitão Metanov?

O homem piscou e desviou o olhar por um breve momento, mas estava tudo ali. Aquele movimento de olhos acertou Alexander direto no peito.

— Capitão Pavel Metanov? — inquiriu, sem conseguir encarar o rapaz.

Fez-se silêncio embaixo da árvore. Alexander ficou em silêncio. Olhou o fuzil, as mãos, os musgos, as botas e as pedras. Respirou tão profundamente, que foi dolorido, e perguntou:

— Pasha Metanov?

Ao levantar o olhar, viu o homem o encarando com a expressão surpresa e comovida de quem ouviu alguém falando em inglês na China, de quem viajou milhares de quilômetros e viu um rosto familiar. Como o registro de uma cena de infância apreendida numa foto em preto e branco na qual se vê o sorriso de um garoto e de um soldado amarrado a uma árvore e prestes a morrer.

— Não entendo — disse em voz baixa o homem. — Quem é você?

— Eu... — foi tudo o que conseguiu dizer.

Eu... eu... eu sou aquele que grita ao céu surdo.

Mas o céu não é surdo. Nem um pouco surdo. *Veja quem está aqui, na minha frente.* Alexander fitava o homem na árvore com uma mistura de tristeza, confusão e descrença.

— Sou Alexander Belov — disse, por fim. — Em 1942, me casei com uma jovem chamada Tatiana Metanova...

Foi um sofrimento para Alexander pronunciar o nome de Tatiana em voz alta, mas ainda mais sofrido para o homem amarrado na árvore. Fez uma cara de dor, gemeu, encolheu-se, baixou a cabeça e disse:

— Não, pare. Não pode ser. Pegue a arme e atire em mim!

Alexander baixou o fuzil e se aproximou.

— Minha nossa, Pasha, onde estava com a cabeça? Por que fez isso?

— Não pense em mim agora — disse Pasha Metanov. — Você e Tatia se casaram? Então ela está bem?

— Não está aqui — disse Alexander.

— Está morta? — balbuciou Pasha.

— Acredito que não — Alexander baixou a voz. — Não está na União Soviética.

— Não estou entendendo. Para onde ela foi?

— Pasha...

— Tempo é o que mais temos. Conte-me tudo.

— Ela escapou pela Finlândia. Estava sozinha e grávida. — Alexander sussurrava. — Não sei se conseguiu, se está segura em liberdade. Não sei de nada. Fui preso e colocado no comando deste batalhão penal.

— E minha... — a voz de Pasha falhou — família?

Alexander meneou a cabeça.

— Alguém sobreviveu?

— Ninguém — suspirou Alexander.

O soldado teve de enfrentar a si mesmo para prosseguir.

— E minha mãe?

— Sua mãe, seu pai, seus avós, sua irmã Dasha, Marina e os pais dela. Leningrado levou todos eles. Apenas Tatia sobreviveu. E foi embora.

Pasha ficou em silêncio por alguns segundos agonizantes, e então chorou.

A cabeça de Alexander estava tão inclinada, que tocava o peito. Ele não queria ver nem ouvir.

— Por quê? — perguntou, desconsolado. — Você poderia ter me matado e eu jamais ficaria sabendo. Teria sido melhor para mim. Pensei que tivessem sido retirados de Leningrado, que estivessem seguros em Molotov. Meu consolo era pensar que estavam vivos. Por que você me poupou da morte? Não vê que não tenho vontade de viver? Eu teria passado para o outro lado se por algum momento tivesse considerado que minha vida tem algum valor? Quem pediu para você me salvar?

— Ninguém. Nem eu. Estava pronto para lançar a granada na sua tenda. Você estaria morto e suas tropas estariam aniquiladas na manhã seguinte. Mas ouvi alguém chamá-lo pelo nome verdadeiro. Por que tive de ouvir? Faça a si mesmo essa pergunta. — Alexander ficou em silêncio. — Posso soltá-lo?

— Pode — disse Pasha. — E vou arrancar seu coração com minhas próprias mãos.

— Se eu ainda tivesse um coração — disse Alexander.

Levantou-se e colocou a mordaça na boca de Pasha com mãos firmes.

A manhã chegou e com ela veio a raiva. Alexander não sabia o porquê daquela expressão sombria e fechada de Pasha. Gostaria de ter tempo para poder se ocupar dele, mas tinha tantas outras preocupações. Além do mais, começara a chover. Haviam subido os montes da Cruz Sagrada para morrer e, como se isso não fosse o bastante, teriam de morrer molhados.

Alexander ofereceu comida, e Pasha recusou. Um cigarro? Outro não.

— Que tal uma bala?

Pasha sequer olhava para Alexander.

O inimigo estava quieto naquela manhã. Alexander e Pasha não estavam surpresos. O comandante da unidade havia desaparecido.

— Qual o teu problema, garoto?— perguntou Alexander, tirando a mordaça de Pasha.

— Por que contou sobre a minha família? — A voz de Pasha era monótona.

— Porque você perguntou.

— Poderia ter mentido. Poderia ter dito que estavam bem.

— Era o que você queria?

— Sim. Um milhão de vezes sim. Seria um pequeno consolo para um homem que está morrendo na chuva. Sim, era o que eu queria.

Alexander secou a chuva que se depositava no rosto de Pasha.

Em seguida, reagrupou seus homens, e todos assumiram suas posições entre as árvores. Depois de fumarem o cigarro matinal, os homens abriram fogo timidamente, mas não houve retorno. Na floresta, o som da guerra estava sempre próximo: a um metro, a um quilômetro, na copa das árvores, nos densos arbustos; o eco abafado tornava o som opressivamente próximo. Era melhor o campo aberto, o terreno aberto, os tanques. Não havia nada pior que a floresta.

Ouspensky foi até Alexander e disse que precisavam matar o prisioneiro e avançar. Alexander respondeu que esperariam um pouco mais.

E a chuva não dava trégua.

Algumas horas se passaram até Pasha mover a cabeça na direção de Alexander, que lhe tirou a mordaça.

— Um cigarro ia bem agora... — disse Pasha.

Alexander deu um cigarro a Pasha.

Depois de saborear uma longa tragada, Pasha disse:

— Como você a conheceu?

— O destino nos uniu — respondeu Alexander. — No dia em que a guerra começou. Eu estava patrulhando as ruas e ela tomava sorvete sentada num banco.

— Bem o jeito dela — comentou Pasha. — Ela concorda com você e depois faz apenas o que quer. Haviam pedido que fosse comprar comida e não ficasse à toa. — Olhou para Alexander. — Aquele foi o último dia em que a vi. Em que vi minha família.

— Eu sei — disse, com o coração pesado. — O que vou fazer com você, Pasha Metanov, irmão de minha esposa?

Pasha deu de ombros.

— Isso é problema seu. Vou falar sobre os meus homens. São cinquenta deles na mata. Cinco tenentes. Cinco sargentos. O que acha que farão sem mim? Não irão se render. Irão recuar alguns metros até se incorporarem às divisões motorizadas de Wehrmacht no lado oeste das montanhas. Sabe quantos soldados os esperam daquele lado? Meio milhão. Quanto acredita que seus dezenove soldados conseguirão avançar? Sei como funciona um batalhão penal. Ninguém virá abastecê-los quando precisarem de reforço. O que vai fazer?

— Meu tenente é a favor de matá-lo.

— Ele está certo. Sou comandante do último vestígio do exército do general Vlasov. Com a minha morte, não haverá mais nenhum vlasovita.

— Como você sabe? — perguntou Alexander. — Ouvi que há vlasovitas estuprando mulheres na Romênia.

— O que isso tem a ver comigo? Estou na Polônia.

Alexander sentou-se com as mãos sobre as pernas. No rosto, uma expressão de derrota.

— O que aconteceu com você? Sua família teria gostado de saber.

— Não fale mais da minha família — disse Pasha, com um nó na garganta. — Já não basta o que falou?

— Seus pais ficaram arrasados quando você desapareceu.

— Mamãe sempre tão emotiva — disse Pasha, e começou a chorar. — Pensei que fosse melhor assim. Não saber a verdade. Suspeitar do pior. De todo modo, é outro jeito de morrer lentamente.

Alexander não tinha certeza de que era melhor.

— Tatia foi procurá-lo no acampamento de Dohotino.

— É louca — disse, com a voz cheia de ternura e tristeza.

Alexander se aproximou.

— O campo estava abandonado e ela decidiu ir a Luga, alguns dias antes de cair nas mãos dos alemães. Ela quis procurá-lo em Novgorod ao saber que os membros do campo de Dohotino haviam sido transferidos para lá.

— Fomos transferidos... — Pasha balançou a cabeça e sorriu desconsoladamente. — Por caminhos misteriosos Deus protege Tatia. Sempre a protegeu. Se tivesse ido para Novgorod, ela teria morrido, e eu nem estava lá. O máximo que me aproximei de Novgorod foi quando atravessei o lago Ilmen num trem que os alemães explodiram.

— Lago Ilmen?

Nenhum dos homens ousava cruzar o olhar com o outro.

— Tatia falou com você sobre o lago?

— Ela falou sobre o lago — respondeu Alexander.

Pasha sorriu.

— Passamos a infância naquele lago. Ela era a rainha do lago Ilmen. Então, ela me procurou? Ela sempre foi especial. Ela era a única que poderia ter me encontrado.

— Pois é. Mas acabou que eu encontrei você.

— Pois é, e na Polônia! Eu não estava em Novgorod. Os nazistas explodiram o trem, fizeram pilhas de cadáveres da altura de casas e atearam fogo. Eu e meu amigo, Volodya, fomos os únicos sobreviventes. Nos arrastamos para fora da pilha de corpos e tentamos encontrar nossa tropa, mas toda a área estava tomada pelos alemães. Volodya havia quebrado a perna no acampamento, não podíamos chegar muito longe. Em poucas horas fomos feitos prisioneiros. Volodya não servia para os alemães, então foi fuzilado. — Ele meneou a cabeça. — Fico contente que sua mãe não tenha ficado sabendo. Você conhecia a mãe dele? Nina Iglenko.

— Sim. Pedia comida a Tatia para os dois filhos que estavam com ela.

— O que aconteceu com eles?

— Leningrado levou a todos.

Alexander baixou a cabeça ainda mais. Logo a cabeça alcançaria a lama na qual ele estava sentado.

Alexander gostaria de perguntar sobre os vlasovitas, mas não encontrava palavras. Nunca antes um milhão de soldados havia deserdado de seu exército e entrado para as odiadas fileiras inimigas em sua própria pátria e contra seu próprio povo. Havia espiões, agentes duplos, traidores. Mas um milhão de soldados?

— Pasha, o que deu em você? — foi o máximo que conseguiu dizer.

— O que deu em mim? Como assim? Nunca contaram a você o que aconteceu na Ucrânia? Como Stalin abandonou os próprios soldados em mãos alemãs?

— Ouvi tudo sobre isso — respondeu sem ânimo Alexander. — Luto no Exército Vermelho desde 1937. Conheço tudo. Cada decreto, cada lei, cada édito.

— E não sabe que nosso grande comandante determinou que cair prisioneiro era crime contra a pátria?

— Claro que sei. E que as famílias dos prisioneiros de guerra não recebem pão.

— Exato. Então, escute esta: o próprio filho de Stalin foi feito prisioneiro pelos nazistas.

— Sim.

— E quando Stalin ficou sabendo, para evitar a ironia da situação, sabe o que fez?

— Há boatos de que renunciou ao filho — disse Alexander, apertando o cordão do capacete.

— O boato é verdadeiro. Ouvi de um membro da SS que foi executado no campo de concentração de Sachsenhausen.

— Sim.

— Fez isso com o próprio filho! Que esperança havia para mim?

— Não há esperança para nenhum de nós — disse Alexander. — A diferença é que Stalin não sabe quem somos. Isso pode nos ajudar. Pode nos salvar.

— Ele sabe quem sou.

Alexander suspeitava que também pudesse saber quem ele era. Um espião estrangeiro entre seus oficiais.

— Tudo isso somado aos chineses mortos em 1937 não se compara a lutar do lado do inimigo e contra seu próprio povo — disse Alexander, fitando Pasha. — O exército chama de alta traição. O que acha que farão com você quando encontrá-lo, Pasha?

Pasha queria protestar, mas as mãos estavam presas. Forçou as cordas e balançou a cabeça de um lado a outro.

— O mesmo que fariam se eu voltasse como prisioneiro de guerra — disse, por fim. — E não fique aí sentado me julgando quando não sabe nada de mim ou da minha vida.

— Fale da sua vida — disse Alexander.

Estavam os dois juntos à árvore e de costas para a silenciosa linha de combate.

— Os alemães me colocaram no campo de Minsk no inverno, entre 1941 e 1942. Éramos sessenta mil prisioneiros. Não havia comida para nos alimentar, e os alemães pouco se importavam. Não davam abrigo, nem roupas, nem remédios. E nossos líderes garantiram que chegaria ajuda da Cruz Vermelha. Não podíamos receber alimentos, nem cartas dos familiares, nem cobertores. Nada. Hitler exigiu reciprocidade de tratamento para os prisioneiros alemães, e Stalin respondeu que não havia prisioneiros soviéticos, pois o patriotismo soviético os impediria de renderem-se aos alemães, e acrescentou que não estava interessado em conceder direitos unilaterais para a parcela alemã. Então, Hitler concordou. Havia sessenta mil de nós naquele campo e, no final daquele inverno, apenas onze mil. Muito mais fácil de administrar, não é?

Alexander concordou.

— Na primavera, escapei e fui de rio em rio até a Ucrânia, onde logo fui recapturado pelos alemães, que me mandaram direto a um campo de trabalho. Pensei que isso fosse ilegal, mas parece que não há nada que se faça a um soldado soviético ou a um refugiado que seja ilegal. O campo estava lotado de judeus ucranianos, e comecei a perceber que eles desapareciam em massa. Sabia que não estavam fugindo para se juntar aos partidários. Tive certeza quando mandaram os que não eram judeus cavar enormes valas no verão de 1942. Depois cobrimos os milhares de corpos com terra. Sabia que não estava seguro. Sabia que os alemães não gostavam muito dos russos. Odiavam os judeus mais que tudo, e o que sentiam pelos russos não ficava muito atrás. Mas os soldados do Exército Vermelho pareciam suscitar nos alemães uma hostilidade especial. Matar-nos não era o bastante, era preciso nos destruir, nos bater, nos matar de fome, vencer nosso corpo e depois nosso espírito, depois atear fogo. Eu não aguentei mais e fugi no verão de 1942 e, depois de vaguear pelos campos na esperança de alcançar a Grécia, fui resgatado por um bando de homens lutando sob o comando de Voronov que, por sua vez, lutava por Andrei Vlasov, no Exército de Libertação. Acreditei que era o meu destino e me uni a eles.

— Ai, Pasha...

— Nada de "Ai, Pasha".

Alexander ficou em pé.

— Nas mãos de quem você acha que minha irmã iria preferir que eu morresse: nas dos alemães ou nas do camarada Stalin? Slavan era minha promessa de vida e eu o segui. Stalin disse que iria me matar. Hitler disse que iria me matar. Hitler trata os cães melhor do que os prisioneiros.

— Hitler ama cães. Prefere cães a crianças.

— Hitler e Stalin me ofereceram a mesma coisa. Apenas o general Vlasov defendeu minha vida. E eu quis entregar minha vida a ele.

— E onde está ele agora quando você tanto precisa? — questionou Alexander, enquanto recarregava a arma. — Ele acreditou estar ajudando Hitler, mas se esqueceu de que os fascistas, os comunistas e os americanos desprezam os traidores.

Alexander tirou a faca da bota e inclinou-se sobre Pasha, que se retraiu. A reação surpreendeu Alexander, que encolheu os ombros e cortou a corda que prendia as mãos de Pasha.

— Andrei Vlasov foi capturado pelos alemães, passou algum tempo na cadeia e acabou sendo entregue de volta aos soviéticos. Embora você tenha lutado anos ao lado de Vlasov, ele está fora dessa guerra há muitos anos. Seus dias de glória terminaram.

Pasha se levantou e emitiu um gemido de dor depois de tantas horas numa mesma posição.

— Meus dias de glória também terminaram — disse.

Os dois se olharam. Pasha era miúdo comparado a Alexander. Ele lembrava o pai de Tatiana, Georgi Vasilievich Metanov. Pasha levantou o olhar e disse:

— Somos uma dupla e tanto. Eu comando o que restou das tropas de Vlasov, uma linhagem em extinção. O meu batalhão é o primeiro na linha de defesa para realizar o desejo de Hitler de nos ver aniquilados por nossos irmãos. E você foi enviado para me matar, liderando um batalhão penal integrado por prisioneiros desarmados que não sabem combater. — Sorriu. — O que vai dizer à minha irmã quando a encontrar no céu? Que matou seu irmão no calor da batalha?

— Pasha Metanov — disse Alexander, fazendo um gesto para que se aproximasse. — Não sei para que vim a este mundo, mas tenho quase certeza de que não foi para matá-lo. Venha comigo. Temos de dar um fim a esta situação absurda. Você vai dizer aos seus homens que se rendam.

— Não ouviu o que eu disse? Meus homens jamais se entregarão à NKGB. Além disso, tem ideia do que o espera se continuarem avançando?

— Sim. Os alemães serão derrotados. Talvez não por nós nestes malditos montes, mas em algum outro lugar. Já ouviu sobre o segundo *front*? Já ouviu sobre Patton? Vamos nos encontrar com os americanos em Berlim, no rio Oder. É isso o que nos espera. Se Hitler tivesse algum bom senso, se entregaria e pouparia a Alemanha de uma segunda humilhação incondicional neste século. E ainda salvaria milhões de vidas durante o processo.

— Hitler parece ser o tipo de homem que se renderia incondicionalmente? Ou que se preocuparia em salvar uma vida ou um milhão de vidas? Se tem de afundar, vai levar consigo o resto do mundo.

— Não tenho dúvida disso — concordou Alexander.

Teve a intenção de chamar Ouspensky quando foi detido pela mão de Pasha.

— Espere — disse Pasha. — Preciso de alguns minutos para pensar melhor, não se importa?

Sentaram-se sobre um tronco e cada um acendeu um cigarro.

— Alexander, você poupou a minha vida.

— Poupei, não foi? — Alexander deu uma tragada. — De qualquer forma, precisamos encontrar uma solução. Do contrário, nem você nem eu teremos soldados para comandar.

Pasha ficou em silêncio durante alguns segundos.

— Apenas eu e você na mata?

Alexander olhou para ele. O que estava dizendo?

Pasha inclinou-se à frente e disse:

— Farei com que meus homens se rendam se você garantir que não vai entregá-los à NKGB.

Alexander soltou uma gargalhada.

— E o que propõe que eu faça com eles?

— Incorpore-os à sua unidade. Temos armas, projéteis, granadas, morteiros, carabinas.

— Eu ia mesmo ficar com as armas, Pasha. É o que acontece com os vencidos: entregam as armas. Mas os homens? Vão mudar de lado outra vez?

— Farão o que eu mandar.

— Como podem agir assim?

— O que você propõe? Dispersar?

— Dispersar? Debandar? Você sabe o nome disso? Deserção.

Pasha estava pensativo.

— Não há esperança para você, Alexander. Há quinze mil homens do outro lado daquele monte.

— E treze milhões de soldados estão vindo por aquele monte para matá-los.

— Sim, mas o que vai acontecer conosco?

— Preciso das armas da sua unidade.

— Você vai ficar com as armas. Mas está com apenas dezenove homens. O que pensa em fazer?

— Não se preocupe com o que penso. Apenas... — sussurrou Alexander.

— Apenas o quê?

— Quero entrar na Alemanha e preciso me manter vivo até conseguir.

— Por quê?

Porque os americanos estão vindo para Berlim. Porque os americanos vão libertar a Alemanha e libertar os prisioneiros de guerra, e vão finalmente me libertar, pensou Alexander. Mas não disse nada em voz alta.

— Meu Deus, você enlouqueceu?

— Sim.

Pasha observou-o demoradamente, em pé entre as árvores úmidas, o cigarro queimando entre seus dedos crispados.

— Não sabe como são os alemães, Alexander? Como pode ser tão ingênuo?

— Não sou ingênuo. Muito pelo contrário. Sei de tudo, mas ainda tenho esperança. Agora mais do que nunca. — Olhou para Pasha. — Por que acha que o encontrei?

— Para poder torturar um homem à beira da morte.

— Não, Pasha. Vou ajudá-lo também. Só precisamos sair daqui. Você e eu. Tem medicamentos?

— Sim. Temos muita gaze, pílulas de sulfa, morfina e um pouco de penicilina.

— Ótimo. Vamos precisar de tudo. E comida?

— Temos uma variedade de comida enlatada. Leite e ovos desidratados. Sardinha. Pão e presunto.

— Pão em lata? — perguntou Alexander, segurando o riso.

— Do que estão vivendo?

— Da carne dos meus homens — respondeu Alexander. — Seus homens são russos?

— A maioria é. Mas temos dez alemães. O que pensa fazer com eles? Com certeza não passarão para o seu lado.

— Isso é certo. Impossível até de imaginar.

Pasha virou-se para o outro lado.

— Vamos prendê-los — disse Alexander.

— Pensei que os batalhões penais não fizessem prisioneiros.

— Eu faço minhas próprias leis neste fim de mundo — respondeu Alexander. — Fui abandonado por meus fornecedores. Vai nos ajudar ou não?

Pasha deu uma última tragada, apagou o cigarro e passou a mão no rosto para secar as gotas de chuva, gesto que Alexander considerou inútil.

— Vou ajudá-los. Mas seu tenente não irá aprovar. Quer me matar.

— Eu me ocupo dele — disse Alexander.

Não foi fácil convencer Ouspensky.

— Você ficou louco? — sussurrou enojado, quando Alexander descreveu seu plano para a incorporação da unidade de Pasha.

— Tem uma ideia melhor?

— Pensei que Gronin viesse com reforços.

— Eu menti. Reúna as tropas, por favor.

— Digo que devemos matá-lo e esperar até que cheguem os reforços.

— Não vou matá-lo nem esperar ninguém. Eles não virão.

— Capitão, não está cumprindo o regulamento de guerra. Não podemos fazer dos alemães nossos prisioneiros. Temos de matar o comandante.

— Tenente, reúna nossos homens e pare com essa bobagem.

— Capitão...

— Faça o que eu disse, Tenente!

Ouspensky voltou-se desconfiado para Pasha e os dois se entreolharam por alguns momentos.

— Capitão, você o soltou? — perguntou Ouspensky em voz baixa.

— Por que não se preocupa com as suas coisas e deixa o resto comigo?

Alexander, Ouspensky e Telikov tinham catorze soldados rasos e dois cabos sob o comando deles. Com o batalhão de Pasha, teriam mais de sessenta homens, sem incluir os prisioneiros de guerra alemães. Alexander chamou Pasha com um sinal.

— Meus homens precisam saber que sou eu quem os está convocando — disse Pasha.

— Tudo bem — disse Alexander. — Fico ao seu lado e você chama. Saberão que é você.

Ouspensky entrou na frente deles quando partiam.

— Com todo o respeito, senhor, não vou deixar que vá para a linha de fogo.

— Eu vou, Tenente — disse Alexander, tirando Ouspensky do caminho com o cano da metralhadora.

— Já jogou xadrez, Capitão? — perguntou Ouspensky. — Sabe que no xadrez é preciso sacrificar a sua rainha para capturar a rainha do adversário? Os homens dele irão matar vocês dois.

Alexander assentiu.

— Tudo bem, Ouspensky, não sou a rainha. Terão de fazer algo melhor do que me matar.

— Matam você, ganham a partida. Deixe o filho da mãe ir sozinho. Por mim, ele pode deter as balas com os dentes se precisar. Mas, se algo acontecer com você, não teremos mais ninguém.

— Está enganado, Tenente. Temos você. Eu agora sei por que recebemos ordens para avançar pela mata — disse Alexander, baixando o tom. — Por causa dos vlasovitas. Stalin quer que nós, a escória do povo soviético, acabemos com eles, o resto da escória do povo soviético. — Alexander não queria que Pasha ouvisse, então puxou Ouspensky de lado. — Nossa única ordem é avançar e nossa única responsabilidade é salvar nossos soldados. E, para salvá-los, você não salvaria Metanov?

— Não — disse Ouspensky. — Eu mesmo vou atirar no desgraçado.

— Se encostar nele, Nikolai, você morre. Só para deixar clara a minha posição e para que você não tenha nenhum arroubo patriótico, saiba que é a sua vida que está em risco. Se alguma coisa acontecer com ele, você será responsabilizado.

— Mas, senhor...

— Está entendido?

— Não. Qual o objetivo de manter vivo esse imprestável...

— Aquele homem é o irmão da minha esposa — disse Alexander.

Uma expressão indefinida passou pelo rosto de Ouspensky. A compreensão de algo, como se ele estivesse esperando uma resposta como aquela.

— Eu não sabia — disse, depois de alguns segundos.

— E como poderia saber?

No meio da tarde, Alexander e Pasha iniciaram a missão. O único som que se ouvia era o pingo da chuva caindo nas folhas verdejantes. O silêncio era inexplicável e preocupante. Um galho em chamas caiu no solo e acabou de arder relutantemente na umidade de novembro. Pasha se manteve a dez metros de Alexander e gritou:

— Aqui é o comandante Kolonchak. Podem me ouvir? Quero falar com o tenente Borov imediatamente!

Um tiro passou zunindo muito próximo de Pasha. *Não vou colocar Pasha na linha de tiro*, pensou Alexander, fechando os olhos para não ver a loucura que faziam. Chamou Pasha de volta e mandou um soldado acompanhá-lo na segunda vez que ele chamou pelo tenente Borov. Não houve tiros vindos do outro lado.

— Comandante Kolonchak? — não demorou a ouvirem alguém chamando.

— Sim, Borov — respondeu Pasha.

— Qual a senha?

Pasha olhou para Alexander.

— Se perguntassem a você, saberia a resposta? — perguntou a Alexander.

— Não.

— Conseguiria adivinhar?

— Deixe de brincadeira. Estamos fazendo isso pela vida dos seus homens.

— Não, é pela vida dos *seus* homens.

— Diga a senha, Pasha.

— A rainha do lago Ilmen — gritou Pasha Metanov, acenando com um lenço branco.

— Aposto que sua irmã iria adorar saber que seu nome é evocado no calor da batalha.

Borov saiu de detrás das árvores cinza, a menos de trinta metros. Era essa a distância que separava os dois batalhões inimigos. Em uma hora aquele local teria se transformado num combate corpo a corpo. Alexander estivera na mata tantas vezes, nas colinas, na lama, no pântano; havia atirado em fantasmas, em sombras, em galhos caindo. Ele fez uma reverência com a cabeça, agradecendo que naquele momento a luta estava suspensa. Ouviu Pasha conversando com Borov, que se mostrava incrédulo e relutante.

— Peço permissão para não nos rendermos, senhor.

— Permissão negada — disse Pasha. — Vê outra saída?

— Morrer com honra — respondeu Borov.

— Diga aos seus homens para virem aqui e entregarem as armas — exigiu Alexander, aproximando-se deles.

— Capitão! — gritou Pasha. — Eu cuido disso. — Voltou-se para Borov. — Os alemães serão feitos prisioneiros.

— Vamos render os alemães? — Borov riu. — Eles vão adorar.

— Farão o que forem obrigados a fazer.

— E o resto de nós?

— Vamos lutar pelo Exército Vermelho.

Borov deu um passo para trás com uma expressão de descrença.

— O que está acontecendo, Capitão? Isso é impossível.

— O que está acontecendo, Borov, é que fomos feitos prisioneiros. E nesse caso não temos escolha. Quero salvar minha vida.

Borov baixou a cabeça, como se ele não tivesse outra escolha.

— Borov será sempre leal a mim — explicou Pasha um pouco depois. — Ele é para mim o mesmo que Ouspensky é para você.

— Ouspensky não é nada para mim — disse Alexander.

— Está brincando — Pasha fez uma pausa. Voltavam para o acampamento soviético com os homens de Pasha e os dez prisioneiros alemães com as mãos amarradas andando à frente deles. — Não confia nele, Alexander?

— Em quem?

— Em Ouspensky.

— Tanto quanto confio em qualquer outra pessoa.

— O que isso significa?

— Não confio a ninguém minha vida particular — explicou Alexander, olhando para a frente.

— Isso é bom. — Pasha fez uma pausa. — Não sei se pode confiar nele.

— Ele tem provado sua lealdade nos últimos anos. É de confiança. Mesmo assim, não confio.

— Isso é bom — repetiu Pasha.

Alexander tinha razão em muitas coisas. O reforço soviético não chegou, e não havia uniformes do Exército Imperial para Pasha e seus soldados russos. Embora o batalhão de Alexander tivesse tido uma baixa superior a 42 homens, os mortos foram enterrados em seus elegantes uniformes de veludo molhados de chuva e manchados de sangue, e agora havia 42 soldados usando o uniforme alemão, com corte de cabelo em estilo alemão. Alexander ordenou que raspassem a cabeça, mas os uniformes continuaram alemães.

Pasha tinha razão em muitas coisas. Os alemães enviaram reforço para o pé da montanha, mas, em vez de encontrar o exército de Pasha, depararam-se com o batalhão de Alexander e nenhum vlasovita. Os alemães tinham mais armas e mais projéteis, porém, pela primeira vez em sua carreira militar, Alexander estava no topo de um monte. A unidade de artilharia alemã foi derrotada com dificuldade. No entanto, a infantaria foi facilmente vencida, e o batalhão de Alexander desceu a colina tendo perdido apenas cinco soldados. Alexander decidiu que, a partir daquele momento, só lutaria se estivesse no alto.

Pasha opinou que, daquela primeira vez, os alemães haviam enviado apenas um punhado de homens, mas que iriam retornar com milhares, e depois com dezenas de milhares.

Pasha tinha razão em muitas coisas.

Do outro lado dos montes da Cruz Sagrada, foram recebidos com mais florestas e mais combates, e a cada dia que se passava, encontravam mais artilharia, mais armas pesadas, mais granadas e mais balas. A chuva diminuía e o fogo aumentava.

O batalhão de Alexander sofreu outras cinco baixas. No dia seguinte, mais alemães chegaram, e o batalhão soviético foi reduzido a três pelotões. Os soviéticos não tinham tempo de levantar barreiras, nem de escavar trincheiras. Protegiam-se atrás das árvores, que acabavam derrubadas por bombas e granadas, bem como seus homens perdiam pernas e braços, e ninguém podia costurá-los de volta.

Ao fim de quatro dias, restaram apenas dois pelotões. Vinte homens. Alexander, Pasha, Ouspensky, Borov e dezesseis soldados rasos.

Um dos soldados foi picado por algo na mata, e no dia seguinte estava morto. Dezenove homens. O mesmo número de soldados que havia antes de encontrar Pasha. A diferença era que agora tinham oito prisioneiros para trocar por suas vidas.

O exército alemão não avançava nem se retirava, mas não estava inerte. Seu único propósito parecia ser o de acabar com o batalhão de Alexander.

Alexander conseguiu resistir um quinto dia, mas não tinham bombas nem projéteis, e as armas estavam quase sem munição. Borov havia sido morto, e Pasha chorou quando o sepultou na terra encharcada, embaixo da copa das árvores.

Depois foi a vez de Telikov, e Ouspensky chorou quando o enterraram.

Não tinham mais curativos nem alimentos. Enchiam os cantis com água da chuva coletada nas folhas. A morfina e os remédios haviam acabado. Alexander em pessoa se ocupava de cuidar dos soldados feridos.

— E agora? — indagou Pasha.

— Nada me ocorre — respondeu Alexander.

A única opção era a retirada.

— Não podemos nos retirar — Alexander disse a Ouspensky, que estava preparado para voltar.

— Isso mesmo, Tenente — concordou Pasha. — A retirada é punida com a morte.

— Que se foda! — exclamou Ouspensky. — Gostaria de poder puni-lo com a morte.

Alexander e Pasha trocaram olhares.

— E você se pergunta por que escolhi os alemães em vez da morte — disse Pasha.

— Não — contestou Ouspensky. — Você escolheu os alemães em vez do seu próprio povo, seu maldito.

— Veja como meus compatriotas tratam o seu exército! — exclamou Pasha. — Mandaram vocês aqui sem nenhum apoio, direto para a morte e, para piorar a situação, jogam pimenta no olho de vocês dizendo que a rendição é um crime contra a pátria! Em qual outro lugar ouviram algo semelhante? Em qual exército, em qual lugar e quando? Digam. — Pasha emitiu um som de escárnio. — E me pergunta por quê.

— Você leva tudo para o lado pessoal, Pasha — criticou Alexander. — Quem você acha que se importa com a nossa morte?

Pasha olhou para Alexander em silêncio, e Alexander não disse mais nada. Estava sentado numa árvore caída, enrolado no casaco de trincheira molhado, enquanto afiava um galho com a faca. Apoiado em outra árvore, Ouspensky disse que era uma tarefa inútil. Alexander respondeu que iria pescar e comer sozinho, e que deixaria Ouspensky morrer de fome. Pasha recordou que Borov sempre pescava para o batalhão, que fora seu melhor amigo e seu braço direito por três anos. Ouspensky caçoou dele, e Alexander mandou os dois ficarem quietos. E anoiteceu.

Alexander e Tatiana estão jogando esconde-esconde militar. Alexander está escondido na mata em silêncio, ouvindo Tatiana. A única coisa que ouve é o zumbido das abelhas e das moscas. Muitos insetos e nenhuma Tatiana. Levanta o olhar para os galhos, e nada. Move-se devagar.

— Onde está, pequena Tatia? É melhor estar bem escondida, porque estou começando a querer encontrá-la.

Esperava fazê-la sorrir. Parou de andar e prestou atenção. Nenhum ruído. Às vezes, quando estava por perto, Alexander a ouvia engatilhar a pistola que ele havia dado de presente. Mas desta vez não se ouvia nada.

— Tatia!

Ele caminha entre as árvores, virando-se para trás a cada poucos segundos. A brincadeira termina quando ela está atrás dele e pressiona seu rim com o cano da pistola.

— Tatia, esqueci de dizer-lhe algo realmente importante, está ouvindo?

Ele escuta. Nada. Ele sorri.

Um pedaço de musgo cai sobre sua cabeça. Ela conseguiu fazer aquilo de novo. De onde veio aquilo? Alexander olha para cima. Ela não está lá. Olha em volta. Não a vê. Durante a brincadeira, Tatia usa a camiseta de camuflagem dele e se torna quase invisível. Alexander ri.

— Tatia, pare de jogar musgos em mim, porque vou achar você.

Ouve um ruído e olha para cima. Um balde de água cai sobre ele. Alexander fica ensopado e pragueja. O balde está pendurado em um galho, mas Tatiana está escondida. A corda que segura o balde desaparece atrás de um galho, à direita.

— Acabou, achei você. Espere para ver o que vai lhe acontecer — diz Alexander, tirando a blusa. — Está encrencada.

Alexander anda na direção do tronco, ouve um rumor e logo está com o rosto e o cabelo cobertos de pó branco. É farinha, e começa a formar uma cola sobre o rosto e o cabelo molhados. Alexander não consegue acreditar na quantidade de tempo que ela deve ter levado para elaborar o plano: fazê-lo caminhar entre as árvores até a posição exata do balde e depois a da farinha. Admirado com a inteligência de sua oponente, diz:

— Tatia, não perde por esperar. Se estava encrencada antes, nem sei dizer o que vai acontecer agora...

Continua andando na direção do tronco, mas ouve uns passos atrás dele. Sem se virar, estende a mão e agarra Tatiana. Na verdade, agarra a arma. Tatiana escapa, soltando a arma na mão dele, e sai correndo entre as árvores. Ele vai atrás. Esta área da floresta perto do rio é descuidada, diferente do pinheiral que se estende de Molotov a Lazarevo ou do bosque próximo da cabana onde vivem; aqui há muitos arbustos, urtigas e musgos entre os carvalhos e os álamos. Os galhos baixos e as árvores caídas dificultam a corrida de Alexander, que pula sobre eles, ou passa por baixo, correndo em zigue-zague. Tatiana vira para trás e joga musgos e folhas nele.

Alexander está farto.

– Cuidado! – grita e corre para ela, ignorando os galhos, salta sobre três troncos e aterrissa na frente dela, com a arma na mão e arfando. Está coberto de água e farinha. Tatiana gargalha e vira-se de costas, mas, antes de poder dar o próximo passo, Alexander a derruba sobre o solo úmido.

– Aonde pensa que vai? – diz, com a respiração entrecortada e a segurando firme para que ela não escapasse. Ele esfrega o rosto sujo de farinha contra o rosto limpo dela.

– Pare! – ela exclama. – Vai me sujar.

– Vou fazer mais do que sujar você.

Ela luta bravamente para soltar-se dele e belisca sua barriga sem sucesso. Ele prende as mãos dela em cima da cabeça.

– Não faz ideia do que a espera, nazistinha. Quanto tempo levou para planejar isto?

– Cinco segundos. – Ela ri. – É tão fácil enganar você – zomba, ainda lutando para se soltar.

Com uma das mãos, Alexander segura os pulsos de Tatiana sobre a cabeça e, com a outra, levanta a camiseta de camuflagem até o pescoço, deixando à mostra o abdômen, as costelas e os seios.

– Vai parar de fazer força? – pergunta. – Você se rende?

– Jamais! – ela grita. – Melhor morrer em pé...

Alexander aproxima o rosto das costelas de Tatiana e começa a lhe fazer cócegas com a barba.

– Pare de me torturar – diz Tatiana, rindo. – Me leve para a prisão dos beijos.

– A prisão dos beijos não é para pessoas como você, que merecem punição mais severa. Se rende? – pergunta novamente.

– Jamais!

Ele volta a lhe fazer cócegas com a boca e a barba. Ele é cuidadoso. Uma vez fez tantas cócegas, que ela desmaiou. Agora ela ri descontroladamente, as pernas balançando no ar. Alexander a imobiliza com a perna, ainda prendendo suas mãos em cima da cabeça, e passa a língua para cima e para baixo do torso.

– Rende-se?

– Jamais! – grita Tatiana.

Alexander ergue um pouco o rosto e prende um dos mamilos na boca, chupando-o até perceber que a voz de Tatiana amolece.

Ele para por um momento.

– Vou repetir a pergunta: você se rende?

Ela geme.

— Não. — Faz uma pausa. — Melhor me matar, soldado... — Outra pausa. — Me mate usando todas as suas armas.

Alexander mantém as mãos de Tatiana presas acima da cabeça, e faz amor com ela sobre o musgo, recusando-se a ser mais gentil e a parar até que ela se renda. Não interrompe após a primeira onda de prazer, e pergunta, arfando:

— Você se rende?

— Por favor, senhor, eu quero mais — implora Tatiana, com uma voz que é apenas um murmúrio.

Ao conseguir parar de rir, faz o que ela pede.

— Você se rende?

— Por favor, senhor, eu quero mais... — A voz de Tatiana é quase inaudível.

Alexander lhe dá mais.

— Solte minhas mãos, marido — Tatiana sussurra, a boca colada na de Alexander. — Quero tocá-lo.

— Você se rende?

— Sim. Eu me rendo. Eu me rendo.

Ele a solta e ela o toca.

E não sobra nada para dar-lhe.

Quando Alexander termina, o rosto, o abdômen e os seios de Tatiana estão cobertos de farinha. Farinha e musgo e Alexander.

— Levante-se, vamos — ele sussurra.

— Não consigo — ela diz. — Não consigo me mover.

Ele a leva nos braços até o rio Kama, onde se lavam entre os peixes, nas pequenas piscinas dos trechos mais rasos.

— Quantas maneiras há de matá-la? — murmura Alexander, levantando-a para beijá-la.

— Apenas uma — responde Tatiana, roçando o rosto molhado e quente contra o pescoço dele.

Nas florestas congeladas da Polônia, Alexander, Pasha, Ouspensky e Danko, o único cabo sobrevivente, esperam escondidos entre as árvores, cercados pelos inimigos, sem munição, sujos, feridos e ensopados.

Alexander e Pasha esperavam sentados que a inspiração ou a morte chegassem.

Os alemães haviam despejado querosene na mata e tocado fogo. As árvores queimavam diante deles, à direita e à esquerda.

— Alexander...

— Eu sei, Pasha...

Estavam sentados contra o tronco de antigos carvalhos, a alguns metros de distância um do outro, e Alexander sentia o calor do fogo na face.

— Estamos encurralados.

— Sim.

— Não temos balas.

— Não — concordou Alexander, enquanto lascava um pedaço de madeira.

— É o fim, não é? Não há saída.

— Você pensa que não há, mas há. Só não descobrimos qual.

— Quando descobrirmos, estaremos mortos.

— Então é melhor descobrirmos rápido.

Alexander olhava para Pasha. Tinha de tirar, de alguma maneira, o irmão de Tatiana da floresta. Tinha de salvá-lo por ela, embora, nos momentos mais negros, temia que isso fosse impossível.

— Não podemos nos render.

— Não?

— Não. Como acha que os alemães vão nos tratar? Matamos centenas deles. Acha que seriam lenientes?

— É a guerra, iriam entender — disse Alexander. — E, Pasha, fale mais baixo. — Alexander não queria que Ouspensky ouvisse, e Ouspensky sempre ouvia tudo.

— Você sabe perfeitamente bem que não posso voltar atrás — disse Pasha, num tom mais baixo.

— Sei muito bem.

Ficaram em silêncio enquanto Alexander continuava a afiar a flecha que fazia com um graveto, na tentativa de acalmar os nervos.

— No que está pensando, Pasha?

— Em nada. Apenas na ironia da situação.

— Por que ironia?

— Há muito tempo, meu pai veio para esta região. Durante o tempo de paz. Veio a negócios. Para a Polônia! Ficamos tão impressionados. Levou presentes exóticos para nós. Eu usei a gravata que ganhei até ela rasgar. Dasha achou que os chocolates poloneses eram os melhores do mundo, e Tatia, que estava com o bracinho quebrado, usava o vestido que meu pai lhe deu.

Alexander parou de talhar a madeira.

— Que vestido?

— Um vestido branco. Ela era muito pequena e magra, e estava com o braço imobilizado, mas mesmo assim o usava com orgulho.

— O vestido... — a voz de Alexander falhou — ... tinha rosas vermelhas?

— Sim. Rosas vermelhas.

Alexander emitiu um gemido.

— Onde seu pai comprou o vestido?

— Acho que na feira de uma cidade chamada Swietokryzst. Isso mesmo, Tatia costumava chamá-lo de o vestido da Cruz Sagrada. Usava todos os domingos.

Alexander piscou na tentativa de afastar de sua memória torturada a imagem de Tatiana sentada no banco, tomando sorvete, andando descalça com o vestido esvoaçante pelo Campo de Marte, nos degraus da igreja de Molotov, em seus braços, a sua esposa naquele vestido.

— Acredita que ela retornaria? — perguntou Pasha.

— Não, não retornaria. — Alexander sentiu o peito apertar. Não importa o quanto ela quisesse. Não importa o quanto ele quisesse. Alexander pegou a metralhadora, aproximou-se de Pasha e, antes que Ouspensky se levantasse e se intrometesse, sussurrou:

— Pasha! Sua irmã grávida saiu da Rússia sozinha. Estava com armas, mas jamais as usaria. Era contra o uso de armas. Sem matar ninguém, sem dar um único tiro e com uma criança no ventre, ela descobriu sozinha como escapar dos pântanos de Helsinki. Se ela chegou à Finlândia, acredito que foi mais longe. Preciso ter fé. Eu encontrei você, e não posso acreditar que foi à toa. Somos quatro homens fortes e, se considerarmos os alemães, somos oito. Temos facas, baionetas, temos fósforo. Podemos fazer armas e, ao contrário de Tatiana, podemos usá-las. Não vamos ficar aqui sentados agindo como se estivéssemos liquidados. Vamos tentar ser mais fortes do que Tatiana. Não vai ser fácil, mas vamos tentar. Combinado?

Pasha permaneceu imóvel encostado contra o carvalho, o rosto e o cabelo cobertos de lama. Alexander fez o sinal da cruz e beijou o capacete.

— Temos de atravessar a floresta em chamas, Pasha. Chegar mais perto dos alemães. Temos de ir e ponto.

— Vai dar merda, mas tudo bem.

Convencer Ouspensky e os prisioneiros que sobreviveram foi mais difícil.

— O que o preocupa? — perguntou Alexander. — Você tem metade da nossa capacidade respiratória. No caso de fogo e fumaça, você está em vantagem.

— Não vou inalar fumaça, vou ser incinerado — contestou Ouspensky.

Finalmente, todos se prepararam para atravessar as chamas.

— Está preparado? — perguntou Pasha, com a arma sem balas no ombro.

— Estou pronto — respondeu Alexander. — Tome todo o cuidado, Pasha. Sobreviva a qualquer custo e mantenha a boca coberta.

— Não posso correr e manter a boca coberta. Vou ficar bem. Vou respirar pelo quepe, mas prometa que não vai me abandonar.

— Não vou deixar você — garantiu Alexander, jogando o morteiro vazio no ombro e cobrindo a boca com uma toalha molhada.

Correram para dentro do fogo.

Enquanto corriam, Alexander respirava pela toalha amarrada no rosto, e Ouspensky cobria a boca com o casaco de trincheira ensopado de chuva. Mas Pasha atravessava o fogo sem nenhuma proteção. *Corajoso*, pensou Alexander. Corajoso e tolo. Conseguiram atravessar as chamas. Naquela situação, as roupas molhadas eram uma vantagem para eles, e, como estavam todos carecas, não havia cabelo para pegar fogo. Um dos prisioneiros deu azar quando um galho caiu sobre ele, e ficou inconsciente. Ele foi carregado por outro prisioneiro alemão.

Com o fogo atrás deles, Alexander olhou para Pasha e constatou que ele era mais tolo do que corajoso. Pasha estava pálido e, depois de correr mais devagar, parou de andar. Ainda estavam no meio da fumaça.

— Qual o problema, Pasha? — perguntou Alexander, tirando o pano da boca e tossindo.

— Não sei — engasgou Pasha, colocando a mão na garganta.

— Abra a boca.

Pasha obedeceu, mas não surtiu efeito. De repente, ele tombou como uma árvore cortada emitindo sons de uma pessoa que se engasgou com um pedaço de comida ou que levou uma bala na garganta. Era o som de alguém que não conseguia respirar.

Alexander colocou sua toalha sobre o nariz e a boca de Pasha, mas não adiantou, e ele começou a sufocar com a fumaça. Havia sido mais fácil atravessar as chamas do que estar cercado na floresta pelos tiros dos inimigos. Ouspensky puxava Alexander pelo braço. O resto dos alemães já estava adiante, liderados por Danko, o único soldado raso sobrevivente, e sua metralhadora. Estavam a dezenas de metros na frente, mas Alexander não podia avançar e abandonar Pasha. Não podia avançar nem podia recuar.

Precisava fazer algo. Pasha convulsionava e engasgava. Alexander colocou Pasha sobre os ombros, tampou a boca novamente com a toalha e correu com Ouspensky ao seu lado.

Quanto tempo perdera para ajudar Pasha? Trinta segundos? Um minuto? Ele não sabia, mas, pela dificuldade do rapaz em respirar, havia sido bastante. Logo seria tarde demais. Alexander chamou Ouspensky quando a fumaça ficara menos densa.

— Onde está o médico? — arfou Alexander.

— O médico morreu.

Alexander não se lembrava.

— Ele não tinha um assistente?

— Morreu há sete anos.

Alexander baixou o corpo de Pasha e sentou-se com ele nos braços. Ouspensky olhou para eles.

— O que há de errado com ele?

— Não sei. Ele não foi baleado nem ingeriu nada.

Alexander endireitou o corpo de Pasha no chão e enfiou os dedos em sua boca para ver se algo obstruía a respiração, mas não encontrou nada. Notou, porém, que a passagem da traqueia estava obstruída. A garganta de Pasha estava inchada. No mesmo instante, Alexander apertou o nariz de Pasha e respirou na sua boca algumas vezes. Nada. Ele respirou com mais força e enfiou os dedos novamente na boca à procura de algo. Não encontrou nada. Alexander estava assustado.

— Que diabos está acontecendo? — murmurou. — O que há de errado com ele?

— Já vi isso acontecer — disse Ouspensky. — Em Sinyavino. Homens morrendo de asfixia por fumaça. A garganta incha e fecha completamente. Quando o inchaço diminui, já é tarde. — Ele respirou através do casaco molhado. — Vai morrer. Não consegue respirar e não há nada que possa fazer por ele.

Alexander poderia jurar que havia um quê de satisfação na voz de Ouspensky, mas não tinha tempo para protestar. Deitou Pasha com a barriga para cima e colocou a toalha enrolada embaixo do pescoço para a cabeça ficar um pouco inclinada para trás. Vasculhou a mochila e encontrou sua caneta, que, apesar de estar quebrada, não havia vazado. Agradeceu pela qualidade dos produtos soviéticos. Tirou o cartucho do corpo da caneta e pegou a faca.

— O que vai fazer, Capitão? — indagou Ouspensky, apontando para a faca na mão de Alexander. — Vai cortar a garganta dele?

— Vou. Agora cale a boca e pare de fazer perguntas.

— Estava brincando — disse Ouspensky, ajoelhando-se ao seu lado.

— Ilumine a garganta dele com a lanterna e não se mexa. Também segure o tubo e o cordão. Quando eu mandar, passe-me o tubo. Entendeu?

Prepararam-se. Alexander respirou fundo. Não havia tempo a perder. Olhou para as mãos e viu que estavam firmes.

Apalpou a garganta de Pasha até encontrar o pomo de Adão e, descendo os dedos mais um pouco, tocou a pele que se estende sobre a cavidade da traqueia. Alexander sabia que apenas aquela membrana protegia a abertura da traqueia. Com muito cuidado, poderia fazer uma pequena incisão e introduzir o tubo da caneta para deixar o ar passar. Mas tinha de ser uma incisão muito pequena, e ele nunca havia praticado uma intervenção como aquela. Suas mãos não eram talhadas para tarefas delicadas, como eram as de Tatia.

— Agora — sussurrou, prendendo a respiração e baixando a faca até o pescoço de Pasha. A julgar pela vibração no foco da lanterna, as mãos de Ouspensky estavam tremendo.

— Minha nossa, Ouspensky, pare de tremer.

— Já fez isso antes, Capitão? — perguntou Ouspensky, tentando manter as mãos estáveis.

— Não. Mas vi como se faz.

— E deu certo?

— Não muito — disse Alexander. Ele havia assistido a dois médicos realizando duas incisões, e nenhum dos soldados sobreviveu. Em um dos casos, o corte fora profundo demais e abrira a traqueia no meio, porque a faca era muito pesada. O outro nunca mais abriu os olhos. Conseguiu respirar, mas não abriu os olhos.

Muito lentamente, Alexander abriu um corte de dois centímetros na garganta de Pasha. A pele era resistente à entrada da faca. Depois começou a sangrar, e ficou difícil de avaliar a profundidade da incisão. Alexander necessitava de um bisturi, mas tinha apenas a faca que usava para se barbear e para matar o inimigo. Aprofundou um pouco mais o corte e então segurou a faca entre os dentes, separando a pele com os dedos e deixando à mostra um pouco da cartilagem na lateral da membrana. Através da incisão, Alexander fez um pequeno corte na membrana abaixo do pomo de Adão, e de súbito ouviu o som do ar sendo sugado para dentro da garganta de Pasha. Alexander manteve a garganta aberta com os dedos até os pulmões de Pasha terminarem de encher e depois forçarem a saída. Não era uma respiração tão eficiente quanto a realizada pela boca e o nariz, mas funcionava.

— A caneta, tenente.

Ouspensky passou a caneta.

Alexander enfiou metade do tubo plástico dentro da incisão, tomando cuidado para não raspar contra o fundo da traqueia. Alexander soltou o ar dos pulmões.

— Fizemos um bom trabalho, Pasha — ele disse. — Ouspensky, o cordão. — Alexander amarrou uma ponta do cordão ao tubo e passou o restante em volta do pescoço, para que o cartucho não escapasse.

— Quanto tempo até desinchar? — perguntou Alexander.

— Como vou saber? — respondeu Ouspensky. — Todos os homens que vi com a garganta inchada morreram antes de o inchaço sumir.

Pasha respirava de maneira irregular e esporádica através do tubinho sujo, e Alexander contemplava seu rosto cansado e coberto de lama, pensando que toda a Guerra Mundial se reduzira a esperar pela morte, enquanto a vida de Pasha dependia de um cartucho de tinta de uma caneta soviética.

Havia chegado a hora de Grinkov, Marazov, do míope Verenkov, Telikov, Yermenko. E a hora de Dasha; e a qualquer momento chegaria a de Alexander. Agora estava vivo, e no minuto seguinte estava sangrando sobre as águas congeladas do lago Ladoga, o uniforme gelado o envolvendo como um sudário. Num momento vivo; no outro, caído, sem o capacete, sangrando sobre o gelo.

Mas, por um período de tempo inferior ao de uma respiração, Alexander havia sido amado. No tempo que dura uma respiração profunda, um piscar de olhos que agonizam, ele tinha sido tão amado.

— Você me ouve, Pasha? — indagou Alexander. — Pisque se estiver me ouvindo.

Pasha piscou.

Com a respiração acelerada e um nó na garganta, Alexander lembrou-se do poema "A fantasia de um cavalheiro caído numa noite fria e amarga":

Certa vez encontrei êxtase na habilidade do violino
E no rumor de saltos de ouro no duro pavimento
Agora vejo
Que o calor é a verdadeira essência da poesia
Meu Deus, faz pequeno
O velho manto do céu cravejado de estrelas
Para que eu possa me envolver nele e encontrar consolo.

CAPÍTULO VINTE E SEIS

Nova York, outubro de 1944

EDWARD LUDLOW surgiu pela porta de um dos quartos do hospital da Ilha Ellis e puxou Tatiana pela mão.

— Tatiana, é verdade o que eu vi?

— Não sei. O que viu?

Edward estava pálido de tão nervoso.

— Vi o nome Jane Barrington na lista das enfermeiras selecionadas pela Cruz Vermelha para ir à Europa. Diga que é outra Jane Barrington, que é apenas uma coincidência.

Tatiana ficou em silêncio.

— Por favor, não.

— Edward...

Ele pegou sua mão.

— Você falou com mais alguém sobre isso?

— É claro que não.

— O que tem na cabeça? Os americanos estão na Europa. Hitler está sendo encurralado pelas duas frentes. A guerra vai terminar em breve. Não há motivo para ir.

— Os campos de prisioneiros precisam desesperadamente de remédios, comida e assistência.

— Tatiana, eles já têm quem os ajude. Existem muitas enfermeiras.

— Se têm enfermeiras, por que a Cruz Vermelha procura voluntárias?

— Sim, outras voluntárias, não você.

Como Tatiana não respondia, Edward a pressionou:

— Por Deus, Tatiana! — exclamou em choque. — O que pensa em fazer com Anthony?

— Queria deixar ele com a tia em Massachusetts, mas acho que ela não consegue correr atrás de menino pequeno. — Tatiana notou a expressão no olhar de Edward e afastou as mãos dele. — Esther disse que posso levar ele comigo, que sua assistente Rosa ajuda a tomar conta, mas não acho que seja boa ideia.

— Jura?

Tatiana não respondeu à provocação contida no tom sarcástico da voz de Edward e preferiu dizer:

— Acho que prefiro deixar com Isabella...

— Isabella? Uma mulher totalmente estranha?

— Não é totalmente estranha. Ela ofereceu...

— Ela não sabe o que eu sei, Tatia. Ela sequer sabe o que você sabe. Mas eu sei de coisas que mesmo você não sabe. Não minta para mim: está indo porque planeja procurar seu marido?

Tatiana não respondeu.

— Ah, Tatiana — suspirou Edward, reprovando-a com um movimento de cabeça. — Você me disse que ele estava morto.

— O que preocupa você, Edward?

Ele passou a mão pela testa e se afastou um pouco para controlar sua angústia e seu nervosismo.

— Heinrich Himmler está no comando dos campos de prisioneiros na Alemanha — explicou com voz trêmula. — Sua primeira medida foi a de proibir que os prisioneiros americanos recebessem qualquer tipo de correspondência e que os campos recebessem os voluntários da Cruz Vermelha Internacional. Himmler garantiu-nos que os prisioneiros das forças aliadas estão recebendo um tratamento justo, com exceção dos russos. No momento, a Cruz Vermelha não tem permissão para entrar nos campos, o que deixa claro que os alemães estão desesperados. Sabem que estão prestes a perder a guerra e não se preocupam com o destino dos seus prisioneiros. Tenho certeza de que a proibição da entrada da Cruz Vermelha vai ser banida; no entanto, quantos campos de prisioneiros você acha que existem? Há centenas. E dúzias de campos italianos, franceses, ingleses e americanos. E quantos prisioneiros você acha que existem? Centenas de milhares seria uma estimativa conservadora.

— Himmler vai mudar de ideia. Os alemães fizeram isso em 1943, mas não demorou em mudar porque sabiam que os prisioneiros alemães seriam maltratados.

— Sim, mas isso quando acreditavam que iriam vencer a guerra! Desde o desembarque na Normandia, eles sabem que seus dias estão contados. Não se preocupam mais com seus homens capturados. Sabe como sei? Porque desde 1943 que não pedem para a Cruz Vermelha inspecionar os campos de prisioneiros nos Estados Unidos.

— Por que pedir se sabem que os prisioneiros alemães são bem tratados?

— Não é isso. É porque sabem que a guerra está perdida.

— Himmler vai mudar de ideia — insistiu Tatiana. — A Cruz Vermelha vai inspecionar os campos.

— São centenas de milhares de prisioneiros espalhados em centenas de campos. Se visitar um campo por semana, vai precisar de duzentas semanas, sem levar em conta o tempo da viagem. São quatro anos. Como pode pensar nisso?

Tatiana não respondeu, porque não tinha pensado tão longe assim.

— Por favor, Tatiana, não vá — pediu Edward.

Edward tomava o assunto como se fosse pessoal e Tatiana não sabia o que dizer.

— E o seu filho, Tatiana?

— Isabella toma conta dele.

— Para sempre? Ela vai cuidar dele quando a mãe for encontrada morta por alguma doença ou por ferimento de batalha?

— Edward, não ir para Europa morrer.

— Não? Você não terá controle sobre isso. A frente de batalha será na Alemanha, e a Polônia está nas mãos dos soviéticos. E se for para a Polônia e estiver sendo procurada pelas autoridades soviéticas? Jane Barrington, Tatiana Metanova, o que acha que farão com você? Se for para a Alemanha, Polônia, Iugoslávia, Tchecoslováquia ou Hungria, será capturada e morta. De qualquer modo, não vai retornar.

Não é verdade, ela gostaria de dizer, mas sabia que era procurada pelos soviéticos. Sabia que os riscos eram enormes. Encontrar Alexander era como procurar uma agulha num palheiro. Sabia que seu plano não era bom. Alexander tinha um lugar concreto para ir, Luga. Tinha Molotov, conseguira a fuga de Tatiana, tinha um nome, um lugar para voltar, tinha Lazarevo. A única coisa que ela tinha era o atestado de óbito de Alexander e, apertando aquele papel nas mãos, iria viajar a todos os campos de prisioneiros abertos à inspeção e procurá-lo. Se não o encontrasse, voltaria a Leningrado e perguntaria ao coronel Stepanov, e, se ele não soubesse de Alexander, perguntaria aos generais Voroshilov e Mekhlis. Se fosse preciso, iria até Moscou e perguntaria a Stalin em pessoa.

— Tatia, por favor, não vá — repetiu Edward.

— O que é Orbeli?

— Orbeli? É a segunda vez que me pergunta isso. Como vou saber? O que Orbeli tem a ver com a nossa conversa?

— Da última vez que o vi, ele disse: “Deve se lembrar de Orbeli”. Quem sabe seja algum lugar na Europa onde devo encontrá-lo.

— Antes de abandonar seu filho e ir para a guerra, não acha que deveria descobrir o que é Orbeli?

— Eu tentei, mas não descobri nada.

— Deve ter sido um comentário sem importância, Tatia.

A preocupação de Edward incomodava Tatiana. Como justificar a sua decisão?

— Meu filho vai ficar bem — disse com voz débil.

— Sem mãe e sem pai?

— Isabella é uma mulher incrível.

— É uma estranha. Uma estranha de sessenta anos! Isabella não é a mãe de Anthony. O que acha que vai acontecer a ele quando Isabella morrer?

— Vikki vai cuidar.

Edward riu sem alegria.

— Vikki não dá conta de fazer nem o laço da própria blusa. Está sempre atrasada para o trabalho, não tem noção do tempo nem de nada. Vikki não pensa nos avós, em você, nem em Anthony. Pensa apenas nela. Espero que nunca tenha um filho. Se com você aqui ela não ajuda a cuidar do Anthony, o que a faz pensar que ela vai cuidar dele quando você não estiver aqui, o único laço afetivo que une os dois? Acha que vai manter a palavra? — Edward suspirou. — Você sabe para onde vão mandá-lo quando ficar órfão? Para o orfanato municipal. Antes de você ir para a Europa, deve visitar um desses lugares para conhecer onde seu filho de um ano e meio vai parar.

Tatiana empalideceu.

— Eu sei que você não pensou bem, porque, se tivesse pensado, não teria tomado essa decisão. E sabe como sei?

— Como? — ela perguntou com voz desanimada.

— Porque vi como trata as pessoas que passam pelo portão dourado de Ellis. Porque você sempre faz a coisa certa, Tatiana.

Ela não respondeu.

— Anthony já perdeu o pai — prosseguiu Edward. — Não permita que ele perca também a mãe. Você é o único elo que Anthony tem consigo mesmo, com seu passado e com seu destino. Se ele perder você, vai ser um barco à deriva pelo resto da vida. É o legado que vai chegar ao seu filho.

Tatiana não dizia nada. Sentiu no corpo um frio intenso.

— Tatia — disse Edward, apertando-lhe as mãos. — Não vá. E não peço isso por Vikki, por mim, nem pelos doentes e imigrantes de Ellis, mas pelo seu filho.

Tatiana não sabia o que fazer, mas as sementes da dúvida eram muitas e começavam a germinar. Telefonou para Sam Gulotta e ouviu dele que não havia recebido notícia nenhuma de Alexander, e confirmou a terrível situação dos campos de prisioneiros e dos campos de concentração. Quanto mais Tatiana pensava nisso, mais sua ideia parecia uma loucura e mais culpada ela se sentia em deixar o filho.

Perguntava a todo mundo sobre Orbeli. Perguntou aos soldados alemães e italianos, às enfermeiras, aos refugiados, e então Tatiana foi à biblioteca municipal de Nova York, mas mesmo lá, entre os livros, os microfilmes, as revistas, os periódicos, os atlas, os índices de referência, não havia qualquer menção a Orbeli.

A própria obscuridade do significado a fazia pensar cada vez menos em "Orbeli". A falta de sentido diminuía sua importância em vez de aumentá-la. Não era nome de floresta, de aldeia, nem o nome de uma fortaleza ou de um general. Cada vez mais ela acreditava que fora um comentário qualquer, relacionado menos com Alexander do que com algo insignificante a que ele se referia, como uma brincadeira ou uma anedota, contada para ser prontamente esquecida no decorrer do surgimento de assuntos mais importantes. Não era uma mensagem, mas uma digressão, e agora Alexander estava no lago e aquela palavra deveria ter sido esquecida. Não foi esquecida porque os acontecimentos que vieram em seguida o tornaram fora de proporção, não porque a palavra "Orbeli" merecesse destaque.

E a medalha de Herói da União Soviética? Como tinha ido parar na sua mochila?

Mas Tatiana também havia encontrado uma explicação. Quando o doutor Sayers contou sobre Alexander, ele talvez tivesse omitido o fato de ele ter tirado a medalha antes de tê-lo sepultado no lago, e logo ocorreram fatos mais importantes, e o médico morreu sem ter tempo de explicar que havia escondido a medalha num bolso da mochila para que ela a encontrasse mais tarde.

Tatiana não regressou.

CAPÍTULO VINTE E SETE

Polônia, novembro de 1944

ALEXANDER PASSOU A NOITE SENTADO NO CHÃO, com as costas contra a árvore e Pasha apoiado no seu colo. Ao amanhecer, o inchaço da garganta havia abaixado. Pasha tampou com o dedo a ponta da caneta e respirou algumas vezes pela boca. Alexander se animou a pegar o esparadrapo que carregava na mochila e fechou a entrada de ar o melhor possível. Não tirou o tubo plástico, pois Pasha talvez fosse precisar dele novamente e Alexander não saberia repetir o procedimento. Pasha colocou de novo o dedo sobre a abertura e grasnou:

– Feche tudo ou não consigo falar.

Alexander enrolou mais esparadrapo na ponta e observou o esforço de Pasha para respirar.

– Escute, Alexander – ele sussurrou debilmente. – Tenho uma ideia. Me carregue até a linha de defesa. Eu vou estar com o uniforme alemão, não é?

– Sim.

– Meu uniforme alemão vai salvar você. Se quiser salvá-lo – disse, apontando para Ouspensky e respirando fundo –, faça com que carregue um dos alemães feridos. Sobrou algum ou estão todos mortos?

– Acho que temos um com traumatismo craniano.

– Perfeito. Vamos nos render carregando seus feridos – disse Pasha, respirando.

– Os outros três podem andar.

– Ótimo. Fique no comando e não deixe que os prisioneiros falem por você. Quando chegar à linha de defesa, diga *Schießen Sie nicht.* Quer dizer, "não atirem".

– É tudo que devo dizer? – perguntou Alexander. – Por que não dissemos isso em 1941, ou em 1939? – Ele sorriu e Pasha respirou.

– O que vocês estão confabulando? – perguntou Ouspensky. – Não estão pensando em se render, não é?

Alexander não respondeu.

– Capitão, você sabe que não podemos nos render.

– E não podemos recuar.

– Não vamos recuar. Vamos resistir e esperar o reforço chegar.

Pasha e Alexander trocaram olhares.

— Vamos nos render, Ouspensky. Tenho um homem ferido que necessita de cuidados urgentes.

— Não vou me render — protestou Ouspensky. — Vão nos matar, e nosso exército vai nos humilhar.

— Quem disse que vamos voltar para o nosso exército? — perguntou Pasha, enquanto Alexander o ajudava a andar.

— Você não tem moral para falar. Certamente é um homem condenado que não tem nada a perder, mas nós temos família.

— Eu não tenho família — disse Alexander —, mas Ouspensky tem razão.

Ouspensky sorriu triunfante para Pasha.

— Fique aqui, Nikolai. Espere o Exército Vermelho vir buscá-lo.

O sorriso desapareceu do rosto de Ouspensky.

— Capitão, você tem família! — exclamou. — Você disse que tem esposa. E ele tem uma irmã — disse, apontando para Pasha.

Alexander e Pasha ficaram calados.

— Por que não se preocupam com ela? Será enviada para a Ilha Bolshevik em Archangelsk por causa de vocês. — Ninguém retornava da Ilha Bolshevik.

— Pronto? — perguntou Pasha a Alexander, ignorando as palavras de Ouspensky.

Alexander anuiu e fez um gesto na direção dos prisioneiros alemães. Um delirava. Outro tinha um ferimento na cabeça que, apesar de superficial, sangrava muito.

Ouspensky mal conseguia respirar e fazia um ruído parecido com o de Pasha.

— Quer dizer então que tudo vai se resumir a isto, capitão Belov? Você percorreu mil e quinhentos quilômetros, enfrentou divisões e regimentos, rios e montanhas só para se render aos alemães? — Ouspensky estava tão chocado, que respirava curto e apressadamente.

— Sim — respondeu Alexander com a voz trêmula. — Para mim, acabou. Agora é você quem decide: vem conosco ou fica aqui.

— Vou ficar aqui — declarou Ouspensky.

Alexander fez uma saudação militar.

— A culpa é dele! — exclamou Ouspensky. — Antes de encontrá-lo, você era um soldado honrado, mas agora quer vender a alma ao diabo, como ele fez.

— Por que toma como algo pessoal? — disse Alexander, observando a reação de Ouspensky. — O que a minha decisão tem a ver com você?

— Parece que tudo — opinou Pasha.

— Cale a boca! Ninguém está falando com você. Por que não respira pela caneta e fica de bico calado? Você já estaria morto se não fosse por ele!

— Ouspensky! Isso é desacato à autoridade. O comandante Metanov está acima de você na hierarquia militar.

— Não respeito a hierarquia satânica dele — rebateu Ouspensky. — Vá em frente, Capitão. Não sei o que está esperando. Vá e deixe seus homens vivos para trás.

— Ele não está me abandonando porque eu vou com eles — disse timidamente o cabo Danko.

Ouspensky arregalou os olhos.

— Sou o único que você vai abandonar?

— Parece que sim — observou Pasha com um sorriso.

Ouspensky avançou sobre Pasha, mas Alexander conseguiu detê-lo. O valente e impulsivo Pasha não estava em condições de lutar nem contra um homem com apenas um pulmão como Ouspensky. Respirar consumia toda a energia de Pasha.

— Qual o problema de vocês? — perguntou Alexander, empurrando Pasha.

— Não confio nem um pouco nele — declarou Pasha.

— Veja quem fala — rebateu Ouspensky.

— Desde a primeira vez que coloquei os olhos nele — prosseguiu Pasha —, não senti firmeza. — Pasha falava com dificuldade e ficou em silêncio.

Alexander puxou-o de lado.

— Ele é boa pessoa — murmurou Alexander. — Esteve ao meu lado o tempo todo, como Borov esteve ao seu lado.

— Ao seu lado — repetiu Pasha.

— Isso mesmo. Vamos antes que os alemães escutem vocês gritando.

Pasha não disse nada. Alexander inclinou a cabeça de Pasha e ajustou o esparadrapo na garganta.

— Não pode falar até encontrarmos um médico que dê uns pontos na incisão. Fique quieto e deixe que eu cuide de tudo.

Alexander foi até Ouspensky.

— Nikolai, você pode não respeitar a patente de Pasha, mas a minha você é obrigado a respeitar. Antes de deixá-lo sozinho aqui na mata, eu teria de matá-lo. Ordeno que você deixe as armas e se entregue aos alemães. — Ele baixou a voz. — É para o seu próprio bem.

— Tudo bem! — exclamou Ouspensky. — Mas saiba que faço isso sob protesto.

— A guerra toda você passou sob protesto. Diga uma coisa que fez por iniciativa própria.

Ouspensky não respondeu.

— Pasha disse que não acha você digno de viver nem entre os porcos, Tenente.

— Mas você me defendeu, senhor. Você disse que sou digno — disse Ouspensky.

— Exatamente. Por isso, vamos.

Os homens colocaram as armas no chão e partiram.

Alexander carregou Pasha nas costas, Ouspensky levou o soldado alemão ferido na cabeça, e Danko, o soldado inconsciente. Na frente do grupo, mancavam os outros dois prisioneiros alemães. Seguiram em fila indiana entre as árvores caídas e as trincheiras, entre os arbustos e as bases para metralhadoras. Alexander caminhou desarmado para a linha de defesa alemã, que se estendia por cerca de meio quilômetro. Sabia que, mesmo gritando "*Schießen Sie nicht*", iriam disparar. Decidiram caminhar um quilômetro mais à frente e se aproximar por um dos flancos.

Um grito deteve Alexander.

— *Halt! Bleiben Sie stehen. Kommen Sie nicht naheres!*

Alexander viu dois soldados armados com metralhadoras. Parou de andar, obedecendo às ordens.

— *Schießen Sie nicht*! — gritou.

— Diga que está trazendo soldados alemães feridos — sussurrou Pasha. — *Wir haben verwundetes Deutsch mit uns.*

— *Wir haben...*

— *Verwundetes...*

— *Verwundetes Deutsch mit uns.*

O lado dos alemães ficou em silêncio, como se estivessem deliberando.

Alexander ergueu a toalha manchada de sangue.

— *Wir* übergeben*!* — gritou em alemão.

— Poxa! — exclamou Pasha. — Ensinaram você a dizer "nos rendemos", mas o proibiram de usar.

— Aprendi na Polônia — explicou Alexander, agitando a bandeira. — *Verwundetes Deutsch*! — gritou novamente. — *Wir übergeben*!

Os alemães resgataram os quatro prisioneiros. Levaram Pasha e os outros alemães à tenda médica, deram pontos na garganta de Pasha e lhe deram antibióticos. Em seguida, interrogaram Alexander. Por que havia feito prisioneiros alemães se é contra as leis soviéticas? Interrogaram os soldados alemães e descobriram que Pasha não era alemão. No mesmo instante, despiram Pasha do uniforme alemão, substituindo-o por um uniforme de prisioneiro, e o transportaram com Alexander e Ouspensky a um Oflag, um campo destinado aos oficiais, em Catowice, na Polônia; o soldado raso Danko foi parar em Stalag, num campo para as tropas.

Alexander sabia que os alemães haviam poupado suas vidas apenas porque haviam aparecido com os soldados alemães feridos, e não com armas. Os alemães consideravam os soviéticos piores do que animais porque permitiam que seus homens morressem de ferimentos nos campos de batalha. Alexander, Ouspensky e Danko foram poupados porque agiram como seres humanos, e não como soviéticos.

Pasha estava certo quando dissera a Alexander que os alemães tinham dois tipos de campo de prisioneiros. O campo onde estavam era dividido em duas partes: uma para os prisioneiros dos Aliados e outra para os soviéticos. Os prisioneiros Aliados recebiam um tratamento de acordo com as normas da guerra. Na área dos Aliados, o texto da Convenção de Genebra, de 1929, era exibido com orgulho. No lado soviético, separado do outro lado por um alambrado, os prisioneiros recebiam o tratamento seguindo as regras de Stalin. Não recebiam cuidados médicos nem alimentos além de pão e água. Eram interrogados, espancados e torturados, e finalmente abandonados para que morressem. Os outros prisioneiros soviéticos eram obrigados a cavar as fossas para os companheiros mortos.

Alexander não se importava com o tratamento recebido. Estava perto da Alemanha, a apenas alguns quilômetros do rio Oder, e estava com Pasha. Esperou pacientemente a visita das enfermeiras da cruz Vermelha, e ficou desapontado quando elas não apareceram. Havia soldados doentes e morrendo também na área dos Aliados, mas mesmo os franceses e ingleses não recebiam a Cruz Vermelha. Ninguém dava explicação, nem o major que o interrogou nem os vigias das barracas. Na opinião de Pasha, devia ter acontecido algo para os alemães proibirem a entrada das enfermeiras da Cruz Vermelha nos campos.

— Estão perdendo a guerra — disse Ouspensky. — Isso deixa qualquer um menos propenso a colaborar com as regras da guerra.

— Ninguém falou com você — rebateu Pasha.

— Vão começar?! — exclamou Alexander.

— Tenente, por que não nos deixa em paz por um minuto? — perguntou Pasha. — Por que tem que estar sempre por perto?

— O que tem a esconder, Metanov? — disse Ouspensky. — Por que precisam ficar sozinhos?

Alexander saiu de perto. Os dois foram atrás.

— Acho que devemos tentar escapar — sugeriu Pasha, suspirando com resignação pela presença de Ouspensky. — Não temos motivos para ficar aqui.

Alexander bufou.

— Não há refletores nem vigias nas torres. Não acho que dá para chamar de fuga, comandante — disse Pasha, apontando para um buraco de cinco metros de largura no alambrado. — Está mais para partida.

Alexander pessoalmente não queria fugir, pois tinha a esperança de a Cruz Vermelha Internacional aparecer. No entanto, com o passar das semanas e com a deterioração das condições no campo, e sem notícias da Cruz Vermelha,

Alexander concluiu que não havia outra opção. Os alemães haviam consertado o alambrado, e eles precisaram roubar um alicate do depósito de ferramentas para fazer outro buraco. Os três foram recapturados quatro horas mais tarde por dois guardas do campo que os perseguiram numa *Volkswagen Kübel.*

De volta ao campo, o comandante Kiplinger disse:

— Estão loucos?! Aonde pensavam ir? Por aqui só existem capôs como este. Desta vez vou deixar passar, mas não tentem de novo. — Deu um cigarro a Alexander.

— Onde está a Cruz Vermelha, comandante? — perguntou Alexander.

— Por que se importa em saber onde está a Cruz Vermelha? Não viriam para ver vocês. Não entregamos nada aos soldados soviéticos, Capitão.

— Eu sei. Só queria saber onde estão.

— Novo decreto. Estão proibidos de entrar nos campos.

Alexander mantinha-se o mais limpo possível, barbeava-se escrupulosamente e se fez útil ao oferecer trabalhar para o comandante. Agindo contra as leis da Convenção de Genebra, Kiplinger entregou a Alexander um serrote, um martelo e alguns pregos e o mandou construir mais barracas para os prisioneiros. Ouspensky tentou ajudá-lo, mas trabalhar no inverno úmido com apenas um pulmão era tarefa difícil demais para ele.

Pasha se ofereceu para trabalhar na cozinha e assim teve a oportunidade de roubar comida para ele, Alexander e, relutantemente, Ouspensky.

Era final de novembro de 1944. Dezembro chegou e passou, e os campos recebiam cada vez mais prisioneiros. A temperatura estava abaixo de zero, e Alexander não dava conta de montar barracas na mesma velocidade que chegavam os prisioneiros. Tanto as barracas na parte dos Aliados como na dos soviéticos abrigavam mil prisioneiros. Agora estavam com a capacidade expandida para dez mil homens.

— Tenente Ouspensky — chamou Alexander. — Acho irônico ter tantos prisioneiros soviéticos aqui quando a lei contra a rendição é tão rígida. Não consigo entender. Você pode explicar?

— Obviamente, são desertores como você, Capitão.

Não havia comida nem água para todos. Os soldados não se lavavam, e as doenças proliferavam nos corpos imundos. O alambrado veio abaixo e os dois lados do campo se tornaram um. Era óbvio que os alemães não sabiam o que fazer com os cinco mil prisioneiros soviéticos. Além do contingente soviético, havia romenos, búlgaros, turcos e poloneses.

Não havia judeus em nenhum lugar.

— Onde estão os judeus? — perguntou um francês num inglês mal-ajambrado. Alexander respondeu secamente em russo que eles estavam todos em Majdanek, mas os prisioneiros inglês e francês não entenderam e se afastaram. Ouspensky estava perto e Alexander não queria levantar suspeitas falando em inglês.

— Como sabe que não existem judeus neste campo, Capitão? — perguntou Ouspensky enquanto voltavam para o barracão.

— Não se lembra de quando chegamos e fomos para as duchas? — perguntou Alexander.

— Sim. Não queriam prisioneiros imundos no interrogatório. Medida de rotina.

— Está certo, Tenente. Ao mesmo tempo, queriam nos ver nus para saber se somos judeus. Se fosse, garanto que agora você não estaria aqui.

Começaram a circular rumores das grandes perdas sofridas pelos americanos na floresta de Hurtgen, perto dos Ardennes na Bélgica. Havia notícias também de combates bestiais e de carnificina, mas nenhuma palavra da capitulação alemã.

Todas as manhãs, Alexander se dedicava a fazer reparos, construir e supervisionar outros prisioneiros, e todas as tardes ele consertava os alambrados ao redor do campo, as janelas quebradas ou limpava as armas. Fazia qualquer coisa para manter as mãos ocupadas. Pelo trabalho recebia um pouco mais de comida, mas não era o suficiente. Pasha contou sua experiência no campo de prisioneiros de Minsque, onde, sem saber o que fazer com os prisioneiros soviéticos, os alemães simplesmente os deixavam morrer.

— Não podem deixar todos os prisioneiros Aliados morrer.

— Não podem? O que vamos fazer? Persegui-los até o inferno para que sejam penalizados? Acho que devemos tentar escapar outra vez. Você vive remendando aquela cerca e ela vive caindo.

— Agora colocaram uma sentinela me vigiando.

— Vamos matá-lo e fugir.

— Amanhã os católicos comemoram o Natal. Podemos esperar para não matá-lo no dia de Natal?

— Desde quando é tão religioso? — perguntou Pasha.

— O capitão e Deus são velhos amigos — disse Ouspensky, e ele e Pasha riram de Alexander, que achou aquilo melhor do que a rivalidade que existia entre os dois.

No Natal receberam mais carvão para esquentar o quarto no Natal e também um pouco de vodca. No barracão de Alexander, havia vinte oficiais. Naquela noite, beberam, jogaram baralho, xadrez e se embriagaram até cantarem alegremente canções russas como "Stenka Razin" e "Katyusha". Pela manhã, estavam todos inconscientes.

No dia seguinte, o vigia estava doente e acabou dormindo no seu posto, portanto não foi preciso matá-lo. Fugiram outra vez, mas era difícil se locomover no inverno, e apenas os trens militares estavam em circulação. Tomaram um desses trens e foram capturados na estação seguinte, quando um policial desconfiou dos uniformes roubados que usavam e não serviam bem em nenhum deles. Quando retornaram a Catowice, ficaram sabendo que o vigia do alambrado havia morrido de pleurite antes de ser executado por negligência. Foram outra vez levados até o comandante Kiplinger.

– Capitão Belov, você sabe que administro o campo de forma bastante livre e não me importo com o que os prisioneiros fazem. Você pediu para trabalhar, eu lhe dei trabalho. Você pediu comida, e lhe dei. Você anda livremente e não me importo aonde vai desde que fique dentro dos limites do campo. Acho que sou justo e é obvio que você discorda, e sob o seu comando esses dois idiotas o seguem como ovelhas. Muito bem, agora está acabado. Vou transferir você. Eu avisei da última vez que, se tentasse de novo, seria o seu fim. Você não acreditou? Não quero problemas com você. Sabia que nos fuzilam quando deixamos um prisioneiro escapar?

– Para onde vamos?

– Para um lugar de onde não há como escapar – declarou Kiplinger com satisfação. – O Castelo Colditz.

CAPÍTULO VINTE E OITO

Nova York, janeiro de 1945

NO DIA DO ANO-NOVO, pegou a balsa e atravessou a baía, onde passeou com Anthony, e depois foi ao encontro de Vikki, que a esperava para irem patinar no Central Park. Tomaram um ônibus e desceram na esquina da rua 59 com a Sexta Avenida. Vikki levou Anthony para o parque, e Tatiana disse que tinha uns assuntos para resolver.

Foi até a cabine telefônica localizada ao lado do Hotel Plaza. Ficou um momento tocando as moedas dentro do bolso. Colocou-as na mão e contou quanto tinha, embora soubesse a resposta. Por fim, decidiu discar um número.

— Feliz Ano-Novo, Sam — disse. — Ligo em hora ruim?

— Feliz Ano-Novo, Tatiana — respondeu Sam. — Não, tudo bem. Estava terminando um trabalho pendente.

Ela esperou, segurando a respiração.

— Não tenho novidades para você.

— Nada?

— Nada.

— Eles não entraram em contato...

— Não.

— Nem para perguntar de mim?

— Não. Devem estar ocupados tentando descobrir a melhor maneira de repartir a Europa.

Ela soltou o ar dos pulmões.

— Que bobagem a minha, ficar incomodando você.

— Não incomoda, Tatiana. Me ligue daqui a um mês.

— Ligo. Você é muito gentil comigo. Obrigada.

Tatiana colocou o telefone no gancho e ficou alguns segundos com a cabeça apoiada na estrutura metálica do telefone.

Tatiana finalmente se deu por vencida e concordou em dividir um apartamento com Vikki. As duas garotas se mudaram em janeiro de 1945. Tatiana havia encontrado um apartamento para alugar de três quartos e dois banheiros, no sexto andar de um edifício da rua Church. Estavam muito próximas do Bowling Green e do Battery Park. Da janela da sala viam o porto de Nova York e a Estátua da Liberdade, e, se saíssem na escada de incêndio, podiam ver também a Ilha Ellis.

O aluguel do apartamento era de cinquenta dólares por mês. A princípio Vikki reclamou que estava acostumada a gastar seu dinheiro apenas em roupas, e não com aluguel, mas as duas garotas estavam muito contentes na casa nova. Tatiana estava satisfeita porque finalmente teria lugar para guardar os livros que vinha comprando, e Anthony teria seu próprio quarto, bem como ela. Em grande parte, aquilo era apenas uma bravata, pois Tatiana dormia com Anthony, deitada no chão ao lado do berço. Justificava-se dizendo que dormiria em seu próprio quarto quando parasse de amamentar. Anthony parou de mamar com um ano e meio. Ela continuou dormindo no chão.

Pão. Farinha, leite, manteiga, sal, ovos e fermento. Pão: um alimento completo.

Vikki tentava entender por que a cada dois dias precisavam preparar massa às onze da noite.

– Para que eu não precise sair de casa pela manhã para buscar pão para a minha família – explicou Tatiana.

Vikki nunca repetiu a pergunta, mas todas as manhãs, antes de comer um *croissant* ou um pão de forma assado na hora com uma xícara de café e um cigarro, ela lambia os lábios e dizia:

– Dai-nos o pão nosso de cada dia.

– Amém – dizia Tatiana.

– Me-mém! – repetia Anthony.

– Quem ensinou você a fazer pães tão deliciosos, Tatia?

– Minha irmã. Ela me ensinou a cozinhar.

– Deve ter sido uma ótima cozinheira.

– Era uma ótima professora. E ensinou a amarrar os sapatos, a nadar e a dizer as horas.

– Como ela morreu?

– Ela... deixou de receber o pão nosso de cada dia, Vikki.

Não faço o bastante, pensou Tatiana, os olhos fixos no teto. O dia tem muitos minutos e segundos para serem preenchidos. Hoje levantei às seis e arrumei Anthony para Isabella. Ainda bem que ela vem buscá-lo. Trabalhei no hospital de Ellis das oito às quatro e depois na Cruz Vermelha até as seis, tirando sangue e preparando os kits médicos que vão para os campos de prisioneiros no exterior. Fui buscar Anthony na casa de Isabella, levei-o ao parque, fiz compra, preparei o jantar, dei banho no Anthony e o coloquei na cama. Ouvi rádio, ouvi a Vikki e preparei pão. Agora já passa de uma da madrugada e eu estou aqui olhando para o teto porque faltam coisas para eu fazer. Preciso estar em movimento até me sentir cansada demais para ter pesadelos.

Até estar exausta demais com meus afazeres americanos para lembrar seu rosto.

Ele a agarra pela cintura, seu rosto molhado, seu cabelo molhado, seus dentes brilhantes como o rio. Gritando de alegria, conta um, dois, três e a lança o mais longe possível dentro do rio Kama e depois mergulha em cima dela. Ela passa por baixo do corpo dele e nada para longe. Ele a persegue e ameaça puni-la terrivelmente quando a pegar, e ela nada mais devagar, para ele alcançá-la.

Com o coração resolutamente voltado para o leste, ela fez pão e comprou sete variedades de bacon com o cartão de racionamento, e comprou panelas e utensílios de cozinha, toalhas e lençóis, pois gostava das lojas; gostava das barracas de frutas, dos açougues, dos supermercados, das *delicatessen* das esquinas. Enquanto seu corpo físico seguia adiante com força inexorável, seu espírito permanecia languidamente preso ao passado. Alexander havia encontrado a órfã que o esperava em Lazarevo e feito dela uma mulher. Ele a havia convertido no que era.

Mas ela não o havia encontrado. Suas tentativas haviam sido tímidas e inúteis. *Não vou desistir de procurá-lo, Shura, mas não encontrei uma babá, desculpe, Shura.* Começou a sentir ódio de si mesma, um sentimento novo para ela. Nem mesmo nos dias em que brincava de roleta moral com Dasha e Alexander sentira-se tão desprezível.

Apesar da insistência de Vikki, Tatiana não ia aos sábados à noite dançar no Ricardo's, um clube em Greenwich Village. Tampouco comprava vestidos ou sapatos novos.

— Tem que vir ao Elks Rendezvous no Harlem — insistia Vikki. — É um ótimo lugar para dançar e tem muitos médicos.

— Nada se compara à fúria de uma mulher em busca de um novo amor — disse Tatiana, citando um dos livros que acabara de ler. — Você já leu *A sepultura sem sossego*, de Cyril Connolly? Recomendo.

— Esqueça esse negócio de livros. Quer ver Bette Davis e Leslie Howard em *Escravos do Desejo*?

— Outro dia.

— Nada de outro dia! É noite de sexta-feira, vamos ao salão Lady be Beautiful. Já falei tanto de você que estão loucos para conhecê-la. Vamos fazer as unhas e depois comer um *dim sum* na Mott Street, precisa experimentar a comida chinesa. É fantástica! Depois vamos ao Elks Rendezvous.

— Lá no Harlem?

— É o melhor lugar para dançar o *jitterbug*.

— É assim que se chama?

— Está bancando a espertinha? — indagou Vikki com um sorriso. — Você vem?

— Vou *deixar* para outro dia.

Uma noite, quando as amigas estavam lendo no sofá, Vikki disse:

— Tatia, finalmente descobri o que há de errado com você, além de só comer pão e bacon.

— O que há de errado comigo?

— Você é muito melancólica. Precisa aprender a ser mais destemida como um marinheiro, como se o mundo pertencesse a você. Precisa ir ao salão de beleza e arranjar um homem. Com certeza, um homem.

— Tudo bem, Vikki — disse Tatiana. — E onde encontro esse homem?

— Não estou falando de amor — respondeu Vikki, como se aquela explicação fosse necessária.

— Claro que não.

— Não. Estou falando de um pouco de diversão. Você é muito travada. Muito preocupada. Está sempre nervosa, sempre trabalhando e cuidando do filho. Ellis, Cruz Vermelha, Anthony, é muita coisa!

— Não estou sempre nervosa — Tatiana se defendeu.

— Você está nos Estados Unidos! A guerra não é aqui. E você está aqui. Você não quis sempre vir para cá?

— Sim — respondeu Tatiana. Mas não sozinha, pensou.

— Não é melhor do que na União Soviética?

Estão apostando corrida em dois botes, para ver quem chega primeiro no meio do lago Ilmen, a um quilômetro de distância da margem. Tatiana quase não sorri e avança com movimentos metódicos e persistentes. Pasha fica maluco com a sua incapacidade de vencer a irmã. Na margem, a irmã e a prima Marina pulam torcendo por Tatia e, atrás delas, os adultos acenam torcendo por Pasha. É verão e o ar tem o aroma da água do lago.

Eles já não estão no lago Ilmen, nem em Luga, nem em Leningrado, nem em Lazarevo. Apesar de tudo, estavam sempre com ela.

Ele estava sempre com ela.

Tatiana piscou para livrar-se das lembranças enquanto bebia o chá.

— Me conte sobre o seu primeiro amor — pediu a Vikki.

— Seu nome era Tommy. Era cantor em uma banda. Era lindo. Loiro, baixo...

— Mas você é alta.

— Eu sei. Eu o abraçava como se fosse meu filho. Era perfeito. Tinha dezenove anos e era muito talentoso. Eu fugia pela escada de incêndio de casa para vê-lo cantar no Sid's. Era apaixonada por ele.

— O que aconteceu? — indagou Tatiana, desviando o olhar para a xícara.

— Descobri o que os músicos fazem depois que saem do palco.

— Pensei que tivesse ido ao show.

— Tive de voltar para casa. Ele disse que iria mais tarde me ver. Então descobri que, entre o fim do show e a ida até a minha casa, ele recebeu um monte de garotas no camarim. Ele ficava com elas e depois vinha às cinco da manhã para a minha cama.

— Ah, não.

— Chorei sem parar durante três semanas. Então conheci Jude.

— Quem eram Jude?

— Meu segundo amor.

Tatiana riu.

Vikki acariciou o cabelo de Tatiana.

— Tatia — disse numa voz macia —, existe um segundo amor. E um terceiro amor. Se tiver sorte, um quarto e um quinto.

— Ah, soa bem — disse Tatiana, segurando o copo mais forte e fechando os olhos.

— Um ano de luto é o bastante. E vou dizer: Jude era melhor do que Tommy! Fui mais apaixonada por ele. Ele era melhor. — Vikki fez uma pausa. — Uma pessoa melhor. Melhor em tudo.

Tatiana assentiu.

— Você esqueceu o prazer que é estar com um homem.

— Antes tivesse esquecido.

Vikki a abraçou.

— Ah, Tatia... Vamos conseguir, eu prometo. Vou fazer você esquecer.

Era uma vez garotas e rapazes que se conheciam nas noites de lua cheia, quando havia fogueiras e canto, e havia bailes e vinho e risos e tafetás; quando um par de olhos encontrava outro par de olhos, e a garota estufava o peito, e o rapaz se aproximava, e ela levantava o olhar enquanto ele abaixava o dele e...

Era uma vez um primeiro amor.

Vikki tivera um primeiro amor. Edward tivera um primeiro amor. Isabella e Travis também.

Primeiro amor, primeiro beijo, o primeiro tudo.

Era uma vez, quando eram tão jovens.

E depois cresceram.

O tempo passou com o ciclo das luas, a música parou, a garota tirou o vestido, a fogueira apagou e cessaram os risos. Em outro momento, com a mesma certeza com que o sol se levanta todas as manhãs, outro homem se colocou na frente da garota no vestido de tafetá, e ela olhou para ele, e ele retribuiu seu olhar.

Não era o primeiro amor.

Não era o primeiro beijo.

Mas era amor, apesar de tudo.

E o coração continuou batendo.

E a garota foi em frente. Foi em frente porque queria viver e queria ser feliz. Queria amar outra vez. Não queria ficar sentada à janela olhando o mar. Queria esquecer o primeiro homem. Tudo que queria era reviver aquela primeira emoção.

Queria pegar aquele sentimento e colocar em outro homem e sorrir outra vez, porque seu coração estava repleto e iluminado demais para não amar. Porque seu coração precisava sentir e precisava alçar voo.

E porque a vida é longa.

Ela seguiu em frente e parou de sofrer, e sorriu e colocou outro vestido e se aproximou de outro homem. Ela cantou e riu, e depois de tudo acabado, ela não havia morrido, continuava no mesmo planeta, sendo a mesma pessoa que às vezes necessitava de um pouco de alegria, precisava rir com as rosas que recebia, mesmo sabendo que nos incontáveis dias que tinha pela frente jamais voltaria a amar com o mesmo coração de quando tinha dezessete anos.

Para proteger-se, Tatiana colocou um escudo sobre a parte de seu coração que sangrava, e seguiu sem dar passos bruscos, resguardando-se dos olhares e das lágrimas dos demais. Sua maior qualidade se converteu em seu maior obstáculo. E, com o tempo, se tornou uma especialista em esconder sua deformidade do mundo. Com o tempo, aprendeu a consolar-se pensando que cada um carrega sua cruz e que ela teria de carregar a dela.

Tinha tanta sorte de ter o filho e de não ser sozinha, de ter uma vida para ela. E no passado, quando era jovem, recebera da vida mais do que havia merecido.

Algum dia deixaria o sofá, se afastaria da janela e da escada de incêndio, largaria da mochila preta e tiraria as alianças do pescoço. Algum dia, quando a música estivesse tocando, não teria a impressão de que valsava com ele no bosque sob a lua vermelha, em sua noite de núpcias.

Como dançamos na noite do nosso casamento!

Algum dia. Naquele momento, a cada respiração, ela coloria o futuro com todas as cores do passado. A cada piscar de olhos, Alexander penetrava ainda mais fundo dentro dela, até que o vazio que havia restado a cegasse de ver o que mais o mundo ainda tinha a lhe oferecer.

Pensava apenas no que ele havia amado nela, o que ele havia precisado dela e desejado dela. O que ela havia dado a ele. Havia sido o suficiente?

Memória, a cruel inimiga do consolo.

O esquecimento era algo impossível. E o pior era que o coração de Tatiana sangrava ainda mais com o passar do tempo. Era como se a boca de Alexander, suas mãos, sua cabeça e seu coração, todas aquelas coisas que pareciam tão normais em Lazarevo, adquirissem uma qualidade quase sobrenatural, uma vida que não haviam vivido antes.

Como haviam pescado, dormido ou cuidado da cabana? Como Tatiana tinha ido ao seu grupo de costura? Odiava a si mesma, se flagelava por ter tentado levar uma vida normal com ele em Lazarevo, sabendo que o tempo e eles eram fugazes como flocos de neve. Alexander teria abaixado a cabeça se soubesse o que poderia perder em troca de uma hora de êxtase, por um minuto de alegria?

Como ele gostava de acariciá-la. Tatiana se sentava com as pernas não muito fechadas para que ele pudesse tocá-la. E ele a tocava nos momentos mais inesperados. Sim, dizia ele, é o que deseja um soldado em licença. E tocá-la nesses momentos não era o bastante. Alexander a acariciava com os dedos quando ela estava em silêncio e a acariciava com a boca quando ela falava, e não havia outro tempo que não o presente, não havia o depois, apenas a loucura do presente.

— Vou deixá-la louca — gritou sua memória quando Tatiana inalou a brisa salgada da eternidade entrando pela janela. — Você irá andar pelas ruas como uma mulher normal, mas por dentro irá se contorcer como se estivesse numa fogueira. Não a liberarei, você jamais será livre.

CAPÍTULO VINTE E NOVE

Colditz, janeiro de 1945

TALVEZ FOSSE VERDADE o que disseram sobre Colditz. Não havia como escapar, tampouco havia trabalho. Os prisioneiros não tinham nada para fazer a não ser dormir, jogar baralho e caminhar duas vezes ao dia. Levantavam para a primeira revista às sete horas, e as luzes se apagavam todas as noites às dez. Durante o dia, havia três refeições e duas caminhadas de uma hora cada.

Colditz era um imponente castelo do século XV localizado no norte da Saxônia, no meio de um triângulo formado por três grandes cidades alemãs: Leipzig, Dresden e Chemnitz. Colditz se elevava acima de um monte íngreme, às margens do rio Mulde. E não estava apenas no topo do morro, mas era rodeado por fossos ao sul, por paredes altíssimas a leste e precipícios ao norte e a oeste. Colditz havia sido talhado na própria rocha, e onde terminava a montanha, começava o castelo.

O castelo era eficientemente administrado por alemães metódicos que levavam seu trabalho muito a sério e eram incorruptíveis, segundo explicaram os cinco prisioneiros soviéticos que dividiam a mesma cela gelada e pequena, de paredes de pedra e com quatro beliches.

Em Colditz havia uma enfermaria, uma capela, uma sala de desparasitação, dois refeitórios, um teatro e um dentista. Isso era apenas para os prisioneiros. Os guardas viviam com todo o conforto de uma residência permanente. O diretor de Colditz tinha um quarto do castelo apenas para ele.

Os fugitivos mais notórios de todos os outros campos de prisioneiros na Alemanha eram levados para Colditz, onde a cada quinze metros havia um guarda armado com metralhadora, no nível do solo, e nas passarelas elevadas e nas torres circulares, observando os prisioneiros 24 horas por dia. Os focos de luz iluminavam o castelo durante a noite. Havia apenas uma forma de entrar e de sair: a ponte sobre o fosso que conduzia à ala destinada a alojar os alemães e às dependências do diretor.

Certamente havia dois vigilantes para cada um dos 150 prisioneiros, ou era o que parecia. Alexander passou os 31 dias do mês de janeiro observando as sentinelas enquanto caminhavam pelo amplo pátio interno, pavimentadas com lajotas de pedra acinzentadas que o lembravam do quartel Pavlov em Leningrado. Perguntou-se o que havia acontecido ao coronel Stepanov.

Por 31 dias, Alexander observou os vigias no refeitório, no banho, no pátio. Os prisioneiros com bom comportamento tinham permissão de caminhar, duas vezes por semana, em pequenos grupos de doze no pátio externo, voltado para o oeste. O terraço era fechado por paredes de pedra e, do outro lado do parapeito, num nível inferior, havia um jardim, onde não era permitida a entrada dos prisioneiros. Alexander, que sempre se comportava de maneira exemplar, ia caminhar no terraço duas vezes por semana e observava os vigias, por quem era observado. E também os observava da janela da cela enquanto faziam a troca de turnos. Seu beliche ficava perto da janela, virado para o oeste, no terceiro andar, logo acima da enfermaria. Ele gostava de estar voltado para o oeste, dava-lhe esperança. Abaixo estava o comprido e estreito terraço e, ainda mais abaixo, o comprido e estreito jardim.

Certamente Colditz parecia impenetrável.

Alexander não tinha ideia de como Tatiana havia conseguido chegar à Finlândia com Dimitri morto e Sayers gravemente ferido. A única coisa que sabia era que de alguma forma ela havia chegado à Finlândia. Portanto, deveria haver alguma forma de escapar dali. Ele é que não conseguia enxergar.

Pasha e Ouspensky não estavam tão otimistas. Caminhavam com Alexander, mas não se interessavam em observar os guardas. Alexander queria conversar com os prisioneiros ingleses, mas não tinha vontade de justificar seu inglês impecável a Pasha e Ouspensky. Não havia prisioneiros americanos, apenas oficiais britânicos e franceses, um oficial polonês e os cinco soviéticos com quem dividiam a cela.

O polonês era o general Bor-Komarovsky, com quem Alexander entabulou uma conversa no refeitório. Komarovsky havia encabeçado a resistência contra Hitler e os soviéticos na Polônia, em 1942. Quando foi detido, enviaram-no direto a Colditz. Komarovsky contou a Alexander, em russo, sobre suas tentativas de escapar do castelo, mostrando-lhe até um mapa da área com rotas de fuga, mas aconselhou Alexander a se esquecer da ideia. Mesmo os que conseguiam escapar eram recapturados em questão de dias.

— É o que eu sempre digo sobre lugares como Colditz — disse Komarovsky. — Nem com toda organização meticulosa há como escapar de uma situação difícil sem o auxílio da mão de Deus.

Tatia escapou da União Soviética, Alexander queria dizer. Mas isso reforçaria o argumento do polaco.

À noite, deitado no beliche, ele pensava nos braços de Tatiana. Pensava em procurá-la... Onde estaria? Caso ela ainda estivesse esperando-o, onde poderia encontrá-la? Helsinki? Estocolmo? Londres? Se estivesse nos Estados Unidos, onde seria? Em Boston, em Nova York? Em alguma cidade de clima mais quente como São Francisco? Ou a Cidade dos Anjos? Quando Tatiana partiu com o doutor Sayers, o plano era levá-la a Nova York e, mesmo com a morte do médico, talvez ela tivesse seguido o plano original. Alexander começaria por lá.

Ele odiava os becos sem saída nos quais a sua imaginação se perdia, mas sentia prazer em imaginar a expressão no rosto de Tatiana quando o visse, como seu corpo tremeria, o sabor das lágrimas que ela derrubaria enquanto corresse para os seus braços.

Pensava no filho. Com quantos anos estaria? Um ano e meio. Menino ou menina? Se fosse menina, talvez fosse loira como a mãe. Se fosse menino, talvez tivesse os cabelos castanho-escuros como o do pai, antes de raspar os cabelos. Como seria ter o próprio filho nos braços e levantá-lo no ar?

Alexander se deixava levar pelo frenesi das lembranças dolorosas do toque de Tatiana em seu corpo.

Após a partida de Tatiana, a falta que o corpo de Alexander sentia dela continuava imbatível, resistindo aos ventos de março, às chuvas de abril, à estiagem de maio e ao calor de junho. Junho era o pior mês. A dor era tão intensa, que Alexander chegava a pensar que não sobreviveria mais um dia, mais um minuto de tanto desejo, de tanta necessidade.

Passou-se um ano e depois outro. Aos poucos a dor foi amortecendo, embora do desejo e da necessidade não houvesse saída.

Às vezes Alexander se lembrava de Fé, a garota polonesa de seios fartos que lhe havia oferecido tudo em troca de um chocolate. Seria tão forte agora se encontrasse Fé outra vez?

Não havia como fugir de Colditz, tampouco era possível fugir dos pensamentos, dos medos, da insegurança da passagem dos meses, dos anos. Quanto tempo poderia esperar uma esposa fiel pelo seu marido morto? Mesmo Tatiana, a estrela mais brilhante do céu. Quanto tempo poderia esperar até seguir em frente?

Não, pare.

Por favor, basta. Chega de pensamentos. De desejo. Basta de amor.

Por favor. Basta de tudo.

Quanto tempo até ela soltar os cabelos loiros e, ao deixar o trabalho, sorrir a alguém que a faça feliz?

Alexander virou a cabeça para a janela. Tinha de sair de Colditz a todo custo.

— Olhem aqui, camaradas — Alexander disse a Pasha e Ouspensky numa gélida tarde de fevereiro enquanto caminhavam no terraço. — Quero que vejam algo.

— Sem apontar, inclinou a cabeça na direção dos dois guardas, posicionados um em cada lado do terraço retangular, de seis metros de largura por vinte de comprimento.

Caminhou descontraidamente até o parapeito do outro lado do terraço, olhou para o jardim e acendeu um cigarro. Pasha e Ouspensky o imitaram.

— O que está olhando? — perguntou Pasha.

No jardim abaixo, que tinha o mesmo formato do terraço, mas era duas vezes mais largo, havia dois vigias armados com metralhadoras, um dentro de uma guarita elevada e outro numa passarela.

— E? — disse Ouspensky. — Quatro guardas. Noite e dia. E o jardim fica em cima de um precipício. Vamos sair daqui.

— Espere e preste atenção — disse Alexander, segurando o tenente pelo braço.

— Ah, não... — resmungou Ouspensky.

Pasha se inclinou e disse:

— Deixe que vá, Capitão. Não precisamos dele. Vá para o inferno, Ouspensky, e boa viagem!

Ouspensky ficou.

— Há dois guardas no jardim durante o dia — explicou Alexander, sem apontar para baixo —, e dois aqui no terraço. À noite os dois guardas daqui de cima são dispensados, não há motivo para ficarem olhando para os holofotes. São substituídos por um vigia adicional no jardim. O terceiro vigia protege o alambrado que separa o precipício de dezesseis metros que leva até a base da colina e à liberdade. — Ele fez uma pausa. — À meia-noite, acontecem duas coisas. A primeira é a troca de guarda, e a segunda é a mudança do foco das luzes, que passam a iluminar o terraço e o castelo. Tenho observado da janela da cela. Os vigias do dia saem, e os da noite assumem a posição deles.

— Já sabemos como funciona a troca de guardas, Capitão — disse Ouspensky. — O que propõe?

Alexander se afastou do precipício e andou em direção ao castelo, fumando como se nada estivesse acontecendo.

— Minha proposta é que, durante a troca de guarda e quando as luzes estiverem apontando em outra direção, saltemos pela janela da cela com uma corda, corramos pelo terraço, pulemos para o jardim, cortemos o alambrado e desçamos pela corda os dezesseis metros que nos separam do pé da montanha.

Pasha e Ouspensky ficaram em silêncio.

— Vamos precisar de quantos metros de corda? — perguntou Ouspensky.

— Noventa metros.

— Ah, simples. Vamos pegar no refeitório ou pedir aos faxineiros?

— Vamos fazer de lençol.

— Pasha é amigo da Ana, a faxineira.

Alexander sorriu.

— Você consegue mais lençóis?

— Espere, espere — disse Pasha. — Temos de saltar noventa metros...

— Sim.

Pasha bateu o pé duas vezes no chão.

— É concreto, Alexander.

— Segurar na corda e descer pela parede.

— E depois segurar na corda e descer mais treze metros até o jardim, correr catorze metros, cortar o alambrado e descer mais dezesseis metros pela corda até o chão?

— Isso mesmo. A segunda corda prendemos no escuro. Não vai haver foco de luz no local.

— Sim, mas os vigias já estarão a postos.

— Temos de chegar do lado de fora enquanto fazem a troca.

— E a corda pendurada na janela da cela? — inquiriu Pasha. — Não acha que os guardas vão notar quando a luz passar por elas?

— Um dos camaradas de cela terá de segurar a corda para nós e depois recolhê-la. Constantine fará isso.

— E por que faria?

— Porque não tem nada melhor para fazer. Porque vamos dar a ele todo o seu cigarro. Porque vamos apresentá-lo a Ana. — Alexander sorriu. — E porque se funcionar ele poderá escapar na noite seguinte. O alambrado já vai estar aberto.

— Camarada Metanov, como sempre, você se esqueceu de um detalhe. E o tempo? Quanto tempo temos antes que os vigias da noite assumam o posto e os holofotes se voltem para cá?

— Sessenta segundos.

Ouspensky abriu a boca e riu. Pasha o acompanhou.

— Você e suas ideias mirabolantes, Capitão — disse Ouspensky.

Alexander deu uma tragada e ficou em silêncio. Pasha percebeu que Alexander falava sério e, apesar de estar com a boca aberta, não sorriu.

— Está falando sério? — perguntou.

— Claro que estou.

— Está tirando sarro de nós — disse Ouspensky a Pasha. — É brincalhão.

Alexander deu outra tragada.

— O que preferem fazer? Passar dois anos cavando um túnel? Não temos dois anos. Nem sei se temos seis meses. Os prisioneiros britânicos estão convencidos de que a guerra não dura até o verão.

— Como sabe? — perguntou Ouspensky.

— Consigo entender um inglês rudimentar, Tenente — rebateu Alexander. — Ao contrário de você, frequentei a escola.

— Aprecio o seu senso de humor, Capitão. Mas por que temos de cavar um túnel ou nos atirar da janela segurando num lençol? Por que simplesmente não esperamos a guerra acabar?

— E depois, Ouspensky?

— Depois é depois — martelou Ouspensky. — Não sei o que vai acontecer no futuro, quero saber do agora. Por que está se jogando num precipício? Aonde quer chegar?

Pasha e Alexander encararam Ouspensky em silêncio.

— Foi o que pensei — concluiu Ouspensky. — Minha resposta é não.

— Tenente Ouspensky — disse Pasha —, em algum momento da sua vida miserável você já disse sim? Sabe o que vai estar escrito na sua lápide? "Nikolai Ouspensky. Ele disse não."

— Vocês são dois palhaços — respondeu Ouspensky e começou a se afastar. — São o máximo do hilário. Estou com dor no estômago de tanto rir. Ha-ha-ha.

Alexander e Pasha viraram-se para o jardim embaixo deles, e Pasha perguntou como iriam atravessar o alambrado.

— Estou com um alicate que trouxe de Catowice Oflag — explicou Alexander com um sorriso. — Komarovsky me deu seus mapas militares da Alemanha. Só precisamos chegar à fronteira com a Suíça.

— São quantos quilômetros?

— Muitos — admitiu Alexander. — Cerca de duzentos. — Mas menos do que entre Leningrado e Helsinki, gostaria de acrescentar. E, certamente, menos do que de Estocolmo até os Estados Unidos, a rota que havia planejado com Tatiana.

Pasha estava pensativo.

— Se falharmos, o preço será alto.

— Quais são as *suas* opções, Pasha? Mesmo que tenha pensado por algum momento que eu tenho alguma outra opção, o que não é verdade, o que resta para *você* ficando em Colditz?

Pasha deu de ombros.

— Não quis dizer que não vou, apenas que...

Alexander deu um tapinha nas costas dele.

— Sim, o risco é alto. Mas a recompensa também é alta.

Pasha olhou para a janela da cela no terceiro andar, para o terraço onde conversavam e para o jardim no piso inferior.

— Como espera que façamos tudo em sessenta segundos?

— Correndo.

Planejaram durante mais duas semanas, até meados de fevereiro. Reuniram alguns medicamentos, algumas latas de comida e uma bússola. Roubaram lençóis da lavanderia e, à noite, no escuro, os cortaram, os entrelaçaram para formar uma corda e depois os esconderam dentro dos colchões. Enquanto ajudava na elaboração da corda, Ouspensky repetia que ele não ia junto, mas todos na cela sabiam que ele iria. O mais difícil foi conseguir roupas normais. Finalmente, Pasha conseguiu convencer Ana a roubá-las da lavanderia dos oficiais alemães. Fazia tempo que haviam confiscado suas armas, mas Alexander ainda tinha a mochila, onde escondia um canivete multiuso de titânio, alicate para o alambrado, o tubo da caneta e um pouco de dinheiro. Ana também furtou algumas carteiras de identidade alemãs.

— Não vão ajudar em nada, não falamos alemão — disse Ouspensky.

— Falo um pouco — contestou Pasha. — E, já que estaremos usando uniformes alemães, faz sentido carregarmos identidades alemãs.

— E o que prometeu a essa jovem inocente em troca de ela arriscar o emprego e a vida por você? — perguntou secamente Ouspensky.

— Meu coração — zombou Pasha. — E minha eterna devoção.

— Tenho certeza de que para uma garota como ela suas palavras significam muito.

Finalmente a noite de fevereiro escolhida para a execução do plano chegou e o horário estava próximo. Estava tudo pronto.

Eram onze da noite e Ouspensky roncava. Havia pedido que o acordassem dez minutos antes da partida. Alexander achou uma boa ideia descansar, mas ele mesmo não conseguia pregar os olhos desde a noite anterior.

Ele e Pasha estavam sentados no chão ao lado da janela fechada, dando puxões na corda para conferir se estava bem presa a um dos beliches com as pernas cimentadas no chão.

— Acha que Constantine é forte o bastante para segurar a corda firmemente? Ele não parece muito forte — sussurrou Pasha.

— Vai conseguir — disse Alexander acendendo um cigarro.

Pasha acendeu o dele.

— Vamos conseguir, Alexander? Acha que vamos nos dar bem?

— Não sei, Pasha. — Alexander fez uma pausa. — Não sei quais são os planos de Deus para nós.

— Lá vem você com o Deus outra vez. Está preparado para o que der e vier?

Alexander pensou por uns instantes antes de responder.

— Estou preparado para tudo. Menos para falhar.

— Alexander?

— Sim?

— Você pensa no seu filho?

— O que você acha?

Pasha ficou quieto.

— O que quer saber? Se acho que ela ainda pensa em mim? Se ela me esqueceu e recomeçou sua vida? Se aceitou minha morte e foi em frente? — Alexander deu de ombros. — Penso nisso o tempo todo. Eu vivo dentro do meu coração. O que posso fazer? Tenho de ir onde ela está.

Pasha estava quieto.

Alexander ouvia sua respiração pesada.

— E se ela estiver feliz?

— Espero que esteja.

— Quero dizer... — Pasha ia prosseguir, mas Alexander o deteve.

— Chega.

— Tatia é uma mulher de fibra, é persistente. É leal e franca. Nunca se dá por vencida, mas também tem um prazer infantil pelas coisas mínimas. Sabe aquelas pessoas que se sentem atraídas pela tristeza?

— Conheço pessoas que são assim — concordou Alexander, inalando nicotina.

— Tatia não é desse tipo.

— Eu sei.

— E se ela tiver casado novamente e estiver feliz?

— Ficarei feliz de encontrá-la feliz.

— Mas e daí?

— Daí nada. Nós a cumprimentamos. Você fica, eu vou.

— Você não está arriscando sua vida apenas para *ir*, Alexander.

— Não. — Eu sou um salmão que vive no mar, nadando 3.200 quilômetros contra a corrente em rios e mares para voltar para casa, para a água doce, depositar mais ovos e morrer. Não tenho escolha.

— E se ela tiver esquecido você?

— Não.

— Esquecido, não. Mas pode não sentir a mesma coisa de antes. Se estiver apaixonada pelo novo marido? Ela vai olhar horrorizada para você.

— Pasha, você tem a alma atormentada dos russos. Cale a boca.

— Quando eu tinha quinze anos, gostei de uma moça. Nos divertimos muito por um mês e, no ano seguinte, quando voltei para Luga pensando que poderíamos continuar o namoro, você sabe o que aconteceu? Ela sequer *lembrava* quem eu era. Não é patético?

— Cale a boca.

Alexander não tinha dúvida: independentemente da vida que Tatiana estivesse levando, ela não teria se esquecido dele. Ele ainda a via chorando em seus sonhos. Com frequência ele sonhava que ela não havia regressado para Lazarevo, mas vivia num lugar novo, e ela falava com ele, implorava por ele. E, mesmo em um novo lugar e com um novo rosto, Alexander podia sentir seu hálito puro, respirando a vida dela para dentro dele.

— Acha que vai ficar feliz de *me* ver de novo? — perguntou Pasha.

— Vai entrar em choque.

— Alexander — disse Pasha num fio de voz —, e se nunca a encontrarmos?

— Pasha, desse jeito vai me fazer fumar um cigarro atrás do outro — comentou Alexander, acendendo outro cigarro. — Olhe, não tenho todas as respostas. Ela sabe que, se eu for capaz, nunca vou parar de procurá-la.

— O que vamos fazer com Ouspensky? — perguntou Pasha. — Não podemos deixá-lo aqui? Esquecemos de acordá-lo.

— Acho que ele vai descobrir quando acordar.

— E?

— Vai colocar os alemães atrás de nós.

— Não faria isso, faria? É disso que não gosto nele. É um pouco... maldoso, não concorda?

— Não pense duas vezes nisso — disse Alexander. — É coisa de soviético.

— E é ainda mais perceptível em Ouspensky — murmurou Pasha, mas Alexander ficou em pé e balançou Ouspensky. Era quase meia-noite. Estava na hora.

Abriu a janela. Era uma noite de tempestade e não se via nada. Alexander considerou um bom sinal, pois os guardas não teriam muita vontade de sair na chuva para fazer a ronda.

Com a ponta da corda enrolada nos punhos, os pertences amarrados nas costas e o alicate enfiado na bota de Alexander, os três aguardavam o sinal de Constantine. Os guardas do terraço já tinham ido embora, e Constantine avisaria assim que os do jardim também se retirassem. Então Alexander pularia primeiro, depois Pasha e por último Ouspensky.

Finalmente, alguns minutos após a meia-noite, Constantine acenou e saiu da janela. Alexander passou pela pequena abertura. A corda tinha quatro metros de comprimento. Chocou-se com força, demasiada força, contra a parede molhada e rapidamente foi desenrolando o resto da corda enquanto descia até o chão. Pasha e Ouspensky vinham logo atrás, mas numa velocidade menor. Ele correu pelo terraço e jogou a corda pelo parapeito, rapidamente. A corda era dois metros mais curta do que a altura até o jardim, mas isso não deteve Alexander, que se soltou e caiu na grama lamacenta de gelo derretido, levantando-se em seguida e correndo na direção do alambrado, já com o alicate na mão. Pasha vinha atrás, e Ouspensky o seguia respirando pesadamente. Quando alcançaram Alexander alguns segundos depois, a cerca já estava cortada. Espremeram-se para fora do alambrado e se esconderam nas árvores à beira do precipício. As luzes cruzaram o céu. Naquela noite os guardas haviam demorado um pouco mais para aparecer. Ventava e a chuva estava forte. Alexander olhou para o castelo iluminado a fim de ver se a corda havia sido puxada por Constantine. Não dava para ver por causa da chuva. Os guardas ainda não tinham saído para a ronda, e Alexander teve um tempo extra para amarrar a corda de quinze metros aos galhos de um carvalho de trezentos anos. Deixou que Pasha e Ouspensky fossem à frente. Quando os guardas saíram, os dois já haviam descido alguns metros na corda, e Alexander vinha logo atrás. Desceram lentamente pela parede escorregadia, suspensos no precipício. Ainda bem que estava escuro.

— Capitão, contei que tenho medo de altura? — disse Ouspensky.

— Não, e agora não é a hora, merda!

— Acho que agora é uma boa hora.

— Está um breu. A altura não existe. Desça! E não demore.

Alexander estava ensopado. Os casacos alemães de trincheira eram feitos de uma lona grossa, mas não eram à prova d'água. Para que serviam, então?

Um minuto depois, todos se soltaram da corda e caíram no chão. Alexander cortou o alambrado que cercava Colditz no pé da colina e os três saíram do perímetro da prisão.

Naquele momento, Alexander teria preferido um tempo mais ameno. Quem gostaria de correr à noite no meio de uma tempestade?

— Estão bem? — perguntou Alexander. — Tudo saiu perfeito.

— Estou bem — respondeu Ouspensky, arfando.

— Eu também — disse Pasha. — Raspei minha perna em algo quando saltei.

Alexander pegou a lanterna. A calça estava rasgada na cintura, mas havia pouco sangue.

— Você se prendeu no arame. É só um arranhão, vamos embora.

Corriam todo o dia e toda a noite e, quando não corriam, passavam a noite num celeiro, sonhando que corriam e, ao acordar, estavam exaustos. Alexander ia devagar, Pasha ainda mais, e Ouspensky quase não se movia. Corriam pelos campos, pelos rios, pelos bosques. Passou-se um dia, outro, e eles já não sabiam a distância a que estavam de Colditz. Talvez trinta quilômetros. Três homens crescidos, cinco pulmões saudáveis e trinta quilômetros. Nem haviam passado Chemnitz, localizado a sudoeste. Não havia trens, e eles evitavam pegar a estrada pavimentada. Como iriam chegar ao lago Constance na fronteira com a Suíça num ritmo como aquele?

Pasha diminuiu ainda mais o passo no terceiro dia. Não conversava nas paradas e parou de comer na terceira noite. Alexander ofereceu peixe e ele recusou, dizendo que não estava com fome.

— Eu como tudo — brincou Ouspensky. — Não precisa mandar duas vezes. — Alexander entregou o peixe ao tenente, mas não tirou os olhos de Pasha.

Alexander examinou a perna de Pasha e viu que o ferimento estava aberto, vermelho e purulento. Limpou com iodo, borrifou sulfa e cobriu com um curativo. Alexander tocou Pasha e sentiu que estava febril.

Fizeram um toldo com uns lençóis e se acomodaram embaixo para manter o calor durante a madrugada. Alexander acordou suando. Levantou-se num salto pensando que a cobertura estava pegando fogo, mas era Pasha ardendo em febre.

— O que você tem? — sussurrou Alexander.

— Não me sinto bem — murmurou Pasha, quase inaudível.

Tudo era silêncio. Não se ouviam vozes. Alexander usou o que restava de água para molhar um pano e colocar na testa de Pasha. Parecia que estava ajudando, mas acabou a água, e os panos estavam secos e quentes por causa do calor na testa de Pasha. A febre estava muito alta, e Alexander saiu na chuva para buscar mais água.

— Estou mal — disse Pasha em silêncio, movendo a boca.

De manhã tinha os lábios rachados e sangrando. Alexander tirou o curativo e viu que a ferida continuava a mesma da noite anterior, embora o pus estivesse ainda mais verde e amarelo. Desinfetou e borrifou sulfa e fez Pasha beber um pouco dela misturada com água da chuva. Pasha ingeriu o líquido e logo em seguida vomitou. Alexander gritou e praguejou.

— Fiquei molhado muito tempo — murmurou Pasha. — Muito molhado e com frio.

A temperatura estava um pouco acima de zero, e a chuva começou a se converter em neve. Alexander embrulhou Pasha com o casaco de trincheira, mas, como ardia em febre, tirou o casaco outra vez.

Quando a chuva parou, acenderam uma fogueira, secaram as roupas de Pasha e deram um pouco de uísque e um cigarro para ele fumar. Pasha bebeu e fumou tremendo.

— O que vamos fazer? — perguntou Ouspensky.

— Por que faz tantas perguntas? — ralhou Alexander.

Decidiram continuar caminhando.

Pasha bem que tentava colocar um pé na frente do outro, mover o braço à frente para ajudar a impulsionar o corpo, mas seus joelhos trêmulos se dobravam.

— Vou descansar — murmurou Pasha. — Já vou melhorar.

Ele se sentou no chão. Alexander o levantou e o colocou sobre as costas.

— Capitão...

— Mais uma palavra, Ouspensky, e eu juro que...

— Não está mais aqui quem falou.

A manhã estava cinza e Alexander carregava Pasha nas costas. Colocou-o no chão, deu-lhe água da chuva, levantou-o e voltou a caminhar na tarde cinza. Colocou-o no chão, deu-lhe um gole de uísque, enfiou um pedaço de pão na sua boca, levantou-o e voltou a caminhar.

Em algum ponto da estrada de terra no sudeste da Saxônia, Alexander sentiu que Pasha pesava cada vez mais. Achou que era o cansaço. Como a noite se aproximava, acamparam, fizeram uma fogueira e sentaram-se em volta do fogo. Alexander foi até o charco próximo ao bosque e apanhou um peixe, que cozinhou na água. Fez Pasha beber do caldo do peixe misturado com o pó de sulfa, e então Ouspensky e ele devoraram o pescado, incluindo a cabeça.

Ouspensky dormiu. Alexander acendeu um cigarro e colocou gelo na testa de Pasha. Pasha sentiu frio e Alexander o cobriu com dois casacos, mais o casaco que tomou de Ouspensky.

Ninguém falou mais nada, sequer movimentando a boca.

Na manhã seguinte, Pasha acordou com os olhos inchados de febre e, com um movimento de cabeça, sugeriu que seguissem sem ele. Alexander discordou com a cabeça e o colocou nos ombros. Na região central da Alemanha não fazia sol em fevereiro, e as nuvens pesadas estavam a poucos metros das cabeças deles. Alexander sabia que não poderiam pedir ajuda. Pasha era o único que falava alemão. Sabia também que a polícia da região havia sido notificada dos três fugitivos e estava na captura de precisamente três homens disfarçados de alemães, mas que não falavam uma palavra em alemão.

Não conseguiriam ir muito longe com Pasha naquele estado. Encontraram um estábulo e se cobriram com feno, esperando que ele melhorasse. Alexander não suportava apenas assistir à agonia de Pasha, a respiração irregular e o rosto inchado e avermelhado.

— Temos de ir — disse, ficando em pé. — Não podemos parar.

— Posso dar uma palavrinha com você? — perguntou Ouspensky.

— Nem pensar.

— Fora do estábulo. Um minuto.

— Já disse que não.

Ouspensky olhou para Pasha, cujos olhos estavam fechados. Parecia inconsciente.

— Está piorando, Capitão.

— Obrigado, doutor Ouspensky, era o que eu precisava saber. Sem mais nada a dizer.

— O que vamos fazer?

— Vamos continuar. Precisamos encontrar um comboio da Cruz Vermelha.

— Não tinha ninguém da Cruz Vermelha em Colditz nem em Catowice. O que o faz pensar que estarão por aqui?

— Talvez da Cruz Vermelha. Talvez americanos.

— Os americanos chegaram até aqui?

— Ouspensky, passei os últimos quatro meses preso, igual a você. Com que diabos eu poderia saber onde os americanos conseguiram chegar? Acredito que sim, que estejam por perto. Não ouviu que estavam cercando Dresden?

— Capitão...

— Nem mais uma palavra, Tenente. Vamos.

— Aonde? Ele precisa de cuidados.

— E nós vamos levá-lo até quem pode cuidar dele. Ninguém vai bater na porta oferecendo ajuda.

Tentou acomodar Pasha nas costas, mas ele estava inconsciente.

Alexander esforçava-se para levar um pé na frente do outro e não via onde pisava. A cada hora fazia uma parada e dava de beber a Pasha, punha um pano gelado na sua testa, apertava ainda mais os dois casacos ao redor do corpo e caminhava.

Ouspensky caminhava ao seu lado.

— Capitão...

Era a voz de Ouspensky.

— Capitão...

— Quê? — perguntou Alexander, sem poder virar a cabeça. Continuou andando. Ouspensky entrou na frente de Alexander, bloqueando o caminho. — Que foi, Tenente?

— Está morto, Capitão — disse, colocando uma mão em seu ombro. — Sinto muito.

Alexander o empurrou para o lado.

— Saia da frente!

— Está morto, Capitão. Por favor, deixe-o em paz.

— Ouspensky! — Alexander respirou fundo e baixou a voz. — Não está morto. Está inconsciente. Agora, escute: logo irá anoitecer, não vamos desperdiçar o pouco de luz que ainda resta ficando parados no meio da estrada.

— Está morto, Capitão. Veja com seus próprios olhos.

— Não pode estar morto... — resistia Alexander. — Impossível. Me deixe em paz. Caminhe ao meu lado ou na outra direção, mas me deixe em paz.

Caminhou por mais uma hora na estrada de terra, com Pasha nas costas, até reduzir o passo e se deter numa árvore sem folhas, abaixando o corpo de Pasha ao solo. Pasha não estava mais com febre e não tinha a respiração entrecortada. Estava pálido e frio, e com os olhos abertos.

— Não morra, Pasha... — sussurrou Alexander. — Não...

Passou a mão em sua cabeça e fechou seus olhos com os dedos. Olhou para ele por um momento e se ajoelhou, enrolou seu corpo no casaco e o apertou nos braços. Sentou-se no chão e fechou os olhos.

Alexander passou a noite sentado na beira da estrada deserta, encostado contra a árvore, imóvel e de olhos fechados, segurando o irmão de Tatiana nos braços.

Se Ouspensky falou com ele, não ouviu. Se chegou a dormir, não percebeu; assim como não sentiu o ar frio, nem o chão duro, nem a aspereza do tronco contra suas costas, contra a sua cabeça.

Quando amanheceu e a luz acinzentada tingiu o céu da Saxônia, Alexander abriu os olhos. Ouspensky dormia ao seu lado, enrolado em um dos casacos. O corpo de Pasha estava rígido e gelado.

Tatiana, esfomeada e muito debilitada, havia costurado uma mortalha para sua irmã, arrastado um trenó pela superfície congelada do lago Ladoga, empurrado o corpo da irmã para dentro de um buraco no gelo e feito uma oração: "Permita que minha irmã descanse em paz e dê a ela o pão nosso de cada dia no céu". Foram as palavras de Tatiana, ali ajoelhada.

Tatiana conseguiu.

Eu também posso conseguir.

Alexander colocou o corpo de Pasha no chão, lavou o próprio rosto com uísque, enxaguou a boca com a bebida, pegou a faca e começou a cavar. Ouspensky despertou e começou a cavar. Levaram três horas escavando a terra para fazer uma cova de um metro de profundidade. Era rasa, mas teriam de se contentar.

Alexander cobriu o rosto de Pasha com o casaco para que não caísse terra em cima. Montou uma cruz com dois pequenos galhos e uma corda e colocou sobre o peito do rapaz, e com a ajuda de Ouspensky, levantaram o cadáver e o depositaram dentro da cova. Sem dizer nada, encheu a pequena sepultura com terra. Entalhou o nome PASHA METANOV e a data de 25-2-1945 num pedaço de madeira e o amarrou a outro, formando uma cruz que cravou no chão.

Alexander e Ouspensky permaneceram um momento em pé junto ao túmulo. Em seguida, Alexander inclinou a cabeça.

— "O Senhor é meu pastor, nada me faltará" — murmurou para si. — "Deita-me em verdes pastos e guia-me mansamente. Ainda que eu ande pelo vale da sombra, pelo vale da morte..."

Alexander não aguentou. Deixou-se cair aos pés da árvore e acendeu um cigarro.

Ouspensky perguntou se continuariam a viagem.

— Não — respondeu Alexander. — Vou ficar um pouco por aqui.

Passaram-se algumas horas.

Ouspensky perguntou novamente.

— Tenente, não vou deixá-lo sozinho — respondeu Alexander numa voz tão abatida, que nem reconheceu como sua.

— Capitão! — exclamou Ouspensky. — Onde estão os ventos do destino que o impulsionavam?

— Você entendeu errado, Nikolai — respondeu Alexander, sem levantar os olhos. — Disse que *eu* os soprava.

No dia seguinte, a polícia alemã os encontrou no mesmo lugar. Foram colocados no caminhão blindado e levados de volta a Colditz.

Alexander levou uma boa surra dos guardas e foi colocado na solitária, onde ficou por tantos dias que perdeu a noção do tempo.

Com a morte de Pasha, veio a morte da fé. Nada fazia sentido num mundo onde havia encontrado Pasha apenas para perdê-lo.

Liberte-me, Tatiana, liberte-me. Perdoe-me, esqueça-me e me deixe esquecê-la. Não posso estar livre de você por um único minuto? Livre de seu rosto, de seu fogo e de seus sentimentos. Livre, livre, livre.

O voo ritual através do oceano havia terminado, e com ele o consolo da sua imaginação. O torpor se apoderou dele, congelando seu coração, e os tentáculos do desespero se estenderam sobre os tendões e as artérias, nervos e veias, até o anestesiarem e o deixarem sem esperança e livre de Tatiana. Por fim.

Mas não de todo.

CAPÍTULO TRINTA

Nova York, abril de 1945

EM ABRIL, os americanos e os russos avançaram sobre a Alemanha, e, na primeira semana de maio, os alemães apresentaram a rendição incondicional. A guerra na Europa havia terminado. Na Ásia, os americanos continuavam a sofrer grandes baixas, mesmo tendo conseguido expulsar os japoneses de todas as ilhas e praias do Pacífico.

O dia 23 de junho chegou e passou discretamente. Tatiana completou 21 anos. Quanto tempo teria de transcorrer até que a dor do luto diminuísse? Quanto tempo até os dedos do tempo, com seu tamborilar tic-tac-tic-tac nas horas aflitas do dia e da noite, dos meses e dos anos, lapidarem a pedra bruta da dor que oprimia sua garganta em uma gema sem arestas? Todas as vezes que recorda seu nome ou olha para seu filho, o ar não consegue passar pela garganta. Todo dia de Natal, do seu aniversário, do aniversário dele, em 13 de março, o ar não passa pela garganta, por um dia, outro dia e outro mais. Os dias passam, os anos passam, e o luto permanece encravado em sua garganta, em tudo o que precisa atravessar na vida. Tudo: o contentamento consigo, a afeição por outras pessoas, a alegria de viver com conforto, de rir com o filho, da comida e da bebida sobre a mesa, cada prece, cada aplauso, precisa passar por ali, precisa passar.

No verão de 1945, Vikki concordou em ir com Tatiana e Anthony para o Arizona de trem. Tatiana queria comemorar com uma viagem a obtenção da cidadania americana.

No caminho, disse a Vikki que precisavam fazer uma breve parada em Washington.

Desta vez, não entrou no edifício do Departamento de Estado, mas sentou-se pacientemente em um banco da rua C, enquanto Vikki fumava e Anthony brincava na grama.

— Isto é o que entende por "breve parada"? — perguntou Vikki, perdendo a paciência. — Só temos duas semanas de férias.

Tatiana observava os funcionários saindo para o almoço. Observou Sam Gulotta sair e passar pelo banco onde estava sentada. Tatiana não o cumprimentou. Ele deu mais alguns passos, reduziu o ritmo da caminhada e parou. Virou-se, fitou-a por alguns instantes e voltou.

— Olá. Não quero incomodá-lo — Tatiana disse, levantando o olhar para ele.

Gulotta deu um sorriso e sentou-se ao lado dela.

— Não incomoda. É um prazer revê-la, mas não tenho novidades.

— Nenhuma?

— Não. A Europa está uma confusão danada. — Gulotta fez uma pausa. — Eu disse que poderia fazer averiguações quando a situação se acalmasse, mas estava errado ao pensar que seria mais fácil. Com o fim da guerra, as coisas pioraram. Estados Unidos, Inglaterra, França, União Soviética, estão todos na Alemanha. Para ser mais preciso, estão em Berlim. Qualquer passo em falso pode detonar a III Guerra Mundial.

— Eu sei — disse Tatiana, ficando em pé. — Bem, obrigada.

— Já se tornou uma cidadã americana?

— Sim. Acabei de receber a cidadania.

— Não quer comer algo? Está na hora do almoço.

— Quem sabe outra hora. Estou com uma amiga e com meu filho. Mas trouxe algo para você. Preparei hoje cedo. — Tatiana tirou da bolsa um saquinho cheio de *pirozhki* de carne. — Você disse que gosta deles...

— Muito obrigado. — Ele pegou o saquinho. — Uma pena não podermos almoçar.

Tatiana olhou para Vikki, que se aproximava com Anthony.

— Sam, esta é a minha amiga Vikki Sabatella.

Vikki e Sam apertaram as mãos.

Vikki deu um beliscão em Tatiana assim que Sam desapareceu.

— Tatia, sua danada! Sua devassa! Sua libertina! Você aprontando esse tempo todo!

— Vikki, eu não estou aprontando nada — respondeu calmamente.

— Sei! É casado?

— Era. — Tatiana fez uma pausa e, depois de pensar um pouco, decidiu contar sobre Sam. — Sua esposa morreu há três anos num acidente de avião que transportava medicamentos para as nossas tropas em Okinawa. Cuida sozinho de dois filhos.

— Tatiana!

— Vikki, agora não tenho tempo para explicar.

— Tem duas semanas — contestou Vikki. — Há treze milhões de soldados no exterior, e, assim que ganharmos a guerra, todos entrarão pelo porto de Nova York para voltar para casa.

— Ah, é? Por acaso não existe outro porto nos Estados Unidos?

— Acertou. Quero que me explique por que precisa vir até Washington para encontrar um homem quando Nova York está prestes a receber treze milhões deles?

— Não vou falar sobre isso com você.

Após cinco dias no Grand Canyon, Tatiana alugou um carro e dirigiu pelo sul do Arizona em direção a Tucson. Vikki era uma garota da cidade e não sabia dirigir.

— Que vila — criticou Vikki.

Numa tarde de calor intenso, sentaram-se sobre uma manta no capô do carro e assistiram ao pôr do sol. Estavam no deserto de Sonora, a terra coberta de saguaros que se estende por centenas de quilômetros no sudeste do Arizona. O Sonora é a casa de 289 variedades de cactos e o maior deserto da América do Norte, muito maior que o Arizona e o Novo México. Ao fundo viam as montanhas Maricopa. O azul intenso do céu contrastava com os tons avermelhados do solo. À exceção de uma eventual lebre perseguindo um lagarto, o deserto era silencioso.

Tatiana e Vikki estavam sentadas no capô, recostadas contra o para-brisa. A oeste se elevavam as montanhas da Superstição, e a leste as montanhas Maricopa. Anthony brincava no chão e, com seus dois anos, preocupava-se apenas com duas coisas: ficar cada vez mais sujo e encontrar uma cobra, não necessariamente nessa ordem.

— Anthony — disse Vikki, secando o suor do rosto. — Levante-se daí. Sabia que as cobras comem criancinhas?

— Ok, Vikki. Pare de assustar o menino — disse Tatiana.

— Criancinhas como você — insistiu Vikki.

— Mas eu sou grande. Quero cobrinha.

Anthony falava muito bem para a sua idade.

— Você não é grande, é pequeno.

— Vikki!

— Quê?!

Tatiana não respondeu, apenas olhou para Vikki.

— Por que faz isso? Diz meu nome e acha que eu tenho a obrigação de saber o que você quer.

— Você sabe.

— Não. Não vou ficar quieta. Não está preocupada?

— Não — respondeu Tatiana. — Anthony, se você achar cobra, avise a mamãe. Vamos levar para Nova York e cozinhar.

— Vai ser bom para variar o bacon. Para o seu próximo aniversário... — provocou Vikki, reclinando-se para tomar um gole de água. — Vou comprar para você um livro de pediatria, um de culinária e um que ensine como usar os artigos definido e indefinido. Estão fazendo falta.

— Faltando o quê?

— Esquece. Falando sério, Tatia. Você come Amendoim Planter, não come?

— Quê?

— Amendoim Planter.

— Não gosto de amendoim.

— Lembra do anúncio na Times Square?

— Mais ou menos. Acho que era: "Amendoim Planter: um saquinho por dia e você com mais energia".

— Exatamente. Muito bem. Agora da sua maneira ficaria: "saquinho por dia e você com mais energia". Percebe a diferença?

— Não — respondeu Tatiana com uma expressão séria.

— Ah, meu Deus!

Tatiana virou o rosto e sorriu. Pegou uma garrafa de Coca-Cola, entregou a Vikki e disse:

— Beba Coca-Cola: uma pausa refrescante.

— Muito bem! — exclamou Vikki, com um sorriso iluminado.

Anthony não encontrou nenhuma cobra, mas ficou exausto com a busca.

Sujo de terra, subiu no carro e se acomodou no colo da mãe, descansando a cabeça em seu peito. Tatiana deu-lhe um pouco de água.

— É lindo, não? — perguntou Tatiana.

— Seu filho? Sim, lindo. O deserto é desolador, isso sim. — Vikki deu de ombros. — É bom para um pouco de paz, mas não gostaria de morar aqui. Só tem cactos.

— Na primavera fica todo florido e deve ser ainda mais bonito.

— Nova York é linda na primavera.

— O deserto é mágico... — disse Tatiana, após uma pausa.

— É normal. Você já viu a estepe?

— Sim — disse vagarosamente após alguns instantes. — Não é como o deserto. A estepe é fria e cinza. Hoje a temperatura está acima de 35 graus, mas no Natal vai estar vinte graus. O sol vai estar alto no céu. Não vai estar escuro. Em dezembro, vou apenas precisar de uma blusa de manga comprida.

— O que usam no Arizona no inverno? — Dasha pergunta a Alexander.

— Uma camisa de manga comprida.

— Isso é conto de fadas. Conte para a Tatiana. Sou velha demais para isso.

— Você acredita em mim, não é, Tatia?

— Sim, Alexander.

— Gostaria de viver no Arizona, a terra da primavera breve?

— Sim, Alexander.

— E agora? — perguntou Vikki. — O sol está queimando. Vamos virar ovo frito se não começarmos a dirigir.

Tatiana tremeu levemente, afastando as memórias.

— Só estou falando. Não parece a estepe. Gosto daqui.

— Mas, Tatia, não tem nada aqui — disse Vikki, dando de ombros.

— Eu sei. Fantástico, não acha? Não tem ninguém.

— Isso é fantástico?

— Um pouco... é.

— Não imagino ninguém querendo comprar esta terra ou morando aqui.

Tatiana limpou a garganta.

— E a sua amiga?

— Qual?

— Eu.

— Quer morar aqui? — Vikki fez uma pausa e virou a cabeça. — Ou quer comprar um terreno? — perguntou incredulamente.

— O que diria se eu dissesse que comprei um terreno com saguaros e artemísias junto ao deserto de Sonora?

— Nem pensar!

Tatiana ficou em silêncio.

— Você comprou?

Tatiana assentiu.

— Onde estamos agora?

Ela assentiu.

— Quando?

— Ano passado. Quando vim com Anthony.

— Sabia que eu deveria ter vindo junto! Por quê? Com que dinheiro?

— Gostei daqui — respondeu, percorrendo com o olhar a extensão de terra até as montanhas. — Nunca fui dona de nada na minha vida. Comprei com dinheiro que trouxe da União Soviética. — Dinheiro de Alexander.

— Mas por que aqui? — Vikki a encarou. — Aposto que foi barato.

— Foi.

Custou apenas quatro vidas: a de Harold, a de Jane, a de Alexander... e a de Tatiana. Ela apertou Anthony contra o peito.

— Ha-ha... — exclamou Vikki, olhando desconfiada para Tatiana. — Isso é tudo ou está escondendo mais alguma coisa?

— É tudo.

Tatiana respondeu sem dizer mais nada, mas virou-se e fitou as montanhas Maricopa, o crepúsculo, os enormes cactos saguaros, o deserto, os 4.850 dólares que haviam comprado 97 acres de Estados Unidos da América.

CAPÍTULO TRINTA E UM

Fora de Colditz, abril de 1945

OS AMERICANOS CONQUISTARAM COLDITZ EM ABRIL, após três dias de luta. Pelo menos era o que diziam, embora Alexander não tenha ouvido os tiros. Viu, contudo, quando um grupo de soldados americanos entrou no pátio. Conseguiu se aproximar e pedir um cigarro e, ao se inclinar para acendê-lo, explicou em inglês que se chamava Alexander Barrington, um americano como eles, e esperava que pudessem verificar a autenticidade da informação e o ajudassem.

— E eu sou o rei da Inglaterra! — disse o soldado, soltando uma gargalhada.

Alexander foi pronunciar algo, mas Ouspensky se aproximou para pedir um cigarro.

Alexander pensou que haveria outra chance, mas, na manhã seguinte à tomada do castelo pelos americanos, chegaram os oficiais soviéticos. Um general, dois coronéis, um funcionário do Ministério do Exterior, acompanhados de uma centena de soldados, entraram em Colditz e levaram os sete soviéticos "para se unirem aos irmãos na vitoriosa marcha pela derrota da Alemanha".

Foram colocados num trem. Um trem inteiro para apenas sete *prisioneiros?*, pensou Alexander. Enganou-se. O trem estava lotado de soviéticos, e nem todos eram soldados: havia trabalhadores e residentes da Polônia. Havia milhares. Um operador de betoneira contou que estava vivendo com a esposa e os três filhos na Bavária quando foi preso. Outros contavam histórias parecidas.

— Também tinha família: mãe, duas irmãs, e depois da morte do meu irmão, fiquei com as suas três filhas.

Alexander se perguntou onde todos estariam naquele momento.

— Tive que deixá-los onde estávamos — completou o homem.

— Por que não trouxe sua família? — perguntou Ouspensky, que estava ao lado de Alexander.

O trabalhador não respondeu.

O trem seguiu avançando vagarosamente pelo centro da Alemanha. A maioria das placas à beira da estrada havia sido destruída, e era impossível saber a localização. A impressão era de que haviam viajado centenas de quilômetros. Alexander viu uma pequena placa que dizia: "Gottinger, 9". Onde ficava Gottinger?

O trem parou e todos receberam ordem para descer. Após caminharem por duas horas, chegaram a um local que lembrava um campo de prisioneiros abandonado. Os soldados da NKGB (Alexander já havia percebido que não eram soldados do Exército Vermelho, pois estes estavam amarrados) ocuparam o lugar e o nomearam "campo transitório".

— Um campo transitório para onde? — indagou Ouspensky.

Ninguém respondeu.

Depois mudaram o nome para "campo de identificação e triagem".

Estiveram naquele campo nas duas últimas semanas de abril de 1945, cercados de alambrados, vendo como instalavam luzes e guaritas em todo o perímetro. Mais tarde ouviram rumores de que a guerra estava acabada e Hitler estava morto. No dia seguinte à rendição da Alemanha, colocaram minas na área do outro lado da cerca eletrificada. Alexander e Ouspensky sabiam disso porque viram ao menos meia dúzia de soviéticos, inclusive o operador de betoneira, enfrentarem as minas e perderem a batalha.

— O que eles sabem que nós não sabemos? — perguntou Ouspensky com desconfiança, enquanto observavam junto a outros prisioneiros os corpos dos fugitivos serem lançados dentro das covas coletivas.

— Mais do que isso — disse Alexander. — Por que preferem correr por um campo minado a permanecer num inofensivo campo transitório?

— Não querem voltar para casa — sugeriu um prisioneiro.

— Sim, mas por quê? — insistiu Alexander.

Ele acendeu um cigarro e não disse nada.

Não entendia por que seguiam um regime militar quando havia tantos civis. Havia toque de despertar, de silêncio e de recolher, revistas dos barracões e uma clara divisão das tarefas. Tudo era estranho e perturbador.

Alguns dias depois, Ivan Skotonov, um representante do Ministério do Exterior enviado diretamente de Moscou, dirigiu-se aos prisioneiros, que não tiveram de ouvi-lo posicionados em fileiras, já que não era permitido que se agrupassem. Era maio, e o vento forte dificultava que os detentos ouvissem a voz fraca do homem vestido num terno. Por fim, Skotonov pegou um alto-falante:

— Camaradas! Orgulhosos filhos da Rússia! Nos ajudaram a derrotar um inimigo que nunca havíamos conhecido! Seu país está orgulhoso de vocês! Seu país os ama! Seu país precisa novamente da ajuda de vocês para reerguer, para reconstruir, para levantar o país que o nosso chefe e professor supremo, o camarada Stalin, salvou para nós. Seu país clama por vocês! Vocês voltarão comigo e serão recebidos como heróis!

Alexander lembrou-se do operador de betoneira da Bavária que havia deixado a mulher e os filhos e depois corrido sobre um campo minado para se reunir a eles.

– E se não quisermos voltar? – questionou alguém.

– Isso mesmo! – exclamou outro. – Minha vida era em Innsbruck. Por que tive de deixá-la?

– Porque são cidadãos soviéticos – respondeu Skotonov com um grito amigável. – O seu lugar não é em Innbruck. É de volta para casa!

– Sou polonês – contestou o homem. – Da Cracóvia. Por que tenho de voltar?

– Aquela parte da Polônia vem sendo disputada há anos, e a União Soviética decretou que ela faz parte da nossa pátria!

Naquela mesma noite, após o discurso do representante do Ministério do Exterior, 24 homens tentaram escapar. Um deles conseguiu correr metade do terreno minado antes de ser detido por uma bala vinda do rifle de uma sentinela.

– Está apenas ferido, não morto – assegurou Skotonov aos agitados prisioneiros na manhã seguinte. Mas o homem nunca mais foi visto.

No campo estavam reunidos três grupos de homens: refugiados da ocupação alemã em lugares como a Polônia, Romênia, Tchecoslováquia e Ucrânia; prisioneiros de campos de trabalhos forçados, que haviam sido capturados pelos alemães para trabalhar na sua própria máquina de guerra, e soldados do Exército Vermelho, como Alexander e Ouspensky.

Os três grupos haviam sido formados no final de maio, e foram aquartelados e alimentados separadamente. Gradativamente, os refugiados começaram a desaparecer do campo, depois os prisioneiros que faziam o trabalho escravo.

– É sempre à noite, notou? – perguntou Alexander. – Acordamos e eles não estão aqui. Gostaria de não fechar os olhos até umas três da manhã. Tenho a sensação de que veríamos muitas coisas acontecendo.

Enquanto dava sua caminhada diária pelo pátio, um ex-prisioneiro dos campos de trabalhos forçados pediu um cigarro a Alexander e disse:

– Você ficou sabendo? Cinco dos homens com quem eu estava havia quatro anos desapareceram na noite passada. Você ouviu? Foram levados para fora e sentenciados na área comum.

– Sentenciados por quê? – perguntou Ouspensky.

– Traição contra a Rússia. Por trabalhar para o inimigo.

– Deveriam ter explicado que eram *forçados* a trabalhar.

— Tentaram. Mas se realmente não queriam trabalhar para os alemães, por que não tentaram fugir?

— E se a gente tentasse escapar, Capitão? — sugeriu Ouspensky.

Um polonês chegou por trás, riu e disse:

— Não há saída. Escapar para onde?

Alexander e Ouspensky se viraram. Havia uma pequena aglomeração no pátio. O polonês estendeu a mão.

— Lech Markiewicz. Prazer em conhecê-los. Sem saída, cidadãos. Sabem quem me trouxe de Cherbourg, na França, e me entregou para os soviéticos?

Eles esperaram.

— Os ingleses.

— E quem acham que trouxe meu amigo, Vasia, de Bruxelas, e o entregou nas mãos dos soviéticos? Os franceses.

Vasia assentiu.

— E quem acham que trouxe Stepan, de Ravensburg, Bavária, a apenas dez quilômetros da fronteira com a Suíça? Os americanos. Isso mesmo. Os Aliados ajudam a devolver milhões de nós aos soviéticos. No campo transitório em Lübeck, no norte de Hamburgo, onde fiquei antes de vir para cá, encontrei refugiados da Dinamarca e da Noruega. Não eram soldados como vocês, nem dos campos de trabalhos forçados, mas refugiados, pessoas que ficaram sem casa por causa da guerra tentando encontrar um local para morar em Copenhagen. Foram todos entregues aos soviéticos. Por isso, não falem comigo sobre escapar. O momento para isso acabou faz tempo. Não há para onde ir. Antes, toda a Europa pertencia a Hitler. Agora, metade da Europa pertence à União Soviética.

Ele riu e se afastou, enganchando os braços em Vasia e Stepan.

Naquela noite, porém, Lech Markiewicz, eletricista de profissão, cortou a cerca eletrificada e saiu correndo. Na manhã seguinte, não estava no campo. Ninguém sabia do seu paradeiro.

Todas as noites, chegavam os comboios para levar centenas de prisioneiros, e durante o dia o campo funcionava como uma estação de passagem para não se sabe onde. Eram mal-alimentados, tinham permissão para tomar banho uma vez por semana. Eram raspados e desparasitados regularmente. Pouco a pouco, novos russos foram chegando, e desaparecendo os russos que estavam ali.

Numa noite de fins de julho, despertaram todos do barracão onde estavam Alexander e Ouspensky. Receberam ordens para recolher seus pertences e foram levados para os fundos do campo, onde três caminhões os aguardavam. Foram colocados em filas de dois e amarrados em pares. Alexander foi acorrentado com Ouspensky. Os caminhões partiram durante a noite. Alexander suspeitou que estivessem sendo levados a uma estação de trem, e acertou.

CAPÍTULO TRINTA E DOIS

Nova York, agosto de 1945

NUMA MANHÃ QUENTE DE VERÃO, Tatiana, Vikki e Anthony foram ao Lower East Side passear na feira sob o trem elevado da Segunda Avenida. Era sábado, e estavam discutindo o assunto do momento: a rendição do Japão, havia uma semana, após a devastação causada pela bomba atômica em Nagasaki. Vikki achava que o lançamento da segunda bomba fora desnecessário. Tatiana salientou que o Japão não havia se rendido após o ataque a Hiroshima.

— Demos pouco tempo a eles. Apenas três dias. Deveríamos ter dado alguns dias mais para o seu orgulho imperial. Por que acha que nos últimos três meses eles continuaram nos matando se sabiam que não iriam vencer?

— Não sei. Por que os alemães o fizeram? Sabiam que não iriam vencer em 1943.

— Porque Hitler era um maluco.

— E Hirohito era o quê?

Inesperadamente, Tatiana foi abordada por uma família de seis pessoas: marido, esposa e quatro filhos adolescentes. Primeiro, agarraram as mãos de Tatiana, depois os braços, então envolveram seu corpo inteiro.

— Tatia! Tatia! Está aí? — exclamava Vikki.

Passando a mão pelo cabelo de Tatiana, a esposa murmurou algo em ucraniano. O homem secou uma lágrima nos olhos e ofereceu sorvete e pirulito a Anthony, que o garoto aceitou com seu sorriso de dois anos, e prontamente derrubou-o na calçada.

— Quem são essas pessoas? — indagou Vikki.

— Mamãe conhece mundo de gente — disse Anthony, puxando a barra da saia de Tatiana.

— Você tem razão. Ela só não conhece homens — murmurou Vikki.

— Sorveti, mamãe. Quero sorveti.

A família falava em ucraniano e Tatiana respondia em russo. Beijaram as mãos dela e finalmente foram embora.

— Tatiana!

— Quê?

— Não me enrole! Pode começar a explicar o que foi aquela cena que acabamos de ver.

— Anthony não precisa de explicação, não é, querido?

— Não, mamãe. Precisa sorveti.

Tatiana comprou outro sorvete e outro pirulito para Anthony, olhou para Vikki e deu de ombros.

— O que foi? Os ucranianos são muito emotivos.

— Não estavam exagerando. Estavam reverenciando você. Acho que jogaram pó de ouro em seus pés. Percebi que estavam a ponto de oferecer o primogênito em sacrifício a sua honra.

Tatiana riu.

— Não é importante. Alguns meses atrás, eles chegaram ao porto de Nova York. No início da ocupação alemã na Ucrânia, o marido enviou a esposa e os filhos para a Turquia. Ele passou dois anos num campo de trabalhos forçados, depois escapou para a Turquia, onde passou mais de um ano procurando a família em Ankara. Por fim, encontrou-os em 1944. Chegaram a Nova York há um mês, em julho, e, apesar de não terem documentos, estavam com boa saúde. Aceitamos muitos refugiados, e o homem poderia ficar porque ele pode trabalhar na construção. Mas a esposa não sabe costurar, tricotar nem falar inglês. Ela passou três anos mendigando nas ruas da Turquia para alimentar os filhos. — Tatiana balançou a cabeça. — Tudo seria mais fácil se falassem inglês. O que posso fazer? Todos seriam mandados de volta. — Ela se inclinou para ajeitar o boné na cabeça de Anthony e limpou o sorvete de baunilha do seu queixo. — Imagine a reação deles quando eu disse que o marido podia ficar, mas os outros tinham que voltar. Voltar para onde? Para a Ucrânia? Nós fugimos de lá! Vamos direto para os campos e nunca mais sairemos. Cinco mulheres. Sabe o que fazem com as mulheres nos campos? Então, o que eu podia fazer, Vikki? Encontrei um emprego de faxineira para a mãe na casa de um comerciante. As meninas são babás das três crianças do comerciante. Vão ficar em Ellis até eu conseguir que o funcionário da Imigração emita os vistos temporários. — Tatiana deu de ombros. — Está uma loucura em Ellis. Querem mandar todos os refugiados de volta. Hoje mesmo, queriam mandar um homem de volta para a Lituânia só porque tinha uma infecção no ouvido! Colocam no centro de detenção e amanhã mandam embora. Simples assim. Porque a orelha estava vermelha. — Tatiana estava com o rosto enrubescido de indignação. — Encontrei o coitado chorando no corredor. Ele contou que a esposa estava esperando por ele nos Estados Unidos fazia dois anos. Eram alfaiates. Então examinei o seu ouvido...

— Espere, espere. Que homem da Imigração? — perguntou Vikki. — Não me diga que é a víbora do Vittorio Vassman?

— Ele mesmo. É bom homem.

Vikki riu.

— Nem a mãe dele consegue uma vaga na garagem do filho e você conseguiu que ele emitisse vistos temporários? O que fez para ele?

— Fiz *pirozhki* para a mãe doente e *blinchiki* para ele. E disse que ele fazia de cada tarefa difícil um sucesso.

— Foi para a cama com o homem?

— Você ser impossível... — suspirou Tatiana.

— Edward, está sabendo o que Tatiana anda fazendo em Ellis?

— Ah, estou a par de tudo.

Estavam comendo no refeitório, cheio de enfermeiras e médicos, pois Ellis havia voltado a ser o porto de entrada de refugiados. Brenda não estava entre as enfermeiras e, para a surpresa de todos, pedira demissão em junho de 1945, quando o marido retornou do Pacífico. Ninguém sabia que era uma mulher casada.

Vikki contou a Edward a história de East Side.

Edward assentiu com a cabeça e olhou com admiração para Tatiana. Na verdade, olhou com tamanha intensidade, que fez Tatiana olhar para o outro lado e Vikki arregalar os olhos.

— Vik, a Tatiana é famosa na ilha. Por que acha que a proibiram de ir até os barcos de refugiados? Ela deixa todos a bordo entrar no país. Ouviram falar nela do outro lado do oceano: "fiquem na fila que é inspecionada por Tatiana", "procurem Tatiana quando chegarem".

— Compreendo a admiração dos refugiados. Mas como ela consegue a colaboração de Vassman com os vistos?

— Ela o hipnotiza todas as manhãs. Se não funciona, coloca algo no café dele.

— Está insinuando que o vê pela *manhã*?

— Vocês dois têm de parar, entendido? — ralhou Tatiana. — Já chega.

— Outro dia mesmo — prosseguiu Edward —, três mulheres vieram procurá-la no sábado à tarde. Pegaram a balsa só para vê-la.

— Igual à sua esposa que vinha procurar você? — perguntou Tatiana, sem maldade.

— Não exatamente — respondeu Edward. — Minha ex-esposa não vinha demonstrar gratidão eterna como as senhoras que vieram ver você.

— Não exagere — disse Tatiana. — Elas vêm trazer maçãs.

— Maçãs, blusas, livros. — Ele sorriu. — Você não estava, então ofereci passar seu endereço...

— Edward! — gritaram as garotas em uníssono.

Ele riu.

— Maçãs entregues na porta de casa, não?

— Não — disse Tatiana.

Quando compraram o *Tribune*, o vendedor da banca olhou para Tatiana e disse:

— É a enfermeira Tatiana, não é?

— Quem quer saber? — perguntou Tatiana, num sobressalto.

O homem da banca abriu um sorriso.

— Chamam você de o "Anjo de Ellis". Não precisa pagar pelo jornal. Tenho centenas de clientes graças a você.

Enquanto caminhavam, Vikki disse:

— Estou começando a entender. Meu Deus! Não faz isso por *eles*.

— Fazer o quê?

— Está fazendo por *você*. Por isso perguntou ao homem "quem quer saber?". Como se estivesse esperando pela pessoa que perguntou por Tatiana.

— Você errou outra vez. Como pode errar tanto num único dia?

— Quem você está esperando?

— Isso me faz pensar no passado — disse Tatiana. — Era um mau sinal ter alguém procurando por você.

— Não tente me enganar. Quem você está esperando?

— Ninguém.

— Quando encontra tempo para levar uma vida secreta? Você tem um filho e dois empregos. E eu moro com você!

— Vida secreta? Não faço nada. Às vezes pergunto ao síndico do nosso prédio se precisa de outro porteiro. É só isso.

— Eu não sei. Não faço perguntas. Por que *você* faz?

— Porque não custa nada — respondeu Tatiana. — Mas Diego da Romênia já arrumou um emprego.

— Que pique você tem — disse Vikki, abrindo a porta e enlaçando Tatiana. — É o legado que você quer deixar nos Estados Unidos?

— Não é meu legado — respondeu Tatiana, entrando no edifício. — É minha maneira de agradecer.

Vikki não gostava de ficar em casa à noite. Saía para dançar, ir ao cinema, jantar e ir a bares com os amigos. Muitas vezes voltava tarde e havia bebido, e queria conversar, e Tatiana, que sempre estava acordada, atendia à sua vontade. Uma noite, porém, Tatiana já dormia. Isso não deteve Vikki de tirar a roupa e subir na cama ao lado de Tatiana, tapar o rosto com as mãos e suspirar, fazendo drama.

— Sim? — disse Tatiana.

— Não está dormindo?

— Não mais.

Vikki tirou as mãos do rosto. Tinha a expressão um pouco alterada pelo álcool.

— Tatia, Tatia. Não consegui pegar um táxi e tive de andar do Astor Place até aqui usando saltos. Estou dolorida.

Tatiana ouviu Vikki chorar. As bebedeiras noturnas traziam à tona toda a emotividade italiana em Vikki. Tatiana acariciou seu cabelo.

— Qual o problema, Gelsomina?

— O que estou buscando, Tatia? Saí com um total idiota esta noite. Um cara sinistro, o Todd. Fiquei com ele na semana passada.

— Falei para você ficar longe dele.

— Ele foi amável no começo.

— Quer dizer na semana passada?

— Sim. Mas hoje ele estava todo mandão e esquisito. Foi violento comigo na frente do Ricardo's. Me segurou com força. Graças a Deus passou um carro. Ele queria vir para casa comigo e não aceitava um não como resposta.

— E por que aceitaria? Você disse sim da primeira vez.

— Ah, Tatia... Quero conhecer um homem bom, que me ame. O que há de errado com isso?

Dasha não saía todas as noites de sexta e sábado com o seu chefe, um dentista casado, porque ela também queria conhecer um homem bom que a amasse? E então ela conheceu um homem bom, um oficial alto do Exército Vermelho em *Sadko*. *("Tatia, espere até conhecê-lo. Nunca viu um homem tão lindo!")*

— Nada.

— Quero voltar com Harry. Harry era um amorzinho.

Ela estava bêbada e Tatiana decidiu não dizer nada.

— Quero Jude de volta, ou Mark. Até mesmo meu ex-marido. Estava melhor antes de a guerra terminar. Os homens voltaram e não sabem como nos tratar. Querem que as garotas sejam como seus companheiros de guerra.

— Nós sabemos como tratá-los?

— Quero voltar a me apaixonar — disse Vikki, chorando. — Sabe do que tenho medo? De ficar como a minha mãe, sem raízes. Não quero isso para mim. Dizem que terminamos como nossas mães, você acredita nisso? — Antes de Tatiana ter a chance de responder, Vikki continuou: — Minha mãe me abandonou, abandonou Nova York, foi para o exterior, viajou, se apaixonou, mas acabou num lugar chamado Montecito. Eu nem sei onde Montecito fica e minha mãe está lá, num hospício.

— Sinto muito por ela.

— Sabe o que às vezes eu penso? — sussurrou Vikki com um breve soluço. — Que quero minha mãe de volta. Não é ridículo?

— Não — disse Tatiana. — Eu quero *minha* mãe de volta.

— Era uma boa mãe?

— Eu não sei. Era minha mãe, e isso é tudo.

— Sua irmã era boa?

— Minha irmã era muito boa — sussurrou Tatiana. — Ela me carregava nas costas quando eu era pequena e me protegia dos garotos malvados sua vida inteira. Quero minha irmã e meu irmão de volta. — Ela fechou os olhos.

Pasha e Tatia seguram na mesma corda, balançam sobre o rio Luga, um, dois e três, soltam a corda e mergulham na água, nadam até a beirada, dão outro salto e voltam a brincar na água.

— E não sente falta de se apaixonar? Eu *quero* uma família. Uma casa confortável de dois quartos nos subúrbios de Long Island, um carro e dois filhos. Quero o que meus avós têm. Estão juntos há 43 anos.

— Você não quer isso, Vikki. Não quer filhos. Essa vida não é para você. Seu coração é errante.

Vikki olhou de soslaio para Tatiana. O rímel havia escorrido dos cílios.

— *Poderia* viver assim...

Sem tirar a mão dos cabelos de Vikki, Tatiana balançou a cabeça.

— O que sabe sobre a vida? Nunca saiu deste apartamento.

— Aonde devo ir? Estou em casa.

— Está? — perguntou Vikki, tocando o cabelo de Tatiana. — *Você* tem um coração errante?

— Gostaria de ter.

Vikki se virou e a abraçou. Tatiana apertou os olhos e se aninhou nos braços da amiga, como costumava dormir no apartamento da Fifth Soviet, aninhada nos braços de Dasha.

— Tatia, como não se apaixonou por ninguém este tempo todo?

Tatiana não respondeu.

— Esteve com outro homem além do seu marido?

Tatiana se afastou. Pensar nessas coisas durante a noite, abraçada a outra pessoa, estava além de suas forças, além dos seus limites.

— Não — respondeu numa voz baixa. — Me apaixonei quando tinha dezesseis. Nunca amei outra pessoa. Nunca dormi com mais ninguém.

— Ai, Tatia. Minha avó disse um dia: "Essa garota ainda não superou o seu Travis". Ela tinha razão.

Tatiana não disse nada. Vikki se aproximou, enlaçando Tatiana.

— Mas você tem um filho dele. Não é um consolo?

— Quando não me lembro do pai, sim.

— Mas você não quer amar de novo? Felicidade? Casamento? Por Deus, Tatiana. — Vikki soltou o ar dos pulmões. — Você tem tanto a oferecer. — Ela abraçou Tatiana mais forte. — Saiu o divórcio do Edward. Por que não saem para jantar? Por que só encontra com ele na hora do almoço?

— Edward merece alguém melhor que eu.

— Não é o que ele pensa. Nem o que eu penso.

Tatiana riu e acariciou seu braço.

— Vou chegar lá — sussurrou. — Você mesma disse que eu conseguiria.

Passaram várias horas no escuro, sem dormir. Vikki se acalmou e bebeu um pouco de água. Voltou para a cama e acendeu um cigarro.

— Por favor, diga que você vai sair para jantar com ele. Um jantar não vai machucar ninguém.

— Por que se preocupa com isso?

Vikki riu.

— Eu me *preocupo* — disse Vikki, com ênfase —, porque sei que ele quer. E porque acho que vocês dois formariam um casal adorável.

— Casal? Esqueça tudo. Você disse jantar.

— Sim. Jantar como casal.

— Casal significa vários jantares. Até uma casa de dois quartos.

— E o que há de errado nisso?

— Tenho que dormir. Faça o que quiser.

Não podia contar a Vikki seus pensamentos horríveis. Não podia contar a Vikki seus pensamentos bonitos. Não podia contar a Vikki sobre o céu ou a dor.

Era um consolo dormir ao lado de outro ser humano, não estar sozinho. Era um consolo sentir um corpo que respirava, um coração que palpitava, o roçar do cabelo escuro de outra pessoa sobre seus ombros, sentir, sentir.

A única coisa que Vova tem a dizer é "Não se preocupe, Alexander. Cuidaremos de Tatia quando estiver ausente".

Estão na casa. Ela, sentada na frente dele, olha-o com perplexidade.

O ciúme escuro que Alexander sente de qualquer garoto em Lazarevo se torna cada vez mais intenso. Quanto mais se aproxima o dia da partida, pior. Essa noite atingiu o ápice.

— Quero perguntar uma coisa — disse Alexander, escorrendo sarcasmo da voz.

— Shura, querido...

— Quero perguntar uma coisa — repetiu, elevando o tom de voz. — E não me interrompa. — Anda na frente dela como um animal enjaulado. — Quanto tempo acha que vai me esperar antes de permitir que Vova tome conta de você? Ah, ou melhor, até que deixe o violeiro Vlasik cuidar de você, que com certeza vai querer tocar outra coisa além do violão. Pergunte se vem aqui para uma serenata. Ou prefere que eu mesmo pergunte?

Tatiana olha para ele desconcertada, sem dizer uma palavra. Ela não está brava, pois sabe que Alexander a adora, e tudo que ele desejaria é poder amá-la menos.

— Responda, maldição! — grita, dando um passo ameaçador em sua direção.

Ela permanece sentada com as mãos entrelaçadas sobre o peito.

— Eu imploro...

— Implore o quanto quiser — rebate cruelmente. — Gostaria que eu falasse pessoalmente com Vlasik? Ou vai usar com ele as palavras que lhe ensinei quando sentir minha falta? — Seus olhos flamejam. Ele a agarra pelo braço e a faz levantar.

— Me solte! — protesta Tatiana, empurrando a mão de Alexander. Ela quer se afastar dele, mas está encurralada entre a máquina de costura e a parede do forno. Tatiana tenta passar por ele e ir para o centro da cabana, mas Alexander bloqueia a passagem, empurrando-a contra a parede com o corpo.

— A conversa ainda não acabou, Tatia — ele diz.

— Shura!

— Não levante a voz para mim!

— Shura! Pare! — ela grita e outra vez tenta sair da frente dele, mas Alexander não permite que ela avance, desta vez usando as mãos para empurrá-la de volta contra a parede. — Eu disse para parar! Pare. Tudo isso por nada!

— Nada para você.

— Você enlouqueceu? — perguntou Tatiana, vindo para perto dele. — Saia da minha frente.

— Me faça sair.

— Shura! — grita Tatiana, trêmula, segurando o choro. — Por favor, pare... — O esforço para não chorar faz o lábio inferior começar a tremer. Alexander bate a cabeça contra a parede e sai da frente de Tatiana.

— Por que faz isso, Alexander? Acredita que se agir dessa maneira me importarei menos com a sua partida? Vá em frente. Acredita que ficarei feliz de vê-lo ir embora? Que possa fazer alguma coisa capaz de me ajudar a suportar a sua ausência?

— É o que parece pensar — responde Alexander, recuando um pouco.

Tatiana o observa, e seus olhos se tornam mais claros por um momento.

— Ah, agora eu entendi. Não tem nada a ver comigo. — Ela solta um gemido. — Acredita que, se me imaginar ficando com cada idiota da aldeia, o seu sentimento por mim irá se apagar? Pensa que se eu o trair será mais fácil morrer, partir, me abandonar?

— Cale a boca!

— Não! — ela grita. — É o que quer, não é? Imaginar o pior para que eu deixe de ser sua esposa e passe a ser a vadia sem coração. Perfeito! E você fica livre porque sou a vadia que arrumou outro garanhão para substituí-lo em questão de minutos. — Está tão irada que cerra os pulsos.

— Disse para ficar quieta!

— Não! — grita Tatiana, saltando na base da chaminé para ficar mais alta e ganhar coragem. — O que você quer e precisa é imaginar algo impossível para se livrar de mim — diz, furiosa. — Não vou lhe dar esse prazer. Pode conseguir qualquer outra coisa, mas não vou me fazer de puta só para que se sinta melhor quando me deixar.

— Vai ficar quieta, está me ouvindo?

— Ou o quê? — desafia Tatiana. — Me faça parar, Alexander, porque eu não vou concordar com isso.

— É claro que não! — ele grita, dando um chute na leiteira, do outro lado da sala.

— Isso mesmo! — grita de volta. — Não vai conseguir. Quer brigar? Então vai ter de brigar.

Ele cerra os dentes e vem na sua direção.

— Você não sabe o que é uma briga.

Alexander a faz descer da chaminé, rasga o vestido, joga-a no piso de madeira, arranca sua calcinha, abre suas pernas e começa a se abaixar sobre ela.

Tatiana fecha os olhos.

Ele a trata com brutalidade. No começo ela não quer abraçá-lo, mas é impossível não abraçar aquele corpo angustiado.

— Soldado... — consegue dizer entre os gemidos. — Não pode me possuir nem pode me deixar...

— Posso possuí-la — sussurra.

De súbito emite um gemido de impotência, se afasta e vai para fora da cabana, deixando Tatiana no chão, curvada sobre si mesma, tossindo e arfando.

Ele fuma com mãos trêmulas, sentado no banco. Tatiana, enrolada num lençol branco, está parada na sua frente.

– Amanhã é nosso último dia em Lazarevo – diz com a voz abalada, mal conseguindo pronunciar as palavras. Ela não é capaz de fitá-lo e ele não é capaz de fitá-la. – Não façamos isso, por favor.

– Tudo bem, não façamos.

Ela deixa o lençol cair e se aproxima dos seus joelhos.

– Cuidado – diz Alexander, olhando para o cigarro.

– Agora é tarde para termos cuidado – responde Tatiana. – Nosso fim está próximo. De que vale ter cuidado com um cigarro?

Por um longo período, deitam-se no escuro, Tatiana com a cabeça no peito de Alexander, sem falar, sem se mover, quase sem respirar, sem terminar o que ele havia começado.

Finalmente, ele diz:

– Não posso levá-la comigo. É perigoso. Não posso arriscar...

– Psiu... – Tatiana beija seu peito. – Eu sei, Shura. Sou sua. Talvez desejasse que tudo fosse diferente, mas não é. Eu sou e sempre serei sua. Nada pode mudar isso. Nem a sua ira, nem os seus punhos, seu corpo, sua morte.

Alexander emite um som gutural.

– Meu amor... – Ela começa a chorar. – Somos órfãos, Alexander, você e eu. Temos apenas um ao outro. Eu sei que perdeu todos a quem amava, mas não vai me perder. Eu juro pelas nossas alianças de casamento, pela virgindade que você rompeu e pelo coração que você está partindo, pela sua vida que serei para sempre sua esposa leal.

– Tania – ele sussurra –, prometa que não irá me esquecer quando eu morrer.

– Você não vai morrer, soldado – ela diz. – Não vai morrer. Siga vivendo, siga respirando, agarre-se à vida e não deixe que vá. Prometa que vai viver por mim e eu prometo que quando você terminar estarei esperando. – Ela está soluçando. – Seja quando for, estarei aqui esperando.

A vida se revelava nas pequenas coisas. No marinheiro que a aguardava próximo à passarela da balsa na qual Tatiana embarcava todas as manhãs, que lhe sorria e dizia bom dia, oferecia uma xícara de café e um cigarro, e sentava-se com ela no deque durante a meia hora da travessia. Em Benjamin, o jogador da segunda base que, ao tentar agarrar uma bola perdida, chocou-se contra Tatiana, caiu sobre ela e demorou alguns minutos para se levantar. Tempo suficiente para Edward, na posição do receptor, vir até eles e dizer: “Comportem-se, estamos num jogo de *softball*, não no Ricardo’s”. Em Vikki passando batom em Tatiana todas as manhãs antes de sair para trabalhar e beijando-lhe a bochecha, e em Tatiana tirando o batom assim que saía do apartamento.

Manifestava-se na única manhã em que Tatiana não tirou o batom.

E na única noite de sexta-feira em que Tatiana não recusou o convite para ir ao Ricardo's.

A vida se manifestava no elegante corretor da Bolsa de Valores que tomou assento ao lado de Vikki e Tatiana em um café na rua Church e riu ao ouvir a conversa das amigas.

No pai da família que Tatiana ajudou a entrar no país e que mais tarde foi procurá-la em Ellis para pedir que se casasse com seu filho mais velho, que era um pedreiro e poderia sustentá-la com dignidade. O pai levou o filho para que Tatiana o conhecesse. Era um rapaz alto e forte, de cerca de dezoito anos e sorridente, que olhou para Tatiana com a expressão mais apaixonada do mundo. Tatiana tomou café com ele no refeitório de Ellis e explicou que se sentia lisonjeada, mas que não poderia se casar com ele.

A vida se manifestava nos dois almoços semanais que tinha com Edward.

Nos trabalhadores da construção civil e nos funcionários da Con Edison e no sorridente vendedor de cachorro-quente de quem ela havia comprado um lanche e uma Coca.

Tatiana passava o dia nos barcos, examinando os refugiados do pós-guerra que chegavam ao porto de Nova York e os acompanhando até a balsa que os levaria à Ilha Ellis ou atendendo-os quando chegavam à ilha. Durante a tarde, trabalhava no hospital da Universidade de Nova York e, andando por entre os leitos, prestava atenção a cada rosto masculino. Se *ele* viesse para os Estados Unidos, teria de entrar no país por estes dois lugares: Ellis ou NYU. Contudo, fazia quatro meses que a guerra havia terminado. Até o momento, apenas um milhão de soldados havia voltado para casa, dos quais cerca de 300 mil haviam passado por Nova York. Quantas vezes mais Tatiana perguntaria aos enfermos: "Onde você lutou? Onde estava aquartelado? Na Europa? Conheceu algum prisioneiro soviético nos campos de trabalhos forçados? Algum soldado soviético conversou em inglês com você?". Tatiana ia a cada barco que chegava pelo porto de Nova York, observando os incontáveis rostos dos fugitivos da Europa. Quantas vezes ouviu os soldados americanos contar as atrocidades que viram na Alemanha nazista? Quantas histórias do que aconteceu aos prisioneiros soviéticos nos campos alemães? Das centenas de milhares de mortos, dos milhões? Nem sangue nem penicilina poderiam ter salvado os soviéticos enquanto morriam de fome nos campos alemães. Quantas vezes ouviria a mesma história?

E à noite ia buscar Anthony na casa de Isabella, jantava lá com Vikki e conversavam sobre livros, filmes e moda. Voltavam para casa, colocava Anthony na cama e ficava no sofá com Vikki, lendo ou conversando. E na manhã seguinte começava de novo.

E depois começava outra semana.

E outra.

E outra.

Todos os meses, Tatiana e Anthony visitavam Esther e Rosa. Não tinham notícias.

Todos os meses telefonava a Sam Gulotta, que não tinha notícias.

Nova York crescia em número de edifícios sete vezes mais que o resto do país. A Europa atravessava uma severa reconstrução. Os refugiados que chegavam a Ellis passaram outra vez a ser imigrantes. Os veteranos de guerra receberam alta do NYU, permanecendo apenas os pacientes com recuperação de longo prazo. Todas as semanas, Tatiana verificava sua caixa de correio. Mas nunca ninguém lhe escreveu. Aguardava Alexander apesar de todos os contras, e ia ao cinema nas noites de sexta, e dançava nas noites de sábado e cozinhava e jogava *softball* no Central Park aos domingos, e lia livros em inglês, passeava com Vikki e amava o filho, e, quando se ocupava com tudo isso, observava o rosto e as costas de cada homem que passava por ela na esperança de que fossem de Alexander. Se ele pudesse tê-la procurado, teria. Ele não a procurou. Se pudesse ter encontrado uma maneira de escapar, teria. Ele não a encontrou. Se estivesse vivo, ela teria recebido notícias dele.

Ela não recebeu.

— Este é somente o início da sua vida, Tatia — ele diz a ela. — Após trezentos milhões de anos, continuará aqui.

— Sim — sussurra Tatiana. — Mas não com você.

CAPÍTULO TRINTA E TRÊS

A terra natal, 1945

O TREM FOI DETIDO UMA, duas, quinze vezes ao longo do caminho, sem que ninguém lhes informasse para onde se dirigiam. Alexander disse a Ouspensky que descobririam quando chegasse a vez de desembarcarem. Mas não descobriram. Trocaram duas vezes de trem, sempre no meio da noite. Alexander tinha a impressão de estar alucinando quando ouvia o ruído das correntes contra os trilhos e os degraus de metal. Pensava apenas em voltar para a cama e fechar os olhos.

Enquanto se dirigiam para o leste, em direção à terra natal dos prisioneiros de guerra acorrentados, Alexander e Nikolai compartilhavam uma tigela de mingau que derramava a cada sacudida do vagão.

O trem avançava pelas planícies e florestas que se estendiam do outro lado do Elba.

Alexander cobriu o rosto com o braço e viu o rio Kama coberto de gelo. A noite toda, na frente dele, o rosto sardento e sorridente de Tatiana.

O trem aumentou a velocidade ao atravessar as montanhas, passando pelos bosques de coníferas, pelos troncos cobertos com musgos e pelas cavernas do tesouro.

Passaram-se dias e dias, noites e noites, todo um ciclo lunar, e ainda não haviam chegado ao destino deles.

Recebiam mingau pela manhã e à noite.

À noite, fazia frio dentro do vagão. Lá fora, estendia-se o vasto platô do norte da Alemanha.

Alexander dormiu.

Sonhou com ela.

Tatiana desperta gritando, senta-se na cama e empurra algo que está na sua frente. Alexander acorda e senta-se atrás dela, ainda aturdido pelo sono.

— Tatia, Tatia — ele diz, segurando o braço dela.

Com uma força surpreendente, ela se solta dele num gesto assustado e furioso, e sem virar o corpo, acerta-lhe um murro no rosto. Alexander é pego de surpresa e não tem tempo de se defender. Seu nariz começa a sangrar como se tivesse aberto uma comporta. Agora está desperto. Ele a segura com mais força e grita na voz mais alta e gutural:

— Tatia!

O sangue continua saindo do nariz e escorrendo para o queixo e o peito. É madrugada e a lua cheia e azul ilumina a cabana apenas o suficiente para ver a silhueta nua de Tatiana, arfando à sua frente, e as gotas escuras caindo no lençol branco.

Tania se acalma, respira e começa a tremer. Ele decide que é seguro soltar seu braço.

– Shura, não vai acreditar no sonho que acabei de ter – diz, virando-se para ele.

– Meu Deus, o que aconteceu com você? – pergunta num sobressalto.

Alexander senta-se e leva a mão ao nariz.

Tatiana sai correndo da cama, pega uma toalha e volta para a cama, sentando-se com as costas apoiadas na parede, e puxa Alexander na sua direção.

– Venha aqui, rápido.

Reclina a cabeça de Alexander sobre seus joelhos, mantendo-a elevada enquanto segura o nariz com a toalha.

– Obrigado – disse numa voz anasalada –, mas assim não dá pra respirar. – Levanta a cabeça por um momento, cospe sangue e volta a apoiar a cabeça nela, deixando a toalha um pouco acima da boca.

– Desculpe, querido... – Tatiana sussurra. – Foi sem querer. Você não vai acreditar no meu sonho.

– Debo ter sido flagrado com outra bulher.

– Pior – ela responde. – Estava vivo, deitado imóvel na minha frente, e eu estava comendo você pedaço por pedaço. Eles...

– Quem são "eles"?

– Não dava para ver os rostos. Seguravam meus braços para trás e alguém cortava um pedaço da sua costela e enfiava na minha boca.

– Estava me comendo vivo?! – pergunta Alexander, olhando para ela.

Tatiana engole em seco e Alexander levanta a sobrancelha.

– Estava faltando... – Ela toca o corpo dele abaixo da costela direita – ... um pedaço da sua costela.

– Como sabe que eu estava vivo?

– Apenas seus olhos piscavam, implorando por ajuda. – Ela fecha os olhos. – Oh, Deus...

– E me deu um soco para me defender?

Ela concorda com a cabeça, olhando para ele com olhos mareados.

– Que foi que eu fiz? – sussurra.

– Quebrou meu nariz – ele responde espontaneamente.

Tatia começa a chorar.

– É brincadeira – ele diz, tentando tocá-la. – É brincadeira, Tatia. É apenas um sangramento. Já vai parar.

Alexander flagra em seu rosto uma expressão de remorso. Na mandíbula contraída, os resquícios do sonho.

– Estou bem, Tatia.

Vira-se para ela, beija um dos seus seios e apoia o rosto em seu peito enquanto ela o abraça.

– Você estava vivo – sussurra –, e eu era alimentada com a sua carne. Entendeu?

– Perfeitamente – responde Alexander. – E meu nariz sangrando é a prova.

Tania beija sua cabeça, e logo o sangue estanca.

– Vou me lavar. Amanhã cuidamos do lençol.

– Não vá. Vou buscar algo para limpá-lo. Temos água na cabana. Quer que eu o ajude a se sentar? Segure meu braço.

– Tatia, é só um nariz sangrando. Não estou morrendo.

Ele segura em seu braço, desce da cama e senta-se no degrau da lareira.

– Não, amanhã vai estar com um hematoma feio. – Umedece uma toalha e, sentando-se na lareira, limpa delicadamente o sangue. – Sou perigosa – murmura. – Veja o que eu fiz.

– Vou dizer uma coisa: nunca vi você tão louca assim. Estava em transe. Vejo na guerra homens que de repente passam a ter uma força que equivale à de dez homens. Não consegui segurá-la e você bateu com força.

– Estou vendo. Desculpe. Pronto, está limpo. Não tenha pesadelos comigo, Shura. Promete?

– Em que você está deitada na minha frente e eu estou comendo você? – perguntou com um sorriso. – Seria um sonho horrível.

– Nem esse nem qualquer outro. Precisa de ajuda para voltar para a cama?

– Acho que consigo sozinho.

Ela diz que já volta e sai, retornando um minuto depois com a toalha lavada na água gelada do rio Kama.

– Coloque sobre o nariz. Talvez não fique com hematoma.

Ele se deita com a toalha sobre o rosto.

– Não consigo dormir assim – reclama com a voz abafada.

– Quem quer dormir? – pergunta Tatiana enquanto se ajoelha entre as pernas dele. Ele geme embaixo da toalha. – O que posso fazer para me desculpar?

– Não consigo pensar em nada...

– Não?

Tatiana ronrona enquanto seus dedos delicados o acariciam e sua boca quente respira sobre a dele. Ele está dentro da boca dela, com a toalha fria e úmida cobrindo-lhe o rosto.

Pararam numa pequena estação em ruínas, onde desceram do trem e foram colocados em fileiras. Alexander havia colocado umas botas que não podiam ser suas porque eram muito pequenas. Aguardavam sonolentos no meio da noite, embaixo da luz trêmula de um único holofote. Um tenente tirou de dentro de um envelope um pedaço de papel e com voz pretensiosa leu que os setenta homens parados na frente dele eram acusados de crimes contra o Estado.

— Ah, não... — murmurou Ouspensky.

Alexander se mantinha impassível. Nada mais o surpreendia, e ele só queria voltar para a cama.

— Não se preocupe, Nikolai.

— Silêncio! — gritou o soldado. — São acusados de trair a nossa pátria, de trabalhar para o inimigo, de cozinhar para o inimigo, de construir barracões para o inimigo, de limpar as armas do inimigo enquanto estavam presos nos campos de prisioneiros de guerra. E a punição é severa nos casos de traição. De acordo com o artigo 58 do código 1B, devem ser encarcerados por no mínimo quinze anos em uma série de campos de correção da Zona II até chegar ao campo de Kolyma. O cumprimento da pena começa a contar a partir do momento em que pegarem as pás para reabastecer com carvão o nosso trem. As pás e o carvão estão no acostamento. A próxima parada será num campo de trabalho no leste da Alemanha. Agora, mexam-se!

— Ah, Kolyma, não — disse Ouspensky. — Deve ser um engano.

— Ainda não terminei! — gritou o soldado. — Belov, Ouspensky, um passo à frente!

Avançaram uns passos arrastando as correntes.

— Vocês dois, além de se deixarem capturar pelos inimigos, fato que automaticamente é castigado com quinze anos de prisão, também foram acusados de espionagem e sabotagem em tempos de guerra. Está privado de seu emprego e patente, capitão Belov, e o mesmo para você, tenente Ouspensky. Capitão Belov, sua pena é de 25 anos. Tenente Ouspensky, sua pena é de 25 anos.

Alexander permanecia como se aquelas palavras não tivessem sido dirigidas a ele.

— Escute, deve ser um engano — disse Ouspensky. — Não vou ficar 25 anos preso! Fale com seu superior.

— As ordens são claras!

O soldado agitou o papel na frente do nariz de Ouspensky.

— Não está entendendo, deve haver um engano — insistiu Ouspensky, meneando a cabeça. Olhou para Alexander, que o observava com fria perplexidade.

Ouspensky ficou calado enquanto abasteciam com carvão o depósito do trem a vapor, porém, quando voltaram para a cama, estava furioso de tal maneira, que Alexander estranhou.

— Chegará o dia em que serei livre?

— Daqui a 25 anos.

— Livre de você, digo — explicou Ouspensky, tentando virar-se de costas para Alexander. — Quando não estarei acorrentado com você, dormindo na mesma cama e comendo da mesma tigela?

— Por que é tão pessimista? Ouvi dizer que os campos em Kolyma são mistos. Quem sabe arrume uma esposa.

Sentaram-se no beliche. Alexander deitou-se imediatamente, e Ouspensky reclamou que não havia espaço para ele ao lado de um homem do tamanho de Alexander. O trem entrou em movimento e ele caiu da cama.

— O que há de errado com você? — perguntou Alexander, estendendo o braço para ajudá-lo a se levantar. Ouspensky não aceitou.

— Não deveria ter ouvido você e me entregado. Se eu tivesse confiado em mim, estaria livre agora.

— Ouspensky, você ainda não entendeu? Os refugiados, os condenados aos campos de trabalho, os russos que moravam na Polônia, na Romênia e até na distante Bavária! Da Itália, da França, da Dinamarca, da Noruega! Estão todos sendo mandados de volta e nas mesmas condições. O que o faz pensar que com você seria diferente?

Ouspensky não respondeu.

— São 25 anos! — exclamou Ouspensky. — Você também pegou 25 anos! E não se importa?

— Ah, Nikolai — suspirou Alexander. — Não, não me importo mais. Tenho 26 anos, e aos dezessete me mandaram para a Sibéria. — Se tivesse cumprido a primeira condenação em Vladivostok, estaria quase livre agora.

— Exato! Você, você, você! É sempre você! Desde o infeliz dia em que tive o azar de ficar ao seu lado no hospital de Morozovo que a minha vida gira em torno da sua. Por que devo pegar 25 anos só porque a maldita da enfermeira me colocou na cama adjacente? — Ele balançava a corrente.

— Calem a boca! — gritaram os outros prisioneiros.

— Essa maldita enfermeira era minha esposa — contou Alexander em voz baixa. — Veja só, Nikolai, como o seu destino está inexoravelmente ligado ao meu.

Ouspensky ficou vários minutos em silêncio.

— Eu não sabia — disse, por fim. — É claro. Enfermeira Metanova. Por isso achei o sobrenome de Pasha familiar. — Ficou quieto. — Onde ela está agora?

— Não sei.

— Já recebeu alguma carta?

— Você sabe que não. E eu não escrevi nenhuma. Tenho o tubo plástico de uma caneta que não funciona.

— Não entendo. Ela estava no hospital e sumiu de repente? Voltou para a casa da família?

— Não, estão todos mortos.

— Da sua família?

— Também mortos.

— Então, onde está?! — exclamou numa voz aguda.

— Isto é um interrogatório, Ouspensky?

Ouspensky ficou quieto.

— Nikolai?

Ouspensky não respondeu.

Alexander fechou os olhos.

— Eles prometeram — sussurrou Ouspensky. — *Prometeram* que nada de errado iria acontecer comigo.

— Quem prometeu? — perguntou Alexander de olhos fechados.

Ouspensky não respondeu.

Alexander abriu os olhos.

— Quem prometeu? — perguntou novamente, sentando-se na cama. Ouspensky recuou um pouco; apenas um pouco por causa da corrente que os unia.

— Ninguém — murmurou e deu de ombros, olhando desconfiado para Alexander. — Ah, isso é mais velho do que andar para a frente — disse, tentando não mostrar nenhuma emoção na voz. — Eles me procuraram em 1943, logo que nos prenderam, e me deram duas opções. A primeira era ser executado por um pelotão de fuzilamento, de acordo com o artigo 58. Pensei um pouco e perguntei qual era a segunda. Disseram que você era um perigoso criminoso — prosseguiu no tom de voz propositalmente monótono de um homem que não se importa com nada —, mas que precisavam de você para o esforço de guerra. Disseram que você havia cometido graves delitos contra o Estado, mas como nosso regime constitucional os obrigava a garantir os seus direitos, chegaram a dizer isso, eles não o executariam e esperariam que você mesmo se enforcasse.

Por isso Ouspensky nunca havia saído do seu lado.

— E pediram para você fazer o papel da forca, Ouspensky? — perguntou Alexander, apertando a corrente com as mãos crispadas.

Ouspensky não protestou.

— Ah, Nikolai... — disse Alexander desanimado.

— Espere...

— Não quero ouvir mais nada.

— Espere...

— Não! — gritou Alexander, lançando-se sobre ele. Desesperado e furioso, agarrou Ouspensky pelo pescoço e golpeou sua cabeça contra a parede do vagão. — Não diga mais nenhuma palavra!

— Deixe eu explicar... — disse Ouspensky, respirando com dificuldade, sem conseguir se soltar de Alexander.

Alexander voltou a golpear a cabeça de Nikolai contra a parede.

— Ei, falem baixo — disse um prisioneiro. Ninguém queria se envolver na discussão. Um homem a menos significava um pedaço de pão a mais.

Ouspensky estava engasgado e o nariz sangrava devido ao trauma na parte de trás da cabeça, e ele não revidava.

Alexander deu um soco no rosto de Ouspensky, ele caiu da cama e Alexander começou a chutá-lo com a bota.

— Tenho estado ao seu lado todos os dias há mais de dois anos — disse numa voz tão fraca, que assustou até Alexander.

Estava perigosamente perto de matar outro ser humano num acesso de fúria. Não era a mesma raiva imediata e descontrolada que sentira por Slonko. Sua fúria contra Ouspensky tinha um quê de raiva de si mesmo por ter baixado a guarda e, mais ainda, uma dor assombrosa por ter sido traído por tanto tempo e pela pessoa mais próxima. Aquele sentimento enfraquecia Alexander em vez de fortalecê-lo, e ele parou de chutar Ouspensky; afastou-se, e se afundou na cama.

Ouspensky não falava nada enquanto recuperava o fôlego e limpava o sangue do rosto. Quando falou, sua voz era baixa:

— Naquele momento eu não queria morrer — disse. — Ofereceram uma oportunidade de eu escapar da morte. Disseram que, se eu descobrisse que você havia ajudado sua mulher a escapar ou que você era um americano como eles suspeitavam, eu seria solto e poderia voltar para casa, para a minha esposa e meus filhos.

— Está claro que foi uma boa oferta — disse Alexander.

— Eu não queria morrer! — exclamou Ouspensky. — Você, mais do que ninguém, entende. Todos os meses eu tinha que entregar um relatório descrevendo o que você tinha dito ou feito. Ficaram bastante interessados na nossa conversa sobre Deus. Uma vez por mês, era levado ao comando da NKGB e interrogado. "Suspeitou de algo? Ele fez algo que o denunciasse? Usou frases ou palavras diferentes ou estrangeiras?" Por essas informações, minha esposa recebia um vale mensal extra de ração e um aumento no que ela recebia do meu soldo. E eu recebia uns rublos a mais para gastar com...

— Me vendeu por algumas moedas, Nikolai? Me vendeu para pagar umas putas?

— Você nunca confiou em mim.

— Confiei sim — respondeu Alexander, com os punhos fechados. — Embora não lhe contasse nada, eu o considerava digno de confiança. Defendi você para o meu cunhado. — Agora Alexander compreendia. — Desde o início Pasha suspeitou de você e tentou me avisar.

Pasha conseguia ver as pessoas por dentro, como Tatiana. Alexander grunhiu alto. Ele não tinha ouvido o cunhado, e agora vinha a confirmação. Teria contado tudo a Ouspensky, apenas não quis colocar sua vida miserável em risco.

Ouspensky fez uma pausa.

— Contei tudo que sabia de você. Contei que conversou em inglês com os americanos em Colditz e com os ingleses em Catowice. Contei que queria se render. Contei tudo que sabia. Por que ainda peguei 25 anos de cadeia?

— Veja se consegue descobrir.

— Não sei por quê!

— Porque você vendeu sua alma por uma liberdade ilusória. Está mesmo surpreso de ter perdido as duas? Acredita que em algum momento pensaram em cumprir com a palavra? Acredita que se preocupam com você só porque passou algumas informações que eles já sabiam? Ainda não encontraram minha esposa. E jamais a encontrarão. Estou surpreso de terem dado apenas 25 anos. — Alexander baixou a voz. — Normalmente, a recompensa é eterna.

— Sempre leva tudo para o lado pessoal! Eu vou para a cadeia e você...

— Nikolai, estou acorrentado a você pelos últimos dois meses — disse Alexander. — Por quase três anos comemos no mesmo capacete e bebemos do mesmo cantil.

— Sou leal ao meu país — declarou Ouspensky com uma voz fraca. — Eu *quis* ser leal. Quis que me protegessem. Disseram que você acabaria morto, com a minha colaboração ou não.

— E por que agora me conta tudo isso?

— E por que não? — a voz de Ouspensky havia baixado para um sussurro.

— Quando vou aprender? Nunca mais quero que fale comigo — declarou Alexander. — Se insistir, sei como obrigá-lo a ficar quieto.

— Então me obrigue — provocou Ouspensky, com a cabeça abaixada.

Alexander chutou a corrente e se afastou o máximo possível de Ouspensky.

— Morrer é pouco para você — disse, virando-se para a parede.

Não era fácil saber para onde se dirigiam. Era uma noite quente de verão, e a brisa que entrava pela pequena abertura no vagão carregava o aroma do bosque.

Alexander fechou os olhos e esfregou o nariz, recordando vividamente a toalha molhada e a boca de Tatiana sobre o seu corpo. Quanto mais o trem avançava, mais intensa se tornava a lembrança, a ponto de Alexander quase soltar um gemido porque lhe pareceu que o sangue voltava a pingar no lençol branco e que Tatiana segurava sua cabeça e a colocava em seu busto, murmurando: "Estava comendo você vivo, Shura".

CAPÍTULO TRINTA E QUATRO

Jeb, novembro de 1945

TATIANA ACEITOU SAIR PARA JANTAR COM EDWARD. Vestiu-se um pouco melhor do que o habitual, com uma saia azul e um suéter de lã bege, mas se recusou, apesar da insistência de Vikki, a soltar o cabelo, deixando-o preso numa longa trança, e a usar maquiagem. Colocou o casaco e o cachecol e sentou-se no sofá com Anthony para olhar um livro de figuras.

— O que a preocupa? — perguntou Vikki, recolhendo os jornais espalhados sobre a mesa. — Vocês almoçam juntos todo o tempo. Vai apenas mudar o nome da refeição.

— E o dia pela noite.

— Isso também.

Tatiana não disse nada e fingiu estar entretida com o livro de Anthony.

Edward apareceu de calça social e blazer. Vikki disse que estava elegante e Tatiana concordou com o elogio. Edward era alto e esbelto e sempre ficava bem em um terno ou na roupa branca de médico. Tinha um olhar sério e gentil. Tatiana sentia-se confortável ao seu lado, mas ao mesmo tempo incomodada.

Edward a levou ao Sardi's, na rua 44. Tatiana tomou um coquetel de camarão e comeu um filé, depois bolo de chocolate e café.

Após um silêncio incômodo, ela passou todo o jantar ouvindo Edward responder às suas perguntas. Perguntou-lhe da carreira de médico e de cirurgião, dos feridos e dos enfermos, dos hospitais em que havia trabalhado e o porquê de ter escolhido ser médico, e se havia feito a escolha certa. Perguntou sobre os lugares que conhecia nos Estados Unidos e sobre os lugares que conhecia no exterior, e de tudo que havia visto, qual era o seu lugar preferido. Ela olhou direto em seus olhos e sorriu nos momentos certos.

E em algum ponto entre o pedido para que embrulhassem o bolo de chocolate para viagem e a chegada da conta, enquanto Tatiana ouvia e assentia com a cabeça levemente inclinada para o lado, ela viu uma imagem com todas as cores dela sentada com Edward na sua frente em uma mesa parecida com a do restaurante, mas ambos eram mais velhos e rodeados das filhas crescidas.

Tatiana se levantou e perguntou as horas ao garçom.

— Dez horas? Minha nossa, é tarde! Preciso voltar para Anthony. Foi uma noite muito agradável, obrigada.

Edward, um tanto desconcertado, a levou para casa de táxi.

Tatiana olhou pela janela durante o trajeto e, quando se aproximaram da rua 23, Edward disse:

— De onde tira tanta paciência? Devo tê-la aborrecido falando o tempo todo de mim.

— De maneira alguma — respondeu Tatiana. — Você foi fascinante. Sabe que gosto de ouvir histórias.

— Da próxima vez, vamos falar de você.

— Minha vida é um tédio. Nada interessante para contar.

— Há dois anos está nos Estados Unidos. Do que gosta?

— Das pessoas — respondeu sem titubear.

Edward riu.

— Mas você conhece apenas imigrantes!

— São americanos autênticos — disse, meneando a cabeça. — Estão em Nova York pelos motivos corretos. Nova York é uma cidade maravilhosa.

— E do que mais você gosta?

— Do bacon delicioso — respondeu Tatiana. — Também do conforto. Tudo que os americanos criam e produzem é para facilitar a vida. A música é agradável e as roupas são confortáveis. As mantas não pinicam. Há leite e pão para comprar perto de casa. Os sapatos são do tamanho certo. As cadeiras são macias. É gostoso viver aqui. — Olhou pela janela ao passarem pela rua 14. — Há tanto que nem valorizam — acrescentou baixinho.

O táxi estacionou próximo à porta do edifício.

— Bem... — ela disse.

— Tatia... — Edward disse num tom emotivo.

Tatiana deu um beijo no rosto de Edward e disse:

— Obrigada pela noite adorável — e saiu rapidamente do carro.

— Nos vemos na segunda — ele gritou, mas Tatiana já passava pelas portas instantaneamente abertas por Diego, o porteiro romeno, com uma reverência.

Tatia. Tatia.
Ouço-o me chamando.
Viro e ele está lá, vivo e chamando meu nome.
Tatia, Tatia.

Viro-me, devo me virar e ele está lá, uniformizado, o fuzil pendurado no ombro, correndo para mim, sem fôlego.

Ainda tão jovem.

Por que o ouço tão claramente?

Por que sua voz ecoa na minha cabeça?

Em meu peito.

Nos meus braços e dedos, em meu coração quase parando, no vapor do meu hálito frio?

Por que grita tão alto, por que é ensurdecedor?

À noite tudo fica em silêncio.

Mas durante o dia, entre a multidão...

Caminho devagar, sento-me, sempre lentamente, e ouço-o me chamar.

Tatia, Tatia...

Por que ouço seu chamado?

Ele não me pediu para ouvir o vento estelar?

Serei eu, ele sussurrou, chamando-a de volta.

A Lazarevo.

Por que então agora ele GRITA?

Estou aqui, Shura! Pare de me chamar.

Não vou embora.

Tatia Tatia...

Numa tarde de sábado fria e luminosa, Tatiana, Vikki e Anthony foram, como de costume, passear na feira da Segunda Avenida. Vikki falava sem parar e Tatiana não prestava muita atenção, segurando Anthony pelos ombros porque o menino queria empurrar o próprio carrinho, o que fazia chocando-o contra o tornozelo dos pedestres. Vikki carregava toda a compra, sem perder nenhuma oportunidade de reclamar da injustiça da divisão das tarefas.

— E você pode me explicar por que se recusa a sair com Edward de novo?

— Não recusei — disse, gentilmente, Tatiana. — Disse a ele que preciso de um pouco mais de tempo. Preciso me acostumar. Mas ainda almoçamos juntos.

— Almoço não tem graça. Não é o mesmo que jantar. Edward reconhece um fora quando leva um.

— Não é um fora... apenas pisei no freio.

Vikki já havia pulado para outro assunto.

— Sei que você quer bacon e pão para o jantar, mas será que podemos comer algo diferente, além de pão e carne? Que tal espaguete com almôndegas?

— De que é feito espaguete?

— Como vou saber? Eles brotam em Portugal, como as azeitonas, e minha avó os compra em lojas especializadas.

— Não. Espaguete é feito de farinha.

— E daí?

— Almôndegas são feitas de carne.

— E daí?

Tatiana não respondeu. Na metade do quarteirão, avistou a silhueta alta de um homem. Segurou Anthony com mais força enquanto tentava ver através da multidão que caminhava pela Segunda Avenida. Ela levantou o rosto e deu um passo à direita, tentando caminhar mais depressa.

— E daí?

— Ande mais depressa, Vikki. Com licença — dizia às pessoas à sua frente. — Com licença, por favor.

— Por que a pressa? Você não respondeu à minha pergunta. Tatia!

— Pergunta?

— E daí? Foi o que perguntei. E daí?

— Espaguete e almôndega também são pão e carne. Com licença... — repetia Tatiana às pessoas à sua frente, obrigando Anthony a andar mais depressa do que suas perninhas aguentavam. — Vamos, filho, deixe de preguiça.

Mas ela não prestava atenção em Anthony, em Vikki ou nas pessoas que tirava da sua frente com o carrinho. Ninguém gostava de ser atingido nos tornozelos por um carrinho de bebê puxado por uma mulher russa violenta, nem mesmo em bairros russos, especialmente neles, e Tatiana entendia muito bem as ofensas pronunciadas na sua língua-mãe.

— Vamos, Vikki! — Pegou Anthony no colo, entregou o carrinho para Vikki, que já carregava todas as sacolas, e saiu apressada. — Tenho que...

Não terminou a frase e saiu correndo. Desceu da calçada e correu ao lado da sarjeta, tentando alcançar dois homens que andavam meio quarteirão à frente. Ao se aproximar, sem fôlego, estendeu o braço e tocou a mão no braço do homem e tentou dizer "Alexander?", mas não conseguiu pronunciar nada.

O homem era alto e tinha ombros largos. Tatiana não retirou a mão até ele se virar e sorrir. Tatiana corou, recolhendo o braço e desviando o olhar, mas era tarde.

— Sim, querida? — ele disse. — Posso ajudá-la?

— Desculpe, pensei que fosse outra pessoa — balbuciou em russo, esquecendo momentaneamente o inglês.

— Posso ser quem você quiser, boneca. Quem quer que seu seja?

Naquele momento, Vikki os alcançou, carregando o carrinho de bebê e as sacolas de compra.

— Tatia! — exclamou, desconcertada. — O que pensa que está... — Interrompeu a frase quando viu os dois homens e sorriu.

O mais alto disse que se chamava Jeb e que o seu amigo era Vincent. Jeb tinha cabelo escuro, mas o resto era diferente. Era o rosto de Jeb, e não o do marido de Tatiana. Entretanto, naquela tarde de sábado, olhando para os olhos simpáticos e sorridentes de Jeb, Tatiana sentiu uma pontada de desejo. Um sopro de desejo.

Alguns minutos mais tarde, quando haviam voltado a andar, Vikki disse:

— Por que com você é tudo ou nada, Tatia? Ignorou os homens durante anos e de repente empurra as senhoras com o carrinho de bebê e sai correndo atrás de um desconhecido. O que há de errado com você?

Jeb telefonou no dia seguinte.

— Está louca? Deu o número do nosso telefone para ele? — protestou Vikki. — Não sabe de onde ele vem!

— Eu sei. Ele veio do Japão — respondeu Tatiana. — Era marinheiro.

— Não entendo você. Não sabe nada sobre ele. E eu passei dois anos tentando fazer você sair com o Edward...

— Vikki, não quero que o Edward sirva de estepe. É um homem bom demais para isso.

— Tenho certeza de que não é o que Edward pensa. Quer que Jeb seja o estepe?

— Não sei.

— Bem, serve para você — opinou enfaticamente Vikki. — Não gostei do jeito que olhou para você. Não acredito que de todos os homens do mundo você escolheu *justo* um de que eu não gosto.

— Com o tempo vai gostar dele.

Mas Vikki nunca gostou dele. Tatiana sentia-se muito envergonhada para sair sozinha com Jeb, então o convidou para jantar.

— O que vai preparar? Ovos e bacon? Sanduíche de bacon, alface e tomate? Ou repolho recheado... com bacon?

— Repolho recheado é uma boa ideia. Com pão.

Jeb veio para o jantar. Vikki não foi para o quarto um minuto sequer, e Anthony passou a noite embaixo da mesa. Por fim, Jeb foi embora.

— Não gostei de como ele olhou para você da primeira vez e gostei menos ainda agora — declarou Vikki. — Não o acha prepotente?

— O quê?

— Interrompia você sempre que começava a falar. Sempre com um sorriso, e bem falso. E percebeu como ignorou seu filho?

— E como poderia ignorar Anthony? Graças a você ele ficou a noite toda embaixo da mesa!

— Não acha que Anthony merece um homem melhor que Jeb?

— Acho — concordou Tatiana. — Mas o homem melhor não está aqui. O que eu posso fazer?

— Edward é melhor do que o Jeb.

— Então por que você não fica com o Edward? Ele está disponível.

— E você acha que não tentei! — disse Vikki. — Ele não está interessado em *mim*.

Vikki tinha razão sobre Jeb. Ele *era* possessivo e prepotente. Mas Tatiana não resistia: desejava sentir a agonia de seus braços fortes a envolvendo.

Tatiana pensou em Alexander. Imaginou-o e, em sua imaginação, criou o tipo de inferno que apenas os verdadeiros masoquistas são capazes de criar: o louva-a-deus macho que se aproxima da fêmea sabendo que, assim que acabar com ele, ela cortará sua cabeça e o devorará. Mesmo assim, ele se arrasta até ela de olhos fechados e coração apertado, se arrasta até os portões da vida e da morte, agradecendo a Deus por estar vivo.

— Tatia, vai me perdoar quando eu morrer?

— Vou perdoá-lo de tudo.

Algumas semanas antes do Natal, quando Tatiana foi buscar Anthony na casa da avó de Vikki, Isabella ofereceu-lhe uma xícara de chá e sentou-se ao seu lado.

— O que você tem, Tatia?

— Nada.

Isabella a observava.

— Gostaria que fosse mais fácil ter fé — disse Tatiana, olhando para as mãos.

— Fé em quê?

— Fé na vida. Fé de que estou fazendo o que deveria fazer.

Não quero esquecê-lo, era o que tinha vontade de dizer.

— Querida, é claro que está fazendo o que deveria fazer — disse Isabella. — Seguindo em frente como fazem as mulheres que perderam seus maridos. Seguir em frente e ter fé na vida.

— E se ele não estiver morto? — sussurrou Tatiana. — Preciso de prova para ter fé.

— Mas, querida, caso tivesse alguma prova, então não seria fé.

Tatiana não contestou.

— Você se arma de coragem e segue adiante — disse Isabella —, exatamente como tem feito.

— Isabella, minha querida, você sabe que sou a rainha da coragem. Mas a cada dia fica mais difícil.

Odeio cada dia que me afasta ainda mais dele, pensou.

— É quando mais precisa ter fé: quando tudo ao redor é escuridão. — Isabella olhava para Tatiana com preocupação. — Querida, agora está melhor do que antes, não está? Estava tão triste quando chegou a Nova York. Não está melhor?

— Estou, Isabella — respondeu Tatiana. Sua vida exterior estava melhor, mas por dentro era a medalha de Alexander que a dominava, e a maldita palavra Orbeli.

— Iria se sentir melhor se tivesse outras provas além da certidão de óbito?

Tatiana não respondeu. O que *poderia* dizer?

— Reze para que esteja morto, querida. Reze para que esteja em paz, que esteja livre de qualquer tormento. Que não esteja ferido. Ele está livre e é o anjo da guarda que a protege.

— Isabella, não diga que ele está morto. Se eu pensar assim, é mais difícil continuar vivendo. Uma bala e eu estarei ao seu lado.

— E quem irá perdoá-la por deixar seu filho órfão? — indagou Isabella?

— Por que não? *Ele* morreu e deixou o filho órfão.

— Se é tão difícil, acredite que ele está vivo.

— Se ele está vivo, como posso seguir com a minha vida? — O gemido que Tatiana emitiu expressou tanta dor que Isabella empalideceu e afastou alguns centímetros a cadeira em que estava sentada.

— Ah, Tatia... — sussurrou Isabella. — O que posso fazer para ajudá-la?

— Não pode me ajudar — declarou Tatiana. Ficou em pé, chamou Anthony e pegou a bolsa que estava no chão. — Deve ser bom poder ver as coisas com clareza. Afinal, por que não? Você continua com Travis. É fácil ter fé quando se tem uma prova viva.

— Você também tem a sua prova viva — disse Isabella, apontando para Anthony, que acabava de entrar na sala e se lançava nos braços da mãe.

— Mamãe, quer *sorrrvete* pra janta.

— Tudo bem, filho.

E Anthony jantou sorvete.

— Mamãe, por que o Timothy tem papai e o Ricky tem papai e o Sean também?

— Por que pergunta isso, meu amor?

Estavam a caminho do jardim de infância que Anthony havia começado a frequentar fazia duas semanas. Tatiana achava que o filho passava tempo demais apenas com adultos e gostaria que ele convivesse com crianças da sua idade. Tempo demais com Isabella. Ele franzia o cenho como um adulto. Ele falava com fluência e era demasiado pensativo e sério para uma criança de dois anos e meio. Por isso considerou que seria bom ir à escolinha.

— Por que eu não tenho pai?

— Querido, você tem pai, só não está aqui. Como o pai do Mickey, do Bob e do Phil. Os pais deles não estão aqui, e são as mães quem cuidam deles. Você tem sorte. Tem a mamãe, a Vikki e a Isabella...

— Mamãe, quando o papai vai voltar? O pai do Ricky voltou e leva ele pra escola de manhã.

Tatiana tinha o olhar perdido na distância.

— Ricky pediu o papai de volta pro Papai Noel. Também vou pedir...

— Vamos ver, querido — sussurrou Tatiana.

— A guerra acabou — Anthony disse. — Por que ele não volta? — Não deixou a mãe beijá-lo na porta da escola, nem entrar com ele. Endireitou os ombros, franziu o cenho e entrou sozinho na escola, carregando a lancheira.

Os quatro estágios do luto. O primeiro é o choque. Em seguida vem a negação, que havia durado até aquela manhã. A partir de hoje, a próxima fase, a raiva. Quando chegaria a aceitação?

Esqueça a aceitação. Tatiana ficaria satisfeita se chegasse ao alívio. Quando viria o alívio?

Estava tão brava com Alexander. Sabia perfeitamente que Tatiana não tinha interesse em continuar vivendo sem ele. Havia imaginado que ela estaria melhor nos Estados Unidos pós-guerra, entre pequenas comodidades, rádios e promessas de uma televisão do que no Gulag?

Espere... E Anthony? Anthony não era um espectro, mas um garoto real, que teria nascido de qualquer maneira. Qual seria o seu destino?

Tatiana contemplou as águas da baía. Quanto tempo levaria para que pulasse na água e nadasse como o último peixe do oceano em direção ao mar gelado de inverno? Nadaria cada vez mais devagar até parar, e do outro lado da vida Alexander estenderia a mão e perguntaria por que ela havia demorado tanto a chegar. Estive esperando, esperando... diria.

Tatiana se afastou da murada do barco. *Não. Do outro lado*, pensa Tatiana, *ele balança a cabeça para mim e diz: "Olhe para seu filho perfeito, Tatia. Tem sorte de poder tocá-lo. Pudera eu tocá-lo. Saiba que, de onde eu estiver, meu desejo é tocar meu menino".*

Retraiu-se para o seu mundo interior, para o compartimento onde habitava Tatiana Metanova, fechou a porta e sentou-se no chão com a mochila preta. Naquele quarto não havia Anthony, Isabella, Edward, Jeb. Havia apenas Tatia e Shura mergulhando no rio Kama, disputando quem pegaria um peixe com a mão. Alexander sempre ganha, porque é rápido como um raio e enxerga bem embaixo d'água.

Existiam apenas Tatia e Shura. Ela o está ensinando a fazer panquecas, mas ele não consegue tirar os olhos dela, e não presta atenção na receita.

– Quantas vezes terei de explicar a receita, Shura? – pergunta Tatiana.

– Bem, já foram três vezes. Não posso fazer nada. Você fica tão linda quando cozinha.

– Shura...

Mas é tarde. A massa da panqueca não vai para o fogo.

Ela fecha com violência a porta do maldito quarto. Ela odeia aquele quarto. Preferia tê-lo queimado quando estava em Estocolmo. Todo o restante havia sido incinerado, por que não aquilo também?

Anthony precisava da mãe. Não podia ser um órfão nos Estados Unidos nem na União Soviética. Aquele garotinho doce de cabelos escuros, mãos meladas e boca suja de chocolate não podia ser abandonado também pela mãe. Tatiana estremecia quando acariciava os cabelos negros do filho.

– Deixe-me lavar seu cabelo, Shura – ela diz, sentada no chão, olhando para a clareira.

– Está limpo, Tatia. Nós o lavamos hoje cedo.

– Ah, por favor. Vamos nadar. Deixe-me lavá-lo...

– Tudo bem. Mas só se eu puder lavar...

– Pode fazer o que quiser. Venha comigo.

Ela estremecia todas as vezes que olhava para o filho.

Naquela noite, Tatiana sentou-se na escada de incêndio sem casaco nem boia, respirando em silêncio a brisa fria do oceano. Era tão perfumada. Ela sabia que no mundo havia apenas uma cidade mais bonita do que Nova York.

Nova York pulsava todos os dias como se fosse o coração do mundo. Não havia apagões noturnos, todos os edifícios permaneciam iluminados como eternos fogos de artifícios. Não havia rua que não estivesse lotada de gente, em que não houvesse aberturas no solo de onde saíssem vapores, nem avenidas onde trabalhadores não estivessem nos postes puxando novas linhas de telefone e de eletricidade, desmontando os trilhos dos trens elevados. O constante ruído das novas construções que começava às sete da manhã, com o ruído dos ônibus, das buzinas e dos táxis amarelos. As lojas estavam repletas de mercadorias; os cafés, de *cookies*; os restaurantes, de bacon; lojas com livros, vinis e câmeras polaroides; à noite, música transbordando de bares e cafés; e casais apaixonados, muitos, sob as árvores, nos bancos; amantes em uniforme militar, casacos de médico e sapatos de enfermeiras. No Central Park, aonde iam todos os finais de semana, cada lâmina de grama estava ocupada por uma família. No lago, navegavam centenas de barcos durante o dia.

E depois anoitecia.

No oceano, com o braço estendido em direção a Deus, estava a Estátua da Liberdade, e na escada de incêndio estava Tatiana. No Réveillon, na noite de Natal, na noite de 23 de junho e na de 13 de março, Tatiana sentava-se na escada de incêndio às três da madrugada e tentava escutar a respiração de um homem do outro lado do oceano.

As brasas começam a esfriar. Ele terminou e adormeceu. Exausto, deixou-se ficar sobre Tatiana por alguns minutos e dormiu profundamente. Ela não tentou movê-lo. Seu corpo pesado é uma bênção sobre ela, tão próximo. Pode sentir seu cheiro e beijar o cabelo úmido e sua bochecha coberta de cerdas. Acaricia seus braços. É louca por aqueles braços musculosos.

— Shura — sussurra. — Você me ouve, soldado?

Tatiana continua abraçada a ele, ouvindo sua respiração, ouvindo o estalar da madeira virando cinzas e o som da chuva e o uivo do vento, enquanto lá dentro está aconchegante. Ouve sua respiração tranquila. Quando ele dorme, ele continua feliz. Não é incomodado por pesadelos, pela tristeza. Está respirando. Tão sereno, tão completo, tão vivo.

Tatiana sabia que o mais difícil era seguir adiante. Todas as manhãs levava o filho à escola e ia atender aos imigrantes em Ellis. Às vezes comprava pêssegos, e havia sempre o vento no porto, cujas palavras Tatiana tentava ouvir e nunca conseguia, e tentava ouvir o Deus no qual Alexander acreditava falar com ela, e também não conseguia.

Não lamentava a própria vida, pois possuía tudo de que precisava para seguir em frente.

Sabia que no início havia sido mais difícil, no entanto não entendia por que no presente sentia-se ainda mais desesperada. Aparentemente, não sofria. Mas em seu interior, sentia uma acomodação, como se...

Podia fechar os olhos e imaginar uma vida...

Sem ele.

Imaginar esquecê-lo.

A guerra havia acabado.

A Rússia havia acabado.

E Tatiana e Alexander também haviam acabado.

Tudo existira em outro momento, mas agora havia apenas as palavras para aplacar a dor. Palavras em inglês, um novo nome, e pairando sobre tudo isso, como uma manta protetora, a vida incrível, pulsante e generosa nos Estados Unidos. Uma identidade nova num país imenso e dourado. Deus facilitara o esquecimento de Alexander. "A você, ofereço isto", disse Deus. "Dou-lhe liberdade e dias ensolarados, calor e conforto. Dou-lhe verões em Sheep Meadow e Coney Island, e dou-lhe Vikki, sua amiga para sempre, e Anthony, seu filho por toda a vida, e Edward, para o caso de desejar amar outra vez. Dou-lhe juventude e beleza, caso queira alguém diferente de Edward para amá-la. Dou-lhe Nova York e sua energia pulsante, suas estações e seu Natal! E beisebol e música e ruas pavimentadas e geladeiras, carros e um terreno no Arizona. Dou-lhe tudo. A única coisa que peço em troca é que o esqueça e que aceite meu presente".

Tatiana baixou a cabeça e aceitou.

Uma semana passou voando. E com ela veio o trabalho carregado de pessoas em cujos olhos Tatiana podia ver o quanto era importante, e Edward, em cujos olhos Tatiana podia ver o que ela significava para ele, e Vikki, sua amiga temperamental, e que sempre expressava em seus olhos o que Tatiana significava para ela. Foram ao cinema, aos espetáculos da Broadway e a um curso de enfermagem avançada na Universidade de Nova York. Tatiana colocou um vestido bonito e sapatos de salto e foi ao Ricardo's, e no bar foi que se deu conta de que outra semana havia se passado, como se tivesse sido arrastada pela vida e Alexander estivesse ficando cada vez mais distante...

Tatiana deixou de ouvir o vento estelar. Mas todas as manhãs pegava a embarcação para Ellis e via apenas uma coisa enquanto o barco avançava pelas águas da baía.

Não era um segundo amor, ou terceiro, nem quarto ou quinto. Nenhum músico, nem Ricardo's, Jeb ou alguma bênção. Via os olhos de Alexander mostrando a Tatiana o que ela havia significado para ele. A cada dia de esquecimento, de desejo pela vida, era um dia de ver seus olhos expressando o que Tatiana significava para ele.

América, Nova York, Arizona, o fim da guerra, a reconstrução febril, o *baby boom*, dançar de salto alto, os lábios carmim... o que *ela* havia significado...

Para *ele*.

Se significara pouco para ele, o que restou de tudo? A União Soviética, nada mais? Os dois cômodos retangulares da casa na *Fifth Soviet*, um documento de identidade local e uma *dacha* para levar o filho no verão. Estaria sempre no final da fila, puxando o gorro sobre as orelhas no meio da nevasca.

Cada dia de esquecimento era um dia de remorso. *Como pôde me esquecer*, pensava ouvir Alexander dizer, *se fui eu quem lhe ensinou tudo? Como pôde me esquecer tão rapidamente, quando dei a minha vida para salvar a sua?*

Rapidamente?

Estava ficando repetitiva até para si mesma. *Rapidamente.*

Rapidamente a terra a tragaria.

Rapidamente a água a engoliria.

Rápido, rápido, rápido... esqueça-o rápido para poder se deitar com Jeb.

Esqueça, Tatia, para poder se deitar com o segundo, o terceiro, o quarto... Alexander está morto... vi-va, vi-va.

Os meses, os meses, os meses, os meses.

Alexander, Alexander, Alexander, Alexander.

Tatia, Tatia...

Sei que é ele quem grita meu nome. O cavaleiro implacável me chamando de volta, de volta...

A Lazarevo...

Desfrutamos do êxtase e do abandono como se soubéssemos que teria de durar nossa vida inteira.

Vê a lamparina de querosene ao lado da cama desfeita? Vê a chaleira de água que fervi para você e a bancada que você construiu para mim e para as batatas que nunca colhemos e para a torta que nunca fizemos? Vê o cigarro que enrolei, as roupas que lavei, minhas mãos sobre você, meus lábios sobre seu corpo e meu ouvido contra seu peito, ouvindo as batidas do seu coração? Diga-me, vê tudo isso na sua frente, ao seu redor e dentro de você? Como eu vejo?

Se estiver vivo, incansável Alexander, que Deus o proteja.

Mas se for um anjo olhando por mim, não venha aqui, não me siga até as montanhas da superstição, não venha aqui onde há frio e escuridão ao meu redor. Moro no deserto onde contemplo o vento e as flores silvestres na primavera.

Não venha.

Venha ao lugar para onde me lanço, siga meu voo por cima dos oceanos, dos mares e dos rios que nos separam. Dê-me sua mão e me deixe guiá-lo entre os pinheiros, e molhar os pés no rio Kama, enquanto o sol está no topo dos montes Urais prometendo outro dia, e um dia a menos, a cada pôr do sol multiplicado por 29, um dia a mais, um dia a menos, e girando de novo. Venha comigo para o rio, vamos nadar contra a correnteza e alcançar a outra margem. Você nada um pouco temeroso de que eu seja carregada pela corrente para dentro do Mar Cáspio. Eu grito "nade mais rápido, mais rápido", e você sorri e nada mais rápido, sem tirar os olhos de mim. Está sempre um pouco à frente, o rosto radiante voltado para mim. Venha comigo para lá, apenas mais uma manhã, mais uma fogueira, mais um cigarro, mais um sorriso, mais um banho de rio, mais um, mais um... alskär *dentro da eternidade a que chamamos Lazarevo, meu Alexander.*

CAPÍTULO TRINTA E CINCO

Oranienburg, Alemanha, 1945

QUANDO DESCERAM DO TREM, Alexander não sabia dizer em que mês estavam. Fazia tempo que havia se separado de Ouspensky e se acorrentado a um tenente loiro e simpático, Maxim Misnoy, que falava pouco e dormia muito. Ouspensky, com o maxilar quebrado, viajava em outro vagão.

Durante a viagem de trem, Maxim Misnoy contara um pouco da sua vida. Havia se voluntariado para ir ao *front* quando os alemães invadiram a Rússia em 1941. No ano seguinte, Misnoy não recebera um revólver para guardar no coldre vazio. Havia sido preso quatro vezes pelos alemães e conseguido escapar três. Os americanos o libertaram de Buchenwald, mas, sendo um soldado leal do Exército Vermelho, viajara de volta ao Elba para apoiar os russos na Batalha de Berlim, e recebeu a medalha da Ordem da Estrela Vermelha pelo seu heroísmo. Em Berlim, os russos o prenderam e o condenaram a quinze anos de prisão por traição. Ele era demasiado bondoso para revoltar-se.

Após descerem do trem, foram obrigados a formar fileiras duplas e marchar dois quilômetros por um caminho rodeado de árvores até uma entrada entre árvores altas, passaram por uma casa amarela e deram num portão branco ladeado por duas torres de segurança. No topo de uma das torres havia um relógio cercado por duas sentinelas armadas com metralhadoras.

— Buchenwald? — perguntou Alexander a Misnoy.

— Não.

— Auschwitz?

— Não.

O letreiro de ferro no portão dizia "*Arbeit Macht Frei*".

— O que acha que significa? — perguntou um prisioneiro atrás deles.

— Abandonem toda a esperança ao cruzar este portão — respondeu Alexander.

— Não — disse Misnoy. — Quer dizer: "O trabalho o libertará".

— Foi o que eu falei — brincou Alexander.

Misnoy riu.

— Aqui deve ser um campo da Classe Um para prisioneiros políticos. Provavelmente o campo de Sachsenhausen. Em Buchenwald, estava escrita outra frase. O local era para delitos mais graves.

— Como o seu?

— Sim, como o meu. — Ele sorriu amigavelmente. — Em Buchenwald estava escrito: "*Jedem das Seine*". Ou seja: "Cada um tem o que merece".

— Os alemães são tão inspirados — disse Alexander.

Estavam em Sachsenhausen, conforme anunciou o novo comandante do campo, um homem gordo e repulsivo chamado Brestov, que não conseguia falar sem lançar perdigotos. Sachsenhausen havia sido construído na mesma época de Buchenwald, e funcionava como campo de trabalhos forçados, mas também como campo de extermínio, em especial aos homossexuais que trabalhavam na fábrica de tijolos próxima aos portões de entrada, aos judeus novos que acabavam ali e certamente aos soviéticos — quase todos os oficiais soviéticos que cruzavam os portões terminavam enterrados ali. O local era agora chamado pelos soviéticos de Campo Especial Número 7, deixando subentendido que havia outros seis como aquele.

Enquanto eram levados para o interior do campo, Alexander notou que a maioria dos prisioneiros que andavam dos barracões para o refeitório ou para a lavanderia, ou trabalhavam no pátio industrial, não tinha a expressão humilhada dos russos, mas a altiva dos arianos.

Alexander estava certo, a maioria dos prisioneiros era alemã. Os nazistas haviam construído Sachsenhausen no formato de um triângulo isósceles, mas perceberam que não havia espaço para alojar os militares aliados nos quarenta barracões. Então, fizeram um anexo com vinte barracões adicionais na lateral direita do campo e bem longe do portão de entrada, para onde Alexander e os outros prisioneiros foram levados, e que os nazistas chamavam de Classe II.

O Campo Especial Número 7 ficou dividido em duas zonas: a Zona I, na área central, que funcionava como campo de "detenção preventiva" para os civis alemães e soldados recolhidos durante o avanço dos soviéticos na Alemanha, e a Zona II, o anexo destinado aos oficiais alemães soltos pelas forças Aliadas, mas recapturados e julgados pelos tribunais militares soviéticos por crimes contra a União Soviética. Na Zona II ficavam também os oficiais soviéticos.

Embora os soviéticos tivessem seis ou sete barracões na área principal destinados aos alemães, obedeciam a horários diferentes de revista e de comida. Alexander se perguntava quanto tempo levaria até que o campo chegasse à sua capacidade máxima e começassem a misturar os prisioneiros, tratando-os todos como inimigos da União Soviética.

O primeiro trabalho designado ao grupo de Alexander foi o de cercar uma área ao lado do barracão para servir de cemitério aos futuros mortos do Campo Especial Número 7. Alexander se surpreendeu com a capacidade de previsão da

NKGB, que pensara no cemitério antes que houvesse alguma morte. Perguntou--se onde os alemães haviam enterrado os prisioneiros soviéticos, como o filho de Stalin.

Enquanto reconheciam as instalações, mostraram aos prisioneiros um pequeno recinto, adjacente à área industrial. No local havia um fosso de execução e ao lado um crematório. O guarda explicou que ali eram executados os prisioneiros soviéticos durante a guerra com um tiro na nuca, disparado por um buraco na parede, enquanto eram obrigados a permanecer ao lado de um poste que lhes media a altura.

— Garanto que nenhum soldado aliado viu este fosso — declarou o guarda.

— Por que será? — perguntou Alexander, meneando a cabeça com expressão de deboche.

O comentário lhe rendeu uma coronhada na cabeça e um dia na prisão.

Alexander começou trabalhando na área industrial, um local amplo cercado por um alambrado, onde os soviéticos faziam exercícios e cortavam a madeira trazida dos bosques nos arredores de Oranienburg. Não demorou em se voluntariar a cortar as árvores. Às 7h15 da manhã, depois da contagem dos prisioneiros, saía do campo com os outros e só regressava às 17h45. Nunca parava de trabalhar, e para isso recebia uma alimentação um pouco melhor e podia ficar ao ar livre com os próprios pensamentos. No final de setembro, quando começou a esfriar, aquele trabalho já não lhe parecia uma ideia tão boa assim. Em outubro, desejava estar entre quatro paredes, martelando ou soldando, na fabricação de xícaras e cadeados. Não que desejasse por completo estar trancado numa fábrica, mas não gostava de passar frio. Porém, ele estava do lado de fora, com as botas remendadas com juta e luvas com furos nos dedos, falha imperdoável numa luva. Pelo menos movimentava o corpo, metabolizando calor. Os dez guardas que vigiavam os vinte prisioneiros vestiam uniformes adequados ao clima, mas ficavam dez horas parados feito estátua e congelavam da cabeça aos pés. Era uma pequena satisfação vê-los sofrer.

Com a chegada do frio, o cemitério começou a encher, e Alexander foi obrigado a abrir mais covas. Os alemães não estavam se saindo bem nos campos dirigidos pelos soviéticos. Haviam sobrevivido a seis anos de uma guerra atroz e agora definhavam e morriam no Campo Especial Número 7. Os prisioneiros não paravam de chegar, e certamente não havia como abrigá-los. Os barracões estavam com a capacidade esgotada, e os beliches fabricados na área industrial ficavam cada vez mais juntos.

O Campo Especial Número 7, conhecido anteriormente como Sachsenhausen, não era administrado pelo comando militar de Berlim, mas pela Administração Geral dos Campos de Trabalhos da URSS, ou Gulag.

Estar preso num Gulag causava em Alexander e nos outros cinco mil soviéticos a desolação de quem está sofrendo de uma doença terminal. Muitos deles já haviam estado em campos de trabalhos forçados e estavam familiarizados com as restrições de movimento e a limitação das atividades, mas mesmo durante o pior inverno num campo de trabalhos alemão não havia a sensação de que seria definitivo e fatal. Isso porque ainda eram soldados e havia sempre a esperança... da vitória, da fuga, da liberdade. Mas haviam saído vitoriosos, e a libertação foi a rendição aos soviéticos, e não havia como escapar de Sachsenhausen, localizado na Alemanha ocupada pelos soviéticos. Naquele momento, a prisão parecia o fim da esperança, o fim da fé, o fim de tudo.

Aos poucos a tormenta das lembranças foi se acalmando.

Durante a guerra Alexander imaginava Tatiana por inteiro: o sorriso, as brincadeiras, seu jeito de cozinhar. Em Catowice e Colditz, ele também a imaginava inteira, ah... mas tentava evitar...

Ali em Sachsenhausen, ele queria imaginá-la inteira, mas não conseguia.

Ela havia sido contaminada pelo Gulag.

Alexander toca Tatiana. Ela estremece, e os espasmos do seu corpo são sentidos em suas mãos. Alexander segura suas pernas e se move contra ela. Tatiana geme e estremece e às vezes suspira "Ah, Shura", e a excitação e o pavor que Alexander sente o fazem em pedaços. A excitação está dentro dela. O pavor está em suas mãos ao apertar a carne trêmula e se retirar por um momento ouvindo o gemido de frustração dela, mas ele não sente nenhuma. Tatiana lhe pertence, e Alexander fará com ela o que for melhor para si. Ele conhece suas necessidades: segurá-la mais perto do coração, senti-la dissolver-se em suas mãos e em torno do seu corpo. Quanto mais entregue ela está, mais homem ele se sente. Mas às vezes o que ele precisa é que Lazarevo não desapareça com a lua. Isso ele não pode lhe oferecer: o que ela mais deseja. O que ele mais deseja. Ele oferece o que pode.

– Foi bom? – ele sussurra.

– Ah, Shura... – murmura Tatiana. Não consegue abrir os olhos e o abraça.

– Você ainda não terminou. Está tremendo.

– Shura. Não aguento... Não aguento... É isto.

– Sim, querida. É isto.

Alexander fecha os olhos e a ouve gritar.

E gritar, e gritar.

Ele não se detém.

E gritar.

Já sou um homem. Consegui que minha dama estremeça em minhas mãos. Tornei-me um homem.

E gritar.

— Eu amo você, Tatia — sussurra em seu cabelo, os olhos ainda fechados.

Ele também quer gritar.

Tatiana embaixo dele, acariciando gentilmente suas costas.

— Terminou? — perguntou Alexander.

— Terminei — ela responde.

Alexander não havia nem começado.

Naquele momento, aquilo era o que Alexander conseguia imaginar. Não havia nada além. Não havia clareira, e não havia luar, e não havia rio. Não havia cama, cobertas, grama ou fogo. Nem cócegas, nem jogos, nem carícias. Nem começo nem fim. Havia apenas Tatiana embaixo dele e Alexander em cima dela, abraçando-a forte. Os braços de Tatiana estavam sempre ao redor do seu pescoço, e suas pernas estavam sempre enroscadas no seu corpo. E ela nunca estava em silêncio.

Porque ela fora contaminada no Gulag, onde não havia homens.

Não somos homens. Não vivemos como homens nem nos comportamos como homens. Não caçamos para comer, exceto eu, quando os vigias não estão olhando, não protegemos a mulher que amamos, não construímos abrigo para nossos filhos nem usamos os instrumentos que Deus nos deu. Nada usamos para viver: nem o cérebro, nem a força, nem o pênis.

A guerra define você. Você sempre soube quem era durante a guerra. Era um major. Um capitão. Um segundo-tenente, um primeiro-tenente. Era um guerreiro. Carregou armas, dirigiu caminhões, liderou homens na batalha, você obedeceu a ordens. Pertenceu a categorias, regulamentos e passagens. Nem sempre dormiu, nem sempre esteve seco e muitas vezes sentiu fome; algumas vezes foi baleado, ou ferido numa mina. Mas até isso era esperado.

Neste lugar não damos nada de nós mesmos a ninguém. Não nos tornamos apenas menos humanos, nos tornamos menos homens: perdemos a essência da nossa identidade. Sequer lutamos como fazemos na guerra. Na guerra éramos animais, mas ao menos éramos animais machos. Investíamos. Atacávamos *as linhas de frente.* Penetrávamos *suas defesas.* Furávamos *o cerco. Lutávamos como* homens.

Agora estamos sendo reconstruídos antes de sermos enviados de volta à sociedade como eunucos. Voltaremos emasculados a nossas viúvas infiéis, a cidades onde não conseguimos viver, a uma vida que não conseguimos acompanhar. Não temos hombridade para oferecer, nem a nós mesmos, nem às nossas mulheres, nem aos nossos filhos.

Tudo que temos é o passado que detestamos, dissecamos e torcemos com as mãos. O passado em que éramos homens. E agíamos como homens. E trabalhávamos como homens. E lutávamos como homens.

E amávamos como homens.

Se apenas...

Tenho apenas nove mil dias como este pela frente.

Até...

Sermos devolvidos ao mundo que salvamos de Hitler.

E logo, até os seios seriam esquecidos, o rosto e a sua voz chamando por ele. Tudo desaparecido.

A única coisa que restava era o impacto de sua virilidade sobre seus gemidos femininos.

E logo até isso desapareceria.

Alexander alçou as mãos sobre o ombro direito, consciente da árvore, e golpeou. E, a cada movimento do machado, Alexander cortava a própria vida.

Considerava ter desistido cedo demais? Quantas vezes o azar o havia afastado da Finlândia? Quando era jovem, não havia recusado o caminho que se abria a ele, negando o presente que os deuses ofereciam?

Estava sempre ocupado com alguma outra coisa.

O filho de Stepanov: naquele dia não havia nada que pudesse ter feito por ele.

Entretanto, e quando furaram o bloqueio e empurraram os finlandeses para o norte da Carélia? Não tinha uma metralhadora contra os cinco agentes da NKVD armados apenas com rifles de tiro único? Cairiam mortos em segundos e ele estaria livre.

Não, precisou esperar que Dimitri destruísse Alexander e destruísse Tatiana.

Golpeou novamente com o machado, sem poder dizer nada.

Alexander poderia ter partido e a esquecido, e ela também o esqueceria. Ela teria se esquecido dele e sobrevivido à guerra, morado em Leningrado, se casado e tido uma casa de dois cômodos para o casal e a sua mãe. Teria tido um filho. Nunca teria conhecido a diferença. E agora ambos conheciam a diferença. Agora estavam ambos separados, com a diferença de que ela usa sapatos de salto alto e batom vermelho, e todos os soldados retornando da guerra estão dando em cima dela, e ela dizendo: "Ah, meu marido, eu fiz juras, mas agora ele está morto, vamos dançar, venha, veja meus sapatos e meus cabelos fantásticos, venha, vamos dançar até esquecer a guerra, vamos viver, viver, viver... ele está morto, eu estava triste, mas a guerra acabou e eu voltei a respirar e agora estou dançando...".

E deu outro golpe com o machado.

Inalo a terra congelada e o gelo cobre meus pulmões, mas expiro fogo.

Não fui porque sou um arrogante. Sempre achei que pudesse fugir, que eu fosse imortal. A morte nunca me alcançaria, pois pensava que eu era mais forte e mais esperto que a morte. Mais forte e mais esperto que a União Soviética. Saltei de uma altura de trinta metros para dentro do Volga, atravessei metade do país sem nada nas mãos, Kresty não me pegou, Vladivostok não me pegou, a tifo não me pegou.

Tatiana me pegou.

Terei 51 anos quando sair daqui.

Sentia-se tão velho, tendo sido jovem com ela.

Alexander havia ficado tempo demais entre as árvores. Havia ficado tempo demais sozinho com os próprios pensamentos. E o silêncio mortal da floresta era frio e assustador. Olhou ao redor. De repente ouviu um ruído. O que era? Parecia familiar. Prendeu a respiração. Ouviria novamente?

Sim. O ruído estava ali, não muito longe, o ruído de risadas. Alexander colocou um tronco sobre o suporte e levantou o machado. Não se moveu.

Novamente a risada macia, tão familiar que chegou a doer.

— Tatiana — sussurrou.

Ela se aproxima e está pálida. Usa um maiô de bolinhas, e o cabelo está solto. Se aproxima e senta-se sobre o apoio e o impede de cortar a madeira. Ele acende um cigarro e a observa. Não sabe o que dizer.

— Alexander — ela quebra o silêncio. — Você está vivo. E tão velho! O que aconteceu?

— Como está a minha aparência? — ele pergunta.

— De alguém com cinquenta anos.

— Estou com cinquenta.

Ela sorri.

— Você tem cinquenta, mas eu tenho dezessete. — Ela sorri melodicamente. — Como a vida é injusta. Hahaha.

– Você se lembra de Lazarevo? Nosso verão de 1942?

– Que verão de 1942? Morri em 41. Tenho dezessete para sempre. Lembra-se de Dasha? Dasha, venha aqui! Veja quem encontrei!

– Como assim, Tatia, morreu? Você não morreu. Olhe para você. Espere, não chame a Dasha.

– Venha, Dasha! Claro que morri. Como acha que eu e minha irmã poderíamos ter sobrevivido em Leningrado? Não conseguimos. Numa manhã não consegui mais carregar água. Não consegui mais a ração. Nos deitamos juntas na cama e ficamos em paz. Sem nos mover. Nos cobrimos com uma manta. O fogo apagou. O pão terminou. Não nos levantamos mais.

– Espere, espere.

Tatiana sorri para ele. Os dentes brancos, as sardas no rosto, laços, seios.

– Por que corta madeira, Alexander?

– Tatia... e eu? Por que não a ajudei?

– Ajudou com o quê?

– Com pão, com a ração? Por que não tirei você de Leningrado?

– O que quer dizer? Não vimos você depois de setembro. Para onde foi? Você ia se casar com Dasha, mas desapareceu. Ela pensou que você tivesse fugido dela.

– Dela? – pergunta Alexander, atônito. – E você?

– O que tem eu? – ela pergunta animadamente.

– Nossa conversa na catedral de St. Isaac? Sobre Luga?

– Que St. Isaac? Que Luga? Dasha, cadê você? Não vai acreditar quem eu encontrei!

– Tatia, por que está agindo como se não me conhecesse? Por que finge? Por que está partindo meu coração? Pare, por favor. Diga algo que me conforte.

Tatiana deixa de saltar e suas tranças deixam de ondular, e ela olha para Alexander.

– Alex, o que está querendo... – diz friamente.

– Alex... Nunca me chamou assim.

– Como não? Sempre o chamamos de Alex.

Alexander tenta desesperadamente acordar. Se continuar sonhando vai enlouquecer. O problema é que não está dormindo. O machado está na sua frente.

Ela pula sobre uma perna só.

– Luga, Tania? E sobre Luga?

– Luga é onde ficava a nossa dacha. Acreditávamos que voltaríamos para lá depois da guerra, mas nunca fomos.

– Como você me conheceu? – pergunta Alexander. – Como sabe quem sou?

– Como assim? – Sua risada delicada refletia-se na água do rio. – Você é o namorado da minha irmã.

– Como nos conhecemos?

— Ela nos apresentou. Faz semanas que só fala em você. Então uma noite você apareceu para jantar.

— Quando?

— Não sei.

— E sobre junho? 22 de junho? Você me conheceu em junho, não foi? A guerra começou e nos conhecemos num ponto de ônibus, lembra?

— 22 de junho? Claro que não.

— Você não tomava sorvete sentada num banco?

— Sim...

— E viu um soldado do outro lado da rua?

— Não tinha nenhum soldado — disse com convicção. — A rua estava vazia. Eu tomei o sorvete e peguei o ônibus para a Avenida Niévski. Fui comprar caviar em Yelisey. Mas não durou muito, não ajudou a atravessarmos o inverno.

— E onde eu estava? — exclamou Alexander.

— Não sei — protesta Tatiana, dando pulinhos. Nunca vi ninguém.

Alexander, muito pálido, fita seus olhos. Não havia sinal de afeição, apenas diversão.

— Por que não ajudei sua irmã durante o cerco? — consegue dizer.

— Não sei se é verdade, mas Dimitri nos contou que você fugiu! — Tatiana disse num sussurro agitado. — Escapou para os Estados Unidos, sozinho! É verdade? Você fugiu e nos abandonou? — Ela riu. — Que delícia, ir para a América! Uau. Venha aqui, Dasha! — Ela se virou para Alexander. — Dasha e eu conversamos o inverno todo sobre você. Mesmo na última manhã que ficamos na cama, a gente pensava: "O Alexander deve estar aquecido e bem alimentado". Você acha que durante a guerra havia aquecimento nos Estados Unidos? Ficávamos pensando. Será que tinha pão branco?

Alexander não estava mais em pé. Havia caído de joelhos na neve.

— Tatia... — diz em desespero, olhando para ela. — Tatia...

— Do que me chamou?

— Tatiasha, minha esposa, Tatia, mãe do meu único filho, não se lembra de Lazarevo?

— Onde? — pergunta, franzindo o cenho. — Alexander, seu comportamento está estranho. Do que está falando? Não sou sua esposa. Não era a esposa de ninguém. — Ela ri e dá de ombros. — Filho? Você sabe muito bem que nunca tive namorado. — Ela pisca. — Isso era para a minha querida irmã. Dasha, venha ver quem encontrei. Conte mais sobre o seu Alexander? Como ele é?

Tatiana se afasta sem olhar para trás e seu sorriso se desvanece.

Alexander derruba o machado, fica em pé e começa a andar.

Foi capturado no bosque e o trouxeram de volta. Após duas semanas na solitária, Alexander abriu o cadeado da corrente que prendia suas pernas com um alfinete que trazia escondido na bota. Colocaram a corrente novamente e tomaram suas botas. Ele abriu o cadeado com um pedacinho de metal que encontrou no chão de cimento, no canto da cela. Bateram nele e o amarraram pelos pés de cabeça para baixo por 24 horas. Acabou com os tornozelos deslocados pelo esforço de manter o corpo erguido.

Depois foi deixado sobre a palha, os braços acorrentados acima da cabeça, e três vezes ao dia alguém lhe enfiava um pedaço de pão na boca.

Um dia, Alexander virou o rosto e recusou o pão, mas aceitou a água.

No dia seguinte, recusou o pão outra vez.

Pararam de trazer o pão.

Uma noite, abriu os olhos e sentiu frio e sede. Estava imundo e seu corpo doía. Não podia se mover, mas tentou tirar um pouco da palha que o cobria. Conseguiu apenas mexer a cabeça, virando-a para a direita, para uma parede escura. Depois virou a cabeça para o outro lado e pestanejou.

Harold Barrington estava de cócoras, com as costas apoiadas na parede. Usava calças largas e camisa branca, e o cabelo estava penteado. Parecia jovem, mais jovem do que Alexander. Estava em silêncio e Alexander não piscava; tinha medo que o pai desaparecesse.

– Papai?

– Alexander, meu filho, o que aconteceu com você?

– Não sei. Acredito que esteja tudo acabado para mim.

– Nosso país de adoção lhe deu as costas.

– Sim.

– Traiu você uma vez com esta guerra absurda, e de novo quando recusaram a você um tratamento humano nos campos de prisioneiros inimigos, e agora pela terceira vez, quando é castigado por salvar o modo de vida desse país.

– Sim. E meus amigos estão todos mortos ou perdidos.

– Esqueça-os. Você se casou?

– Sim, me casei.

– Onde está a sua esposa?

– Não sei. – Alexander fez uma pausa. – Há muitos anos não a vejo.

– Está esperando por você?

– Creio que há muito refez a vida.

– E você? Está vivendo sua vida?

– Estou – respondeu Alexander. – Estou vivendo a vida que construí para mim.

Harold ficou em silêncio.

– Não, filho – disse, no escuro –, você está vivendo a vida que eu fiz para você.

Alexander tinha tanto medo de piscar.

– Pensei que chegaria longe, filho – disse Harold. – Sua mãe e eu pensávamos o mesmo.

– Eu sei, papai. Por um tempo minha vida foi boa.

– Imaginei uma vida diferente para você.

– Eu também.

Harold ficou em pé.

– Onde está o meu filho? – sussurrou. – Onde está o garoto a quem dei o nome de Alexander Barrington? Quero meu filho de volta. Quero fazê-lo dormir nos meus braços como fazia quando era um bebê.

– Estou aqui.

– Peça um pouco de pão – disse Harold com uma voz frágil. – Por favor, Alexander, não seja tão orgulhoso.

Alexander não respondeu.

Harold se inclinou sobre ele e disse:

– "Se fores capaz de forçar coração, nervos e músculos a servi-lo com o que deles ainda restar e, assim, mesmo exausto, ouvir a vontade ordenar: Persiste!"

Desta vez, Alexander piscou e Harold desapareceu.

CAPÍTULO TRINTA E SEIS

Nova York, dezembro de 1945

— MAMÃE, O JEB PODE SER MEU PAI? — perguntou Anthony enquanto Tatiana o colocava na cama.

— Acho que não, querido.

— E o Edward?

— Ele, sim. Edward é um homem bom.

— Mamãe, conta uma história.

Tatiana ajoelhou-se ao lado do filho e uniu as mãos em prece.

— Quer ouvir como o Ursinho Pooh e o Leitão encontraram um pote de mel que nunca acabava e Pooh ficou tão gordo, que precisou fazer regime...

— Não, essa não. Quer uma de medo.

— Não conheço história de medo.

— Quer medo — repete como quem não está disposto a negociar.

Tatiana pensou alguns segundos.

— Tudo bem. Vou contar a história de Dânae, a mulher na arca.

— A mulher na arca.

— Sim. De um quadro sobre ela, de um grande pintor chamado Rembrandt, que costumava ficar num museu em Leningrado, onde nasci. Mas, quando a guerra começou, retiraram todos os quadros do museu, e eu não sei se *Dânae* e os outros estão a salvo.

— Conta da mulher na arca, mamãe.

Tatiana tomou fôlego.

— Era uma vez um homem muito covarde que se chamava Acrísio, e ele tinha uma filha chamada Dânae.

— Ela era jovem?

— Era.

— Era bonita? — perguntou Anthony com uma risadinha.

— Era — Tatiana fez uma pausa. — Acrísio tinha um oráculo...

— O que é oráculo?

— Alguém que prevê o futuro. O oráculo o avisou que o filho da sua filha iria matá-lo. Então ele ficou assustado.

— Ele não queria morrer.

— Não, por isso prendeu Dânae numa torre de bronze, para que ninguém pudesse se aproximar dela e lhe dar um filho.

Anthony sorriu.

— E alguém entrou?

— Sim. Zeus entrou. — Tatiana estava ajoelhada e uniu as mãos. — Zeus conseguiu entrar na torre de marfim, transformando-se numa chuva de ouro, e fez amor com Dânae... e lhe deu um filho. Sabe como o chamaram? De Perseu.

— Perseu... — repetiu Anthony.

Tatiana assentiu.

— Quando Acrísio descobriu que a filha tinha gerado um filho, ficou com tanto medo que não sabia o que fazer. Não tinha coragem de matá-lo, mas não poderia deixá-lo viver. Então ele colocou a mãe e o filho dentro de uma arca de madeira e lançou-os no mar revolto.

Anthony ouvia atentamente.

— Foram lançados no mar sem comida e sem companhia. Dânae estava com medo, mas Perseu não. — Tatiana sorriu. — Perseu sentia em seu coração infantil que seu pai não deixaria que nada de mau acontecesse com ele. Nem com Dânae. — Ela fez uma pausa. — E ele não deixou. Zeus pediu a Poseidon, rei dos mares, para acalmar as águas e conduzir a arca até uma ilha da Grécia.

Anthony sorriu.

— Eu sabia... — Ele suspirou. — Viveram felizes para sempre?

— ... Sim.

— O que aconteceu com Perseu?

— Quando você for mais velho, eu conto o que o destino reservou a Perseu.

— Você vai ser meu... *oraclo*?

— Vou.

— Ele não morreu?

— Ah, não. Ele cresceu e ficou muito bonito. Todas as pessoas na ilha podiam ver que Perseu era de uma família real. Não o filho de um rei, mas de um deus. Era forte e sempre ganhava dos adversários nos jogos, mas ele queria enfrentar os maiores desafios para provar que era um herói.

Anthony olhava fixamente para a mãe.

— Perseu virou herói?

— Sim, filho. Perseu se tornou um herói espetacular. Quando você for maior, vou contar o que ele fez com a Medusa e o monstro marinho. Por enquanto, quero que tenha sonhos alegres com o Luna Park, com algodão-doce, com esconde-esconde. Entendeu?

— Espere, mamãe... o *oraclo* acertou? Perseu matou... aquele homem?

— Sim, filho. Perseu matou Acrísio. Foi um acidente, não foi por querer.

— Então estava certo de colocar ele na arca.

— Parece que sim. Mas não adiantou, não foi?

— Não. Não fiquei com medo, mamãe. Conta do monstro marinho?

— Outra noite, filho. Eu amo você. — Tatiana saiu do quarto e fechou a porta.

Vikki tinha saído para ir a outra festa de Natal no hospital. Havia convidado Tatiana, mas ela não estava interessada. Tatiana estava na cozinha tomando chá, o jornal aberto na mesa e o rádio sintonizado nas últimas notícias de Nuremberg quando a campainha tocou.

Era Jeb. Usava o uniforme branco da Marinha, tão alto e forte e...

— O que está fazendo aqui? — Tatiana perguntou surpresa.

— Vim ver você — Jeb respondeu, desviando dela e entrando no apartamento.

— Entre — murmurou Tatiana, fechando a porta. — É um pouco tarde.

— Tarde para quê?

— Aceita um chá? — perguntou Tatiana, indo para a cozinha.

— Não tem cerveja?

— Não, apenas chá.

Serviu um chá para ele e sentou-se no sofá, nervosa. Jeb tomou um gole pequeno e colocou a xícara de lado.

— A casa está quieta. *Vikki* saiu?

— Saiu um minutinho.

— Às onze da noite?

— Já vai voltar.

— Humm... — disse Jeb, olhando para ela. — Estive pensando que nunca tivemos a oportunidade de ficar a sós.

Colocou a mão na perna dela.

— Não é? — disse Tatiana, sem sair do lugar.

— É. Por que não vai à minha casa?

— Você não mora com o Vincent?

— E o que isso tem a ver?

— Você também não está sozinho.

— É, mas a Vikki está *sempre* por perto — disse enfaticamente. — E tem o Anthony.

— Não tenho onde deixar o Anthony — respondeu Tatiana, vagarosamente, olhando de soslaio para ele.

— Ele está dormindo?

— Sim, mas seu sono é agitado.

— Hum...

Jeb a puxou sobre o sofá e tentou beijá-la.

— Espere — protestou Tatiana, virando o rosto para o lado. — Assim não consigo respirar.

Tatiana tentou afastá-lo, mas Jeb não demonstrava a menor intenção de soltá-la.

— Seu cheiro é tão gostoso... e você está sozinha.

— Me solte, por favor.

— Tatiana, querida, você não sabe com quem está falando.

— Você também não sabe com quem está falando — retrucou, empurrando o rosto dele para o outro lado, e escorregando por baixo do corpo dele para o chão.

— Jeb, sinto muito — disse, arfando. — Estou cansada e levanto cedo amanhã. Poderia ir embora?

— Ir embora? — perguntou irritado. — Não vou sair daqui até... O que acha que vim fazer aqui?! — exclamou.

— Não sei, Jeb, e não quero adivinhar. Pelo jeito, veio discutir comigo, mas não estou no clima para discussões.

— Não vim discutir, Tatiana — disse, levantando-se do sofá e se inclinando para ela. — Estou no clima para outra coisa.

— Pois não quero discutir nem qualquer outra coisa — disse Tatiana, sentindo nojo dele, do seu uniforme de marinheiro, da sua altura e do seu cabelo, e sentindo também um pouco de desprezo por si mesma, acompanhado de remorso e uma súbita lucidez. Como ela pôde ter sido *tão* direta?

— Tatia, sinto que você está me enrolando — declarou Jeb, voltando para o sofá.

— De maneira alguma. Estamos nos conhecendo, só isso.

— Já nos conhecemos o bastante! Pra ser franco, acho que chegou a hora de conhecer você um pouco melhor.

Tatiana olhava friamente para Jeb sentado com as pernas e os braços abertos sobre o encosto do sofá.

— Tenho um filho no quarto. Quem pensa que é para levantar a voz e agir assim?

Tatiana começou a caminhar para a porta. Jeb levantou-se num salto e agarrou seu braço.

— Não vou embora.

— Se quiser me ver de novo, vai ter de ir agora.

— É uma ameaça? — disse, arrancando-lhe o suéter. — O que vai fazer? — Perguntou com um sorriso. — Me expulsar? Me deter?

— Sim e sim.

Jeb agarrou Tatiana e a puxou para si.

— Eu notei como olha para mim — ele sussurrou. — Você acha que não notei, mas está enganada. Eu sei que você também quer, Tatia.

— Pare — protestou ela, lutando para se soltar. De repente, sentiu pena de si mesma.

Jeb riu e a apertou mais contra ele. Tatiana pegou seu braço e beliscou forte o pulso.

— Controle-se!

— Ai! — ele gritou. — Quer engrossar? É isso que você quer?

Ele a prensou contra o sofá.

— Não entende? — Tatiana disse, com dificuldade para respirar. — Eu não quero. Cometi um erro terrível.

— Tarde demais para erros, docinho. Cansei de pisar em ovos com você.

Ela estava presa embaixo dele e sentia tanto asco de si mesma que não sabia o que fazer. *Fui amada por Alexander*, pensou. *Não vou passar por isto.* Fingindo que estava beijando Jeb, Tatiana mordeu-lhe o lábio até cortar. Ele gritou e Tatiana o empurrou de cima dela, colocando-se em pé. Ele se endireitou num salto e, antes que Tatiana pudesse se esquivar, Jeb acertou um soco na sua cara. Tatiana caiu com o golpe, viu uma luz branca e no mesmo instante tentou voltar para o sofá, porque ouviu um ruído vindo da porta do quarto e viu Anthony de pijamas, pregado contra a parede, olhando para Jeb e tremendo.

— Não machuque minha mãe — disse numa voz assustada.

Tatiana engatinhou até ele.

Jeb soltou um palavrão e limpou o sangue da boca.

Tatiana empurrou Anthony para dentro do quarto e sussurrou:

— Não importa o que aconteça, não saia daqui, entendeu?

Tatiana correu até o guarda-roupa no canto do quarto e pegou a mochila preta. Anthony não respondeu.

— Você entendeu? Pra *nada*.

Ele fez que sim com a cabeça.

Tatiana saiu do quarto e fechou a porta. O nariz sangrava e percebeu que o olho inchava.

Tatiana olhou Jeb como se nunca o tivesse visto. Como pôde ter se deixado levar pela semelhança com Alexander? Pensou que poderia substituir a parte de

Alexander de que desesperadamente ela sentia falta, a parte que desejava para si, e que isso a faria sentir-se melhor, que seria consolada. E veja no que havia dado.

Com a respiração pesada, ela apontou a pistola German P-38 para Jeb, que a olhava como se estivesse se divertindo.

— Saia da minha casa.

Ele olhou para a arma surpreso e depois riu.

— De onde tirou *esse* brinquedo?

— Ganhei do meu marido e pai do meu filho para me proteger dos canibais — ela disse. — Meu marido era major do Exército Vermelho e me ensinou como usá-la. Agora saia daqui.

Segurava a arma com as duas mãos e mantinha as pernas afastadas.

— Será que está carregada? — perguntou desdenhosamente Jeb.

Tatiana fez uma pausa, engatilhou a pistola e apontou alguns centímetros do lado esquerdo do rosto de Jeb, respirou fundo e atirou. Jeb perdeu o equilíbrio e caiu no chão. A bala entrou pelo reboco da parede e se alojou na parede externa do prédio. O disparo produziu um estrondo, mas Anthony não saiu do quarto. Os vizinhos do andar debaixo protestaram com tímidas batidas no teto.

Tatiana foi até Jeb e acertou uma coronhada no seu rosto.

— Sim. Está carregada. Agora, dê o fora.

— Você está louca? — ele gritou, colocando a mão na frente do rosto.

Tatiana recuou e apontou a arma na direção dele.

— Você vai se arrepender! Vai se arrepender muito. Quero que saiba que não vou voltar — Jeb disse a Tatiana, colocando-se em pé.

— Não se preocupe, vou superar. Agora saia.

Depois que ele saiu, Tatiana fechou a porta e passou o trinco. Lavou as mãos e o rosto, e então foi ver o filho, que estava encolhido no canto do quarto. Ela o colocou de volta na cama e o cobriu, mas não conseguia falar. Ajeitou a manta e saiu do quarto.

Saiu para a escada de incêndio e sentou-se na noite fria. Seis andares abaixo, veio o lamento da sirene de uma ambulância que passava correndo pela rua Church.

Cheguei ao limite, pensou. *É isso. Sinto que não posso mais continuar.*

Vou me deitar no trenó, fechar os olhos, e Alexander vai me puxar pela neve até minha casa na Fifth Soviet, com a diferença de que agora não vou sentir sua mão na minha bochecha.

Olhou para a arma no colo, ainda com sete balas no cartucho, e pensou que só levaria um segundo. Nem isso. Levaria um milésimo de segundo, e tudo estaria acabado. Fácil.

Tatiana fechou os olhos. Que sensação boa não ter de acordar novamente. Não ter de acordar e pensar nele sozinho no gelo.

Que consolo não sufocar.

Não amar.

Não ferir, querer, sofrer. *Como se o sofrimento não fosse apenas meu direito, minha prerrogativa, minha tarefa, mas minha punição. Eu acaricio a dor como certa vez o acariciei; enquanto ela estiver aqui, ele também estará; enquanto fingir que vivo, estarei perto dele. Há um, dois, quase três anos estou parada na dor, e em movimento ascendente para o quarto ano, estou em luto, deixe-me sozinha, e deixe-me olhar para a dor com toda minha paixão e devoção.*

Pensamos que eu era forte. Pensamos que eu suportaria. Pensamos que eu atravessaria.

Mas estávamos errados.

Não consigo viver desta maneira.

Por mais que eu queira. E eu quero tanto.

Que alívio seria não ter de viver por nós dois. Que alegria. Ela fitava a arma na mão levantada.

No auge do desespero, Tatiana ouviu a voz do filho.

— Mamãe?

Ele estava parado em seu pijama de algodão ao lado da janela aberta com os lábios tremendo, vendo a mãe com a arma na mão.

— Volte para o quarto, Anthony.

— Não. Só se você me levar.

— Volte para a cama que eu já vou.

— Não, vem comigo. — Ele chorava.

Ela olhou para a arma e a colocou sobre o metal frio da escada de incêndio, e entrou.

Tatiana colocou o filho de volta na cama e o cobriu.

— Vikki já vai chegar — ela sussurrou.

— Não quero a Vikki. Quero que você deite comigo.

— Anthony...

— Mamãe, deita aqui.

Tatiana deitou-se ao lado do filho, ainda vestida, tomando cuidado para não bater o rosto ferido, e passou o braço em volta de Anthony.

— Fica aqui e dorme comigo, mamãe.

Permaneceram deitados em silêncio por alguns minutos.

— Filho, de agora em diante tudo vai ficar bem — ela disse. — Eu prometo. Em nome do seu pai. Tudo vai ficar bem.

— Meu papai era mesmo um major do Exército Vermelho? — perguntou baixinho.

— Era.

Silêncio.

— Ele não teria errado o tiro — disse Anthony.

— Psiu...

Tatiana pensava no amanhã.

Seguir através do medo, viver através do medo. E pior: viver através da morte. Amar através *dele. Coragem, Tatiana. Coragem. Coragem, esposa. Levante-se, levante-se por mim e siga vivendo. Viva e cuide do nosso filho, e eu vou cuidar de você.*

Alexander, seu anjo da guarda, seu doce anjo Alexander, flutuando sobre seu véu de tristeza, sussurrando:

— Você se lembra do que disse à sua irmã quando ela estava morrendo no gelo, Tatia? O que disse na Estrada da Vida enquanto ela desabava sobre a neve, incapaz de dar mais um passo? Você disse: "Vamos lá, Dasha, levante-se. Alexander está tentando salvar a sua vida. Mostre a ele que a sua vida tem algum valor. Levante-se e ande até o caminhão, Dasha". Bem, agora sou eu quem lhe digo isso. Mostre que a sua vida tem valor. Levante-se e ande até o caminhão, Tatia.

Tatiana ficou deitada até Anthony adormecer. Já era tarde e Vikki ainda não havia voltado. Por fim, levantou-se e foi guardar a pistola na mochila. Tirou as alianças do colar que usava, beijou-as e as guardou com o quepe, o livro *O Cavaleiro de Bronze* e a foto de Alexander recebendo a medalha de honra militar por ter resgatado Yuri Stepanov. Colocou os objetos dentro de uma embalagem na qual estava também a medalha de Herói da União Soviética, que ele recebeu por salvar a vida do doutor Matthew Sayers. Alianças, medalhas, fotos, livro, dinheiro, quepe. A foto de casamento.

Tudo do lado de dentro, e Alexander também.

E Tatiana.

CAPÍTULO TRINTA E SETE

Nova York, Janeiro de 1946

DIA DE ANO-NOVO. Tatiana, com o olho inchado e o hematoma adquirindo todas as cores do arco-íris, foi, como de costume, patinar no gelo com Vikki e Anthony no Central Park.

Na volta, foram pegar o ônibus na rua 59, e Vikki olhava atentamente para Tatiana.

— O que está olhando?

Vikki não respondeu.

— O quê?

— Já passamos por três cabines telefônicas.

— E daí?

— Não vai pedir para eu ficar um minutinho com Anthony enquanto faz uma ligação?

Tatiana olhou para a Quinta Avenida.

— Não — respondeu. — Acho que ele foi para o espaço.

Tatiana e Edward estavam almoçando sopa e sanduíches de atum no refeitório da Universidade de Nova York, e ela realmente gostava da combinação de atum, maionese, alface e tomate. Nunca havia experimentado atum antes de vir para os Estados Unidos. Nem alface.

— Tatia, você estava com o olho roxo?

Ele era médico e nada passava despercebido. Teria de se acostumar com aquilo.

— Tropecei e caí. Não foi nada. — Tatiana estendeu o braço e segurou a mão de Edward. — Estão dizendo que *Alma em suplício* é uma obra-prima. Gostaria de ir? — perguntou animadamente.

— Claro! Quando?

— Que tal sexta à noite? Passe em casa depois do trabalho. Jantamos primeiro.

— Você quer me ver à noite? — perguntou Edward, vagarosamente, após um momento.

— Por favor.

Edward olhou para a mão dela sobre a dele e depois para ela.

— Tem alguma coisa muito errada acontecendo. O que é? Descobriu que tem apenas mais cinco dias de vida?

— Não. Descobri que tenho setenta anos para viver.

No dia seguinte, Tatiana estava preenchendo o formulário de um refugiado polonês na sala de exames em Ellis, quando uma enfermeira se aproximou.

— Tem alguém querendo ver você.

Tatiana não levantou a vista do formulário de imigração.

— Quem?

— Não conheço. Disse que é do Departamento de Estado.

Tatiana imediatamente levantou o olhar.

No corredor, Sam Gulotta esperava por ela.

— Olá, Tatiana — ele disse. — Como você está? Passou bem o Ano-Novo?

— Estou bem, obrigada. E você? — perguntou e não conseguiu dizer mais nada, tentando apoiar-se contra a parede devagar para que Sam não percebesse.

— Fiquei esperando você ligar.

Ela levantou os ombros lentamente. Não queria que ele percebesse que estava tremendo.

— Não quis mais incomodá-lo. Tem tido tanta paciência comigo ao longo dos anos...

Sam olhou para os dois lados do corredor.

— Existe um lugar em que possamos conversar?

Saíram do prédio e sentaram-se num dos bancos ao lado do balanço onde Anthony costumava brincar.

— Esperei você ligar — disse Sam.

— O que aconteceu? — perguntou Tatiana. — Eles ainda estão me procurando?

Ele negou com a cabeça. Tatiana se segurou na lateral do banco. Por sorte estava frio e tinha uma desculpa para bater os dentes.

— O quê? — ela sussurrou. — Você tem alguma informação? Ele está morto?

— Sim, tenho algo. Fizeram uma consulta na ficha de Alexander. Como sempre, errei de departamento e fui ao Departamento de Assuntos Internacionais, que me mandou para o Escritório de População, Refugiados e Migração. Lá me disseram que não era a jurisdição do Escritório e me enviaram ao Departamento de Justiça, ligado ao Escritório Executivo para Revisão de Imigração. — Sam balançou a cabeça. — Alguém deveria explicar a eles a diferença entre "imigração" e "emigração".

— Sam... — foi o único comentário de Tatiana.

— Sim, só quero explicar que a burocracia neste país obedece ao tempo geológico. Enfim, vou lhe contar sobre a consulta. Um soldado americano das forças aliadas, PFC Paul Markey, da 273ª divisão da Infantaria, entrou em contato com o Departamento de Estado no verão passado para perguntar se havia algum americano chamado Alexander Barrington.

Tatiana tremeu e afundou no banco. Permaneceu sem falar por um bom tempo.

— Tatia?

— Sam, quem é o soldado Markey? — perguntou numa voz que não era dela.

— O soldado Paul Markey nasceu em Des Moines, Iowa, 21 anos, há três nas forças armadas. Na semana passada liguei para sua casa e conversei com sua mãe. — Sam baixou a voz. — Ele voltou da Europa e foi dispensado do exército no verão. Acredito que foi quando apresentou a consulta. Infelizmente, tirou a própria vida em outubro.

Tatiana respirou fundo e piscou.

— Sinto muito por ele, Sam, mas me diga *quem* é Paul Markey? Onde ele estava?

— Sei pouco a seu respeito, apenas que fez a consulta por telefone.

— Com quem ele falou no departamento?

— Com uma funcionária chamada Linda Clark.

— Não devemos falar com ela?

— Já falei. Foi ela quem me passou os detalhes da ligação.

Tatiana perdeu o fôlego.

— Paul Markey contou que quando o regimento dele libertou o Castelo Colditz, uma fortaleza que os alemães haviam convertido em prisão de oficiais, em 16 de abril de 1945, entre as centenas de oficiais aliados, havia uma dúzia de soviéticos. Um deles abordou Mark e, para sua surpresa, pediu ajuda falando um inglês impecável. Disse que se chamava Alexander Barrington, e pediu para Markey confirmar a informação e ajudá-lo.

Tatiana começou a chorar. Todo seu corpo tremia, e as lágrimas escorriam entre os dedos que encobriam seu rosto. Sam deu uns tapinhas em suas costas para consolá-la.

— Sabia que Alexander havia mentido para mim — sussurrou alguns minutos depois, quando se acalmou. — Sentia isso dentro de mim. Não tinha provas, mas eu sabia.

— E a certidão de óbito?

— Falsa... tudo falso. — Tatiana abafou um gemido de dor. — Tudo para eu fugir da União Soviética.

— Como de Leningrado ele foi parar em Colditz?

— Eu já disse. Ele ficou no comando de um batalhão penal que ajudou a expulsar os alemães da União Soviética. É óbvio que acabou nesse campo de Colditz.

— Quer saber o que mais Markey disse a Clark?

— Sim — disse com um soluço curto. — O que aconteceu com os prisioneiros que foram libertados?

— Todos foram para casa, menos os soviéticos. Markey contou que na manhã seguinte à libertação, em 17 de abril, um comboio soviético chegou a Colditz e levou os oficiais compatriotas, incluindo aquele homem.

— Para onde?

— Markey não sabia. Ele disse que retornou aos Estados Unidos e fez o telefonema por curiosidade. Em outubro, o Departamento de Assuntos Consulares ligou para sua casa em Iowa para informar que de fato Alexander Barrington nasceu nos Estados Unidos, mas residia na União Soviética desde 1930.

Tatiana ficou em silêncio, tentando recompor a voz.

— Que tipo de libertação é essa? — disse por fim. — Os americanos libertaram os prisioneiros de Colditz, e por que não os soviéticos? Por que Alexander ainda estava lá na manhã seguinte?

Sam não respondeu.

Tatiana levantou o olhar e secou o rosto.

— Sam?

— Quê?

— Era uma pergunta retórica, mas o seu silêncio me leva a suspeitar que exista uma resposta.

Ele estava calado.

— Sam!

— Por que me pergunta? — Sam suspirou. — Escute, isso foi o que eu ouvi, não posso confirmar ou negar, mas o rumor que corre pelo Departamento de Estado, baseado num rumor ainda maior no Departamento de Defesa, é que os soldados americanos receberam ordens para manter todos os oficiais soviéticos e refugiados no local até o Exército Vermelho chegar.

— Por quê?

— Eu não sei.

— De onde partiu a ordem?

— Do alto escalão.

— Quão alto?

Sam levou alguns segundos para responder.

— Do topo — respondeu por fim.

Naquela noite, quando chegou em casa, avisou:

— Vamos fazer uma pequena viagem, Vikki.

Vikki desabou no sofá.

— Não, por favor. Cada vez que você diz "pequena viagem", quer dizer para algum lugar incrivelmente longe. Para onde desta vez?

— Iowa. Coitado do Edward, vou cancelar nossos planos.

— Iowa! Nem pensar. Pode ir sozinha. Anthony e eu nos recusamos, entendeu?

Olhando pela janela do trem, Vikki mostrava a paisagem a Anthony.

— Veja que bonito, Anthony. Sabe o que plantam aqui?

— Trigo — ele respondeu. — Milho.

Vikki olhou para Tatiana, que fingia estar entretida na leitura de um livro.

— E como você sabe?

— É como a mamãe chama. Campos de trigo. Campos de milho.

— Ah.

Tatiana sorriu.

A cidade de Des Moines ficava entre esses campos. O frio em Iowa era brutal em janeiro.

— Não imaginei que fosse estar tão frio — disse Vikki. — A gente sempre ouve falar da seca e das tempestades de areia. Como pode haver seca num frio desses?

— Durante o inverno não tem seca, Vikki — explicou Tatiana, abotoando o casaco. — Vamos procurar um táxi.

— Você e os táxis. A pessoa está nos esperando?

— Mandei uma carta.

— Ela respondeu?

— Não exatamente.

— Não exatamente? O que isso quer dizer? Respondeu ou não?

— Eu sei que iria responder, mas como viemos tão rápido, não deu tempo.

— Entendi. Vamos chegar sem ser convidadas na casa de uma viúva que acabou de perder o filho?

O sítio da família Markey ficava nos arredores de Des Moines. O silo estava encoberto pela neve e as árvores ao redor e dava a impressão de que não era usado havia algum tempo. Uma mulher de aparência frágil e pálida abriu a porta e sorriu.

— Tatiana? Entre. Estava esperando você. Sou Mary Markey. É o seu filho? Venha aqui, Anthony. — Ela estendeu os braços. — Acabei de assar bolinhos de milho. Me ajuda a servir? Gosta de bolinhos de milho?

Vikki e Tatiana os seguiram até a cozinha.

— Como faz isso?

— Faço o quê?

— Ser recebida na casa de estranhos como se conhecessem você a vida inteira?

A cozinha era limpa e modesta. Sentaram-se à mesa de madeira e tomaram café com bolinho de milho. Depois, Vikki levou Anthony para brincar na neve. Mary segurou a xícara com as duas mãos e disse:

— Quero ajudá-la, Tatiana. Desde que recebi sua carta, tenho tentado me lembrar do que meu filho disse. Eu não via o menino havia três anos, e quando ele voltou, estava calado. A garota que ele namorava se casou com outro. Quem esperaria tanto quando se é tão jovem? Paul ficava em casa sentado ou ia até o bar da vizinhança. Falou algumas vezes em reabrir a fazenda, mas com o pai morto seria difícil. — Ela fez uma pausa. Tatiana esperou. — Parecia tão distante. E então um dia ele se matou. Temos tantas armas na casa. Eu fiquei tão abalada que muito do que ele disse se apagou da minha memória.

— Compreendo. Qualquer coisa de que se lembrar vai ajudar.

— Paul recebeu aquela ligação alguns dias antes de morrer. Não me contou o que era, só ficou sentado nesta mesa pelo resto do dia. Não quis jantar e saiu para beber. Quando voltou tarde da noite, sentou-se no quintal. Perguntei várias vezes o que estava acontecendo. Então disse: "Mãe, quando libertamos aquele castelo, tinha um homem que me disse que era americano, e eu não acreditei nele e fiz uma piada. Depois não o vi mais... Na manhã seguinte, o Exército Vermelho chegou para buscar seus prisioneiros. Não consegui tirar da cabeça aquele homem que falava inglês perfeitamente. Quando voltei aos Estados Unidos, liguei para Washington. Queria ficar em paz". Então sua voz fraquejou e ele disse: "Sabe o telefonema que recebi hoje? Era do Departamento de Estado. Aquele homem *era* americano e de alguma forma havia ido parar lá". Para consolá-lo, eu disse que talvez o homem tivesse sido mandado de volta ao seu país de origem, assim como ele havia sido mandado de volta para o dele. Paul fez um gesto com a mão e disse: "Você não entende, mãe. Recebemos ordens para vigiar todos os oficiais soviéticos até que o exército chegasse para reavê-los".

— E daí? — eu disse.

— Por que tinham que buscá-los? Por que não os deixavam sair por conta própria, como nós e os ingleses fizemos? Nosso exército não foi nos buscar. O que importa é que aquele homem não era soviético.

— Na hora eu não entendi e disse que ele não poderia ter feito nada para ajudá-lo. Ele respondeu:

— Minha impotência não me faz sentir melhor, mãe.

Eu disse:

— Filho, o que você tem a ver com a União Soviética? Não é *você* quem está mandando aqueles homens de volta.

Ele colocou as mãos sobre a mesa e disse:

— Mas ao menos poderia tê-lo ajudado...

Tatiana se levantou, deu a volta pela mesa e abraçou a mulher.

— E ele ajudou, Mary. Esteja certa.

Mary assentiu com a cabeça.

— Sinto muito pela sua perda — disse Tatiana.

— Vou ficar bem. Tenho outra filha que mora perto. Estou sozinha desde a morte do meu marido em 1938. Vou ficar bem. — Ela olhou para cima. — Acredita que aquele homem era o seu marido?

— Sem sombra de dúvida — respondeu Tatiana.

No caminho de volta, Tatiana ficou fascinada com os campos cobertos de gelo. Anthony dormia e aparentemente também Vikki, mas abriu um olhou, depois outro, e então disse:

— E agora?

Tatiana não respondeu.

— E agora? — repetiu Vikki.

— Não tenho respostas para tudo, Vikki — respondeu Tatiana. — Agora eu não sei.

Mas de repente o mundo voltou a fazer sentido. Alexander não estava morto no lago.

Em algum lugar do mundo, ele continuava vivendo. No maior país do mundo, espalhado sobre um sexto da massa terrestre, em que metade era tundra e solo congelado, com o maior lago do mundo, o maior mar do mundo, a fronteira mais bem protegida e o maior território socialista do mundo: lá estava Alexander.

Uma centelha de fé havia conduzido Tatiana até um Alexander que ainda vivia.

E agora?

Tatiana telefonou para Sam assim que chegou a Nova York, mas ele não havia conseguido descobrir o paradeiro dos oficiais soviéticos presos em Colditz. As autoridades soviéticas se negavam a dar informações, a relação entre Estados Unidos e União Soviética estava tensa, e embora Sam tenha entrado em contato com dois outros soldados que estiveram com Markey em Colditz, eles não tinham ouvido nenhum prisioneiro soviético falar em inglês, tampouco ouviram de Markey qualquer comentário a respeito.

— Entre em contato com o Departamento de Defesa e pergunte o que aconteceu aos oficiais soviéticos em Colditz.

— O que vou dizer? Esconderam Alexander Barrington...?

— Nem de brincadeira. Sabe que não pode mencionar esse nome.

— Sei. Por isso não posso pedir informações sobre ele.

— Ligue para o Departamento de Defesa, Sam.

— Devo procurar alguém em particular no departamento?

— Sim. Qualquer um que saiba responder. Pergunte o que aconteceu aos soviéticos presos na Alemanha.

— Você sabe muito bem o que aconteceu, Tatia!

— Quero saber para onde foram levados — ela disse. — E não precisa gritar.

— E, mesmo que eu descubra, o que pretende fazer com a informação?

— Por que sempre se preocupa com o que vou fazer? Faça a sua parte.

Tatiana não remarcou o encontro com Edward.

Alguns dias depois, Tatiana telefonou outra vez para Sam. Segundo informações de um general do regimento de Patton, o governo soviético mantinha os prisioneiros em campos provisórios enquanto aguardavam ser transportados de volta à União Soviética.

— De quantos prisioneiros ele está falando?

— O general não quis arriscar uma estimativa.

— Você arriscaria?

— Ainda menos do que ele.

— Onde ficam os campos transitórios?

— Espalhados por toda a Alemanha.

Tatiana estava pensativa.

— Com certeza ele já está na União Soviética, Tatia. Colditz foi libertada há dez meses. E esteja onde estiver, o governo soviético não vai querer entregar um *compatriota*, por mais amável que seja o nosso pedido. Muito menos um cidadão *americano*. Temos vários soldados americanos desaparecidos em território soviético e não recebemos nenhuma informação sobre o paradeiro deles.

— Alexander também é um militar desaparecido — disse Tatiana.

— Não é, Tatia. Os soviéticos sabem muito bem onde ele está! — Sam baixou o tom de voz e prosseguiu. — Conhece a estatística do número de mortos nos campos soviéticos? É altíssima.

— Eu sei — ela respondeu. — Ainda tenho a certidão de óbito em que você acredita tanto. Você quase garantiu que ele estava no lago.

— Agora é pior.

— Como pode ser pior? Só precisamos descobrir onde ele está.

— Está na União Soviética!

— Então o encontre na União Soviética, Sam. Ele é um cidadão norte-americano. Vocês são responsáveis por ele.

— Quantas vezes vou ter que explicar que ele abriu mão da cidadania norte-americana em 1936?!

— Ele não, Sam. Preciso desligar, tenho pacientes para atender. Amanhã ligo de novo.

— Não duvido.

CAPÍTULO TRINTA E OITO

Os processos de Nuremberg, fevereiro de 1946

— VAMOS SAIR! — ordenou Vikki. — Por que não desliga esse rádio? Vamos ao cinema, tomar um café ou fazer um passeio. — Deu um tapa na mesa da cozinha. — Estou cheia de ouvir isso! Nunca vamos ter televisão em casa?

Tatiana mantinha o ouvido colado ao rádio enquanto acompanhava a retransmissão dos processos de Nuremberg.

— Estou ouvindo porque é fascinante — disse Tatiana, aumentando o volume do rádio —, e não porque não tenho o que fazer.

— Pareço fascinada? A guerra terminou, são todos culpados e serão enforcados. Não basta? Estão retransmitindo há meses. Os generais já foram condenados e agora estão julgando os subordinados. Não aguento mais!

— Por que não vai dar uma volta? — sugeriu Tatiana sem tirar o olhar do rádio. — Vá e fique umas duas horas fora.

— Vai se arrepender se eu for embora para sempre.

— Claro. Mas não por duas horas.

Bufando, Vikki sentou-se ao lado de Tatiana.

— Vou ficar. Quero ouvir.

— Estão falando de Leningrado, minha cidade — explicou Tatiana. — Escute.

> A devastação das capitais da União Soviética tinha um lugar de destaque nos planos dos conspiradores fascistas. E entre os planos de destruição, Moscou e Leningrado receberam atenção especial.
>
> Inebriados por seus primeiros êxitos militares, os partidários de Hitler elaboraram um plano maléfico de destruição dos centros culturais e industriais mais estimados do povo russo. Organizaram *Sonderkommands* especiais e divulgaram a "decisão" antecipadamente.
>
> É importante salientar que expressões como "aniquilar" ou "apagar da face da terra" eram usadas com frequência pelos cúmplices de Hitler. Essas expressões não eram apenas uma ameaça, mas atos criminais.
>
> Neste momento, apresento dois documentos que revelam as intenções de Hitler e seus seguidores.

O primeiro documento é uma ordem secreta da Marinha, datada de 22 de setembro de 1941, cujo título é "O futuro da cidade de Petersburgo". No documento está escrito: "O Führer decidiu varrer da face da Terra a cidade de Petersburgo. O plano consiste em cercar a cidade e fustigá-la com bombardeios aéreos até aniquilá-la. Também foi decretado que, se houver um pedido de capitulação, ele deve ser rejeitado pelos alemães".

O segundo documento é uma ordem secreta do Alto Comando das Forças Armadas, datada de 7 de outubro de 1941 e assinada pelo acusado Jodl. Lerei alguns trechos:

"... O Führer chegou à conclusão de que não devemos aceitar a capitulação de Leningrado ou de Moscou, mesmo que proposta pelo inimigo..."

E, mais adiante, no penúltimo parágrafo da mesma página:

"... Portanto, nenhum soldado alemão deverá entrar nessas cidades. Mas a fúria da nossa artilharia obrigará a regressar todos que tentarem sair da cidade atravessando nossas linhas de combate. Não podemos assumir a responsabilidade de arriscar a vida de nossos soldados para salvar a integridade das cidades russas, tampouco alimentar os residentes dessas cidades à custa da pátria alemã."

Os seguidores de Hitler começaram a colocar em prática seus ideais de destruição de Leningrado com uma ferocidade sem precedentes. Leio:

"Como resultado das bárbaras atividades dos invasores fascistas em Leningrado e arredores, 8.961 casas e construções adjacentes, como coberturas, banheiros etc., com um volume total de 5.192.427 metros cúbicos, foram completamente destruídas, e 5.869 edifícios, com um volume total de 14.308.288 metros cúbicos, foram parcialmente destruídos. Foram totalmente destruídas 20.627 habitações, num volume total de 25.492.780 metros cúbicos, e 8.788 edifícios, num volume total de 10.081.035 metros cúbicos, foram parcialmente demolidos. Foram completamente destruídos 295 edifícios de importância cultural, com um volume total de 844.162 metros cúbicos, e foram parcialmente destruídos 1.629 edifícios, num volume total de 4.798.644 metros cúbicos. Seis prédios dedicados a cultos religiosos foram completamente destruídos, ao passo que 66 foram destruídos parcialmente. Os prejuízos causados pelos seguidores de Hitler a diversos tipos de edifícios excedem 718 milhões de rublos, e os prejuízos em maquinário industrial e agrícola e implementos ultrapassam 1.043 milhões de rublos."

Este documento demonstra que os nazistas sistematicamente bombardearam, noite e dia, ruas, residências, teatros, museus, hospitais, creches, hospitais militares, escolas, institutos, bondes, e arruinaram os monumentos artísticos e culturais mais importantes. Milhares de bombas destruíram os prédios históricos de Leningrado, o cais, os jardins e os parques. As baterias de artilharia colocadas ao redor da cidade dispunham de um estoque ilimitado de munição...

Todos os soldados sabiam que o bombardeio tinha por objetivo arruinar a cidade e aniquilar a população civil.

— Você sabia de tudo isso quando morava lá? — perguntou Vikki.

— Não fazia ideia — respondeu Tatiana. — Apenas sobrevivia.

GENERAL RAGINSKY: Senhor presidente, para encerrar a apresentação das provas relacionadas ao meu relatório, peço permissão para interrogar a testemunha Josif Abgarovitch Orbeli...

A xícara de chá que Tatiana tinha nas mãos caiu no chão e se quebrou; Tatiana caiu da cadeira e começou a recolher os cacos no chão de joelhos. Soluçava tão desconsoladamente, que Vikki levantou-se da cadeira e perguntou, assustada:

— O que é *isso*?

Tatiana agitou uma mão num gesto de impaciência e tapou a boca com a outra enquanto continuava a ouvir o eco terrível em que a transmissão havia se transformado. Um acidente na rua, mas o rádio continua a tocar música, por mais absurdo que possa ser o ouvido continuar a captá-la, o cérebro continuar a ouvi-la...

— Orbeli irá testemunhar sobre a destruição dos monumentos culturais e artísticos de Leningrado.

P. Qual é o seu nome?

R. Josif Abgarovitch Orbeli.

P. Pode nos dizer que cargo ocupava em Leningrado?

R. Era o diretor do Museu Hermitage.

Tatiana emitiu um gemido de dor.

— Quê? — perguntou Vikki alarmada. — Quê?

— Psiu...

P. Você estava em Leningrado durante o cerco?

R. Sim, estava.

P. Está ciente da destruição dos monumentos artísticos e culturais de Leningrado?

R. Sim.

P. Pode descrever com suas próprias palavras fatos de que tem conhecimento?

R. Fui testemunha ocular das medidas adotadas pelo inimigo para a destruição do Museu Hermitage. Durante longos meses, os edifícios do museu foram sistematicamente bombardeados. Os projéteis causaram danos consideráveis às instalações, e as bombas destruíram o sistema de drenagem e os condutores de água.

P. Em que parte de Leningrado ficavam os prédios: sul, norte, sudoeste ou sudeste?

R. O Palácio de Inverno e o Hermitage estão bem no centro de Leningrado, às margens do rio Neva.

P. Pode nos dizer se nas proximidades do Palácio de Inverno e do Hermitage há algum tipo de indústria, sobretudo de armamentos?

R. Que eu saiba, na vizinhança do Hermitage não há instalações militares. Se a pergunta se refere à sede do comando militar, localizada do outro lado da praça do Palácio, o edifício foi bem menos danificado do que o Palácio de Inverno. Que eu saiba, a sede do comando militar foi alvo de apenas dois projéteis.

P. Você sabe se nas proximidades dos edifícios que acaba de mencionar havia alguma bateria de artilharia?

R. Em todo o entorno do Palácio de Inverno e do Hermitage não havia uma única bateria de artilharia, porque desde o início tomamos medidas para prevenir qualquer vibração desnecessária próxima aos prédios onde estavam as preciosas peças do museu.

P. A indústria de armamentos manteve a produção durante o cerco?

R. Não entendi a pergunta. A que fábricas você se refere? Às fábricas em geral de Leningrado?

P. Às fábricas de armamentos: elas continuaram a produzir durante o cerco?

R. No Museu Hermitage, no Palácio de Inverno e nas imediações não havia atividade militar. Eles nunca estiveram lá nem construíram qualquer fábrica. Mas sei que fabricavam munição em Leningrado e que eram muito bem usadas.

P. O Palácio de Inverno está na margem do rio Neva. Qual a distância do Palácio de Inverno até a ponte mais próxima sobre o Neva?

R. A mais próxima é a Ponte do Palácio, a cerca de cinquenta metros, mas como eu disse anteriormente, apenas um projétil acertou a ponte durante os ataques. Por isso tenho certeza de que o Palácio de Inverno foi deliberadamente bombardeado. Não consigo acreditar que durante o ataque apenas um projétil acertou a ponte e os outros trinta acertaram os prédios das imediações.

P. Essas conclusões são suas. Você possui algum conhecimento em artilharia para julgar se o alvo era o Palácio ou a ponte?
R. Não sou artilheiro, mas suponho que se a artilharia alemã tivesse como alvo apenas a ponte, é um absurdo pensar que tenha acertado trinta bombas no Palácio e apenas uma na ponte. Nesse caso, acho que até eu entendo de artilharia. (Rumores na sala de julgamento)
P. Uma última pergunta: Você esteve em Leningrado durante todo o tempo que durou o cerco?
R. Estive em Leningrado desde o primeiro dia da guerra até 31 de março de 1942. Então retornei quando os soldados alemães foram expulsos dos subúrbios de Leningrado.
GENERAL RAGINSKY: Não temos mais perguntas.
PRESIDENTE: A testemunha pode se retirar. (A testemunha sai da sala.)

Tatiana olhou, sentada no chão, para Vikki. Com esforço, voltou para a cadeira e deitou a cabeça sobre a mesa. A mão de Vikki estava em suas costas.

— Estou bem — disse, de maneira inaudível. — Preciso de um minuto.

Alexander, até o fim.

Orbeli parado na rua, despedindo-se das caixas.

Tatiana havia ficado comovida com a expressão em seu rosto e nunca havia esquecido aquela imagem.

Era para essas caixas que ele olhava com o coração partido, como se estivesse perdendo seu primeiro amor.

— Quem é aquele homem? — indaga Tatiana.

— É o curador do Museu Hermitage.

— Por que olha para as caixas daquele jeito?

— Dentro delas estão as únicas paixões que teve na vida. Ele não sabe se algum dia voltará a vê-las.

Tatiana fita o homem.

— Ele precisa ter mais fé, não acha?

— Concordo com você, Tatiana. Ele precisa ter um pouco mais de fé. Quando a guerra terminar, voltará a ver as caixas novamente.

— Do jeito que olha para elas, parece que vai ter de trazê-las de volta sozinho.

Tatiasha, deve se lembrar de Orbeli.

Orbeli estava nos olhos de Alexander quando Tatiana o deixou para trás no hospital de Morozovo, apenas com "Até logo, querido. Da próxima vez que nos encontrarmos você me conta quem é esse Orbeli...", e, virando-se para ele, sorriu e viu Josif Abgarovitch Orbeli nos olhos de Alexander. Naquele momento não conseguiu decifrar sua expressão, mas agora ela entendia seu significado.

Todos os dias estou pela última vez à beira da sua cama. Me despeço e digo "Até mais, major. Durma bem". E você responde: "Até mais, Tatia".

E saio. Você me chama e eu me viro, e olho para você com uma expressão de confiança, tão feliz e cheia de esperança.

Você diz, numa voz valente, calma e profunda, na sua voz estoica: "Tatiasha, deve se lembrar de Orbeli".

Franzo o cenho por um segundo, mas nem de leve suspeito de alguma coisa, porque estou tão ocupada, e você está tão calmo, e o doutor Sayers me chama. E impaciente, mas sem tirar os olhos de você, digo: "Shura, amor, preciso ir, amanhã você me conta, está na hora de você descansar". Você fica em silêncio, assente com a cabeça e eu caminho despreocupadamente entre os leitos; e antes de sair olho para trás uma última vez, e dali não saio mais.

E ali eu vou permanecer.

Orbeli.

No silêncio frio e aquático de fevereiro, Tatiana sentou-se na escada de incêndio envolta na manta de caxemira que havia comprado para Alexander, e sentiu a brisa marítima enquanto contemplava as luzes tremulantes de Manhattan.

"Encontrará uma maneira de viver sem mim. Encontrará uma maneira de viver pelos dois", dissera certa vez Alexander.

Agora tinha certeza do que sempre havia desconfiado e temido: Alexander entregara sua vida a ela. "É para você. Não posso me salvar, mas posso salvá-la, então siga adiante e viva a vida do jeito que só você faria. Terá de ser forte e feliz, e terá de amar nosso filho. Terá de aprender a amar novamente, a sorrir e a me deixar de lado, terá de aprender a segurar a mão de outro homem e a beijar outros lábios, terá de se casar. Terá de ter outros filhos. E viver a sua vida, por mim e por você. Terá de vivê-la como nós teríamos vivido". Numa única palavra: Orbeli.

Na guerra tudo está mais claro: o certo e o errado estão definidos com precisão. O perigo, a absolvição, a privação. *Emoção, angústia, paixão.*

Eu o vejo claramente, mesmo em tempos de paz.

Oh, mas quanto da vida eu tenho que lhe ocultar!

Quantas tradições, comemorações. Natal, Dia de Ação de Graças, Páscoa, Dia do Trabalho, Dia da Independência, e quantos aniversários, o meu inclusive, maldito aniversário, mina de sofrimento, mina de ouro. Comemorações, comidas, anoitecer, calor. Da alvorada ao anoitecer, preencho minha vida com vida.

Com tudo o que ele desejou para mim.

Meu alicerce está enterrado embaixo do edifício de janelas e vigas tão altas, que tocam o céu; o alicerce encoberto por árvores e arbustos, amores-perfeitos no inverno, tulipas na primavera, e meu coração também está encoberto, cicatrizado, escondido. Às vezes passo a mão sobre meu coração e sinto onde os nervos estão soltos e em carne viva, e enviam um pequeno tremor pelo meu corpo, que dura um pouco mais do que o tempo de uma respiração. Inspirar, exalar, segurar. Exalar:

Alexander.

Desculpe-me por deixá-lo com os cães da guerra, por querer acreditar tão rapidamente na sua morte. Demorei a amar, mas fui rápida ao abandoná-lo.

Onde está ele? Onde está meu esplêndido cavaleiro, minha aliança e minha corrente, minha bolsa negra e meu dia mais luminoso?

E lá estava Tatiana, sentada próxima à baía, desejando que sua vida começasse, ou terminasse, mas ela mesma não estava viva nem morta.

A verdade é que Tatiana não estava em lugar nenhum.

Quanto duraria aquele estágio? E chegaria o momento em que ela não estaria em nenhum estágio? Quando estaria apenas vivendo?

Antes de encontrar a medalha de *Herói da União Soviética*? Não.

Depois de encontrar a medalha de *Herói da União Soviética*? Não.

Depois de Paul Markey? Não.

E nunca outra vez após Orbeli.

A alma estava em guerra.

Gostaria de uma palavra de Alexander? Orbeli era a palavra.

Estou tentando enviá-la a um lugar onde estará segura. Não se desespere, dizia, *e tenha fé.*

E agora? O que fazer? É necessário fazer algo, mas o quê?

O que fizesse, para onde fosse, teria de deixar o filho. Não era um delírio, uma loucura, uma insensatez?

Era tudo aquilo.

Partir e deixar o filho? O que pensaria Alexander se soubesse que ela havia abandonado o filho para procurá-lo entre os horrores do mundo?

Tatiana permanecia sentada na escada de incêndio, sentindo o odor do ar, da água, o odor do céu. Buscou Perseu no céu e não o encontrou, buscou a lua e não a encontrou. Era tarde, e a lua estava embaixo do manto de nuvens.

Seu bebê precisava da mãe.

Precisaria ele mais da mãe do que Alexander da esposa?

Era essa a escolha?

Escolher entre o pai e o filho?

Estaria abandonando um em favor de outro?

Precisava ocupar-se da ideia de que poderia não retornar. Estava preparada para deixar aquela vida ao filho?

Tudo o que precisava fazer era continuar onde estava e seguir com sua vida.

Mas não havia nenhuma Tatiana ali. Tatiana permanecia com Alexander, os braços em volta dele no lago Ladoga, onde dormiam juntos todas as noites. Seus braços envolviam o corpo de Alexander, que sangrava no gelo do lago Ladoga. Ela o teria deixado partir se pudesse entregá-lo a Deus. Deus certamente o chamava.

Mas não foi o que fez.

E, por não ter feito, estava agora na América, sentada para sempre na escada de incêndio. Era o que sentia naquele momento crucial. A decisão que tomasse ali definiria o rumo de sua vida.

Em uma direção, o caminho era simples e vívido.

E na outra, era obscuro, pesado e duvidoso.

Ficar era aceitar o bem.

Partir era abraçar o incognoscível.

Ficar seria não tornar o sacrifício de Alexander em vão.

Partir seria ir rumo à morte.

No entanto, aceitaria a vida sem ele?

Poderia imaginar a vida sem Alexander? Talvez não naquele momento, mas em dez, vinte, cinquenta anos? Podia se imaginar com setenta anos, casada com Edward e sentada à mesa comprida com seus filhos ao redor?

Tatiana sentia que aquele Cavaleiro de Bronze a perseguiria até o túmulo. Ouviria seu cavalo retumbante até a eternidade, dia e noite, em cada hora de tristeza e em cada minuto de fraqueza, na escuridão e na luz, por toda a América ele a estaria perseguindo, como não deixara de persegui-la nos últimos mil e cem dias e nas últimas mil e cem noites, empurrando-a para dentro da nuvem de loucura. Até quando viveria assim?

Até quando o Cavaleiro de Bronze a perseguiria?

Orbeli: aquele homem não era a prova de que, onde quer que estivesse Alexander, dentro de sua noite mais escura, ele estaria chamando por ela?

Acreditar que Alexander está vivo e não tentar encontrá-lo seria como dar-lhe as costas.

O que significava tudo aquilo?

Talvez pudesse fechar a janela que dava acesso à noite e não ouvir mais o seu chamado. Talvez pudesse até se convencer de que Alexander a perdoaria por não procurá-lo, por ter um coração indiferente.

Suas próprias palavras e pensamentos de outrora continuavam ecoando dentro dela.

— *Do jeito que olha para elas, parece que vai ter de trazê-las de volta sozinho quando a guerra acabar* — ela diz.

Volte para encontrar seu soldado, ela pensa, no ônibus, no dia em que se conheceram.

Faça a si mesma três perguntas, Tatiana, e saberá quem você é.

O que espera?

Em que acredita?

E o mais importante: o que ama?

Tatiana entrou em casa, fechou a janela e foi deitar-se ao lado do filho.

— Preciso falar com você, Vikki — disse Tatiana na manhã seguinte, enquanto apressadamente comiam croissant e bebiam café na cozinha.

— Não pode esperar até a noite? Estamos atrasadas. Anthony vai perder a hora da escola.

Tatiana segurou a mão de Vikki, que tinha migalhas de croissant nos lábios. Estava muito esbelta e cativante, os cabelos escuros, parada ao lado do balcão, olhando carinhosamente para Tatiana com a boca cheia. Tatiana a abraçou.

— Eu a amo tanto — disse. — Agora sente-se, precisamos conversar.

Vikki se sentou.

— Vikki, sabe que por quase três anos trabalho em Ellis, que sou voluntária na Cruz Vermelha, que percorro os hospitais de veteranos e que examino cada navio de refugiados que chega a Nova York. Sabe que todos os meses ligo para Sam Gulotta em Washington e que entrei em contato com Esther. E fiz isso por um único motivo.

— Que motivo? — perguntou Vikki, mastigando.

— Descobrir o que aconteceu com Alexander.

— Ah.

— Mas não consegui descobrir nada.

Vikki deu uma palmadinha na mão de Tatiana.

— Chegou a hora de eu tentar algo mais.

— Mais Iowa? — perguntou Vikki, rindo.

— Preciso que me ajude.

— Ah, não... — disse Vikki, revirando os olhos. — Para onde vamos desta vez?

— Nada me agradaria mais do que a sua companhia — garantiu Tatiana —, mas preciso de você para algo mais importante.

— O quê? E aonde você vai?

— Vou encontrar Alexander.

Um pedacinho de croissant caiu da boca de Vikki.

— Encontrar Alexander onde? — perguntou, perplexa.

— Começo pela Alemanha, depois a Polônia e então a União Soviética.

— *Aonde* você vai?

— Escute...

Vikki apoiou os braços sobre a mesa e bateu várias vezes a testa contra o tampo, depois balançou a cabeça de um lado para o outro.

— Pare, Vikki.

— Caramba, acho que essa foi a melhor de todas! A de Massachusetts foi boa, a de Iowa foi melhor ainda, a de Arizona foi ótima, mas o que acabou de dizer é impagável!

— Espere eu terminar de falar.

— Do que está falando? — perguntou Vikki, terminando de comer e batendo na mesa com o punho cerrado. — Sei que está brincando. Ninguém vai para a Alemanha.

— A Cruz Vermelha Internacional vai. E eu vou junto.

— A Cruz Vermelha não vai!

— Vai, e eu vou junto!

— Não pode ir! Anthony e eu não podemos acompanhá-la se você for com a Cruz Vermelha aos territórios ocupados.

— Eu sei, e não quero que vocês venham comigo. Quero que ele fique aqui, onde está seguro...

Vikki abriu a boca, que desta vez estava vazia.

— Quero que fique aqui com *você*. — Tatiana segurou as mãos de Vikki. — Com você — repetiu. — Porque você ama meu filho e ele ama você; porque vai tomar conta dele como se fosse seu próprio filho. Vai cuidar dele por mim e pelo pai dele.

— Tatia, você enlouqueceu. Não pode ir — sussurrou numa voz rouca.

Tatiana apertou as mãos de Vikki.

— Me escute, Vikki. Quando eu achava que ele estava morto, eu estava morta. Fui ressuscitada por Paul Markey e Josif Orbeli. Meu marido precisa de mim. Ele está me chamando, e você pode confiar em mim quando digo isso. Paul Markey o viu *vivo* em abril do ano passado na Saxônia, Alemanha, quando eu achava que ele estava morto no lago Ladoga, em Leningrado, a milhares de quilômetros dali. Edward tinha razão quando me convenceu a não ir em 1944, porque eu não tinha qualquer notícia de Alexander. Desta vez eu tenho, e eu vou. Preciso apenas que você tome conta de Anthony. Seus avós irão ajudá-la. — Tatiana fez uma pausa. — Não importa o que acontecer.

Vikki balançou a cabeça, impotente.

— Ele precisa de mim, Vikki. Que tipo de esposa eu seria caso não o ajudasse? Ajudo pessoas completamente estranhas em Ellis. Que tipo de esposa não ajuda o próprio marido?

— Uma esposa lúcida — sussurrou Vikki.

— Uma esposa não muito boa — disse Tatiana.

Naquele mesmo dia, Tatiana pegou o trem para Washington.

Sam Gulotta fez um gesto para que três pessoas que estavam em seu escritório saíssem, e fechou porta.

— Como vai, Sam? Preciso de sua ajuda — disse Tatiana.

— Estou cansado de ouvir isso, Tatiana. Acha que não sei disso? Por que acredita que ajudei você esses anos todos? Acredita que se tivesse algum modo de trazer minha Carol de volta eu não o faria? Sacrificaria qualquer coisa. Fiz tudo que pude por você, mas não posso ajudá-la mais.

— Pode sim — ela disse, calmamente. — Preciso que você arrume um passaporte para Alexander.

— Como vou conseguir um passaporte? — gritou Sam. — Com base em quê?

— Ele é um cidadão americano que precisa de um passaporte para voltar.

— Voltar de onde? Quantas vezes preciso dizer que...

— Nem mais uma única vez. Seu próprio Departamento de Estado diz que ele não perdeu a cidadania.

— Não disseram nada parecido.

— Sim, disseram. A lei federal para dupla cidadania afirma: "De acordo com a lei, os cidadãos americanos devem optar *voluntariamente* por outra cidadania" — leu Tatiana, de um papel que ela apontou para Sam. Ela deu especial ênfase à palavra *voluntariamente*, e ainda repetiu a palavra para o caso de Sam não ter entendido. — Voluntariamente.

Então se sentou; no rosto, uma expressão satisfeita.

— Por que olha para mim como o gato que acabou de abocanhar o canário?

— Repito pela terceira vez: voluntariamente.

— Ouvi da primeira vez.

— E cito mais da lei: "Para renunciar à cidadania norte-americana, o requerente deve solicitar livremente a cidadania estrangeira".

Sam coçou os olhos.

— Pode até estar escrito na lei, mas o que isso tem a ver?

— O alistamento militar para garotos de dezesseis anos é *compulsório* na União Soviética! — E, para o caso de Sam não ter entendido, Tatiana repetiu: — Compulsório!

— Por Deus! Isto aqui não é jardim de infância. Acha que não entendo o que diz?

— Voluntário. Compulsório. Vê? As duas palavras têm significados opostos.

— Sim, obrigado por me ensinar inglês, Tatia.

— É o que estou tentando explicar. Ele não desistiu da cidadania americana por vontade própria, não a entregou voluntaria... mente. Foi *forçado* a se alistar no Exército Vermelho aos dezesseis anos.

— Você disse que ele entrou para a escola de oficiais aos dezoito anos. Para mim, parece voluntário.

— Sim, mas dezesseis vem antes de dezoito. Aos dezesseis ele foi forçado a se alistar, e o fizeram acreditar que não tinha mais direitos nos Estados Unidos. — Ela fez uma pausa. — Mas ele tem. E preciso que você o ajude.

Sam a olhava inexpressivamente.

— Você sabe algo sobre onde ele está que eu não sei? — perguntou, por fim.

— Não sei de nada. Gostaria que você pudesse me ajudar. Mas sei que de alguma maneira ele vai precisar de um passaporte.

— Passaporte, Tatia! Ele está nas mãos dos soviéticos, compreende? Por que não aceita que ele está mais perdido do que antes, preso na máquina soviética que jogou milhões de garotos nas garras dos alemães?

Tatiana não disse nada, mas seu lábio inferior começou a tremer.

— Além do mais, não posso emitir um passaporte sem foto. Preciso de uma foto em preto e branco, apenas do rosto, sem cobrir a cabeça. Suponho que tenha uma foto assim.

— Assim, não.

— Então não posso ajudá-la.

Tatiana se levantou.

— Ele é um cidadão americano atrás da Cortina de Ferro. Precisa da *sua* ajuda.

Sam também se levantou.

— Os soviéticos têm se recusado a nos passar informações sobre os soldados americanos desaparecidos. Você acredita que vão nos dar alguma informação sobre um homem que estão caçando há três anos?

— Seja como for, eles darão — garantiu Tatiana. — Tenho que ir. Mandarei uma carta quando precisar de você.

— Não duvido.

LIVRO III

Alexander

Ela se aproxima, minha vida, meu destino
A rosa vermelha grita: "Está próxima, está próxima"
A rosa branca chora: "Está atrasada"
A espora do cavaleiro escuta: "Eu a ouço"
E o lírio sussurra: "Eu a espero".

Lorde Alfred Tennyson

CAPÍTULO TRINTA E NOVE

Alemanha Oriental, março de 1946

A FÉ LEVOU TATIANA ATÉ A ALEMANHA.

Formava uma equipe com uma enfermeira baixinha – mais baixa do que Tatiana–, e um médico recém-formado chamado Martin Flanagan. Penny era uma garota gorducha e divertida. Martin era um homem de estatura mediana, peso mediano e uma pança mediana embaixo do uniforme médico, e de uma austeridade irritante. Estava perdendo o pouco de cabelo com o qual havia nascido, fato que, concluiu Tatiana, deveria contribuir para a sua falta de humor. Apesar disso, achou que ele fosse uma boa pessoa; isso até a véspera da viagem, quando Martin reclamou que Tatiana estava colocando muitos rolos de gazes nos kits médicos.

– Existe algo como excesso de material médico? – disse Tatiana.

– Sim. Recebemos instruções para colocar um rolo de gaze e um de esparadrapo. Está colocando dois de cada.

– Algum problema?

– Não está seguindo as instruções, enfermeira Barrington.

Tatiana tirou o segundo rolo de gaze, mas, assim que o doutor Flanagan virou as costas, ela jogou mais três dentro da caixa de papelão. Penny viu e segurou o riso.

– Não o contrarie. Ele é muito meticuloso – disse Penny.

– Ele não tem mais com o que se preocupar – rebateu Tatiana. Qual seria a reação de Martin quando a visse de cabelo tingido e maquiagem? O que pensaria quando o chamasse de Martin? Tatiana descobriu na manhã seguinte, quando perguntou:

– Pronto para levantar velas, Martin?

O médico tossiu e disse:

– Prefiro que me chame de doutor Flanagan, enfermeira Barrington.

Não fez nenhum comentário sobre o cabelo e a maquiagem. Tatiana havia tingido o cabelo de preto após se despedir de Anthony. Não queria que o filho se lembrasse dela como uma pessoa diferente do que estava acostumado, de modo que o levou à escolinha como de costume e disse na voz mais serena possível:

– Você se lembra do que conversamos, não é, Anthony? Mamãe vai fazer uma viagem de trabalho com a Cruz Vermelha, mas volta o mais rápido possível e vamos passar as férias num lugar bem divertido. Combinado?

— Combinado, mamãe.

— Aonde quer ir?

— Flórida.

— Ótima ideia. É para lá que vamos.

Anthony não respondeu, apenas continuou abraçado ao pescoço da mãe.

— Vai ficar bem com a Vikki. Sabe o quanto ela gosta de cuidar de você. Ela vai deixar que coma rosquinhas com sorvete todos os dias.

— Sim, mamãe.

Ficou assistindo ele atravessar a porta da escola com a mochila nas costas, então foi atrás dele.

— Anthony! Anthony!

Ele se virou.

— Dê mais um abraço na mamãe, querido.

Vikki tirou o dia de folga para ajudar a tingir o cabelo de Tatiana e ir ao porto se despedir. Tatiana queria mudar a cor do cabelo e passar maquiagem para não ser reconhecida. Levaram três horas pintando os longuíssimos cabelos de Tatiana.

— Esta é a pior parte. Depois é só retocar a raiz a cada cinco ou seis semanas. Acredita que até lá já vai estar de volta?

— Não sei — respondeu, embora não acreditasse que estaria. — Prefiro que me dê tinta para vários retoques.

— Quantos?

— Não sei. O suficiente para uma dúzia.

Vikki passou rímel, delineador, base para esconder as sardas e blush.

— Não acredito que passe por isto todos os dias — disse Tatiana.

— Não acredito que precise de uma missão suicida numa zona de guerra para fazer você usar maquiagem.

— Não é suicida. Como vou me maquiar sem você? Não passe tanto batom!

O batom deixava os lábios de Tatiana carnudos e provocativos, e esse não era o efeito que ela desejava. Olhou-se no espelho e não se reconheceu.

— Então, como estou?

Vikki a beijou no canto da boca.

— Irreconhecível.

Mas Martin — ou melhor, o doutor Flanagan — não fez nenhum comentário quando a viu no porto, embora tenha limpado a garganta e desviado o olhar. Já Penny ficou estarrecida.

— Você tem o cabelo loiro mais lindo do mundo e o pinta de preto?

— Sinto que as pessoas não me levam a sério — disse Tatiana, num tom solene. — Pintei o cabelo e passei maquiagem para que me levem a sério.

— Você leva Tatiana a sério, doutor Flanagan? — indagou Penny.

— Demasiadamente — respondeu Martin.

As garotas começaram a rir.

Vikki não saía do lado de Tatiana nem por um segundo.

— Volte, por favor... — sussurrou.

Tatiana não respondeu.

— Os italianos são tão emotivos — disse por fim a Martin e Penny, que a fitavam enquanto atravessavam a plataforma para embarcar. Tatiana virou e acenou para Vikki.

Tatiana estava usando calças brancas largas, túnica branca e, na cabeça, um lenço branco com o emblema da Cruz Vermelha. Havia comprado a maior e melhor mochila que encontrara numa loja de equipamentos militares, com muitos bolsos fechados com zíper e um rolo de tecido impermeável que podia ser usado como manta, casaco ou tenda. Levou outro uniforme para ela, artigos de higiene pessoal (duas escovas de dente), roupas íntimas e dois trajes civis de cor oliva, um para ela e outro para um homem alto. Levou a terceira manta que havia comprado em seu primeiro Natal em Nova York. Colocou na mochila a arma P-38 que Alexander havia lhe dado durante o cerco a Leningrado. Encheu a maleta de enfermagem com rolos de gaze e de esparadrapo, seringas com penicilina e *syrettes* de morfina[1]. Em outro bolso da mochila, guardou a pistola Colt modelo 1911 e uma Colt Python, que havia custado os olhos da cara (200 dólares), mas que aparentemente era o melhor revólver do mundo, com balas que mais pareciam bombas. Também comprou cem pentes de oito tiros para a pistola, cem projéteis de calibre .357 para o revólver, três cartuchos de 9 milímetros para a P-38 e duas facas. As armas foram adquiridas na Frank Lava, uma loja de armamentos de fama internacional.

— Se quer a melhor, deve levar a Python — recomendou o próprio Frank. — Não existe arma mais resistente, certeira e cruel.

Frank levantou as sobrancelhas grossas apenas uma vez, quando Tatiana pediu a caixa com cem pentes.

— São oitocentos disparos — observou.

— Sim, mais os do revólver. Não basta? Devo levar mais?

— Bem, vai depender do seu objetivo.

— Hum... melhor me ver mais cinquenta para... *a* Python — disse Tatiana, saindo-se muito bem no uso dos artigos definidos.

1 Desenvolvida pelo laboratório Squibb, as *syrettes* eram tubos de pasta de dente em miniatura com morfina e uma agulha acoplada, que permitia ao soldado aplicar a droga sem o risco de superdosagem. (N.T.)

Comprou cigarros.

Tatiana não conseguiu levantar a mochila do chão depois de pronta. Acabou emprestando de Penny outra menor e guardou as armas nela. Colocou a mochila com os itens pessoais nas costas e carregou na mão a bolsa com as armas. O peso da bagagem a fez considerar que havia exagerado.

Pegou na mochila preta as alianças ainda penduradas no cordão que usava em Morozovo e colocou-o no pescoço.

Quando Edward descobriu que Tatiana havia se demitido do Departamento de Saúde Pública, recusou-se a conversar com ela, mas Tatiana foi até Ellis despedir-se dele.

— Não quero falar com você — disse Edward, olhando-a com frieza.

— Eu sei, e sinto muito que pense assim. Mas o que eu posso fazer, Edward?

— Não ir.

Tatiana meneou a cabeça.

— Ele está vivo...

— Estava vivo. Já se passou quase um ano.

— Vivo! O que posso fazer? Deixá-lo onde está?

— É loucura. Está deixando seu filho, não está?

— Edward — disse Tatiana, segurando sua mão e o olhando com complacência. — Sinto muito, nós quase... Mas não sou solteira nem viúva. Sou casada e meu marido está vivo em algum lugar. Preciso encontrá-lo.

O navio *White Star* levou dez dias para chegar a Hamburgo, na Alemanha. O cargueiro estava lotado com cem mil kits médicos doados pelos Estados Unidos, além de lotes de alimentos e itens de higiene pessoal. Os estivadores passaram metade do dia carregando os caminhões que transportariam os donativos para a Cruz Vermelha no hospital de Hamburgo e de lá seriam distribuídos usando os veículos da entidade.

Os jipes da Cruz Vermelha eram feitos para serem autossuficientes, com suprimentos para alimentar uma equipe de três pessoas — duas enfermeiras e um médico ou três enfermeiras — durante quatro semanas. O médico cuidava dos doentes e feridos, e certamente havia muita necessidade de cuidados. Nos campos de refugiados encontraram todo tipo de enfermidade: infecção por fungos, inflamação nos olhos, eczemas, carrapatos, lêndeas e piolhos, cortes, escoriações, queimaduras, feridas abertas, fome, diarreia e desidratação.

Tatiana, Penny e Martin percorreram num desses jipes os campos de refugiados espalhados por todo o norte da Alemanha, pela Bélgica e pela Holanda. Embora a equipe tivesse alimentos, nos campos a situação era diferente e não havia lotes de comida suficientes para serem distribuídos. Martin precisou encostar o veículo várias vezes para ajudar alguém que mancava, caminhava ou estava deitado no acostamento da estrada. Todo o oeste da Europa estava num turbilhão de refugiados e os campos para abrigá-los surgiam por todo o interior.

Os soldados soviéticos, porém, não eram vistos em lugar nenhum, mesmo havendo muitos prisioneiros franceses, italianos, marroquinos, tchecos e ingleses.

Em dezessete campos e em milhares de rostos, Tatiana não chegou nem perto de encontrar algum soldado que houvesse lutado nas proximidades de Leningrado, ainda menos de alguém que tivesse conhecido Alexander Belov.

Milhares de rostos e de mãos de prisioneiros doentes e sujos erguidas em súplica.

Tatiana pressentia que Alexander não estava ali. A cada dia levantava mais desanimada e seguia sozinha de um campo a outro. O campo seguinte ficava a apenas onze quilômetros e Tatiana não queria a companhia de Martin e Penny, não queria conversar, queria caminhar sozinha para onde ele pudesse estar. Com o coração afundando, batendo fraco no peito, ela não fazia ideia de onde ele estaria.

Afastou-se de Penny e Martin, desejando ver o pôr do sol de Nova York, ver o semblante do filho que há três meses estava sem mãe. Sonhava em poder comer um pão quentinho, em beber um bom café e com a felicidade de ler sob a manta de caxemira no sofá, com Vikki a apenas alguns centímetros dela e Anthony no quarto. As raízes loiras do cabelo cresceram mais rapidamente do que a possibilidade de ela encontrar um banheiro privativo com espelho para retocá-las, e passou a usar o lenço de enfermeira em tempo integral.

Três meses. Desde março Tatiana dirigia o jipe, entregava os donativos, fazia curativos e os procedimentos de primeiros-socorros, percorrendo uma Europa devastada, e todos os dias ela se curvava e rezava, agradecendo por ter ajudado outro refugiado. Outro barracão, outra enfermaria, outra base militar. Esteja aqui, esteja aqui.

E ainda assim...

A esperança não havia morrido por completo.

A fé não havia morrido por completo.

Todas as noites ela se deitava e todas as manhãs se levantava com energia redobrada e partia em busca dele.

Tatiana encontrou outra P-38 com um soldado ucraniano que praticamente morreu em seus braços. Pegou sua mochila com oito granadas e cinco cartuchos de oito disparos. Rastejou até o jipe e escondeu a munição num compartimento estreito embaixo do assoalho do carro que guardava muletas, macas dobráveis, ou catres, e que agora continha um pequeno arsenal.

Quando Tatiana finalmente percebeu que não havia nenhum vestígio de Alexander onde ela estava, perdeu o interesse por aquela região da Europa e sugeriu que fossem para outro lugar.

— Acredita que os refugiados não precisam de nossa ajuda, enfermeira Barrington? — perguntou Martin.

Estavam em Antuérpia, na Bélgica.

— Precisam, mas há tantos outros que também precisam de nós. Vamos até a base americana conversar com o comandante Charles Moss.

A Cruz Vermelha Internacional havia fornecido uma lista com o nome dos comandantes das instalações norte-americanas e os campos de refugiados em toda a Europa.

— Onde acredita que mais precisam de nós, coronel Moss? — perguntou Tatiana ao comandante.

— Diria que em Berlim, mas não recomendo irem até lá.

— Por que não?

— Não vamos para Berlim? — garantiu Martin.

— Os soviéticos cercaram e prenderam os soldados alemães — explicou Moss. — Ouvi que a situação dos campos de prisioneiros faz os de refugiados parecer um hotel na Riviera. Os soviéticos não autorizaram a Cruz Vermelha a distribuir os donativos nos campos, infelizmente. Fariam bom uso.

— Onde os alemães estão presos? — quis saber Tatiana.

— Por uma ironia do destino, nos mesmos campos que eles construíram.

— Por que não aconselha nossa ida?

— Berlim é uma bomba-relógio, com três milhões de pessoas sem comida.

Tatiana conhecia a situação.

— A cidade precisa de três mil e quinhentas toneladas de comida por dia e produz apenas dois por cento disso.

Tatiana conhecia ainda mais *aquela* situação.

— Imagine você. O esgoto corre a céu aberto, não há água encanada, não há leitos nos hospitais e quase não há médicos. Disenteria, tifo, nada parecido com a simples infecção de olhos que temos por aqui. Precisam de água, médicos, grãos, carne, banha, açúcar, batata.

— Mesmo nos setores ocidentais? — indagou Tatiana.

— Ali a situação é um pouco melhor. Porém, para chegar aos campos de concentração, precisam entrar na zona soviética e isso eu não recomendo.

— Os soviéticos estão colaborando? — Tatiana perguntou a Moss.

— Sim, como os Hunos — ironizou o coronel.

Após a partida de Antuérpia, Tatiana disse:

— O que acha, doutor Flanagan, devemos seguir para Berlim?

Os soviéticos estavam em Berlim.

Martin fez que não com a cabeça.

— Não estava na nossa agenda. A missão é clara: Países Baixos e norte da Alemanha.

— Sim, mas Berlim é onde mais precisam de nós. Você ouviu o que o coronel disse. Esta região já recebe bastante ajuda.

— Não o bastante, nem perto disso — contestou Martin.

— Mas o leste da Alemanha não recebe *nenhuma* ajuda.

— Tatia tem razão — interveio Penny. — Vamos para Berlim.

Martin espirrou.

— Por que ela pode chamar você de Martin? — indagou Tatiana.

— Não pode, mas chama — reclamou Martin.

— Martin e eu viajamos juntos pela Europa desde 1943 — contou Penny. — Ele era apenas um residente. Se me obrigar a chamá-lo de doutor Flanagan, vou obrigá-lo a me chamar de senhorita Davenport.

Tatiana riu.

— Seu nome não é Davenport, Penny. É Woester.

— Sempre gostei de Davenport.

Os três estavam viajando espremidos no banco dianteiro do jipe, com Tatiana sentada entre o severo Martin, que dirigia, e a descontraída Penny.

— Vamos conhecer os campos de trabalho, doutor Flanagan — disse Tatiana. — Não se sente requisitado? Berlim está com falta de médicos. Deve ir aonde precisam de você.

— Precisam de médicos em todos os lugares — contestou Martin. — Por que devo me enfiar na areia movediça que é Berlim? Vamos ser tragados.

Entretanto, após pararem em Hamburgo para reabastecer, seguiram para Berlim. Martin reclamou de encherem o jipe com kits médicos e caixas de comida, salientando a regulamentação de que os veículos não deveriam viajar carregados com pilhas de mais de um e metro e vinte de produtos, mas Tatiana e Penny insistiram, e o jipe partiu carregado do chão ao teto. Tatiana não tinha acesso ao arsenal escondido embaixo do assoalho do carro. Quando precisasse das armas o jipe já estaria mais vazio, e então pensaria no que fazer.

Tatiana estava em posse de tanta munição, que poderia ter explodido a cidade de Berlim. Havia até comprado, com o próprio dinheiro, uma caixa com vinte garrafas de vodca, em Hamburgo.

— Por que precisamos de vodca?! — exclamou Martin.

— Logo irá descobrir, doutor. Sem vodca não chegaremos a lugar algum.

— Não vou permitir que sejam transportadas no meu jipe.

— Acredite, não vai se arrepender.

— Considero a bebida um hábito degradante. Na posição de médico, não quero ser conivente com a embriaguez.

— Tem toda razão. Por favor, não seja conivente — disse Tatiana, batendo com força a porta do carro com se o assunto estivesse encerrado.

Penny segurou o riso.

— Enfermeira Woester, a senhorita não está colaborando. Ouviu o que eu disse, enfermeira Barrington? Não acredito que devemos transportar bebida alcoólica.

— Já esteve em território soviético, doutor Flanagan?

— Bem, não.

— Foi o que pensei. Por que não confia em mim desta vez? Apenas desta vez, tudo bem? Vamos precisar da vodca.

Martin voltou-se para Penny.

— O que acha?

— Tatiana é enfermeira chefe no hospital da Ilha Ellis, nomeada pelo Departamento de Saúde Pública de Nova York. Se está dizendo que devemos levar a vodca, então devemos levar.

Tatiana não quis corrigi-la e contar que ela *foi* a enfermeira chefe.

Nos campos de prisioneiros por onde passavam ao percorrer centenas de quilômetros dentro do território ocupado pelos aliados, Tatiana encontrou algo além da necessidade de dinheiro, joias, canetas e papel: a saudade desesperada dos soldados de sua terra natal. Quase todos sussurravam para ela palavras em francês, italiano, alemão, ou no reconfortante idioma inglês, sobre alguma garota especial, e de como ela também deve estar se sentindo solitária, ou se perguntavam se já estaria casada? Estaria ela...? E Tatiana tocava na cabeça de cada um dos soldados para lhes dar um pouco de conforto e dizia "Estou aqui procurando meu marido... Não sou a mulher certa para você... Não sou ela...".

Penny, por sua vez, não era comprometida nem procurava o marido, estava disponível. O que *ela* buscava? Tatiana estava feliz por Vikki não ter vindo para aquele caldeirão de homens insaciáveis. Teria acreditado que os deuses finalmente haviam atendido as suas orações. Penny não era tão bonita quanto Vikki — talvez fosse esse o problema — e sentia-se lisonjeada e sucumbia às súplicas, necessitando tomar injeções de penicilina toda semana para evitar doenças que apenas de pensar deixavam a própria Tatiana um pouco enferma.

Mesmo com toda fé, amor e esperança que sentia por Alexander, ela não conseguia deixar de imaginar se Alexander não era um desses homens presos em algum das centenas de campos espalhados pela Alemanha que naquele mesmo momento estaria tocando uma enfermeira como Penny, a qual num gesto de altruísmo perguntava:

— Qual o problema? Do que tem medo? Não estou pedindo nada, apenas para quando eu voltar à noite você fique comigo...

Alexander quisera possuir Tatiana no leito da enfermaria lotada do hospital de Morozovo dias antes de ela partir da União Soviética e à noite não pensava nem falava de outra coisa. Alexander seria um dos homens que deitado no beliche rezava para ter uma enfermeira só para ele?

Não era tão ingênua a ponto de acreditar que Alexander não poderia ser um deles.

Mesmo assim... ela não era como Penny.

Quem sabe nem Alexander fosse como aqueles homens.

Tatiana havia encontrado homens que haviam deixado a esposa ou a namorada para trás e que deitados nos beliches não a solicitavam.

Mas esses eram a minoria.

Em campos como os de Bremen os ânimos estavam tão exaltados, que as enfermeiras não tinham autorização para irem sozinhas à enfermaria, sem um grupo armado ou um representante masculino da Cruz Vermelha. O problema é que o grupo às vezes era pago para fazer vista grossa e não dava para confiar nos funcionários da Cruz Vermelha. Sejamos francos, quem Martin conseguiria deter?

Tatiana não se sentia segura e sempre carregava a P-38 escondida nas costas, no coldre preso ao cinto.

Para chegar a Berlim tiveram de passar por vários postos de controle soviéticos. A cada oito quilômetros eram parados em um posto militar na estrada e Tatiana via em cada um deles não um posto de controle, mas uma emboscada. Toda vez que examinavam seu passaporte americano, o coração de Tatiana disparava. E se tivessem em alerta para o nome Jane Barrington?

— Por que chamamos você de Tatia se o seu nome é Jane Barrington? — questionou Martin ao deixarem outro posto de controle. — Ou melhor, por que você se diz Jane Barrington quando seu nome é Tatia?

— Não seja tolo, Martin! — exclamou Penny. — Não sabe que Tatia escapou da União Soviética? Quis mudar para um nome americano, não é, Tatia?

— Então por que ela quer ir aos territórios ocupados pelos soviéticos? — perguntou Martin.

— Boa pergunta, Martin — disse Penny. — Por quê?

— Vou para onde precisam de mim, não onde é conveniente.

Os soldados soviéticos pediam para inspecionar o jipe em postos alternados. Como o veículo estava abarrotado de suprimentos, os soldados abriam as portas e as fechavam em seguida. Não desconfiavam do compartimento secreto, então nunca pediam para inspecioná-lo, e nem revistavam a bagagem pessoal dos tripulantes. Martin teria um chilique se soubesse a quantidade de morfina que Tatiana carregava em sua maleta de enfermeira.

— Afinal, quando chegaremos a Berlim? — perguntou Tatiana.

— Você está nela — respondeu Penny.

Tatiana olhou para as fileiras de casas.

— Aqui não é Berlim.

— É sim. O que esperava?

— Prédios altos. O Reichstag. O Portão de Brandemburgo.

— Já ouviu falar em bombardeio? — disse Martin arrogantemente. — O Reichstag não existe mais, nem os prédios altos.

Dirigiram na direção do centro da cidade.

— O Portão de Brandemburgo continua de pé — alfinetou Tatiana, apontando para o monumento.

Martin não comentou.

Berlim.

Berlim do pós-guerra.

Tatiana havia vivenciado os bombardeios contra Leningrado e por isso havia se preparado para o pior, mas surpreendeu-se com o que encontrou. Berlim não era uma cidade, mas uma ruína de proporções bíblicas. A maioria dos prédios do centro estava reduzida a destroços e os moradores viviam à sombra das construções despedaçadas, pendurando a roupa lavada em varais improvisados entre as vigas retorcidas, e as crianças brincavam no meio do concreto quebrado. Haviam erguido tendas nos locais onde costumavam morar, faziam fogueiras em buracos no chão e comiam o que encontravam. E isso no setor americano.

No parque Tiergarten havia milhares de berlinenses desabrigados e o rio Spree estava poluído com cinzas de cimento e vidro, enxofre e nitrato de sódio, resíduos dos bombardeios que haviam arrasado cerca de três quartos do centro da cidade.

Penny tinha razão. Berlim não era como a cidade de Nova York espremida numa ilha, nem como Leningrado, limitada pelo golfo. Berlim se espalhava para todas as direções em quilômetros de prédios destruídos.

Tatiana compreendeu por que era difícil conter o fluxo de pessoas de um setor a outro, já que havia várias entradas e saídas. Não sabia como os soviéticos faziam para impedir que os alemães fugissem para as zonas controladas pelos americanos, franceses e ingleses.

— Já disse que todos os alemães estão na cadeia — lembrou Martin.

— *Todos?*

— Os outros morreram.

Foram conversar com o governador militar do setor americano, o general de brigada Mark Bishop, nascido em Manhattan. Bishop os convidou para comer e se mostrou muito interessado nas notícias de sua terra natal. Permitiu que Tatiana mandasse um telegrama a Vikki e Anthony ("Estou bem e em segurança. Saudades. Amo vocês.") e um para Sam Gulotta ("Em Berlim. Alguma notícia? Alguma ajuda?") e os acomodou numa pousada instalada num prédio danificado porém habitável. Embora estivessem faltando algumas paredes internas e os vidros das janelas estivessem estourados, equipes médicas e militares usavam o prédio para dormir, e Tatiana, Penny e Martin fizeram o mesmo. Tatiana e Penny dividiram um quarto. Era uma noite fresca de junho e havia um constante ruído do movimento de homens chegando. Tatiana teve um sono leve e manteve-se agarrada à pistola.

Alexander dos aflitos! Alexander dos inocentes, dos eloquentes, dos invencíveis, dos invisíveis, dos destemidos. Alexander da água, do fogo e do céu. Alexander da minha alma. Meu bom Senhor, leve-me até ele, até próximo a ele, até dentro dele. Leve-me ao meu soldado, homem dos tanques e das trincheiras, do fumo e da tristeza, a Alexander das minhas alegrias e meu desejo, do meu reino e meu vazio, a você onde estiver, onde poderei encontrá-lo e passar meus braços em seu pescoço enquanto você dorme e meu cabelo roça a tua face e meus lábios sussurram em seus lábios, "estou buscando você, por favor, esteja nesta terra, Alexander, meu coração".

Na manhã seguinte, havia um telegrama de Sam esperando Tatiana no escritório de Bishop: "Está louca. John Ravenstock do consulado. Vai ajudar".

Vikki também havia respondido: "Volte. Não temos pão".

Mark Bishop, que também estava animado com a possibilidade de colocar a Cruz Vermelha dentro da zona soviética, atravessou com eles o Portão de Brandemburgo para encontrar o tenente-general da guarnição de Berlim e também comandante militar de Berlim Oriental.

— Ele não fala inglês. Alguém de vocês fala russo, ou precisamos de um intérprete? — perguntou Bishop.

— Ela fala — disse Martin, voluntariando Tatiana.

Tatiana precisava conversar com Martin sobre ele oferecer seus serviços sem consultá-la.

— Não se importa de traduzir, Tatia? — perguntou Penny.

— De jeito nenhum. Farei meu melhor — respondeu, puxando Penny de lado. — Não me chame de Tatia. Estamos em território soviético. Não use meu nome russo. Sou a enfermeira Barrington.

— Desculpe, nem me dei conta... — respondeu Penny com um sorriso. — Todo aquele amor deve ter subido na minha cabeça.

— Tomou a dose de hoje de penicilina? Ontem você esqueceu.

— Tomei. Já estou melhor. Graças a Deus que existe penicilina.

Tatiana deu um sorriso amarelo.

Os prédios na avenida Unter den Linden, no distrito de Mitte, que havia sido destinado a abrigar os soldados soviéticos, estavam tão decrépitos quanto a pousada onde Tatiana havia passado a noite. O que mais surpreendia Tatiana não era a destruição, mas a falta de reconstrução após um ano do fim da guerra. Nova York, que não havia sido bombardeada, vivia num ritmo frenético de construções, como se estivesse se preparando para a chegada do próximo século. No entanto, o setor oriental de Berlim estava estagnado, triste e em ruínas.

— Por que está tudo quieto? Por que não estão reconstruindo Berlim?

— Estamos reconstruindo. Devagar.

— Não vejo nada.

— Não posso explicar a tragédia que é Berlim nos cinco minutos que temos antes de encontrarmos o comandante da guarnição soviética. Os soviéticos não querem arcar com os custos da reconstrução, querem que os alemães paguem a conta.

— Nada mais justo, Berlim é uma cidade alemã — disse Tatiana.

— Primeiro os soviéticos querem reconstruir a União Soviética. Estão no direito deles.

— Sim.

— Por isso não há verbas para Berlim. Nem mentes. Estão enviando todos os engenheiros e todo o dinheiro para a União Soviética.

— Por que os Aliados não ajudam?

— Não é tão simples assim. A última coisa que os soviéticos desejam é nossa ajuda na zona de ocupação deles. Odeiam a nossa presença em Berlim e vão tentar nos expulsar daqui. Não aceitam nada que venha de nós. Você vai ver como será impossível obter a autorização do comandante soviético para entrarmos nos campos de concentração mesmo por motivos humanitários.

— Não querem que vejamos como tratam os prisioneiros alemães — disse Tatiana.

— Pode ser. O certo é que nos querem longe daqui. Não estou muito animado com esse encontro.

A escadaria no interior do edifício era de mármore, ainda que este estivesse todo trincado e quebrado. O tenente-general aguardava o grupo em seu escritório.

Entraram e o comandante virou e sorriu. Tatiana emitiu uma exclamação.

Era Mikhail Stepanov.

Penny e Martin olharam para ela. Tatiana se escondeu atrás de Martin para se recompor. Stepanov a reconheceria de cabelos escuros e com as sardas atenuadas pela maquiagem? Após as apresentações, o governador do setor americano disse:

— Enfermeira Barrington, por favor, pode vir aqui para a tradução?

Não havia onde se esconder, e Tatiana deu um passo à frente. Não sorriu para Stepanov, nem ele sorriu para ela. Ele permaneceu impassível, quase não piscava. O único gesto que denunciava que havia reconhecido Tatiana eram as mãos crispadas na lateral da mesa.

— Olá, general Stepanov — ela disse em russo.

— Olá, enfermeira Barrington.

Os lábios de Tatiana tremiam enquanto traduzia para o governador militar russo.

— A Cruz Vermelha oferece levar a assistência médica tão necessitada aos milhares de alemães detidos pelos soviéticos no leste da Alemanha. Podemos obter autorização para a missão?

— Acredito que precisam de muita ajuda — disse Stepanov. Ainda era um homem forte, mas estava envelhecido. Parecia cansado e seus olhos expressavam que já havia visto o bastante de tudo aquilo. — Temo dizer que os campos não são bem-administrados. Os alemães foram feitos prisioneiros como parte do esforço de reconstrução da União Soviética, mas percebemos que a maioria deles perdeu a vontade de trabalhar.

— Deixe-nos ajudá-los — disse Tatiana.

Stepanov fez um gesto que se sentassem. Tatiana desabou na cadeira e agradeceu por não precisar continuar de pé.

— Temos um problema real, infelizmente — disse Stepanov —, e não sei se os seus donativos irão funcionar. Há um ódio crescente em relação aos prisioneiros alemães em Berlim e nas redondezas, uma falta de disciplina militar essencial para se administrar um campo adequadamente. Os guardas são inexperientes e não receberam treinamento. Isso provoca um círculo vicioso de crime: fuga, resistência aos guardas e violência. Os custos políticos são altos. Muitos trabalhadores alemães que estariam dispostos a colaborar têm se recusado a cooperar. Revoltados, fogem para o lado ocidental. Precisamos fazer algo a respeito logo, mas temo que a presença da Cruz Vermelha desestabilize ainda mais a situação.

Quando Tatiana traduziu as palavras de Stepanov, Martin disse:

– O tenente-general está coberto de razão. Não temos nada o que fazer aqui. Não sabemos onde estamos nos metendo.

Tatiana não traduziu o comentário de Martin.

– A Cruz Vermelha é uma organização neutra. Não tomamos partido – acabou dizendo.

– Tomaria partido se visse os campos. – Stepanov balançou a cabeça. – Implementei algumas medidas para amenizar a distribuição desigual de comida, a precária condição sanitária e a imposição de regras arbitrárias e injustas. Há quatro meses exigi que melhorassem a condição insalubre dos campos. Os oficiais encarregados pelos campos russos se recusam a punir os abusos praticados por seus subordinados presos, gerando mais hostilidades.

– Nos campos russos? – perguntou Tatiana. – Ou quer dizer campos alemães?

Stepanov piscou.

– Existem prisioneiros russos também, enfermeira Barrington – disse Stepanov, olhando-a nos olhos. – Ou pelo menos havia, há quatro meses.

Tatiana começou a tremer.

– Qual companhia do exército é responsável pelo campo? Talvez eu... nós possamos conversar com eles.

– Terá de ir a Moscou conversar com Lavrenti Beria – explicou Stepanov, com um sorriso sombrio. – Embora eu não recomende. Há rumores de que *tomar café* com Beria pode ser uma experiência fatal.

Tatiana prendeu as mãos entre as pernas para evitar algum movimento brusco. Então a NKVD administrava os campos de concentração na Alemanha!

– O que ele disse, Ta... enfermeira Barrington? – perguntou Penny. – Está se esquecendo de traduzir.

– Nossa opinião já está formada. Os campos soviéticos serão um desperdício dos nossos recursos – disse Martin.

– Não nos faltam recursos, doutor Flanagan – contestou Tatiana, voltando-se para ele. – Temos todos os recursos oferecidos pelos Estados Unidos. O comandante disse que precisam desesperadamente de nós. Vamos abandoná-los agora que descobrimos que precisam de nós mais do pensávamos?

— A enfermeira Barrington tem razão nesse ponto, doutor Flanagan — disse Penny, séria.

— O ponto é ajudar aqueles que têm como se ajudar — declarou Martin.

— Sabe de uma coisa? Vamos ajudá-los primeiro e deixar que eles descubram se podem ajudar a si mesmos. — Tatiana virou-se para Stepanov. — Como chegou aqui, senhor? — murmurou.

— Fui transferido após da queda de Berlim. Meu trabalho em Leningrado foi exemplar, para o meu azar. Julgaram que eu poderia fazer o mesmo aqui. Em Leningrado havia falta de alimentos, moradia, roupas e combustível, mas em Berlim há tudo isso mais um choque entre países, pessoas, economias, justiças, reparações e punições. Estou me afundando nesta situação caótica. — Stepanov ficou em silêncio. — Não acredito que vá ficar aqui por muito mais tempo.

Tatiana segurou as mãos do tenente-general. O governador militar, Martin e Penny olharam admirados.

— Onde está aquele que trouxe seu filho de volta? — sussurrou. Stepanov balançou a cabeça, fitando a mão que segurava a dele. — Onde?

Stepanov levantou o olhar e disse:

— Sachsenhausen. Campo Especial Número 7.

Tatiana apertou sua mão e a soltou.

— Obrigada, tenente-general.

— O que o general disse a respeito de Sachsenhausen? — indagou Martin. — Você está se esquecendo de traduzir. Não seria melhor chamarmos um intérprete?

— Ele estava dizendo onde sou mais necessitada — disse Tatiana, esforçando-se para ficar de pé e manter-se sobre suas pernas trêmulas. Estava com a boca seca. — Ficaremos agradecidos se nos der as coordenadas para chegarmos ao campo, senhor. Talvez um mapa cartográfico da região, por precaução? Pode enviar um telegrama a eles avisando da nossa chegada? Escreveremos para a Cruz Vermelha em Hamburgo solicitando mais comboios para Berlim. Prometo que vamos levar alimentos e remédios para os campos soviéticos. Não irá resolver todos os problemas, mas a situação irá melhorar.

Apertaram-se as mãos, sem que Tatiana tirasse os olhos de Stepanov. Ele assentiu para ela.

— Não se demore — disse. — Os prisioneiros russos estão em péssimas condições. Estão sendo transferidos para os campos de Kolyma nos últimos meses. Talvez você chegue tarde demais.

Enquanto saíam da sala, Tatiana virou para olhar uma última vez para Stepanov, que novamente estava ereto ao lado da mesa. Ele levantou a mão.

— Você corre perigo — disse. — Está na lista de inimigos número um do povo. Eu corro perigo. Mas ele ainda mais.

Assim que saíram da sala de Stepanov, Martin perguntou:

— O que ele disse?

— Nada.

— Isso é ridículo, governador. — Ele se virou para Bishop. — É óbvio que a enfermeira Barrington está escondendo informações importantes de nós.

— Está claro que o senhor não fala outra língua. É traduzido apenas os pontos relevantes.

— Certamente isso eu fiz — disse Tatiana.

Quando saíram do edifício, Tatiana sentou num projétil de morteiro caído onde costumava ficar uma bela fonte.

Bishop se abaixou ao lado dela.

— Ele disse a palavra *vrag* quando estávamos saindo. Sei que significa inimigo. O que estava dizendo?

Tatiana precisou respirar algumas vezes antes de conseguir pronunciar uma palavra.

— Disse que o exército soviético considera os americanos seus inimigos. Não há nada que possamos fazer quanto a isso. Não quis dizer em voz alta porque o doutor Flanagan — explicou Tatiana, apontando com a cabeça em direção ao médico — é muito sensível em relação a esse assunto.

O governador sorriu.

— Entendi. — Ele deu um tapinha nas costas de Tatiana, olhando-a com aprovação. — Bem diferente de você, não é?

Voltaram para perto de Martin e Penny.

— Acredita que devemos ir a Sachsenhausen, governador? — perguntou Martin.

— Não sei como poderia evitar, doutor. Foi para isso que veio aqui. A sua enfermeira conseguiu com que ele concordasse em nos deixar entrar nos campos. Como fez isso, enfermeira Barrington? É um grande avanço nos esforços da Cruz Vermelha. Enviarei um telegrama para Hamburgo imediatamente solicitando mais quarenta mil kits.

— Espere, Tatia — disse Penny. — Quero que explique como segurou a mão do general soviético e o convenceu a nos deixar entrar nos campos de trabalho sem chamar a polícia secreta para investigar você?

— É meu trabalho tocar as pessoas — defendeu-se Tatiana.

— Não deveria ser tão simpática com os soviéticos — repreendeu-a Martin. — Lembre-se que somos neutros.

— Neutralidade não significa indiferença, Martin — disse Tatiana. — Nem ser desagradável. Neutralidade quer dizer não tomar partido.

— Não na sua profissão — disse o governador. — Mas, enfermeira Barrington, os soviéticos são bárbaros. Não sabe que fecharam Berlim por oito semanas depois que os alemães se renderam? Fecharam para o nosso exército. Por oito semanas! Ninguém podia entrar. O que acha que estavam fazendo?

— Não quero nem adivinhar — ela disse.

— Violentando mulheres como você. Matando jovens como o doutor Flanagan. Pilhando cada casa que ainda se mantinha de pé. Queimando Berlim. Por oito semanas.

— Sim. Viu o que os alemães fizeram na Rússia?

— Ah! — exclamou Martin. — Pensei que não tomássemos partido, enfermeira Barrington.

— Nem as mãos do inimigo — completou Penny.

— Ele não era inimigo — disse Tatiana, afastando-se dos outros para que não a vissem chorar.

CAPÍTULO QUARENTA

Sachsenhausen, junho de 1946

MARTIN QUERIA PARTIR NA MANHÃ SEGUINTE, mas Tatiana disse que partiriam imediatamente, sem esperar o dia seguinte.

Martin apresentou um milhão de razões pelas quais deveriam adiar a partida. A administração do campo ainda não havia recebido o telegrama de Stepanov. Deveriam esperar o comboio da Cruz Vermelha e entrar no campo como haviam entrado em Buchenwald depois do fim da guerra. Deveriam passar nos hospitais de Berlim para saber se não precisavam de algo. Precisavam almoçar. O governador os havia convidado para almoçar e seriam apresentados aos generais da marinha dos Estados Unidos destacados em Berlim. Tatiana ouvia enquanto preparava sanduíches e levava as bagagens para o jipe. Então, pegou as chaves de Martin, abriu as postas, apontou para a direção e disse:

– Apresente todos os motivos que quiser, mas enquanto dirige. Ou devo dirigir?

– Enfermeira! Não ouviu uma palavra do que eu disse?

– Ouvi com toda atenção. Disse que está com fome. Tenho sanduíches para você. Disse que quer conhecer um general. Vai conhecer o comandante do maior campo de concentração da Alemanha em menos de uma hora, se nos apressarmos e não nos perdermos.

Sachsenhausen ficava a cerca de quarenta quilômetros ao norte de Berlim.

– Precisamos avisar a Cruz Vermelha em Hamburgo.

– O governador Bishop está fazendo isso. Está tudo sob controle. Só precisamos partir. Agora.

Entraram no jipe.

– Por onde acha que devemos começar? – disse Martin num tom conciliatório. – Aparentemente Sachsenhausen possui cem subcampos. Talvez devêssemos começar por eles. Mostre-me o mapa. São menores e não vamos levar muito tempo em cada um deles.

– Depende do que encontrarmos – disse Tatiana. – Não. Vamos direto para Sachsenhausen. – Ela não mostrou o mapa a Martin.

– Não acho uma boa ideia – protestou Martin. – Tenho aqui a informação de que Sachsenhausen possui doze mil prisioneiros. Não temos kits para todos.

— Vai chegar mais.

— Não faz sentido. Por que não esperamos até os kits chegarem?

— Quanto tempo poderia esperar até oferecer ajuda médica, doutor Flanagan? — perguntou Tatiana. — Não muito, certo?

— Estiveram esperando por todos esses meses. Podem esperar mais dois dias, não?

— Não. Acho que não podem.

Evgeny Brestov, o comandante do campo, ficou surpreso — na verdade, perplexo — ao vê-los na porta da sua casa.

— Estão aqui para inspecionar o quê? — perguntou Tatiana em russo.

Não pediu para ver as credenciais. Os uniformes que vestiam pareciam ter sido o bastante. Era um homem obeso, sujo, mal-ajambrado, que obviamente bebia além da conta.

— Estamos aqui para cuidar dos doentes. O comandante de Berlim não entrou em contato? — Tatiana era a única capaz de se comunicar com ele.

— Onde aprendeu russo? — ele quis saber.

— Numa universidade americana. Não falo muito bem.

— Ah, não, não! Seu russo é excelente.

Brestov acompanhou a equipe até os escritórios da administração do campo o telegrama de Stepanov marcado como "Urgente" o aguardava.

— Se é urgente, não se discute — disse Brestov. — Por que ninguém me entregou o telegrama! — gritou. — Não entendo o porquê de tanta urgência de uma hora para outra. Está tudo sob controle. Estamos obedecendo ao novo regulamento. E vou dizer, há regulamentos demais. Pedem o impossível e depois reclamam se não fazemos o que desejam.

— Sim, compreendo. Deve ser muito difícil.

Ele assentiu vigorosamente com a cabeça.

— Muito difícil. Os guardas não têm experiência. Como vão lidar com um exército como o alemão, treinado para matar? Na entrada do campo tem uma placa que diz "O Trabalho Liberta". Então você imaginaria que os *Fritzes* também fossem trabalhar.

— Talvez saibam que trabalhar não irá libertá-los.

— Talvez os liberte. Estamos em negociação com os alemães. Mas com certeza não irá ajudar em nada se continuarem a se negar a cooperar.

— E quem faz o serviço?

Brestov ficou calado.

— Você sabe... — balbuciou, mudando de assunto. — Deixe-me apresentá-los ao nosso superintendente, o tenente Ivan Karolich. Ele comanda a rotina do campo.

— Onde é seguro deixarmos o jipe?

— Seguro? Em geral, lugar nenhum. Mas podem estacionar na frente da minha casa e tranquem o veículo.

Tatiana olhou pelo caminho ladeado de árvores e viu que a casa do comandante ficava a poucos metros do portão de entrada do campo.

— Podemos estacionar dentro do campo? Seria mais fácil para carregarmos os milhares de kits. São doze mil prisioneiros, certo?

— Mais ou menos.

— Para mais ou para menos?

— Mais.

— Quantos a mais?

— Quatro mil.

— Dezesseis mil homens! — exclamou. Então disse com menos ênfase. — Pensei que o campo tivesse sido construído para alojar mil e duzentos homens. Ergueram novos barracões?

— Não, enfiamos todos nos sessenta barracões. Não podemos construir barracões. Toda a madeira da Alemanha está sendo enviada para a reconstrução das cidades soviéticas.

— Entendo. Podemos estacionar na frente do portão?

— Sim. O que tem no caminhão?

— Suprimentos médicos para os enfermos. Presunto em lata. Leite desnatado. Dois engradados de maçãs. Mantas de lã.

— Os doentes vão melhorar de qualquer jeito. E os prisioneiros recebem comida suficiente. Estamos no verão, não precisam de cobertas. Você não tem nada para beber? — O comandante tossiu. — Além de leite em pó?

— Mas é claro, comandante! — disse Tatiana, lançando um olhar a Martin e conduzindo Brestov pelo braço até a traseira do jipe. — Acredito que tenha exatamente o que está precisando. — Ela tirou uma garrafa de vodca do veículo e Brestov rapidamente pegou-a de suas mãos.

Martin, envergonhado, dirigiu o carro até a guarita e estacionou do lado direito.

— O campo parece uma base militar — disse baixinho a Tatiana. — É muito bem-projetado.

— Tem razão. Aposto que se os alemães estivessem administrando-o estaria mais limpo e mais bem-conservado. Veja isso.

Tatiana estava certa. As paredes dos prédios estavam trincadas e a grama, alta e descuidada; pedaços de madeira caídas das laterais das janelas ofereciam perigo esquecidas na grama. O ferro estava enferrujado. O campo tinha o aspecto desleixado dos soviéticos.

— Traduza para os seus amigos que este campo costuma ser um campo de concentração modelo — disse Brestov. — Era o local onde os agentes da SS recebiam treinamento.

— Os alemães realmente sabiam como construir campos — concordou Tatiana.

— Essa merda ajudou-os em quê? Desculpe meu linguajar — disse Brestov. — Agora estão apodrecendo nos seus campos modelos.

Tatiana endireitou o corpo e olhou com desaprovação ao comandante que tossiu embaraçado.

— Onde está o superintendente?

Brestov apresentou o tenente Karolich e deixou o grupo organizando os trabalhos. Karolich era um rapaz alto, asseado e que gostava de comer. Embora fosse jovem, a papada embaixo do queixo indicava que havia comido banha por tempo demais. Ao cumprimentá-lo, Tatiana notou que suas mãos eram meticulosamente limpas. Ficou intrigada com o fato de que alguém tão higiênico administrasse um campo infestado de doenças. Pediu para visitar as instalações.

Apesar de malconservado, o campo de grande. O formato de uma torta, com a frente mais larga do que os fundos do terreno, facilitava que as sentinelas atirassem contra um prisioneiro a trezentos e cinquenta metros de distância. Os barracões formavam três semicírculos na frente da guarita, e alojava na maioria soldados e civis alemães.

Os enforcamentos aconteciam no meio do primeiro semicírculo, em geral após a revista da manhã.

— Onde estão alojados os oficiais? — perguntou Tatiana quando chegaram à enfermaria.

— Ah... estão — atrapalhou-se Karolich. — Estão nos antigos barracões destinados aos prisioneiros aliados.

— Onde ficam?

— Num anexo, logo atrás do campo.

— Bem, tenente Karolich, será que os oficiais alemães estão sendo tão bem tratados, que dispensam nossos cuidados?

— Não acreditaria nisso.

— Então? Vamos até lá.

Karolich tossiu.

— Acredito que vamos encontrar alguns russos naqueles barracões.

— E qual o problema? Vamos ajudá-los também. Tenente, talvez o senhor tenha me entendido mal. O médico está aqui para curar os enfermos e os debilitados. Então por que não começamos? Por que não acompanha o doutor Flanagan e a enfermeira Davenport até a enfermaria e depois vem comigo para os barracões? Começaremos pelo barracão dos oficiais, que tal?

Karolich fitou, desconcertado, Tatiana.

— O comandante disse que vocês gostariam de... almoçar — disse Karolich, tropeçando nas palavras. — Solicitei à cozinha que preparassem algo especial. Não querem tirar um cochilo à tarde? O comandante destinou quartos especiais para alojá-los.

— Muito obrigada, tenente. Vamos comer e descansar quando terminarmos nosso atendimento. Ao trabalho?

— O que você pode fazer sem a presença do médico?

— Quase tudo. A menos que necessite de uma cirurgia de cérebro, e nesse caso não sei se mesmo o médico poderá ajudá-lo.

— Tem razão.

Tatiana estava tensa demais para sorrir.

— Posso realizar tudo o que diga respeito aos doentes e feridos. Posso fazer suturas, lavar, fazer curativos, realizar transfusões de sangue, administrar morfina, tratar qualquer tipo de doença contagiosa, preparar medicamentos, fazer diagnósticos, acabar com os piolhos, abaixar a febre, raspar cabeças para prevenir problemas futuros. — Ela deu um tapinha na maleta de enfermeira. — Aqui está quase tudo de que preciso. E quando acabar, vou até o jipe buscar mais.

Karolich balbuciou algo inteligível de como o campo não precisava de sangue, ou morfina, de que eram apenas campos transitórios.

— Não houve mortes nos seus campos?

— As pessoas morrem, enfermeira Barrington — observou com insolência o tenente. — É claro que morrem. Nesse caso não há nada que você possa fazer, concorda comigo?

Tatiana piscou e não respondeu, pensando em todas as pessoas que havia tentado salvar, mas não havia conseguido.

— Tatia, o comandante não mencionou almoço? — sussurrou Martin.

— Ah, sim — respondeu, pegando a maleta. — Mas eu disse que acabamos de comer. — Olhou para Martin. — Acabamos de comer, não foi, doutor Flanagan?

Martin gaguejou.

— Foi o que eu disse. Você e Penny vão direto para as enfermarias. Vou começar pelo alojamento dos oficiais.

Uma vez que Tatiana era a única ponte entre as culturas, nações e línguas, somente ela tinha condições de estar no comando. Martin e Penny foram para a enfermaria.

Tatiana e Karolich foram para o jipe e abriram as portas traseiras. Tatiana olhou fixamente para os kits médicos, as caixas com comida e as maçãs, tentando se recompor. Virou de costas para Karolich por alguns instantes porque sentia medo e não queria que ele a viesse naquele estado. Para ganhar um pouco mais de tempo, disse:

— Você tem um auxiliar? Acredito que vamos precisar de mais uma pessoa, e também de um carrinho de mão. — Fez uma pausa, ainda evitando olhá-lo. — Para ajudar a transportar os kits médicos e os alimentos.

— Eu carrego — respondeu Karolich.

Tatiana virou de frente para ele, agora mais calma e no controle de suas emoções.

— E quem vai carregar a metralhadora? — Ficaram em silêncio, frente a frente, por alguns momentos, até Tatiana estar convencida de que ele havia entendido a insinuação.

Karolich ruborizou, desconfortável.

— Os rapazes são comportados, enfermeira. Não irão incomodá-la.

— Tenente Karolich, nem por um instante eu chego a duvidar de que em outra vida muitos fossem homens decentes, mas a realidade que venho presenciando nesses últimos três meses e nos meus três anos como enfermeira dos prisioneiros alemães nos Estados Unidos é diferente. Tenho poucas ilusões. E acredito que não seja adequado a uma enfermeira defender-se sozinha.

— Está totalmente certa.

Karolich já havia desviado o olhar. Pediu que esperasse um momento, foi buscar seu auxiliar, um sargento. Empilharam perigosamente um engradado de maçãs e trinta kits médicos no carrinho pouco firme e partiram para o anexo dos oficiais.

O sargento ficou do lado de fora com os donativos. Tatiana atravessou os primeiros dois barracões carregando uma sacola pesada de juta cheia de maçãs em uma das mãos e segurando o braço de Karolich com a outra. Mesmo que não quisesse, percebeu que se encontrasse Alexander em um daqueles beliches nojentos, imundos e apertados, talvez não conseguisse esconder seus sentimentos. Tatiana olhava nos beliches, ocupados por dois prisioneiros cada, oferecia uma maçã e continuava a andar. Às vezes, se estivessem dormindo, os acordava ou os cobria com a manta. Ouvia seus chamados, as provocações, prestando atenção no timbre de cada voz. As maçãs acabaram rapidamente, mas ela não abriu a maleta uma única vez.

— O que achou? — perguntou Karolich assim que saíram.

— O que achei? Terrível — disse, inalando profundamente o ar fresco. — Mas pelo menos nesses dois todos os homens estão vivos.

— Mas você não examinou nenhum deles.

— Tenente, você irá receber um relatório completo quando eu terminar de visitar todos os barracões. Preciso anotar quais enfermos devo visitar e os que necessitam de atendimento imediato do doutor Flanagan. Mas tenho meu próprio método de diagnóstico. Posso dizer pelo odor quem está doente, qual a doença, do que cada um precisa, quem vai sobreviver e quem está morrendo. Faço o diagnóstico pela temperatura da pele e pela cor do rosto. Também pela voz. Se estão falando e gritando para mim como aqueles alemães, tentando me tocar, então é porque não estão tão mal. Quando não se movem, ou pior, quando me acompanham com o olhar mas não fazem nenhum barulho, é quando começo a me preocupar. Os homens estão vivos nos dois barracões que visitamos. Peça ao sargento para distribuir um kit médico para cada prisioneiro. Próximo barracão.

Visitaram os dois seguintes e a situação não era tão boa. Tatiana cobriu dois prisioneiros deitados nos catres e disse a Karolich que era preciso tirá-los dali e sepultá-los. Cinco homens ardiam em febre. Dezessete estavam com feridas abertas. Tatiana precisou parar e fazer curativos. Logo estava sem gaze e precisou correr até o jipe para buscar mais. No caminho, parou na enfermaria e pediu que Penny e o doutor Flanagan fossem com ela.

— A situação é pior do que eu imaginava — disse a eles.

— Não pode ser pior do que aqui. Estão morrendo de disenteria — disse o doutor Flanagan.

— Sim, e está se alastrando pelos alojamentos — explicou Tatiana. — Veja.

— Algum sinal de tifo?

— Até o momento não, mas alguns dos homens estão com febre. Estive apenas em quatro barracões.

— Quatro! Quantos são no total?

— Sessenta.

— Minha nossa, enfermeira Barrington.

— Vamos andar mais rápido. Enfiaram 130 beliches em cada barracão. São 268 homens. O que você espera?

— Não vamos conseguir atender todo mundo.

— Não diga isso, doutor Flanagan.

Os prisioneiros de um dos barracões estavam no pátio e os de outro estavam tomando banho.

Após visitar o barracão onze, Martin secou o suor do rosto e disse:

— Avise Karol-itch, ou seja lá como for o nome, que todos os homens saudáveis daquele alojamento irão morrer se não mandarem os prisioneiros com diarreia para a enfermaria.

No barracão treze, Tatiana fazia um curativo no braço de um prisioneiro quando de repente ele se jogou sobre ela. A princípio, parecia um acidente, mas ele começou a se esfregar em Tatiana e a prensou com o corpo contra o chão. Karolich tentou apartá-lo, mas o homem não saía de cima e nenhum dos prisioneiros ajudava. Karolich deu uma coronhada com a Shpagin e o agressor tombou inconsciente.

Karolich ajudou Tatiana a se levantar.

— Sinto muito. Vamos dar uma lição nele.

Arfando, espanou a sujeira da roupa, pegou a maleta e disse:

— Não se preocupe. Vamos em frente — disse.

Tatiana não terminou de fazer o curativo no seu agressor.

Eram oito horas da noite quando terminaram a barraca quinze. Karolich, Penny e Martin disseram que estava na hora de parar. Tatiana desejava continuar, pois tinha ouvido prisioneiros falando russo apenas nas duas últimas barracas. Nessas, passou ainda mais cuidadosamente entre os beliches, levantando as cobertas, entregando os kits e as maçãs, conversando com alguns deles. Alexander não estava ali.

Então Karolich, Martin e Penny balançaram a cabeça e disseram que não aguentavam mais, que começariam descansados na manhã seguinte. Tatiana não podia continuar sozinha, pois não podia andar sozinha pelos barracões. Relutantemente, voltou para a casa do comandante com os outros. Tomaram banho, trocaram de roupa e Penny tomou outra dose de penicilina. Encontraram com Brestov e Karolich para o jantar.

— Qual a opinião do seu médico, enfermeira? — indagou Brestov. — Como acha que estamos nos saindo?

— Pessimamente — disse Tatiana, sem se dar o trabalho de traduzir. Penny e Martin comiam avidamente. — Você tem um problema sério de saúde e vou lhe dizer qual é: os prisioneiros estão sujos. Estão com crostas e escamas. Os banhos estão funcionando? A lavanderia está funcionando?

— É claro que sim! — respondeu imediatamente Brestov.

— Não funcionam 24 horas, mas deveriam. Se mantiver seus homens limpos e secos, irá prevenir metade das doenças que encontramos. O uso de desinfetantes nos banheiros não é pedir demais, é?

— Ouça, eles levantam, caminham, não podem estar tão doentes. Fazem exercício no pátio e comem três vezes ao dia.

— Com o que os alimenta.

— Este lugar não é um hotel, enfermeira Barrington. Comem comida de prisão.

Tatiana olhou para o filé no prato de Brestov.

— Mingau pela manhã, caldo no almoço e batatas no jantar? — ela perguntou

— E pão — disse Brestov. — E também canja, às vezes.

— A limpeza não é boa, a comida não é boa e os beliches estão muito próximos uns dos outros, os barracões são incubadores de doenças. E não pense que isso não tem nada a ver com vocês. Seus guardas também serão contaminados. Não se esqueça de que a difteria, a febre tifoide, contraída pela ingestão de comida estragada, é contagiosa, o tifo é contagioso...

— Espere, não temos casos de tifo!

— Ainda não — garantiu Tatiana, com toda tranquilidade. — Mas os prisioneiros têm piolhos e pulgas, os cabelos estão compridos e não são lavados. E quando contraírem tifo, seus guardas terão de continuar vigiando-os.

Brestov ficou calado por um momento, o garfo suspenso no ar com um pedaço de filé, e então disse:

— Bem, pelo menos não estão sendo devorados vivos pela sífilis. — Ele lançou a cabeça para trás e gargalhou.

Tatiana ficou de pé.

— Está enganado, comandante. Encontramos 64 homens com sífilis, dos quais dezessete estão no estado avançado da doença.

— Impossível — ele disse.

— Não é impossível. Estão com sífilis. E por falar nisso, seus conterrâneos, os prisioneiros soviéticos, estão em situação ainda pior que os alemães, se é que é possível. Muito obrigada pelo agradável jantar. Vejo vocês amanhã.

— Não queremos prisioneiros muito saudáveis, não é mesmo, enfermeira Barrington? — disse Brestov, sorvendo um longo gole de vodca. — Quando estão saudáveis, ficam menos... colaborativos.

Tatiana saiu da sala.

Na manhã seguinte, apenas ela estava acordada às cinco da manhã. Precisou esperar sentada, literalmente, até às seis.

Tomaram café da manhã sem pressa e finalmente terminaram a inspeção das últimas cinco barracas dos oficiais.

— Está se sentindo bem? — perguntou Karolich, sorrindo educadamente. O colarinho do uniforme estava engomado e o cabelo perfeitamente penteado para trás. Sua aparência não fazia sentido. — Ficou abalada com o dia de ontem?

— Um pouco, mas estou bem.

— Ele foi enviado para a solitária.

— Quem? O homem que me atacou? Não se preocupe.

— Acontece sempre?

— Nem sempre.

Ele assentiu.

— Você fala russo muito bem.

— Obrigada. Está sendo gentil.

Distribuíram os kits e as maçãs, cuidaram dos enfermos e enviaram os casos contagiosos para a enfermaria. De novo, Alexander não estava lá.

— Estou surpreso com o estado dos prisioneiros soviéticos — comentou Martin quando saíram para descansar. Estava chovendo e se abrigaram embaixo de uma cobertura para respirar um pouco de ar fresco.

— Por quê? — perguntou Tatiana.

— Não sei. Pensei que fossem receber um tratamento melhor que os alemães.

— Por que pensaria assim? Os prisioneiros não correm o risco de ser investigados pelos olhos de outros países. É tudo uma questão de aparência. Os oficiais soviéticos estão sendo mandados para campos de trabalho na União Soviética. O que acha que vão encontrar lá? — Ela tremeu. — Pelo menos aqui é verão.

Estavam no barracão dezenove e enquanto Tatiana estava abaixada num dos beliches limpando uma queimadura com ácido bórico, ouviu uma voz e um sorriso vindos de trás que soaram familiares. Virou a cabeça, olhou na direção do final do corredor e seus olhos encontraram os do tenente Ouspensky, que conhecera no hospital de Morozovo. Imediatamente, Tatiana desviou o olhar, voltando a cuidar do paciente; seu coração, no entanto, batia descontroladamente. Esperou ouvir Ouspensky dizer:

— O que *você* faz aqui, enfermeira *Metanova*?

Mas ele não disse. Em vez disso, quando terminou o curativo e ficou de pé, Ouspensky falou:

— Ei, enfermeira, olhe aqui.

Tatiana virou o rosto lentamente. Ouspensky sorria de orelha a orelha.

— Estou com vários problemas que só uma enfermeira pode resolver. Pode se aproximar e me ajudar?

A maquiagem e o cabelo tingido haviam funcionado: Ouspensky não a reconhecera. Tatiana guardou o material e fechou a maleta com força.

— Você parece perfeitamente saudável, soldado — disse Tatiana, ficando de pé.

— Mas você não examinou minha cabeça, nem meu coração, nem meu estômago. Não apalpou meu...

— Sou uma profissional e posso ver daqui que não há nada de errado com você.

Ouspensky soltou uma gargalhada e disse:

— Você me parece tão familiar e fala russo tão bem. Qual é mesmo o seu nome?

Tatiana encarregou Penny de entregar a ele um pequeno kit médico e um lote de alimentos, e deixou rapidamente o barracão. Quanto tempo levaria para Ouspensky lembrar-se dela?

Tatiana percorreu o último barracão lentamente, detendo-se em cada cama, conversando com alguns prisioneiros, atenta. Se Ouspensky estava ali, não significava que Alexander também estava? Mas a busca na vigésima barraca se mostrou igualmente infrutífera. Eram 268 homens, e nenhum deles era Alexander. Vinte barracões, cinco mil prisioneiros e nenhum deles era Alexander. Havia o resto do campo para percorrer, mas Tatiana tinha poucas ilusões. Se Alexander estivesse ali, estaria com outros soviéticos e não com os civis alemães. Além disso, Karolich havia explicado que não gostavam de misturar os prisioneiros russos e alemães, pois os conflitos explodiam por qualquer motivo.

Tatiana saiu do barracão e caminhou até o alambrado que separava os alojamentos do cemitério. Era um dia úmido de junho e não havia parado de chuviscar desde o amanhecer. Tatiana, com seu uniforme branco manchado e os cabelos desalinhados embaixo do chapéu, parou de braços cruzados e fitou o terreno do outro lado, sem nenhuma lápide ou cruz.

Karolich se aproximou.

— Você está bem? — perguntou a ela.

Tatiana emitiu um suspiro de tristeza e se virou.

— Tenente, onde foram enterrados os homens que morreram ontem no barracão?

— Ainda não foram enterrados.

— Para onde foram levados?

— Estão no porão onde fazem as autópsias.

— Podemos ver o local? — perguntou, sem saber de onde veio a coragem para dizer aquelas palavras.

Karolich começou a rir.

— Claro. Suspeita que os mortos não estejam recebendo um tratamento justo?

Martin e Penny voltaram à enfermaria e Tatiana foi com Karolich. A sala de autópsia consistia numa pequena câmara subterrânea revestida com azulejos brancos e macas altas para os cadáveres.

— Onde ficam os corpos?

— Trazemos os cadáveres por ali — apontou Karolich.

No fundo da sala havia um duto de metal que terminava na escuridão, a cerca de seis metros mais abaixo. Tatiana olhou em silêncio para o duto por alguns instantes.

— E como os cadáveres sobem? — perguntou, assombrada.

— Normalmente, não sobem. O duto os leva direto aos fornos do crematório — Karolich riu. — Os alemães pensaram em tudo.

Por alguns momentos, Tatiana permaneceu parada, fitando a escuridão no fim do tubo. Então se virou e saiu.

— Preciso descansar um minuto, tenente. Vou sentar um minuto. — Tentou sorrir. — Será mais fácil quando os prisioneiros soviéticos forem transferidos, não é? Terão mais espaço.

— Sim, mas virão outros. Nunca tem fim — disse Karolich. — O banco está molhado.

Tatiana sentou e Karolich aguardou alguns instantes.

— Prefere ficar sozinha?

— Se não se importa, apenas por alguns minutos.

O estômago de Tatiana queimava como se estivesse sendo lentamente consumida por dentro. Chegaria o momento em que se sentiria melhor? Não poderia passar o resto da vida se sentindo assim.

Na eternidade, seria sempre jovem?

Seria sempre jovem em seu vestido branco com flores vermelhas e cabelos dourados até os ombros?

Passearia pelo Jardim de Verão à noite, entre as fantasmagóricas esculturas que se erguiam pedindo sua atenção, e sairia correndo com o cabelo ao vento e um sorriso no rosto.

Na eternidade, estaria sempre correndo.

Pensou em Leningrado, nas noites claras, no majestoso rio Neva, nas pontes, na figura do Cavaleiro de Bronze, na Catedral de Santo Isaac, com seu portal e seus balaústres e corrimão de ferro que rodeava a cúpula, onde estiveram uma vez, em outra vida, para contemplar a escuridão da noite, esperando a guerra os engolir. E a guerra os havia engolido.

Tatiana continuou prostrada.

Algo morria dentro dela.

Havia chovido todo o tempo e não se dera conta?

Queria deita-se no banco e sentir a chuva.

Tatiana deitou-se no banco, tomando a chuva.

— Enfermeira Barrington?

Tatiana abriu os olhos. Karolich ajudou-a a sentar.

— Se não estiver se sentindo bem, posso levá-la de volta a casa, onde poderá descansar. Podemos visitar a prisão do campo e os barracões mais tarde. Não há pressa.

— Não — disse Tatiana, colocando-se de pé. — Vamos até a prisão. Há muitos presos?

— São três alas. Duas estão fechadas, mas a que está em funcionamento está abarrotada. — Ele cuspiu. — Violam as regras o tempo todo. Desobedecem, não formam fila para a contagem, e temos um prisioneiro que já tentou escapar dezessete vezes. Ele não aprende.

Havia apenas uma maneira de entrar e de sair da prisão e era vigiada por um guarda que havia encostado a metralhadora contra a parede enquanto jogava cartas sozinho.

— Como vai o dia, cabo Perdov?

— Calmo — disse o cabo, ficando de pé para uma rápida continência. Sorriu para Tatiana, mas ela não sorriu de volta.

A prisão consistia num longo corredor com celas dos dois lados e um chão coberto de poeira.

— Quantos prisioneiros são mantidos nestas condições? — perguntou Tatiana.

— Cerca de trinta.

Na sexta cela um prisioneiro desmaiou e Tatiana deu-lhe um pouco de sais para reanimá-lo. Karolich havia saído para abrir a cela sete. O prisioneiro recobrou a consciência, Tatiana lhe ofereceu água e saiu para o corredor.

Ouviu a voz de Karolich caçoando alguém de dentro da sétima cela.

— Como vai o meu prisioneiro favorito?

— Vá à merda! — Foi a resposta.

Seus joelhos fraquejaram.

Saiu do corredor e foi até a porta. A cela era comprida, estreita e com um degrau separando o espaço no meio. Havia uma cama de palha embaixo da pequena janela que não permitia a entrada de luz no chão, e a alguns metros na frente dela estava Alexander.

O silêncio tomou conta da cela e caiu sobre seu rosto e seus ombros. Sem fôlego e com o coração paralisado, olhou o homem magro e barbudo, preso aos grilhões, vestido com calças escuras e uma camiseta branca manchada de sangue. Tatiana soltou a maleta e levou a mão à boca para reprimir um gemido.

— Sim, eu sei. Este é o pior de todos, enfermeira — disse Karolich. — Não temos orgulho do estado em que se encontra, mas ele é um caso perdido.

Quando abriram a porta e a cela foi invadida pela luz, Alexander estava dormindo. Melhor dizendo, estava com olhos fechados e sonhava. Havia dois dias que não se alimentava: odiava a comida que deixavam no chão como se ele fosse um cão. Mas considerava a possibilidade de comê-la em breve.

Alexander estava furioso consigo mesmo. A última tentativa de fuga esteve tão próxima de ser bem-sucedida. Havia aproveitado que um soldado, vestido à paisana, levava material médico à enfermaria; o entregador apenas acenava para as sentinelas na guarita e os portões eram imediatamente abertos. Haveria uma forma mais fácil de escapar? Alexander estava havia três semanas com as costelas quebradas. Ele deixou o entregador inconsciente, vestiu sua roupa, escondeu-o dentro do armário e caminhou em direção ao portão acenando para os guardas. Um deles veio e abriu o portão sem olhar para Alexander.

Ele agradeceu com um aceno e continuou a andar.

Por que bem naquele momento Karolich tinha de sair do cassino instalado do lado de fora do campo? Ele olhou pelo portão, viu Alexander e chamou os guardas.

Três dias depois, sangrando e exausto, de olhos fechados, ele sonhava que estava nadando e que sentia o sol e a água tocando seu corpo. Sonhava em estar limpo e em não sentir sede. Sonhava com o verão. A cela era tão escura. Sonhava em encontrar algum lugar na sua vida caótica que tivesse ordem. Sonhava com...

... E através das barras da cela ouviu vozes, o trinco virar e a porta abrir. Viu Karolich entrar. Como gostava de esfregar na cara de Alexander seu fracasso! Trocaram os cumprimentos de costume e então viu uma enfermeira miúda surgir na entrada da cela. Por alguns instantes, um único instante, no atordoamento do fim do sonho, a pequena figura da enfermeira pareceu a de... mas Alexander não enxergava bem na penumbra, e em outros momentos havia tido tantas alucinações com Tatiana. Não conseguia ver-se livre daqueles enganos.

Entretanto, quando ela soltou um gemido e ele ouviu sua voz, Alexander percebeu que apesar de o cabelo estar diferente aquela voz só poderia ser de Tatiana. Alexander tentou ficar numa posição que conseguisse enxergá-la, mas não conseguia se mover. Ela avançou um passo. Meu Deus, como se parecia com Tatiana! Alexander balançou a cabeça, convencido de que delirava outra vez, de que voltava a ver Tatiana no bosque, com seu maiô de bolinhas e olhos inescrutáveis o perseguindo dia e noite. Em um gesto suplicante, ergueu os braços o máximo que as correntes permitiam: visão, não me maltrate, consola-me.

Alexander balançou a cabeça e piscou várias vezes, pensando que estava *imaginando* a sua presença. *Pensei tanto tempo nela, sua aparência, sua voz. Ela é uma aparição, como minha mãe e meu pai; vou piscar e ela também irá desaparecer – como sempre acontece.* Piscou e piscou. Piscou para afastar a sombra da vida sem ela, e ela estava na frente dele, o olhar brilhando e os lábios vermelhos.

Karolich disse algo a Tatiana e foi então que Alexander se deu conta que o canalha não poderia a estar imaginando.

Tatiana e Alexander se olharam em silêncio, e aquele olhar continha os minutos, as horas, os meses e os anos, os oceanos e os continentes. Em seus olhos estava a dor e um vasto arrependimento.

O alfanje da tristeza golpeou seus rostos angustiados.

Tatiana tropeçou no degrau e quase caiu. Ajoelhando-se ao lado dele, fez o que não imaginava que faria ainda nesta vida.

Tatiana tocou Alexander.

Estava acorrentado e com o rosto e os cabelos sujos de sangue. Alexander não disse nada.

– Enfermeira Barrington, esse é o prisioneiro que tentou escapar dezessete vezes. Não foi sempre tratado assim, mas é um sujeito incorrigível e sem qualquer chance de reabilitação.

– Tenente Karolich – disse Tatiana com uma voz profunda, mas foi interrompida por um gemido de Alexander. – Tenente – repetiu, agora num tom de voz mais baixo; seu corpo tremia tanto que pensou que Karolich não apenas notaria, mas suspeitaria de algo. Mas ele não enxergou, pois a cela recebia apenas a luz que vinha do corredor. – Acredito que esqueci minha maleta na cela seis. Poderia buscá-la, por favor? – E assim que se virou, Tatiana pronunciou numa voz quase inaudível:

– Shura...

Alexander emitiu outro gemido.

Tatiana segurou seus braços trêmulos e chegou um pouco mais perco e enquanto Karolich voltava colocou as duas mãos sobre o rosto de Alexander.

– Como ele está – perguntou Karolich. – Aqui está a bolsa. Por que carrega tantos tubos de pasta de dentes?

– Não é pasta de dente – explicou Tatiana, fazendo um grande esforço para retirar as mãos do rosto de Alexander. – É morfina. – Poderia continuar a falar normalmente, sentada tão perto de Alexander, mas sem poder tocá-lo? Não, não sem tocá-lo. – O que aconteceu com ele? – perguntou, colocando a mão sobre o peito de Alexander e sentindo as batidas de seu coração. Sentada ao lado dele, os olhos marejados, disse:

— Está com um ferimento na cabeça. Preciso de água, sabão e uma navalha para limpar e fazer um curativo. Primeiro vou dar algo para ele beber. Pode me passar o cantil?

Alexander continuava imóvel encostado contra a parede, olhando para Tatiana, que mal conseguia olhar para ele enquanto levava o cantil à sua boca. Ele inclinou a cabeça para trás e bebeu. As mãos de Tatiana tremiam e ela derrubou o cantil. Alexander e o tenente notaram. Ela pegou o cantil do chão e bebeu o resto da água.

— Está se sentindo bem? — perguntou Karolich. — Você se abate vendo-os? Não parece que esteja na profissão certa. Parece tão... frágil.

Sem responder, Tatiana disse:

— Tenente, pode me trazer um recipiente com água morna para o ferimento da cabeça, sabão, xampu e um dos kits médicos que estão no jipe?

— Sim, mas não posso deixá-la sozinha na cela. Lembre-se do que aconteceu ontem. Não é seguro.

— Ele está um farrapo. Não poderá me fazer mal. Vá e não demore. Ainda temos muitos outros para visitar — disse, com as mãos em Alexander.

Assim que Karolich saiu da prisão, Tatiana pressionou a testa contra a cabeça de Alexander.

— Meu Deus, não pode ser — sussurrou em russo. — Não pode ser você. Eu morri e você está me esperando do outro lado da vida.

— *Estive* esperando você do outro lado da vida — ele disse, também em russo. Ela sentiu um tremor percorrer o corpo.

Tatiana se debruçou sobre Alexander, cujos olhos estavam fechados.

Ficaram assim, sem se mexer ou falar.

Tatiana soltou um gemido. Não conseguia pronunciar uma única palavra, embora tivesse pensado em tantas coisas para dizer e tivesse gritado e chorado contra a injustiça do destino na época em que estava tão perdida e infeliz. Agora não encontrava palavras e a única coisa que conseguia fazer era apoiar a testa contra o cabelo escuro e ensanguentado de Alexander. Gemia e soluçava, sim. Mas nenhuma palavra.

— Não, não chore — disse Alexander.

De joelhos ao lado dele, com os lábios entreabertos, sussurrou:

— Ah, Shura... — colocou as mãos no rosto e chorou.

— Tatia, agora não é hora.

Curvada sobre os joelhos, respirava irregularmente, escondendo o rosto na camiseta manchada de sangue de Alexander, tentando se acalmar.

— Como tem passado, Tatia? — perguntou Alexander com voz trêmula.

— Estou bem. — Ela agarrou as mãos acorrentadas de Alexander, apertando seus dedos. Suas mãos sujas e machucadas ainda eram fortes, ainda eram as mãos heroicas de Alexander.

— E sobre... — A voz de Alexander falhou. — E sobre... o bebê?

— Temos um filho.

— Um *filho*. — Alexander soltou o ar dos pulmões. — Que nome deu a ele?

— Anthony Alexander. Anthony.

Seus olhos marejaram e ele virou o rosto.

Tatiana balançou a cabeça enquanto o encarava.

— É mesmo *você*? — sussurrou. — Me diz, antes que eu comece a chorar.

— Comece? — disse e assentiu. — Sou eu.

Tatiana nunca tinha visto Alexander tão fraco, nem mesmo durante os piores períodos do cerco a Leningrado. Tatiana correu os dedos pela barba de Alexander.

— Alexander... — murmurou.

Piscou. Ainda não havia se barbeado, o rosto coberto de espuma, e ela segurava o espelho entre os seios.

Passou os dedos pelos seus lábios.

— Tatiana... — ele murmurou. Seus olhos examinaram o rosto dela. — Olhe para você, Tatia.

— O que aconteceu com você? Foi preso, não foi?

— Sim.

— Me deixe adivinhar. Sabia que seria preso, certo? — Ela fez uma pausa. — De alguma forma você sabia que seria preso e simulou a própria morte para me tirar da Rússia. Sayers o ajudou com o plano.

— Sayers me ajudou, eu não simulei minha morte. Pensei que fosse iminente. Não queria que você ficasse na Rússia para me ver morrer. Sabia que só assim você partiria.

Falavam apressadamente, com medo de que a qualquer minuto Karolich estivesse de volta.

— Stepanov ajudou você?

— Sim.

— Ele está em Berlim.

— Eu sei, me visitou há alguns meses.

— Como conseguiu que Sayers... Não tem importância. — Ela não conseguia sentar-se longe dele, respirar longe dele. — Acredita que eu queria partir sem você?

— Sabia que não — disse, meneando a cabeça.

— Nunca teria ido embora — disse Tatiana.

— Tinha certeza — ele falou. — Certeza demais.

Havia parado de tocá-lo e olha suas mãos.

— Você e seu ego impossível — ela disse. — Leningrado, Morozovo, Lazarevo. Sempre achou que sabia o que era melhor.

— Ah! Existiu Lazarevo?

— Como? — perguntou Tatiana, intrigada. — Eu disse que teria esperado por você.

— Como me garantiu que não sairia de Lazarevo? Teria morado lá sem mim — disse Alexander. — Fui condenado a 25 anos de trabalhos forçados.

Tatiana estremeceu.

— Por que me olha assim, Tatiana? — balbuciou Alexander. — Por que fica olhando para baixo?

— Porque tenho medo — ela sussurrou. — Muito medo.

— Eu também — disse Alexander. — Por favor, olhe para mim. Preciso ver os seus olhos.

Tatiana levantou o olhar. Lágrimas corriam pelo seu rosto. Ficaram em silêncio. Ela se dobrava ao peso do seu coração.

— Obrigada por se manter vivo, soldado — murmurou.

— De nada — respondeu Alexander com outro sussurro.

Ouviram o ruído de uma porta externa se abrir e fechar. Rapidamente Tatiana se afastou e secou o rosto; o rímel havia borrado. Alexander fechou os olhos.

Karolich entrou na cela carregando um balde e vários rolos de gaze.

— Antes de começar, tenente, preciso que o solte. Os pulsos e os tornozelos estão em carne viva por causa das correntes. Tenho que limpá-los e fazer um curativo antes que infeccionem.

Karolich pegou o molho de chaves e se aproximou segurando a arma.

— Não conhece esse daí, enfermeira Barrington. Se eu fosse você, não teria tanta compaixão.

— Todos os aflitos têm a minha compaixão — ela respondeu.

— Foi ele quem pediu para ser tratado assim.

Tatiana percebeu que o comportamento de Karolich mudava quando estava perto de Alexander. Retirou as correntes com brutalidade e as jogou ruidosamente no chão.

— Por que usam correntes de ferro? Poderiam usar as amarras de couro que cumprem a mesma função, mas não machucam tanto os prisioneiros.

Karolich riu.

— Enfermeira, a senhorita obviamente não anda prestando atenção. Não usamos correntes de ferro, os alemães usam. Foi o que encontramos. Além do mais, este homem aqui não levaria mais de duas horas para romper as amarras de couro.

— No mínimo devemos trocar a palha quando terminarmos — Tatiana disse com um suspiro.

Karolich deu de ombros, sentou na parte limpa da palha, recostou contra a parede comas pernas confortavelmente esticadas e segurou a arma.

— Um movimento errado, Belov, e sabe o que acontece.

Alexander não respondeu.

Tatiana ajoelhou ao lado de Alexander.

— Vamos, me deixe limpá-lo.

— Ok.

— Tombe a cabeça para trás, mais fácil de limpar o cabelo.

Alexander inclinou a cabeça para trás.

— O que aconteceu com ele, tenente? — perguntou Tatiana, enquanto segurava no pescoço de Alexander, sustentando sua cabeça próxima ao uniforme de enfermeira, próxima aos seios; enquanto retirava as placas de sangue seco do cabelo. — Ainda preciso cortar o cabelo e barbeá-lo, mas vocês precisam conservar os cabelos dos prisioneiros bem curtos, não pode deixar que cresçam tanto e fiquem sujos. Não apenas deste aqui, mas de todos.

— Por que está olhando desse jeito para ele? — perguntou inesperadamente Karolich.

— De que jeito? — disse Tatiana em voz baixa.

— Nem sei explicar.

— Estou cansada. Você tem razão quando diz que me deixo abater demais pela situação.

— Então, deixe-o. Vamos voltar para casa e comer um almoço decente. — Ele sorriu. — O vinho que você recusou ontem é excelente.

— Não, vou terminar.

Tirou o cabelo do rosto e cuidadosamente limpou a ferida. Alexander tinha um corte acima da orelha e o sangue havia escorrido no pescoço e na camiseta e agora estava seco. Há quanto tempo estava sujo de sangue? O rosto estava inchado e apresentava hematomas embaixo dos olhos e no maxilar. Teriam batido nele? Na penumbra, não podia distinguir as manchas escuras de sangue da camiseta branca, nem o cabelo escuro dos olhos escuros. Há muito tempo estava sem banho e sem fazer a barba. Sem que alguém o tocasse. Alexander estava deitado em seus braços, de olhos fechados e respirando lentamente. Apenas a batida do coração retumbava nas veias. Estava tão quieto, tão confortável, tão entregue, tão aliviado e com tanto medo, que Tatiana podia sentir e ele podia sentir o mesmo nela. Tatiana necessitava falar, e para reprimir as palavras, mordeu os lábios tão intensamente, que começou a sangrar e a pingar sobre Alexander.

— Enfermeira, você está sangrando em cima do prisioneiro.

Alexander piscou e olhou para Tatiana em silêncio.

— Não é nada — ela disse, lambendo os lábios enquanto umedecia o pano na água fria. — Conte-me o que aconteceu com ele. — Ela ajeitou o cabelo sob o chapéu branco.

— Com ele? — perguntou Karolich, com um sorriso afetado. — Está conosco desde agosto. No começo era bem-comportado, trabalhava pesado, um prisioneiro exemplar que sempre foi recompensado pelo bom comportamento. Infelizmente, desde novembro vem tentando fugir todas as vezes que sai da prisão e volta para o barracão. Acha que isto aqui é um hotel, que pode entrar e sair quando quiser. Você poderia pensar que depois de dezessete tentativas frustradas de fugir ele fosse desistir, mas estaria enganada.

— Vá à merda — disse Alexander.

— Não sabe se comportar na frente de uma senhorita. Mas quem se importa com ele? — Karolich baixou o tom de voz. — Vai ser transferido.

— Vai?

E enquanto ela limpava o pulso de Alexander, colocou dois grampos na palma da sua mão e a apertou.

— Vai — disse Karolich, assentindo com a cabeça. — Ele e outros milhares serão levados amanhã para Kolyma. — Soltou um risinho e cutucou as costelas de Alexander com cano da arma. — Tente escapar de lá.

— Por favor, não provoque o prisioneiro — disse Tatiana, começando a barbeá-lo. — Por que não está usando o uniforme da prisão?

— Está vestindo as roupas que roubou de um entregador na enfermaria. Quando o capturamos, o jogamos aqui com a mesma roupa. Gosta daqui, quer sempre voltar.

— Por que sangrou tanto? Bateram nele?

— Ouviu o que eu disse, enfermeira? Dezessete vezes! Se ele apanhou? Tem sorte de estar vivo. Imagine se aquele homem que a atacou tivesse feito aquilo dezessete vezes? Quantas vezes você teria suportado antes de mandar matá-lo?

Tatiana olhou para Alexander. Seus olhos escureceram.

— A sujeira deste homem está manchando seu uniforme, enfermeira — disse displicentemente Karolich. — Coloque-o deitado na palha. Ele não se importa com a barba, não está acostumado a ser tratado assim. Nem deve se acostumar.

Ela soltou Alexander. Estava com curativos no pulso, de cabelos curtos e lavados e com um curativo no corte da cabeça e limpou seus dentes com bicarbonato e peróxido. Agora precisava examinar o resto do corpo. Queria ter certeza de que não estava com uma costela quebrada.

— Este homem é um oficial.

— Não mais — explicou Karolich.

— Qual era a sua posição?

— Major rebaixado a capitão.

— Capitão, sente algo nas costelas? Acha que estão quebradas? — perguntou Tatiana.

— Não sou médico — ele respondeu. — Não sei. Pode ser.

Tatiana desabotoou e abriu a camisa. Lentamente correu os dedos a partir do pescoço até as costelas.

— Dói?

Ele não respondeu, nem abriu os olhos. Estava apenas deitado, os braços ao lado do corpo, respirando pausadamente.

Seu corpo estava sujo e com hematomas. Tatiana concluiu que não havia nenhuma costela quebrada, pois ele não retraiu o corpo quando o examinou. Mas a reação podia ser típica de Alexander — também não havia se encolhido quando limpara o corte na cabeça —, porém Tatiana decidiu deixar o assunto de lado.

Passou a examinar suas pernas de ferro, separou-as e lavou seus pés com água e sabão. Os tornozelos estavam inchados e pareciam em carne viva, mas era difícil saber com certeza na penumbra.

— Esteve com a costela ou os tornozelos quebrados recentemente?

— Talvez, não sei. Não me informo muito sobre ele.

Karolich continuava sentado, e até acendeu um cigarro, que fumou com prazer.

— Gostaria de um cigarro, enfermeira Barrington? Estes são saborosos.

— Obrigada, tenente, não fumo. Quem sabe o prisioneiro gostaria de um?

Karolich riu e acertou o quadril de Alexander com a bota.

— Prisioneiros que vão para a cadeia não têm o privilégio de fumar, não é, Belov? — Karolich tragou com gosto e soltou a fumaça na cara de Alexander.

— Pare de provocar o prisioneiro na minha frente, tenente — disse Tatiana, ficando de pé. — Já terminamos aqui. Vamos embora.

Alexander emitiu um gemido de desconsolo.

Tatiana recolheu suas coisas e Karolich voltou a prender as mãos e os pés de Alexander com as correntes de ferro.

— Quanto tempo faz que o prisioneiro foi alimentado? — Tatiana perguntou.

— O alimentamos mais do que merece — respondeu Karolich, mal-humorado.

— Como faz para comer? Retiram as correntes?

— As correntes nunca são tiradas. Colocamos a comida na frente dele, ele se arrasta até o prato, abaixa a cabeça e come do chão.

— Ele não come. Não vê o estado em que se encontra? É neste prato velho que servem? Não foi ele quem comeu o que estava aqui, foram os ratos. Há ratos aqui, tenente, porque deixam a comida no chão durante dias e eles sabem onde procurar. Você sabe que a praga é transmitida pelos ratos, não sabe? A Cruz Vermelha está aqui para garantir que esse tipo de abuso não aconteça. Agora vamos varrer a palha velha e colocar palha limpa embaixo dele.

Olhou para Alexander deitado com os olhos fechados e as mãos atadas sobre o estômago. Queria avisá-lo que voltaria, mas não queria que Karolich ouvisse sua voz trêmula.

— Não vá — disse Alexander sem abrir os olhos.

— Voltaremos mais tarde para ver como você está passando — Tatiana disse debilmente, e agradeceu por Alexander estar com as mãos presas, pois do contrário ele a teria impedido de sair.

A luz cinza do exterior cegou momentaneamente Tatiana quando saíram da prisão. Parou alguns instantes para se recompor, e quando Karolich perguntou se gostaria de almoçar ela recusou, alegando que precisava ir até o jipe conferir o estoque de medicamentos. Disse para Karolich ir à frente, que logo ela estaria lá.

A prisão ficava à direita do portão de entrada, ao lado de onde haviam estacionado o jipe da Cruz Vermelha. Um dos guardas que viajava de cima do telhado da prisão acenou para ela. No jipe ainda havia um quarto da carga: um engradado de maçãs e vários lotes de alimentos. Tinha apenas alguns minutos para pensar num plano. Esperou um momento em silêncio e por fim colocou sessenta kits médicos no carrinho de mão e caminhou até o barracão mais próximo. O fato de estar disposta a entrar sozinha num barracão deixava claro o seu desespero, mas Tatiana não estava louca. Enganchou a maleta de enfermeira no braço do carrinho de mão e levou a P-38 enfiada na cintura, onde todos podiam vê-la.

Distribuiu um kit por cama, enquanto explicava que voltaria com o médico, e voltou várias vezes ao jipe para buscar mais remédios, sempre correndo. Quando chegou à casa do comandante, todos já haviam terminado de almoçar. Depois de beber sofregamente um copo de água, foi trocar de roupa e retocar a maquiagem. Chamou Penny e Martin de lado e disse:

— Temos que voltar a Berlim para buscar mais kits. Não temos mais nenhum, nem gaze nem penicilina. Vamos hoje à noite e amanhã estaremos de volta aqui.

— Acabamos de chegar e já quer ir embora? Ela é tão volúvel, não acha, Martin? — disse Penny, piscando um olho.

— Volúvel é o mínimo que se pode dizer dela — contestou Martin. — Eu avisei que não deveríamos vir a um lugar como este sem o devido suporte.

Tatiana deu um tapinha no ombro do médico.

— Tem toda razão, doutor Flanagan — disse. — Mas conseguimos examinar cinco mil pessoas entre ontem e hoje, o que não é pouca coisa.

Concordaram em partir às oito da noite, apesar das reservas de Martin em dirigir à noite numa estrada desconhecida. Enquanto Martin e Penny foram com Karolich até o barracão dos civis alemães que ela acabara de visitar, Tatiana disse que terminaria de examinar os prisioneiros da cadeia. Karolich ofereceu para ir com ela, ao que Tatiana respondeu:

— A enfermeira Davenport e o doutor Martin precisam mais de você. Os presos são os que menos oferecem perigo. Afinal, não podem me tocar e pedirei ao cabo Perdov para me acompanhar.

Relutantemente, Karolich foi com Martin e Penny, e Tatiana correu até a cozinha do comandante e preparou um prato com salsichas, batatas, abóboras, pão com manteiga e laranjas.

— Estou morta de fome! — exclamou, com um sorriso evasivo. Pegou uma garrafa de água e outra de vodca, na qual colocou um pouco de sedativo.

Quando atravessou a porta da prisão, sorriu ao cabo Perdov, que a saudou com outro sorriso.

— Estou aqui para alimentar o prisioneiro da cela sete. Já conversei com o tenente Karolich. O prisioneiro não come há três dias.

— Prefere que solte os grilhões?

— Verei se é necessário.

— Ei... — chamou Perdov, olhando para a bandeja. — O que tem aí é uma garrafa de algo especial?

— Sim — ela disse, com um sorriso. — Mas o prisioneiro não deve beber, não é?

— Certamente não!

— Tem razão. Por que não fica com tudo?

Perdov pegou a garrafa e ingeriu todo seu conteúdo em dois goles, enquanto Tatiana o olhava com uma expressão simpática.

— Muito bem — disse. — Quando trouxer o jantar do prisioneiro, trago outra garrafa para ele — ela disse, e piscou.

— Ótima ideia! — comentou Perdov. — Mas não seja tão sovina. — Ele arrotou.

— Vou ver o que posso fazer. Agora, por favor, pode abrir a porta da cela?

Alexander dormia sentado.

— Em minha opinião, está perdendo tempo — disse Perdov. — Esse aí não merece a atenção de uma enfermeira. Não demore muito, entendeu?

Perdov deixou a porta da cela aberta e voltou para sua cadeira. Tatiana entrou, desceu o degrau e chegando perto de Alexander colocou a bandeja no chão.

— Shura... — murmurou.

Ele abriu os olhos e Tatiana enlaçou seu pescoço e o abraçou o mais apertado possível, repetindo:

— Shura... Shura.

— Me abrace mais forte, Tatia.

— Abriram os grilhões? — ela quis saber.

Ele mostrou as correntes soltas.

— O que aconteceu com seu cabelo?

— Eu os tingi. Mantenha as mãos nas correntes, Perdov pode voltar a qualquer momento.

— Vejo que é amiga do vigia. Por que tingiu o cabelo?

— Para não ser reconhecida. Ainda bem, pois Nikolai Ouspensky está aqui.

— Tenha muito cuidado com ele — alertou Alexander, olhando-a nos olhos. — É outro inimigo, como Dimitri. Venha mais perto.

Ela se aproximou.

— O que aconteceu com as suas sardas? — sussurrou.

— Continuam no meu rosto, mas embaixo da maquiagem.

Beijaram-se. Beijaram-se como se fossem jovens outra vez no bosque de Luga, e como se fosse o primeiro verão de suas vidas, ou como se estivessem contemplando a lua e as estrelas na cúpula da Catedral de Santo Isaac; beijaram-se como se estivessem em Lazarevo, sedentos um pelo outro, como se ela tivesse acabado de lhe contar que iria tirá-lo da Rússia, sobre o leito na enfermaria de Morozovo. Beijaram-se como se estivessem separados há muito tempo sem se ver. Como se nunca tivessem se separado.

Beijaram-se para esquecer Orbeli e Dimitri, para esquecer a guerra e o comunismo, a América e a Rússia. Beijaram-se para esquecer *tudo*, deixando para trás apenas o que restava — fragmentos de Tatia e Shura.

Alexander tirou as mãos dos grilhões, mas Tatiana imediatamente as afastou de si.

— Não, falo sério, ele pode voltar a qualquer momento e estaremos perdidos.

Alexander tocou o rosto de Tatiana e relutantemente voltou as mãos para as correntes abertas.

— A maquiagem não esconde a cicatriz. Onde a conseguiu? Na Finlândia?

— Explico quando tivermos tempo. Agora vou alimentá-lo enquanto conto a você meu plano.

— Não estou com fome. Como conseguiu me encontrar?

— Vai comer porque precisa estar forte — ela disse, levando uma colherada de salsicha e batata à sua boca. — Você deixou muitos rastros pelo mundo.

Ao contrário do que havia dito, Alexander comeu com voracidade. Tatiana observou em silêncio enquanto ele saciava sua fome.

— Shura, temos pouco tempo — disse, por fim. — Está me ouvindo?

— Por que essas palavras de repente me são familiar? — ele disse. — Conte-me mais um dos seus planos, Tatiasha. Como vai o nosso filho?

— Ele está bem. Está ótimo. É um garoto lindo e inteligente.

— Ainda não me contou onde vive.

— Vivo em Nova York. Agora preste atenção.

Ele devorava um pedaço de pão e assentiu.

— Qual o nome do homem que te atacou?

— Não vou contar.

— Vai contar, sim. Qual o nome?

— Grammer Kerault. É austríaco.

— Sei quem é — Alexander estava de olhos fechados. — Está sempre aqui na prisão. Está morrendo de câncer no estômago, dá no mesmo. — Alexander olhou-a afetuosamente. — Como vai conseguir me tirar daqui? — sussurrou.

Tatiana se inclinou e beijaram-se avidamente.

— Sei que está com medo, meu amor... — ela murmurou.

— Não diga isso. Não quero comida, bebida, nem cigarro. Quero apenas que sente aqui do meu lado por alguns instantes, Tatia. Me abrace com força para eu acreditar que ainda existo.

Ela o abraçou.

— Onde estão as nossas alianças?

Ela tirou a corrente de debaixo da blusa.

— Guardo-a aqui até podermos usá-las novamente — ela sussurrou e rapidamente se afastou de Alexander.

Perdov apareceu na entrada da cela.

— Está tudo bem, enfermeira? Faz tempo que está aqui. Precisa que solte o prisioneiro?

— Obrigada, cabo, mas não é preciso — respondeu Tatiana, enfiando a corrente de volta para dentro da blusa e dando a Alexander um último pedaço de batata. — Seus pulsos estão doloridos. Estou quase terminando, só mais um minuto.

— Se precisar de mim é só chamar — disse Perdov com um sorriso, e desapareceu.

— Está aqui num comboio? — indagou Alexander.

— Estamos em três num jipe da Cruz Vermelha. Eu, outra enfermeira e um médico. Daremos um jeito de levar você até o jipe.

— Amanhã Stalin vai me levar de volta à União Soviética.

— Stalin vai chegar atrasado, amor — disse Tatiana. — Cheguei primeiro. Partiremos às oito em ponto. Venho buscá-lo às sete. Esteja preparado porque virei com Karolich. Vou trazer seu jantar e você vai comer na frente dele, bem devagar. Precisamos de vinte minutos para o sedativo fazer efeito em Perdov.

Alexander ouvia em silêncio.

— É bom caprichar na dose.

— Será absurdamente alta.

— O que pensa em fazer? — perguntou, parando de mastigar. — Me enfiar no jipe e dirigir até Berlim?

— Algo assim — ela sussurrou.

Alexander a fitou silenciosamente por um longo momento.

— Você subestima os soviéticos. Qual a distância até Berlim?

— Vinte e duas milhas... quero dizer, 35 quilômetros.

Alexander não conteve um pequeno sorriso.

— Não precisa fazer a conversão, Tatia.

Tatiana também não conteve o riso.

— Algum posto de controle?

— Cinco.

— E seus colegas?

— O que têm eles? Em uma hora estaremos seguros no setor americano. Não serão problema.

Alexander a olhou de um jeito incrédulo e sombrio.

— Quero lembrar de que irão parar o seu jipe depois de vinte minutos. Terá sorte se conseguir sair de Oranienburg antes que venham atrás de mim, de você e dos outros da sua equipe. — Ele balançou a cabeça. — Eu não vou.

— Do que está falando? — perguntou rapidamente Tatiana. — Como vão descobrir? Só saberão após algumas horas, e então já estaremos em Berlim.

— Tatia, você não os conhece.

— Se quiser, podemos partir mais cedo. Quando você quiser...

— Vão revistar o jipe e me encontrarão antes de partirmos.

— Não! Você vai sair daqui vestido com as roupas de Karolich, vamos passar pela guarita e então vai se esconder num compartimento na parte traseira do jipe.

— Onde guardam as muletas e as macas?

— Martin e Penny conduzirão o carro até Berlim sem saber de nada.

Naquele momento, Perdov surgiu à porta, cambaleando um pouco. Ele se apoiou na grade.

— Já chega, enfermeira.

— Estou indo! — Ela ficou de pé.

Alguém chamou Perdov e ele saiu cambaleando pelo corredor.

Faltavam muitos detalhes para discutir, mas não havia tempo. Tatiana retirou da maleta de enfermeira o Colt 1911 e dois pentes.

— Tenho muito mais no jipe — disse, escondendo a arma embaixo da palha. — Quando já estivermos na estrada, bata duas vezes que encosto o jipe.

— E daí? — perguntou Alexander após alguns instantes.

— Há uma abertura no teto. Podemos saltar por lá.

— Com o jipe em movimento?

— Sim — ela fez uma pausa. — Ou podemos fazer como eu havia planejado e ir até Berlim.

Alexander não disse nada.

— O seu último plano era melhor, Tatia — disse, por fim. — E não funcionou.

— Gosto do seu otimismo. Esteja pronto, que eu volto às sete — disse, despedindo-se com uma continência. — Oh, Capitão, meu Capitão!

Tatiana fingiu estar interessada no jantar com Brestov e Karolich, fingiu prestar atenção nas provocações trocadas por Penny e Martin e até sorriu. Não sabia como, mas estava mantendo as aparências, e tudo aquilo para salvá-lo.

Não queria olhar as horas em seu relógio, mas não conseguia desgrudar o olhar do relógio de Martin, até que percebeu que aquilo o estava deixando nervoso. Pediu licença e avisou que iria arrumar suas coisas. Penny pediu licença e disse que como já estava pronta, iria visitar o barracão dezenove. Tatiana sabia que havia um homem naquele barracão do qual Penny queria se despedir. Eram seis horas. Durante quinze minutos Tatiana agonizou em seu quarto, analisando o mapa entre Oranienburg e Berlim. Não conseguia acalmar seu coração agitado.

Às 6h20, Tatiana levou a mochila até o jipe e voltou para a cozinha onde preparou outro prato de comida para Alexander. Às 6h45, encheu outro copo de vodca com o sedativo, e com a maleta no ombro, pegou a bandeja e foi procurar Karolich.

Às 6h55, Penny andava entre os beliches da barraca dezenove, e passou na frente da cama de Nikolai Ouspensky.

— Onde está o resto da sua equipe, enfermeira? — ele gritou em russo. — Cadê aquela outra, a baixinha?

— Ainda bem que não entendo uma palavra do que você diz — respondeu Penny em inglês, sorrindo sem se deter.

Também com um sorriso, Ouspensky reclinou-se na cama. Penny havia feito Ouspensky se recordar da outra enfermeira, a moreninha. Havia se esquecido de que aquela mulher tinha algo de familiar que o havia intrigado da primeira vez. O que havia nela de familiar que o deixava com uma sensação desconcertante?

— Poderia me acompanhar, tenente? Está tarde. — Tatiana sorriu. — Quero levar um prato de comida para o prisioneiro da cela sete, mas não quero ir sozinha. Depois podemos levar o jipe de volta à casa do comandante para buscar a senhorita Davenport e o doutor Flanagan.

Karolich caminhou alegremente com Tatiana pelo caminho ladeado de árvores. Parecia lisonjeado.

— É uma enfermeira muito dedicada — disse. — Não deveria se preocupar tanto com os prisioneiros. Dificulta o trabalho, acredite.

— E como sei! — exclamou Tatiana, apertando um pouco o passo.

— Se preferir, pode me chamar de Ivan. — Ele tossiu.

— Por enquanto, prefiro chamá-lo de tenente — avisou Tatiana, caminhando rápido.

Eram sete horas quando entraram no corredor das celas. Estava tudo em silêncio e Perdov levantou para a continência. Tatiana olhou para ele e piscou, olhando para o copo de vodca. Perdov piscou de volta. Karolich foi à frente, em seguida Tatiana, que assentiu com a cabeça e aproximou a bandeja de Perdov. O cabo pegou o copo e bebeu toda a vodca. Karolich abriu a porta da cela sete.

— Não vem, enfermeira?

Alexander estava deitado de lado.

Karolich entrou e sentou sobre a palha com um bocejo, a metralhadora apontando para as costas de Alexander.

— Seja rápida, enfermeira. Quero encerrar meu dia por hoje. O problema deste trabalho é este: começa cedo, termina tarde, e parece que nunca está terminado.

— Sei bem o que sente, tenente. — Colocando a bandeja no chão, Tatiana fingiu examinar Alexander. — Não está com uma aparência boa, não acha? — disse, examinando os tornozelos. — Acho que está infeccionado.

Karolich moveu a cabeça com indiferença.

— Estaria com uma aparência pior se estivesse morto, concorda comigo? — Acendeu um cigarro.

— Gostaria de algum remédio para dor, capitão?

— Sim, obrigado.

— Antes ou depois de comer?

— Depois.

Alexander deitou de costas e Tatiana o alimentou. Comeu rapidamente, emitiu um gemido e virou o corpo de lado.

— Estou com dor de cabeça. Pode me dar agora algo para a dor?

— Vou lhe dar um pouco de morfina.

Alexander continuou deitado de lado. Abriu os olhos e olhou para Tatiana sem piscar. Estava de costas para Karolich e empunhava a Modelo 1911 nas mãos, na frente do corpo.

— Há quanto tempo trabalha no Exército Vermelho, tenente? — perguntou Tatiana, abrindo a maleta e pegando três seringas pequenas, cada uma com 32 miligramas de solução de morfina.

— Vai fazer doze anos — respondeu Karolich. — E você, há quanto tempo é enfermeira?

— Há bem menos — respondeu Tatiana, tendo dificuldade em colocar a agulha na seringa. Normalmente ela podia fazer isso de olhos fechados, mas suas mãos tremiam. — Trabalhava com os prisioneiros de guerra alemães em Nova York. — Ela necessitava preparar três seringas, mas não conseguia abrir nem um único lacre.

— Ah, é? Muitos tentavam escapar?

— Não. Bem, sim. Um homem deixou os médicos inconscientes e atravessou a baía numa balsa.

— E o que aconteceu? Pegaram o prisioneiro?

— Sim — ela respondeu, caminhando até o centro da cela, entre Alexander e Karolich, ajoelhando-se em seguida. Carregava as três seringas na mão direita. — Foi capturado seis meses depois, morando em Nova Jersey. — Riu, mas o sorriso soou falso. — Ele queria escapar para Nova Jersey.

— O que tem em Nova Jersey? Por que está usando tantas seringas nele? Uma não é o suficiente?

— É um homem robusto — explicou. — Necessita de uma dose extra.

— A última coisa que precisamos é de um viciado em morfina. Acha que ficará mais manso?

Do corredor veio o som de uma batida seca como se algo pesado tivesse caído. Karolich virou a cabeça na direção da porta e imediatamente levou as mãos à metralhadora.

— Agora! — gritou Alexander.

Sem tomar fôlego, Tatiana puxou a metralhadora do colo de Karolich e enterrou as três seringas na sua coxa, perfurando o uniforme e a pele, apertando toda a morfina através das agulhas. Karolich abriu a boca num grito silencioso, dando um golpe no rosto de Tatiana com o braço, com a outra mão agarrou a arma caída no chão. Alexander, que já estava atrás de Tatiana, empurrou-a para o lado, chutou a metralhadora contra a parede e golpeou Karolich com a coronha da Colt. A cabeça de Karolich abriu como uma melancia. Toda ação havia levado quatro segundos.

— Vou mostrar quem vai ficar manso — disse Alexander, chutando com o pé descalço Karolich, que convulsionava no chão.

— Tire a roupa dele, Shura, rápido! Antes que ele sangre nela inteira. Karolich sangrava copiosamente.

Alexander arrancou o uniforme de tenente do corpo de Karolich e rapidamente se despiu. Enquanto isso, Tatiana, ainda atordoada com o golpe, espiou no corredor para ver como estava Perdov. Havia caído da cadeira e estava inconsciente no chão.

Alexander vestiu Karolich com sua camisa branca suja de sangue e as calças marrons e prendeu seus pulsos e pés nos grilhões. Em seguida, colocou as botas e o quepe do tenente, e empunhou sua Shpagin. Metido no uniforme de Karolich, Alexander apareceu no corredor.

— Ele é do tamanho certo — falou para Tatiana. — Só um pouco mais baixo e mais gordo do que eu, o bastardo.

Alexander colocou Perdov de volta sentado na cadeira, mas a sentinela continuava caindo. Por fim, conseguiram fazer com que ficasse levantado, mas a cabeça pendeu totalmente para a frente.

— Ele não levou vinte minutos para desmaiar — disse Alexander.

— Eu sei, decidi dar uma dose maior.

— Ótimo. E quanto de morfina aplicou em Karolich?

— Apliquei 97 miligramas, mas será o corte na cabeça que vai mantê-lo quieto.

Alexander pendurou a metralhadora no ombro e a Colt 1911 estava na mão, pronta para ser usada.

— Onde está o jipe?

— A cinquenta metros da entrada da prisão. Quando chegarmos ao jipe, olhe na direção das sentinelas na guarita e faça uma saudação. É o que Karolich sempre faz. Ele mesmo abre o portão com a chave mestra. Ele é canhoto, não esqueça. Você talvez...

Alexander mudou o molho de chaves da mão direita para a esquerda.

— Ótimo. Melhor assim. Eu atiro com a direita. Está pronta? Ele anda na frente ou atrás de você?

— Do meu lado. E não abre nenhuma porta para mim. Ele apenas faz uma saudação às sentinelas e entra no carro.

— Quem dirige?

— Eu.

Antes de deixarem o prédio, Alexander colocou a mão com a qual segurava a pistola no ombro de Tatiana.

— Preste atenção — disse rapidamente. — Entre no carro o mais rápido possível e dê a partida. Se alguma coisa sair errado, vou atirar nos guardas e você precisa estar pronta para dirigir.

Ela fez que sim com a cabeça.

— E Tatia...

— Sim?

— Eu sei que gosta de fazer as coisas do seu jeito, mas só podemos ter uma pessoa no comando... eu. Se os dois comandarem, os dois morrem.

— Entendido. Você está no comando.

Alexander abriu a porta. E estavam fora, na noite fria e escura. Alexander atravessou a passos largos o pátio iluminado; Tatiana tinha dificuldade para acompanhá-lo. Quando as sentinelas baixaram o olhar até ele, Alexander se aproximou do portão que tinha a placa "O Trabalho Liberta", o abriu e continuou andando até o jipe. Tatiana já estava dentro do veículo com o motor ligado. Na verdade, o jipe começou avançar antes de Alexander subir no jipe.

Alexander ergueu o olhar até as sentinelas na guarita, sorriu e os saudou. Eles devolveram o gesto.

Entrou no carro e Tatiana o levou para fora de Sachsenhausen pela estrada cercada de árvores até a casa do comandante. Ela parou o carro na metade do caminho, na cobertura das árvores. Saíram do veículo e correram abrir as portas traseiras. Tatiana levantou a portinhola do pequeno compartimento. De súbito, ao ver Alexander de pé ao seu lado, pensou que ele não caberia. Havia esquecido o quanto era alto.

Ele também parecia estar pensando a mesma coisa, porque ao ver o espaço estreito, levantou o olhar e disse:

— Ainda bem que não como há seis meses.

— Sim — suspirou Tatiana, retirando a bolsa com as armas e a mochila ucraniana. — Entre, depressa. Quando já tivermos rodado um pouco na estrada aviso batendo o pé no assoalho.

— Não esqueci, Tatia. Não precisa repetir. Essas duas mochilas são suas?

Ela anuiu com a cabeça.

— Mais a outra mochila ali na frente.

— Armas? Munições? Faca e corda?

— Sim.

— Tem uma lanterna lá dentro?

— No compartimento.

Alexander pegou a lanterna.

— Vou entrar.

Alexander se espremeu para dentro e Tatiana fechou a portinhola.

— Pode me ouvir?

— Sim — respondeu a voz abafada de Alexander. Ele abriu a portinhola pelo lado de dentro. — Mas bata alto para poder ouvir com o jipe em movimento. Que horas são?

— Vinte para as oito.

— Faça com que os outros entrem o mais rápido possível e vamos o quanto antes.

— Agora mesmo.

Antes de subir no jipe, Tatiana correu para o lado da estrada e vomitou.

— Não entendo o porquê da pressa — reclamou Penny. — Estou cansada, tomei vinho. Por que não podemos dormir e sair amanhã?

— Temos que estar de volta amanhã mesmo — respondeu Tatiana, empurrando-a para o jipe.

— Você vem, doutor Flanagan?

— Sim, estou indo. Quero ter certeza de que não estão esquecendo nada.

— Mesmo se esquecer, vai estar de volta amanhã.

— É verdade. Devemos nos despedir do comandante?

— Não é preciso — disse Tatiana do modo mais natural que conseguiu. Queria soltar um grito. — Eu já me despedi dele por todos nós. Além do mais, amanhã o veremos outra vez.

Saíram da casa e deixaram as bagagens na traseira do jipe.

— Cadê suas mochilas, Tatia? — perguntou Penny.

Tatiana apontou para elas.

— Carrega tantas bolsas — disse Martin. — Parece que cada vez mais.

— Nunca se sabe do que vai precisar numa viagem como esta. Quer que eu dirija? Não bebi, estou lúcida.

— Sim, por que não? — respondeu Martin, escorregando até o banco do passageiro. — Vai reconhecer o caminho no escuro?

— Fiz um mapa da rota. Temos de ir até Oranienburg e virar à esquerda.

— Acho que é isso — concordou Martin, fechando os olhos. — Vamos.

Tatiana dirigiu lentamente no escuro, deixando para trás a casa do comandante. Quando seus olhos se acostumaram com a escuridão, dirigiu cada vez mais rápido. Queria estar o mais rápido possível longe do Campo Especial Número 7.

Às cinco para as oito, Nikolai Ouspensky abriu os olhos e gritou. Saiu da cama num pulo e correu feito um louco até o guarda na entrada do barracão.

— Preciso ver o comandante! — gritou. — Preciso vê-lo agora! É urgente. Acredite em mim! É urgente!

— Calma aí — disse o guarda, empurrando Ouspensky. — Qual a urgência de repente?

— Um dos prisioneiros está para escapar. Diga ao comandante Brestov que o capitão Alexander Belov está prestes a escapar!

— O que disse? Belov? O que está acorrentado na solitária até o trem chegar?

— Acredite. Uma das enfermeiras da Cruz Vermelha não é americana. É sua esposa russa, e ela veio para ajudá-lo a escapar!

Tatiana dirigiu por um, dois, três minutos. O tempo e a distância haviam paralisado. Não conseguia dirigir suficientemente rápido, nem fazer com que o tempo passasse suficientemente rápido para poderem entrar em ação. Não lembrava se havia um posto de controle em Oranienburg, nem se teria alguma chance de escapar dele. O Campo Especial comunicava-se com os postos de controle? Recebiam telefonemas? E se Karolich tivesse acordado e começado a gritar? E se Perdov havia caído da cadeira e despertado com a queda? E se...?

— Estamos falando com você Tatia, está nos ouvindo? — disse Martin.

— Não, desculpe. O que disse?

Em Oranienburg entraram à esquerda numa estrada asfaltada. Assim que deixaram para trás as luzes cada vez mais fracas da cidade, Tatiana bateu duas vezes com a mão fechada na lateral da cabine. Penny e Martin estavam conversando e não se deram conta.

Ouspensky foi levado até Brestov às 8h15.

— O que acontece? — perguntou Brestov, embriagado e sorridente. — Quem você disse que está escapando?

— Alexander Belov, senhor. A enfermeira da Cruz Vermelha é sua esposa.

— Qual enfermeira?

— A morena.

— Pensei que a duas fossem morenas...

— A baixinha — disse Ouspensky, entre os dentes.

— As duas eram baixas.

— A magra! Ela era uma enfermeira russa, seu nome é Tatiana Metanova. Fugiu da União Soviética há alguns anos.

— Está dizendo que ela voltou para buscá-lo?

— Sim.

— E como sabia que ele estava aqui?

— Isso eu não sei, senhor, mas...

Brestov deu de ombros e riu.

— Onde está Karolich? — perguntou ao guarda que estava na porta dos seus aposentos. — Peça a ele que venha aqui.

— Faz um tempinho que não o vejo, senhor.

— Então vá procurá-lo.

— Fale com a enfermeira — sugeriu Ouspensky. — Ela é a esposa dele, fale com ela!

— Tenho que esperar até amanhã, prisioneiro.

— Amanhã será tarde! — disse Ouspensky numa voz estridente.

— Pois bem, hoje é impossível. Eles partiram.

— Partiram para onde? — perguntou Ouspensky, sobressaltado.

— Para Berlim. Foram buscar mais material. Estarão de volta amanhã.

Ouspensky deu um passo para trás.

— Acredito que essa mulher não vai voltar amanhã.

— Claro que vai.

— Ok. Não sou um homem de apostas, mas nesse caso aposto que Alexander Belov não está mais aqui.

— Não sei do que fala — disse Brestov, esfregando a cabeça. — Belov está na solitária. Quando Karolich vier vamos averiguar.

— Ligue para o posto de controle mais próximo e mande que segurem o jipe até que tenha certeza de que Belov está aqui — sugeriu Ouspensky.

— Não vou fazer nada até meu tenente chegar. — Ao tentar se levantar, Brestov descuidadamente derrubou vários papéis da sua mesa. — Além disso, gostei daquela enfermeira. Duvido que seja capaz de fazer o que está dizendo.

— Verifique o prisioneiro — disse Ouspensky. — Mas seu eu estiver certo, o comandante poderia fazer o pequeno favor de interceder em meu nome com Moscou? Vou ser transferido amanhã. Quem sabe a diminuição da pena?

— Não vamos contar com isso até que aconteça.

Esperaram a chegada de Karolich.

As portas de trás bateram violentamente contra os lados do jipe e em seguida se ouviu um forte ruído, como se um corpo tivesse caído ou tivessem atropelado algo.

— Nossa, o que foi isso?! — exclamou Penny. — Atropelou um cachorro, Tatia?

Tatiana desligou o carro e os três desceram na estrada deserta, correndo para a traseira do jipe e ficaram em silêncio olhando as portas abertas.

— Que diabos aconteceu? — perguntou Penny.

— Devo ter me esquecido de trancar — disse Tatiana.

Ela olhou no interior do jipe e viu que faltava sua mochila.

— Sim, mas o que você atropelou?

— Nada.

— Então que barulho foi aquele?

Tatiana virou e viu um volume caído na estrada, a cerca de vinte metros do carro.

— A sua mochila caiu?

— Devo ter acertado em cheio num buraco. Não é nada.

— Vamos voltar para o carro — sugeriu Martin. — Não há motivo para ficarmos feito bobos parados numa estrada escura.

— Não, tem razão — concordou Tatiana, em seguida correndo para o acostamento e fingindo vomitar. Penny e Martin deram a ela um cantil com água para fazer gargarejo e a ampararam.

— Desculpe. Não estou me sentindo tão bem como imaginava. Você se importa de dirigir, Martin? Vou me deitar um pouco.

— Fique à vontade.

Ajudaram-na a subir na traseira do jipe e Martin fechou as portas. Tatiana olhou agradecida.

— Agradeço a vocês dois, por tudo.

— Não tem de quê — disse Penny.

Martin, cauteloso, trancou a porta por fora e antes que estivesse sentado no banco do motorista, Tatiana abriu a portinhola do pequeno compartimento. Alexander olhava para ela. Nesse momento, o jipe deixou o acostamento.

Martin dirigia cuidadosamente a trinta quilômetros por hora. Tatiana sabia que ele não se sentia confortável dirigindo em estradas estrangeiras à noite.

Tatiana ouviu as vozes abafadas vindas da cabine através da pequena janela de vidro. Alexander saiu do compartimento e pegou a submetralhadora de Karolich.

— Deveria ter deixado a mochila na estrada — Alexander sussurrou, quase inaudível. — Agora vamos jogá-la e vai ser difícil de achá-la.

— Vamos achar.

— Talvez seja melhor deixá-la.

— Todas as nossas coisas estão lá. E também temos de levar aquelas — disse, apontando para a bolsa menor e outra mochila.

— Não. Só podemos levar uma delas.

— Ah.

Alexander ficou na ponta dos pés, procurando no teto do jipe a trava que mantinha a escotilha fechada.

— Vou primeiro — murmurou. — Você passa as coisas e depois que eu lançá-las na estrada puxo você para fora.

Assim que Alexander se livrou da mochila, da maleta de enfermagem e das armas, e a ajudou a subir no teto do jipe em movimento, Tatiana viu o declive sobre o qual saltariam e por pouco não mudou de opinião. O declive parecia um abismo sem fim; entretanto, se ficassem no jipe, em menos de setenta minutos estariam no setor francês.

O vento alvoroçava seu cabelo e a impedia de ouvir Alexander. Porém, Tatiana ouviu quando ele disse:

— *Temos* de saltar, Tatia. Dê o máximo de impulso e aterrisse na grama. Vou primeiro.

Alexander sequer tomou fôlego, contou ou olhou para trás. Impulsionou o corpo agachado e saltou com a mochila de munição nas costas. Tatiana olhou para o declive, mas não o viu.

Tatiana prendeu a respiração, retesou os músculos, abaixou-se e saltou. Bateu duramente contra o chão, rolando na grama entre os arbustos. Por causa da chuva, o solo estava com uma camada macia de lama. Escalou de volta até a beira do acostamento e viu que o jipe não havia parado. Algo lhe doía. Não havia tempo para pensar o que ou de onde vinha a dor. Voltou a correr para baixo, detendo-se de vez em quando para sussurrar:

– Alexander? Alexander?

Eram oito e meia e Karolich não havia sido encontrado. O guarda que avisou Brestov não parecia preocupado, nem Brestov, que pediu para levarem Ouspensky de volta ao barracão.

– Amanhã veremos isso, camarada Ouspensky.

– Não pode verificar a cela de Belov, comandante? Para ter certeza. Vai levar dois minutos. Podemos passar na prisão a caminho do barracão.

Brestov deu de ombros.

– Vá em frente, Cabo, passem na cadeia.

Ouspensky e o guarda caminharam de volta para o campo.

– *Eles* viram Karolich? – perguntou Ouspensky, apontando para as sentinelas.

– Sim, disseram que viram Karolich e a enfermeira da Cruz Vermelha entrando no jipe e seguir para a casa do comandante há cerca de 45 minutos.

– Mas ele não está lá.

– Isso não quer dizer nada.

O guarda abriu a porta da prisão e entrou no corredor das celas. Perdov estava esparramado no chão, inconsciente. Rescendia a vodca.

– Ótimo – murmurou o guarda. – Que merda de sentinela é você, Perdov. – Pegou o molho de chaves dele e foi até a cela número sete.

Ouspensky e o guarda pararam na entrada da cela. O homem na palha estava acorrentado e usando uma camisa branca suja de sangue e calças escuras. A cabeça estava tombada para trás. Ele não se movia.

– Satisfeito? – perguntou o guarda.

Ouspensky foi até o prisioneiro e olhou para o rosto, então virou.

– Muito! – respondeu. – Venha ver com seus próprios olhos.

O guarda se aproximou e encarou desconcertado os olhos abertos de Ivan Karolich.

– Tatia! – chamou a voz de Alexander.

— Cadê você?

— Aqui embaixo, venha.

Tatiana desceu, correu o barranco e Alexander a esperava próximo das árvores, com as armas e as mochilas. Segurava nas mãos a maleta de enfermagem, e Tatiana gostaria de abraçá-lo, mas Alexander estava ocupado com as bolsas.

— Você consegue carregar a bolsa com a munição e a sua maleta? Levo o resto da munição, das armas e a mochila maior. O que colocou nela, pedras?

— Comida. Espere. Trouxe roupas para você. Quando vesti-las a mochila ficará mais leve.

— Vou me lavar primeiro, depois me troco. Vamos. — Alexander foi à frente com a lanterna e continuaram descendo em direção ao rio.

— Que rio é esse?

— Havel.

— Até onde ele corre na direção sul?

— Até Berlim, mas corre ao longo da estrada quase o caminho todo.

— Uma pena — disse Alexander, tirando a roupa. — Ficarei feliz em tirar o uniforme daquele bastardo. E apenas um tenente. Tem sabonete? Você se machucou?

— Não — ela disse, passando o sabonete. Sua cabeça estava dolorida.

Alexander entrou despido no rio, com o sabão na mão. Sentou-se perto da margem e Tatiana o iluminou com a lanterna.

— Apague a lanterna. À noite dá para ver a luz a quilômetros de distância.

Tatiana queria vê-lo, mas apagou a lanterna e o ouviu se ensaboando e mergulhando.

Tatiana também se despiu, mas não entrou no rio e sim colocou a túnica branca, as calças e o casaco verde-oliva.

Alexander estava na frente dela banhando-se. Ele se inclinou e olhou para ela. De súbito, ficou imóvel e Tatiana ouviu apenas ele respirando.

— Tatiana — ele disse.

Ele não precisava dizer mais nada, e quando ela virou para trás sabia exatamente o que esperar: luzes passando rapidamente pela estrada, o ruído de motores cada vez mais próximos, o som de gritos e latidos.

— Como descobriram tão rapidamente? — ela sussurrou, passando as roupas a Alexander. Vestiu-se imediatamente, sendo obrigado a usar as botas de Karolich para não ficar descalço. ("Não posso pensar em tudo", justificou Tatiana.)

— Precisamos disfarçar nosso odor para os pastores alemães não nos encontrarem. Os soviéticos estão se aproveitando da máquina de guerra deixada por Hitler.

— Mas passaram direto.

— Sim. Para onde acha que foram? — ele perguntou.

— Atrás do jipe.

— E estamos no jipe?

— Ah!

— Aonde podemos ir? Estamos encurralados entre o rio e a estrada. Os cães com certeza vão nos farejar.

— Sim, vão nos encontrar por causa do vento.

— Vamos atravessar o rio e seguir na direção oeste.

— Onde fica a ponte mais próxima?

— Esqueça pontes. Não me lembro de ter visto uma no mapa — respondeu Tatiana. — Acho que existe uma a uns dez quilômetros. Vamos atravessar aqui, nadando, e depois vamos para o oeste, longe de Berlim, e seguir para o sul até virarmos para o leste, no setor britânico.

— Onde fica o setor americano?

— No extremo sul, mas as fronteiras das quatro zonas da cidade são abertas, por isso o quanto antes sairmos do território de ocupação soviética, melhor.

— Você acha? — ele perguntou. — O rio não é fundo, talvez uns dois metros e meio.

Tatiana já havia se despido outra vez, ficando apenas de túnica e roupas íntimas.

— Não tem problema, nadaremos até o outro lado. Vamos.

— Não podemos nadar — disse Alexander. — Caso as armas e as munições fiquem molhadas, não vamos poder usá-las até que sequem. — Ficaram parados por um momento, olhando-se nos olhos. — Suba nas minhas costas — sugeriu Alexander, tirando rapidamente as roupas que havia acabado de vestir. — Eu nado e você leva nossas coisas nas costas.

Tatiana subiu nas costas de Alexander. A sensação da pele nua contra sua túnica provocou tal ansiedade, uma sensação de perda (não era uma perda temporal, mas permanente), que Tatiana não conseguiu reprimir um gemido.

— Ei! — exclamou Alexander, interpretando-a mal, e Tatiana teve de morder a alça da mochila para não começar a chorar.

Tatiana carregou as mochilas e a metralhadora e Alexander entrou na água. Tatiana notou que o rio tinha a metade da largura do rio Kama. Alexander também teria notado? Ela não sabia a resposta, mas estava certa de uma coisa: ele estava com dificuldade. Ela quase podia sentir que afundavam. Alexander mantinha o corpo ereto, mas não conseguia falar. Tudo que ouvia era sua respiração borbulhante, inalando o ar e expirando na água. Quando chegaram à outra margem, Alexander deitou no chão por uns minutos, arfando. Tatiana sentou ao seu lado e tirou as mochilas das costas.

— Se saiu muito bem. Foi difícil?

— Não diria que foi difícil... Alexander se endireitou num pulo. — Quando você passa seis meses na cadeia, é o que acontece.

— Deite de novo e descanse.

Acariciou sua perna e o fitou nos olhos.

— Trouxe toalha? Rápido.

Ela tinha uma tolha de mão.

— Tatia — disse Alexander, secando-se rapidamente. — Não planejou isto bem. O que vai acontecer quando os soviéticos interceptarem o jipe da Cruz Vermelha e seus companheiros virem que você não está na carroceria? Acredita que tudo continuará como antes? Sem saber o que está acontecendo irão dizer: "Acabamos de vê-la nesta mesma estrada". E mostrarão aos guardas o lugar de onde acabamos de sair ao atravessar o rio. Chegarão aqui num carro blindado em apenas quarenta segundos. Dez homens, dois cães, dez metralhadoras, dez pistolas. Agora, será que podemos seguir, por favor? Vamos nos distanciar deles o máximo possível. Você tem um mapa ou uma bússola?

— Acredita que terão problemas com as autoridades soviéticas?

Alexander ficou calado por um momento.

— Acredito que não — respondeu por fim. — Os soviéticos não gostam de mostrar seus podres. É certo que irão interrogá-los. Mas não vão brincar com cidadãos americanos. Vamos.

Enxugaram-se o melhor possível, colocaram as roupas e correram para o bosque.

Caminharam entre as árvores na escuridão noturna pelo que pareceu a Tatiana dezenas de quilômetros. Alexander abria caminho com a faca e ela o seguia incansavelmente. Quando chegavam a uma clareira, aproveitavam para correr, mas a maior parte do tempo custava grande esforço atravessar pelos densos arbustos. Alexander acendia a lanterna apenas alguns segundos para iluminar o caminho e logo a apagava. Detinha-se de vez em quando para ouvir os ruídos, e então voltava a andar. Tatiana queria descansar por um momento, pois suas pernas estavam amortecidas. Quando Alexander diminuiu o passo, pensou que por fim ele havia percebido que não aguentava mais.

— Está cansada?

— Estou. Podemos parar?

Alexander olhou o mapa cartográfico que Tatiana havia trazido.

— Estamos num bom lugar, muito mais a oeste do que eles esperariam, mas ainda precisamos seguir mais para o sul. Avançamos lateralmente muito bem.

— Mesmo assim não estamos perto de Berlim.

— Não muito perto. Mas nos distanciamos deles e no momento é o mais importante. — Fechou o mapa. — Tem uma barraca?

— Apenas uma lona impermeável. Podemos armar uma tenda. — Tatiana fez uma pausa. — Preferiria encontrar um celeiro. O solo está molhado.

— Concordo, vamos procurar. Ficaremos mais secos e aquecidos. Encontraremos fazendas do outro lado do bosque.

— Temos de andar mais?

Alexander ajudou-a a se levantar e a abraçou por um momento.

— Sim. Ainda temos uma caminhada pela frente.

Seguiram lentamente pelo bosque.

— É meia-noite, Alexander. Quantos quilômetros você acha que andamos?

— Uns cinco. E daqui mais um quilômetro e meio veremos plantações.

Tatiana não queria falar que o constante estalar da mata a assustava. Há muito tempo, havia contado a ele que quando pequena perdera-se num bosque. Havia sido a experiência mais assustadora da sua vida, mas ele não se lembraria, porque, quando contou, Alexander estava ferido e à beira da morte.

Chegaram a uma plantação e viram que a noite estava clara. Tatiana viu a silhueta de um silo do outro lado.

— Vamos atravessar — disse Tatiana.

Alexander preferiu contornar o campo. Não confiava mais em campos, explicou a ela.

Havia um estábulo a cerca de cem metros da casa. Alexander abriu a porta e fez um gesto para que ela entrasse. Um cavalo relinchou de surpresa. O estábulo estava quente e cheirava a palha, esterco e leite de vaca. Eram odores familiares a Tatiana, e a faziam pensar em Luga. Mais uma vez foi tomada pela dor aguda da perda. Todas as coisas que a América havia feito com que ela quase se esquecesse, revivia agora ao lado dele.

Alexander apoiou uma escada num jirau em cima das vacas e a ajudou a subir, e Tatiana sentou num montinho de feno. Tirou um cantil da mochila, bebeu um gole e ofereceu a ele. Alexander bebeu e disse:

— Tem mais alguma coisa aí dentro?

Sorrindo, ela vasculhou o interior da mochila e tirou um maço de Marlboro.

— Ah! Cigarros americanos — disse Alexander, acendendo um cigarro. Fumou três cigarros sem dizer uma única palavra, enquanto Tatiana, afundada no feno, o observava, embora os olhos estivessem se fechando.

Quando voltou a abri-los, viu Alexander a encarando com uma expressão tão comovida que, com um gemido, Tatiana engatinhou até ele e se deixou envolver em seu forte abraço.

— Shh... Shh... — o ouviu sussurrar em seu ouvido.

Não podia falar. Estar nos braços de Alexander, sentir seu cheiro, ouvir sua respiração, sua voz...

— Shh... shh... — ele continuava sussurrando enquanto a abraçava.

Tirou-lhe o chapéu de enfermeira e os grampos, soltando seus cabelos tingidos de preto.

Alexander nunca a tinha visto com os cabelos tão compridos, que quase chegavam à base da coluna.

— Estou de olhos fechados — disse, tocando os cabelos de Tatiana —, e seus cabelos voltaram a ser loiros.

Alexander se comportava como um cego que aprendia a ver de novo. Ele a abraçava com tamanha força que não tinha a ver com amor ou paixão, mas de alguma forma com ambas e nenhuma. O abraço não era uma amálgama, era uma combustão de angústia e amargura, alívio e temor.

Tatiana sentiu que Alexander gostaria de dizer mais, no entanto ele não conseguia dizer nada. Apenas sentou no monte de feno, as pernas abertas, enquanto Tatiana ficava de joelhos na frente dele, deixando-se envolver em seus braços. De vez em quando, do corpo trêmulo de Alexander sua voz sussurrava "Shh... Shh...".

Não para Tatiana. Para ele mesmo.

Sem soltá-la, Alexander a deitou sobre o feno espalhado no chão. Suas pernas trêmulas a rodearam e Tatiana, que respirava com dificuldade e se agitava com as próprias lágrimas, não sabia o que fazer para acalmar a emoção que explodia dentro dele.

Alexander a beijou sem emitir nenhum som, nem mesmo o do desejo ou do querer. Não sabiam o que fazer — despir-se? Não despir-se? Não importava. Tatiana não conseguia se mover, e nem queria. Os lábios de Alexander percorriam o pescoço e a clavícula, mordendo-a, e Tatiana, com a boca levemente aberta, desejava murmurar o nome dele e gemer, mas apenas as lágrimas continuavam a rolar pelas têmporas.

Alexander despiu a si e a ela apenas o necessário. Mais do que penetrá-la, ele a invadiu. Tatiana o recebeu com um grito silencioso, enterrando as unhas em suas costas, e enquanto o segurava cada vez mais próximo e ouvia seu sussurro do lamento e os gritos do desejo, Tatiana sentiu que Alexander, em total abandono, fazia amor com ela como se estivesse sendo arrancado da madeira em que havia sido crucificado.

A maneira de agarrá-la e a fúria dos movimentos ininterruptos eram tão intensas que Tatiana teve a impressão de que sua consciência enfraquecia...

— Shura, por favor... — pronunciou quase imperceptivelmente.

Mas era impossível, e ela sabia. E não queria que fosse de outra maneira.

A violenta libertação finalmente chegou para Alexander, à custa de um momentâneo lapso mental de Tatiana, que soltou um grito que atravessou o estábulo e ressonou na lagoa, no rio, no firmamento.

Alexander permaneceu em cima sem se mexer, sem se retirar. Seu corpo ainda tremia. Ela o puxou para mais perto. Ele não podia aproximar-se mais. Ela o apertou ainda mais forte até... e então...

— Shh... Shh...

Aquele não era Alexander.

Aquela era Tatiana.

Os dois dormiram.

Não haviam conversado.

Tatiana acordou e o sentiu outra vez dentro dela.

A noite, apesar de prolongada pelos deuses, não era suficientemente longa. Tatiana estendeu a lona sobre o feno. Despiram-se. Na escuridão silenciosa da noite, Tatiana chorou. Chorou desde o momento em que se abaixou para tocá-lo novamente, chorou quando ele estava *dentro* dela, e quando ele a beijou, o tempo todo em que suas mãos a acariciavam e a esfregavam enquanto sentia os movimentos dentro dela, o tempo todo em que sua boca percorreu o corpo de Tatiana e que a boca de Tatiana percorreu o corpo dele, e ela o apertou contra seu corpo agitado pelos soluços e gemidos, e após algum tempo, numa fusão espantosa, veio o alívio, e ela chorou ao sentir a fome e a necessidade de Alexander, seu pesar e desamparo, e ardeu e derreteu mais uma vez.

— Ah, Shura... — sussurrava Tatiana com o rosto em seu pescoço.

— Não sei se lágrimas são a reação que eu esperava — murmurou Alexander.

Outra vez Tatiana sentiu-se confinada e liberada, e queimou e derreteu por Alexander novamente, nas *mãos* de Alexander, e voltou a chorar e a sussurrar: "Ah, Shura...". E outra vez e outra ele entrava e ela chorava sem parar enquanto ele entrava e saía, rápido e lentamente, profunda e incessantemente.

Após terminar o movimento, permaneceu deitado em cima dela enquanto Tatiana acariciava suas costas e cabeça e os pés roçavam as pernas de Alexander. Estavam apertados um contra o outro, e Tatiana voltou a chorar.

— Precisa parar de chorar toda vez que fazemos amor — Alexander sussurrou, a boca na bochecha de Tatiana. — O que um homem pode pensar se sua mulher chora quando fazem amor?

— Que ele é sua única família — respondeu Tatiana, chorando. — Que ele é a sua vida.

— Como ela é a dele — Alexander sussurrou, apertando ainda mais seu corpo contra o dela. — Mas ele não chora.

Afastou-se um pouco e Tatiana não podia ver seu rosto.

Alexander beijou seus seios, o estômago e foi descendo, e novamente usou a boca, mas desta vez suavemente, e ela gozou novamente, mas suavemente; e o choro também amansou, tornando-se quase um carinho.

— "Mulher virtuosa, quem achará?" — disse Alexander em sua voz mais profunda, abraçando Tatiana. — "O seu valor muito excede ao dos rubis. Dê bebida forte aos que estão prestes a morrer. Deixe-os beber e esquecer sua pobreza." — Sua voz fraquejou. — "E nunca mais se lembrarem de sua miséria."

— "Levantarei agora e irei até a cidade e as ruas e buscarei aquele que minha alma ama: eu o encontrei. Vou abraçá-lo e não o deixarei partir" — sussurrou Tatiana.

Não havia noite.

Havia apenas o crepúsculo, enquanto o grandioso sol setentrional baixava atrás da Universidade de Leningrado, em frente à estatua do Cavaleiro de Bronze e da Catedral de Santo Isaac. O céu tingia-se de azul, de lilás e de cor-de-rosa em apenas alguns poucos minutos fugazes. O campanário da catedral resplandecia o brilho dourado do pôr do sol no espelho do rio que nascia no lago Ladoga e fluía pela Dasha desaparecida e pelas praias de Morozovo, e cortava Schlisselburg, passando pelo gelo, através de Leningrado, pausando um instante para refletir a água dourada entre a catedral e os elmos indobráveis do Jardim de Verão.

A noite não era longa o bastante.

Não era suficientemente longa para o solo do escritório de Matthew Sayers, para Lisiy Nos, para os pântanos da Finlândia. Não era suficientemente longa para Estocolmo.

Nem longa o bastante para a cela de castigo em Morozovo, para as seiscentas miligramas de morfina injetadas em Leonid Slonko, para os Montes Sinyavino, não era o bastante para a travessia da Europa na companhia Nikolai Ouspensky.

Não era suficientemente longa para o rio Vístula.

E nada seria longo o bastante para as florestas e montanhas de Santa Cruz.

— Não me fale dele. — A voz de Tatiana soava abatida. — Não tenho forças para ouvir.

— Não tenho forças para lhe contar.

Depois de ouvir sobre Pasha, Tatiana era incapaz de fitar Alexander ou falar com ele. Estava deitada com as pernas dobradas contra o peito e Alexander a abraçava por trás, beijando suas costas e sussurrando:

— Sinto muito, Tatiana, sinto muito. Tentei salvá-lo para você.

— Não posso suportar.

— Nem eu.

Tatiana soltou um gemido.

— Sabe, Tatiana, quando ele morreu perdi a vontade de lutar. Não conseguia entender os desígnios de Deus para uma morte tão imprevisível e caótica como a de Pasha. Mas cheguei à conclusão de que Pasha não teria sobrevivido. Entende? Os soviéticos podem poupar a sua vida e jogá-lo em Kolyma caso você se renda ao inimigo, mas lutar ao lado do inimigo...

— Entendo, Shura.

— Eu estava morrendo em 1944, Tatia. Você não pode imaginar o turbilhão dentro de mim enquanto eu empurrava meu batalhão penal através de cada rio da Polônia.

— *Eu* não posso imaginar? O que eu teria dado por um batalhão penal.

Alexander beijou-lhe a nuca, os ombros e a pele macia entre as omoplatas. E entre elas, atrás do coração de Tatiana, disse:

— Tatia, você não era um homem, um homem violento armado com seis mil cartuchos de munição e uma baioneta. Não me sentia mais humano até encontrar Pasha. Em Santa Cruz, Deus enviou Pasha porque eu era quem mais precisava dele. Pensei que fosse um sinal de que conseguiríamos fugir e encontrar você. Não sabia que era você quem estava destinada a me encontrar.

— Você salvou todos nós, Alexander Barrington — ela sussurrou. — Sua vida salvou a todos.

Alexander dormia, mais próximo da inconsciência que do sono, e Tatiana, apoiada sobre um dos cotovelos, traçava com um dedo um desenho nas cicatrizes do seu torso, sua clavícula, seus braços, ombros e costelas. Não queria acordá-lo, mas não podia deixar de acariciá-lo. Alexander apresentava cicatrizes e marcas pelo corpo que desafiavam sua capacidade de compreensão. Como um corpo podia ter tantas marcas e continuar vivo? Mais magro e incompleto, separado violentamente nas costuras, e ainda assim vivo?

Tatiana passou as mãos sobre o corpo de Alexander, desceu-as até as canelas e voltou a subi-las até os braços, permanecendo ali, acariciando-o enquanto o contemplava dormir.

Existe um momento único, um momento alojado na eternidade, antes de descobrirmos a verdade de um e de outro. Mas esse simples momento é o que nos impulsiona através da vida — o que sentimos no limite do nosso futuro, parados à beira do abismo dos nossos sentimentos proibidos, antes de termos certeza de que somos amados. Antes da certeza de que amaremos para sempre. Antes da agonia de Dasha, da agonia de mamãe, da agonia de Leningrado. Antes de Luga. Antes da divindade de Lazarevo, quando os milagres de teu amor se derramaram sobre mim e nos uniram para sempre. Antes de tudo isso, você e eu caminhamos pelo Jardim de Verão e às vezes meu braço nu tocava seu braço, às vezes você falava e aquilo me dava permissão para levantar o olhar até o seu rosto, até seu olhar alegre, vislumbrar seus lábios, e eu, que nunca havia sido tocada, tentava imaginar como seria ser tocada por sua boca. Ter me apaixonado por você no Jardim de Verão nas noites claras de Leningrado é o momento que me impulsiona para atravessar a vida.

Alexander despertou.

— O que está fazendo? — ele sussurrou.

— Olhando você — ela sussurrou de volta.

Ele fechou os olhos e dormiu.

Na manhã seguinte, ao amanhecer, o fazendeiro veio ordenhar as vacas. Ouviram em silêncio deitados no jirau até ele sair, e então Tatiana se vestiu, desceu para o estábulo e tirou um pouco de leite para eles numa xícara que ela carregava para administrar remédios. Alexander também desceu, empunhando as duas pistolas.

Beberam leite à vontade.

— Nunca o vi tão magro — comentou Tatiana. — Beba mais leite. Beba tudo.

Alexander bebeu.

— E eu nunca a vi com tantas curvas. — Alexander se inclinou sobre ela no banquinho. — Seus seios estão maiores.

— A maternidade — murmurou e beijou Alexander. — Maternidade e comida americana...

— Vamos subir — ele disse, com as mãos nos cabelos dela.

Subiram novamente. No entanto, antes que se despissem, ouviram o ruído de um motor do lado de fora. Eram sete da manhã. Alexander espiou pela pequena janela e viu um caminhão militar e quatro soldados do Exército Vermelho conversando com o fazendeiro.

Alexander lançou um olhar a Tatiana.

— Quem está aí? — ela sussurrou.

— Tatia, sente contra a parede, mas não muito longe de mim. Segure a P-38 e a munição.

— Quem está aí?

— Vieram atrás de nós.

Ela soltou um gemido e se agarrou à janela.

— Ah, meu Deus, estão em quatro. O que vamos fazer? Estamos encurralados!

— Shh. Talvez vão embora.

Alexander carregou a metralhadora, as três pistolas e a Python enquanto Tatiana observava os soldados pela janela. O fazendeiro abriu as mãos e ergueu os ombros. Os soldados se aproximaram dele e apontaram para a casa, a plantação e finalmente o estábulo. O fazendeiro saiu da frente dos soldados, gesticulando em direção ao estábulo.

— O revólver é de ação dupla ou simples?

— O quê?

— Esquece.

— Dupla, eu acho... Tenho quase certeza — ela falou, tentando se lembrar. — Quer saber se ele recarrega automaticamente após o primeiro tiro? Sim.

Alexander havia deitado de bruços entre os dois montes de feno com a metralhadora e as pistolas do lado direito e a Python na mão apontando para o topo da escada. Tatiana, com as mãos trêmulas e cheias de cartuchos, sentou contra a parede do estábulo, atrás de Alexander.

Ele virou para trás e disse:

— Nem um pio, Tatiana.

Ela assentiu calada.

A porta do estábulo se abriu e o fazendeiro entrou com um dos soldados. O coração de Tatiana batia com tanta força que ela mal conseguia ouvir. O soldado fala um alemão mal-ajambrado misturado com russo. O fazendeiro deve ter dito a ele que ninguém havia passado por ali porque o soldado gritou em russo:

— Tem certeza?

Ficaram repetindo as mesmas perguntas e respostas por mais alguns segundos e, de repente, o soldado parou de falar e olhou ao redor.

— Você fuma? — perguntou em russo.

— *Nein, nein* — respondeu o fazendeiro. — *Ich rauche Nei in der Scheune wegen Brandgefahr.*[1]

— Bem, fogo ou não, alguém andou fumando no seu maldito estábulo!

Tatiana cobriu a boca com as mãos para evitar soltar um grito.

O oficial saiu correndo do estábulo e Tatiana espiou pela janela. Disse algo aos outros homens. Um deles desligou o motor do caminhão e todos pegaram suas metralhadoras.

— Shura... — Tatiana sussurrou.

— Psiu... Fique quieta. Nem respire.

O fazendeiro continuava parado no centro do estábulo quando os quatro soviéticos entraram carregando as armas.

— Dê o fora daqui — disse um dos soldados ao fazendeiro. Ele saiu correndo.
— Quem está aí?

Não houve resposta.

— Quem está aí?

— Não tem ninguém aqui — disse um deles.

— Sabemos que está aqui, Belov — disse outro. — Apareça e ninguém vai sair ferido.

Alexander não respondeu.

— Deveria pensar na sua esposa. Não seja egoísta e pare de pensar só em você. Quer que ela viva, não quer?

Tatiana ouviu o estalo silencioso da escada.

Alexander estava tão imóvel, que era possível passar por ele sem notá-lo. Ouviram outro estalo.

— Se você se entregar, sua esposa receberá anistia — disse um dos soldados.

— Estamos armados até os dentes — alertou outro. — Não vai escapar. Sejamos razoáveis.

Alexander ergueu o tronco quase imperceptivelmente, apontou a Python e disparou uma bala da Magnum .357 direto na cabeça do soldado na escada. O homem voou para trás num espasmo; os outros soldados se ajoelharam e apontaram

1 Eu não fumo no celeiro por causa do risco de incêndio.

as armas para cima, mas não suficientemente rápido para atirar ou se esconder. Alexander disparou incessantemente e os homens não tiveram a oportunidade de se proteger, menos ainda de atirar.

Alexander levantou-se num salto e virou para Tatiana.

— Vamos — disse sem cerimônia. — Não podemos ficar mais nem um segundo aqui. Se o fazendeiro tiver um telefone, ele está com ele na mão agora mesmo.

— Talvez não tenha telefone — murmurou Tatiana.

— Não podemos contar com isso. Rápido.

Tatiana recolheu rapidamente suas coisas enquanto Alexander recarregava a Python.

— Ótima arma, Tatia — disse Alexander. — Produz um pouco de recuo. Qual a velocidade do disparo, você sabe?

— O homem que me vendeu disse que era de 450 metros por segundos.

Alexander assoviou.

— Uma potência impressionante. Quase como a minha Shpagin. Está pronta?

Espiaram pela janela para ter certeza de que ninguém se aproximava e que o fazendeiro estava dentro da casa. Desceram a escada, pisaram por cima dos homens mortos na porta — não sem que antes Alexander tirasse de dentro do bolso de um deles um maço de cigarros soviéticos — e saíram. Do caminhão pegaram uma metralhadora pequena e um cinto de munição. Tatiana perguntou como faria para carregar outra metralhadora, um bipé, uma submetralhadora, três pistolas, a munição e a mochila.

— Não se preocupe com as minhas coisas — disse, colocando o cinto de munição ao redor do pescoço. — Preocupe-se com as suas.

— Poderíamos roubar o caminhão — sugeriu Tatiana.

— Sim, boa ideia e dirigir até o próximo posto de controle.

Atravessaram correndo os campos para longe da fazenda e dentro da floresta. Caminharam até o meio-dia.

— Podemos parar? — perguntou Tatiana. Estavam para atravessar um rio. — Você deve estar cansado. Vamos nos lavar e comer algo. Onde estamos, afinal?

— Em lugar nenhum — respondeu, parando contrariado. — Quando muito a seis quilômetros e meio da fazenda e do exército soviético.

— Seis quilômetros e meio ao sul? — perguntou esperançosa. — Isso quer dizer que estamos apenas a...

— Oeste. Não estamos indo para o sul.

Ela o encarou.

— Como assim, não estamos indo para o sul? Berlim fica no sul.

— Hum. É para onde pensam que vamos.

— Sim, mas em algum momento temos de ir para o sul, certo?

— Em algum momento, sim.

Tatiana preferiu deixar o assunto morrer. Lavaram o rosto e escovaram os dentes.

— Não vai me dar um daqueles tubos de morfina para escovar os dentes — brincou Alexander.

Tatiana procurou na mochila algo para comer. Encontrou uma lata de carne e entregou a Alexander com um sorriso. Alexander retribui com outro sorriso.

— Eu gosto de carne em lata — disse Alexander. — Mas como vamos abri-la?

— Como veio da América, possui um pequeno abridor embutido na tampa.

Comeram pão desidratado e chips de maçã e beberam água do ribeirão.

— Ok, agora vamos — disse Alexander, ficando de pé.

— Eu gostaria de entrar na água, Shura — ela disse, olhando para Alexander. — Me lavar. Não vou demorar.

— Tudo bem — ele disse num suspiro. — Vou fumar.

Depois de fumar dois ou três cigarros, despiu-se e entrou na água, em busca de Tatiana.

No começo da tarde continuavam à beira do ribeirão, entre as árvores. Estavam sentados num tronco. Tatiana sentada de costas, na frente de Alexander. Ele estava de camiseta e cueca, e ela, com um top branco e calcinha. Alexander penteava lentamente os cabelos de Tatiana, molhados e longos. Ele desembaraçava o cabelo com uma mão e com a outra a acariciava. Estavam em silêncio.

Alexander se inclinou, beijou a nuca de Tatiana e sussurrou:

— Não volte a passar maquiagem, tudo bem? Quero ver essas sardas.

Tatiana ri de mansinho e se vira para ele. Olharam-se por um momento e beijaram-se. Alexander soltou o pente, tocou o rosto de Tatiana e as alianças penduradas em seu pescoço. Ele inclinou a cabeça de Tatiana para trás enquanto tocava seus seios, abdômen, o interior das coxas.

— Tire a roupa — sussurrou, deixando de beijá-la.

Tatiana se levantou e ficou de frente para ele. De pé, tirou a roupa, ao lado de Alexander. Ele tocou seus seios e logo acariciava todo o corpo, do tornozelo aos cabelos e dos cabelos ao tornozelo. Tatiana se sentou sobre ele. Alexander a abraçou fortemente e aproximou o rosto dos mamilos.

Os gemidos leves de Tatiana ressoaram pelo bosque.

Alexander se levantou sem soltá-la e a levou até uma pedra perto da água. Tirou as roupas, sentou-se sobre elas com as costas encostadas na pedra e ajeitou Tatiana em cima dele. Alexander a penetrou lentamente, e com movimentos suaves a fazia subir e descer sobre ele. Tatiana se aferrou à sua cabeça e começou a gemer.

Quando o movimento se tornou mais rítmico, os gemidos de Tatiana foram ficando cada vez mais altos. Sentia-se enfraquecida, incapaz de se manter sobre ele. Alexander a carregou até a manta estendida no chão. Tatiana se deitou na frente dele, levantou o quadril e Alexander usou a boca e os dedos, mas por um período muito curto. Os gemidos de Tatiana ficaram intensos, e então ele a penetrou e ela começou a gritar, a gritar...

Inesperadamente, Tatiana parou de se mover e de emitir sons, com exceção da respiração entrecortada que ela não conseguia controlar.

— Meu Deus, Shura, tem um homem nos observando — sussurrou, estreitando-o contra ela.

Alexander também parou de se mover.

— Onde? — sussurrou em seu ouvido, sem virar-se.

— Atrás de mim...

— Situe-se pelo relógio, Tatia. Onde está ele no relógio. No meio?

— Às quatro e meia.

Alexander estava completamente imóvel, ainda mais imóvel do que no estábulo naquela manhã. Tatiana emitiu um gemido parecido com o choro de um cãozinho.

— Shh... — ele disse sem respirar.

A P-38 estava do seu lado esquerdo sobre a manta. Alexander levantou o corpo apenas alguns centímetros e, num movimento ágil, engatilhou a arma e disparou três vezes. Ouviram um grito vindo do bosque e o som de um corpo caindo nos arbustos.

Os dois levantaram-se num salto. Alexander vestiu rapidamente a cueca e Tatiana colocou a calcinha. Alexander foi olhar o que havia acontecido, armado com a Python e sua M191, e Tatiana foi atrás dele, encobrindo os seios com as mãos.

Caído no chão, um homem usando uniforme do exército soviético sangrava copiosamente pelo ombro. Parecia ter sido acertado por dois tiros, um no ombro e outro no pescoço. Alexander pegou a pistola do soldado e voltou para a clareira. Tatiana se ajoelhou e pressionou as mãos contra a ferida no pescoço.

Vindo de trás, ouviu a voz incrédula de Alexander.

— O que pensa que está fazendo, Tatiana?

— Nada, ele não consegue respirar — explicou, afrouxando o colarinho do uniforme.

Alexander agarrou Tatiana com um gemido gutural, tirou-a do caminho, apontou a Python e disparou à queima-roupa na cabeça do soldado. Tatiana gritou, desabou no chão e tentou desesperadamente se afastar de Alexander, ainda com a Python na mão, que a puxava para que se levantasse. Tatiana, horrorizada, se debatia tão violentamente, que estava à beira da histeria.

— Tatiana! Que merda é essa?

— Tire as mãos de mim!

— Ele não consegue respirar? Torço para que não respire mesmo! Agora com certeza não respira mais. A quem está tentando salvar, nós ou eles? Isto não é brincadeira, nossa vida está em jogo. Não pode se ajoelhar ao lado dele e aliviar os últimos momentos quando estivemos a alguns segundos de sermos mortos por ele!

— Chega! Me deixe!

— Pelo amor de Deus!

Alexander jogou as armas no chão e endireitou os ombros para se proteger dos socos que Tatiana lhe dava com as mãos trêmulas.

— O que você quer, Tatia? Por que veio aqui? O seu objetivo era deixar nosso filho órfão? Não entende que somos nós ou eles? Não há meio-termo. Estamos numa maldita guerra, consegue entender?

— Por favor, me deixe...

— Não, acho que não consegue. — Alexander apertou os braços de Tatiana com força. — Ele estava nos olhando. Estava olhando *você*, provavelmente desde o começo. Ele viu tudo, ouviu tudo, e sabe o que estava esperando? Eu terminar para depois ter você só para ele. E então matá-la. Não sabemos quem era. Poderia ser um soldado, um desertor. Mas de uma coisa eu tenho certeza: sua intenção não era almoçar conosco.

— Meu Deus, Alexander! No que se transformou?

Alexander espremeu o rosto de Tatiana entre as mãos para obrigá-la a fitá-lo e então a empurrou.

— Quem você pensa que é para me julgar? Sou um soldado, não um santo — disse, cuspindo no chão.

— Não estou julgando você, Shura. Por favor... — ela sussurrou.

— Nós ou eles, Tatiana.

— Você, Alexander, você.

Tatiana estava cambaleando. Alexander a amparou pelo braço para que não caísse, mas não a trouxe para si, nem a consolou.

— Não entendeu nada? Vá lavar o sangue e vestir-se. Temos de sair daqui.

Em dez minutos estavam fora da clareira. Colocaram as roupas verde-oliva e entraram no bosque. Não se falavam, a menos que fosse para parar, oferecer água ou avançar. Alexander fumava enquanto caminhavam. Detinha-se para ouvir os ruídos da mata ao redor e voltava lentamente a andar.

Evitavam as aldeias e as estradas pavimentadas, mas as fazendas também eram perigosas. Era verão, tempo de plantio e de colheita. Por toda parte havia colhedeiras, tratores, debulhadoras. Tinham que rodear os campos para evitar os trabalhadores.

Andaram por seis horas entre os prados e bosques, e finalmente começaram a se dirigir para o sul. Tatiana estava desesperada por um descanso, mas Alexander não diminui a velocidade da caminhada.

Chegam a uma plantação de batatas, e Tatiana, faminta, imediatamente passa na frente de Alexander. No mesmo instante ele a agarra pelo braço e a coloca novamente atrás dele.

— Não ande na minha frente, entendeu? Não sabe nada sobre este campo.

— Ah, e você sabe...

— Sei, porque vi milhares iguais a este.

— Eu já vi um campo antes, Alexander.

— Um campo minado?

A discussão rendeu uma pausa para Tatiana.

— É um campo de batatas, não um campo minado.

— E como sabe disso? Olhou pelo seu binóculo? Examinou o solo? Engatinhou por ele com a baioneta na frente procurando as minas? Ou apenas imaginou quando era uma criança crescendo nos campos de Luga?

— Chega, Alexander — ela disse baixinho.

Alexander pegou o binóculo e examinou a terra. Ao final, disse que parecia seguro, mas preferia não arriscar. Tirou o mapa cartográfico da mochila e o analisou por alguns minutos.

— Vamos para a esquerda — disse finalmente. — Se formos para a direita encontraremos uma estrada. Muito perigoso. Mas o bosque do outro lado é bastante espesso e podemos caminhar nele por uns quinze quilômetros.

Tatiana desenterrou cinco ou seis batatas da borda do terreno.

Quando entraram no bosque, o sol começava a se pôr.

— Por que não tentamos pescar? — sugeriu Tatiana quando pararam num regato para beber água. — Se fizer uma fogueira, posso assar as batatas e o peixe. Comemos e acampamos. — Ela gostaria de sorrir para ele, mas a expressão de Alexander era sombria.

— Fogueira? Perdeu completamente o juízo? Sentiram o cheiro do cigarro no estábulo. Acredita que os cães são treinados para sentir o cheiro de outra coisa se não peixe assando?

— Não estão mais nos procurando, Alexander. Não estão aqui.

— Não, estão por aí — disse, acenando para uma direção nebulosa. — Quando chegarem aqui será tarde demais. Não quero dar a oportunidade de nos encontrarem.

— Então não vamos comer?

— Vamos comer batatas cruas.

— Que delícia — resmungou Tatiana.

Comeram as batatas cruas. Abriram a segunda e última lata de carne enlatada. Tatiana poderia ter levado mais latas de carne, mas como iria imaginar que não poderiam acender uma fogueira, assar um peixe ou uma batata? Lavaram-se outra vez, Alexander fumou e disse:

— Está pronta?

— Para quê?

— Seguir.

— Não, por favor, não aguento mais. São oito da noite. Precisamos descansar. Voltaremos a andar durante o dia. — Tatiana gostaria de acrescentar que sentia medo de caminhar à noite, mas não queria que Alexander testemunhasse sua fraqueza, então ficou quieta, esperando que ele tomasse a decisão acertada.

Ele estava calado.

Ela estava calada.

— Vamos andar até as dez — disse num suspiro. — Então paramos.

Tatiana caminhava logo atrás dele, mas odiava a ideia de que ninguém caminhava atrás *dela*. Tinha a sensação de que havia outra pessoa perto, e se encolhia toda vez que Alexander parava para ouvir a mata. Num certo momento, algo caiu, uma pedra rolou ou um galho bateu em algo e Tatiana gritou e agarrou Alexander.

Ele colocou as mãos nela.

— O que foi, Tatiasha?

— Nada, nada.

Alexander deu um tapinha no ombro de Tatiana e disse:

— Vamos parar.

Tatiana precisou morder o lábio para não implorar que buscassem um estábulo, um lugar coberto, uma vala próxima a alguma casa, até mesmo um campo minado, qualquer coisa que os livrasse de ter de passar a noite no meio do mato.

Alexander construiu uma pequena tenda com alguns galhos firmes e a lona da mochila. Disse que se deitaria em quinze minutos, mas depois de quinze minutos sozinha, Tatiana saiu da tenda e o encontrou sentado contra uma árvore, fumando.

— O que está fazendo, Shura? — sussurrou.

— Nada. Vá dormir. Amanhã o dia vai ser longo.

— Venha deitar.

— O espaço é pequeno. Estou bem aqui.

— Não é tão pequeno. Dormiremos de lado, venha. — Puxou o braço de Alexander. Ele se desvencilhou.

Tatiana se ajoelhou ao lado dele e, após analisá-lo por alguns momentos, tocou seu rosto.

— Shura...

— Escute, precisa parar de brigar comigo. Estou do seu lado. Precisa me deixar fazer o que sei que precisa ser feito. Não posso discutir com você todas as vezes que estamos em perigo.

— Eu sei. Desculpa. Mas você sabe que não consigo me segurar. É a minha natureza.

— Precisa se esforçar. Sei que é difícil e que você está sobrecarregada, e eu gostaria que fosse diferente, mas precisa vencer essa batalha dentro de você. De uma forma ou de outra, vai ter de superar isso. Ou não se importa que os hunos vençam? — Ele a enlaçou.

Tatiana apertou a cabeça contra a garganta de Alexander.

— Claro que me importo. Vou tentar, ok? — ela sussurrou.

— Você vai mudar — Alexander afirmou, abraçando-a. — Vai fazer como eu mandar, vai ficar à margem, e não vai curar aqueles que vierem para nos matar. É assim que vai ser. — Tomou o rosto entre suas mãos. — Da última vez em Morozovo deixei você partir, Tatiana, mas agora não vou deixar. Desta vez vivemos juntos ou morremos juntos.

— Sim, Alexander — concordou Tatiana.

— Coloquei de lado tudo que é da minha natureza, exceto o que preciso para nos tirar daqui, e você vai colocar tudo de lado também.

— Sim, Alexander. Venha dormir.

Ele balançou a cabeça.

— Por favor — ela sussurrou. — Tenho medo da noite no bosque.

Alexander entrou na tenda e se enfiou atrás dela. Tatiana colocou a manta de caxemira sobre eles.

— Comprei para você no meu primeiro Natal em Nova York.

— É macio e quentinho — ele disse. — Uma boa manta. *"Oh, Deus, torna pequena o manto do céu devorado de estrelas, para que eu possa me cobrir confortavelmente".*

Estavam encaixados um no outro. *Duas tigelas de metal que cabem uma na outra.* Tatiana se lembrou de Lazarevo, quando Alexander fez sorvete durante a lua de mel.

— Me diga uma coisa, Tatia. Não vou ficar bravo. Queria ver você feliz. Você esteve com outra pessoa?

— Não estive com ninguém. — Tatiana fez uma breve pausa recordando do quanto esteve perto de Jeb e de Edward. — Onde eu iria encontrar alguém abençoado pelos deuses como você? — Tatiana sentiu o corpo de Alexander ficar tenso. — E você?

— Não estive com ninguém. — Alexander fez uma pausa. — Apesar de ter tido vontade uma ou duas vezes, para driblar a morte.

Ela fechou os olhos.

— Sim, eu também. Você quer terminar o que começamos mais cedo...

— Não — ele respondeu.

Quando ela abriu os olhos novamente, estava escuro e Alexander não estava atrás dela. Estava sentado do lado da tenda, próximo das árvores, com a metralhadora nas mãos.

— O que está fazendo? — ela perguntou.

— Cuidando de você — ele respondeu.

Tatiana pegou a manta, cobriu Alexander e se deitou no chão com a cabeça apoiada no colo dele. Fechou os olhos e teve um sono intermitente.

Acordou com a manta cobrindo sua cabeça. Tirou a manta de cima e viu Alexander a encarando no escuro e fumando. Seu corpo estava rígido como um trampolim.

— Qual o problema? — ela sussurrou.

— Não quis derrubar cinzas no seu cabelo.

— Não, não é isso... Qual o *problema?*

— Não acredito que vamos conseguir, Tatiana — ele murmurou.

Tatiana olhou para Alexander por um momento e logo fechou os olhos, afundando a cabeça no seu colo.

— Viva como se tivesse fé e a fé lhe será dada — disse.

Tatiana tirou as alianças do pescoço. Colocou a menor em seu dedo e, pegando a mão de Alexander, que não queria largar a arma, escorregou a aliança maior em seu dedo. Alexander apertou a mão de Tatiana e em seguida pegou a M1911.

— Não quer dormir? Eu vigio.

— Não. Não consigo dormir.

Ela acariciou o braço de Alexander.

— O que posso fazer? — Ela o cutucou. — *Qualquer* coisa que eu possa fazer?

— Não.

— Não?! — exclamou Tatiana.

— Não — ele repetiu monotonamente. — Há muita coisa acontecendo à nossa volta. Não posso perder o juízo. Veja o que quase nos aconteceu.

Ela dormiu. Alexander a despertou quando as árvores ficaram azuis com a aurora. Em silêncio, escovaram os dentes e recolheram suas coisas. Tatiana entrou alguns metros no bosque e, quando voltou, Alexander estava de costas para ela.

— Está com fome? — perguntou, e antes que terminasse de pronunciar as palavras, Alexander girou o corpo e apontou duas pistolas engatilhadas para Tatiana. Alguns segundos se passaram até que ele baixasse as armas e virasse as costas a Tatiana. Ela foi até ele e viu que remexia na sua mochila.

— O que procura? — perguntou Tatiana.

— Tem mais cigarros?

— Claro. Trouxe seis maços.

Alexander ficou em silêncio.

— Além desses.

Tatiana ficou em silêncio.

— Você fumou seis maços de cigarros noite passada?

Ele terminou de vasculhar na mochila.

— E o maço que pegou dos soviéticos?

— O que é que tem? — perguntou Alexander.

Tatiana se aproximou e pegou o maço de cigarros da mão de Alexander. Tentou tirar as armas presas no cinto, mas ele não permitiu. Tatiana abraçou Alexander, sentindo as armas e a munição entre eles.

— Shura... Meu amor, meu marido... — sussurrou. — Vai dar...

— Vamos — disse, se afastando um pouco. — Devemos seguir.

Voltaram a caminhar, desta vez em direção ao sul. Gradualmente, Alexander a proibia de ficar a menos de um metro dele. Não pararam para nadar nos ribeirões, não fizeram fogueira, e a carne enlatada e as bolachas haviam acabado. Colheram mirtilo durante a caminhada e encontraram outro campo de batatas.

No final do dia, Tatiana perguntou se poderiam fazer uma fogueira, afinal não tinha ouvido nada suspeito durante todo o dia. Ele disse não. Tatiana ficou surpresa ao descobrir que haviam andado apenas dezesseis quilômetros, porque achou que haviam avançado muito lentamente. Pensou que talvez Alexander estivesse com medo de chegar a Berlim. Mas por quê?

— Parece que estamos muito perto. Não acha?

— Não. Bem, sim... faltam apenas dez quilômetros.

— Podemos chegar amanhã.

— Não. Acho que devemos esperar no bosque.

— Esperar no bosque? Você insistiu para caminharmos, não quis parar.

— Vamos parar.

— Quando paramos, não podemos acender uma fogueira, não podemos cozinhar, comer, nadar, dormir ou... nada. O que vamos esperar no bosque?

— Estarão nos buscando. Não ouviu?

— Ouvi o quê?

— Eles. A distância, ao nosso redor, agonizando de um lado a outro. Não ouviu?

Tatiana não ouvira nada.

— Mesmo se estiverem nos buscando — concordou Tatiana —, o norte de Berlim é muito grande. Não estarão nos procurando em todos os lugares.

— Tudo bem, se é o que quer, vamos — disse Alexander, começando a andar.

À medida que se aproximavam de Berlim, a mata foi tornando-se menos densa. Cruzaram campos inclinados, campos planos e campos cercados de árvores. Avançavam lentamente, e em determinado momento tiveram de se sentar entre os arbustos por duas horas porque Alexander viu no horizonte o brilho do reflexo de um caminhão.

Não havia riachos nem esconderijos. Alexander estava cada vez mais tenso, segurando a metralhadora na frente do corpo enquanto caminhavam. Tatiana não sabia como ajudar. Não havia mais cigarros.

Às nove da noite, quando Alexander permitiu que Tatiana descansasse os pés, ela disse:

— Você não acha que o campo está muito quieto?

— Não. O campo está tudo, menos quieto. Na periferia das plantações, no eco a distância, ouço o incessante tráfego de caminhões, vozes e cães latindo.

— Não ouço nada.

— Por que ouviria?

— Por que *você* ouve?

— Porque é isso que faço. Vamos, está pronta?

— Não. Pode mostrar no mapa onde estamos?

Com um suspiro, Alexander abriu o mapa cartográfico. Tatiana acompanhava o dedo de Alexander.

— Mas isso é ótimo, Shura! A alguns quilômetros a nossa frente há uma colina com uma elevação não muito acentuada. Seiscentos metros não é muito alto, certo? Seiscentos metros para subir, seiscentos para descer e, quando chegarmos ao outro lado, descansaremos. Berlim fica poucos quilômetros à frente. Estaremos no setor americano por volta do meio-dia de amanhã.

Alexander a observava. Sem dizer uma palavra, colocou o mapa de lado e começou a andar.

A lua brilhava no céu claro e era possível caminhar com a lanterna apagada. Quando chegaram ao topo da colina, Tatiana teve a impressão de ver Berlim a distância.

— Vamos — disse Tatiana. — Podemos descer correndo esses últimos seiscentos metros.

Alexander se afundou no chão.

— Está evidente para mim que você não prestou atenção na guerra em volta de Leningrado. Não tirou nenhuma lição de Pulkovo, de Sinyavino? Vamos ficar aqui em cima porque a altura é nossa única vantagem. Se descermos, mais vale esperá-los com as mãos para o alto.

Tatiana se lembrou da ação dos alemães em Pulkovo e Sinyavino. No entanto, sentia-se exposta no topo da colina, com apenas a cobertura de uma árvore e alguns arbustos. Mas Alexander disse que ficariam ali, e ali ficaram.

Alexander não montou a pequena tenda e deu ordem para Tatiana tirar a manta da mochila caso fosse necessário; assim, estariam preparados para correr a qualquer momento.

— Correr, Shura? Não vê como está tudo quieto e tranquilo?

Alexander não a ouvia. Caminhou um pouco para longe e começou a mexer na terra. Tatiana vislumbrava apenas sua silhueta.

— O que está fazendo? — perguntou ao se aproximar dele.

— Cavando. Não vê?

Tatiana o observou por alguns instantes.

— O que está cavando? Uma cova?

— Não, uma trincheira — Alexander respondeu, sem levantar o olhar.

Tatiana não o compreendia e temia que a falta de cigarros e a ansiedade aguda estivessem se tornando temporariamente (temporariamente, certo?) loucura. Gostaria de lhe dizer que estava sendo paranoico, mas concluiu que o comentário não iria ajudar, então se ajoelhou e começou a cavar com a faca e com as mãos até a cova ficar de um tamanho que Alexander pudesse se deitar e se cobrir.

Terminaram de cavar por volta das duas da madrugada e descansaram embaixo da única árvore que crescia na colina, uma tília. Tatiana deitou a cabeça no colo de Alexander, que havia sentado com as costas apoiadas na árvore, sem deitar e ou largar a metralhadora. Depois de algum tempo, a arma caiu das mãos dele. Tatiana acordou assustada e Alexander ficou de pé num salto.

Quando sentaram novamente, Tatiana tentou dormir, mas era impossível de relaxar sentindo a tensão do corpo de Alexander.

— Não deveria ter vindo me buscar — ela ouviu Alexander dizer. — Deveria ter me deixado aqui. Você estava cuidando do nosso filho. Estava trabalhando, tinha amigos, a promessa de um novo começo, Nova York. Nós dois já havíamos acabado, e você deveria ter aceitado.

O que está dizendo?, queria perguntar Tatiana, mas sabia que Alexander não queria dizer aquilo, apesar do tom sombrio da sua voz.

— Se queria que eu deixasse as coisas como estavam, por que me deixou o pesadelo de ficar pensando em Orbeli?

— Não falei de Orbeli para que fosse um pesadelo. Falei de Orbeli para lhe dar fé.

— Não! — gritou Tatiana, se afastando nele num salto.

— Não grite — ele disse, sem se levantar.

— Você deixou Orbeli para me amaldiçoar — contestou Tatiana em voz baixa.

E aí começou o dilúvio...

— Ah, claro. Era *isso* que eu estava pensando em nossos últimos momentos juntos. O que posso fazer para colocar minha esposa no inferno? — disse Alexander, enfiando o bico da bota na terra.

— Você deu Orbeli para me torturar! — ela exclamou.

— Mandei você falar baixo!

— Não teria dito nada se realmente quisesse me fazer pensar que havia morrido. Não teria mandado o Sayers colocar aquela maldita medalha na minha mochila. Você *sabia* que se eu tivesse alguma pista, uma única palavra de que você estava vivo, eu não seria capaz de começar uma vida nova. Orbeli foi a palavra.

— Você quis uma palavra, conseguiu. Não se pode ter os dois mundos, Tatiana.

— Pensei que seríamos sinceros e você terminou sua vida com a maior mentira imaginável. Meus dias eram de tortura. Fiquei presa entre a sua vida e a sua morte. Não conseguia me libertar. E você sabia disso.

Pararam de discutir por um momento. Tatiana tentou controlar o tremor que percorria seu corpo.

— Aquele cavaleiro tem me perseguido todos os dias e todas as noites da minha vida e você está me dizendo que eu não deveria ter vindo buscá-lo?

Tatiana o agarrou e começou a chacoalhá-lo. Alexander não protestou, não se defendeu, mas ao fim de um momento a afastou delicadamente.

— Tire minha roupa — ele disse. — Venha aqui, deite-se nua ao meu lado e arranque a carne crua que encobre meus ossos com os dentes, como no seu sonho. Como tem feito, devorando-me vivo, pedaço a pedaço.

— Meu Deus, Alexander... — Tatiana sentia-se afundando no chão.

E assim sentaram-se sob a tília na noite de junho, dando-se as costas. Tatiana cobriu o rosto e deitou no solo. Ele ficou sentado com as armas à sua volta.

Depois de algumas horas, Tatiana ouviu a sua voz:

— Tatiana — disse baixinho Alexander. Ele não precisou dizer mais nada, porque ela mesma podia ouvi-los. Estavam chegando. E desta vez o ruído dos motores, os gritos dos soldados e o latido dos cães não estavam distantes no horizonte; desta vez, os latidos insistentes dos cães estavam no sopé da colina.

Tatiana ia se levantar de um salto quando Alexander a segurou. Não disse nada, apenas a manteve presa ao chão.

— O que está fazendo? — ela sussurrou. — Por que estamos sentados? Vamos correr! Em um minuto estaremos lá embaixo.

— E eles estarão no topo em um minuto. Quantas vezes preciso dizer isso?

— Levante! Vamos correr...

— Para onde? Estamos cercados por colinas e campos. Acha que corremos mais do que os pastores alemães?

Alexander ainda prendia Tatiana ao chão enquanto sua respiração se acalmava.

— Esses cães vão nos farejar?

— Vão. Não importa onde estivermos.

Tatiana olhou o pé da colina. Não podia vê-los, mas ouvia o barulho frenético dos animais e dos homens que os seguravam, ordenando, em russo, que ficassem quietos. No entanto, sabia que os cães latiam tanto porque estavam perto da sua presa.

— Entre na trincheira, Shura — ela disse. — Vou me esconder em cima da árvore.

— Melhor amarrá-la na árvore. Vão lançar bombas de gás lacrimogêneo e você vai cair.

— Vá e deixe o binóculo comigo. Direi em quantos estão. — Alexander soltou Tatiana e se levantaram num pulo. — Melhor me passar a P-38. — Tatiana fez uma pausa. — Não temos outra opção a não ser matar os cães. Sem os animais não saberão onde estamos.

Nesse momento, Alexander sorriu.

— Não acha que ao ver dois cães mortos aos seus pés eles terão uma dica?

Tatiana não sorriu.

— Me dê as granadas. Talvez possa lançar lá de cima.

— Eu lanço. Não quero você puxando o pino cedo demais. Quando disparar a pistola, tome cuidado com o tranco. Na P-38 não é tão forte, mas vai notar o baque. E mesmo que tenha um cartucho no pente, se tiver tempo, recarregue-a. Melhor ter oito balas do que uma.

Ela assentiu.

— Não deixe ninguém se aproximar da árvore. Quanto mais longe estiverem, mais chance de errarem o alvo. — Alexander passou a arma, a corda e uma bolsa de lona com os vários pentes de 9 milímetros. — Agora vá! — ordenou, empurrando-a. — E não desça por nada.

— Não seja bobo — ela disse. — Se for preciso, vou descer. Se você precisar de mim aqui embaixo, é onde vou estar.

— Não. Você vai descer quando eu mandar você descer. Não quero me preocupar com onde você está e o que está fazendo.

— Shura...

Tatiana era pequena e Alexander a dominou com sua estatura.

— Vai descer quando eu mandar descer, entendeu?

— Sim — ela disse.

Enfiou as armas na cintura e ergueu as mãos. O primeiro galho era alto demais para Tatiana alcançar; Alexander a levantou e ela conseguiu subir. Ele correu para a trincheira, alinhou as pistolas e os carregadores, colocou a metralhadora carregada no suporte, enrolou o cinto de balas no torso. Estava com a Shpagin ao lado dele, junto a um cinto de 150 cartuchos.

Tatiana subiu o mais alto possível na árvore. A visibilidade não era boa; a tília era conhecida por sua sombra, e no verão era frondosa. Quebrou os galhos mais fracos e sentou com as pernas abertas num galho perto do tronco. De onde estava podia ver toda a escarpa iluminada pela tênue luz do amanhecer. A silhueta dos homens era pequena e distante. Estavam espalhados pela colina, separados por vários metros, pareciam uma mancha de tinta.

— Quantos? — Alexander gritou.

Tatiana olhou pelo binóculo.

— Talvez vinte.

Seu coração batia tão violentamente, que quase quebrava o esterno. No mínimo vinte, quis completar, mas se calou. Não conseguia ver os cães. O que via, entretanto, eram os homens que seguravam os cães, porque esses se moviam mais rapidamente do que os outros, e aos trancos, como se os animais os estivessem puxando.

— Qual a distância?

Tatiana não sabia dizer a distância. Estavam lá embaixo, ainda pequenos. Alexander saberia calcular a distância, mas ele não poderia localizar os soldados e matá-los ao mesmo tempo. Tatiana lembrou-se de que a Python possuía um visor extremamente preciso. Quem sabe Alexander pudesse localizar os cães.

— Vê os cachorros, Shura?

Tatiana esperou sua resposta. Viu Alexander mover a Python, mirar para baixo, disparar e os cães ficarem em silêncio.

— Sim — ele respondeu.

Tatiana olhou pelo binóculo. O alvoroço no pé da montanha era considerável e os soldados começaram a se dispersar.

— Estão subindo!

Nem precisava avisar, porque Alexander se levantou num salto e abriu fogo com a metralhadora. Durante vários segundos, a única coisa que Tatiana ouviu foi o pipocar dos tiros. Quando Alexander parou de atirar, ouviu-se um som sibilante e uma granada explodiu a cem metros abaixo de onde estavam. A seguinte caiu a cinquenta metros. A próxima, a vinte e cinco.

— Onde, Tatiana? — gritou Alexander, com a metralhadora no ombro.

Ela voltou a olhar pelo binóculo. Seus olhos começavam a pregar uma peça nela. Tinha a impressão de que homens se arrastavam no chão com os seus uniformes escuros, se aproximando deles. Se arrastavam ou se contorciam de dor?

Alguns ficaram de pé.

— Dois estão às duas horas, e três às onze — gritou Tatiana. Alexander abriu fogo novamente. Porém, logo parou, e jogou a metralhadora no chão. O que aconteceu? Quando Tatiana o viu pegando a Shpagin, concluiu que a munição da metralhadora havia acabado. A Shpagin estava com apenas metade do tambor cheio, talvez com 35 disparos. As balas acabaram em poucos segundos. Alexander passou a atirar com as pistolas Colt, disparando oito tiros e pausando. *O ritmo da guerra*, pensou Tatiana, com os olhos fechados. Os dois homens que estavam posicionados às onze horas de repente tornaram-se cinco, e quatro mais apareceram na posição da uma hora. Alexander estava abaixado e interrompia os tiros apenas pelos dois segundos usados para recarregar.

Lá de baixo respondiam com fogo cerrado. Apesar de atirarem às cegas, acertavam cada vez mais perto. Tatiana voltou a usar o binóculo e notou que a fumaça das metralhadoras facilitava a localização dos soldados. Mesmo Alexander sabia de onde vinham os disparos. Tatiana se deu conta de que os soviéticos também podiam ver a fumaça quando disparavam e gritou para Alexander se abaixar. Ele voltou a deitar dentro da trincheira.

Um homem estava a cem metros da árvore onde Tatiana se encontrava. Ele lançou algo que zuniu no ar e explodiu muito próximo de Alexander. Os arbustos e a grama na frente dele pegaram fogo. Alexander tirou o pino de duas granadas e as lançou cegamente porque não conseguia ver a posição dos homens.

Mas Tatiana conseguia. Ela engatilhou a P-38, mirou na silhueta a sua frente e, antes que pudesse reconsiderar, atirou. A violência do tranco jogou seus ombros para trás, mas o pior foi o som ensurdecedor; após o disparo, Tatiana não conseguia ouvir. Ao redor da trincheira de Alexander, os arbustos e a grama estavam em chamas.

— Alexander — Tatiana pensou ter dito, mas não ouvia o som vindo de sua boca. Olhou pelo binóculo. A luz da manhã iluminava as silhuetas imóveis no chão; disparou várias vezes e não houve resposta de nenhum morteiro, embora ocasionalmente viessem disparos na direção da trincheira de Alexander. Tatiana os localizou deitados atrás de uma moita, no meio da colina. Como não podia falar com Alexander nem ouvir suas respostas, ela mirou e, mesmo sem saber se as balas poderiam alcançar uma distância de duzentos metros, atirou. Gostaria de ter podido ouvir os estalos, mas estava surda. Recarregou mais seis vezes.

Alexander seguia atirando. Talvez tivessem sido os tiros de Alexander que haviam incendiado os arbustos. Tatiana já não tinha certeza de nada. Apontou para a ladeira, fechou os olhos e disparou, recarregando em seguida para disparar novamente, até acabarem as balas.

De repente, tudo estava quieto. Ou talvez não.

Tatiana abriu os olhos.

— Às tuas costas! — ela gritou e Alexander rolou para fora da trincheira no mesmo instante em que um soldado atirava na cova. Alexander arrancou a arma com um chute, acertou outro na perna do adversário e os dois se engalfinharam no chão. O soldado sacou uma faca da bota. Tatiana, desesperada, quase caiu da árvore. Se desprendeu da corda que a prendia, desceu rapidamente e correu pela clareira até onde os homens lutavam. “Parado!”, gritava enquanto engatilhava a arma, mesmo sabendo que estava descarregada. Mas estava surda e não sabia se os homens a escutavam. O soldado tentava perfurar com a faca Alexander, que o detinha pelo pulso.

Tatiana correu até eles e deu uma coronhada na nuca do soldado com a pistola descarregada. O homem deu um tranco, mas continuou segurando a faca. Alexander seguia apertando o pulso do soldado, quase não conseguindo detê-lo de enterrar a faca em seu abdômen. Gritando, Tatiana golpeou novamente o soldado, mas desta vez ela já não tinha a mesma força. Alexander agarrou-o pelo pescoço e o torceu. Soltou-o quando parou de se debater, e o homem caiu aos seus pés machucado e sangrando. Alexander não disse nada, e mesmo que dissesse, Tatiana não ouviria. Gesticulou para que ela se afastasse. Quando Tatiana largou a arma e recuou alguns passos, Alexander pegou a pistola, apontou para o soldado e apertou o gatilho, mas não se ouviu nada.

— Está descarregada — quis avisar Tatiana, mas Alexander já sabia.

Alexander pegou a Python que ainda tinha balas no cilindro e apontou para o soldado, mas não atirou. O pescoço do homem estava quebrado. Soltou a arma e foi até Tatiana, abraçando-a por alguns momentos para acalmá-la.

Os dois arfavam. Alexander estava coberto de cinzas e tinha sangue no braço, no peito e no ombro.

— Quê? — perguntou Tatiana, percebendo que ele havia dito algo.

— Bom trabalho, Tatiana — Alexander disse em seu ouvido. — Mas pensei ter sido claro: não desça da árvore até que eu mande.

Tatiana levantou o olhar para ver se Alexander brincava. Não conseguiu distinguir.

Abraçando-a com mais força, disse:

— Precisamos sair daqui. Temos apenas munição para revólver.

— Você acertou todos? — perguntou Tatiana.

— Pare de gritar. Com certeza não, e de qualquer jeito, viriam mais cem, com bombas mais potentes. Vamos correr.

— Espere, está machucado...

Alexander tampou a boca de Tatiana com a mão.

— Pare de gritar — repetiu. — Logo vai recuperar a audição. Por enquanto fique calada e me siga.

Tatiana apontou para o sangue no peito de Alexander.

Alexander encolheu os ombros e se ajoelhou. Rasgou a manga da camisa e viu que uma bala o havia acertado de raspão. Tatiana retirou os fragmentos do projétil do ombro; um havia penetrado fundo no deltoide.

Veja, Shura, pensou ter dito Tatiana.

— Pegue com os dedos e arranque-o — disse Alexander em seu ouvido.

Tatiana tirou o pedacinho do projétil com os dedos, quase desmaiando ao pensar na dor que Alexander sentiu. Ele encolheu, mas não se moveu. Tatiana limpou as feridas com antisséptico e as enfaixou. Levou dois minutos.

— O que tem no rosto?

A ferida no couro cabeludo voltou a se abrir.

— Pare de falar. Não é nada, deixe para depois. Agora vamos embora.

Tatiana tinha sangue de Alexander no rosto, mas não se limpou.

Alexander deixou a metralhadora descarregada e pegou suas pistolas, a submetralhadora e a mochila. Tatiana agarrou sua maleta de enfermagem e os dois correram em disparada ladeira abaixo.

Durante as duas ou três horas seguintes, correram junto aos muros ou fileiras de árvores que separavam os campos, até que a paisagem se tornasse mais residencial do que rural; finalmente encontraram ruas e uma placa ao lado de um prédio de três andares bombardeado que dizia: "Você está entrando no setor britânico de Berlim".

Tatiana havia voltado a escutar. Agarrou o braço bom de Alexander, sorriu e disse:

— Quase lá.

Não houve resposta.

Ao final de alguns metros, Tatiana compreendeu o porquê. Berlim não estava abandonada; caminhões e jipes circulavam pelas ruas, e nem todos pertenciam ao exército britânico. Quando viram um caminhão com a foice e o martelo vindo a toda velocidade e buzinando, Alexander empurrou rapidamente Tatiana para uma porta.

— Quanto falta até o setor americano? — perguntou Alexander.

— Não sei. Mas tenho um mapa de Berlim.

Descobriram que faltavam cinco quilômetros. Levaram o dia inteiro para chegar. Corriam de um edifício a outro, depois esperavam nas entradas, corredores ou pátios.

Quando chegaram ao setor americano, eram quatro da tarde.

Encontraram a Embaixada dos Estados Unidos às quatro e meia, mas não puderam atravessar a avenida Clayallee porque havia uma fileira de jipes com a foice o martelo parados em frente à entrada.

Dessa vez foi Tatiana quem puxou Alexander para dentro de um edifício, onde se sentaram embaixo da escada, ofegantes.

— Pode ser que não estejam aqui por nossa causa — disse Tatiana, tentando soar esperançosa. — Acho que é um procedimento de rotina.

— Claro. Não acha que foram notificados para procurar um homem da minha estatura e uma mulher da sua?

— Não, acho que não — Tatiana respondeu com uma voz incerta.

— Nesse caso, então vamos — disse Alexander, começando a ficar de pé.

Tatiana o deteve.

— O que pensa que está fazendo, Tatiana?

— Sou cidadã americana, tenho o direito de pedir para entrar na embaixada.

— Sim, mas será detida antes de ter a chance de exercer esse direito.

— Bem, alguma coisa tem que ser feita.

Alexander ficou em silêncio enquanto Tatiana continuava pensando e olhando para ele. Não estava tão tenso quanto antes. O conflito dentro dele parecia estar encerrado. Tatiana estendeu o braço e tocou sua face.

— Hei, se anime. Nossa batalha ainda não terminou, soldado. Vamos.

— Aonde?

— À casa do governador militar. Não fica longe daqui.

Quando chegaram ao quartel-general dos Estados Unidos, Tatiana se escondeu num prédio do outro lado da avenida, trocou a roupa verde-oliva pelo encardido uniforme de enfermeira e fez sinal para Alexander segui-la até o portão de entrada. Eram cinco da tarde e não havia caminhões do exército soviético por perto.

— Espero aqui. Você entra e depois vem me buscar — ele disse.

— Alexander, não vou deixá-lo para trás — ela disse, segurando sua mão. — Venha comigo e deixe as armas aqui.

— Não vou atravessar a rua desarmado.

— Está vazia! E você vai entrar na casa do governador militar. Quem vai deixá-lo entrar brandindo uma arma? Deixe as armas aqui.

Tiveram de deixar a metralhadora, pois era grande demais. Caminharam lado a lado com as outras armas na mochila até o portão de entrada. Tatiana perguntou à sentinela se poderia ver o governador.

— Diga que é a enfermeira Jane Barrington.

— Não é Tatiana Barrington? — perguntou Alexander, surpreso.

— Jane é o nome original na credencial da Cruz Vermelha. Além disso, Tatiana é um nome russo.

Entreolharam-se por alguns instantes.

— É muito russo — Alexander disse baixinho.

Mark Bishop veio até o portão. Lançou um olhar a Tatiana e outro a Alexander.

— Passem.

Antes de entrarem no edifício, Bishop disse:

— Que tumulto vem causando, enfermeira Barrington.

— Governador, este é o meu marido, Alexander Barrington — disse Tatiana em inglês.

— Sei — foi tudo que disse Bishop antes de cair num completo silêncio. — Está machucado?

— Sim.

— Você?

— Não. Governador, algum de seus homens poderia nos levar até a embaixada? Precisamos conversar com o cônsul John Ravenstock. Está nos esperando.

— Está?

— Sim.

— Está esperando seu marido também?

— Sim. Meu marido é cidadão americano.

— É? E onde está o passaporte?

Tatiana levantou o olhar para Bishop.

— Governador, por favor, vamos deixar que o consulado resolva tudo. Não faz sentido você se envolver. Eu agradeceria muito *uma* — Tatiana deu ênfase no artigo indefinido — carona.

Bishop chamou dois soldados.

— Quer um jipe, enfermeira Barrington, ou prefere...

— Um caminhão fechado seria melhor, governador.

— Mas é claro.

Tatiana perguntou se o doutor Flanagan e a enfermeira Davenport haviam alcançado o setor americano.

— Não sem esforço, mas conseguimos trazê-los de volta há dois dias. Não posso dizer que estão muito contentes com você.

— Eu entendo, e sinto muito. Estou contente que tenham voltado em segurança.

— Não diga isso a mim, enfermeira Barrington. Peça desculpas a eles.

Dois soldados levaram Tatiana e Alexander até a embaixada.

Sentaram no chão da carroceria do caminhão, próximos um do outro, mas não conversaram. Tatiana tentou tirar o sangue do rosto. Ele jogou a cabeça para trás.

Quando abriram as portas, estavam em solo americano.

— Vai ficar tudo bem, Shura — sussurrou Tatiana antes de descer. — Você vai ver.

Mas quando John Ravenstock, vestido num smoking, saiu do edifício da embaixada e apareceu no pátio onde Tatiana e Alexander o esperavam, não se mostrou sorridente, nem amigável. Ou era sempre um homem sério ou não queria demonstrar nenhum gesto que pudesse ser interpretado como acolhedor.

— Senhor Ravenstock, Sam Gulotta, de Washington, disse para virmos falar com você.

— Muitas pessoas têm me procurado nos últimos três dias, inclusive Sam. — Ravenstock suspirou. — Venha comigo, enfermeira Barrington. Seu marido deve esperar aqui. Precisa de um médico?

— Mais tarde — ela disse, segurando a mão de Alexander. — Agora ele precisa vir conosco. Conversaremos em particular, se preferir, mas ele precisa entrar. Ou conversaremos aqui, na presença dele.

Ravesnstock balançou a cabeça.

— São seis da tarde, e meu expediente encerra às quatro. Tenho uma recepção para ir e minha esposa está esperando.

— Meu marido está esperando — murmurou Tatiana.

— Sim, sim. Seu marido, seu marido. Mas estou fora do horário de trabalho. Entrem, mas vou logo avisando que não posso tratar adequadamente do problema no momento. Ficarei enormemente atrasado.

Atravessaram as portas da embaixada e subiram a escadaria até o segundo andar, onde ficava o luxuoso escritório de Ravenstock. Chamou um guarda para ficar com Alexander na sala de espera e entrou com Tatiana. Estavam dentro da embaixada americana e isso era melhor do que deixar Alexander num prédio abandonado da Berlim ocupada pelos soviéticos. Alexander já pegava o isqueiro e perguntava ao guarda se tinha cigarros.

— Por favor, não sente, não temos tempo — disse Ravenstock, fechando a porta do escritório. Era um homem alto e grisalho, na casa dos cinquenta. O bigode era comprido e desleixado e as sobrancelhas grisalhas cresciam sobre os olhos.

Tatiana permaneceu de pé.

— Possui alguma ideia dos problemas que vem causando? — disse Ravenstock, furioso. — Pelo jeito não. Está na Alemanha graças a uma autorização, é um privilégio. E abusar dos direitos de usar o uniforme da Cruz Vermelha para provocar nossos antigos aliados é pura loucura. Mas não tenho tempo para discutir o assunto.

— Senhor, o consulado dos Estados Unidos irá autorizar a emissão do passaporte do meu marido...

— Passaporte! Minha nossa... Sim, Sam Gulotta entrou em contato conosco. Esqueça o passaporte. Temos um problema enorme nas mãos, uma situação muito delicada. Tem consciência disso?

— Tenho...

— Eu acho que não. O comandante da guarnição de Berlim, a administração soviética na Alemanha e o chefe do Departamento de Segurança Nacional em Moscou estão uma fera!

— O comandante soviético da guarnição em Berlim? — disse Tatiana, surpresa. — O general Stepanov está uma fera?

— Não, ele não. Foi substituído há dois dias por alguém de Berlim, um general veterano, Rymakov, ou algo assim.

Tatiana ficou pálida.

— E todos querem o seu sangue! — Fez uma pausa. — E o do seu marido! Pelo jeito ele quebrou todas as leis civis e militares soviéticas. Ele é um cidadão soviético, dizem que é *major* do exército deles. Primeiro é acusado de deserção, de agitador antissoviético, e quando dissemos que não estava em nossa custódia, o acusaram de ser um espião americano! Pedimos para que escolhessem entre uma acusação e outra, mas se recusaram e passaram a acusar você também. Você está na lista de inimigos da União Soviética desde 1943 e tudo indica que você não apenas fugiu, mas desertou das suas funções de enfermeira do Exército Vermelho, e que matou cinco soldados soviéticos da fronteira para escapar da Rússia, incluindo um tenente condecorado. Disseram que seu irmão é um... — Ravenstock coçou a cabeça. — Não consigo lembrar a palavra. Aparentemente um traidor da pior espécie. Mas não um espião.

— Meu irmão está morto.

— Resumo da ópera, enfermeira Barrington, querem vocês dois extraditados para o setor soviético. Por isso digo que não sabe de nada quando fala em passaporte. Enfim, está na minha hora, já são 6h15.

Tatiana sentou na cadeira em frente à mesa de Ravenstock.

— Por favor, não sente!

— Senhor Ravenstock, temos um filho pequeno nos Estados Unidos. Agora sou cidadã americana. Meu marido é cidadão americano. Veio para a Rússia com os pais quando era criança, não teve culpa de ter que se alistar no exército, nem de seus pais terem sido executados pela NKVD. Quer que leia para o senhor a regulamentação sobre cidadania?

— Não, obrigado. Sei de cor.

— Ele é um cidadão americano e tudo que quer é voltar para casa.

— Entendo o que ele quer, mas você entende que ele foi condenado a 25 anos de acordo com as leis soviéticas por deserção, traição e não sei por quantas outras coisas mais? E, para complicar ainda mais as coisas, ele não é apenas um fugitivo da justiça, o que é um crime em si mesmo, e você o ajudou, o que a torna cúmplice, mas vocês aniquilaram quarenta soldados soviéticos! Estão *clamando* pelo sangue de vocês! — Olhou para o relógio e ajeitou a gravata num gesto de frustração. — Ah, minha nossa! Você não faz ideia do quanto está me atrasando.

— Senhor, precisamos desesperadamente de sua ajuda — insistiu Tatiana.

— Sim, claro. Mas deveria ter pensado nisso antes de ter embarcado nessa missão insensata.

— Voltei à Europa para procurar meu marido. Não era para ele ser soviético. Diferente de mim, que nasci e cresci na União Soviética. — Tatiana engoliu. — Isso não importa. O que importa aqui é o meu marido. Se conversar com ele, vai ver que serviu honradamente ao lado dos aliados, que foi um grande soldado que merece voltar para casa. Seu exército teria orgulho em ter um homem como o meu marido em suas fileiras. — Tatiana manteve a voz firme. — Eu era uma cidadã soviética e não matei aqueles homens na fronteira com a Finlândia, mas é verdade, eu fugi. Você tem todo o direito de me entregar às autoridades soviéticas e estou disposta a aceitar, contanto que meu marido retorne para onde pertence.

Antes de terminar de falar, Tatiana se deu conta do absurdo da sua proposta, como se fosse possível Alexander aceitar que ela fosse entregue aos soviéticos e ele voltasse tranquilamente para casa. Baixou a cabeça, mas logo ergueu o olhar, pois não podia deixar Ravenstock notar o blefe.

Ravenstock, sentado na beirada da mesa, a fitava. Ficou tranquilo alguns instantes, até se lembrar de que precisava estar em outro lugar, e voltou a mexer impacientemente na gravata.

— Escute, não estamos aqui para julgar nossos aliados. — Ficou em silêncio. — Mas os soviéticos estão se mostrando uma força de ocupação violenta e determinada em toda a Europa. E é verdade que não querem fazer concessão aos aliados e tratam os prisioneiros de guerra com desrespeito, mas vocês dois violaram muitas leis.

— Prisioneiros de guerra? Se você visitar o Campo Especial Número 7 vai ver como estão tratando não apenas os alemães, mas seus próprios cidadãos.

Ravenstock tamborilou nervosamente os dedos no relógio.

— Enfermeira Barrington, eu *adoraria* continuar conversando com você sobre os méritos e deméritos da União Soviética, mas por sua culpa vou chegar atrasadíssimo na recepção. Resolverei o assunto, mas terá de esperar até amanhã.

— Por favor, envie um telegrama a Sam Gulotta — insistiu Tatiana. — Ele fornecerá todas as informações sobre Alexander Barrington.

Ravenstock levantou um calhamaço que estava sobre a mesa.

— Já tenho uma cópia de todas as informações. Amanhã, às oito horas em ponto, nós vamos conversar com seu marido.

— *Nós*?

— Eu, o embaixador, o governador militar e três generais das forças armadas. Após o interrogatório militar, tomaremos uma decisão. Tenha em mente que as forças armadas são muito rígidas com as questões militares, seja com os soldados de suas fileiras ou de outra força militar. Deserção e traição são consideradas acusações graves.

— E quanto a mim? Irão me interrogar?

Ravenstock roçou a ponta do nariz e negou com a cabeça.

— Não acredito que haja necessidade, enfermeira Barrington. Agora, por favor, pode fazer a gentileza de se levantar e ir cuidar do seu marido?

Abriram a porta do escritório. Alexander estava sentado, fumando.

Ravenstock foi até ele.

— Será interrogado amanhã. Qual é mesmo a sua patente? — perguntou em inglês.

— Capitão — respondeu em inglês Alexander.

Ravenstock balançou a cabeça.

— Diz que é capitão, eles dizem que é major e sua esposa diz que tiraram sua patente. Não entendo nada. Amanhã, às oito, capitão Belov. — Lançou um olhar para Alexander. — Pode comer na cantina da embaixada ou receber a comida no quarto.

— No quarto seria melhor — disse Alexander.

— Ótimo. — Ravenstock olhou para as roupas rasgadas e sujas de Alexander. — Tem outra coisa para vestir?

— Não.

— Amanhã, às sete horas, pedirei para a criada levar um uniforme de capitão do nosso quartel general. Por favor, esteja pronto para ser levado até a sala de reuniões às 7h55.

— Estarei pronto.

— Tem certeza de que não precisa que alguém examine seu peito e sua cabeça?

— Obrigado, já tenho uma pessoa.

Ravenstock assentiu.

— Vejo vocês dois amanhã. Guarda, por favor, acompanhe-os até os aposentos do sexto andar. Peça à criada para preparar um quarto e levar o jantar. Devem estar famintos.

O quarto era amplo e de teto alto, piso de madeira com vários tapetes e três janelas. Uma moldura decorativa corria pela extensão das paredes. Havia cadeiras confortáveis, uma mesa e até banheiro. Alexander deixou as mochilas no chão e sentou-se numa das cadeiras estofadas. Tatiana andou pelo quarto, olhando para a moldura decorativa, os quadros, os tapetes, menos para Alexander.

— Os soviéticos estão irredutíveis? — perguntou por trás de Tatiana.

— Sabe como são... — ela respondeu, sem se virar.

— Imagino.

— Substituíram Stepanov — contou, voltando-se para ele.

As mãos de Alexander se contraíram levemente.

— Quando foi me ver em fevereiro, disse que estava surpreso de ainda estar no cargo. A situação está ficando particularmente difícil para os generais do exército soviético no pós-guerra. Muitas campanhas deram errado, muitas baixas, muita culpa para ser distribuída.

— Como ele soube onde você estava?

— Viu meu nome na lista de prisioneiros dos Campos Especiais.

— Não permitiram que *eu* olhasse as listas.

— Você não é o comandante militar da guarnição soviética em Berlim.

Tatiana apoiou os cotovelos no parapeito da janela e escondeu o rosto entre as mãos.

— O que está acontecendo? Pensei que a pior parte tivesse ficado para trás. Pensei que agora viria a parte mais fácil.

— Você achou que esta seria a parte mais fácil? — Alexander questionou. — Qual parte da nossa vida foi fácil? Acreditou que pisaria em solo americano e seríamos recebidos com uma festa de boas-vindas?

— Não, mas imaginei que depois que eu explicasse a Ravenstock...

— Talvez Ravenstock não seja familiar com todos os seus poderes de persuasão, Tatiana — disse Alexander. — É um cônsul, um diplomata. Ele obedece a ordens e age de acordo com o que é melhor para a relação entre os dois países.

— Sam disse para procurá-lo. Ele não teria...

— Sam, Sam! Quem é Sam? E o que a faz pensar que a NKGB daria ouvidos a ele?

— Eu sabia! — exclamou, apertando as mãos. — Não deveríamos ter vindo! Deveríamos ter fugido para o norte, onde não esperavam nos encontrar. Ter embarcado num cargueiro para a Suécia, onde teríamos recebido asilo.

— É a primeira vez que ouço esse plano, Tatia.

— Não tivemos tempo de pensar. Berlim, Berlim! Por que o teria trazido aqui se tivesse pensado por um segundo que não encontraríamos ajuda?

Ouviram batidas na porta e se olharam sem saber o que fazer. Alexander se levantou para atender, mas Tatiana apontou para o banheiro e disse para que não saísse de lá.

Era a criada trazendo o jantar e toalhas limpas.

— Você tem cigarros? — perguntou Tatiana, com a voz trêmula. — Compro se tiver um maço ou dois. — A garota voltou com três maços.

— Alexander? Você está bem?

O banheiro estivera tão silencioso, que Tatiana se esquecera de Alexander enquanto esperava a garota voltar, mas, subitamente, ocorreu-lhe que ele poderia ter se machucado; ela então correu até a porta e a escancarou com força.

— ALEXANDER! — Tatiana gritou, e quase o derrubou.

— O que há de errado com você? — ele disse, calmamente. — Por que está gritando?

— Eu não... você estava tão quieto, não sabia...

Alexander pegou os cigarros da mão de Tatiana.

— Veja, trouxeram a comida — disse ela, mostrando as bandejas. — Tem filé. — Tentou sorrir. — Há quanto tempo não come um filé, Shura?

— O que é filé ? — ele disse, tentando sorrir.

Sentaram-se e lambiscaram a comida no prato. Tatiana bebeu água. Alexander bebeu água e fumou.

— Gostoso, não?

— Gostoso.

Lambiscaram um pouco mais, sem se olhar nos olhos, sem falar. Escureceu e Tatiana se levantou para acender a luz.

— Não acenda — pediu Alexander.

A única luz que havia no quarto era a ponta acessa dos cigarros que Alexander fumava, um atrás do outro.

Não falavam, mas não havia silêncio. Tatiana gritava em seu interior, e sabia que Alexander fumava para abafar o próprio grito e afogar o dela.

— Você aprendeu o inglês muito bem — Alexander disse, por fim.

— Certa vez tive um professor excelente — ela respondeu, e começou a chorar.

— Shh... — sussurrou Alexander, olhando para fora da janela, e não para Tatiana. — De certo modo, para nós é mais fácil o russo; é mais familiar.

— Sim, é mais doloroso falar em russo.

— É reconfortante poder falar em russo com você.

Olharam-se ao longo da mesa.

— Meu Deus, o que vamos fazer? — perguntou Tatiana.

— Nada. Vamos ver no que vai dar.

— Por que precisam interrogá-lo? O que pretendem?

— Como sempre, um assunto de cunho militar é resolvido seguindo as regras do exército. Os soviéticos me privaram da minha patente, mas não podem assumir que o homem que está pedindo asilo é um civil, pois nesse caso o governador de Berlim não tomaria parte na decisão e passaria o problema direto a Ravenstock. Falam em traição e deserção, palavras muito sensíveis para os militares, especialmente os americanos. Há três anos deixei de ser major, e mesmo assim usam uma patente elevada para conseguirem a punição militar que desejam. Por isso vão me interrogar amanhã.

— Como acha que vai se sair?

Alexander não respondeu. Para Tatiana isso foi pior do que uma resposta negativa, pois permitiu imaginar o inimaginável.

— Não... Não posso... Não vou... — Tatiana levantou a cabeça e endireitou os ombros. — Terão de me entregar também. Você não vai sozinho.

— Não seja ridícula.

— Eu...

— Não fale bobagem! — Alexander ficou de pé e não se aproximou de Tatiana. — Me recuso a discutir esse assunto, mesmo que na teoria.

— Não é na teoria, Shura. Querem a mim também. Conversei com Ravenstock, lembra? Foi o próprio Stepanov que me contou. Sou inimiga da classe. Querem nós dois enforcados.

— Ah, pelo amor de Deus! — exclamou Alexander. — Você fez mesmo isso, não fez? — Repentinamente, foi até a janela e olhou para baixo, como se estivesse calculando a distância do sexto andar até o chão. — Ao contrário de mim, Tatia, você tem passaporte americano.

— É só um detalhe técnico, Alexander.

— Um detalhe fundamental. Além disso, você é uma civil.

— Eu era enfermeira do Exército Vermelho, cedida temporariamente para a Cruz Vermelha.

— Não vão extraditá-la.

— Vão.

— Não. Falarei amanhã com eles.

— Não! Vai dizer o quê? Já não falou o suficiente? Com Matthew, Sayers, Stepanov. Você olhou nos meus olhos e mentiu na minha cara, isso não basta? E continuo aqui. — Tatiana balançou a cabeça. — Não vai falar com mais ninguém.

— Vou.

— E o que disse sobre viver juntos ou morrer juntos? — perguntou Tatiana, começando a chorar.

— Menti.

— Mentiu? Não estou surpresa! — Tatiana tremia. — Eu deveria ter desconfiado. Pois fique sabendo que não vão levá-lo de volta, porque se você for para Kolyama, eu também vou.

— Não sabe o que está falando.

— Você me escolheu em Leningrado por causa da minha franqueza e da minha sinceridade — disse Tatiana, com voz trêmula.

— E você me escolheu porque sabia que defenderia obstinadamente o que é meu, tão obstinadamente quanto Orbeli — disse Alexander.

— Não vou sem você. Se voltar para a União Soviética, irei contigo.

— Tatia! — Alexander já não estava sentado olhando pela janela. Estava na frente de Tatiana, com um brilho sombrio nos olhos. — Do que está falando? Está me deixando maluco. Parece que se esqueceu de tudo.

— Esqueci...

— Será interrogada e torturada até que conte tudo o que sabe sobre mim. Depois de assinar a confissão, irão me executar e enviar você para Kolyma por dez anos, sob a acusação de subverter os princípios do estado soviético ao se casar com um famoso espião e sabotador.

— Tudo bem, Shura! — exclamou Tatiana, levantando as mãos. — Tudo bem. — Percebeu que Alexander estava perdendo o controle.

Alexander agarrou Tatiana pelo braço e a colocou de frente para ele.

— E sabe o que vai acontecer a você no campo? Não pense que será apenas mais uma aventura. Vão despi-la e banhá-la. Então desfilará nua por um corredor estreito entre doze funcionários que estão sempre à caça de meninas bonitas, e você vai ser notada. Vão oferecer uma posição confortável na cantina ou na lavanderia da prisão em troca de seus serviços regulares, e como é uma garota honesta, irá se recusar. No dia seguinte, vai apanhar e vai ser violentada, e então será enviada para cortar lenha, como eles vêm fazendo com todas as prisioneiras desde 1943.

— Pare, por favor... — implorou Tatiana, assustada ao vê-lo tão exaltado.

— Vai carregar os troncos até os caminhões e, quando terminar, não vai mais funcionar como uma mulher normal, porque vai ter carregado uma quantidade de peso que nenhuma mulher deveria ser obrigada a carregar. Ninguém mais vai querer você, nem mesmo os funcionários dos campos, que aceitam qualquer mulher, menos as que cortam e carregam madeira, porque todos sabem que essas são mercadoria estragada.

Tatiana estava pálida e tentava se desvencilhar de Alexander.

— E em 1956, quando tiver cumprido sua pena, será devolvida a uma sociedade na qual não existe mais nenhuma das coisas que um dia a fizeram ser quem você era. — Fez uma pausa, sem deixá-la escapar. — Não restará nada, Tatiana.

— Ah... — foi tudo o que ela pôde responder.

— Tudo sem o nosso filho — prosseguiu Alexander. — Sem o garoto que poderia crescer e mudar o mundo, e sem mim. Lá estará você: desdentada, sem o filho e viúva, arrasada e desolada, sodomizada e desumanizada, voltando para o seu apartamento na Fifth Soviet. É isso que você quer? Não sei como é a sua vida na América, mas, me diga, escolheria isso?

— Você sobreviveu. Eu também vou sobreviver — respondeu Tatiana, com a voz sombria, mas determinada.

— Você *já* sobreviveu! — gritou Alexander. — Você não morreu naquela situação, morreu? Você quer a morte? Aquilo foi diferente. — Soltou o braço de Tatiana e se afastou. — Então morra. Vai morrer de frio e de fome. Leningrado não matou você? Kolyma vai matar. Noventa por cento dos homens enviados para lá morrem. Vai morrer depois de um aborto, ou por causa de infecção, peritonite, pelagra, tuberculose (vai matá-la, com certeza), ou após ser estuprada por uma gangue. — Fez uma pausa. — Ou antes.

Tatiana tampou os ouvidos com as mãos.

— Pelo amor de Deus, Shura, pare... — sussurrou.

Alexander estremeceu. Tatiana também.

Alexander abraçou Tatiana, e mesmo que cada expiração de Alexander soasse como se o ar tivesse atravessado uma garganta pontilhada com espinhos de vidro, ela sentia-se melhor tendo seu corpo pressionado contra o dele.

— Tatia, eu sobrevivi porque Deus fez de mim um homem forte. Ninguém se aproximaria de mim antes de perder a vida. Eu sei atirar, lutar e não tinha medo de matar qualquer um que me atacasse. O que você teria feito? — Colocou a mão sobre a cabeça de Tatiana e em seguida levantou o rosto dela. — Olhe para você, tem metade do meu tamanho. — Desvencilhou-se dos braços de Tatiana, empurrou-a gentilmente para trás e ela caiu na cama atrás deles.

— Você sequer consegue se proteger contra mim, que a amo tanto quanto é possível um homem amar uma mulher — disse, sentado ao lado dela na cama. — Tatiasha, aquele mundo não foi feito para uma mulher como você... e foi por isso que Deus não a enviou para lá.

Tatiana tocou o rosto de Alexander.

— Então por que Ele enviou você? — perguntou com amargura. — Você... o rei entre os homens.

Alexander não queria mais falar.

Ela queria, mas não podia.

Alexander foi banhar-se, e Tatiana encolheu-se sobre a cadeira ao lado da janela. Quando ele saiu do banho, tinha apenas uma toalha enrolada ao redor da cintura.

— Vai examinar a ferida do meu peito? — perguntou. — Acho que está infeccionando.

Alexander, que conhecia bem sobre coisas, tinha razão. Sentou-se imóvel, enquanto Tatiana aplicou uma injeção de penicilina e limpou o corte com fenol.

— Vou dar uns pontos — disse Tatiana.

Tatiana pegou a linha cirúrgica, e inesperadamente lembrou-se de que havia usado a linha para costurar o emblema da Cruz Vermelha no caminhão finlandês no qual fugiu da União Soviética. Ela titubeou ao pensar na sua fraqueza. Não pôde salvar Matthew Sayers.

— Deixe assim, está aberta faz tempo — ele falou.

— Não, precisa de uns pontos. Vai evitar que infeccione e cicatrizar melhor. — Como ela continuava a falar?

Pegou a seringa a fim de anestesiar o local, mas Alexander segurou sua mão.

— O que é isso? — Balançou a cabeça. — Costure logo, Tatia. Só quero um cigarro.

Alexander levou oito pontos. Depois de terminar, Tatiana tocou o ferimento com os lábios.

— Dolorido? — sussurrou.

— Não senti nada — respondeu, dando outra tragada no cigarro.

Tatiana cobriu a ferida com gaze, enfaixou o braço de Alexander até o cotovelo e as mãos, que estavam queimadas de pólvora. Chorou enquanto cuidava dele, e gostaria que não estivesse com o rosto tão perto. Sentiu pela respiração de Alexander o quanto era difícil para ele ouvi-la chorando, estar tão próximo e não poder tocá-la, como nos dias do cerco a Leningrado e em Lazarevo. Sabia que, apesar da proximidade, ele não a tocaria até que tudo estivesse terminado.

— Gostaria de um pouco de morfina? — perguntou, olhando de relance para ele.

— Não. Ficaria inconsciente a noite inteira.

Tatiana tropeçou.

— Foi bom tomar banho. Toalhas brancas. Água quente. Tão gostoso e inesperado.

— Sim. Nos Estados Unidos há muito conforto.

Afastaram-se, Alexander saiu do banheiro e Tatiana entrou no banho. Quando saiu, enrolada na toalha, ele dormia de barriga para cima, nu sobre a colcha. Ela o cobriu, sentou-se na cadeira ao lado da cama e o observou, enquanto tocava as seringas de morfina guardadas dentro da maleta de enfermagem.

Não permitiria que o extraditassem. Seria melhor que ele fosse ao encontro de Deus do que cair nas mãos da União Soviética.

Deixou a maleta na cadeira e foi para debaixo do lençol, junto ao corpo nu de Alexander, abraçando-o por trás. Envolveu-o nos braços e chorou, com o rosto contra seu cabelo. A União Soviética o havia deixado apenas pele e osso.

— Anthony é bonzinho?

— Sim. Uma criança maravilhosa.

— Se parece com você?

— Não, com você.

— Que azar — disse Alexander, virando-se de frente para Tatiana.

Estavam nus, um junto ao outro, cara a cara.

Seus arrependimentos, suas respirações, suas duas almas entrelaçadas, sangrando e chorando noite adentro.

— Comigo ou sem mim, você tem vivido e sempre viverá de acordo com um único princípio — ele falou.

— Me esforcei em ser como você. Quis fazer ainda mais por você. Imaginei o que você teria desejado para nós dois e me guiei por isso.

— Não. *Eu* é que me esforcei para imitar você — protestou Alexander. — Quis fazer melhor do que você. Imaginava você na minha frente e torcia para tudo que eu fizesse pudesse agradá-la. Que você assentiria e diria: “Muito bem, Alexander, fez a coisa certa”.

Uma pausa.

O pio de uma coruja.

Talvez o voo de um morcego.

Cães latindo.

— Fez a coisa certa, Alexander.

Ele a envolveu em seus braços e lhe beijou a testa.

— Nunca tivemos um futuro. E nesta noite pensaremos apenas nos próximos cinco minutos — Alexander sussurrou. — Sempre vivemos assim, eu e você, e esta noite vamos fazer o mesmo, mais uma noite, numa cama branca e confortável.

— Seja meu conforto e venha comigo — disse Tatiana. — Levante-se e vamos fugir, meu amado.

Alexander acariciou as costas de Tatiana.

— Sabe o que me salvou nos anos em que fiquei no batalhão e na prisão? *Você*. Pensava que se você havia conseguido fugir da Rússia e chegar à Finlândia em plena guerra, grávida e na companhia de um médico ferido, não podendo contar com *nada* além de si mesma, eu também poderia sobreviver ao que estava passando. Se você, em Leningrado, poderia se levantar todas as manhãs e descer as escadas cobertas de gelo para buscar água e pão para a sua família, eu poderia sobreviver ao que estava passando. Se você havia superado tudo aquilo, então eu também poderia.

— Se eu contasse, não acreditaria em como estive mal nos primeiros anos.

— Você tinha nosso filho. Eu tinha apenas você e seu modo de me acompanhar pela nossa Leningrado, pelo rio Neva e pelo Lago Ladoga, e lavar minhas queimaduras, me curar e me salvar. Sentia fome e você me alimentava. Eu tinha apenas Lazarevo. — A voz de Alexander falhou. — E seu sangue imortal. Você era a minha força, Tatiana. Não sabe com que determinação tentei voltar até você. Me entreguei aos alemães por você. Levei um tiro por você, apanhei por você, traído e condenado por você. Tudo o que eu queria era estar com você outra vez. Você ter voltado significa *tudo* para mim, Tatia. Entende? Nada mais importa. Alemanha, Kolyma, Dimitri, Nikolai, Ouspensky, a União Soviética. Esqueça tudo, deixe que desapareçam. Está ouvindo?

— Sim, estou ouvindo.

Caminhamos sozinhos no mundo, mas se formos afortunados, chega um momento de pertencimento a algo, a alguém, que nos sustem durante toda uma vida de solidão.

Na noite, por um minuto, eu o acariciei outra vez e vi que nasciam umas asas vermelhas e voltei a ser jovem no Jardim de Verão, e tive esperança e ganhei a vida eterna.

CAPÍTULO QUARENTA E UM

Berlim, junho de 1946

ACORDARAM ÀS SEIS DA MANHÃ. Às sete, chegou a criada com o café da manhã e com um uniforme do exército americano para Alexander. Também trouxera o uniforme de enfermeira recém-lavado de Tatiana.

Alexander comeu torradas, bebeu café e fumou seis cigarros. Tatiana se serviu de café e torradas, mas não conseguia engolir nada.

Às 7h55 chegaram dois guardas armados e acompanharam Alexander e Tatiana até o terceiro andar. Aguardaram em silêncio nas cadeiras de medalha da antessala.

Às oito, as portas se abriram, revelando John Ravenstock.

— Bom dia. Estão muito melhores com roupas limpas, não?

— Especialmente se o uniforme é americano — respondeu Alexander, ficando em pé.

— Ah, sim, com certeza. Bem, me acompanhe. — Ravenstock lançou um olhar a Tatiana. — Enfermeira Barrington, talvez prefira esperar no quarto. Acredito que vamos demorar algumas horas.

— Vou esperar aqui mesmo.

— Como preferir — disse Ravenstock, erguendo os ombros. — Se quiser um pouco de água, peça ao guarda.

Antes de entrar na sala seguindo atrás de Ravenstock, Alexander virou para trás e saudou Tatiana, que permanecia de pé. Ela retribuiu a saudação.

Os seis homens estavam sentados no final de uma longa mesa. Alexander permaneceu de pé na outra ponta.

John Ravenstock começou a apresentar os presentes: o governador militar Mark Bishop ("Já nos conhecemos"), Phillip Fabrizzio, o embaixador americano em Berlim, e os generais do Exército, da Marinha e da Aeronáutica servindo em Berlim.

— Muito bem — começou Bishop. — O que tem a dizer a seu favor, capitão Belov?

— Perdão, senhor?

— Fala inglês?

— Sim, é claro.

— Por sua culpa, estamos enfrentando uma situação diplomática extremamente difícil. Os soviéticos exigem insistentemente que entreguemos Alexander Belov assim que apareça à nossa porta. No entanto, sua esposa nos diz que você é um cidadão americano. Na verdade, o embaixador Fabrizzio leu sua ficha, e em seu parecer alegou que há elementos confusos sobre a nacionalidade do homem chamado Alexander Barrington. E eu não sei o que você fez ou deixou de fazer aos soviéticos antes de terminar em Sachsenhausen. Mas sei de uma coisa, nos últimos quatro dias, você matou 41 soldados soviéticos, e agora estão clamando por justiça.

— É curioso que o comando militar Soviético em Berlim, ou de qualquer outro lugar, de repente passe a se preocupar com a vida de 41 soldados, se eu mesmo vi pelo menos dois mil soviéticos enterrados em Sachenhausen, e em tempos de paz.

— Sim, sabemos... mas Sachsenhausen é um campo de criminosos condenados.

— Não, senhor, de soldados como eu. De soldados como você. Tenentes, capitães, majores e um coronel. Sem incluir os setecentos alemães, oficiais e civis, que também foram enterrados ou cremados.

— Nega ter matado os 41 homens, Capitão?

— Não, senhor. Tinham vindo para matar a mim e a minha esposa. Não tive escolha.

— Mas conseguiu escapar.

— Sim.

— O comandante do Campo Especial alega que você é um fugitivo inveterado.

— É verdade. Eu não estava feliz com as condições de vida.

Os generais se entreolharam.

— Foi condenado por traição, não foi?

— Sim, fui declarado culpado.

— Nega a acusação de traição?

— Absolutamente.

— Alegam que você desertou o Exército Vermelho quando estava para reabastecer o seu batalhão, embrenhando-se depois na mata com o objetivo de se entregar ao inimigo, lutando ao lado deles contra o seu próprio povo.

— Me entreguei ao inimigo. Não havia recebido reforço em duas semanas. Não tínhamos bala nem homens para enfrentar a linha de defesa alemã de quarenta mil combatentes. Nunca lutei contra meu próprio povo. Estive em Catowice e depois em Colditz. Não sei se sabem, a rendição é proibida aos soldados soviéticos. Então, sou culpado.

Os generais estavam em silêncio.

— Tem sorte de ainda estar vivo, Capitão — disse o general Pearsom, da Marinha. — Ouvimos que dos seis milhões de prisioneiros soviéticos, os alemães deixaram cinco milhões morrer.

— Tenho certeza de que os números não estão exagerados, General. Talvez se Stalin tivesse assinado o acordo de Genebra, ainda estariam vivos. Os ingleses e americanos não foram todos mortos, foram?

Os generais não responderam.

— Qual a sua patente?

— Não tenho patente. Fui destituído há um ano, quando fui acusado de traição.

— Então por que o exército o chama de capitão Belov? — perguntou Bishop.

Alexander deu um meio sorriso e ergueu os ombros.

— Não sei. Fui capitão durante três anos.

— Capitão Belov, por que não começa a nos contar do momento que seus pais saíram dos Estados Unidos e se mudaram para a União Soviética? Nos ajudaria imensamente a entender as informações conflitantes que temos aqui, como a sua prisão e condenação em 1936, e a sua fuga. Há dez anos a NKGB está procurando um tal de Alexander Barrington, mas, ao mesmo tempo, sustentam a informação de que você é Alexander Belov. Poderia dizer quem realmente é, Capitão?

— Com prazer, senhor. Peço permissão para me sentar.

— Permissão concedida — disse Bishop. — Guarda, traga ao homem alguns cigarros e um pouco de água.

Alexander estava na sala de reunião havia seis horas. Em determinado momento, Tatiana pensou que Alexander poderia ter sido levado por uma passagem secreta, mas continuava ouvindo vozes abafadas vindas do outro lado das paredes robustas e, principalmente, ouvia o tempo todo o timbre da voz de seu marido falando em inglês.

Andava de um lado a outro, sentou-se no carpete nas cadeiras, agachou-se e balançou o corpo. Sua vida e a de seu marido flutuando diante de seus olhos na antessala da embaixada dos Estados Unidos em Berlim.

Estavam aprendendo a nadar, e a cada minuto ficava mais difícil, a cada dia o alívio não vinha. Cada novo dia trazia outro minuto com as coisas que não podiam deixar para trás. Jane Barrington, sentada no trem ao voltar de Moscou a Leningrado, segurando a mão do filho, sabendo que o havia decepcionado, chorando por Alexander, aguardando pelo próximo gole; Harold, na prisão, chorando por Alexander; Yuri Stepanov, deitado de bruços na lama, na Finlândia, chorando por

Alexander; Dasha no caminhão, no gelo do Lago Ladoga, chorando por Alexander; Tatiana, de joelhos, no pântano da Finlândia, ensanguentada, gritando por Alexander; e Anthony, sozinho com seus pesadelos, chorando pelo pai.

Lá está ele, com o quepe nas mãos, atravessando a rua até seu mar, sua esposa, até o vestido branco com rosas vermelhas; lá está ele, todos os dias indo a Kirov, sorrindo para o seu mar, pedra sobre pedra, cadáver sobre cadáver; lá está ele, no Campo de Marte, sob os lilases, com seu fuzil, e ela descalça ao seu lado, balançando as sandálias vermelhas nas mãos; lá está ele fazendo piruetas com Tatiana na escadaria da igreja onde se casaram, valsando com ela sob o luar na noite em que se casaram, saindo do rio Kama, puxando para trás o cabelo da Tatiana, saindo da cabana em Lazarevo com seu machado e seu cigarro, voltando para ela quebrado e destruído, parado atrás dela na cabana, nu, sorridente, fumando; lá está ele, afogado.

E lá está ele novamente, de pé no rio Vístula, observando o que restou da guerra. Um caminho conduz à morte, o outro, à vida, e ele não sabe qual tomar, mas em seus olhos está o mar imortal, e além do mar está a ponte da Cruz Sagrada.

Quando terminou de contar sua história, os generais, o embaixador e o cônsul o fitavam sem pestanejar.

— Caramba, capitão Belov, que vida incrível. Quantos anos você tem?

— Vinte e sete.

Bishop assoviou.

— Você disse que sua esposa — começou o general Pearson —, sem saber onde você estava, veio para a Alemanha armada, encontrou o campo e a cela onde estava preso e orquestrou a sua fuga do Campo Especial Número 7?

— Sim, senhor. E antes de deliberarem, gostaria de acrescentar umas palavras sobre minha esposa. Já viram que ela... bem, ela não desiste facilmente. Ficou completamente louca e não se deu conta do problema que suas ações iriam causar. Agora está convencida a voltar comigo para a União Soviética e aceitar seu destino. Imploro que poupem minha esposa. Quaisquer que sejam meus pecados, ela não merece a União Soviética. É uma cidadã americana, e nosso filho está nos Estados Unidos esperando pela mãe. Precisa voltar para ele. O que decidirem sobre mim é irrelevante. Me extraditem, se assim puderem evitar um escândalo diplomático.

John Ravenstock ouvia em silêncio, bem como os generais.

— Qual seria o seu nome se recuperasse a cidadania americana?

— Anthony Alexander Barrington — disse Alexander.

Os homens o fitaram. Ele se levantou e os saudou com uma continência.

A porta se abriu e os sete homens passaram para a antessala. Alexander foi o último a sair. Viu que Tatiana se levantou nervosamente da cadeira, apoiando-se no espaldar para se manter de pé. Pareceu tão pequena... Alexander teve medo de que ela desmoronasse na frente de doze estranhos. Inclinou levemente a cabeça, sorriu e disse, a fim de tranquilizá-la:

— Vamos voltar para casa.

Tatiana respirou e tampou a boca com a mão.

E, de súbito — porque era ela e não podia evitar, e porque não poderia ter sido de outro jeito —, Tatiana correu até ele, indiferente à presença dos generais. Envolveu Alexander com os braços e afundou em seu pescoço o rosto molhado de lágrimas.

O rosto de Alexander se aproximou do dela, e os pés de Tatiana não tocaram o chão.

EPÍLOGO

No mesmo dia, um avião levou Tatiana e Alexander para Hamburgo. Moraram na embaixada por duas semanas até Alexander receber o passaporte. Tatiana clareou os cabelos novamente. Comemoraram o vigésimo segundo aniversário de Tatiana e o quarto de casamento em Hamburgo, e alguns dias mais tarde embarcaram no *White Star* de volta para Nova York. Tatiana enviou um telegrama a Vikki: "Estamos voltando para casa". Passaram os doze dias da viagem na cabine, saindo, quando muito, para as refeições.

A intensa luz do sol cegou Alexander quando o barco adentrou nos canais que conduziam ao porto de Nova York e a cidade se elevou no horizonte à sua frente. O parque Battery estava tomado por milhares de pessoas desejosas de dar as boas-vindas aos soldados que retornavam. Entre eles estavam Vikki e Anthony, vestidos com as cores vermelha, branca e azul, acenando animadamente com bandeirolas dos Estados Unidos. Assim que desceram da plataforma de desembarque, avistaram Vikki correndo com Anthony nos braços. Anthony desceu num pulo e correu direto para a mãe. Ficou agarrado ao pescoço dela sem sequer olhar para o lado por cinco minutos. Alexander aguardava, parado a alguns passos dos dois. Tatiana soltou Anthony e o entregou a Alexander, indo abraçar Vikki.

Alexander pegou o filho e o abraçou com força. Os dois estavam muito sérios.

— Sabe quem ele é, Anthony?

— Sim — respondeu Anthony. — É o meu papai.

Alexander nada disse. Abraçava Anthony sem parar, e o garoto repousou a cabeça suavemente no ombro de Alexander. Depois inclinou a cabeça para olhar o cinto do pai. E depois se debruçou para olhar suas costas.

— Cadê sua arma? — perguntou Anthony por fim.

— Não trouxe.

— Não está com ela.

— Não veio comigo.

— Está em algum lugar?

— Pode ser que sim — respondeu Alexander, segurando o riso.

— Posso ver?

— Não — disse Tatiana.

— Sua mãe disse que não.

Vikki, com um sorriso enorme no rosto, disse:

— Então este é Alexander?

— Este é Alexander.

Vikki estendeu a mão para cumprimentá-lo e riu.

— Agora entendo tudo!

O pai carregou o filho até o apartamento. A mão de Anthony descansava ao redor do pescoço de Alexander. Aproximou-se do ouvido do pai e sussurrou:

— Vai me mostrar depois?

— Sua mãe não vai gostar.

— Não vamos contar.

— Vai descobrir, acredite em mim.

Vikki sugeriu que saíssem para comemorar.

— Meus avós estão doidos para conhecer você.

Tatiana disse que ficariam em casa e que em breve convidaria Isabella e Travis para jantar.

— Comer aqui? Ah, não! — disse Vikki. — Alexander não vai querer comer bacon.

— Eu quero — ele respondeu. — Quero comer algo americano. Que tal um hambúrguer com bacon?

— Claro — concordou Tatiana. — É *baconburguer*.

— Agora você *me* ensina inglês! — ele disse, puxando-a pela cintura.

— Na verdade é *um baconburguer* — acrescentou Vikki.

Tatiana preparou *baconburguer* e batata assada ("Com bacon em cubos!", corrigiu Vikki), e Alexander bebeu, fumou, tomou chá e, depois de tudo, segurou nas mãos de Tatiana e a puxou pelo quadril, colocando-a no colo.

— Sente aqui. Estou tão feliz.

Vikki contou que Edward havia ajudado a cuidar de Anthony, vindo visitá-los "pelo menos" quatro vezes na semana, para jantar e brincar com o menino, e passando a maioria dos finais de semana com eles.

— Quem é Edward? — perguntou Alexander, com o braço ao redor da cintura de Tatiana.

— Um médico que trabalha conosco em Ellis e na Universidade de Nova York — respondeu Vikki, sem pestanejar. — Um bom amigo. Por que não passa amanhã na NYU para falar um oi, Tatiana? Ele ficaria feliz.

Tatiana olhou para Alexander, que encolheu os ombros.

— Como quiser — disse.

Tatiana e Alexander colocaram Anthony na cama. Segurando a mão da mãe, ele não parava de conversar com o pai.

Passaram quase toda a noite em claro, com um travesseiro sobre a boca de Tatiana, para abafar seus gemidos. Quando amanheceu, Alexander deixou que Tatiana dormisse e, às oito horas, Anthony abriu a porta do quarto. Alexander o levou à cozinha.

— Mamãe está dormindo — disse Alexander. — Está com fome?

— Sabe fazer café da manhã?

— Vou tentar. O que quer comer?

— O que sabe fazer?

— Nada.

— Vou querer um pouco disso também. Com leite — disse Anthony, e riu.

Às onze, Tatiana se levantou e encontrou os dois no sofá. Anthony folheava o *Boa Noite, lua* e recitava de memória trechos do livro para o pai, que dormia profundamente.

Depois que Alexander acordou, almoçaram e foram os três para a Universidade de Nova York.

Tatiana não sabia até que ponto podia falar sobre Edward, e decidiu não contar nada até depois do encontro. Talvez pudesse informar apenas o mínimo necessário. No entanto, precisava ver Edward sem mais demora. Avisaram-no pelo *pager* e esperaram na cafeteria onde Tatiana e ele costumavam almoçar. Quando Edward atravessou as portas da cafeteria, Anthony pulou do colo de Alexander e correu até ele gritando:

— Edward, venha conhecer meu pai!

Edward e Alexander apertaram as mãos enquanto Anthony puxava a camisa do pai para levantá-lo.

Em seguida, Edward abraçou timidamente Tatiana e perguntou se estavam bem, como havia sido a viagem e se ela voltaria a trabalhar em breve.

— Não tenho certeza — respondeu Tatiana.

Edward assentiu e piscou.

Conversaram em pé por mais alguns minutos, mas Alexander e Tatiana tinham cada vez menos assunto e Edward já estava quieto fazia algum tempo.

Quando saíram do hospital, seguindo de ônibus em direção ao Central Park, Alexander estava calado. Tatiana o cutucou, mas ele não desviou o olhar da janela.

— Parece que o afeto que ele tem por Anthony vai além da boa educação — disse Alexander por fim.

— Sim. Bem... foi ele quem fez o parto.

— Ah... Não apenas por Anthony, Tatia.

Ela pegou a mão de Alexander.

— Edward me ajudou muito quando estava sozinha em Nova York. Muito mesmo. Ele, Vikki e Isabella.

Alexander não retirou a mão.

— Teria sido ele seu senhor local? — perguntou em voz baixa.

Tatiana não respondeu.

Foram passear de bote no lago do Central Park. Tatiana movia os remos enquanto Alexander, deitado no fundo do barco com as pernas entrelaçadas nas de Tatiana, tinha Anthony sobre o peito.

No centro do lago, Tatiana colocou os remos e deixou que o barco ficasse à deriva. Alexander foi até ela e sentou de costas no meio de suas pernas, enquanto Anthony se debruçava sobre a borda e colocava a mão na água. Tatiana segurou a cabeça de Alexander entre as mãos e deixou que seu cabelo o acariciasse.

— Era uma vez — sussurrou Alexander — uma frágil donzela que fugiu para a terra dos lilases...

— E, depois de esperar impacientemente por seu príncipe encantado — disse Tatiana —, ficou tão furiosa em esperar tanto, que foi procurá-lo...

— E ela nunca o traiu, e nem se casou com o senhor local...

— Apesar de ele estar tão furioso por esperar, que teria sido bem feito para o príncipe se ela tivesse se casado.

Alexander deu um beliscão em Tatiana.

— Não sei do que está reclamando. Na história, a donzela espera por quarenta anos.

No dia seguinte, tomaram um trem para Washington.

— Existe alguém que tem sido muito bom para nós, Shura, e a quem devemos agradecer — disse Tatiana, carregando um saquinho cheio de *pirozhki*.

No dia que se sucedeu, foram de trem a Barrington para visitar Esther. Ficaram uma semana, pois nem Esther nem Rosa, que havia tomado conta de Alexander quando criança, os deixou ir embora.

Alexander ficou muito triste ao saber que Teddy e Belinda haviam morrido há algum tempo, que a casa onde cresceu não existia mais e que o bosque dera lugar a um bairro residencial. No entanto, todos os amigos de Esther se lembravam de Alexander, e todos tinham histórias para contar, e todos o abraçavam e o tocavam como se ele ainda fosse um garoto de nove anos.

— Está tudo bem, Tatiasha — disse Alexander, enquanto caminhava pela rua principal com Anthony nos ombros. — Você até pensaria que eu nunca parti, tantas coisas continuam iguais. As casas são brancas e de madeira, e os restaurantes antigos continuam com o mesmo nome. Tudo bem que agora existem mais lojas, que as pessoas estão dirigindo carros novos e andando em bicicletas mais modernas, mas os gramados são os mesmos e não há lixo nas ruas. A igreja está impecável, as janelas não estão quebradas, as portas continuam nos batentes. Isso é os Estados Unidos, e eu adoro. Pense no que você iria encontrar se retornasse a Leningrado.

— Talvez a prefeitura também vá pintar Leningrado — disse Tatiana, em voz baixa, caminhando de braços dados com o marido. — Como parte da reconstrução do pós-guerra.

Os dois se entreolharam.

— Barrington prosperou — disse Alexander, beijando-a. — Está mais limpa, mais moderna, mais poderosa. A população aumentou, há mais igrejas, mais vida, mais energia. Tudo está como deveria ser.

— E se esqueceu de mencionar — observou Tatiana — que a cidade tem o seu nome.

Durante a viagem de volta, Anthony adormeceu no colo do pai.

— Tatia, precisamos conversar sobre o que faremos daqui pra frente.

— Como assim? Não quer morar em Nova York comigo e com a Vikki? — Tatiana sorriu ao dizer aquelas palavras. — O que desejar, soldado, o que desejar.

Compraram um trailer e no final de um agosto seco empacotaram as coisas de Tatiana, pegaram Anthony, despediram-se de Vikki, Edward e Isabella e partiram em viagem pelos Estados Unidos. Alexander trabalhava no que encontrava. Na colheita da maçã e nos campos de tabaco ("Desse você gosta, não é, Shura?"). Na construção de celeiros e silos, dirigindo tratores; na Califórnia, moraram no Napa Valley, colhendo uvas. Gostaram tanto, que pensaram que poderiam ficar ali para sempre.

Viajaram durante três anos, apenas os três, conhecendo e morando em todos os estados. À noite, se o tempo permitisse, deixavam Anthony dormindo no trailer, acendiam uma fogueira, armavam uma tenda do lado e ficavam nela para fazer amor.

Do amanhecer até a meia-noite e da meia-noite até o amanhecer ficavam um na presença do outro, dormindo na tenda, revezando na direção do trailer, cantando com as músicas do rádio, contando piadas, discutindo sobre Geografia, dividindo as lembranças sobre a guerra, sobre Ellis Island, sobre Dasha e Pasha Metanov, sobre Jane e Harold Barrington.

A América os curou. A Califórnia curou Alexander da guerra, e Nova York, com a presença dele, curou Tatiana. São Francisco, Chicago e New Orleans curaram a prisão de Alexander e a solidão de Tatiana. Montana, Idaho e as montanhas Rochosas o curaram da dor da traição, e a curaram da morte da sua família. Barrington curou Alexander da perda dos seus pais. Em algum lugar, mais à frente de

Ellis, de Mount Washington, das White Mountains; e de Green Hills de Vermont e de Flint Hills do Kansas, algum lugar na Blue Ridge Mountains, ou talvez nos Apalaches, ou talvez descendo novamente para a profundidade do Grand Canyon, os fragmentos dispersos de suas vidas voltaram a se reunir em uma entidade completa, capaz de enfrentar o mundo exterior.

No verão em que Anthony completou seis anos, estavam em Key West. Deitaram-se numa rede estendida entre duas palmeiras, na praia, olhando o céu tropical e a copa das árvores, inventando histórias picantes.

— Com certeza o vocabulário mudou desde que te ensinei inglês — disse Alexander.

— Considera aquilo ensinar inglês? — brincou Tatiana. — Se eu usasse um quarto das palavras que aprendi com você, teria sido expulsa do convívio social há muito tempo.

— Sim, mas teria mantido o marido. Não valeria a pena?

Alexander sorriu.

Tatiana também sorriu e começou a fazer cócegas em Alexander.

— Ok, me lembrei de uma — disse Tatiana. — Era uma vez uma garota, tão sem atrativos quanto uma cadeira de barbeiro, que foi à peixaria comprar um bacalhau...

Alexander caiu na risada.

— Ah, não! Pare, que vou enfartar...

— Por quê?

— Tem certeza de que é assim? Ela não *precisa* ir à peixaria. — Alexander beijava o rosto de Tatiana. — Ela já tem um *bacalhau.*

— Ah!

Na noite seguinte, quando estavam novamente deitados na rede, Alexander disse:

— Anthony começa a escola daqui a dois meses, Tatia.

— Sim.

— Precisamos pensar onde vamos matriculá-lo.

— Tem razão.

— Conhecemos o país inteiro. Qualquer lugar me parece bom.

— Qualquer lugar que não neve — disse Tatiana.

— Concordo. Prefiro sem neve.

— Eu também — ela concordou e ficaram em silêncio.

— Um lugar ensolarado, que tal? Mas permanente, quero que Anthony tenha estabilidade.

— Sim — foi tudo o que ela disse.

Alexander tomou-lhe a mão e a beijou.

— Tatiasha, gostaria de morar no Arizona, a terra dos poucos riachos? — ele sussurrou.

— Claro, meu amor...

Queriam viver num terreno que fosse deles, mas não tinham dinheiro para construir a casa dos seus sonhos. Decidiram comprar uma casa pré-fabricada e, como eram prudentes, escolheram uma de tamanho médio, ainda que Alexander, menos prudente do que Tatiana, tivesse preferido uma casa maior. Instalaram-na perto da estrada, numa das esquinas do terreno de 97 acres no deserto Sonoran, e matricularam Anthony na primeira série de uma escola na cidade de Mesa.

Tatiana conseguiu trabalho como enfermeira na emergência no Memorial Hospital de Phoenix.

— Trabalhar com emergências me faz sentir como se eu ainda estivesse na guerra — comentou Tatiana.

— E isso é bom?

Alexander arranjou um emprego como mestre de obras.

— Levantar casas em vez de derrubá-las — disse. — Me faz sentir que não estou mais na guerra.

Como haviam optado por uma casa barata e eram vigilantes com os gastos, começaram a juntar dinheiro. Alexander aprendeu a construir com chapas de gesso e a pintar, a instalar os condutores elétricos e o encanamento, a colocar janelas e portas, a montar armários e prateleiras, a construir armários de cozinha e assentar pisos de azulejo e de madeira.

— Assim posso construir uma casa bem grande para abrigar todos os bebês que você ainda vai ter.

— Tenho que lembrá-lo de que a única coisa que você construiu na vida foram algumas banquetas e uma bancada para colocarmos as batatas que não tínhamos?

Sorriam um para o outro, lembrando-se dos velhos tempos.

— Bebês, Tatiana.

— Façamos um agora mesmo.

Mas sete anos se passaram antes de Tatiana engravidar do segundo filho, quinze anos depois de se conhecerem.

Quando a criança nasceu, Alexander já tinha sua própria empresa de construção e erguera uma casa de paredes amarelas e telhas vermelhas em pleno deserto Sonoran, tendo por fundo os montes Maricopa.

Estão trabalhando na horta. Alexander confere as estacas que instalou na semana passada para suportar os brotos de pepino enquanto espera Tatiana voltar da cozinha com uma jarra de chá gelado de pêssego. Tatiana enche um copo e o segura para Alexander enquanto ele bebe por um canudo, observando-a com os olhos cor de caramelo.

— Costumava trazer um cigarro — reclama. — Agora só recebo chá gelado de você.

— Chá gelado é mais saudável, não acha?

— Não — protesta Alexander, com uma expressão de quem diz "Está louca?".

— Assim vai viver mais tempo.

Tatiana estende o braço e afasta o cabelo de Alexander da testa.

— O cigarro é um veneno que age muito lentamente — ele grunhe e volta mexer na terra ao lado do pepino com a enxada. Continuam a falar em russo entre eles.

— Quem era ao telefone?

— O senhor McAllister de novo.

Alexander ri.

— Ofereceu quanto desta vez?

— Está disposto a comprar noventa acres, a cinco mil dólares cada um. Boa oferta, não acha?

— Não o suficiente.

— Disse que *boom* do mercado imobiliário de Phoenix não vai durar para sempre. Que o mercado atingiu o limite. Deveríamos vender agora, enquanto existe demanda. Disse que estamos sendo avarentos e que ainda vamos ficar com sete acres. Pelo que parece, são quase seis acres e três quartos a mais do que a maioria dos proprietários de Phoenix possui.

— Da próxima vez me chame, Tatia. Vou dizer claramente que não vendo até que me paguem um milhão por acre.

Os dois começaram a rir e se prepararam para plantar tomates. Alexander a ajuda a sentar num banquinho e ela abre um saco com as sementes, as coloca num prato e começa a separar os grãos que não parecem saudáveis. Tatiana sorri e pensa que os pés de pepino estão crescendo bem. Alexander colocou as estacas na semana anterior; logo os pepinos estarão prontos para serem colhidos.

— Pensou em mais nomes, Shura?

— Não consigo pensar em mais nenhum. Se for outro menino, não sei qual seria o nome.

Já têm três filhos homens: Anthony, que acabara de ingressar na academia da marinha King's Point Merchant, Harry e Charles Gordon, a quem chamavam de Gordon Pasha ou apenas Pasha, que em turco significa rei.

— Não posso ser a única mulher da casa, já temos homens demais na família Barrington.

— Por dizer isso, vai ter gêmeos.

— Preciso de uma menina para chamar de Janie.

— Ah... Eu adoraria ter uma menina Janie.

Tatiana fica pensativa.

— Contei que a Vikki voltou da Austrália? Ela quer vir para cá e ficar até o bebê nascer. Você se importa?

— Tudo bem. Diga a ela que Steve está outra vez solteiro e que adoraria ir ao cinema com ela.

— Vikki não quer sair. Disse que vale mais a pena assistir a você do que a qualquer outro filme que já tenha visto.

— Quanta gentileza. Pode convidá-la para assistir ao show noturno.

Tatiana levanta o olhar, Alexander está sorridente. Veste bermudas de algodão de cor creme, e seu torso nu e musculoso está bronzeado pelo implacável sol do Arizona. As cicatrizes estão por todo o corpo, marcadas numa cor mais clara. Sorri para si mesma, colocando de lado as sementes, e pega as tesouras de poda.

— Ouviu o que aconteceu outro dia em Mesa, Shura? Um furgão de transporte carcerário se chocou contra uma betoneira, e agora a polícia está buscando os dezoito prisioneiros mais *durões* da cidade.

Alexander começou a rir da inesperada piada. Tatiana veste camiseta branca de alça e shorts brancos. Os ombros e os braços estão curtidos pelo sol. O cabelo loiro está preso com uma presilha, para não cair no rosto. Cantarola algo conhecido e agradável: "... a lua está cheia e há estrelas no céu e em seus olhos...".

— O que vamos almoçar? — perguntou Alexander.

— Almoço? — Tatiana está concentrada desbastando o pé de pepino e não levanta o olhar. — Acabamos de levantar e de tomar café.

— Estou faminto.

— Está sempre faminto. Que tal um sanduíche de atum?

— Perfeito. Vai preparar daqui a alguns minutos? — Ele pega a enxada. — E acho que não é cedo demais para começar a pensar no jantar.

Ele observa os ombros de Tatiana, que tremem levemente com sua risada.

— Para o jantar... — ele repete entre as palavras da canção que cantarola — ... você pode escolher entre o que tiver na geladeira ou sanduíche de bacon.

— Hum... — respondeu Alexander.

Ele solta a enxada e se aproxima de Tatiana. Observa suas costas e se lembra (mais do que lembrar, ele vê) dela inclinada sobre a lareira da cabana em Lazarevo, ajoelhada na clareira, agachada sobre os sacos quase vazios de açúcar no corredor de entrada da Fifth Soviet durante o outono faminto de 1941, retirando o mapa da Escandinávia da mochila e perguntando: "O que levas nessas bolsas, homenzarrão?". Contempla suas sardas, o cabelo loiro, a voz melodiosa e não pode mais resistir. Como sempre, a presença dela o invade a ponto de seu coração doer.

— Ei... olhe — diz ele.

Tatiana o vê na frente dela, com aquele olhar que apenas Alexander possui. Na mão, Alexander segura uma vagem tenra.

— Solte as armas e levante — diz.

Sorridente, Tatiana coloca no chão a tesoura, e Alexander a ajuda a se levantar, pois a gravidez está avançada. Ele abre a vagem para dar as ervilhas, mas ela não espera, inclina-se na direção da mão de Alexander e coloca toda a vagem na boca. Ele a observa, acariciando seu umbigo.

— O que está olhando? — pergunta Tatiana.

Engole as ervilhas, o enlaça com os braços, apertando o rosto contra o dorso nu e suado de Alexander. Tatiana ouve o pulsar ritmado do coração contra sua bochecha e orelha, injetando vida no corpo de Alexander. Seus dedos tocam as cicatrizes de Schlisselburg nas costas e ela beija seu peito.

— Então, Tatia, o que é um trio de corda russo?

Ela sorri e fita seus olhos.

— Não sei. O que é?

— Um quarteto que voltou da Europa.

Ela o mira.

— O que acontece quando você cruza um urso branco e um urso negro? — continua Alexander.

— Como vou saber?!

Os braços de Alexander a rodeiam.

— O que foi, amor? — Tatiana o aperta carinhosamente entre os braços.

Os olhos dele são da cor da calda de chocolate.

Tatiana volta a beijar seu dorso.

Ele não afrouxa o abraço.

— Estou bem aqui — sussurra Tatiana. — Aqui para *sempre*. Sinta-me, soldado.

Alexander a estreita ainda mais entre os braços, ergue o rosto de Tatiana e a beija.

— Estou sentindo você — diz Alexander.

Os dois haviam ardido em chamas, e das cinzas do sofrimento renasceram órfãos, porém mais felizes e afetuosos, mais íntegros e apaixonados. Eles, que certa vez se batizaram nas águas do rio Kama, fizeram desaparecer uma dor tão antiga quanto às pirâmides, e das ruínas ancestrais do arrependimento extraíram o amor que haviam deixado para trás depois de passar toda uma vida buscando o caminho de volta para casa.

A sensação era como se houvessem peregrinado durante quinhentos anos, com sofrimento e pesar, mas também amado sem restrição, sem medo ou fraqueza, com um amor que é como um testamento que se dá um ao outro, e um monumento que se ergue a Deus.

Alexander beija Tatiana e volta a estar em Luga, deitado sobre ela, beijando-a pela primeira vez. Tatiana o beija e está de volta a Lazarevo, sorrindo e usando o quepe de Alexander.

Embora tenhamos perdido muito, muito permaneceu; e embora não sejamos agora aquele vigor capaz de mover céus e terras, seguimos sendo o que somos...

Inquebráveis.

Barrington, Leningrado, Luga, Ladoga, Lazarevo, Ellis Island, Swietokryzst, Sachsenhausen, o deserto Sonoran, a perda de seus pais e irmãos, estão todos gravados em suas almas e em seus rostos bonitos, e como a lua mercurial, como Júpiter sobre Maui, como a galáxia de Perseu com suas estrelas azuis e sorridentes, tudo permanece como o vento estelar sussurrando sobre os montes Urais e o rio Kama, sobre o os oceanos e a terra, murmurando no céu prateado...

— *Tatiana...*

— *Alexander...*

E o cavaleiro de bronze parou de galopar.

AGRADECIMENTOS

Meus mais sinceros agradecimentos:

A Larry Brantley, a voz do Exército, pelas longas horas detalhando-me acerca de coisas que eu jamais saberia sem sua ajuda.

A Tracy Brantley, sua esposa e minha amiga verdadeira, que, a seu modo singular, desde sempre me concedeu o que eu mais precisava ao chorar nos momentos certos, amando Tania e Shura pelos motivos certos.

A Irene Simons, minha primeira sogra, que me agraciou com o pseudônimo sob o qual escrevo meus livros.

A Elaine Ryan, minha segunda sogra, por me dar seu perfeito segundo filho.

A Radik Tikhomirov, amigo de meu pai há sessenta anos, por tirar cópias dos diários de sobreviventes na biblioteca de São Petersburgo e me enviar centenas de páginas originalmente escritas em russo.

A Robert Gottlieb, companheiro russófilo, por realizar milagres, e a Kim Whalen por uma década de trabalho árduo.

A Nick Sayers, editor e amigo.

A Pavla Salacova, a qual trabalha com tanto afinco para deixar minha vida mais fácil, que me faz acreditar que ela tem vinte mãos.

A meu segundo e último marido, Kevin — você é a bomba.

E a meu pai, que, há muito tempo, esperou, teve fé e amou, trazendo sua família para a terra prometida em busca de uma vida livre.

FONTE: Leitura
IMPRESSÃO: Paym